역주 악서 2

譯註樂書

주례훈의(周禮訓義) · 의례훈의(儀禮訓義) · 시훈의(詩訓義)

Treatise on Music

지은이 **진양**(陳暘)은 북송말의 복주(福州) 사람으로 자는 진지(晉之)이다. 생몰 연대는 1040(+30)~1110(+30) 무렵이며, 휘종대(徽宗代, 1100~1125)에 태상박사 겸 비서성정자(太常博士兼秘書省正字)와 예부시랑(禮部侍郎) 등을 지냈다.

옮긴이 조남권(趙南權)은 1989년 溫知서당을 개설하여 후학들을 위한 漢籍講讀과 漢籍 國譯事業을 추진하여 왔으며, 1995년에 한서대학교 부설 동양고전연구소 초대 소장에 취임하여 2012년 6월까지 재직하였다. 국역서로『紀年通攷』,『趙龍門先生集』,『竹溪日記』,『韓史綮』등 다수가 있다.

옮긴이 김종수(金鍾洙)는 1979년에 서울대 독문과 졸업한 후에 동 대학원 국악과에서 석사와 박사학위를 취득했다. 저서로『조선시대 궁중연향과 여악연구』가 있으며, 국역서로『增補文獻備考·樂考』와『戊申進饌儀軌』,『大禮儀軌』등이 있다. 현재 한서대학교 부설 동양고전연구소 소속의 학술연구교수로 재직하고 있다.

역주 악서譯註樂書 **2**—주례훈의(周禮訓義)·의례훈의(儀禮訓義)·시훈의(詩訓義)

1판 1쇄 인쇄 2012년 11월 30일 **1판 1쇄 발행** 2012년 12월 10일

지은이 진양 **옮긴이** 조남권·김종수 **펴낸이** 박성모 **펴낸곳** 소명출판
등록 제13-522호 **주소** 137-878 서울시 서초구 서초동 1621-18 (란빌딩 1층)
대표전화 (02) 585-7840 **팩시밀리** (02) 585-7848
이메일 somyong@korea.com **홈페이지** www.somyong.co.kr

ISBN 978-89-5626-772-2 94820 값 39,000원 ⓒ 2012, 한국연구재단
ISBN 978-89-5626-770-8 (세트)

이 번역도서는 2007년도 정부재원(교육인적자원부 학술연구조성사업비)으로 한국연구재단의 지원에 의하여 연구되었음.

역주 악서 2

주례훈의(周禮訓義) · 의례훈의(儀禮訓義) · 시훈의(詩訓義)

진양 지음 | 조남권 · 김종수 옮김

譯註 樂書

소명출판

1. 본서는 진양(陳暘)이 1103년에 송(宋) 휘종(徽宗)에게 헌정한 『악서(樂書)』 200권을 역주(譯註)한 것이다. 대본은 국립국악원에서 광서 병자년(光緒丙子年, 1876) 판본의 『악서』를 영인(影印)하여 『韓國音樂學 資料叢書』 제8·9·10권으로 발행한 것이다.

2. 연구자들에게 도움이 될 수 있도록 필요한 경우 각 경전의 출처를 밝혀 놓았는데, 한국사사료연구소 인터넷사이트의 '國學 東洋學 硏究資料集成'의 분류번호를 따랐다.
   실례) 『論語』 述而 7-1 : 『論語』 권7 述而의 첫 번째 대문.
   　　　『禮記』 曲禮上 1-19 : 『禮記』 권1 曲禮上의 19번째 대문.
   　　　『春秋左氏傳』 桓公 9년(4) : 『春秋左氏傳』 桓公 9년 4번째 기사.
   　　　『荀子』 樂論 20-5 : 『荀子』 제20편 樂論 5번째 내용.
   　　　『史記』 樂書 24 / 1236쪽 : 24는 권수, 1236은 쪽수임.

3. 한국사사료연구회에 자료가 올려 있긴 하나, 분류번호를 매겨 놓지 않은 경우나, 한국사사료연구회에 올려 있지 않은 자료는 권수와 편명만을 명시하였다.
   실례) 『列子』 권5 湯問.

4. 편의상 『대본』에 분류번호를 매겨놓았다.
   실례) 『樂書』 3-2 : 『樂書』 권3의 2번째 대문.

5. 번역문에서 출처를 밝힐 때 범위를 알 수 있는 경우는 범위를 표시하지 않았고, 범위를 명확히 알 수 없는 경우는 범위를 표시하였다.
   실례) 상사(喪事)에 임해서 웃지 않으며, 상엿줄을 잡고 갈 때 웃지 않으며, 널을 바라볼 때 노래하지 않으며, 묘소에 갈 때 노래하지 않았거늘,[1] 하물며 기일에서랴! 「제의(祭義)」에 "기일(忌日)에 다른 일을 하지 않는 것은 기일이 상서롭지 않아서가 아니라, 기일에 어버이에 대한 생각이 간절하여 감히 개인적인 일에 마음을 쏟을 수 없음을 말한다"[2]라고 하여, 기일에 제사 외의 일을 하지 않았으니, 악을 즐기지 않았음을 미루어 알 수 있다.
   　1) 상사(喪事)에~않았거늘 : 『禮記』 曲禮上 1-35.
   　2) 『禮記』 祭義 24-6.

6. 대본으로 삼은 광서 병자년(光緒丙子年, 1876) 판본의 『樂書』에 궐문(闕文)이나 오자(誤字)가 있는 경우, 건륭 신축년(乾隆辛丑年, 1781) 판본의 『樂書』 및 인용된 경전을 참조하여 바로잡았다. 건륭 신축년 판본은 사고전서에 수록되어 있다.

7. 악기(樂器)·무구(舞具)·예기(禮器)·관면(冠冕)·의장(儀仗) 등의 그림 자료를 책 말미에 부록으로 첨부하였다.

8. 참고한 번역서는 다음과 같다.
   金碩鎭 譯, 『大産周易講解』, 大有學堂, 1993.
   成百曉 譯註, 『書經集傳』, 전통문화연구회, 1998.
   吳江原 譯註, 『儀禮』, 청계, 2000.
   安炳周·田好根 共譯, 『譯註 莊子』, 전통문화연구회, 2001~2006.
   鄭太鉉 譯, 『譯註 春秋左氏傳』, 전통문화연구회, 2001~2008.
   宋明鎬·文志允 共譯, 『禮記集說大全』, 높은 밭, 2002~2006.
   李相玉 譯著, 『新完譯 禮記』, 明文堂, 2003.
   이충구·임재완·김병헌·성당제 공역, 『이아주소』, 소명출판, 2004.
   靑儒經傳硏究會 譯, 『論語集註』, 文耕出版社, 2005.
   신동준 역주, 『국어』, 인간사랑, 2005.
   김학주 역, 『순자』, 을유문화사, 2008.
   실시학사 경학연구회 역, 『역주 시경강의』, 사암, 2008.

주례훈의(周禮訓義)

권37 주례훈의(周禮訓義)

천관(天官) / 선부(膳夫)
지관(地官) / 대사도(大司徒) · 향대부(鄕大夫) · 봉인(封人) · 고인(鼓人)

선부(膳夫)

37-1. 膳夫以樂侑食, 卒食以樂徹於造.

선부(膳夫)[1]는 악(樂)으로 임금의 식사를 권하고, 식사를 마치면 악으로 음식상을 수라간으로 물린다.[2]

禮者天地之節也, 樂者天地之樂也. 君子知, 禮之初始諸飮食, 人之大欲存焉. 故節之於頤以爲禮, 樂之於需以爲樂. 然則天子一食之間, 有不在禮樂乎? 蓋王日一擧, 鼎十有二物, 則天數也. 以樂侑食, 卒食以[3]樂徹于造者, 無大喪 · 大荒 · 大札,[4] 無天地之災 · 邦之大故, 則王

---

1 선부(膳夫): 주대(周代)에 궁중의 음식을 맡은 관리.

2 『周禮』 天官 / 膳夫 0.

可以樂之時, 孟子所謂樂以天下者也. 語曰 : "亞飯干適楚, 三飯繚適蔡, 四飯缺適秦." 每飯異樂, 每樂異工, 侑食之樂大致如此. 然王日一擧, 以樂侑食者, 膳夫之職, 至於大食三侑, 又大司樂之職也.

古者飮必告飽, 告飽必侑特牲, 三飯告飽而侑, 則九飯三侑矣, 荀卿·大戴, 皆言三侑之不食, 則以樂侑食, 至於三, 禮之大成也. 禮之大成者, 皆令奏鐘鼓, 則知非三侑之食, 無鐘鼓矣. 傳曰 : "王者飮食, 有食擧之樂, 所以順天地養神明求福應." 蓋本諸此.

예(禮)는 천지(天地)의 절도이고, 악(樂)은 천지의 즐거움이다. 군자는 '예가 음식에서 시작된 이유가 사람의 큰 욕심이 음식에 있기 때문임'을[5] 알았으므로 이괘(頤卦)의 절제로[6] 예(禮)를 삼고, 수괘(需卦)의 즐김으로[7] 악(樂)을 삼았다. 이러하니 천자가 한 끼 식사를 하는 동안에 예악이 없을 수 있겠는가?

대개 왕은 하루에 한번 성찬(盛饌)을 드는데, 정(鼎)에 12물(物)이 있는 것은 하늘의 수[天數]이다. '악으로 임금의 식사를 권하고, 식사를 마치면 악으로 음식상을 수라간으로 물리는 것'은 대상(大喪)[8]·대황(大荒)[9]·대

---

3 대본에는 '之'로 되어 있으나, 사고전서 『樂書』에 의거하여 '以'로 바로잡았다.

4 대본에는 '扎'로 되어 있으나, 『周禮』에 의거하여 '札'로 바로잡았다.

5 『禮記』 禮運 9-23. 「飮食男女, 人之大欲存焉.」

6 『周易』 頤卦 3. 「☲ 象曰 : 山下有雷, 頤, 君子以愼言語, 節飮食【상(象)에 이르기를, "산 아래에 우레가 있는 것이 이괘이니, 군자가 이를 살펴어 언어를 삼가며 음식을 절도 있게 하느니라" 하였다.】산 아래에 우레가 있어서 만물을 진동시켜 일어나게 하니 기르는 상이며, 위의 간(艮)으로 그치고 아래의 진(震)으로 진동하며, 가운데는 비어 있으니, 턱의 상이다. 군자가 이러한 상을 보고 입을 통해 들어오는 음식을 적절히 하여 몸을 양육하고, 입을 통해 나가는 언어를 삼가 덕을 기르는 것이다.

7 『周易』 需卦 3. 「☵ 象曰 : 雲上于天, 需, 君子以飮食宴樂【상(象)에 이르기를, "구름이 하늘로 오르는 것이 수괘이니, 군자가 이를 살펴어 음식을 먹으며 편안히 즐기느니라" 하였다.】수기(水氣)가 하늘로 올라가 구름이 된 형상이다. 상괘(上卦)인 감(坎)을 비[雨]로 보지 않은 것은 음양이 완전히 화합하여 통한 상태가 아니기 때문이다. 군자가 이러한 상을 보고 음식으로 몸을 기르며, 연락(宴樂)으로 마음을 화평히 하여 때를 기다리는 것이다.

8 대상(大喪) : 제왕·왕후·태자의 상(喪).

9 대황(大荒) : 나라에 큰 흉년이 드는 것.

찰(大札)[10]이 없고 천지의 재변(災變)과 나라의 큰 변고가 없어서 왕이 즐겨도 될 만한 때이다. 이는 『맹자』에 이른 바 '천하로써 즐긴다'[11]라는 것이다.

『논어』에 "아반(亞飯)[12] 간(干)은 초(楚)나라로 갔고, 삼반(三飯) 요(繚)는 채(蔡)나라로 갔고, 사반(四飯) 결(缺)은 진(秦)나라로 갔다"[13]라고 했으니, 식사 절차마다 악곡이 다르고 악곡마다 악공이 다른 것이다. 유식지악(侑食之樂)은 대체로 이와 같다. 왕이 하루에 한번 성찬(盛饌)을 들 때 악으로 권하는 것은 선부(膳夫)의 직무이고, 대식(大食)[14]에 세 번 권하는 것은 대사악(大司樂)의 직무이다.

옛날에 음식을 드는 절차에서 반드시 흡족하게 들 것을 고했고, 흡족하게 들 것을 고할 때 반드시 특생(特牲)[15]을 권하였다. 삼반(三飯)마다 흡족하게 들 것을 고하고, 또 권했으니,[16] 구반(九飯)이면 세 번 권하게 된다. 순경(荀卿)과 대대(大戴)가 모두 '삼유지불식(三侑之不食)'[17]을 말했으니, 악으로 음식을 권하는 것이 세 차례나 된다면 성대한 예이다. 성대한 예에서는 모두 종(鐘)·고(鼓)의 음악을 연주하도록 했으니, 세 번 권하는 식사(三侑之食)에 종·고의 음악이 없으면 잘못임을 알 수 있다. 전(傳)에

---

10 대찰(大札)·큰 전염병.
11 『孟子』梁惠王下 2-4.「樂民之樂者, 民亦樂其樂, 憂民之憂者, 民亦憂其憂, 樂以天下, 憂以天下, 然而不王者, 未之有也【백성의 즐거움을 즐거워하는 자는 백성도 또한 그의 즐거움을 즐거워하고, 백성의 근심을 근심하는 자는 백성도 또한 그의 근심을 근심하나니, 천하로써 즐거워하며 천하로써 근심하고서 왕 노릇 못하는 자는 없다.】」
12 아반(亞飯) 이하는 음식을 들 때에 음악을 연주하여 흥(興)을 돕는 관직(官職)이다.
13 『論語』微子 18-9.
14 대식(大食) : 매달 초하루와 보름에 성대하게 하는 식사.
15 특생(特牲) : 제사에 쓰는 한 마리의 희생.
16 『儀禮』特牲饋食禮 15-8.「尸三飯, 告飽, 祝侑. 主人拜. 佐食擧幹. 尸受, 振祭, 嚌之, 佐食受, 加于肵俎, 擧獸幹·魚一, 亦如之. 尸實擧于菹豆. 佐食羞庶羞四豆, 設于左, 南上, 有醢. 尸又三飯, 告飽, 祝侑之如初. 擧骼及獸魚如初. 尸又三飯, 告飽, 祝侑之如初.」
17 『荀子』禮論 19-6.「成事之俎不嘗也, 三臭之不食也, 一也」;『大戴禮記』(漢 戴德 撰) 권1.「成事之俎不嘗也, 三侑之不食也, 一也.」

"왕이 식사할 때에 식거지악(食擧之樂)을 연주하는 것은 천지에 순응하고 신명(神明)을 봉양하여 상서로운 조짐을 구하기 위한 것이다"[18]라고 했는데, 여기(『周禮』 膳夫)에 근거한 것이다.

대사도(大司徒)

37-2. **大司徒以樂禮敎和, 則民不乖.**

대사도(大司徒)가 악례(樂禮)로 화(和)를 가르치면 백성들이 어기대지 않는다.[19]

大宰之於禮典·小宰之於禮職·大司樂之於合樂, 皆和邦國諧萬民, 是禮以敬爲本, 而其用在和, 樂以樂爲用, 而其本在和. 故禮交動乎上, 樂交應乎下, 和之至也. 蓋禮樂於六藝爲首, 和於六德爲終, 以樂禮之藝, 達六德之和, 以敎民, 則有以同民心, 出治道, 可使向方而觀德矣. 其於移風易俗也, 何有? 先王著之以爲敎, 君子廣以成之, 不過如此.

書曰: "契! 爲司徒, 敬敷五敎在寬." 記曰: "司徒修六禮, 以節民性,[20] 明七敎, 以興民德." 是爲樂禮以敎和者王也, 佐王以樂禮敎和者大司徒也. 穆王命君牙爲大司徒, 弘[21]敷五典, 式和民則. 非以樂敎而何? 蓋父子之道天性也, 古之敎者必自父子始, 至於長幼和順於鄕遂, 君臣和

---

18 『隋書』(唐 長孫無忌等 撰) 권15.
19 『周禮』 地官 / 大司徒 4.
20 대본에는 '心'으로 되어 있으나, 사고전서 『樂書』와 『禮記』에 의거하여 '性'으로 바로잡았다.
21 대본에는 '宏'으로 되어 있으나, 사고전서 『樂書』와 『書經』에 의거하여 '弘'으로 바로잡았다.

敬於朝廷, 莫不自此移之矣.

故曰: "樂者審一以定和, 所以合和父子君臣, 附親萬民, 是先王立樂之方也." 然以此敎民非樂之至也, 語其至,[22] 則奏之以無怠之聲, 調[23]之以自然之命, 道可載而與之俱矣.

태재(大宰)는 예전(禮典)을 맡고, 소재(小宰)는 예직(禮職)을 맡으며, 대사악(大司樂)은 합악(合樂)을 맡아서, 모두 나라를 화평하게 하고 만민을 조화롭게 하는 것을 목표로 삼았다.[24] 예는 경(敬)을 근본으로 삼지만 그 용(用)은 화(和)에 있고, 악은 즐거움을 용(用)으로 삼지만 근본은 화(和)에 있다. 그러므로 예가 당상에서 교류하여 움직이고 악이 당하에서 교류하여 응하는 것은 화(和)가 지극한 것이다.[25]

예와 악은 육예(六藝)[26]에서 처음이 되고, 화(和)는 육덕(六德)[27]에서 마지막이 된다. 예와 악으로 육덕의 화(和)에 통달하여 백성을 교화시키면, 민심(民心)을 합하고 치도(治道)를 실현하여 바른 방향으로 향하게 하여 덕을 볼 수 있을 것이니, 풍속을 바꾸는 데에 무슨 어려움이 있겠는가? 선왕(先王)이 이를 드러내어 가르침으로 삼고 군자가 이를 넓혀서 인격을 완성하기 위해 이렇게 했을 뿐이다.

『서경』에 "설(契)아! 너를 사도(司徒)로 삼으니, 공경히 오교(五敎)[28]를

---

22 대본에는 '志'로 되어 있으나, 사고전서 『樂書』에 의거하여 '至'로 바로잡았다.

23 대본에는 '謂'로 되어 있으나, 『莊子』에 의거하여 '調'로 바로잡았다.

24 『周禮』 天官 / 大宰 1. 「三曰, 禮典以和邦國, 以統百官, 以諧萬民.」; 天官 / 小宰 4. 「三曰, 禮職以和邦國, 以諧萬民, 以事鬼神.」; 春官 / 大司樂 1. 「以六律六同五聲八音六舞大合樂, 以致鬼神祇, 以和邦國, 以諧萬民, 以安賓客, 以說遠人, 以作動物.」

25 뇌준(罍尊)은 동쪽에 있고 희준(犧尊)은 서쪽에 있어서 동계(東階)에 있던 임금은 서쪽으로 와서 희준에서 술을 뜨고, 방에 있던 부인은 동쪽으로 와서 뇌준에서 술을 뜨므로 '예는 당상에서 서로 교류하여 움직인다'라고 한 것이다. 당하(堂下)에는 현고(縣鼓)가 서쪽에 있고, 응고(應鼓)가 동쪽에 있으므로 '악은 당하에서 서로 교류하여 호응한다'라고 한 것이다. 〈『禮記』 禮器 10-30〉

26 육예(六藝): 예(禮)·악(樂)·사(射)·어(御)·서(書)·수(數).

27 육덕(六德): 지(智)·인(仁)·성(聖)·의(義)·충(忠)·화(和).

28 오교(五敎): 부자유친(父子有親)·군신유의(君臣有義)·부부유별(夫婦有別)·장유유서(長幼有序)·붕우유신(朋友有信).

펴되 관대하게 하라"[29]고 했으며, 『예기』에 "사도(司徒)가 육례(六禮)[30]를 닦아서 백성의 성품을 절제하게 하고, 칠교(七敎)[31]를 밝혀서 백성의 덕을 흥기시킨다"[32]라고 했으니, 악례(樂禮)로 백성들에게 화(和)를 가르친 자는 왕이고, 왕을 보좌해서 악례(樂禮)로 화(和)를 가르친 자는 대사도(大司徒)이다. 목왕(穆王)이 군아(君牙)를 명하여 대사도로 삼고, 오전(五典)[33]을 크게 펴서 백성들이 준칙(準則)[34]을 삼가 따르게 했는데,[35] 이때 악교(樂敎)가 아니면 무엇으로 했겠는가?

아버지와 아들 사이의 도리는 천성(天性)이므로, 옛날에 가르치는 사람들은 반드시 아버지와 아들 관계부터 가르치기 시작했다. 즉 향리(鄕里)에서 연장자와 젊은이가 화순(和順)하며, 조정에서 임금과 신하가 화경(和敬)하는 것에 이르기까지, 아버지와 아들 사이의 도리를 옮겨오지 않은 것이 없다.

그러므로 "악(樂)이란 하나를 살펴서 화(和)를 정하는 것이다. 부자와 군신을 화합시키고 만민을 친하게 하니, 이것이 선왕이 악을 세운 방법이다"[36]라고 한 것이다. 그러나 이것으로 백성을 가르치는 것은 악의 지극한 경지는 아니다. 그 지극한 경지란 '나른함조차 없는 소리를 연주하고 자연의 명(命)에 따라 조화롭게 하여 도(道)에 내 몸을 싣고서 더불어 하나가 되는 것'[37]이다.

---

29 『書經』虞書 / 舜典 3.
30 육례(六禮) : 관례(冠禮) · 혼례(婚禮) · 상례(喪禮) · 제례(祭禮) · 향례(鄕禮 : 鄕飮酒禮 · 鄕射禮) · 상견례(相見禮).
31 칠교(七敎) : 부자(父子) · 형제(兄弟) · 부부(夫婦) · 군신(君臣) · 장유(長幼) · 붕우(朋友) · 빈객(賓客).
32 『禮記』王制 5-42.
33 오전(五典) : 오륜(五倫).
34 군신지의(君臣之義) · 부자지인(父子之仁) · 부부지별(夫婦之別) · 장유지서(長幼之序) · 붕우지신(朋友之信)을 가리킨다.
35 목왕(穆王)이 ~ 했는데 : 『書經』周書 / 君牙 0~1.
36 『禮記』樂記 19-25.
37 『莊子』天運 14-3.

37-3. 以五禮防萬民之僞, 而敎之中, 以六樂防萬民之情, 而敎之和.

대사도는 오례(五禮)로 만민(萬民)의 거짓을 막아 중(中)을 가르치고, 육악(六樂)[38]으로 만민의 사리(私利)를 추구하는 정(情)을 막아 화(和)를 가르친다.[39]

禮者天秩之經, 存乎天而有陰陽, 樂者人道之大, 存乎人而有文武. 吉嘉賓禮之屬乎陽也, 凶與軍禮之屬乎陰也. 雲門大咸大磬大夏樂之本乎文也, 大濩大武樂之本乎武也. 五禮自外作, 皆本之忠信, 文之義理. 以之防民僞而敎之中, 使之因性以復命也. 六樂由中出, 皆文之五聲, 播之八音. 以之防民情而敎之和, 使之因情以復性也. 蓋喜怒哀樂未發謂之中, 而禮所以制之, 發而皆中節謂之和, 而樂所以道之. 易曰: "利貞者性情也." 中出於性而近貞, 和出於情而近利, 利貞天道也, 惟聖人爲能之. 故於乾言之, 中和人道也, 惟賢人能之. 故於大司徒言之.

然敎敬以祀禮, 敎讓以陽禮, 敎親以陰禮, 敎和以樂禮, 此因民常而施敎, 所以輔相之也. 以五禮防萬民之僞而敎之中, 以六樂防萬民之情而敎之和, 此防其情僞而敎之, 所以裁成之也. 古之人所以致禮樂明備天地官者, 本諸此歟! 禮主防僞以敎中, 而樂非不豫焉, 記曰'惟樂不可以爲僞, 樂者中和之紀', 是也, 樂主防情以敎和, 而禮非不豫焉, 記曰'禮者因人情而爲節文 禮之用和爲貴' 是也.

예(禮)는 떳떳한 하늘의 질서로서 하늘에 있으므로 음양(陰陽)이 있고 악(樂)은 중대한 사람의 도리로서 사람에게 있으므로 문무(文武)가 있다.

---

38 육악(六樂):『周禮』春官 / 大司樂 1에 따르면, 육악은《운문대권(雲門大卷)》또는《운문(雲門)》,《대함(大咸)》또는《함지(咸池)》,《대소(大韶)》,《대하(大夏)》,《대호(大濩)》,《대무(大武)》이다. 정현(鄭玄)은『주례』에 注를 내면서 악곡 순으로 황제(黃帝) · 요(堯)임금 · 순(舜)임금 · 우왕(禹王) · 탕왕(湯王) · 무왕(武王)의 악으로 풀이했다.

39 『周禮』地官 / 大司徒 17, 18.

길례(吉禮)・가례(嘉禮)・빈례(賓禮)는 양(陽)에 속하고 흉례(凶禮)・군례(軍禮)는 음(陰)에 속한다. 《운문(雲門)》・《대함(大咸)》・《대소(大磬)》・《대하(大夏)》는 문(文)을 근본으로 한 악이고, 《대호(大濩)》・《대무(大武)》는 무(武)를 근본으로 한 악이다.

　오례(五禮)는 밖에서 만들어진 것으로, 모두 충신(忠信)에 근본하고 의리(義理)로 문채냈다. 이것으로 백성의 거짓을 막아 중(中)을 가르치는 것은 본성으로 인해 천명(天命)을 회복하게 하는 것이다. 육악(六樂)은 마음속에서 나온 것으로, 모두 오성(五聲)으로 문채내고 팔음(八音)[40]으로 연주했다. 이것으로 백성의 사리(私利)를 추구하는 정(情)을 막아 화(和)를 가르치는 것은 정(情)으로 인해 본성을 회복하게 하는 것이다.

　희로애락(喜怒哀樂)의 정이 발(發)하지 않은 중(中)은[41] 예를 제정하는 바탕이 되고, 발하여 모두 절도에 맞는 화(和)는[42] 악을 인도하는 바탕이 된다. 『주역』에 "이정(利貞)은 성(性)과 정(情)이다"[43]라고 했는데, 중(中)은 성(性)에서 나온 것으로 정(貞)에 가깝고, 화(和)는 정(情)에서 나온 것으로 이(利)에 가깝다. 이정(利貞)은 천도(天道)이니 성인(聖人)이라야 행할 수 있는 것이므로 건괘(乾卦)에서 언급했고, 중화(中和)는 인도(人道)이니 현인(賢人)이라야 행할 수 있는 것이므로 「대사도(大司徒)」에서 언급했다.

　사례(祀禮)로 공경을 가르치고, 양례(陽禮)[44]로 사양(辭讓)을 가르치고, 음례(陰禮)[45]로 친목(親睦)을 가르치고, 악례(樂禮)로 화(和)를 가르치는 것은[46]

40　팔음(八音) : 악기의 소재가 되는 금(金)・석(石)・사(絲)・죽(竹)・포(匏)・토(土)・혁(革)・목(木)의 8종류 물질을 가리키며, 때로 8종류 물질로 만든 악기를 뜻하기도 한다.

41　희로애락(喜怒哀樂)의~중(中)은 : 『禮記』 中庸 31-1.

42　발하여~화(和)는 : 『禮記』 中庸 31-1.

43　『周易』 乾卦 21. 봄의 원덕(元德)으로 만물이 처음 생겨나면 자연히 여름의 형통함이 있고, 봄과 여름의 원형(元亨)에 따라 가을과 겨울의 이정(利貞)으로 성(性)과 정(情)이 나타나게 된다. 봄・여름에 오곡백과가 자라다가 가을이 되어서 구체적인 결실이 드러나듯이 하늘이 부여한 '성'과 마음의 작용인 '정'을 '이정(利貞)'에 비유한 것이다.

44　양례(陽禮) : 남자들에게 해당하는 향사례(鄕射禮)와 향음주례(鄕飮酒禮).

백성의 떳떳함으로 인해 가르침을 펴는 것이니, 이는 모자라는 것을 도와서 형통하게 하는 것이다. 오례(五禮)로 만민의 거짓을 막아 중(中)을 가르치고, 육악(六樂)으로 만민의 사리(私利)를 추구하는 정(情)을 막아 화(和)를 가르치는 것은 사정(私情)과 거짓을 막아서 가르치는 것이니, 이는 지나친 것을 억제하여 완성하는 것이다. 옛사람이 예악을 밝게 갖추어 천지가 직분을 다하게 한 것은 여기에 근본한 것이다.

예는 거짓을 막아 중(中)을 가르치는 것이 주요 작용이다. 그렇다고 해서 악이 중에 참여하지 않는 것은 아니다. 『예기』에 "악은 거짓으로 할 수 없으니,[47] 악이란 중화(中和)의 벼리이다"[48]라고 한 것에서 알 수 있다. 악은 사리(私利)를 추구하는 정을 막아 화(和)를 가르치는 것이 주요 작용이다. 그렇다고 해서 예가 화에 참여하지 않는 것은 아니다. 『예기』에 "예란 인정(人情)에 연유해서 절문(節文)한 것이니,[49] 예의 용(用)은 화(和)를 귀하게 여긴다"[50]라고 한 것에서 알 수 있다.

향대부(鄕大夫)

37-4. 鄕大夫之職, 鄕射之禮五物詢衆庶, 一曰和, 二曰容, 三曰主皮, 四曰和容, 五曰興舞.

향대부(鄕大夫)의 직무는 향사례(鄕射禮)의 오물(五物)에 대해 여러 사람

---

45   음례(陰禮) : 혼인의 예.
46   사례(祀禮)로~것은 :『周禮』地官 / 大司徒 4.
47   『禮記』樂記. 19-15.
48   『禮記』樂記. 19-25.
49   『禮記』坊記 30-2.
50   『論語』學而 1-12.

들에게 자문하는 것이다. 오물은 첫째 화(和), 둘째 용(容), 셋째 주피(主皮),[51] 넷째 화용(和容), 다섯째 흥무(興舞)이다.[52]

古者諸侯之射, 必先行燕禮. 以燕禮考之, 升歌鹿鳴, 下管新宮, 笙入三成, 遂合鄕樂, 若舞則勺. 然則鄕射之禮興舞亦如之矣. 蓋鄕射之禮, 升歌於堂上, 降管於堂下然後, 舞動其容而不知手足之舞蹈, 是雖爲所樂之極, 亦特其末者而已. 記曰 : "樂者非謂黃鍾干揚也, 樂之末節也, 故童子舞之." 射之興舞, 非特於鄕爲然. 王之燕射, 樂師帥射夫以弓失舞, 大射, 大司樂詔諸侯以弓失舞, 是知自王達於庶人, 凡射未嘗不以舞終焉.

衛之賢者任於伶官, 詩人謂, 皆可以承事王者, 不過美其公庭萬舞, 執籥秉翟而已. 然則鄕大夫賓興賢能, 而所詢及此不亦宣乎? 國語謂 '咨親[53]爲詢', 拘矣. 古者射不主皮, 此言主皮者. 不主皮所以觀德行之本, 主皮所以觀藝儀之末, 本在於上, 非衆庶所知故也.

옛날에 제후들이 활을 쏠 적에는 반드시 먼저 연례(燕禮)를 행했는데,[54] 「연례(燕禮)」에 "당상에서 《녹명(鹿鳴)》을 노래하고, 당하에서 관(管)[55]으로 《신궁(新宮)》을 연주하고, 생(笙) 연주자가 들어가 세 번 연주하면, 드디어 향악(鄕樂)을 합주한다. 이때 추는 춤은 《작(勺)》이다"[56]라고 했으니, 향사례(鄕射禮)에서의 흥무(興舞) 또한 이와 같을 것이다.

향사례에서 당상으로 올라가 노래하고 당하로 내려와 관악기를 연주

51　주피(主皮) : 활을 쏠 적에 과녁의 가죽을 뚫는 것을 목표로 하는 것.

52　『周禮』 地官 / 鄕大夫 0.

53　대본에는 '親戚'으로 되어 있으나, 『國語』에 의거하여 '咨親'으로 바로잡았다.

54　『禮記』 射義 46-1.

55　'管'은 2개의 관대를 붙여서 만든 '관(管)'이란 특정 악기를 뜻하기도 하고 입김을 불어서 내는 관악기를 통칭하기도 한다. 당하악(堂下樂)은 관악기 위주로 편성되므로, '下管'에서 '管'은 문맥상 관악기로 풀이하는 것이 합당할 것 같으나, 진양의 설을 따라 특정 악기를 뜻하는 '관'으로 번역하였다.〈『樂書』 42-2〉

56　『儀禮』 燕禮 6-31.

한 뒤 춤출 때, 자신도 모르게 손을 너울너울 춤추고 발을 구르는 것은 즐거움이 극에 달한 것이지만, 말절(末節)일 뿐이다. 『예기』에 "악의 본질은 황종과 같은 음률이나 방패와 도끼를 들고 추는 춤이 아니다. 이것은 악의 말절이므로 동자가 춤춘다"[57]라고 하였다.

향사례에서만 춤춘 것은 아니다. 왕이 연사(燕射)를 할 때 악사(樂師)가 사부(射夫)들을 인솔하고 활과 화살을 들고 춤추고,[58] 대사(大射)를 행할 때 대사악(大司樂)이 제후에게 활과 화살을 들고 춤출 것을 고했으니,[59] 왕으로부터 서인(庶人)에 이르기까지 모든 사례(射禮)는 춤으로 마치지 않은 적이 없다.

위(衛)나라의 현자(賢者)가 영관(伶官)[60]에 임명되자, 시인이 '임금을 받들어 섬길 수 있는 자로 하여금 궁궐 뜰에서 《만무(萬舞)》[61]를 추거나 약(龠)과 꿩깃을 들고 문무(文舞)를 추는 일만 하게 한 것'[62]이라며 한탄하였다. 그렇다면 향대부가 고을의 현명한 인재를 발탁하여 천자에게 천거할 적에 여러 사람들에게 자문하는 것이 또한 마땅하지 않겠는가? 『국어』에 "친척의 도리를 묻는 것을 순(詢)이라 한다"[63]라고 한 것은 너무나 구애된 말이다.

옛날에 사례(射禮)를 행할 때는 과녁의 가죽을 뚫는 것을 목표로 하지 않았는데,[64] 여기에서는 가죽을 뚫는 것을 목표로 하였다. 가죽을 뚫는 것을 목표로 하지 않는 것은 근본인 덕행을 살피기 위함이고 가죽을 뚫는 것을 목표로 하는 것은 말절인 재주를 살피기 위함인데, 근본은 형이상학적인 것이어서 일반 사람들은 잘 모르기 때문이다.

---

57 『禮記』樂記 19-20.
58 연사(燕射)를~춤추고:『周禮』春官 / 樂師 0.
59 『周禮』春官 / 大司樂 3.
60 영관(伶官): 음악을 연주하는 관원.
61 만무(萬舞): 방패와 도끼를 잡고서 추는 춤이다.
62 『詩經』邶風 / 簡兮.
63 『國語』魯語下 5-1.「咨才爲諏, 咨事爲謀, 咨義爲度, 咨親爲詢.」
64 옛날에~않았는데:『論語』八佾 3-16.

봉인(封人)

37-5. 封人, 凡祭祀飾其牛牲, 設其楅衡, 置其絼, 共其水槀, 歌舞, 牲及毛炮之豚.

봉인(封人)[65]은 제사에서 희생으로 쓸 소를 솔질하고 쇠뿔에 뿔막이[66]를 대고 고삐를 매며, 희생을 씻을 수고(水槀)를 공급한다. 노래와 춤 및 희생과 통째로 구운 돼지를 바친다.[67]

歌詠其聲於堂, 貴人聲也, 舞動其容於庭, 容斯爲下矣. 先王於祭祀之牲, 貴牡不貴牝, 貴小不貴大, 貴純不貴厖, 貴充不貴疾. 其出入奏昭夏, 其設飾則歌舞之, 豈特樂其牲爲哉? 迺所以樂神也. 然必責之封人者, 封人所掌者土事, 牲之所資以養者土物, 資養於土物者, 使掌土事者鼓舞之, 以明樂於所供, 而不以物儳其神故也.

당상에서 소리를 내어 노래하는 것은 사람의 목소리를 귀하게 여기기 때문이고, 뜰에서 용모를 움직여 춤추는 것은 몸짓을 낮게 여기기 때문이다. 선왕은 제사에 쓰는 희생으로 수컷을 귀하게 여기고 암컷을 귀하게 여기지 않았으며, 작은 것을 귀하게 여기고 큰 것을 귀하게 여기지 않았으며, 털색이 순수한 것을 귀하게 여기고 얼룩덜룩한 것을 귀하게 여기지 않았으며, 튼튼한 것을 귀하게 여기고 질병이 있는 것을 귀하게 여기지 않았다.

희생이 출입할 때 《소하(昭夏)》를 연주하고, 쇠뿔에 뿔막이를 대고 솔질하며 노래하고 춤추는 것이 어찌 다만 희생을 즐겁게 하는 것이겠는가? 신(神)을 즐겁게 하기 위한 것이다. 그런데 이 일을 봉인이 하도록 한

---

65   봉인(封人) : 제왕의 사단(社壇) 및 경기(京畿)의 경계를 수호하는 일을 맡은 관직.
66   뿔막이 : 소가 뿔로 떠받는 것을 막기 위해 두 뿔의 끝에 가로댄 나무.
67   『周禮』地官 / 封人 0.

이유는 봉인이 관장하는 것이 흙에 관한 일이고 희생은 흙의 산물로 길러지므로, 흙에 관한 일을 관장하는 자로 하여금 흙의 산물로 길러지는 희생을 고무시켜서, 공상(供上)을 즐겁게 여기고, 신에게 바치는 공물(供物)을 약소하게 해서는 안 된다는 것을 밝히기 위해서이다.

고인(鼓人)

37-6. 鼓人, 掌教[68]六鼓四金之音聲, 以節聲樂, 以和軍旅, 以正田役.

고인(鼓人)은 육고(六鼓)[69]와 사금(四金)[70]의 소리를 가르쳐서 성악(聲樂)을 절도 있게 하며, 군사들을 화합시키며 사냥을 일사불란하게 하는 일을 관장한다.[71]

聖人作易, 參天兩地而倚數. 因參而三之, 其數六, 因兩而兩之, 其數四. 鼓陽也而六之, 參天之數也, 金陰也而四之, 兩地之數也. 凡物動而有聲, 聲變而成音. 其爲聲也, 或虛實相成, 或幽顯相形, 雖有萬不同, 其本則一而已. 其爲音也, 或雜比成文, 或曲折成方, 雖當愆不同, 其音亦一而已.

六鼓四金, 皆文之以五聲, 播之以八音, 而鼓人掌教之者, 以爲聲樂

---

68 대본에는 없으나, 『周禮』에 의거하여 '敎'를 보충하였다.
69 육고(六鼓) : 뇌고(雷鼓) · 영고(靈鼓) · 노고(路鼓) · 분고(鼖鼓) · 고고(鼛鼓) · 진고(晉鼓).
70 사금(四金) : 쇠로 만든 4종류의 악기, 즉 순(錞) · 탁(鐲) · 요(鐃) · 탁(鐸)을 가리킨다.〈그림 1-1, 2, 3, 4 참조〉
71 『周禮』 地官 / 鼓人 0.

易以流, 吾以是節之, 軍旅易以乖, 吾以是和之, 田役易以亂, 吾以是正之. 節聲樂所以節喜也, 和軍旅所以節怒也, 正田役所以節事也. 記曰 : "樂也者節也." 豈節聲樂之意邪? 易曰 : "悅以先民, 民忘其勞, 悅以犯難, 民忘其死." 豈和軍旅正田役之意邪? 六鼓四金必掌以鼓人者, 鼓爲樂之君故也.

성인(聖人)이 역(易)을 지을 적에 하늘에서 3이란 수를 취하고 땅에서 2란 수를 취했다.[72] 3에 3을 더하면 그 수는 6이고, 2에 2를 더하면 그 수는 4이다. 양(陽)에 속하는 북이 6종류인 것은 3이 하늘의 수이기 때문이다. 음(陰)에 속하는 금(金)이 4종류인 것은 2가 땅의 수이기 때문이다.

만물은 움직이면 소리가 생기고 소리가 변화하면 음(音)이 이루어진다. 소리는 허(虛)와 실(實)이 서로 이루어주거나 유(幽)와 현(顯)이 서로 드러내주어 같은 것이 전혀 없이 각양각색이나 근본은 하나일 따름이다. 음(音)은 혹 섞이고 배열되어 문채를 이루고 혹 굽고 꺾이어 곡조를 이루어 적당하기도 하고 지나치기도 하여 같지 않으나 음이라는 점에서 하나일 따름이다.

육고(六鼓)와 사금(四金)은 모두 오성(五聲)으로 문채내고 팔음(八音)으로 연주하는 데 쓰인다. 고인(鼓人)이 이를 관장하여 가르치는 것은 방종에 흐르기 쉬운 성악을 이것(六鼓 · 四金)으로 절도 있게 하고, 흐트러지기 쉬운 군사를 이것으로 화합시키고, 혼란해지기 사냥을 이것으로 일사불란하게 하려는 것이다.

성악을 절도 있게 하는 것은 기쁨을 꾸미는 것이고, 군사들을 화합시키는 것은 분노를 꾸미는 것이며, 사냥을 일사불란하게 하는 것은 일을 꾸미는 것이다. 『예기』에 "악이란 절도이다"[73]라고 한 것이 아마 성악을

---

[72] 『周易』 說卦傳 1. 하늘은 둥글고 땅은 네모나다. 둥근 것은 지름이 1이면 둘레가 3이고, 네모진 것은 변이 1이면 둘레가 4인데, 4는 2개의 짝수가 합해진 수이다. 따라서 하늘에서 3이란 수를 취하고 땅에서 2란 수를 취한 것이다.

[73] 『禮記』 仲尼燕居 28-7.

절도 있게 한다는 뜻일 것이다. 『주역』에 "임금이 기쁜 마음으로 백성을 위해 먼저 수고하면 백성도 자신의 수고로움을 돌보지 않고, 임금이 기쁜 마음으로 백성을 위해 어려운 일을 헤쳐 나가면 백성도 자신의 죽음을 돌보지 않는다"[74]라고 한 것이 아마 군사를 화합시키고 사냥을 일사불란하게 한다는 뜻일 것이다. 육고와 사금을 고인이 관장하는 것은 북이 악기 중에서 임금에 해당하기 때문이다.

---

[74] 『周易』 兌卦 2.

권38 주례훈의(周禮訓義)

지관(地官) / 고인(鼓人)·무사(舞師)

고인(鼓人)

38-1. 敎爲鼓, 而辨其聲用. 以靁鼓鼓神祀, 以靈鼓鼓社祭, 以路鼓鼓鬼享, 以鼖鼓鼓軍事, 以鼛鼓鼓役事, 以晉鼓鼓金奏.

고인(鼓人)은 북치는 법을 가르치고 그 소리의 용도를 분별한다. 뇌고(靁鼓)는 천신(天神)에 제사지낼 때 치고, 영고(靈鼓)는 지기(地祇)에 제사지낼 때 치며, 노고(路鼓)는 인귀(人鬼)에 제사지낼 때 치고, 분고(鼖鼓)는 군사(軍事)에 치며, 고고(鼛鼓)는 역사(役事)에 치고, 진고(晉鼓)는 금주(金奏)[1]를 할 때 친다.[2]

---

1 금주(金奏): 글자 그대로 풀이하면 종(鐘)·박(鎛)과 같은 금부(金部) 악기를 연주하는 것이다. 그러나 『樂書』 52-1에 따르면 종은 항상 경(磬)과 같이 연주하므로 금주(金奏)에는 금부의 악기뿐 아니라 돌로 만든 경(磬)도 포함된다고 한다.

鼓異異聲, 聲異異用. 故靁鼓天聲也, 以鼓神祀, 靈鼓地聲也, 以鼓社祭, 路鼓人聲也, 以鼓鬼享, 鼖之於軍・鼛之於役・晉之於金奏, 亦若是矣. 鼓人非特敎其爲之, 又[3]辨其聲用焉, 以言其爲用故也. 神祀太宰所謂大神是也, 社祭大司樂所謂土祇類也. 於天言神以見大祇, 於地言社以見天之衆神, 與記言郊社之禮, 郊以明天道, 社以神地道, 同意. 大司樂言靁鼓靈鼓路鼓, 皆有鼖, 而鼓人言鼓不及鼖, 眡瞭播鼗不及鼓者, 以鼓人言鼓以見鼖, 眡瞭言鼗以見鼓故也.

鬼享之鼓謂之路, 軍事之鼓謂之鼖, 皆以爲大者, 國之大事在祀與戎故也. 然六鼓之用不同, 而有所謂同. 故路鼓晉鼓鼖鼓或施之軍事, 大司馬敎戰, 王執路鼓, 諸侯執賁, 軍將執晉, 是也. 路鼓或施之朝政, 大[4]僕建路鼓, 以待[5]達窮者與遽令, 是也. 鼖鼓或施之金奏, 靈臺鼖鼓維鏞, 是也. 鼖或爲賁, 鼖以賁爲義也, 鼛或爲臯, 鼛以臯爲義也.

북이 다르면 소리가 다르고, 소리가 다르면 용도도 다르다. 뇌고(靁鼓)는 하늘의 소리이므로 천신(天神)에 제사지낼 때 치고, 영고(靈鼓)는 땅의 소리이므로 지기(地祇)에 제사지낼 때 치며, 노고(路鼓)는 사람의 소리이므로 인귀(人鬼)에 제사지낼 때 친다. 군(軍)에서의 분고(鼖鼓), 역사(役事)에서의 고고(鼛鼓), 금주(金奏)할 때의 진고(晉鼓) 또한 이와 같다.

고인(鼓人)은 북치는 법을 가르칠 뿐만 아니라 소리의 용도를 구분했으니, 쓰일 데를 판단하기 위해서이다. 신사(神祀)는 「태재(太宰)」에 이른바 '대신(大神)에 지내는 제사'이고,[6] 사제(社祭)는 「대사악(大司樂)」에 이른바 '토기(土祇)에 지내는 제사'이다.[7] 하늘 제사의 경우 신(神 : 天神)을 말하

---

2   『周禮』 地官 / 鼓人 0.
3   대본에는 '文'으로 되어 있으나, 사고전서 『樂書』에 의거하여 '又'로 바로잡았다.
4   대본에는 '太'로 되어 있으나, 사고전서 『樂書』와 『周禮』에 의거하여 '大'로 바로잡았다.
5   대본에는 없으나 『周禮』에 의거하여 '待'를 보충하였다.
6   『周禮』 天官 / 大宰 11.
7   『周禮』 春官 / 大司樂 1.

여 대기(大祇 : 토지신)를 아울러 나타내고, 땅 제사의 경우 사(社 : 토지신)를 말하여 하늘의 여러 신을 아울러 나타내니, 이는 『예기』에 교사(郊社)의 예(禮)를 설명하기를, 교(郊)는 천도(天道)를 밝히기 위한 것이고[8] 사(社)는 지도(地道)를 신성하게 받들기 위한 것이라고[9] 한 것과 같은 뜻이다.

「대사악」에는 뇌고·영고·노고에 모두 도(鼗)가 있는데,[10] 「고인(鼓人)」에는 고(鼓)만 말하고 도(鼗)를 언급하지 않고, 「시료(眡瞭)」에는 도(鼗)를 흔든다는 것만 말하고 고(鼓)를 언급하지 않은 것은[11] 「고인」에서는 고를 말하여 도를 아울러 나타내고, 「시료」에서는 도를 말하여 고를 아울러 나타내기 때문이다.

인귀에 쓰는 북을 '노(路)'라 하고 군사(軍事)에 쓰는 북을 '분(鼖)'이라 하여 모두 '크다'는 의미를 지닌 단어를 쓴 것은 나라의 큰일은 제사(祭祀)와 군사(軍事)에 있기 때문이다.

육고(六鼓)는 용도가 같지 않지만, 같이 쓰이는 경우도 있다. 즉, 노고·진고·분고를 군사(軍事)에 쓰기도 하니, '대사마(大司馬)가 군사를 훈

---

8 『禮記』郊特生 11-20.「祭之日, 王被袞以象天. 戴冕, 璪十有二旒, 則天數也, 乘素車, 貴其質也. …… 郊所以明天道也【제사 당일에 왕이 일월성신(日月星辰)의 무늬가 있는 곤복(袞服)을 입는 것은 하늘을 상징하고, 옥으로 장식한 드림이 12개 있는 면류관을 쓰는 것은 12지(支)의 천수(天數)를 본받은 것이고, 소거(素車)를 타는 것은 질박함을 귀하게 여기는 것이다. …… 교(郊)는 천도(天道)를 밝히기 위한 것이다.】」

9 『禮記』郊特生 11-17.「社祭土而主陰氣也, 君南鄕於北墉下, 答陰之義也. 日用甲, 用日之始也, 天子大社必受霜露風雨, 以達天地之氣也. …… 社所以神地之道也【사(社)는 국토의 신에 제사지내는 것으로 음기(陰氣)를 주로 한다. 임금이 북벽에서 남향하는 것은 음기(陰氣)에 대한 예다. 사(社)의 제사에서 갑(甲)의 날을 쓰는 것은 10간(干)의 최초의 날을 취한 것이다. 서리·이슬·바람·비를 직접 맞도록 천자의 대사(大社)에 지붕을 덮지 않는 것은 천지의 기(氣)가 서로 통할 수 있게 하기 위한 것이다. …… 사(社)는 지도(地道)를 신성하게 받들기 위한 것이다.】」

10 『周禮』春官 / 大司樂 2.「…… 雷鼓·雷鼗·孤竹之管·雲和之琴瑟·雲門之舞, 冬日至於地上之圜丘奏之, 若樂六變則天神皆降可得而禮矣. …… 靈鼓·靈鼗·孫竹之管·空桑之琴瑟·咸池之舞, 夏日至於澤中之方丘奏之, 若樂八變則地祇皆出可得而禮矣. …… 路鼓·路鼗·陰竹之管·龍門之琴瑟·九德之歌·九韶之舞, 於宗廟之中奏之, 若樂九變則人鬼可得而禮矣.」

11 『周禮』春官 / 眡瞭 0.「眡瞭, 掌凡樂事, 播鼗擊頌磬笙磬.」

런시킬 때 왕은 노고를 잡고 제후는 분고를 잡고 군장(軍將)은 진고를 잡는다'[12]라고 한 것이 이것이다. 혹 노고를 조정의 정사(政事)에 쓰기도 하니, '대복(大僕)이 노고를 세워서, 달궁자(達窮者)[13]와 거령(遽令)[14]을 기다린다'[15]라고 한 것이 이것이다. 분고를 혹 금주(金奏)할 때 쓰기도 하니, 《영대(靈臺)》에 "분고와 용(鏞)이 있도다"[16]라고 한 것이 이것이다.

'분(蕡)'을 혹 '분(賁)'으로 쓰기도 하는 것은 분(蕡)에 크다는 뜻이 있기 때문이고, '고(鼛)'를 '고(皐)'로 쓰기도 하는 것은 고(鼛)에 높다는 뜻이 있기 때문이다.

38-2. 以金錞和鼓, 以金鐲節鼓, 以金鐃止鼓, 以金鐸通鼓.

고인은 금순(金錞)으로 북소리에 화답하고, 금탁(金鐲)으로 북소리를 절도 있게 하며, 금요(金鐃)로 북소리를 그치게 하고, 금탁(金鐸)으로 북소리를 통하게 한다.[17]

六鼓之有四金, 猶六律之有六呂也. 故錞之聲熟, 鐲之聲濁, 鐃之聲高, 鐸之聲明. 熟則陰與陽和, 故可以和鼓, 濁則承陽而節之, 故可以節鼓, 高則陰勝陽而止之, 故可以止鼓, 明則陰與陽通,[18] 故可以通鼓.

在易艮則位之終止也, 其究也必窮, 故以漸進繼焉, 旣濟則治之終止也, 其究也必亂, 故以未濟終焉. 此六鼓終於通鼓之意也. 大司馬言, 鐲鐃則鳴之而已, 鐸則或振或攡, 其用則先鐸後鐃, 與此不同者, 此言理之序, 大司馬言用之序故也. 錞之於兵, 雖無經見, 國語曰 : "戰以錞于

---

12 『周禮』夏官 / 大司馬 6.
13 달궁자(達窮者) : 사구(司寇)에 속하는 조사(朝士)로서 백성의 곤궁한 사정을 임금에게 알리는 자.〈『周禮』夏官 / 大僕 0 鄭玄 注〉
14 거령(遽令) : 급박한 일을 알리는 역참(驛站) 관리.〈『周禮』夏官 / 大僕 0 鄭玄 注〉
15 『周禮』夏官 / 大僕 0.
16 『詩經』大雅 / 靈臺.
17 『周禮』地官 / 鼓人 0.
18 대본에는 '適'으로 되어 있으나, 사고전서 『樂書』에 의거하여 '通'으로 바로잡았다.

丁寧, 儆其民也." "黃池之會, 吳王親鳴鍾鼓丁寧錞于振鐸." 則兵法固有之矣.

육고(六鼓)에 사금(四金)이 있는 것은 육률(六律)에 육려(六呂)가 있는 것과 같다. 그러므로 순(錞)의 소리는 부드럽고, 탁(鐲)의 소리는 탁(濁)하고, 요(鐃)의 소리는 높고, 탁(鐸)의 소리는 밝다. 부드러운 소리는 음(陰)이 양(陽)과 조화를 이루게 하므로 북소리에 화답할 수 있고, 탁한 소리는 음이 양을 이어서 절도 있게 하므로 북소리를 절도 있게 할 수 있으며, 높은 소리는 음이 양을 이기어 그치게 하므로 북소리를 그치게 할 수 있고, 밝은 소리는 음과 양을 통하게 하므로 북소리를 통하게 할 수 있다.

『주역』에서 간괘(艮卦)는 위치가 막다라 그치는 것이니 결국은 반드시 궁하게 되므로 점점 진출하는 점괘(漸卦)로 이어지고,[19] 기제괘(旣濟卦)는 다스림이 그치는 것이니 결국에는 반드시 혼란스러워지므로 미제궤(未濟卦)로 끝맺었다.[20] 이것이 바로 육고의 북소리를 통하게 하는 것으로 끝맺는 이유이다.

「대사마(大司馬)」에 탁(鐲)・요(鐃)는 '울린다(鳴)'라고 서술하고 탁(鐸)은 '떨치다(振)' 또는 '흔들다(撼)'라고 서술했으며, 용도를 말할 적에 탁(鐸)을 요(鐃)보다 먼저 서술하여[21] 여기(「鼓人」)와 다른 것은 여기에서는 이치의 순서를 따르고, 「대사마」에서는 용도의 순서를 따랐기 때문이다.

군대에서 순(錞)을 사용했다는 기록이 경전에는 보이지 않으나, 『국어』에 "전투할 때 순우(錞于)와 정녕(丁寧)이라는 악기를 울리는 것은 백성들을 경각(警覺)시키기 위한 것이다"[22]라고 하고, "황지(黃池)의 모임에

---

19 『周易』에서 괘의 순서는 52번째가 重山艮卦이고, 53번째가 風山漸卦이다.

20 『周易』에서 괘의 순서는 63번째가 水火旣濟卦이고, 64번째가 火水未濟卦이다.

21 『周禮』夏官 / 大司馬. 「田之日, 司馬建旗于後表之中, 羣吏以旗物鼓鐸鐲鐃各帥其民而致, 質明弊旗, 誅後至者. 乃陳車徒如戰之陳皆坐. …… 中軍以鼙令鼓, 鼓人皆三鼓, 司馬振鐸, 羣吏作旗, 車徒皆作鼓行鳴鐲, 車徒皆行及表乃止. 二鼓撼鐸, 羣吏弊旗車徒皆坐. 又三鼓振鐸, 作旗車徒皆作鼓進鳴鐲, 車驟徒趨及表乃止. 坐作如初. 乃鼓車馳徒走及表乃止. 鼓戒三関車三發徒三刺. 乃鼓退鳴鐃, 且卻及表乃止坐作如初.」

22 『國語』晉語五 11-4.

서 오나라 왕(夫差)이 친히 종(鐘)·고(鼓)·정녕·순우·탁(鐸)을 울렸다"[23]라고 했으니, 병법(兵法)에 원래 있던 것이다.

38-3. 凡祭祀百物之神, 鼓兵舞帗舞者.

백물(百物)의 신(神)에 대한 제사에 《병무(兵舞)》와 《불무(帗舞)》[24]를 출때 북으로 반주한다.[25]

先王作樂, 發諸聲音, 而以鼓爲之君, 形諸動靜, 而以舞爲之容. 故凡神在天地之間, 自有聲至於無聲, 吾皆有以鼓之, 自有形至於無形, 吾皆有以舞之, 然則鼓之舞之, 有不盡神者乎? 祭法曰:"山林川谷丘陵, 能出雲爲風雨見怪物, 皆曰神, 有天下者祭百神." "舞師掌教兵舞, 帥而舞山川之祭祀, 教帗舞, 帥而舞社稷之祭祀." 由此觀之, 凡祭祀百物之神, 舞之在舞師, 則鼓之在鼓人矣.

其兵舞帗舞, 扜蔽祓除災害故也, 扜蔽則災害未然者不至, 祓帗[26]除則災害已然者去矣. 黨正祭禜, 族師祭酺, 皆此意歟! 舞師凡小祭祀不興舞, 則百物之神有舞者, 非小祭祀也. 記言聚萬物而索饗之, 則蜡而已, 祭祀百物之神非特蜡也. 先王之於百物, 致而祭之以夏, 索而饗之以冬, 謂之凡祭祀百物, 則不主一時可知矣.

선왕이 악(樂)을 지으면서, 성음(聲音)으로 나타낸 것은 북소리로 임금을 삼고, 동정(動靜)으로 형용한 것은 춤사위로 자태를 꾸몄다. 그러므로 천지 사이에 있는 모든 신을 위해, 소리가 있는 것에서 소리가 없는 것에 이르기까지 모두 연주하고 형상이 있는 것에서 형상이 없는 것에 이르기까지 모두 춤추었으니, 연주하고 춤출 때 신에게 정성을 다하지 않

23　『國語』吳語 19-6.
24　불무(帗舞): 사직에 제사지낼 때 오색 비단으로 된 기(旗)를 들고 추는 춤.
25　『周禮』地官 / 鼓人 0.
26　대본에는 '帗'로 되어 있으나, 문맥상 '祓'로 바로잡았다.

음이 있었겠는가?

「제법(祭法)」에 "산림(山林)·천곡(川谷)·구릉(丘陵)에서 구름을 내고 비바람을 일으켜 신기한 일을 보이는 것은 모두 신(神)이니, 천하를 가진 자는 백신(百神)에 제사지내야 한다"[27]라고 했고, 『주례』에 "무사(舞師)는 《병무(兵舞)》를 가르쳐서 인솔하여 산천제사에서 춤추고 《불무(帗舞)》를 가르쳐서 인솔하여 사직제사에서 춤추는 일을 관장한다"[28]라고 하였다. 이를 보건대, 백물(百物)의 신(神)에 제사지낼 때 춤추는 일은 무사(舞師)가 담당하고, 춤출 때 북치는 일은 고인(鼓人)이 담당한 것이다.

《병무》와 《불무》는 재해를 미리 방비하거나 제거하기 위한 것이니, 미리 방비하면 아직 일어나지 않은 재해가 이르지 않고, 제거하기 위해 굿을 하면 이미 발생한 재해가 사라진다. 당정(黨正)이 영제(禜祭)[29]를 지내고[30] 족사(族師)가 포제(酺祭)[31]를 지낸 것[32]도 모든 이런 뜻이다.

「무사」에 "소제사(小祭祀)에서는 춤추지 않는다"[33]라고 했는데, 백물(百物)의 신에 지내는 제사는 춤이 있으니 소제사가 아님을 알 수 있다. 『예기』에 "만물의 신을 불러 모아서 향응한다"[34]라고 한 것은 섣달에 지내는 사제(蜡祭)[35]를 뜻할 뿐이나, 백물의 신에 지내는 제사는 사제(蜡祭)일 뿐이 아니다. 선왕이 여름에는 백물의 신을 이르게 하여 제사지내고 겨울에는 백물의 신을 불러 모아 향응했으니,[36] '백물의 신에 대한 제사'는

27　『禮記』祭法 23-3.

28　『周禮』地官 / 舞師 0.

29　영제(禜祭) : 금줄을 치고 그 안에서 천재지변의 재앙을 막기 위해 해·달·별·산·강 등에 지내는 제사.

30　『周禮』地官 / 黨正 0.

31　포제(酺祭) : 재해(災害)를 내리는 신에게 지내는 제사.

32　『周禮』地官 / 族師 0.

33　『周禮』地官 / 舞師 0.

34　『禮記』郊特生 11-21.

35　사제(蜡祭) : 감사의 뜻으로 1년 농사에 공을 끼친 모든 신을 찾아서 섣달에 지내는 제사이다. '蜡'는 찾는다는 뜻이다.

36　『周禮』春官 / 家宗人 0.

한 계절에만 지내지 않았음을 알 수 있다.

38-4. 凡軍旅夜鼓鼜, 軍動則鼓其衆, 田役亦如之.

군중에서 밤에 경계하기 위해 북을 치고, 군대를 움직일 때 사기를 북 돋기 위해 북을 치며, 사냥할 때도 이와 같이 한다.[37]

不虞之患多起於夜. 故古人於無事之時, 猶或待暴有柝, 守國有鼜, 況軍旅乎? 此挈壺氏所以序聚柝, 鼓人所以鼓鼜也. 鐏師·掌固皆夜三[38]鼜, 大司馬辨軍之夜事, 則鼓人所鼓所辨亦可知矣. 兵法有鼓首鼓馬鼓徒鼓手鼓足之說, 則軍動鼓其衆, 亦不過如此.

昔[39]魯莊公戰于長勺, 未可鼓而欲鼓, 曹[40]劌違之, 爲其失之遽也. 宋襄公戰于泓, 可以鼓而不鼓, 子魚非之, 爲其失之緩也. 先王鼓衆之法無失也, 軍動則鼓之而已.

今夫田者養禽獸而取之, 以爲人利者也, 役者執殳從事而與戎異者也, 鼓[41]人以鼖鼓鼓軍事, 以鼛鼓鼓役事, 而不及田, 何邪? 曰: 先王敎軍旅之法, 常寓於四時之田, 在易之師, 有田禽之象, 司馬之田, 有如戰之陣, 則軍旅田獵之制同法而異用, 言軍事則田事擧矣. 大僕軍旅田役贊王鼓, 則贊之在大僕, 鼓之在鼓人故也.

예기치 않은 환란은 밤에 많이 일어난다. 그러므로 옛날 사람들은 무사한 때에도 혹 발생할지 모를 폭력에 대비하기 위해 딱따기를 쳤고, 도성을 지키면서 경계하기 위해 북을 쳤는데, 하물며 군대에서랴! 이것이

---

37 『周禮』 地官 / 鼓人 0.
38 대본에는 '王'으로 되어 있으나, 사고전서 『樂書』와 『周禮』에 의거하여 '三'으로 바로잡았다.
39 대본에는 '晉'으로 되어 있으나, 사고전서 『樂書』와 『春秋左氏傳』에 의거하여 '昔'으로 바로잡았다.
40 대본에는 '皆'로 되어 있으나, 사고전서 『樂書』와 『春秋左氏傳』에 의거하여 '曹'로 바로잡았다.
41 대본에는 '古'로 되어 있으나, 문맥상 '鼓'로 바로잡았다.

설호씨(挈壺氏)가 시간에 맞추어 순번대로 딱따기를 쳐서 수비하고,[42] 고인(鼓人)이 경계하기 위해 북을 친 이유이다. 박사(鎛師)와 장고(掌固)가 모두 밤에 세 차례 순찰할 때 모두 북을 쳐서 경계하고,[43] 대사마(大司馬)가 군중에서 야간에 번(番)을 서고 교대하는 일을 분별했으니,[44] 고인이 북을 치고 북소리의 용도를 분별한 이유도 미루어 알 수 있다. 병법(兵法)에 고수(鼓首)·고마(鼓馬)·고도(鼓徒)·고수(鼓手)·고족(鼓足)의 설(說)이 있으니, 군대를 움직일 때 사기를 북돋기 위해 북을 치는 것도 이와 같은 것에 지나지 않는다.

옛날에 노(魯)나라 장공(莊公)이 장작(長勺)에서 제나라 군대와 전투할 적에 북을 칠 때가 아닌데 북을 치려 하자, 조귀(曹劌)가 못하게 막았으니,[45] 서둘러 치는 실수를 막고자 한 것이다. 송(宋)나라 양공(襄公)이 홍(泓)에서 전투할 적에 북을 쳐야 할 때 치지 않자 자어(子魚)가 비난했으니,[46] 너무 늦게 북을 친 실수를 범했기 때문이다. 선왕이 사기를 북돋기

---

42 『周禮』夏官 / 挈壺氏 0.

43 『周禮』春官 / 鎛師 0; 夏官 / 掌固 0.

44 『周禮』夏官 / 大司馬 7.

45 『春秋左氏傳』莊公 10년(1). 「公將鼓之. 劌曰 : "未可." 齊人三鼓. 劌曰 : "可矣!" …… 旣克, 公問其故. 對曰 : "夫戰, 勇氣也. 一鼓作氣, 再而衰, 三而竭, 彼竭我盈, 故克之【장공이 진격의 북을 울리려 하자 조귀가 아직은 때가 아니라고 말렸다. 제나라 사람이 세 번이나 북을 울리자 조귀가 이제 때가 되었다고 하였다. …… 싸움에 이기고 나서 장공이 이유를 물으니 조귀가 대답했다. "전쟁은 용기입니다. 한 번 북을 치면 용기가 나는데, 그때 응전하지 않아 다시 북을 울리면 병사의 용기가 약해지고, 그래도 응전하지 않아 또 다시 북을 울리면 병사의 용기가 다 없어집니다. 저들의 용기가 다했을 때 우리가 북을 두드려 우리 군사의 용기가 충만했기 때문에 그들을 이긴 것입니다.】」

46 『春秋左氏傳』僖公 22년(8). 「宋人旣成列, 楚人未旣濟. 司馬曰 : "彼衆我寡, 及其未旣濟也, 請擊之." 公曰 : "不可." …… 旣陳而後擊之, 宋師敗績. …… 國人皆咎公. 公曰 : "君子不重傷, 不禽二毛. …… 不鼓不成列." 子魚曰 : "君未知戰. …… 三軍以利用也, 金鼓以聲氣也. 利而用之, 阻隘可也; 聲盛致志, 鼓儳可也"【이때 송나라 사람들은 군사의 대열을 정비했으나, 초나라 사람들은 아직 물을 건너지 못했다. 그래서 사마가 "저들은 많고 우리는 적으니 저들이 아직 물을 다 건너지 못했을 때 공격하시기 바랍니다"라고 하자, 공이 안 된다고 하였다. …… 초나라 군사가 대열을 정비한 뒤에 공격하니, 송나라 군사가 패하고 말았다. …… 나라 사람들이 모두 공을 비난하자, 공

위해 북을 친 법은 실수가 없었으니, 군대를 움직일 때 북을 쳤을 따름
이다.

사냥이란 평소 새와 짐승이 잘 자라도록 보호했다가 어느 날 이를 잡
아서 사람에게 이익이 되게 하는 것으로, 이때의 역(役)은 대나무 창을
잡고 사냥을 하는 것으로서 수자리 사는 것과는 다르다. 그런데 '고인(鼓
人)은 군사(軍事)에 분고(瀵鼓)를 치고, 역사(役事)에 고고(鼛鼓)를 친다'[47]라
고 하여 사냥을 언급하지 않은 이유는 무엇인가? 선왕은 군대를 항상 사
시(四時)의 사냥을 통해서 훈련시켰고,[48] 『주역』의 사괘(師卦)에 밭에 새가
있는 상(象)이 있고,[49] 사마(司馬)가 사냥할 때는 전시(戰時)의 진(陳)과 같이
대열을 정비했으니,[50] 군대와 사냥의 제도는 법은 같고 적용만 다른 것
이므로 군사(軍事)를 말하면 거기에 사냥도 포함되기 때문이다.

이 말했다. "군자는 부상한 사람을 거듭 다치게 하지 않고, 반백의 노인을 사로잡지
않는다. …… 대열을 정비하지 않은 적을 진격하라고 북을 치지는 않는다." 이에 대
하여 자어가 말했다. "임금께서는 전술을 모르십니다. …… 삼군(三軍)을 동원하여
싸우는 것은 나라의 이익을 위해서요, 징과 북을 치는 것은 그 소리로 군사의 사기
를 북돋는 것입니다. 국가의 이익을 위해 군사를 동원한 것이니 적이 불리할 때 공
격하는 것이 옳고, 징과 북소리로 사기를 북돋는 것이니 적의 대열이 흐트러졌을 때
북을 쳐 진격하는 것이 옳습니다."】

47 『周禮』地官 / 鼓人 0.
48 『周禮』地官 / 鄕師 3. 「凡四時之田 前期 出田法于州里簡其鼓鐸旗物兵器, 修其卒伍,
及期, 以司徒之大旗致衆庶而陳之【네 계절에 사냥을 할 때 미리 사냥법에 따라 주
(州)와 리(里)에서 고(鼓)·탁(鐸)·기(旗)·병기(兵器)를 가려 뽑고, 항오를 정돈한
다. 사냥하는 날에는 사도(司徒)의 큰 깃발로 뭇사람을 이르게 하여 대열을 정비한
다.】」
49 『周易』師卦 12. 「六五, 田有禽, 利執言, 无咎, 長子帥師, 弟子輿尸, 貞凶【육오(六五)
는 밭에 새가 있거든 말(言)을 받드는 것이 이로우니 허물이 없으리라. 장자(長子)가
군사를 거느릴지니, 제자(弟子)가 여럿이 주장하면 바르게 하려 할지라도 흉하리
라.】, 밭에 새가 있다는 것은 적의 위협이 아주 가깝다는 뜻이다. 이런 때는 육오가
유약하니, 구이(九二)인 장자(長子)에게 전임하여 군사를 이끌게 하여야 하니, 자질
이 안 되는 제자(弟子)가 참견하면 기강이 서지 않아 바르게 하려 해도 패하게 된다.
50 『周禮』夏官 / 大司馬 6. 「中春敎振旅, 司馬以旗致民, 平列陳如戰之陳【중춘에는 군대
를 정돈하는 일을 교육한다. 사마가 기(旗)로 백성을 소집하여 전시(戰時)의 진과 같
이 대열을 정비한다.】」

대복(大僕)은 군사(軍事)와 사냥에서 왕을 도와서 북을 쳤으니,[51] 돕는 것은 대복의 임무이고 치는 것은 고인의 임무이기 때문이다.

38-5. 救日月, 則詔王鼓, 大喪則詔大僕鼓.

일식(日食)과 월식(月食)을 구제할 때는 왕에게 북을 칠 것을 아뢰고, 대상(大喪)에는 대복(大僕)에게 북을 칠 것을 고한다.[52]

救日月則詔王鼓者, 鼓皆以助陽也, 月食而助陽, 則月之明, 遡於日而已, 日月食皆陰爲之災也. 今夫天子理陽道, 后治陰德. 故男敎不修, 日爲之食, 天子素服修六官之職, 以蕩天下之陽事. 婦順不修, 月爲之食, 后素服修六宮之職, 以蕩天下之陰事. 是天子之與后, 猶日之與月·陰之與陽. 則救日詔王鼓可也, 救月亦詔之可乎? 曰 : 陰所以佐陽, 而主成功者在陽, 不在陰, 后所以佐王, 而主成功者在王, 不在后, 然則救日月食, 均詔王鼓可也.

詩曰 : “彼月而食, 則維其常, 此日而食, 于何不藏!” 則月者缺也, 以食爲常, 日者實也, 以食爲變. 故春秋書日食三十六, 書述‘季秋朔辰弗集于房’, 皆未嘗及月焉. 鼓人昏義兼日月言者, 蓋書與春秋皆出於史. 史法, 常事不書, 變則書之, 不得不與二禮異也. 書曰 : “瞽奏鼓, 嗇夫馳, 庶人走.” 春秋書, ‘日有食之, 鼓用牲于社者’三, 則救日月用鼓尙矣. 左丘明謂 : “惟正月之朔, 慝未作, 日有食之,[53] 於是用幣于社, 伐鼓于朝.” 然日食奏鼓, 先王之禮也, 春秋特譏用牲而已, 非爲九月六月不鼓也. 古人救日月之法, 非特乎此, 庭氏又有救日之弓·救月之矢. 日月食皆陰爲之災, 必以鼓者所以追陽也. 以鼓進陽, 以弓退陰, 尙何天

51　대복(大僕)은~쳤으니 : 『周禮』 夏官 / 大僕 0.

52　『周禮』 地官 / 鼓人 0.

53　대본에는 없으나, 문맥이 통하지 않아 『春秋左氏傳』에 의거하여 ‘日有食之’를 보충하였다.

變之有? 雖然君子以爲文, 庶人以爲神矣.

此言救日月詔王鼓, 大僕日月食贊王鼓, 何也? 曰: 大僕之職內與王正其身, 外與王 同憂懼. 故王鼓得以贊之. 鼓人之職卑矣, 內不可與王正其身, 外不可與王同憂懼, 特以鼓詔之而已.

일식과 월식을 구제할 때 왕에게 북을 칠 것을 아뢰는 것은 북이 양(陽)을 돕기 때문이다. 월식에 북을 쳐서 양을 돕는 이유는 달의 밝음이 해를 거스르는 것이어서 일식과 월식이 모두 음(陰)에 의한 재앙이기 때문이다.[54] 천자는 양도(陽道)를 다스리고 왕후는 음덕(陰德)을 다스린다. 그러므로 남자의 일을 닦지 못해 일식이 일어나면 천자가 소복(素服)으로 육관(六官)의 직무를 다스려서 천하의 잘못된 양사(陽事)를 씻어내고, 여자의 유순한 덕을 닦지 못해 월식이 일어나면 왕후가 소복으로 육궁(六宮)[55]의 직무를 다스려서 천하의 잘못된 음사(陰事)를 씻어냈다. 천자와 왕후의 사이는 일·월과 같고 음·양과 같기 때문이다.[56]

그렇다면 일식을 구제할 때 왕에게 북을 칠 것을 아뢰는 것은 옳지만, 월식을 구제할 때 왕에게 아뢰는 것도 옳은가? 음(陰)은 양(陽)을 돕는 것이므로 성공을 주관하는 것은 양에 있고 음에 있지 않듯이, 왕후는 왕을 돕는 자이므로 성공을 주관하는 것은 왕에게 있고 왕후에게 있지 않다. 따라서 일식과 월식을 구제할 때 다 같이 왕에게 북을 칠 것을 아뢰는 것이 옳다.

『시경』에 "저 달이 먹히는 건 흔히 있는 일이지만 해가 먹히는 건 얼마나 불길한 일인가!"[57]라고 했듯이, 달은 정기적으로 이지러지므로 월식은 흔히 있는 일로 여겼지만, 해는 항상 둥근 모습을 유지하므로 일식은 이변으로 여겼다. 그러므로 『춘추』에 일식에 대한 기록이 36회 나오

---

54   일식은 음(陰)이 양(陽)을 이긴 것이고 월식은 음이 태양에게서 받은 양을 먹는 것이다.

55   육궁: 후비들이 거처하는 궁.

56   천자는~때문이다:『禮記』昏義 44-8, 9.

57   『詩經』小雅/十月之交.

고, 『서경』에 "9월 초하루에 신(辰)이 방수(房宿)에 모이지 않았다"[58]라고만 기록하여, 모두 월식은 언급하지 않았다. 그러나 「고인(鼓人)」과 「혼의(昏義)」에서는 일식과 월식을 다 언급하였다. 이렇게 차이가 나게 된 이유는 『서경』과 『춘추』는 역사적 사실을 논한 책이기 때문이다. 역사서를 쓰는 법은 정상적인 사건은 기록하지 않고 이례적인 사건만 기록하니, 「고인」과 「혼의」가 실린 『주례』·『예기』와는 다르지 않을 수 없다.

『서경』에 "일식이 일어나자 고몽(瞽矇 : 장님 악공)이 북을 울리고 색부(嗇夫)가 말을 달리고 서인(庶人)들이 분주하였다"[59]라고 하고, 『춘추』에 "일식이 일어나자 북을 치고 희생을 사단(社壇)에 바쳤다"[60]라는 기록이 3회 나오니, 일식과 월식을 구제하고자 북을 쓴 지는 오래되었다. 좌구명(左丘明)[61]이 "정양월(正陽月)[62] 초하루는 음기(陰氣)가 발동하는 시기가 아닌데 이때에 일식이 생기면, 사단(社壇)에 폐백을 바쳐 제사지내고 조정에서 북을 친다"[63]라고 하였다. 일식에 북을 치는 것은 선왕의 예였으므로, 『춘추』에서는 희생을 쓴 것에 대해서만 비난했지, 9월과 6월을 북을 쳐서는 안 되는 달이라고 하지는 않았다.[64]

---

58 『書經』夏書 / 胤征 2. 신(辰)은 해와 달이 만나는 곳이고, 방(房)은 이십팔수(二十八宿)의 하나로 대화(大火)인 묘(卯)에 해당한다. 9월 초하루는 해와 달이 대화인 묘방(卯方 : 正東)에서 만나야 하는데, 서로 화(和)하지 못하여 달이 해를 가리워 일식이 일어났음을 말한 것이다. 〈성백효 역주, 『書經集傳』上, 263쪽〉

59 『書經』夏書 / 胤征 2.

60 『春秋』莊公 25년; 莊公 30년; 文公 15년.

61 좌구명(左丘明) : 공자와 같은 무렵 노나라 출신으로 태사(太史)를 지냈다. 저서에 『춘추좌씨전(春秋左氏傳)』과 『국어(國語)』가 있다.

62 대본에는 '正月'로 되어 있으나, 여기서 '正月'은 1월이 아니라 4월을 뜻하므로 혼동을 피하고자 정양월(正陽月)이라 번역했다. 12개월을 『주역』의 12괘에 맞추면, 4월은 건괘(乾卦)에 해당하는데, 건괘는 여섯효(爻)가 모두 양효(陽爻)이므로 4월을 정양월(正陽月)이라 한다. 대본에서 4월을 '正月'이라 표현한 이유는, 하력(夏曆)으로 4월은 순양(純陽)이기 때문에 정월(正月)이라 이르고, 10월은 순음(純陰)이므로 양(陽)이 없는가 의심되어 양월(陽月)이라 이르기도 하기 때문이다.

63 『春秋左氏傳』莊公 25년(2).

64 『春秋』莊公 25년.「六月辛未朔, 日有食之, 鼓, 用牲于社.」; 莊公 30년.「九月庚午朔, 日有食之, 鼓, 用牲于社.」; 文公 15년.「六月辛丑朔, 日有食之, 鼓, 用牲于社.」 진(晉)

옛사람들이 일식과 월식을 구제하는 법에는 이것만 있는 것이 아니니, 「정씨(庭氏)」에 또한 일식을 구제하는 활과 월식을 구제하는 화살에 대한 것이 실려 있다.[65] 일식과 월식은 모두 음(陰)에 의한 재앙이므로, 반드시 북을 치는 것은 양(陽)를 북돋기 위한 것이다. 북으로 양(陽)을 진출시키고, 활로 음(陰)을 물리치면 어찌 천변(天變)이 생길 수 있겠는가? 그런데 군자는 이를 겉치레로 여기고, 서인(庶人)은 신기한 일로 여겼다.

여기(「鼓人」)에서는 "일식과 월식을 구제할 때 왕에게 북을 칠 것을 아린다"라고 했는데, 「대복(大僕)」에는 "일식과 월식에 왕을 도와서 북을 친다"[66]라고 한 것은 무엇 때문인가? 대복의 직무는 안으로 왕과 함께 그 몸을 바르게 하고 밖으로 왕과 함께 걱정하고 두려워하는 것이므로 왕이 북을 치는 일을 돕지만, 고인(鼓人)은 직분이 낮아서 안으로 왕과 함께 그 몸을 바르게 하거나 밖으로 왕과 함께 걱정하고 두려워할 수 있는 처지가 아니므로, 다만 북을 칠 것을 아릴 뿐이다.

의 두씨(杜氏)가 "鼓伐鼓也, 用牲以祭社. 傳例曰非常也"라고 하여, 6월과 9월에 일식이 일어났을 때 북을 친 것은 잘못이라고 주(註)를 낸 것에 대해, 진양이 반박한 것이다.

65   『周禮』 秋官 / 庭氏 0. 「庭氏, 掌射國中之夭鳥, 若不見其鳥獸, 則以救日之弓與救月之矢射之.」

66   『周禮』 夏官 / 大僕 0. 「大僕, …… 凡軍旅田役贊王鼓. 救日月亦如之.」

권39 주례훈의(周禮訓義)

지관(地官) / 무사(舞師)
춘관(春官) / 대종백(大宗伯)·내종(內宗)·외종(外宗)·대사악(大司樂)

무사(舞師)

39-1. 舞師掌教兵舞, 帥而舞山川之祭祀, 教帗舞, 帥而舞社稷之祭祀, 教羽舞, 帥而舞四方之祭祀, 教皇舞, 帥而舞旱暵之事. 凡野舞則皆教之.

무사(舞師)는《병무(兵舞)》를 가르쳐서 인솔하여 산천제사에서 춤추고, 《불무(帗舞)》를 가르쳐서 인솔하여 사직제사에서 춤추며, 《우무(羽舞)》를 가르쳐서 인솔하여 사방(四方)제사에서 춤추고, 《황무(皇舞)》를 가르쳐서 인솔하여 가뭄에 춤춘다. 춤 배우기를 원하는 야인(野人 : 평민)들을 모두 가르친다.[1]

---

[1] 『周禮』 地官 / 舞師 0.

執干揚而舞之兵舞也, 列五采繒爲之帗舞也, 析衆羽爲之羽舞也, 以鳳羽爲之皇舞也, 以旄牛尾爲之旄舞也. 舞師先兵舞·帗舞, 繼之以羽舞·皇舞, 樂師先帗羽皇旄, 繼之以干與人者, 樂師以敎其儀爲主, 則先其飾之盛者, 舞師以敎其用爲主, 則先其事之急者故也. 人君之於天下, 有山川以阻固, 然後能保社稷, 有社稷以祓[2]除, 然後可以有事於四方, 有四方以爲翼蔽, 然後可以待變事. 此山川·社稷·四方所以言祭祀而先之, 於旱嘆所以言事而後之也. 鄭司農曰: "社稷以帗, 宗廟以羽, 四方以皇, 辟雍以旄, 兵事以干, 星辰以人." 鄭康成曰: "四方以羽, 宗廟以人, 山川以干, 旱嘆以皇." 是不知, 大祭祀有備樂, 必有備舞也. 春秋書: "有事於太廟, 萬入去籥." 則宗廟用干與羽. 散而用之, 則山川以干, 社稷以帗, 四方以羽, 旱嘆以皇矣.

大司樂曰: "舞咸池以祭地祇", 則社稷不特帗舞也. "舞大夏以祭山川", 則山川不特兵舞也. 於咸池之類言其章, 不言其器, 於帗舞之類言其器, 不言其章, 互備故也. 樂師備六舞, 先羽而後干, 舞師止於四舞, 先兵而後羽, 何也? 曰: 樂師主敎國子而舞不可不備, 舞師主敎野人, 特其用者而已. 敎國子先文, 與大司樂同意, 敎野人先武, 以野人樸而武故也.

書言: "舞干羽于兩階." 樂記言: "比音而樂之, 及干戚羽旄謂之樂" 郊特牲明堂位祭統言: "朱干玉戚以舞大武, 皮弁素積以舞大夏" 簡兮詩言: "碩人俁俁, 公庭萬舞." 繼之以左手執籥右手執翟, 皆先武後文者. 蓋堯舜揖遜, 其舞先干而後羽者, 以苗民逆命故也. 湯武征伐, 其舞先武而後文者, 以武功定天下故也.

魏志曰: "舞師馮肅, 曉知先代舞名." 然則魏立舞師豈本此歟?

방패와 도끼를 들고 추는 것이 《병무(兵舞)》이고, 오색 비단을 나열해 놓고 추는 것이 《불무(帗舞)》이고, 많은 깃털을 쪼개어 만든 의물을 들고

---

2 대본에는 '帗'로 되어 있으나, 사고전서 『樂書』에 의거하여 '祓'로 바로잡았다.

추는 것이 《우무(羽舞)》이고, 봉황의 깃털로 만든 의물을 들고 추는 것이 《황무(皇舞)》이고, 털이 긴 들소꼬리로 만든 의물을 들고 추는 것이 《모무(旄舞)》이다. 「무사(舞師)」에는 《병무》와 《불무》가 먼저 나오고 이어서 《우무》와 《황무》가 나오고, 「악사(樂師)」에는 《불무》·《우무》·《황무》·《모무》가 먼저 나오고 이어서 《간무(干舞)》와 《인무(人舞)》가 나온[3] 이유는 악사는 의식적인 것을 가르치는 것이 주된 임무이므로 성대하게 꾸민 것을 우선시하고, 무사는 실용적인 것을 가르치는 것이 주된 임무이므로 급하게 필요한 것을 우선시하기 때문이다.

임금은 천하를 산천(山川)으로 견고하게 방어한 뒤에 사직을 보전할 수 있고, 사직에 빌어서 재앙을 제거한 뒤에 사방(四方)에 일을 행할 수 있고, 사방을 가로막아 보호한 뒤에 변고에 대비할 수 있다. 따라서 산천·사직·사방에는 제사라는 용어를 써서 앞에 서술하고, 가뭄에는 일이라는 용어를 써서 뒤에 서술했다.

정사농(鄭司農)[4]이 "사직에는 《불무》를 추고, 종묘에는 《우무》를 추고, 사방에는 《황무》를 추고, 벽옹(辟雍)[5]에는 《모무》를 추고, 병사(兵事)에는 《간무》를 추고, 성신(星辰)에는 《인무》를 춘다"라고 한 것에 대해, 정강성(鄭康成)[6]은 "사방에는 《우무》를 추고, 종묘에는 《인무》를 추며, 산천에는 《간무》를 추고, 가뭄에는 《황무》를 춘다"라며, 반박하고 있는데,[7] 이는 대제사(大祭祀)에 악을 다양하게 구비하는 것처럼 춤도 다양하게 구비

---

3   『周禮』春官 / 樂師 0. 「樂師, 掌國學之政以教國子小舞. 凡舞有帗舞有羽舞有皇舞有旄舞有干舞有人舞.」

4   정사농(鄭司農) : ?~83. 후한(後漢)의 정중(鄭衆). 사농(司農)이라는 관직을 역임하여 정사농으로 불린다. 자(字)는 중사(仲師)이다.

5   벽옹(辟雍) : 주대(周代)에 도성(都城)에 설립한 대학. 주위를 둥근 연못으로 만들고 다리를 놓아 동서남북으로 연결하였는데, 그 형상이 둥근 옥인 벽(璧)과 같다 하여 붙여진 이름이다. 후한(後漢) 이후의 역대 왕조에서도 이를 두어, 향음주례(鄉飲酒禮)와 대사례(大射禮) 등을 거행하거나 제사를 지내는 장소로 삼았다.

6   정강성(鄭康成) : 127~200. 후한(後漢)의 훈고학자인 정현(鄭玄). 강성은 그의 자(字)이다. 『모시전(毛詩箋)』, 『주례(周禮)』, 『의례(儀禮)』, 『예기(禮記)』에 주(注)를 냈다.

7   정사농(鄭司農)이~있는데 : 『周禮注疏』권23 樂師의 鄭玄 注.

한다는 것을 몰랐기 때문이다. 예를 들면, 『춘추』에 "태묘(太廟)에 제사지낼 때 《만무(萬舞)》[8]만 추게 하고 《약무(龠舞)》를 생략했다"[9]라고 했으니, 종묘에 《간무(干舞)》와 《우무(羽舞)》를 모두 쓰는 것이지만,[10] 나누어서 쓸 때에는 산천에 《간무》를 추고, 사직에 《불무》를 추며, 사방에 《우무》를 추고, 가뭄에 《황무》를 추는 것이다. 또한 「대사악」에 "《함지(咸池)》를 추어서 지기(地祇)에 제사지낸다"[11]라고 했으니 사직에 《불무》만 춘 것이 아니며, "《대하(大夏)》를 추어서 산천에 제사지낸다"[12]라고 했으니 산천에 《병무》만 춘 것도 아니다.

《함지》와 같은 춤의 이름에는 특징이 표현되었을 뿐,[13] 춤출 때의 도구는 언급되지 않았으며, 《불무》와 같은 춤의 이름에는 춤출 때의 도구가 언급되었을 뿐, 특징이 표현되지 않은 것은 서로 보완되기 때문이다.

「악사(樂師)」에는 6종의 춤이 구비되어 있으며 《우무:文舞》가 앞에 있고 《간무:武舞》가 뒤에 있는데, 「무사(舞師)」에는 4종의 춤만 있으며 《병무:武舞》가 앞에 있고 《우무:文舞》가 뒤에 있는 것은 무엇 때문인가? 악사(樂師)는 주로 국자(國子)를 가르치므로 춤을 구비하지 않을 수 없고, 무사(舞師)는 주로 야인(野人)을 가르치므로 실용적인 것만을 가르치기 때문이다. 국자에게 문무(文舞)를 먼저 가르친 것은 대사악이 국자를 가르칠 때의 목표와 같기 때문이고,[14] 야인에게 무무(武舞)를 먼저 가르친

---

8 만무(萬舞): 방패와 도끼를 잡고서 추는 춤.
9 만무는 방패와 도끼를 잡고서 추는 춤이고, 약무는 약(龠)을 들고 추는 춤이다. 역제(繹祭)를 지낼 때 대신인 중수(仲遂)가 죽었으므로 소리가 들리지 않는 만무만 쓴 것이라고 한다.〈『春秋公羊傳』 宣公 8년(5)〉
10 만무는 무무(武舞)인데, 무무는 방패와 도끼를 들고 춤을 추니 간무(干舞) 또는 간척무(干戚舞)라 할 수 있고, 약무는 문무(文舞)인데, 문무는 약(龠)과 함께 꿩깃으로 만든 적(翟)을 들고 춤을 추니, 우무(羽舞) 또는 우약무(羽龠舞)라 할 수 있다.
11 『周禮』 春官 / 大司樂 2.
12 『周禮』 春官 / 大司樂 1.
13 《대장(大章)》에는 밝게 빛난다는 뜻이, 《함지(咸池)》에는 갖추어졌다는 뜻이, 《소(韶)》에는 계승했다는 뜻이, 《하(夏)》에는 크다는 뜻이 담겨 있다.〈『禮記』 樂記 19-9〉

것은 야인은 질박하고 씩씩하기 때문이다.

『서경』에 "《간무》와 《우무》를 양계(兩階)의 사이에서 추었다"[15]라고 하고, 「악기」에 "음을 배열하여 악기로 연주하며 간(干)·척(戚)과 우(羽)·모(旄)를 들고 춤추는 것을 악(樂)이라고 한다"[16]라고 하고, 「교특생」·「명당위」·「제통」에 모두 "붉은 방패와 옥으로 장식한 도끼로 《대무(大武)》를 추고, 피변(皮弁)[17]과 소적(素積)[18] 차림으로 《대하(大夏)》를 춘다"[19]라고 하고, 《간혜(簡兮)》에 "석인(碩人)이 크기도 하니 궁궐 뜰에서 《만무》를 추도다"[20]라고 하고, 이어서 "왼손에는 약(籥)을 잡고 오른손에는 꿩깃을 잡았노라"라고 하여 모두 무무를 먼저 언급하고 문무를 나중에 언급하였다. 요·순은 선양(禪讓)으로 천자의 지위를 계승한 임금이지만, 《간무》를 먼저 추고 《우무》를 뒤에 춘 것은 묘민(苗民)이 명령을 거역했기 때문이다. 탕왕(湯王)과 무왕(武王)은 정벌을 통해 천자의 지위에 올랐으니, 무무를 먼저 추고 문무를 뒤에 춘 것은 무공(武功)으로 천하를 평정했기 때문이다.

「위지(魏志)」에 "무사(舞師) 풍숙(馮肅)이 선대(先代)의 춤 이름을 잘 알았다"[21]라고 했으니, 위(魏)에서 무사(舞師)라는 관직을 설치한 것은 아마 이것에 근거했을 것이다.

39-2. 凡小祭祀則不與舞.

---

14   대사악은 국자(國子)에게 中(중)·화(和)·지(祇)·용(庸)·효(孝)·우(友)와 같은 악덕(樂德)을 가르쳤다.〈『周禮』春官 / 大司樂 1〉

15   『書經』虞書 / 大禹謨 3.

16   『禮記』樂記 19-1.

17   피변(皮弁) :〈그림 3-1 참조〉.

18   소적(素積) : 허리 부분에 주름이 있는 흰 치마.

19   『禮記』郊特牲 11-10.「擊玉磬, 朱干設錫, 冕而舞大武, 乘大路, 諸侯之僭禮也.」; 明堂位 14-5.「升歌淸廟, 下管象, 朱干玉戚冕而舞大武, 皮弁素積裼而舞大夏.」; 祭統 25-23.「夫大嘗禘升歌淸廟, 下而管象, 朱干玉戚以舞大武, 八佾以舞大夏.」

20   『詩經』邶風 / 簡兮.

21   『三國志』魏志 권29.

소제사(小祭祀)에서는 춤추지 않는다.[22]

先王之於祭祀, 有歌以詠其聲於堂, 有舞以動其容於庭. 故舞師於山川社稷四方旱暵之祭, 皆興舞, 則歌可知矣. 小師凡小祭祀小樂事鼓棘, 而不及升歌, 則舞可知矣. 蓋祭祀小大, 有不繫之神而繫之事者, 百物之神小祀也, 有所謂非小祀, 先聖先師非小祀也, 有所謂小祀. 故鼓人言'祀百物之神, 有兵帗之舞', 是百物之神, 有時不以小祀之禮祀之也. 文王世子言'釋菜於先聖先師則不舞' 是先聖有時以小祀之禮祀之也.

然則鼓人舞師不列之春官而在地官, 何也? 曰, 六官之屬各以其類, 然有非其類而列之者, 義有所主也, 甸師地事也, 屬之天官以所主者, 耕王籍, 共粢盛故也. 職方氏・土方氏・形方氏・川師・原師之類, 亦地事也, 屬之夏官, 以所主者辨四方邦國故也. 弁師禮事也, 屬之夏官, 以弁甲異服而同飾, 與序官先弁師後司甲同意. 大[23]行人小行人司儀之類, 亦禮事也, 屬之秋官, 以禮刑相爲表裏, 與洪範八政, 先司寇後賓同意. 由是推之, 司干不屬夏官而屬春,[24] 司民[25]不屬地官而屬秋, 鼓人舞師不屬春官而屬地, 槩可見矣.

선왕이 제사지낼 때 당상에는 소리를 내어 부르는 노래가 있고 뜰에는 용모를 움직여 추는 춤이 있었다. 무사(舞師)가 산천・사직・사방(四方)・가뭄에 제사지낼 때 춤을 추었으니, 노래 또한 불렀으리라는 것을 알 수 있다. 그러나 「소사(小師)」에 "모든 소제사(小祭祀)와 소악사(小樂事)에 인고(棘鼓)를 친다"라고만 하고, '올라가 노래한다'는 것은 언급하지 않았으니, 소제사와 소악사에서는 춤 또한 추지 않았으리라는 것을 알 수 있다.

---

22 『周禮』 地官 / 舞師 0.
23 대본에는 없으나, 『周禮』에 의거하여 '大'를 보충하였다.
24 대본에는 없으나, 사고전서 『樂書』에 의거하여 '春'을 보충하였다.
25 대본에는 '司春氏'로 되어 있으나, 사고전서 『樂書』에 의거하여 '司民'으로 바로잡았다.

대개 제사의 규모는 신에게 달려 있지 않고 일에 달려 있다. 예를 들면 백물(百物)의 신은 소사(小祀)에 해당하지만 이른바 소사(小祀)로 지내지 않는 경우가 있고, 선성(先聖)·선사(先師)는 소사가 아니지만 이른바 소사로 지내는 경우가 있다. 그러므로 「고인(鼓人)」에 '백물의 신에 대한 제사에 《병무(兵舞)》와 《불무(帗舞)》가 있다'라고 한 것은 백물의 신에게 때로 소사(小祀)의 예(禮)로 제사지내지 않은 실례이다. 「문왕세자」에 '선성·선사에게 석채(釋菜)[26]를 지낼 때 춤추지 않는다'[27]라고 한 것은 선성에게 때로 소사의 예로 제사 지낸 실례이다.

그런데 고인(鼓人)과 무사(舞師)를 춘관(春官)에 소속시키지 않고, 지관(地官)에 소속시킨 것은 무엇 때문인가? 육관(六官)[28]은 각각 그 부류에 따라 소속되는데, 그 부류가 아닌데도 거기에 소속된 데에는 그만한 이유가 있다. 전사(甸師)[29]는 땅에 관한 일[地事]을 담당한 관원이지만 천관(天官)에 소속된 이유는 왕의 적전(籍田)을 경작하여 자성(粢盛)[30]을 공급하는 일을 주관하기 때문이다.[31] 직방씨(職方氏)[32]·토방씨(土方氏)[33]·형방씨(形方氏)[34]·천사(川師)[35]·원사(原師)[36]와 같은 부류도 땅에 관한 일을 담당한 관원이

---

26 석채(釋菜) : 처음 입학할 때 선성(先聖)과 선사(先師)에게 올리던 제례로서, 제물(祭物)로 소나 양 따위의 희생을 생략하고 간략하게 나물 등을 쓴다.

27 『禮記』文王世子 8-7.

28 육관(六官) : 천관(天官)·지관(地官)·춘관(春官)·하관(夏官)·추관(秋官)·동관(冬官). 이는 각각 이조·호조·예조·병조·형조·공조에 해당한다.

29 전사(甸師) : 왕의 적전(籍田)을 관장하여 제수(祭需)를 마련하고, 나무열매나 풀열매를 채취하여 제수를 장만하는 관원.

30 자성(粢盛) : 제기(祭器)에 담긴 서직(黍稷).

31 『周禮』天官 / 甸師 0.

32 직방씨(職方氏) : 천하의 지도(地圖)를 관장하고, 지역 곳곳의 백성 및 구곡(九穀)·육축(六畜)을 헤아리고 이익되고 손해되는 요소를 두루 파악한다.〈『周禮』夏官 職方氏 1〉

33 토방씨(土方氏) : 토규(土圭 : 해 그림자나 토지 등을 측량하는 데 쓰는 玉器)를 관장하여, 토지에 집을 지어 주거지역을 건설하고, 토지를 살피어 그에 맞는 곡식을 심도록 하고 왕이 순수(巡守)할 때는 왕사(王舍)를 세운다.〈『周禮』夏官 / 土方氏 0〉

34 형방씨(形方氏) : 방국(邦國)의 지역을 맡아 봉강(封疆)을 바르게 하고, 소국(小國)은 대국(大國)을 섬기게 하고 대국은 소국을 보살피게 한다.〈『周禮』夏官 形方氏 0〉

지만, 하관(夏官)에 소속된 이유는 사방(四方)의 방국(邦國)을 분별하는 일을 주관하기 때문이다.

변사(弁師)[37]는 예(禮)에 관한 일을 담당하는 관원이지만 하관에 소속된 이유는 변(弁)과 갑(甲)은 각각 머리에 쓰고 몸에 걸치는 것으로서 용도가 다르지만 장식이 같기 때문이니, 「서관(序官)」에 변사(弁師)가 앞에 있고 사갑(司甲)이 그 뒤에 있는 것과 같은 뜻이다.[38] 대행인(大行人)[39] · 소행인(小行人)[40] · 사의(司儀)[41]와 같은 부류도 예에 관한 일을 담당하는 관원이지만 추관(秋官)에 소속된 이유는 예(禮)와 형(刑)이 서로 표리(表裏)가 되기 때문이니, 「홍범(洪範)」의 팔정(八政)[42]에서 사구(司寇)가 앞에 있고 빈(賓)이 바로 뒤에 있는 것과 같은 뜻이다.

이로 미루어 보면, 사간(司干)[43]이 하관(夏官)에 속하지 않고 춘관(春官)에 속하고, 사민(司民)[44]이 지관(地官)에 속하지 않고 추관에 속하며, 고인(鼓人)과 무사(舞師)가 춘관에 속하지 않고 지관에 속한 이유도 대략 알 수 있다.

---

35   천사(川師) : 하천과 연못을 관리하고, 산물(産物)을 분별하여 방국(邦國)에 분배한다.〈『周禮』 夏官 川師 0〉

36   원사(原師) : 원사(邍師), 사방(四方)의 지명을 관장하며, 언덕이나 물가와 평지 및 늪지대의 이름을 판단한다.〈『周禮』 夏官 / 邍師 0〉

37   변사(弁師) : 왕의 면류관과 피변(皮弁) 및 변질(弁絰 : 弔喪할 때 쓰는 麻布를 두른 素冠)을 관장하고, 제후와 대부의 등급에 따른 면류관을 관장한다.〈『周禮』 夏官 / 弁師 0〉

38   『周禮』 夏官 第四 0.「弁師下士二人工四人史二人徒四人. 司甲下人夫二人中十八人府四人史八人胥八人徒八十人.」

39   대행인(大行人) : 대빈(大賓)의 예(禮)와 대객(大客)의 의(儀)로 제후(諸侯)들과 친하게 하는 일을 관장한다.〈『周禮』 秋官 大行人 1〉

40   소행인(小行人) : 방국(邦國) 빈객의 예적(禮籍)으로 사방의 사신들을 대접하는 일을 관장한다.〈『周禮』 秋官 / 小行人 1〉

41   사의(司儀) : 빈객을 맞이하고 돕는 예를 관장하여 몸가짐과 응대하는 말과 읍양(揖讓)의 절도를 알려 준다.〈『周禮』 秋官 / 司儀 1〉

42   팔정(八政) : 식(食 : 民生) · 화(貨 : 民資) · 사(祀 : 祭祀) · 사공(司空 : 農政) · 사도(司徒 : 敎育) · 사구(司寇 : 治安) · 빈(賓 : 外交) · 사(師 : 兵政).

43   사간(司干) : 춤출 때 쓰는 소도구를 관장한다.〈『周禮』 春官 / 司干 0〉

44   사민(司民) : 지역과 남녀를 분별하여 해마다 사망한 사람을 기록에서 삭제하고 태어난 사람을 등재한다.〈『周禮』 秋官 / 司民 0〉

대종백(大宗伯)

39-3. 大宗伯之職, 以天産作陰德, 以中禮防之, 以地産作陽德, 以和樂 防之. 以禮樂合天地之化百物之産, 以事鬼神, 以諧萬民, 以致百物.

대종백(大宗伯)의 직분은 천산(天産)으로 음덕(陰德)을 활발하게 하되 중정(中正)한 예로 음란을 방지하며, 지산(地産)으로 양덕(陽德)을 활발하게 하되 조화로운 악으로 태만을 방지하는 것이다.[45] 즉, 예악(禮樂)으로 천지의 변화 및 백물(百物)의 생산에 합치하게 하며, 귀신을 섬기고 만민을 화합시키며 백물을 성취시킨다.[46]

天産養精, 故以作陰德, 所以行陰禮者也, 以中禮防之, 則使其不淫. 地産養形, 故以作陽德, 所以行陽禮者也, 以和樂防之, 則使其不怠. 蓋乾坤示人, 而度數從之, 度數有常, 而中禮行焉. 聲音感人, 而順氣從之, 順氣成象, 而和樂興焉. 中而不和, 不足以合天地之化, 和而不中, 不足以合百物之産. 兩者交相爲用, 而與天地同流, 其於合天地之化百物之産也, 何有? 蓋道判而爲禮樂. 道足以範圍天地之化而不過, 禮樂姑能合天地之化而已, 道足以曲成萬物而不遺, 禮樂姑能合百物之産而已.

記曰: "禮者天地之序, 樂者天地之和." 豈非合天地之化邪? "序故群

---

45 사람에게 있는 음기(陰氣)와 양기(陽氣)를 각각 음덕(陰德)과 양덕(陽德)이라 한다. 육생(六牲: 말·소·양·돼지·개·닭)처럼 음양이 배합해서 생긴 것이 천산(天産)이고, 쌀·콩·밀·차조처럼 사람이 심어서 생긴 것이 지산(地産)이다. 음기는 허(虛)해서 음만 있으면 나약하므로 동물을 먹어서 활동적으로 만들어야 하는데, 지나치면 성(性)을 상하게 하므로 중정(中正)한 예로써 조절한다. 양기는 가득찬 것이어서 양만 있으면 부산하므로 식물을 먹어서 고요하게 해야 하는데, 지나치면 성(性)을 상하게 하므로 화평한 악으로 조절한다.(『周禮注疏』 春官 / 大宗伯 11 鄭玄의 注)

46 『周禮』 春官 / 大宗伯 11.

物皆別, 和故 百物皆化." 豈非合百物之産邪? 言事鬼神, 則地祇可知, 言諧萬民, 則邦國賓客遠人可知, 言致百物, 則羽羸鱗毛介象物可知.

천산(天産)은 정기(精氣)를 길러 주어 음덕(陰德)을 활발하게 하여 음례(陰禮)[47]를 행하게 하는데, 중정(中正)한 예(禮)로 대비하면 음란하지 않게 된다. 지산(地産)은 형체를 길러주어 양덕(陽德)을 활발하게 하여 양례(陽禮)[48]를 행하게 하는데, 화평한 음악으로 대비하면 태만하지 않게 된다. 건(乾)과 곤(坤)이 천지의 덕을 사람에게 보여주면[49] 도수(度數)가 이를 따르고, 도수에 떳떳함을 두면 중정한 예가 행해진다. 성음(聲音)이 사람을 감응시키면 순기(順氣)가 따르고, 순기가 형상을 이루면 화평한 음악이 일어난다.

중정(中正)해도 화평하지 않으면 천지의 변화와 합치하지 못하고, 화평해도 중정하지 않으면 백물의 생산과 합치하지 못한다. 중정함과 화평함이 같이 작용하여 천지와 같이 유행하면 천지의 변화 및 백물의 생산과 합치하는 데에 무슨 어려움이 있겠는가? 도(道)가 나뉘어 예악이 된 것이다. 따라서 도가 천지의 변화를 모두 포함해서 조금도 지나치지 않으니[50] 예악 또한 천지의 변화와 합치할 뿐이고, 도가 만물을 곡진히 이루어서 하나도 빠뜨리지 않으니,[51] 예악 또한 백물의 생산과 합치할 뿐이다.

『예기』에 "예는 천지의 질서이고 악은 천지의 조화이다"[52]라고 했으

---

47 음례(陰禮) : 남녀간의 예절인 혼인의 예로서, 이를 통하여 남녀 사이의 친함을 바르게 한다.

48 양례(陽禮) : 남자들에게 해당하는 향사례(鄕射禮)와 향음주례(鄕飮酒禮)로서, 이를 통하여 사양하는 것을 익힌다.

49 『周易』繫辭下傳 1. 「夫乾, 確然示人易矣, 夫坤, 隤然示人簡矣【건(乾)은 강건하니 사람에게 쉬움을 보이고, 곤(坤)은 유순하니 사람에게 간단함을 보인다.】」하늘은 잠시도 쉬지 않고 건장하게 운행하여 조금의 오차도 없으니, 사람에게는 쉽게 보인다. 땅은 하늘이 잠시도 쉬지 않는 덕을 그대로 따라 본받으니 사람에게는 간단하게 보인다.

50 도가 천지의 변화를 모두 포함해서 조금도 지나치지 않으니 : 『周易』繫辭上傳 4.

51 도가 만물을 곡진히 이루어서 하나도 빠뜨리지 않으니 : 『周易』繫辭上傳 4.

52 『禮記』樂記 19-4.

니, 어찌 천지의 변화와 합치하지 않겠는가? "질서가 있으므로 군물(群物)이 구별되고, 조화로우므로 백물이 화생(化生)한다"[53]라고 했으니, 어찌 백물의 생산과 합치하지 않겠는가?

'귀신을 섬긴다'라고 했으니 지기(地祇)는 말하지 않아도 미루어 알 수 있고, '만민을 화합시킨다'라고 했으니 방국(邦國)의 빈객(賓客)과 먼 지역의 사람은 말하지 않아도 미루어 알 수 있고, '백물을 성취시킨다'라고 했으니 우물(羽物:새종류)·나물(臝物:털이 짧은 짐승)·인물(鱗物:물고기류)·모물(毛物:털이 긴 짐승)·개물(介物:게나 거북처럼 등딱지가 있는 짐승)·상물(象物:기린·봉황·거북·용)은 말하지 않아도 미루어 알 수 있다.

내종(內宗)

39-4. 內宗掌宗廟之祭祀, 薦加豆籩, 及以樂徹則佐傳豆籩, 賓客之饗食亦如之.

내종(內宗)은 종묘 제사에서 가두변(加豆籩)[54]을 올리고, 악에 맞추어 상(床)을 물릴 때에 외종(外宗)을 도와서 두(豆)와 변(籩)[55]을 전달하는 일을 관장한다. 빈객(賓客)에게 향사(饗食)할 때에도 이와 같이 한다.[56]

---

53   『禮記』樂記 19-4.
54   가두변(加豆籩) : 제주(祭主)가 아닌 사람이 술을 올리는 것을 가작(加爵)이라 하며, 가작할 때 제물(祭物)을 올리는 것을 가두변(加豆籩)이라 한다.
55   두(豆)와 변(籩) : 〈그림 2-1, 2 참조〉.
56   『周禮』春官 / 內宗 0.

외종(外宗)

39-5. 外宗掌宗廟之祭祀, 佐王后薦玉豆, 眡豆籩, 及以樂徹亦如之. 王后以樂羞齍則贊, 凡王后之獻亦如之.

외종(外宗)은 종묘 제사에서 왕후를 도와서 옥두(玉豆)[57]를 올리고 두(豆)와 변(籩)을 살피는 일을 관장한다. 악에 맞추어 상을 물릴 때에도 이와 같이 한다. 왕후가 악에 맞추어 자성(齍盛)[58]을 올릴 때 외종이 보좌하며, 왕후가 잔을 올릴 때에도 이와 같이 한다.[59]

天子父天下, 王后母天下, 其政位雖有內外. 要之, 於廟享薦以禮, 徹以樂, 蓋未始不一. 天子聽外治, 故及於賓客之饗, 王后聽內治, 止於羞獻而已. 豈非易所謂在中饋无攸遂之意邪? 天子雖主外治, 而以同族之內宗佐之, 以內佐外也, 王后雖主內治, 而以異族之外宗佐之, 以外佐內也.

천자는 천하의 아버지 노릇을 하고 왕후는 천하의 어머니 노릇을 하여, 다스림에 내외(內外)가 있기는 하나, 종묘 제향에서 예(禮)로 제물을 올리고 악(樂)으로 상(床)을 물리는 것은 처음부터 같이 하지 않은 적이 없다. 천자는 외치(外治)를 하므로 빈객에게 향례(饗禮)를 베푸는 일까지 하나, 왕후는 내치(內治)를 하므로 제물을 올리고 술을 올리는 일에 그칠 따름이다. 어찌 『주역』에 이른바 '안에서 음식을 장만하는 일을 할 뿐이고 바깥일을 하지 않는다'[60]라는 뜻이 아니겠는가?

천자가 외치(外治)를 주관하는데 동족(同族)의 내종(內宗)으로 하여금 돕

57 　옥두(玉豆): 옥으로 장식한 제기(祭器).
58 　자성(齍盛): 제기에 담긴 기장 따위의 공물(供物).
59 　『周禮』春官 / 外宗 0.
60 　『周易』家人卦 6. 「六二, 无攸遂, 在中饋, 貞吉【이루는 바가 없고 안에서 음식을 장만하면, 부덕(婦德)이 바르게 되어 길하리라.】」

게 한 것은 내(內)로 외(外)를 돕게 한 것이고, 왕후가 내치(內治)를 주관하는데 이족(異族)의 외종(外宗)으로 하여금 돕게 한 것은 외(外)로 내(內)를 돕게 한 것이다.

대사악(大司樂)

39-6. 大司樂掌成均之法,⁶¹ 以治建國之學政, 而合國之子弟焉, 凡有道者有德者使教焉. 死則以爲樂祖, 祭於瞽宗.

대사악(大司樂)은 성균(成均)의 법을 관장하여 건국(建國)의 학정(學政)을 다스리며, 국자(國子)⁶²들을 모아서 유도(有道)한 사람과 유덕(有德)한 사람으로 하여금 이들을 가르치게 한다. 죽으면 악조(樂祖)가 되어 고종(瞽宗)⁶³에서 제사를 받는다.⁶⁴

凡學, 天子曰辟廱⁶⁵, 諸侯曰頖宮. 故周詩言 '於樂辟廱' '鎬京辟廱' '于彼西廱'之類, 天子之制也, 魯頌言 '在泮獻囚, 在泮獻功獻馘'之類, 諸侯之制也. 禮記曰 : "於成均, 取爵於上尊." 曰 : "禮在瞽宗." 周自文武以辟廱名學, 至成王命之成均, 所以成人材之虧, 均其過不及而已矣. 以大司樂掌之者, 以其合國子弟, 主⁶⁶以樂教故也. 生爲樂職之長, 而教

---

61 대본에는 '治'로 되어 있으나, 『周禮』와 사고전서 『樂書』에 의거하여 '法'으로 바로 잡았다.
62 국자(國子) : 공경대부(公卿大夫)의 자제.
63 고종(瞽宗) : 은나라의 학교 이름. 『周禮訂義』(宋 王與之 撰) 권40에 따르면, 주나라 에는 오학(五學) 제도가 있었는데, 중앙에는 벽옹(辟雍), 남쪽에는 성균(成均), 북쪽 에는 상상(上庠), 동쪽에는 동서(東序), 서쪽에는 고종(瞽宗)을 두었다.
64 『周禮』春官 / 大司樂 1.
65 대본에는 '雍'으로 되어 있으나, 사고전서 『樂書』에 의거하여 '廱'으로 바로잡았다.

於成均, 死爲樂祖, 而祭於瞽宗, 禮所謂有功德於民則祭之是也. 序官, 有上瞽中瞽下瞽, 詩曰 : "有瞽有瞽! 在周之庭." 則瞽宗主以樂敎, 衆瞽之所宗也. 明堂位曰 : "瞽宗殷學也." 文王世子曰 : "春誦夏弦, 大師詔之瞽宗." 是殷之敎樂在瞽宗, 周人兼而用之, 豈殷人尙聲, 因以名其學邪!

在易之豫 : "先王以, 作樂崇德, 殷薦之上帝, 以配祖考." 作樂崇德自古以固然, 故言先王. 至於以樂薦上帝, 配祖考, 蓋始於殷人, 則殷人以樂名學信矣. 先儒以成均爲五帝學, 祭於瞽宗爲廟中, 不知奚遽而云. 然成王之成均, 特改制之名而已, 非有變辟廱之實也. 故其樂育才之詩曰 : "菁菁者莪, 在彼中阿. 旣見君子, 樂且有儀." 言中阿則均其過不及之意, 成均之實也. 樂之所以爲廱之以[67]樂, 有儀所以爲辟之以[68]禮, 辟廱之實. 成均之法, 王之所制, 而以大司樂掌焉, 豈非寓人君樂育人材之意邪?

천자의 학교는 벽옹(辟廱)이라 하고, 제후의 학교는 반궁(頖宮)이라 한다. 그러므로 주나라 시(詩)에 '아! 즐거운 벽옹',[69] '호경(鎬京)[70]의 벽옹',[71] '저 서쪽의 옹(廱)'[72]이라고 한 것은 천자의 제도이고, 노송(魯頌)에 '반궁(泮宮)에서 포로를 바치리로다. 반궁에서 공(功)을 바치리로다. 반궁에서 왼쪽 귀를 바치리도다'[73]라고 한 것은 제후의 제도이다.

『예기』에 "성균(成均)에서 향연을 베풀 때는 당상에서 술잔을 내린

---

66 대본에는 '王'으로 되어 있으나, 문맥상 '主'로 바로잡았다.

67 대본에는 '之'로 되어 있으나, 『樂書』65-5에 의거하여 '以'로 바로잡았다.

68 대본에는 '之'로 되어 있으나, 『樂書』65-5에 의거하여 '以'로 바로잡았다.

69 『詩經』 大雅 / 靈臺.

70 주나라 초기에 문왕(文王)은 풍(豐)에 거주하고 무왕(武王)은 호경(鎬京)에 거주하였는데, 성왕(成王) 때에 이르러 주공(周公)이 비로소 낙읍(洛邑)을 경영하여 제후들을 만나는 장소로 삼았다. 이로부터 풍(豐) · 호(鎬)를 일러 서도(西都)라 하고, 낙읍(洛邑)을 동도(東都)라 하였다.

71 『詩經』 大雅 / 文王有聲.

72 『詩經』 周頌 / 振鷺.

73 『詩經』 魯頌 / 泮水.

다"[74]라고 하고, "예의 학습은 고종(瞽宗)에서 한다"[75]라고 했으니, 주나라는 문왕과 무왕 때부터 학교 이름을 벽옹이라 했으며, 성왕 때에 이르러 성균이라 한 것이다.[76] 성균은 사람의 재능이 부족한 부분을 온전히 채우고 지나치거나 미치지 못한 것을 고르게 한다는 의미이다.

　대사악(大司樂)이 성균을 관장한 이유는 국자(國子)를 모아서 악을 가르치는 것을 주로 하기 때문이다. 살아있을 때는 악직(樂職)의 장(長)으로서 성균에서 가르치고, 죽어서는 악조(樂祖)가 되어서 고종에서 제사를 받으니, 『예기』에 이른바 '백성에게 공덕이 있으면 그에게 제사지낸다'[77]라고 한 것이 이것이다.

　「서관(序官)」에 상고(上瞽)·중고(中瞽)·하고(下瞽)가 있고,[78] 『시경』에 "고몽(瞽矇)이여! 고몽이여! 주나라 뜰에 있도다"[79]라고 했으니, 고종은 음악 교육을 주로 하는 곳이고 고몽이 종주(宗主)로 삼는 곳이다. 「명당위」에 "고종은 은나라 학교이다"[80]라고 했고, 「문왕세자」에 "봄에는 시를 외우고 여름에는 현악기를 타는데 태사(大師)가 고종에서 가르친다"[81]라고 했으니, 이는 고종에서 악을 가르치던 은나라의 제도를 주나라 사람들이 겸해서 쓴 것이다. 아마 은나라 사람들이 소리를 숭상했으므로 이것으로 학교 이름을 삼았을 것이다.

　『주역』의 예괘(豫卦)에 "선왕이 예괘의 상(象)을 관찰해서 악(樂)을 짓고 덕을 숭상했으니, 은나라에서 상제(上帝)에게 올리고[82] 조상을 배향(配享)

74　『禮記』文王世子 8-6.
75　『禮記』文王世子 8-2.
76　「文王世子」편은 첫머리에 문왕이 세자였을 때의 일을 말하였고, 이어 무왕과 성왕이 세자였을 때의 일을 기록한 것이다.
77　『禮記』王制 5-22.「有功德於民者加地進律【백성에게 공덕이 있는 사람에게는 영지를 더해주고 작위를 올려준다.】」; 祭法 23-3.「諸侯在其地則祭之【제후는 영지가 있으면 제사지낸다.】」
78　『周禮』春官 第三 0.「瞽矇, 上瞽四十人, 中瞽百人, 下瞽百有六十人.」
79　『詩經』周頌 / 有瞽.
80　『禮記』明堂位 14-20.
81　『禮記』文王世子 8-2.

했다."[83] 라고 했다. 악을 지어 덕을 숭상한 것이 예로부터 있었던 일이므로 선왕이라고 말한 것이다. 악을 상제에게 올리고 조상을 배향한 것이 은나라에서 시작되었으니, 은나라 사람이 학교 이름에 악과 관련된 용어를 붙인 것이 납득된다.

선유(先儒)는 성균(成均)을 오제(五帝) 때의 학교 이름으로 여기고, 본문의 '제어고종(祭於瞽宗)'에서 고종을 사당으로 보았는데, 무엇에 근거해서 한 말인지 모르겠다. 사실 성왕(成王) 때의 '성균'은 이름만 고친 것일 뿐, 벽옹의 실상을 변경한 것이 아니다. 인재 육성을 즐겁게 여긴 시에 "무성한 새발쑥이 저 언덕 가운데 있네. 군자를 뵈니 화락(和樂)하면서 위의(威儀)가 있네"[84] 라고 했는데, '언덕 가운데'라는 것은 지나치거나 미치지 못한 것을 고르게 한다는 뜻이니, 성균의 실상이다. '화락하면서 위의가 있네[樂且有儀]'라고 한 것에서 '화락'은 악으로 화목하게 한 것이고[龤之以樂], '위의'는 예로 다스린 것이니[辨之以禮], 벽옹의 실상이다. 따라서 성균의 법은 왕이 제정하여 대사악으로 하여금 이를 관장하게 한 것이니, 어찌 인군이 인재를 육성을 즐겁게 여기는 뜻을 담은 것이 아니겠는가?

---

82 '殷薦之上帝'에서 '殷'을 '은나라'로 풀이한 진양의 설을 따라 번역하였다. 그러나 '殷'을 '성대하다'로 풀이하여, '상제(上帝)에게 성대하게 제사지내다'로 번역하는 학자들도 있다.

83 『周易』 豫卦 3.

84 『詩經』 小雅 / 菁菁者莪.

권40 주례훈의(周禮訓義)

춘관(春官) / 대사악(大司樂)

대사악(大司樂)

40-1. 以樂德敎國子, 中和祗[1]庸孝友.

악덕(樂德)으로 국자(國子)를 가르치니, 중(中)·화(和)·지(祗)·용(庸)·효(孝)·우(友)가 그것이다.[2]

    中以本道之體, 其義達而爲和, 其敬達而爲祗.[3] 祗則順行所成, 庸則友行所成. 友以事師長, 孝以事父母, 則樂德所成終成始. 聖人之德無以加於孝, 則人道而已, 若通[4]之於天道, 則孝不足以言之. 然則自世胄

---

1   대본에는 '祇'로 되어 있으나, 『周禮』와 사고전서「樂書」에 의거하여 '祗'로 바로잡았다.
2   『周禮』春官 / 大司樂 1.
3   대본에는 '祇'로 되어 있으나, 『周禮』와 사고전서「樂書」에 의거하여 '祗'로 바로잡았다.

而言, 謂之冑子, 自合國子弟而言, 謂之國子, 其實一也.

帝則德全而敎略, 故舜命夔, 敎冑子以直寬剛簡之四德. 王則業大而敎詳, 故周命大司樂, 敎國子以中和祇庸孝友之六德. 古者敎人之道, 未嘗不始終以樂. 文王世子曰 : "三王之敎世子, 必以禮樂." 孔子曰 "成於樂." 則樂固敎之始終也! 大學之敎先入學, 釋菜以示之禮, 繼之小雅肄三, 以示之樂. 學雜服者, 達之以安禮, 學操縵者, 達之以安樂. 是知敎人始終以樂. 豈特國子而已哉? 雖萬民之衆, 司徒固以五禮敎之中, 六樂敎之和矣.

周之敎國子, 非特樂德也. 蓋幷與以樂語樂舞而敎之, 豈舜敎冑子不足於此邪? 以經求之 : "詩言志, 歌永言." 非無樂語也. "樂則韶舞" 非無樂舞也, 特擧樂德, 該之而已. 樂德必始於中和者, 樂爲中和之紀故也. 荀卿亦曰 : "樂者中和之紀[5]也."

중(中)은 도(道)의 체(體)에 근본한 것이다. 그 의(義)가 발달하여 화(和)가 되고, 그 경(敬)이 발달하여 지(祇)가 된다. 지(祇 : 공경)는 순행(順行)을 이루고, 용(庸 : 떳떳함)은 우행(友行)을 이룬다.[6] 우애로 스승과 웃어른을 섬기고 효로 부모를 섬기면, 악덕(樂德)의 시작과 끝이 이루어진다. 성인(聖人)의 덕은 효(孝)에서 더할 것이 없으나, 이는 인도(人道)일 따름이다. 만약 천도(天道)에 통하면 효는 말할 것이 없다.

세가(世家)[7]의 자제라는 차원에서 말하면 주자(冑子)라고 하고, 공경대부(公卿大夫)의 자제라는 차원에서 말하면 국자(國子)라고 하니, 실제는 같은 것이다.

---

4 대본에는 '聖'으로 되어 있으나, 사고전서 「樂書」에 의거하여 '通'으로 바로잡았다.
5 대본에는 '節'로 되어 있으나, 『荀子』에 의거하여 '紀'로 바로잡았다.
6 『周禮』地官 / 師氏 0. 「師氏敎三行, 一曰孝行, 以親父母, 二曰友行, 以尊賢良, 三曰順行, 以事師長【사씨(師氏)는 삼행(三行)을 가르친다. 첫째는 효행(孝行)이니 부모를 친히 하는 것이고, 둘째는 우행(友行)이니 어질고 착한 이를 높이는 것이고, 셋째는 순행(順行)이니 스승과 어른을 섬기는 것이다.】」
7 세가(世家) : 대대로 많은 녹(祿)을 받는 집안.

제(帝)는 덕이 온전하고 가르침이 간략했으니, 순임금은 기(夔)에게 직(直)·관(寬)·강(剛)·간(簡)의 4가지 덕으로 주자(胄子)를 가르치도록 명했다.[8] 왕(王)은 업적이 위대하고 가르침이 상세했으니, 주나라에서는 대사악(大司樂)에게 중(中)·화(和)·지(祗)·용(庸)·효(孝)·우(友)의 6가지 덕으로 국자(國子)를 가르치도록 명했다.

옛날에 사람을 가르치는 법은 일찍이 처음부터 끝까지 악(樂)으로 하지 않은 적이 없었다. 「문왕세자」에 "삼대(三代 : 하·은·주)의 왕들이 세자를 가르칠 때는 반드시 예악으로 했다"[9]라고 하고, 공자는 "악에서 완성된다"[10]라고 했으니, 악은 진실로 교육의 처음과 끝이다.

대학의 교육은 우선 입학하면 석채(釋菜)[11]를 지내 예를 보이고, 그 다음 소아(小雅) 3편[12]을 익혀서 악을 보였다. 잡복(雜服)[13]을 배우는 것은 그것에 통달해서 예를 자연스럽게 행하기 위함이고, 현(絃)을 죄고 푸는 법을 배우는 것은 그것에 통달해서 악을 자연스럽게 즐기기 위함이다.[14] 이로 볼 때 처음부터 끝까지 악으로 사람을 가르쳤음을 알 수 있다. 그런데 어찌 이것이 국자(國子)에게만 해당된 것이겠는가? 일반 사람들일지라도 사도(司徒)가 오례(五禮)로 중(中)을 가르치고, 육악(六樂)으로 화(和)를 가르쳤다.[15]

---

8 『書經』虞書 / 舜典 3. 「帝曰 : "夔! 命汝典樂, 教胄子, 直而溫, 寬而栗, 剛而無虐, 簡而無傲【제(帝)께서 말씀하셨다. "기(夔)야! 너를 명하여 전악을 삼으니, 주자(胄子)를 가르치되, 곧으면서도 온화하며, 너그러우면서도 엄하며, 강하되 사납지 않으며, 간략하되 오만함이 없게 할 것이다."】

9 『禮記』文王世子 8-8.

10 『論語』泰伯 8-8.

11 석채(釋菜) : 처음 입학할 때 선성(先聖)과 선사(先師)에게 올리던 제례로서, 제물(祭物)로 소나 양 따위의 희생을 생략하고 간략하게 나물 등을 쓴다.

12 3편은 《녹명(鹿鳴)》·《사모(四牡)》·《황황자화(皇皇者華)》를 가리킨다.

13 잡복(雜服) : 각종 의복에 대해 규정한 여러 가지 제도. 면복(冕服)이나 피변(皮弁) 등의 제도.

14 『禮記』學記 18-3. 「大學始教, 皮弁祭菜, 示敬道也. 宵雅肄三, 官其始也. …… 不學操縵, 不能安弦. …… 不學雜服, 不能安禮.」

15 『周禮』地官 / 大司徒 17, 18. 「以五禮防萬民之僞而教之中. 以六樂防萬民之情而教之和.」

주나라에서 국자에게 악덕(樂德)만 가르친 것이 아니라, 악어(樂語)와 악무(樂舞)도 아울러 가르쳤으니, 순임금이 주자(冑子)를 가르칠 때 어찌 이를 부족하게 했겠는가? 경서(經書)를 살펴보건대, "시는 뜻을 말한 것이고, 노래는 말을 길게 한 것이다"[16]라고 했으니, 악어(樂語)가 없지 않았고, "악은 소무(韶舞)를 해야 한다"[17]라고 했으니, 악무(樂舞)도 없지 않았다. 따라서 위에서 악덕(樂德)만을 거론했지만 실은 악어와 악무까지 다 포괄한다.

악덕이 중(中)·화(和)로 시작한 것은 악은 중화(中和)의 벼리가 되기 때문이다.[18] 그러므로 순경(荀卿)도 "악은 중화의 벼리이다"[19]라고 한 것이다.

40-2. 以樂語敎國子, 興道諷誦言語.

악어(樂語)로 국자(國子)를 가르치니, 흥(興)[20]·도(道)[21]·풍(諷)[22]·송(誦)[23]·언(言)·어(語)[24]가 그것이다.[25]

興道諷爲樂語之體, 誦言語爲樂語之用, 其實一也. 文王世子曰: "凡學世子及學士必時, 春誦夏弦, 大師詔之瞽宗, 大樂正學舞干戚·語說·命乞言, 皆大樂正授數." 又言 . "天子視學, 養老之禮, 登歌淸廟, 旣歌而語, 以成之也, 言父了君臣長幼之道, 合德音之致, 禮之大者也."

---

16 『書經』虞書 / 舜典 3

17 『論語』衛靈公 15-11.

18 『禮記』樂記 19-25. 「故樂者, 天地之命, 中和之紀.」

19 『荀子』樂論 20-3.

20 흥(興) : 물건으로 어떤 일을 비유하는 것.

21 도(道) : 옛것을 말해서 지금을 바로잡는 것.

22 풍(諷) : 외우는 것.

23 송(誦) : 리듬에 맞추어 노래하듯이 낭독하는 것.

24 언(言)은 먼저 말을 거는 것이고 어(語)는 묻는 말에 답하는 것이다.

25 『周禮』春官 / 大司樂 1.

鄕射記曰 : "古者於旅也語." 樂記曰 : "樂終可以語, 可以道古." "瞽矇掌弦歌諷誦詩." 傳曰 : "樂語有五均." 是知大司樂以樂語敎國子, 大致不過如此. 先樂德後樂語者, 德爲樂之實, 語爲樂之文, 與四科先德行後言語, 同意.

　　흥(興)·도(道)·풍(諷)은 악어(樂語)의 체(體)이고, 송(誦)·언(言)·어(語)는 악어(樂語)의 용(用)이니, 실은 하나이다. 「문왕세자」에 "세자와 학사(學士)를 가르치는 것은 반드시 때에 맞게 해야 한다. 봄에는 시를 암송하고 여름에는 현악기를 타는데 모두 태사(大師)가 고종(瞽宗)에서 가르친다. 대악정(大樂正)이 방패와 도끼를 들고 추는 무무(武舞)와 도리에 맞는 이야기를 하는 것과 덕담을 청하는 예를 가르치는데, 모두 대악정이 학업의 진도를 지시한다"[26]라고 하고, 또 "천자가 국학(國學)을 시찰할 때 양로(養老)의 예를 행하는데 악인(樂人)들이 당에 올라 《청묘(淸廟)》를 노래한다. 노래가 끝나면 도리에 맞는 이야기를 하여 천자의 양로에 대한 예를 이루게 한다. 이야기는 부자(父子)·군신(君臣)·장유(長幼)의 도리에 대한 것이고, 노래는 덕음(德音)의 극치에 합치되니, 이는 예의 성대한 것이다"[27]라고 하였다.

　　「향사기(鄕射記)」에 "옛날에는 여수(旅酬)[28]에 이르러서야 대화를 나눌 수 있었다"[29]라고 하고, 「악기(樂記)」에 "악을 마치면 도리를 말하고 옛일을 말한다"[30]라고 하고, 『주례』에 "고몽(瞽矇)은 현악기 연주에 맞추어 노래 부르고 시를 풍송(諷誦)하는 일을 관장한다"[31]라고 하고, 전(傳)에 "악어(樂語)에 오균(五均)이 있다"[32]라고 했으니, 대사악이 국자(國子)에게

26　『禮記』文王世子 8-2, 3.
27　『禮記』文王世子 8-13.
28　여수(旅酬) : 공식 행사를 마친 뒤의 뒷풀이에 해당하는 것으로 여럿이 서로 술잔을 주고받는 일.
29　『儀禮』鄕射禮 5-52.
30　『禮記』樂記 19-21.
31　『周禮』春官 / 瞽矇 0.
32　『前漢書』권24下 食貨志.

악어(樂語)를 가르친 것은 대략 이와 같은 것이다.

악덕(樂德)을 먼저 서술하고 악어(樂語)를 나중에 서술한 것은 덕은 악의 실(實)이고 어(語)는 악(樂)의 문(文)이기 때문이다. 이는 사과(四科)[33]에서 덕행(德行)을 먼저 언급하고 언어(言語)를 나중에 언급한 것과 같은 뜻이다.[34]

40-3. 以樂舞教國子, 舞雲門大卷大咸大磬大夏大濩大武.

악무(樂舞)로 국자(國子)를 가르치니, 《운문대권(雲門大卷)》·《대함(大咸)》·《대소(大磬)》·《대하(大夏)》·《대호(大濩)》·《대무(大武)》[35]의 춤이 그것이다.[36]

先王之樂多矣, 大司樂用以教國子, 則此六樂而已 人之情哀則辟踊, 樂則舞蹈, 先王因六樂而爲之節文, 制爲文武之舞. 大司樂以教國子, 均以大名之者, 禮樂各以時爲大故也.

堯命夔瞍作大章, 以其煥乎其有文章也. 黃帝命營援作咸池, 以其感物而潤澤之也. 蓋五帝之樂莫著於黃帝, 至堯修而用之, 然後一代之樂備. 故記曰 : "大章章之也, 咸池備矣." 舜韶堯之俊德, 故以夔作大磬. 禹成治水之大功, 故以皐陶作大夏. 湯能護民於塗炭而澤之, 故伊尹作

---

33   사과(四科) : 유학의 네 가지 과정. 덕행(德行)·언어(言語)·정사(政事)·문학(文學).

34   사과(四科)에서~뜻이다 : 『論語』先進 11-2, 3. 「子曰 : 從我於陳蔡者皆不及門也. 德行顏淵閔子騫冉伯牛仲弓, 言語宰我子貢, 政事冉有季路, 文學子游子夏【공자께서 말씀하셨다. "나를 진(陳)나라와 채(蔡)나라에서 따르던 자들이 지금 모두 문하(門下)에 있지 않구나! 덕행(德行)에는 안연·민자건·염백우·중궁이 뛰어났고, 언어(言語)에는 재아·자공이 뛰어났고, 정사(政事)에는 염유·계로가 뛰어났고, 문학(文學)에는 자유·자하가 뛰어났다."】

35   정현(鄭玄)은 《운문대권(雲門大卷)》·《대함(大咸)》·《대소(大磬)》·《대하(大夏)》·《대호(大濩)》·《대무(大武)》를 악곡 순으로 황제(黃帝)·요(堯)임금·순(舜)임금·우왕(禹王)·탕왕(湯王)·무왕(武王)의 악으로 풀이했으나, 진양(陳暘)은 《운문대권》·《대함》을 요임금 악으로 풀이했다. 그 이하는 정현의 견해와 같다.

36   『周禮』春官 / 大司樂 1.

大濩焉. 武王能以武定禍亂而止之, 故周公作大武焉. 是帝樂莫備於堯舜, 而王樂至三王, 則無復餘蘊矣. 故記曰 : "韶繼也, 夏大也, 殷周之樂盡矣." 此三代[37]之道所以具, 異乎堯之所謂備也.

堯曰大章, 又曰雲門大卷者, 雲門樂之體, 大章大卷樂之用. 雲之爲物, 出則散而成章, 其仁所以顯, 入則聚而爲卷, 其智[38]所以藏. 堯之俊德, 就[39]之如日, 望[40]之如雲, 雲門之實也, 其仁如天, 大章之實也, 其智如神, 大卷之實也. 雲門大章大卷, 堯之天道格于上者也, 咸池堯之地道格于下者也. 韶舜繼堯之樂也, 繼其天道, 如天之無不覆幬, 繼其地道, 如地之無不持載. 雖甚盛德, 蔑以如於此矣.

磬又作韶者, 凡六樂皆文之以五聲, 播之以八音, 而磬居一焉. 自文之五聲言之則磬, 以聲爲上所以紹其五聲也, 自播之八音言之則韶, 以音爲左, 所以紹其八音也. 舜欲聞五聲六律八音在治忽,[41] 概見於此矣. 五帝殊時, 不相沿樂, 此特以堯舜言者, 書斷自唐虞, 樂斷自堯舜, 固聖人定書正樂之意也.

然天性得而爲德, 心聲發而爲語, 德容達而爲舞, 大司樂之教國子, 始於樂德, 本之情性也. 中於樂語, 發之聲音也. 終於樂舞, 形之動靜也, 人道性術之變, 蓋盡此歟!

선왕의 악(樂)이 많으나 대사악(大司樂)이 국자(國子)를 가르친 것은 이 육악(六樂)뿐이다. 사람의 정은 슬프면 가슴을 치고 발을 구르며, 즐거우면 덩실덩실 움직이게 되니, 선왕이 육악으로 인해 그것을 절제하고 문채내어 문무(文舞)와 무무(武舞)를 만들었다. 대사악이 국자에게 가르친 악무(樂舞)에 모두 '대(大)'라는 글자를 붙인 것은 예악(禮樂)은 각각 시대에 맞게 하는 것을 중대하게 여기기 때문이다.

---

37 대본에는 '才'로 되어 있으나, 『樂書』15-4에 의거하여 '代'로 바로잡았다.
38 대본에는 '志'로 되어 있으나, 사고전서 『樂書』에 의거하여 '智'로 바로잡았다.
39 대본에는 '望'으로 되어 있으나, 『史記』에 의거하여 '就'로 바로잡았다.
40 대본에는 '就'로 되어 있으나, 『史記』에 의거하여 '望'으로 바로잡았다.
41 대본에는 '以作樂'으로 되어 있으나, 『書經』에 의거하여 '在治忽'로 바로잡았다.

요임금이 고수(瞽瞍)에게 명하여 《대장(大章)》을 짓게 했으니, 예악과 법도가 찬란하게 빛났기 때문이다.[42] 황제(黃帝)가 영원(營援)에게 명하여 《함지(咸池)》를 짓게 했으니, 만물을 감화시켜 윤택하게 했기 때문이다. 오제(五帝)[43]의 악 가운데 황제(黃帝)의 악보다 더 뚜렷한 것이 없는데, 요임금이 닦아서 쓰게 된 다음에야 한 시대의 음악이 완비되었다. 그러므로 『예기』에 "《대장(大章)》은 밝게 빛난다는 뜻을, 《함지(咸池)》는 완비되었다는 뜻을 지니고 있다"[44]라고 하였다. 순임금은 요임금의 뛰어난 덕을 계승했으므로 기(夔)가 《대소(大韶)》를 지었다.

우왕(禹王)은 치수(治水)의 큰 공을 이루었으므로 고요(皐陶)가 《대하(大夏)》를 지었고, 탕왕(湯王)은 백성을 도탄(塗炭)에서 보호하여 윤택하게 했으므로 이윤(伊尹)이 《대호(大濩)》를 지었고, 무왕(武王)은 무력으로 화란(禍亂)을 평정하여 폭정을 그치게 했으므로 주공(周公)이 《대무(大武)》를 지었다.

제악(帝樂)은 요·순의 악보다 더 완비된 것이 없고, 왕악(王樂)은 삼왕(三王)에 이르러 더 이상 미진한 것이 없게 되었다. 그러므로 『예기』에 "《소(韶)》는 계승한다는 뜻을, 《하(夏)》는 위대하다는 뜻을, 은(殷)의 《대호(大濩)》와 주(周)의 《대무(大武)》는 인사(人事)에 최선을 다한다는 뜻을 지니고 있다"[45]라고 했으니, 삼대(三代)의 도(道)가 구비된 것은 요임금의 도가 완비된 것과는 다르다.

요임금 악을 《대장(大章)》이라 하고, 또 《운문대권(雲門大卷)》이라고도 하는데, 《운문》은 악의 체(體)이고 《대장》·《대권》은 악의 용(用)이다. 구름의 속성은 밖으로 나가면 흩어져 빛나니 인(仁)이 나타난 바이고, 안으로 들어가면 모여서 뭉쳐지니 지혜가 간직된 바이다. 요임금의 뛰어난 덕은 가까이 다가가면 햇살처럼 따사롭고 멀리서 바라보면 만물을 촉촉

---

42   예악과~ 때문이다:『論語』泰伯 8-19.
43   오제(五帝): 황제(黃帝)·전욱(顓頊)·제곡(帝嚳)·요(堯)·순(舜).
44   『禮記』樂記 19-9.
45   『禮記』樂記 19-9.

이 적셔주는 구름과 같았으니, 이는《운문》의 실상이다. 또한 하늘처럼 인자하였으니, 이는《대장》의 실상이고, 신처럼 지혜로왔으니,[46] 이는《대권》의 실상이다. 즉,《운문》·《대장》·《대권》은 요임금의 천도(天道)가 위(하늘)에 이른 것이고,《함지(咸池)》는 요임금의 지도(地道)가 아래(땅)에 이른 것이다.[47]

《소(韶)》는 순임금이 요임금을 계승한 악이다. 천도(天道)를 계승하여 하늘이 만물을 덮어 감싸지 않음이 없는 것처럼 하였고, 지도(地道)를 계승하여 땅이 만물을 싣지 않음이 없는 것처럼 했으니,[48] 아무리 성대한 덕일지라도 이보다 더 성대할 수는 없다.

소(韶)는 소(聲)로도 쓴다. 육악(六樂)은 모두 오성(五聲)으로 문채내고 팔음(八音)으로 연주되었는데,《소(聲)》는 그중의 하나이다. 오성으로 문채낸 것에 초점을 맞추어 말하면 '聲'라고 하니, 윗부분에 있는 '聲'이 바로 오성을 의미한다. 팔음(八音)으로 연주하는 것에 초점을 맞추어 말하면 '韶'라고 하니, 왼편에 있는 '音'이 바로 팔음을 의미한다. '순임금이 오성과 육률과 팔음을 듣고서 정치의 잘잘못을 살피고자 했던 것'[49]을 여기(韶와 聲의 글자 구성)에서 파악할 수 있다.

오제(五帝)는 때가 다르므로 서로 악을 그대로 이어받지 않았는데,[50] 여기에서 요·순만 거론한 것은[51]『서경(書經)』이 앞 시대를 생략하고 요·순부터 시작한 것처럼,[52] 악에 대한 설명도 앞 시대를 생략하고

46　『史記』1 / 15쪽.「帝堯者, 放勳. 其仁如天, 其知如神. 就之如日, 望之如雲.」
47　『書經』虞書 / 堯典 1.「曰若稽古帝堯, 曰放勳, 欽明文思安安, 允恭克讓, 光被四表, 格于上下【옛 제요(帝堯)를 상고하건대 공(功)이 크시니, 공경하고 밝고 문채롭고 생각함이 편안하고 편안하시며 진실로 공손하고 능히 겸양하시어 광채가 사방의 끝까지 비쳤으며 하늘과 땅에까지 이르렀다.】」
48　땅이 ~ 했으니 :『禮記』中庸 31-29.
49　『書經』虞書 / 益稷 1.
50　오제(五帝)는 ~ 않았는데 :『禮記』樂記 19-5.
51　진양은《대장(大章)》과《함지(咸池)》를 모두 요임금 음악으로 보고, 아울러《운문대권(雲門大卷)》도 요임금 음악으로 보았기 때문에 이렇게 말한 것이다.
52　『書經』이 堯典·舜典부터 시작된 것을 말한다.

요·순부터 시작한 것이니, 성인(聖人)이 『서경』을 정(定)하고 「악경(樂經)」을 바르게 한 뜻이다.

천성(天性)이 보존되어 덕이 되고, 마음의 소리가 발현하여 말이 되고 덕스런 모습이 발달해서 춤이 되었다. 따라서 대사악이 국자(國子)를 가르칠 적에 악덕(樂德)으로 시작한 것은 정성(情性)에 근본을 둔 것이고, 중간에 악어(樂語)를 가르친 것은 성음(聲音)으로 나타낸 것이고, 악무(樂舞)로 끝맺은 것은 동정(動靜)으로 표현한 것이니, 인도(人道)와 성술(性術)의 변화가 다 여기에 발현되었다.

40-4. 以六律六同五聲八音六舞, 大合樂, 以致鬼神祇, 以和邦國, 以諧萬民, 以安賓客, 以說遠人, 以作動物.

육률(六律)·육동(六同)·오성(五聲)·팔음(八音)·육무(六舞)로 대합악(大合樂)을 하여 인귀(人鬼)·천신(天神)·지기(地祇)를 이르게 하며, 방국(邦國)을 조화롭게 하고, 만민을 화합하게 하며, 빈객을 편안하게 해주고, 먼 나라 사람들을 기쁘게 해주며, 동물을 진작(振作)시킨다.[53]

萬物孶萌於子, 紐牙於丑, 引達於寅, 冒茆於卯, 振美於辰, 已盛於巳, 咢布於午, 昧薆於未, 申堅於申, 留熟於酉, 畢入於戌, 該閡於亥.

建子之律, 陽氣鍾於黃泉, 故謂之黃鍾.[54] 其管九寸, 其數八十一, 其日壬癸, 其月爲辜, 其歲困敦, 其風廣莫, 其宿虛, 其次須女, 其辰合星紀, 其候冬至. 在卦則乾之初九也, 故合於大呂, 而下生林鍾[55]焉. 建丑之律, 陰氣旅助於陽, 故謂之大呂. 其管八寸五分, 其數七十六, 其月爲涂, 其歲赤奮若,[56] 其宿牽牛, 其次建星, 其辰合玄枵, 其候大寒, 在卦

---

53 『周禮』春官 / 大司樂 1.
54 대본에는 '鐘'으로 되어 있으나, 사고전서 『樂書』에 의거하여 '鍾'으로 바로잡았다.
55 대본에는 '鐘'으로 되어 있으나, 사고전서 『樂書』에 의거하여 '鍾'으로 바로잡았다.
56 대본에는 '若'이 없으나, 사고전서 『樂書』에 의거하여 보충하였다.

則坤之六四也, 故合於黃鍾, 而下生夷則焉. 建寅之律, 萬物莫不湊地而出,[57] 故謂之太簇. 其管八寸, 其數七十二, 其月爲陬, 其歲攝提格,[58] 其風條風. 其宿箕, 其次尾, 其辰合娵訾, 其候啓蟄, 在卦則乾之九二也, 故合於應鍾, 而下生南呂焉. 建卯之律, 陰陽之氣相夾而聚, 故謂之夾鍾. 其管七寸六分, 其數六十八, 其日甲乙, 其月爲如, 其歲單閼, 其風明庶, 其宿心, 其次房, 其辰合降婁, 其候春分, 在卦則坤之六五也, 故合於無射, 而下生無射[59]焉. 建辰[60]之律, 萬物且[61]然絜齊, 故謂之姑洗. 其管七寸二分, 其數六十四, 其月爲病, 其歲執徐, 其宿氐,[62] 其次亢, 其辰合大梁, 其候淸明, 在卦則乾之九三也, 故合於南呂, 而下生應鍾焉. 建巳之律, 萬物盡旅而西行, 故謂之仲[63]呂. 其管六寸八分, 其數六十, 其月爲余, 其歲大[64]荒落, 其風淸明, 其宿軫, 其次翼, 其辰合實沈, 其候小滿, 在卦則坤之上六也, 故合於夷則, 而上生黃鍾焉. 建午之律, 陰繼於陽而賓之, 故謂之蕤賓. 其管六寸四分, 其數五十七, 其日丙丁, 其月爲皐, 其歲敦牂, 其風景風, 其宿張, 其次星紀, 其辰合鶉首, 其候夏至, 在卦則乾之九四也, 故合於林鍾, 而上生大呂焉. 建未之律, 萬物成熟而衆多, 故謂之函鍾. 其管六寸, 其數五十四, 其日戊己, 其月爲徂,[65]【音俎】其歲協洽,[66] 其宿弧, 其次狼, 其辰合鶉火, 其候大暑, 在卦則坤之初六也, 故合於蕤賓, 而上生太簇焉. 建申之律, 萬物夷易各有儀則,[67] 故謂之夷則. 其管五寸六分, 其數五十一, 其月爲相, 其歲涒

57　대본에는 '生'으로 되어 있으나, 『樂書』100-1에 의거하여 '出'로 바로잡았다.
58　대본에는 없으나, 『爾雅』釋天에 의거하여 '格'을 보충하였다.
59　대본에는 없으나, 『樂學軌範』에 의거하여 '無射'을 보충하였다.
60　대본에는 '寅'으로 되어 있으나, 사고전서 『樂書』에 의거하여 '辰'으로 바로잡았다.
61　대본에는 '旦'으로 되어 있으나, 사고전서 『樂書』에 의거하여 '且'로 바로잡았다.
62　대본에는 '氏'로 되어 있으나, 사고전서 『樂書』에 의거하여 '氐'로 바로잡았다.
63　대본에 '中'으로 되어 있으나, 아래 문장에 의거하여 '仲'으로 통일하였다.
64　대본에는 없으나, 『爾雅』釋天에 의거하여 '大'를 보충하였다.
65　대본에는 '旦'로 되어 있으나, 사고전서 『樂書』에 의거하여 '徂'로 바로잡았다.
66　대본에는 '合'으로 되어 있으나, 사고전서 『樂書』에 의거하여 '洽'으로 바로잡았다.
67　대본에는 '陰潛賊陽'으로 되어 있으나, 『樂書』100-1에 의거하여 '萬物夷易各有儀則'

灘, 其宿伐, 其次參, 其辰合鶉尾, 其候處暑, 在卦則乾之九五也, 故合於小呂, 而上生夾鍾焉. 建酉之律, 南氣旋入, 故謂之南呂. 其管五寸三分寸之一, 其數四十八, 其日庚辛, 其月爲壯, 其歲作噩, 其宿噣, 其次留, 其辰合壽星, 其候秋分, 在卦則坤之六二也, 故合於姑洗, 而上生姑洗[68]焉. 建戌之律, 陽氣無餘, 故謂之無射. 其管五寸一分, 其數四十五, 其月爲玄, 其歲閹茂, 其宿胃, 其次奎, 其辰合大火, 其候霜降, 在卦則乾之上九也, 故合於夾鍾, 而上生仲呂. 建亥之律, 陰與陽交應, 故謂之應鍾. 其管四寸七分之五, 其數四十三, 其月爲陽, 其歲大淵獻,[69] 其宿璧, 其次室危, 其辰合析木, 其候小雪, 在卦則坤之六三也, 故合於太蔟, 而上生蕤賓焉.

由是觀之, 本乎乾爻者爲六律, 本乎坤爻者爲六同. 六律左旋而生同, 則爲同位, 所以象夫婦. 六同右轉而生律, 則爲異位, 所以象子母. 間八而生, 所以象八卦. 旅之爲宮, 所以象三才. 文之以聲, 不過乎五. 播之以音, 不過乎八. 成之以舞, 不過乎六. 大司樂以六律六同考五聲, 以五聲成八音, 以八音成六舞, 以六舞大合樂. 用之大祭祀, 足以致鬼神祇. 用之大朝會, 足以和邦國. 用之教萬民,[70] 足以諧萬民. 用之大饗食, 足以安賓客. 用之待四夷, 足以說遠人. 用之大蜡, 足以作動物.

觀舜之作樂, 祖考來格, 則致鬼神祇可知, 群后德讓, 則和邦國諧萬民可知, 虞賓在位, 則安賓客說遠人可知, 烏獸蹌蹌, 鳳凰來儀, 則作動物可知. 此言, 大合樂樂神之樂也, 旋宮之樂降神之樂也.

大司樂之大合樂, 以和邦國, 以諧萬民. 大宰禮典[71] · 小宰禮職亦曰: "以和邦國, 以諧萬民者." 禮器曰: "禮交動乎上, 樂交應乎下, 和之至

으로 바로잡았다.

68   대본에는 없으나, 『樂學軌範』에 의거하여 '姑洗'을 보충하였다.
69   대본에는 없으나, 『爾雅』 釋天에 의거하여 '獻'을 보충하였다.
70   대본에는 '物'로 되어 있으나, 사고전서 『樂書』에 의거하여 '民'으로 바로잡았다.
71   대본에는 '要'로 되어 있으나, 『周禮』와 사고전서 『樂書』에 의거하여 '典'으로 바로잡았다.

也." 左傳曰 : "如樂之和, 無所不諧." 則和者有異而無乖, 諧者有徧而
無殊, 是和未至於諧也. 邦國則異而易乖, 故欲其和. 萬民則衆而難徧,
故欲其諧. 禮以和諧爲用, 樂以和諧爲體, 均謂之和邦國, 諧萬民者, 其
情同也. 大司馬之法, 以治邦國爲主. 故言比小事大以和邦國, 而萬民
不預焉, 大宗伯之禮樂, 以防萬民爲主. 故言合天地之化以諧萬民, 而
邦國不預焉. 非特此也, 掌交和諸候之好, 調人司萬民之難而諧諧之,
亦輔禮樂之不至爾.

만물은 자(子)에 자맹(孶萌 : 새끼 치고 싹을 틔움)하고, 축(丑)에서 뉴아(紐芽
: 오므라들어 싹을 틔움)하며, 인(寅)에서 인달(引達 : 뻗어 도달함)하고, 묘(卯)에
모묘(冒茆 : 무릅쓰고 싹이 틈)하며, 진(辰)에서 진미(振美 : 아름다움을 떨침)하고,
사(巳)에서 이성(已盛 : 매우 무성함)하며, 오(午)에서 악포(咢布 : 음과 양이 만나
서 퍼짐)하고, 미(未)에서 애매(薆昧 : 초목이 우거져서 어두움)하며, 신(申)에서
신견(申堅 : 몸체가 견고해짐)해지고, 유(酉)에서 유숙(留熟 ; 머물러 성숙함)하며,
술(戌)에서 필입(畢入 : 모두 이루어져 양기가 땅속으로 들어감)하고, 해(亥)에서
해애(該閡 : 모두 가두어짐)한다.[72]

건자(建子)의 율(律)[73]은 양기(陽氣)가 황천(黃泉)에 모이므로 황종(黃鍾)이
라 부른다. 그 관(管)은 9촌이고, 그 수(數)는 81이며, 그 날[日]은 임계(壬癸)
이고, 그 달은 고(辜 : 11월)이며, 그 해[歲]는 곤돈(困敦)이고,[74] 그 바람은 광
막(廣莫)이며, 그 별자리는 허(虛)이고, 그 차(次)는 수녀(須女)이다. 그 신(辰)
은 성기(星紀)와 합하고, 그 절후는 동지(冬至)이며, 괘는 건괘(乾卦의) 초구
(初九)이다. 그러므로 대려(大呂)와 합하고 임종(林鍾)을 하생(下生)[75]한다.

---

72 만물은~해애(該閡)한다 : 『前漢書』 권21上 律曆志.
73 건자(建子)의 율(律) : 북두칠성 자루가 자방(子方)을 가리킬 때의 율, 즉 황종을 뜻한
다.
74 곤돈(困敦) : 고갑자(古甲子)의 12지(支) 중 '자(子)'의 다른 이름. 곤돈은 양기가 모두
혼돈(混沌)하여 만물이 싹트기 시작한다는 뜻이다.
75 하생(下生) : 12율은 황종을 삼분손익(三分損益)하여 산출되는데, 삼분손일(三分損一)
을 '하생(下生)'. 삼분익일(三分益一)을 '상생(上生)'이라 한다.

건축(建丑)의 율은 음기(陰氣)가 양(陽)을 도우므로 대려(大呂)라 부른다. 그 관은 8촌 5분이고, 그 수는 76이며, 그 달은 도(涂 : 12월)이고, 그 해는 적분약(赤奮若)이며,[76] 그 별자리는 견우(牽牛)이고, 그 차(次)는 건성(建星)이다. 그 신(辰)은 현호(玄枵)와 합하고, 그 절후는 대한(大寒)이며, 괘는 곤괘(坤卦)의 육사(六四)이다. 그러므로 황종과 합하고 이칙(夷則)을 하생한다.

건인(建寅)의 율은 양기가 땅에 모여 만물이 땅 밖으로 나오므로 태주(太簇)라 부른다. 그 관은 8촌이고, 그 수는 72이며, 그 달은 추(陬 : 정월)이고, 그 해는 섭제격(攝提格 : 寅)이며, 그 바람은 조풍(條風)이고, 그 별자리는 기(箕)이고, 그 차(次)는 미(尾)이다. 그 신(辰)은 추자(娵訾)와 합하고 그 절후는 계칩(啓蟄)이며, 괘는 건괘의 구이(九二)이다. 그러므로 응종(應鍾)과 합하고 남려(南呂)를 하생한다.

건묘(建卯)의 율은 음양의 기(氣)가 서로 가까이 모이므로 협종(夾鍾)이라 부른다. 그 관은 7촌 6분이고, 그 수는 68이며, 그 날은 갑을(甲乙)이고, 그 달은 여(如 : 2월)이며, 그 해는 선알(單閼 : 卯)이고, 그 바람은 명서(明庶)이며, 그 별자리는 심(心)이고, 그 차(次)는 방(房)이다. 그 신(辰)은 강루(降婁)와 합하고 그 절후는 춘분(春分)이며, 괘는 곤괘의 육오(六五)이다. 그러므로 무역과 합하고 무역을 하생한다.

건진(建辰)의 율은 단아하게 깨끗하므로 고선(姑洗)이라 부른다. 그 관은 7촌 2분이고, 그 수는 64이며, 그 달은 병(病 : 3월)이고, 그 해는 집서(執徐 : 辰)이며, 그 별자리는 저(氐)이고, 그 차(次)는 항(亢)이다. 그 신(辰)은 대량(大梁)과 합하고, 그 절후는 청명(淸明)이며, 괘는 건괘의 구삼(九三)이다. 그러므로 남려와 합하고 응종을 하생한다.

건사(建巳)의 율은 만물이 모두 떠나 서쪽으로 가기 시작하므로 중려(仲呂)라 부른다. 그 관은 6촌 8분이고, 그 수는 60이며, 그 달은 여(余 : 4월)이고, 그 해는 대황락(大荒落 : 巳)이며, 그 바람은 청명(淸明)이고, 그 별

---

[76] 적분약(赤奮若) : 고갑자(古甲子)의 12지(支) 중 '축(丑)'의 다른 이름. 적분약은 만물을 분기(奮起)시킨다는 뜻이다.

자리는 진(軫)이며, 그 차(次)는 익(翼)이다. 그 신(辰)은 실침(實沈)과 합하고, 그 절후는 소만(小滿)이며, 괘는 곤괘의 상륙(上六)이다. 그러므로 이칙과 합하고 황종을 상생(上生)한다.

건오(建午)의 율은 음(陰)이 양(陽)을 계승하여 양을 공경히 손님으로 대접하므로 유빈(蕤賓)이라 부른다. 그 관은 6촌 4분이고, 그 수는 57이며, 그 날은 병정(丙丁)이고, 그 달은 고(皋 : 5월)이며, 그 해는 돈장(敦牂 : 午)이고, 그 바람은 경풍(景風)이며, 그 별자리는 장(張)이고, 그 차(次)는 성기(星紀)이다. 그 신(辰)은 순수(鶉首)와 합하고, 그 절후는 하지(夏至)이며, 괘는 건괘의 구사(九四)이다. 그러므로 임종(林鍾)과 합하고 대려를 상생한다.

건미(建未)의 율은 만물이 성숙하여 풍부하므로 함종(函鍾 : 임종)이라 부른다. 그 관은 6촌이고, 그 수는 54이며, 그 날은 무기(戊己)이고, 그 달은 조(徂)이며, 그 해는 협흡(協洽)이고, 그 별자리는 호(弧)이며, 그 차(次)는 낭(狼)이다. 그 신(辰) 순화(鶉火)와 합하고, 그 절후는 대서(大暑)이며, 괘는 곤괘의 초육(初六)이다. 그러므로 유빈과 합하고 태주를 상생한다.

건신(建申)의 율은 만물이 편안한 때라도 각각 의칙(儀則)이 있으므로 이칙(夷則)이라 부른다. 그 관은 5촌 6분이고, 그 수는 51이며, 그 달은 상(相 : 7월)이고, 그 해는 군탄(涒灘 : 申)이며, 그 별자리는 벌(伐)이고, 그 차(次)는 삼(參)이다. 그 신(辰)은 순미(鶉尾)와 합하고 그 절후는 처서(處暑)이며, 괘는 건괘의 구오(九五)이다. 그러므로 소려(小呂 : 중려)와 합하고 협종을 상생한다.

건유(建酉)의 율은 남쪽에서 기(氣)가 종착점이자 동시에 시발점이 되는 곳으로 돌아가므로 남려(南呂)라 부른다. 그 관은 5촌 3분 남짓이고, 그 수는 48이며, 그 날은 경신(庚辛)이고, 그 달은 장(壯 : 8월)이며, 그 해는 작악(作噩 : 酉)이고, 그 별자리는 주(喝)이며, 그 차(次)는 유(留)이다. 그 신(辰)은 수성(壽星)과 합하고, 그 절후는 추분(秋分)이며, 괘는 곤괘의 육이(六二)이다. 그러므로 고선과 합하고 고선을 상생한다.

건술(建戌)의 율은 양기(陽氣)가 넉넉하지 않으므로 무역(無射)이라 부른

다. 그 관은 5촌 1분이고, 그 수는 45,이며 그 달은 현(玄 : 9월)이고, 그 해
는 엄무(閹茂 : 戌)이며, 그 별자리는 위(胃)이고, 그 차(次)는 규(奎)이다. 그
신(辰)은 대화(大火)와 합하고 그 절후는 상강(霜降)이며, 괘는 건괘의 상구
(上九)이다. 그러므로 협종과 합하고, 중려를 상생한다.

건해(建亥)의 율은 음과 양이 서로 응하므로 응종(應鍾)이라 부른다. 그
관은 4촌 7분가량이고, 그 수는 43이며, 그 달은 양(陽 : 10월)이고, 그 해는
대연헌(大淵獻)이며, 그 별자리는 벽(壁)이고, 그 차(次)는 실위(室危)이다.
그 신(辰)은 석목(析木)과 합하고 그 절후는 소설(小雪)이며, 괘는 곤괘의
육삼(六三)이다. 그러므로 태주와 합하고 유빈을 상생한다.

이로 보건대, 건괘(乾卦)의 효(爻)에 근본을 둔 것은 육률(六律)이고, 곤
괘(坤卦)의 효에 근본을 둔 것은 육동(六同 : 六呂)이다. 육률이 왼쪽으로 돌
아 육동을 낳은 것은 같은 지위가 되니 부부(夫婦)를 상징하고, 육동이 오
른쪽으로 돌아 육률을 낳은 것은 다른 지위가 되니 자모(子母)를 상징한
다. 12율이 8율의 간격을 두고 생겨난 것은 8괘(八卦)를 상징하고, 돌아가
며 궁(宮)이 된 것은 3재(三才)를 상징한다.

소리로 문채내는 것은 오성(五聲)에 지나지 않고, 음(音)으로 연주하는
것은 팔음(八音)에 지나지 않으며, 춤으로 이루는 것은 육무(六舞)에 지나
지 않는다. 따라서 대사악이 육률·육동으로 오성을 살피고, 오성으로
팔음을 이루며, 팔음으로 육무(六舞)를 이루고, 육무로 내합악(大合樂)을
하여, 대제사(大祭祀)에 쓰면 인귀(人鬼)와 천신(天神)과 지기(地祇)를 이르게
할 수 있고, 대조회(大朝會)에 쓰면 방국(邦國)을 조화롭게 할 수 있고, 만
민을 가르치는 데 쓰면 만민을 화합시킬 수 있고, 대향사(大饗食)에 쓰면
빈객을 편안히 할 수 있고, 사방 이민족을 대접하는 데 쓰면 먼 곳의 사
람을 편안히 할 수 있고, 대사(大蜡)[77]에 쓰면 동물을 번성하게 할 수 있다.

순임금이 지은 악(樂)을 살펴보면, "조고(祖考)께서 와서 이르셨다"라고

---

[77] 사제(蜡祭) : 감사의 뜻으로 1년 농사에 공을 끼친 신을 찾아서 섣달에 지내는 제사
      이다. '사(蜡)'는 찾는다는 뜻이다.

했으니, 인귀·천신·지기를 이르게 했음을 알 수 있고, "여러 제후들과 덕으로 양보했다"라고 했으니, 방국(邦國)을 조화롭게 하고 만민을 화합시켰음을 알 수 있다. "단주(丹朱)가 우(虞)나라에 손님으로 와서 자리에 있었다"라고 했으니, 빈객을 편안히 하고 먼나라 사람을 기쁘게 했음을 알 수 있고, "새와 짐승이 너울너울 춤추고 봉황이 와서 우아하게 춤추었다"[78]라고 했으니, 동물을 진작시켰음을 알 수 있다. 여기서 말한 대합악(大合樂)은 신(神)을 즐겁게 하는 음악이고, 선궁지악(旋宮之樂)은 신을 강림하게 하는 음악이다.

대사악이 대합악을 하여 방국을 조화롭게 하고[和] 만민을 화합시켰는데[諧], 태재(大宰)의 예전(禮典)과 소재(小宰)의 예직(禮職)도 또한 방국을 조화롭게 하고[和] 만민을 화합시키는 것이다[諧].[79] 「예기(禮器)」에 "예가 당상에서 서로 교류하여 움직이고 악이 당하에서 교류하여 응하는 것은 조화가 지극한 것이다"[80]라고 하고, 『춘추좌씨전』에 "악이 조화된 것처럼[和] 화합하지[諧] 않음이 없었다"[81]라고 하였다. 따라서 조화[和]란 서로 달라도 어그러짐이 없는 것이고 화합[諧]이란 두루 미쳐서 다름이 없는 것이니, 조화는 화합에 미치지 못한다. 방국은 서로 달라서 어그러지기 쉬우므로 조화롭게 하고자 하고, 만민은 많아서 두루 미치기 어려우므로 화합시키고자 하였다. 예는 조화와 화합을 용(用)으로 삼고 악은 조화와 화합을 체(體)로 삼는데, 다같이 '방국(邦國)을 조화롭게 하고 만민을 화합시킨다'라고 말한 것은 그 정(情)이 같기 때문이다.

대사마(大司馬)의 법은 방국을 다스리는 것을 주로 한다. 그러므로 "큰

---

78 『書經』 虞書 / 益稷 2.
79 『周禮』 天官 / 大宰 1. 『周禮』 天官 / 小宰 4.
80 뇌준(罍尊)은 동에 있고 희준(犧尊)은 서에 있다. 동계(東階)에 있던 임금은 서쪽으로 와 희준에서 술을 뜨고, 방에 있던 부인은 동쪽으로 와 뇌준에서 술을 뜬다. 그러므로 '예가 당상에서 서로 교류하여 움직인다'라고 한 것이다. 당하(堂下)에는 현고(縣鼓)가 서쪽에 있고, 응고(應鼓)는 동쪽에 있다. 그러므로 '악이 당하에서 교류하여 응한다'라고 한 것이다.(『禮記』禮器 10-30)
81 『春秋左氏傳』 襄公 11년(5).

나라는 작은 나라에 친밀하게 하고 작은 나라는 큰 나라를 섬겨서 방국을 조화롭게 한다"[82]라고 말했을 뿐 만민(萬民)은 언급하지 않았다. 대종백(大宗伯)의 예악은 만민이 음란하거나 태만해지지 않도록 하는 것을 주로 한다. 그러므로 "천지의 변화에 합치하게 하며 만민을 화합하게 한다"[83]라고 말했을 뿐 방국은 언급하지 않았다.

이외에 장교(掌交)는 제후간의 우호를 조화롭게 하고,[84] 조인(調人)은 서로 원수관계인 백성을 화해시키니,[85] 또한 예악이 미치지 못하는 것을 보조하는 것이다.

82　『周禮』夏官 / 大司馬 1.

83　『周禮』春官 / 大宗伯 11.

84　『周禮』秋官 / 掌交 0.

85　『周禮』地官 / 調人 0.

권41 주례훈의(周禮訓義)

춘관(春官) / 대사악(大司樂)

대사악(大司樂)

41-1. 乃分樂而序之, 以祭以享以祀. 乃奏黃鍾[1]歌大呂舞雲門, 以祀天神, 乃奏太蔟歌應鍾[2]舞咸池, 以祭地祇,[3] 乃奏姑洗歌南呂舞大磬, 以祀四望, 乃奏蕤賓歌函鍾[4]舞大夏, 以祭山川, 乃奏夷則歌小呂舞大濩, 以享先妣, 乃奏無射歌夾鍾[5]舞大武, 以享先祖.

악(樂)을 나누고[6] 차서(次序)를 매겨[7] 제사지낸다. 《황종궁(黃鍾宮)》[8]을

1　대본에는 '鐘'으로 되어 있으나, 사고전서 『樂書』에 의거하여 '鍾'으로 바로잡았다.
2　대본에는 '鐘'으로 되어 있으나, 사고전서 『樂書』에 의거하여 '鍾'으로 바로잡았다.
3　대본에는 '示'로 되어 있으나, 편의상 정자(正字)인 '祇'로 표기하였다. 이후도 마찬가지이다.
4　대본에는 '鐘'으로 되어 있으나, 사고전서 『樂書』에 의거하여 '鍾'으로 바로잡았다.
5　대본에는 '鐘'으로 되어 있으나, 사고전서 『樂書』에 의거하여 '鍾'으로 바로잡았다.

연주하고 《대려궁(大呂宮)》을 노래하고 《운문(雲門)》을 춤추어 천신(天神)에 제사지낸다. 《태주궁(太蔟宮)》을 연주하고 《응종궁(應鍾宮)》을 노래하고 《함지(咸池)》를 춤추어 지기(地祇)에 제사지낸다. 《고선궁(姑洗宮)》을 연주하고 《남려궁(南呂宮)》을 노래하고 《대소(大磬)》를 춤추어 사망(四望)9에 제사지낸다. 《유빈궁(蕤賓宮)》을 연주하고 《함종궁(函鍾宮)》을 노래하고 《대하(大夏)》를 춤추어 산천(山川)에 제사지낸다. 《이칙궁(夷則宮)》을 연주하고 《소려궁(小呂宮)》을 노래하고 《대호(大濩)》를 춤추어 선비(先妣)에 제향을 지낸다. 《무역궁(無射宮)》을 연주하고 《협종궁(夾鍾宮)》을 노래하고 《대무(大武)》를 춤추어 선조(先祖)에 제향을 지낸다.10

先王制六律六同之器, 以合六陰六陽之聲, 黃鍾·太蔟·姑洗·蕤賓·夷則·無射, 六陽聲也, 大呂·應鍾·南呂·函鍾·小呂·夾鍾, 六陰聲也. 蓋日月所會之辰, 在天而右轉, 斗柄所建, 在地而左旋, 交錯貿見如表裏然. 故子合於丑, 寅合於亥, 辰合於酉, 午合於未, 申合於巳, 戌合於卯.

黃鍾子之氣, 十一月建焉而辰在星紀, 大呂丑之氣, 十二月建焉而辰在玄枵, 太蔟寅之氣, 正月建焉而辰在娵訾, 應鍾亥之氣, 十月建焉而辰在析木, 姑洗辰之氣, 三月建焉而辰在大梁, 南呂酉之氣, 八月建焉而辰在壽星, 蕤賓午之氣, 五月建焉而辰在鶉首, 林鍾未之氣, 六月建

6　악을 당상악(堂上樂)과 당하악(堂下樂)으로 나누어, 당상에서는 음려(陰呂)를 중심음으로 하는 악조, 당하에서는 양률(陽律)을 중심음으로 하는 악조를 쓴다.

7　천신(天神)에는 첫 번째 양률인 황종, 지기(地祇)에는 두 번째 양률인 태주, 사망(四望)에는 세 번째 양률인 고선, 산천에는 네 번째 양률인 유빈, 선비(先妣)에게는 다섯 번째 양률인 이칙, 선조(先祖)에게는 여섯 번째 양률인 무역을 쓴다.

8　'奏黃鍾'을 '황종궁을 연주한다'로 번역한 이유는, 황종을 중심음으로 하는 악조의 음악을 연주한다는 것을 명시하기 위해서이다.

9　사망(四望) : 천자가 사방의 산천을 바라보며 지내는 제사. 정현(鄭玄)은 사망을 오악(五嶽)·사진(四鎭)·사독(四瀆)으로 보는데, 정중(鄭衆)은 이와 달리 일(日)·월(月)·성(星)·해(海)로 본다.

10　『周禮』 春官 / 大司樂 1.

焉而辰在鶉火, 夷則申之氣, 七月建焉而辰在鶉尾, 中呂巳之氣, 四月建焉而辰在實沈, 無射戌之氣, 九月建焉而辰在大火, 夾鍾卯之氣, 二月健焉而辰在降婁.

故祀天神, 奏黃鍾歌大呂, 祭地祇, 奏太蔟歌應鍾, 祀四望, 奏姑洗歌南呂, 祭山川, 奏蕤賓歌函鍾, 享先妣, 奏夷則歌小呂, 享先祖, 奏無射歌夾鍾, 無非以陰合陽, 以斗合辰而已. 鐘師凡樂事以鐘鼓奏九夏, 鎛師凡祭祀鼓其金奏之樂, 然則以鐘鼓奏樂, 則編鐘在焉, 非不具六律六同也, 其施於鬼神祇者各有所主云爾. 凡六代之樂, 皆文之以五聲, 播之以八音, 惡有不具律同之理哉? 言奏則堂下之樂, 言歌則堂上之樂. 春秋傳曰: "晉侯饗穆叔奏肆夏, 歌文王大明縣." 又曰, "晉侯歌鐘二肆取半以賜魏絳." 則奏之與歌, 雖有堂上下之辨, 其實不離於六律六同也.

分律而序之, 自黃鍾[11]以之無射, 分同而序之, 自大呂以至夾鍾[12], 分舞而序之, 自雲門以至大武. 然先妣在先祖上, 則姜嫄也. 姜嫄特祀, 後世以爲禖神, 而序之先祖之上, 則先祖所自出故也.

선왕이 6률(六律)·6동(六同)의 율관을 제작하여 6음(六陰)·6양(六陽)의 소리를 합쳤으니, 황종·태주·고선·유빈·이칙·무역은 6개의 양성(陽聲)이고, 대려·응종·남려·함종(임종)·소려(중려)·협종은 6개의 음성(陰聲)이다.[13]

대개 해와 달이 만나는 신(辰)[14]은 하늘에 있고 오른쪽으로 돌며,[15] 북

---

11 대본에는 '鐘'으로 되어 있으나, 사고전서 『樂書』에 의거하여 '鍾'으로 바로 잡았다.
12 대본에는 '鐘'으로 되어 있으나, 사고전서 『樂書』에 의거하여 '鍾'으로 바로 잡았다. 12율을 음고(音高)에 따라 배열하면 다음과 같다. 12율은 12월에 배합이 되며, 홀수번째의 것은 양성(陽聲)이고 짝수번째의 것은 음성(陰聲)이다.
13 황종·태주·고선·유빈·이칙·무역은 양성(陽聲)으로서 음고의 순서이고, 대려·응종·남려·함종(임종)·소려(중려)·협종은 음성(陰聲)으로서 각 양성과 합(合)이 되는 순서이다.

12율	황종	대려	태주	협종	고선	중려	유빈	임종	이칙	남려	무역	응종
12월	11월	12월	1월	2월	3월	4월	5월	6월	7월	8월	9월	10월

두성(北斗星)의 자루가 가리키는 방향은 땅에 있고 왼쪽으로 선회(旋回)하는데,[16] 서로 엇걸려서 바뀌어 나타나는 것이 마치 안팎과 같다. 그러므로 자(子)는 축(丑)과 합하고, 인(寅)은 해(亥)와 합하며, 진(辰)은 유(酉)와 합하며, 오(午)는 미(未)와 합하며, 신(申)은 사(巳)와 합하며, 술(戌)은 묘(卯)와 합한다.

황종은 자(子)의 기(氣)로 11월 건(建)[17]이고, 신(辰)은 성기(星紀)에 있다. 대려는 축(丑)의 기로 12월 건이고, 신은 현효(玄枵)에 있다. 태주는 인(寅)의 기로 정월 건이고, 신은 추자(娵訾)에 있다. 응종은 해(亥)의 기로 10월 건이고, 신은 석목(析木)에 있다. 고선은 진(辰)의 기로 3월 건이고, 신은 대량(大梁)에 있다. 남려는 유(酉)의 기로 8월 건이고, 신은 수성(壽星)에 있다. 유빈은 오(午)의 기로 5월 건이고, 신은 순수(鶉首)에 있다. 임종은 미(未)의 기로 6월 건이고, 신은 순화(鶉火)에 있다. 이칙은 신(申)의 기로 7월 건이고, 신은 순미(鶉尾)에 있다. 중려는 사(巳)의 기로 4월 건이고, 신은 실침(實沈)에 있다. 무역은 술(戌)의 기로 9월 건이고, 신은 대화(大火)에 있다. 협종은 묘(卯)의 기로 2월 건이고, 신은 강루(降婁)에 있다.

그러므로 천신(天神)에 제사지낼 때는《황종》을 연주하고《대려》를 노래하며, 지기(地祇)에 제사지낼 때는《태주》를 연주하고《응종》을 노래하며, 사망(四望)에 제사지낼 때는《고선》을 연주하고《남려》를 노래하며, 산천에 제사지낼 때는《유빈》을 연주하고《함종》을 노래하며, 선비(先妣)

---

14 신(辰) : 해와 달이 만나는 곳으로 음력 매월 초하룻날에 태양이 있는 자리.

15 하늘을 30도씩 12구역으로 구분하여 서쪽에서 동쪽으로 가면서, 수성(壽星)·대화(大火)·석목(析木)·성기(星紀)·현효(玄枵)·추자(娵訾)·강루(降婁)·대량(大梁)·실침(實沈)·순수(鶉首)·순화(鶉火)·순미(鶉尾)라는 이름을 붙였다. 수성이 정서(正西), 성기가 정북(正北), 강루가 정동(正東), 순수가 정남(正南)에 위치하므로, 태양이 수성·성기·강루·순수의 중앙에 왔을 때가 각각 추분·동지·춘분·하지이다.

16 자(子)·축(丑)·인(寅)·묘(卯)·진(辰)·사(巳)·오(午)·미(未)·신(申)·유(酉)·술(戌)·해(亥)의 12지지(地支)를 일컫는데, 동쪽에서 서쪽으로 가면서 이름을 붙인 것으로, 12신(辰)과 12지(支)는 방향이 반대이다.

17 건(建) : 음력 매월 초하루에 북두칠성 자루가 가리키는 방향.

에 제사지낼 때는《이칙》을 연주하고《소려》를 노래하며, 선조에 제사지낼 때는《무역》을 연주하고《협종》을 노래하여, 음(陰)이 양(陽)과 합치고, 북두성이 신(辰)과 합치지 않음이 없다.

종사(鐘師)는 모든 악사(樂事)에서 종(鐘)·고(鼓)로 구하(九夏)를 연주하고,[18] 박사(鎛師)는 모든 제사에서 금주(金奏)의 악에 북을 쳤다.[19] 따라서 종·고로 연주한 악에는 편종(編鐘)이 포함되니, 대사악이 악을 나누고 차서를 매겨 제사지낼 때 6률(六律)·6동(六同)을 구비하지 않았을 리 없으므로 위에서 언급한 내용은 인귀·천신·지기에 제사지낼 때 각각 중심음이 있음을 말한 것일 따름이다.[20] 육악(六樂)[21]은 모두 오성(五聲)으로 문채내고 팔음(八音)[22]으로 연주했으니,[23] 어찌 율려를 갖추지 않았을 리 있겠는가?

'연주한다'는 것은 당하악(堂下樂)을 가리키고, '노래한다'는 것은 당상악(堂上樂)을 가리킨다. 『춘추전』에 "진후(晉侯)가 목숙(穆叔)에게 연향을 베풀 때《사하(肆夏)》를 연주하고《문왕(文王)》·《대명(大明)》·《면(緜)》을 노래했다"[24]라고 하고, 또 "진후가 가종(歌鐘) 2사(肆)의 절반을 취해서 위강(魏絳)에게 하사했다"[25]라고 했으니, 연주와 노래를 분별하여 당상과 당하에서 각각 연주하지만, 실은 6률·6동에서 벗어나지 않는다.

---

18 종사(鐘師)는~연주하고 : 『周禮』春官 / 鐘師 0.
19 박사(鎛師)는~쳤다 : 『周禮』春官 / 鎛師 0.
20 예를 들면, 천신에 제사지낼 때의 '奏黃鍾 歌大呂'는 황종이 중심음이 되는 악조의 음악을 연주하고, 대려가 중심음이 되는 악조의 음악을 노래한다는 뜻으로, 그 음악에 6률·6동이 다 쓰인다는 것이다.
21 육악(六樂) :《운문(雲門)》·《함지(咸池)》·《대소(大韶)》·《대하(大夏)》·《대호(大濩)》·《대무(大武)》.
22 팔음(八音) : 악기의 소재가 되는 금(金)·석(石)·사(絲)·죽(竹)·포(匏)·토(土)·혁(革)·목(木)의 8종류 물질을 가리키며, 때로 8종류 물질로 만든 악기를 뜻하기도 한다.
23 육악(六樂)은~연주했으니 : 『周禮』春官 / 大司樂 1.
24 『春秋左氏傳』襄公 4년(3).
25 『春秋左氏傳』襄公 11년(5).

율(律)을 나누어 차서를 매기면 황종에서부터 무역에 이르고, 동(同)을
나누어서 차서를 매기면 대려로부터 협종에 이르고, 춤을 나누어 차서를
매기면 《운문》에서부터 《대무》에 이른다.

선비(先妣)[26]가 선조 위에 있는 것은 그가 강원(姜嫄)[27]이기 때문이다.
강원을 특별히 제사지내어 후세에 매신(禖神)[28]으로 삼았는데, 선조보다
위에 놓은 것은 선조가 그로부터 나왔기 때문이다.

41-2. 凡六樂者文之以五聲, 播之以八音.

육악(六樂)은 오성(五聲)으로 문채내고 팔음(八音)으로 연주한다.[29]

樂記曰 : "發諸聲音, 形諸動靜, 性術之變盡於此矣." 自形諸動靜言
之, 謂之六舞, 自發諸聲音言之, 謂之六樂, 其實一也. 大宗伯之職, 以
吉禮事邦國之鬼神祇, 以禋祀祀昊天上帝, 以實柴祀日月星辰, 以槱燎
祀司中司命觀師雨師, 以血祭祭社稷五祀五嶽, 以貍沈祭山林川澤, 以
疈辜祭四方百物, 以肆獻祼享先王. 至於大司樂, 以雲門之樂祀天神,
非特昊天上帝也, 凡五帝日月星辰之類無不擧矣, 以咸池之樂祭地祇,
非特社稷也, 凡五祀之類無不擧矣, 以大磬之樂祀四望, 非特五嶽也,
凡司中司命之類無不擧矣, 以大夏之樂祭山川, 非特山林川澤也, 凡四
方百物群小祀之類無不擧矣. 大宗伯擧先王, 以見先妣先祖, 擧親以見
尊也, 大司樂擧先妣先祖, 以見先王, 擧遠以見近也.

司服 : "祀昊天上帝則大裘而冕, 祀五帝亦如之, 享先王則袞冕, 享先
公饗射則鷩冕, 祀四望山川則毳冕, 祭社稷五祀則希冕, 祭群小祀則玄
冕." 司服則別先公爲二, 合四望山川爲一, 與大司樂不同者, 王公之服

---

26 선비(先妣) : 선조(先祖)의 어머니.
27 강원(姜嫄) : 주나라 시조인 후직(后稷)의 어머니.
28 매신(禖神) : 아들을 낳게 해주는 신.
29 『周禮』 春官 / 大司樂 1.

有等降, 四望山川之服無同異, 非若樂之致詳故也.

「악기(樂記)」에 "성음(聲音)에 나타나고 동정(動靜)에 형용되어 성술(性術 : 마음의 작용)의 변화가 여기에 다 드러난다"[30]라고 했으니, 동정에 형용되는 것으로 말할 때는 육무(六舞)라 하고, 성음에 나타나는 것으로 말할 때는 육악이라 한 것일 뿐, 실은 하나이다.

대종백(大宗伯)의 직분은 길례(吉禮)로 나라의 인귀(人鬼)·천신(天神)·지기(地祇)를 섬기는 것이니, 인사(禋祀)[31]로 호천상제(昊天上帝)에 제사지내고, 실시(實柴)[32]로 일월성신(日月星辰)에 제사지내고, 유료(槱燎)[33]로 사중(司中)·사명(司命)[34]·풍사(風師)·우사(雨師)에 제사지내며, 혈제(血祭)[35]로 사직·오사(五祀)[36]·오악(五嶽)에 제사지내고, 매침(貍沈)[37]으로 산림·천택(川澤)에 제사지내고, 벽고(疈辜)[38]로 사방의 백물에 제사지내고, 척(肆)·헌(獻)·관(祼)[39]으로 선왕에 제사지낸다.[40]

---

30 『禮記』 樂記 19-23.

31 인사(禋祀) : 우주만물의 생육을 주재하는 호천상제(昊天上帝)에게 지내는 최고의 제사이다. 희생과 옥백(玉帛)을 섶나무 위에 놓고 태워 연기를 올려 하늘에 고한다.

32 실시(實柴) : 일월성신에 지내는 차상(次上)의 제사로 섶나무 위에서 희생을 태워 연기를 올려 지낸다.

33 유료(槱燎) : 풍운뇌우(風雲雷雨)에 지내는 차하(次下)의 제사로 화톳불을 놓아 지낸다.

34 사중(司中)·사명(司命) : 삼태성(三台星)은 태미원에 속하는 별자리로 국자 모양의 북두칠성의 물을 담는 쪽에 길게 비스듬히 늘어선 세 쌍의 별이다. '상태(上台)'라는 위의 두 별은 사명(司命)이 되는데 수명(壽命)을 주관한다. '중태(中台)'라고 하는 다음 두 별은 사중(司中)이 되는데 종실(宗室)을 주관한다. '하태(下台)'라고 하는 그 다음 두 별은 사록(司祿)이 되는데 군대를 주관한다.

35 혈제(血祭) : 희생을 잡아 피로 지내는 제사.

36 오사(五祀) : 출입문·지게문·우물·부엌·방안과 같은 집 안팎의 다섯 신에게 지내는 제사.

37 매침(貍沈) : 희생을 땅에 묻어 산림에 제사지내고 옥을 물에 가라앉혀 천택에 지내는 제사.

38 벽고(疈辜) : 희생을 잡아 각 뜨는 일.

39 척(肆)·헌(獻)·관(祼) : 척(肆)은 해체한 희생을 올리는 것이고, 헌(獻)은 단술을 올리는 것이며, 관(祼)은 울창주를 땅에 부어 땅속의 신령이 냄새 맡고 오도록 하는 것이다.

따라서 「대사악(大司樂)」에 '《운문(雲門)》의 악으로 천신에 제사지낸다'라고 한 것은 호천상제뿐 아니라 모든 오제(五帝)[41]와 일월성신(日月星辰)의 부류도 포함하고, '《함지(咸池)》의 악으로 지기에 제사지낸다'라고 한 것은 사직뿐 아니라 오사(五祀)의 부류도 포함하며, '《대소(大韶)》의 악으로 사망(四望)[42]에 제사지낸다'라고 한 것은 오악(五嶽) 뿐 아니라 사중·사명의 부류도 포함하고, '《대하(大夏)》의 악으로 산천에 제사지낸다'라고 한 것은 산림·천택 뿐 아니라 사방의 백물과 여러 소사(小祀)의 부류도 포함한다.

「대종백」에서는 선왕을 거론해서 선비(先妣)와 선조(先祖)를 나타냈으니, 친한 이를 거론해서 높은 이를 나타낸 것이고, 「대사악」에서는 선비와 선조를 거론해서 선왕을 나타냈으니, 먼 이를 들어서 가까운 이를 나타낸 것이다.

「사복(司服)」에서는 "호천상제의 제사에 대구(大裘)[43]와 면류관을 착용하며, 오제의 제사도 이와 같이 한다. 선왕의 제사에 곤면(袞冕)[44]을, 선공(先公)의 제사와 향사(饗射)[45]에 별면(鷩冕)[46]을, 사망과 산천의 제사에 취면(毳冕)을, 사직과 오사(五祀)의 제사에 치면(希冕)[47]을, 여러 소사(小祀)에 현면(玄冕)[48]을 착용한다"[49]라고 하여, 선왕과 선공을 구별해서 둘로 했지만,

---

40 대종백(大宗伯)이~제사지낸다:『周禮』春官 / 大宗伯 2.
41 오제(五帝) : 사방 및 중앙을 수재한다고 하는 다섯 신(神). 창제(蒼帝 : 동방)·적제(赤帝 : 남방)·황제(黃帝 : 중앙)·백제(白帝 : 서방)·흑제(蒼帝 : 북방).
42 사망(四望) : 천자가 사방의 산천을 바라보고 지내는 제사. 정현(鄭玄)은 사망을 오악(五嶽)·사진(四鎭)·사독(四瀆)으로 보는데, 정중(鄭衆)은 이와 달리 일(日)·월(月)·성(星)·해(海)로 본다.
43 대구(大裘) : 천자가 하늘에 제사지낼 때 입는 예복.〈그림 3-2 참조〉
44 곤면(袞冕) : 9章服.〈그림 3-3 참조〉
45 향사(饗射) : 빈객에게 잔치를 베풀고 활쏘기를 하는 의식.
46 별면(鷩冕) : 7章服.〈그림 3-4 참조〉
47 치면(希冕) : 5章服.〈그림 3-5 참조〉
48 현면(玄冕) : 3章服.〈그림 3-6 참조〉
49 『周禮』春官 / 司服 0.

사망과 산천을 합하여 하나로 하여 「대사악」과 같지 않다. 왕(王)과 공(公)의 복식(服飾)은 등급에 따른 차이가 있는데, 사망과 사천의 복식이 같은 이유는 복식은 악처럼 상세하지 않기 때문이다.

41-3. 凡六樂者, 一變而致羽物及川澤之祇[50], 再變而致臝物及山林之祇, 三變而致鱗物及丘陵之祇, 四變而致毛物及墳衍之祇, 五變而致介物及土祇, 六變而致象物及天神.

육악(六樂)을 1변(一變)하면 우물(羽物：깃이 있는 동물)과 천택의 기(祇：지신)가 이르고, 2변하면 나물(臝物：털 짧은 동물)과 산림의 기(祇)가 이르고, 3변하면 인물(鱗物：비늘이 있는 동물)과 언덕의 기(祇)가 이르고, 4변하면 모물(毛物：털이 긴 동물)과 물가의 기(祇)가 이르고, 5변하면 개물(介物：껍질이 단단한 동물)과 평지의 기(祇)가 이르고, 6변하면 상물(象物)[51]과 천신(天神)이 이른다. [52]

先王之作樂, 合生氣之和, 著萬物之理, 而萬物莫不以類相動, 故后[53]夔奏簫[54]韶, 鳳凰爲之來儀, 師曠奏淸角, 玄鶴爲之率舞, 瓠巴鼓瑟, 六馬爲之仰秣, 伯牙鼓琴, 游魚爲之出聽. 然則當大蜡萬物索饗之時, 其六樂所致, 固不能無是理也. 經曰："禮樂合天地之化百物之産" 不過如此.

今夫武樂六成, 文樂九成. 六樂則文武備矣, 必以六變爲言者, 豈非卽六代之樂各一變而言歟? 大司徒："山林宜毛物, 川澤宜鱗物, 丘陵宜羽物, 墳衍宜介物, 原隰宜臝物." 此以羽物配川澤, 臝物配山林, 鱗物

---

50 대본에는 '示'로 되어 있으나, '祇'의 약자로 판단되어 '祇'로 바로잡았다. 이하도 마찬가지이다.
51 상물(象物)：기린·봉황·거북·용의 네 영물(靈物).
52 『周禮』 春官 / 大司樂 1.
53 대본에는 '呂'로 되어 있으나, 사고전서 『樂書』에 의거하여 '后'로 바로잡았다.
54 대본에는 '蕭'로 되어 있으나, 사고전서 『樂書』에 의거하여 '簫'로 바로잡았다.

配丘陵, 毛物配墳衍, 介物配土祇, 不同者, 大司徒言物之所宜, 此言物之所致難易故也.

선왕이 지은 악은 생기(生氣)의 화(和)를 합쳐 만물의 이치를 드러냈으므로, 만물이 각각 부류별로 서로 움직인다. 그러므로 후기(后夔)[55]가 《소소(簫韶)》를 연주하자 봉황이 와서 너울거리고, 사광(師曠)[56]이 《청각(淸角)》을 연주하자 하늘빛 학이 무리를 인솔하여 춤추고, 호파(瓠巴)[57]가 슬(瑟)을 타자 6마리의 말이 고개를 번쩍 쳐들고 먹이를 먹고, 백아(伯牙)가 금(琴)을 타자 물고기들이 물 위로 뛰어 올라 들었다. 그렇다면 만물의 신령을 찾아서 향응하는 대사(大蜡)[58]에서 육악(六樂)을 연주하여 만물을 이르게 하는 경우에 진실로 이런 이치가 없을 리 없다. 경(經)에 "예악(禮樂)으로 천지의 변화 및 백물(百物)의 생산에 합치하게 한다"[59]라고 한 것은 이와 같은 것일 따름이다.

무악(武樂)은 6성(六成)을 하고 문악(文樂)은 9성(九成)을 한다.[60] 문(文)·무(武)를 갖춘 육악(六樂)에[61] 6변(六變)을 말했으니, 6대(六代)의 악을 각기 1변씩 한 것이 아니겠는가?

「대사도(大司徒)」에는 "산림은 모물(毛物)이 살기에 적당하고, 천택(川澤)은 인물(鱗物)이 살기에 적당하고, 구릉은 우물(羽物)이 살기에 적당하고,

---

55 후기(后夔): 순임금 때의 악관.

56 사광(師曠): 춘추(春秋) 때 진(晉)의 악사. 사는 사야(子野) 태어날 때부터 눈이 멀었으며 소리를 잘 분별하였다 함.

57 호파(瓠巴): 춘추(春秋) 때 초(楚)나라 사람으로 슬(瑟)을 잘 탔다.

58 대사(大蜡): 감사의 뜻으로 1년 농사에 공을 끼친 모든 신을 찾아서 섣달에 지내는 제사이다. '사(蜡)'는 찾는다는 뜻이다.

59 『周禮』春官 / 大宗伯 11.

60 홀수는 양(陽)이고, 짝수는 음(陰)이다. 또 1에서 5까지의 생수(生數)에서 양수는 1·3·5이고 음수는 2·4이다. 양수 1·3·5를 더한 수 9는 양을 대표하는 노양수(老陽數)이고, 음수 2·4를 더한 수 6은 음을 대표하는 노음수(老陰數)이다. 한편 문(文)은 양이고, 무(武)는 음(陰)이므로 문악(文樂)은 9성을 하고 무악(武樂)은 6성을 하는 것이다.

61 예를 들면 육악 중 순임금 악인 《대소(大韶)》는 문악(文樂)이고, 무왕 악인 《대무(大武)》는 무악(武樂)이므로, 육악은 문(文)·무(武)를 갖추었다고 한 것이다.

물가는 개물(介物)이 살기에 적당하고, 벌판과 습지는 나물(臝物)이 살기에 적당하다"62라고 했는데, 여기서는 우물(羽物)을 천택에 짝지우고, 나물(臝物)을 산림에 짝지우고, 인물(鱗物)을 구릉에 짝지우고, 모물(毛物)을 물가에 짝지우고 개물(介物)을 평지의 기(祇)에 짝지어서 서로 같지 않은 이유는 「대사도」에서는 생물의 적합한 서식처를 말하고, 여기에서는 생물이 이르는 것을 말했기 때문이다.

41-4. 凡樂圜鍾爲宮 · 黃鍾爲角 · 太蔟爲徵 · 姑洗爲羽, 靁鼓靁鼗, 孤竹之管, 雲和之琴瑟, 雲門之舞, 冬日至, 於地上之圜丘奏之, 若樂六變, 則天神皆降, 可得而禮矣. 凡樂函鍾爲宮 · 太蔟爲角 · 姑洗爲徵 · 南呂爲羽, 靈鼓靈鼗, 孫竹之管, 空桑之琴瑟, 咸池之舞, 夏日至, 於澤中之方丘奏之, 若樂八變, 則地祇皆出, 可得而禮矣. 凡樂黃鍾爲宮 · 大呂爲角 · 太蔟爲徵 · 應鍾爲羽, 路鼓路鼗, 陰竹之管, 龍門之琴瑟, 九德之歌, 九磬之舞, 於宗廟之中奏之, 若樂九變, 則人鬼可得而禮矣.

《원종위궁(圜鍾爲宮 : 夾鍾爲宮)》 · 《황종위각(黃鍾爲角)》 · 《태주위치(太蔟爲徵)》 · 《고선위우(姑洗爲羽)》의 악,63 뇌고(雷鼓) · 뇌도(雷鼗),64 고죽(孤竹)65의 관(管), 운화(雲和)의 금(琴) · 슬(瑟)로 《운문지무(雲門之舞)》를 동지에 땅위의 원구(圜丘)66에서 연주하여, 악(樂)이 6변(變)하면, 천신(天神)이

62　『周禮』 地官 / 大司徒 3.

63　『주례』 「대사악」에 강신악(降神樂)의 악조만 제시되고 구성음(構成音)이나 악보가 없기 때문에, 후세에 이를 위조식((爲調式)으로 보기도 하고, 지조식((之調式)으로 보기도 했다. 예를 들면, 황종위각을 위조식으로 해석하면 각성인 황종이 중심음이 되는 악조이고, 지조식으로 해석하면, 각성인 황종이 중심음이 되는 악조이다.

황종위각(위조식)	황(각)	태(변치)	협(치)	중(우)	임(변궁)	이(궁)	무(상)
황종위각(지조식)	고(각)	유(변치)	임(치)	남(우)	응(변궁)	황(궁)	태(상)

64　뇌고(雷鼓) · 뇌도(雷鼗) : 〈그림 1-5, 6 참조〉.

65　고죽(孤竹) : 외따로 난 대나무.

66　원구(圜丘) : 임금이 동지에 천신(天神)에 제사지내던 원형(圓形)의 높은 제단(祭壇).

모두 내려와 예를 올릴 수 있다.

《함종위궁(函鍾爲宮:林鍾爲宮)》·《태주위각(太蔟爲角)》·《고선위치(姑洗爲徵)》·《남려위우(南呂爲羽)》의 악, 영고(靈鼓)·영도(靈鼗),[67] 손죽(孫竹)[68]의 관(管), 공상(空桑)의 금·슬로《함지지무(咸池之舞)》를 하지에 못 가운데의 방구(方丘)[69]에서 연주하여, 악이 8변(八變)하면 지기(地祇)가 모두 나와 예를 올릴 수 있다.

《황종위궁(黃鍾爲宮)》·《대려위각(大呂爲角)》·《태주위치(太蔟爲徵)》·《응종위우(應鍾爲羽)》의 악, 노고(路鼓)·노도(路鼗),[70] 음죽(陰竹)[71]의 관(管), 용문(龍門)의 금·슬로《구덕지가(九德之歌)》와《구소지무(九磬之舞)》를 종묘에서 연주하여, 악이 9변(九變)하면 인귀(人鬼)에 예를 올릴 수 있다.[72]

天五地六, 天地之中合也. 故律不過六, 而聲亦不過五. 其旋相爲宮, 又[73]不過三, 以備中聲而已. 蓋天以圓覆爲體, 其宮之鍾不謂之夾而謂之圜, 與易乾爲圜同意, 爲其爲帝所出之方也. 地以含容爲德, 其宮之鍾[74]不謂之林而謂之函, 與易坤含弘同意, 爲其萬物致養之方也. 人位天地之中以成能, 其宮之鍾[75]稱黃, 與易黃中通理同意, 爲其爲死者所首之方也. 且樂以中爲本, 而倡和淸濁迭相爲經. 故以仲春之管爲天宮, 仲冬之管爲人宮, 中央長夏之管爲地宮, 國語有四宮之說, 不亦安乎?

今夫圜鍾爲宮, 無射爲之合, 黃鍾爲角, 大呂爲之合, 大蔟爲徵, 應鍾

67 　영고(靈鼓)·영도(靈鼗):〈그림 1-7, 8 참조〉.
68 　손죽(孫竹):대나무의 가지나 뿌리의 끝에 돋아난 대나무.
69 　방구(方丘):임금이 하지에 지기(地祇)에 제사지내던 네모난 제단.
70 　노고(路鼓)·노도(路鼗):〈그림 1-9, 10 참조〉.
71 　음죽(陰竹):산의 북쪽에 난 대나무.
72 　『周禮』春官/大司樂 2.
73 　대본에는 '人'으로 되어 있으나, 사고전서『樂書』에 의거하여 '又'로 바로잡았다.
74 　대본에는 '鐘'으로 되어 있으나, 문맥을 참조하여 '鍾'으로 바로잡았다.
75 　대본에는 '鐘'으로 되어 있으나, 사고전서『樂書』에 의거하여 '鍾'으로 바로잡았다.

爲之合, 姑洗爲羽, 南呂爲之合. 凡此宮之旋而在天者也, 故其合別而爲四. 函鐘爲宮, 蕤賓爲之合, 大蔟爲角, 應鍾爲之合, 姑洗爲徵・南呂爲羽而交相合焉. 凡此宮之旋而在地者也, 故其合降而爲三. 黃鍾爲宮・大呂爲角・大蔟爲徵・應鍾爲羽而兩相[76]合焉. 凡此宮之旋而在人者也, 故其合又降而爲二. 在易, 上經言天地之道, 下經言人道, 而元亨利貞之德, 乾別爲四, 坤降爲二, 咸又降爲一, 亦此意也.

蓋一陰一陽之謂道. 天法道, 其數參而奇, 雖主乎三, 陽未嘗不以一陰成之. 故其律先陰而後陽. 地法天, 其數兩而偶, 雖主乎二, 陰未嘗不以二陽配之. 故其律或上同於天而以陰先陽, 或下同於人而以陽先陰. 人法地, 則以同而異, 此其律所以一於陽先乎陰歟!

大抵旋宮之制, 與著卦六爻之數, 常相爲表裏. 著卦之數, 分而爲二, 以象兩儀, 掛一以象三才, 揲之以四, 以象四時, 歸奇於扐, 以象閏. 而六爻之用, 抑又分陰分陽, 迭用柔剛, 則知陰陽之律分而爲二, 亦象兩儀之意也, 其宮則三, 亦象三才之意也, 其聲則四, 亦象四時之意也, 餘律歸奇,[77] 亦象閏之意也. 分樂之序則奏律歌呂, 亦分陰分陽之意也, 三宮之用則三才迭旋,[78] 亦迭用柔剛之意也.

十有二律之管, 禮天神, 以圜鍾爲首, 禮地祇, 以函鍾[79]爲首, 禮人鬼, 以黃鍾爲首. 三者旋相爲宮, 而商角徵羽之管, 亦隨而運焉. 如此則尊卑有常而不亂, 猶[80]十二辰之位, 取三統三正[81]之義, 亦不過子丑寅而止耳. 禮運曰 : "五聲六律十二管, 旋相爲宮." 如此而已, 先儒以十有二

---

76 대본에는 '兩'으로 되어 있으나, 『樂書』 45에 의거하여 '相'으로 바로잡았다.

77 대본에는 '三宮所不該者'로 되어 있으나, 『樂書』 45와 『禮記集說』에 의거하여 '餘律歸奇'로 바로잡았다. 『禮記集說』은 송(宋)의 위식(衛湜)이 1226년(寶慶 2년)에 편찬한 책이다.

78 대본에는 없으나, 『樂書』 45에 의거하여 '迭旋'을 보충하였다.

79 대본에는 '鐘'으로 되어 있으나, 사고전서 『樂書』에 의거하여 '鍾'으로 바로잡았다. 이후도 마찬가지이다.

80 대본에는 '猶' 다음에 '之'가 있으나, 『樂書』 45에 의거하여 삭제했다.

81 대본에는 '止'로 되어 있으나, 사고전서 『樂書』에 의거하여 '正'으로 바로잡았다.

律, 均旋爲宮, 又附益之以變宮變徵, 而爲六十律之準,[82] 不亦失聖人取中聲, 寓尊卑之意邪?

後世之失非特此也. 復以黃鍾爲宮爲羽, 大呂爲二商, 太蔟爲商爲徵, 圜鍾爲徵爲羽, 姑洗爲宮爲羽, 中呂爲宮爲商, 蕤賓爲徵爲角, 函鍾爲徵爲羽, 夷則爲羽爲角, 南呂爲徵爲商, 無射爲角爲商, 應鍾爲角爲羽, 抑又甚矣.

然則天人之宮, 一以太蔟爲徵者, 祀天於南郊, 而以祖配之, 則天人同致故也. 三宮不用商聲者, 商爲金聲而周以木王, 其不用則避其所剋而已. 太師掌六律六同, 以合陰陽之聲, 皆文之以五聲宮商角徵羽, 則五聲之於樂[83]闕一不可. 周之作樂, 非不備五聲, 其無商者, 文去實不去故也. 荀卿以審詩商, 爲太師之職, 然則詩爲樂章, 商爲樂聲, 樂章之有商聲, 大師必審之者, 爲避所剋而已. 與周之佩玉, 左徵角右宮羽, 亦不用商同意, 夫豈爲祭尚柔而商堅剛也哉? 先儒言, 天宮不用仲呂函鍾南呂無射, 人宮避函鍾南呂姑洗蕤賓. 不用者卑之也, 避之者尊之也, 以爲[84]天地之宮不用人宮之律, 人宮避天地之律. 然則人宮用黃鍾, 孰謂避天地之律耶?

대개 천(天) 5와 지(地) 6은 천지의 중(中)에 해당하는 수이므로[85] 율(律)은 여섯을 넘지 않고,[86] 성(聲)도 다섯을 넘지 않는다.[87] 선상위궁(旋相爲宮)

82　대본에는 '六十律律之準'으로 되어 있으나, 『樂書』 4-5와 100-2에 의거하여 '六十律之準'으로 바로잡았다.

83　대본에는 '古樂之聲'으로 되어 있으나, 『樂書』 4-5에 의거하여 '五聲之於樂'으로 바로잡았다.

84　대본에는 '而謂'로 되어 있으나, 사고전서 『樂書』에 의거하여 '以爲'로 바로잡았다.

85　천수(天數)는 1·3·5·7·9이고, 지수(地數)는 2·4·6·8·10이다. 5와 6은 각각 천수와 지수의 중간이 된다.〈『周易』 繫辭上傳 9〉

86　황종(黃鍾)·태주(太蔟)·고선(姑洗)·유빈(蕤賓)·이칙(夷則)·무역(無射)은 양성(陽聲)으로 6율(六律)이 되고, 대려(大呂)·협종(夾鍾)·중려(仲呂)·임종(林鍾)·남려(南呂)·응종(應鍾)은 음성(陰聲)으로 6려(六呂)가 된다. 그러나 음과 양을 나누지 않고 6율과 6려를 합하여 12율이라 부르기도 한다.

87　궁·상·각·치·우의 오성(五聲)을 가리킨다.

은 또 셋을 넘지 않게 하여[88] 중성(中聲)을 갖출 따름이다.

대개 하늘은 둥글게 덮는 것을 체(體)로 삼는다. 천궁(天宮)을 협종이라 일컫지 않고 원종(圜鍾)이라 일컫은 것은 『주역』에 "건(乾)은 둥글다"[89]라고 한 것과 같은 뜻이니, 천제(天帝)가 나온 방위이다. 땅은 너그러이 포용하는 것을 덕(德)으로 삼는다. 지궁(地宮)을 임종이라 일컫지 않고 함종(函鍾)이라 일컫은 것은 『주역』에 "곤(坤)은 포용하고 너그럽다"[90]라고 한 것과 같은 뜻이니, 만물이 왕성하게 자라는 방위이다. 사람은 천지의 가운데에 위치하여 능력을 발휘한다. 인궁(人宮)을 황종이라 일컫은 것은 『주역』에 "중덕(中德)이 안에 있어 이치에 통한다[黃中通理]."[91]라고 한 것과 같은 뜻이니, 죽은 사람이 머리를 두는 방위이다.

악은 중성(中聲)으로 근본을 삼고, 선창(先唱)과 화답(和答), 청성(淸聲)과 탁성(濁聲)이 번갈아 서로 경(經)이 된다.[92] 그러므로 중춘(仲春 : 2월)의 율관인 원종(圜鍾 : 협종)을 천궁으로 삼고, 중동(仲冬 : 11월)의 율관인 황종을 인궁으로 삼으며, 중앙장하(中央長夏 : 6월)의 율관인 임종을 지궁으로 삼았으니,[93] 『국어』에 실린 사궁(四宮)의 설[94]은 또한 터무니없지 않은가?

《원종위궁(圜鍾爲宮)》의 원종은 무역과 합(合)하고, 《황종위각(黃鍾爲角)》의 황종은 대려와 합하고, 《태주위치(大蔟爲徵)》의 태주는 응종과 합하고, 《고선위우(姑洗爲羽)》의 고선은 남려와 합한다. 이는 선궁(旋宮)이 하늘에 있으므로 그 합성(合聲)이 각각 달라서 넷이 된 것이다.

88　천신(天神)을 맞이할 때는 원종궁(圜鍾宮 : 협종궁), 지기(地祇)를 맞이할 때는 함종궁(函鍾宮 : 임종궁), 인귀(人鬼)를 맞이할 때는 황종궁(黃鍾宮)을 쓰는 것에서 보듯이, 강신악(降神樂)으로 쓰이는 궁조는 셋이다.

89　『周易』 說卦傳 11.

90　『周易』 坤卦 2.

91　『周易』 坤卦 23.

92　선창(先唱)과~된다 : 『禮記』 樂記 19-13.

93　중하(仲夏 : 5월)의 율관인 유빈을 쓰지 않고 6월의 율관인 임종을 쓰는 이유는 6월에 토기(土氣)가 가장 성하기 때문이다.

94　『國語』에 이칙지상궁(夷則之上宮)·황종지하궁(黃鍾之下宮)·태주지하궁(太蔟之下宮)·무역지상궁(無射之上宮)에 대해 언급한 내용이 나온다.〈『國語』 周語下 3-7〉

《함종위궁(函鍾爲宮)》의 함종(函鍾 : 임종)은 유빈과 합하고 《태주위각(太族爲角)》의 태주는 응종과 합하고, 《고선위치(姑洗爲徵)》의 고선과 《남려위우(南呂爲羽)》의 남려는 서로 교차하여 합한다. 이는 선궁이 땅에 있으므로 합성이 줄어서 셋이 된 것이다.

《황종위궁(黃鍾爲宮)》의 황종과 《대려위각(大呂爲角)》의 대려가 서로 합하고, 《태주위치(大族爲徵)》의 태주와 《응종위우(應鍾爲羽)》의 응종이 서로 합한다. 이는 선궁이 사람에게 있으므로 합성이 또 줄어서 둘이 된 것이다.

『주역』의 상경(上經)[95]은 천지의 도(道)를 말하고, 하경(下經)[96]은 사람의 도를 말했는데, 원(元)·형(亨)·이(利)·정(貞)의 덕이 건괘(乾卦)에서는 구별되어 넷이 되고,[97] 곤괘(坤卦)에서는 줄어서 둘이 되며,[98] 함괘(咸卦)에서는 또 줄어서 하나가 된 것[99]도 이와 같은 뜻이다.

한번 음(陰)이 되고 한번 양(陽)이 되는 것을 도(道)라 이른다.[100] 하늘은 도(道)를 법으로 삼으니, 그 수가 3이면서 홀수이다. 비록 3을 주장하나 양(陽)은 하나의 음(陰)과 함께 이루지 않은 적이 없으므로 천신의 강신악조는 음(陰)의 율 하나가 앞에 있고 양(陽)의 율 셋이 뒤에 있다.[101]

땅은 하늘을 법으로 삼으니, 그 수가 2이면서 짝수이다. 비록 2를 주장하나 음(陰)은 두 개의 양(陽)과 함께 짝하지 않은 적이 없으므로 지기의 강신악은 혹 위에 있는 천신처럼 음(陰)의 율이 양(陽)의 율보다 앞에

95　상경에는 건괘(乾卦)에서 이괘(離卦)까지의 30괘가 있다.
96　하경에는 함괘(咸卦)에서 미제괘(未濟卦)까지의 34괘가 있다.
97　『周易』 乾卦 1. 「乾, 元亨利貞【건(乾)은 원(元)하고 형(亨)하고 이(利)하고 정(貞)하다.】」
98　『周易』 坤卦 1. 「坤, 元亨, 利牝馬之貞【곤(坤)은 원(元)하고 형(亨)하니, 암말의 정(貞)함이 이롭다.】」
99　『周易』 咸卦 1. 「咸, 亨, 利貞, 取女吉【함(咸)은 형통하니 정(貞)함이 이로우니, 여자를 취하면 길(吉)하리라.】」
100　한번~이른다:『周易』 繫辭上傳 5.
101　천신(天神)의 강신악인 원종위궁·황종위각·태주위치·고선위우에서 원종은 음(陰)이고, 황종·태주·고선이 양(陽)이므로, 음의 율이 앞에 있고 양의 율이 뒤에 있다.

있기도 하고, 혹 아래에 있는 인귀처럼 양(陽)의 율이 음(陰)의 율보다 앞에 있기도 한다.[102]

사람은 땅을 법으로 삼으니, 땅과 같으면서도 다르다. 이 때문에 인귀의 강신악은 한결같이 양(陽)의 율이 음(陰)의 율보다 앞에 있다.[103]

대체로 선궁(旋宮) 제도는 점괘(占卦)에 나타난 육효(六爻)의 수와 언제나 서로 표리(表裏)가 된다. 점대의 수를 둘로 나누어 양의(兩儀 : 陰陽)를 상징하며, 하나를 걸어서 삼재(三才 : 天地人)를 상징하고, 넷씩 점대를 세어서 사시(四時 : 春夏秋冬)를 상징하고, 나머지 점대를 손가락 사이에 끼워서 윤달을 상징하는데,[104] 육효의 작용은 음과 양으로 나뉘어 번갈아 유(柔)와 강(剛)을 쓴다.[105]

따라서 율이 음(陰)과 양(陽)의 둘로 나뉜 것은 양의(兩儀)를 상징하는 뜻이고, 궁이 셋인 것은 삼재(三才)를 상징하는 뜻이며, 성(聲)이 넷인 것은[106] 또한 사시(四時)를 상징하는 뜻이고, 강신악의 중심음으로 쓰이지 않은 나머지 율은[107] 또한 윤달을 상징하는 뜻이다. 악의 차서(次序)를 나눈 것은 율(律)을 연주하고 여(呂)를 노래하는 것[108]이니, 또한 음과 양으로 나뉜 뜻이고, 삼궁(三宮)을 쓰는 것은 삼재(三才)가 번갈아 도는 것이니,

---

102 지기(地祇)의 강신악인 함종위궁・태주위각・고선위치・남려위우에서 함종은 음(陰)이고 태주는 양(陽)이며, 고선은 양(陽)이고 남려는 음(陰)이므로, 음의 율이 양의 율보다 앞에 있기도 하고 양의 율이 음의 율보다 앞에 있기도 한다.

103 인귀(人鬼)의 강신악인 황종위궁・대려위각・태주위치・응종위우에서 황종은 양(陽)이고 대려는 음(陰)이며 태주가 양(陽)이고 응종이 음(陰)이니, 양의 율이 음의 율보다 앞에 있다.

104 점대의~상징하는데 : 『周易』繫辭上傳 9.

105 음과~쓴다 : 『周易』說卦傳 2.

106 천신・지기・인귀의 강신악에 상조를 제외한 궁조・각조・치조・우조만 쓰는 것을 말한다.

107 12율 중 중려・유빈・이칙・무역이 강신악의 중심음으로 쓰이지 않았다.

108 예를 들면, 천신(天神)에는 당하에서 첫 번째 양률인 황종궁을 연주하고, 당상에서 대려궁을 노래한다. 지기(地祇)에는 당하에서 두 번째 양률인 태주궁을 연주하고, 당상에서 응종궁을 노래한다. 사망(四望)에는 당하에서 세 번째 양률인 고선궁을 연주하고, 당상에서 남려궁을 노래한다.

또한 번갈아 유(柔)와 강(剛)을 쓰는 뜻이다.

12율관은 천신에 예(禮)를 올릴 때는 원종을 으뜸으로 삼고, 지기에 예를 올릴 때는 함종을 으뜸으로 삼으며, 인귀에 예를 올릴 때는 황종을 으뜸으로 삼는다. 이 셋이 돌아가며 서로 궁이 됨에 따라 상·각·치·우의 율관도 이에 따라 바뀌므로,[109] 존비(尊卑)가 떳떳하여 문란하지 않다. 이는 12진(辰)의 위(位)에서 삼통삼정(三統三正)[110]의 뜻을 취한 것이 또한 자(子)·축(丑)·인(寅)에 지나지 않은 것과 같다. 「예운(禮運)」에 "5성·6률·12관이 돌아가며 서로 궁이 된다"[111]라고 했을 뿐인데, 선유(先儒)가 "12율이 골고루 번갈아 궁이 될 수 있다"라고 주장하고, 또 거기에 변궁과 변치를 덧붙이고, 60율을 산정해낸 준(準)을 만들었으니,[112] 또한 '성인이 중성(中聲)을 취해 존비(尊卑)를 나타낸 뜻'을 잃은 것이 아니겠는가?

후세의 잘못은 이 뿐만이 아니다. 또 황종으로 궁(宮)도 삼고 우(羽)도 삼으며, 대려로 두 번이나 상(商)을 삼으며, 태주로 상(商)[113]도 삼고 치(徵)도 삼으며, 원종으로 치(徵)도 삼고 우(羽)도 삼으며, 고선으로 궁(宮)도 삼고 우(羽)도 삼으며, 중려로 궁도 삼고 상(商)도 삼으며, 유빈으로 치(徵)도 삼고 각(角)도 삼으며, 함종으로 치도 삼고 우도 삼으며, 이칙으로 우도 삼고 각도 삼으며, 남려로 치도 삼고 상도 삼으며, 무역으로 각도 삼고 상

---

109 협종궁·임종궁·황종궁을 예로 들어 보겠다.

	궁	상	각	변치	치	우	변궁
협종궁	협	중	임	남	무	황	태
임종궁	임	남	응	대	태	고	유
황종궁	황	태	고	유	임	남	응

110 삼통삼정(三統三正) : 하·은·주 삼대에 정월을 정할 때 기준으로 삼은 것. 하는 인통(人統), 은은 지통(地統), 주는 천통(天統)을 주장하여 각각 인(寅 : 1월)·축(丑 : 12월)·자(子 : 11월)를 세수(歲首)로 삼았다.

111 『禮記』 禮運 9-25.

112 전한(前漢)의 사상가이자 음악이론가인 경방(京房, B.C. 77~B.C. 37)은 전통적인 죽관(竹管)을 버리고 새로이 현(絃)에 의한 음률측정기인 준(準)을 발명하여 60을 산정하였다.

113 『樂書』 100-2에는 '각(角)'으로 되어 있다.

도 삼으며, 응종으로 각도 삼고 우도 삼았으니, 또한 잘못이 너무 심하다.

그런데 천궁(天宮 : 天祀)과 인궁(人宮 : 人享)에 다같이 《태주위치》의 음악을 쓴 것[114]은 남교(南郊)에서 하늘에 제사지낼 때 조상을 배향(配享)한 것에서 보듯이[115] 천신과 인귀가 다 함께 이르기 때문이다. 삼궁(三宮)에 상성(商聲)을 쓰지 않은 것은, 상성은 금(金)인데 주나라가 목덕(木德)으로 왕이 되었으므로 그것을 쓰지 않았으니, 상극(相剋)을 피한 것일 뿐이다.

태사(大師)가 육률육동(六律六同)을 관장하여 음양의 소리를 합하고, 궁·상·각·치·우로 문채냈으니,[116] 음악에서 오성(五聲)이 하나라도 빠져서는 안 된다. 주나라에서 만든 음악이 오성을 갖추지 않은 것이 아닌데 '상(商)이 없다'고 한 것은 형식적으로는 없애고 실제로는 없애지 않은 것이다.[117]

순경(荀卿)은 '시(詩)와 상(商)을 살피는 것이 태사의 직분이라'[118]고 하였다. 시는 악장이고 상은 악성(樂聲)이니, 악장에 상성이 있는지를 태사가 반드시 살피는 것은 상극을 피하기 위한 것일 뿐이다. 주나라에서 허리에 차는 옥(玉)이 왼쪽의 것은 치성(徵聲)과 각성(角聲)이고 오른쪽의 것은 궁성(宮聲)과 우성(羽聲)이어서 상성을 쓰지 않는 것과 같은 뜻이니, 어찌 선유(先儒)의 말대로 제사는 부드러운 것을 숭상하는데 상성은 강하기 때문에 쓰지 않은 것이겠는가?[119]

선유는 '천궁에서 중려·함종·남려·무역을 쓰지 않고, 인궁에서 함종·남려·고선·유빈을 피한다'[120]라고 하였다. 쓰지 않은 것은 낮기

---

114 천신과 인귀의 강신악에 다같이 《태주위치(太蔟爲徵)》의 음악을 쓴 것을 가리키다.
115 주공(周公)에 남교(南郊)에서 하늘에 제사지낼 때 후직(后稷)을 배향(配享)하였다. 《孝經》 聖治章 9)
116 태사(太師)가~문채냈으니 : 『周禮』 春官 / 大師 0.
117 '상(商)이 없다'는 것은 상조(商調)를 쓰지 않았다는 뜻이지 상성(商聲)이 없다는 뜻이 아니다. 진양이 착각한 것 같다.
118 『荀子』 王制 9-18.
119 『周禮』 春官 / 大司樂 2의 鄭玄 注. 「此樂無商者祭尙柔商堅剛也.」
120 『周禮』 春官 / 大司樂 2의 鄭玄 注. 「天宮夾鍾, 陰聲其相生從陽數, 其陽無射, 無射上

때문이고 피한 것은 높기 때문이니, 천궁과 지궁에서는 인궁의 율을 쓰지 않고 인궁에서는 천궁과 지궁의 율을 피했음을 뜻한다. 그러나 실은 인궁에서 황종을 쓰니, 어찌 선유의 말대로 천궁과 지궁의 율을 피한 것이라고 할 수 있겠는가?

生中呂, 中呂與地宮同位不用也, 中呂上生黃鍾, 黃鍾下生林鍾, 林鍾地宮又不用, 林鍾上生大蔟, 大蔟下生南呂, 南呂與無射同位又不用, 南呂上生姑洗. 地宮林鍾, 林鍾上生大蔟, 大蔟下生南呂, 南呂上生姑洗. 人宮黃鍾, 黃鍾下生林鍾, 林鍾地宮又辟之, 林鍾上生大蔟, 大蔟下生南呂, 南呂與天宮之陽同位又辟之, 南呂上生姑洗, 姑洗南呂之合又辟之, 姑洗下生應鍾, 應鍾上生蕤賓, 蕤賓地宮林鍾之陽也又辟之, 蕤賓上生大呂.」

권42 주례훈의(周禮訓義)

춘관(春官) / 대사악(大司樂)

대사악(大司樂)

42-1. 雷鼓雷鼗, 靈鼓靈鼗, 路鼓路鼗.

뇌고(雷鼓)・뇌도(雷鼗), 영고(靈鼓)・영도(靈鼗), 노고(路鼓)・노도(路鼗).[1]

鼓人掌敎六鼓四金之音聲, 以節聲樂. 敎爲鼓而辨其聲用, 以雷鼓鼓
神祀, 以靈鼓鼓社祭, 以路鼓鼓鬼享, 則鼓之聲用莫先於此. 爾雅: "大
鼗謂之麻, 小者謂之料." 儀禮大射: "鼗倚于頌磬西紘." 書益稷,[2] "下管
鼗鼓." 則鼗之爲器如鼓而小. 掌之於小師, 播之於瞽矇眡瞭, 則鼗之聲
用未嘗不兆奏鼓矣. 蓋坎主朔易, 而其音革, 則鼗鼓皆冬至之音, 堂下

---

1 『周禮』春官 / 大司樂 2.
2 대본에는 '舜典'으로 되어 있으나, 『書經』에 의거하여 '益稷'으로 바로잡았다.

之樂也. 雷天聲也, 靈地德也, 路人道也, 天神之樂六變, 而雷鼓雷鼗六面. 地祇之樂八變, 而靈鼓靈鼗八面. 人鬼之樂九變, 而路鼓路鼗四面者, 金之爲物能化不能變, 鬼亦如之. 金非土不生, 以土之五加金之四, 其樂所以九變歟! 鄭司農 謂雷鼓[3]雷鼗六面則是, 靈鼓靈鼗四面・路鼓路鼗兩面, 非也.

古之人辨其聲用, 鼓人救日月, 則詔王鼓, 以救日月天事故也. 冥氏攻猛獸, 以靈鼓歐之, 以攻猛獸亦地事故也. 司馬振旅,[4] 王執路鼓, 大僕建路鼓于大寢之門外, 以待[5]達窮者與遽令, 以田獵達窮與遽令, 亦人事故也. 其不同者, 特不用鼗耳. 月令 : "修鞀鞞" 世紀 : "帝嚳命倕作鞀鞞" 大謂之鞞[6]而與麻同, 小謂之鞀而與料同, 則鼗鞀一也. 先儒以鼓爲春分之音, 鞀爲震之氣. 是不考坎音革之過也.

고인(鼓人)은 육고(六鼓)[7]와 사금(四金)[8]의 소리를 가르쳐서 성악(聲樂)을 절도 있게 하는 일을 관장한다. 북치는 법을 가르치고 그 소리의 용도를 분별하여, 뇌고(雷鼓)는 천신(天神)에 제사지낼 때 치고, 영고(靈鼓)는 지기(地祇)에 제사 지낼 때 치고, 노고(路鼓)는 인귀(人鬼)에 제사지낼 때 치니,[9] 북의 용도는 이것이 가장 중요하다.

『이아』에 "대도(大鼗)를 마(麻)라고 하고 작은 것을 요(料)라고 한다"[10]

---

3   대본에는 '雷鼓'가 없으나, 『周禮註疏刪異』에 의거하여 보충하였다.
4   대본에는 '鐸'으로 되어 있으나, 『樂書』116-11과 『周禮』에 의거하여 '旅'로 바로잡았다.
5   대본에는 없으나, 『周禮』에 의거하여 '待'를 보충하였다.
6   대본에는 없으나, 『樂書』78-3을 참조하여 '大謂之鞞'를 보충하였다.
7   육고(六鼓) : 뇌고(雷鼓)・영고(靈鼓)・노고(路鼓)・분고(鼖鼓)・고고(鼛鼓)・진고(晉鼓)의 6종류 북. 뇌고(雷鼓)・영고(靈鼓)・노고(路鼓)는 각각 천신(天神)・지기(地祇)・인귀(人鬼)에 제사지낼 때 치고, 분고(鼖鼓)는 군대와 관련된 일에 치고, 고고(鼛鼓)는 부역을 시행할 때 치며, 진고(晉鼓)는 쇠로 만든 악기가 연주할 때 친다.
8   사금(四金) : 금순(金錞)・금탁(金鐲)・금요(金鐃)・금탁(金鐸). 금순(金錞)은 북과 화합할 때 치고, 금탁(金鐲)은 북을 조절할 때 치고, 금요(金鐃)는 북을 중지시킬 때 치고, 금탁(金鐸)은 북과 통하게 할 때 친다.
9   고인(鼓人)은~치니 : 『周禮』 地官 / 鼓人 0.
10   『爾雅』 釋樂 7-15.

라고 하고, 『의례』「대사(大射)」에 "도(鼗)를 송경(頌磬)[11]의 서쪽에 기대어
놓는다"[12]라고 하고, 『서경』「익직(益稷)」에 "당하(堂下)에서 관(管)[13]·도
(鼗)·고(鼓)를 연주한다"[14]라고 하였다. 도라는 악기는 북과 같은데 작다.
도는 소사(小師)가 관장하고 고몽(瞽矇)과 시료(眡瞭)가 연주하며,[15] 북의 연
주를 예시(豫示)할 때 쓰인다. 감괘(坎卦)는 삭역(朔易)[16]을 주관하는데,[17]
팔음(八音) 중 혁(革)에 해당하니, 도·고는 동지(冬至)의 음(音)이고 당하의
악이다.

　뇌(雷)는 하늘의 소리, 영(靈)은 땅의 덕, 노(路)는 사람이 다니는 길을
뜻한다. 천신의 악은 6변(變)을 하므로 뇌고·뇌도는 6면(面)이고, 지기의
악은 8변을 하므로 영고·영도는 8면이다. 인귀의 악은 9변을 하는데,
노고·노도가 4면인 이유는 금(金)의 속성은 화(化)할 수는 있어도 변할
수는 없는데 인귀도 그러하기 때문이다. 또한 금은 흙이 아니면 산출되
지 않으므로 토(土)의 5에 금의 4를 더해서 인귀의 악에 9변을 하게 된
것이다. 정사농(鄭司農)이 뇌고·뇌도를 6면이라 한 것은 옳으나, 영고·
영도를 4면, 노고·노도를 2면이라 한 것은 틀린 것이다.[18]

11　송경(頌磬) : 정현(鄭玄)은 "생(笙)은 생(生)과 같은 말이다. 송(頌)은 혹 용(庸)이라
　　쓰는데, 용(庸)은 공(功)의 뜻이다. 동쪽의 경은 만물이 생겨난다는 의미로 생경이라
　　하고, 서쪽의 경은 공(功)이 이루어진다는 의미로 송경이라 한다"라고 하였는데, 진
　　양(陳暘)은 이와 달리 송경은 노래에 응하는 경이고 생경은 생황에 응하는 경이라고
　　하였다.〈『周禮』春官 / 眂瞭에 대한 鄭玄의 注, 『樂書』48-3〉
12　『儀禮』大射 7-3.
13　'管'은 2개의 관대를 붙여서 만든 '관(管)'이란 특정 악기를 뜻하기도 하고 입김을 불
　　어서 내는 관악기를 통칭하기도 한다. 당하악(堂下樂)은 관악기 위주로 편성되므로,
　　'下管'에서 '管'은 문맥상 관악기로 풀이하는 것이 합당할 것 같으나, 진양의 설을 따
　　라 특정 악기를 뜻하는 '관'으로 번역하였다.〈『樂書』42-2〉
14　『書經』虞書 / 益稷 2.
15　도는~연주하며 : 『周禮』春官 / 小師 0; 瞽矇 0; 眂瞭 0.
16　삭역(朔易) : 다시 소생함. 달이 그믐이 되었다가 초하루가 되고, 겨울철에 한해의 농
　　사가 끝나 옛것을 버리고 새것으로 바꾸는 것과 같다.〈『書經』虞書 / 堯典 2 蔡沈 註〉
17　감괘(坎卦)는 정북방에 해당하여 양(陽)이 늘어나기 시작하는 때이자 물(水)을 상징
　　하므로, 소생(蘇生)의 뜻이 있는 삭역(朔易)을 주관한다.
18　정사농(鄭司農 : 鄭衆, ?~83)은 하늘이 가장 높으므로 뇌고는 6면, 땅은 하늘보다 낮

옛날 사람들은 소리의 용도를 분변했다. 고인(鼓人)이 일식과 월식을 구제할 때 왕에게 뇌고를 칠 것을 아뢴 것은[19] 일식과 월식의 구제가 하늘과 관계된 일이기 때문이다. 명씨(冥氏)가 맹수를 공격할 때 영고를 두드려 쫓은 것은[20] 맹수에 대한 공격이 또한 땅과 관계된 일이기 때문이다. 사마(司馬)가 군대를 정돈할 때 왕이 노고를 잡은 것과[21] 대복(大僕)이 노고를 대침(大寢)의 문 밖에 세워놓고 달궁자(達窮者)[22]와 거령(遽令)[23]을 기다린 것은[24] 사냥 및 곤궁한 사정과 급한 일의 보고가 또한 사람과 관계된 일이기 때문이다. 다만 제사지낼 때와 달리 도(鞀)는 쓰지 않는다.

「월령」에 "도(鞀)와 비(鞞)를 수리한다"[25]라고 하고, 『세기(世紀)』에 "제곡(帝嚳)이 수(倕)에게 명하여 도(鞀)와 비(鞞)를 만들게 하였다"라고 하였다. 큰 것을 비(鞞)라 하는데 마(麻)와 같은 것이고, 작은 것을 도(鞀)라 하는데 요(料)와 같은 것이니,[26] 도(鼗)와 도(鞀)는 한 가지이다.

선유(先儒)가 북(鼓)을 춘분의 음(音)으로 여기고 도(鞀)를 진(震)의 기(氣)로 여긴 것은[27] '감괘가 혁음(革音)에 해당한다'는 사실을 몰라서 빚어진 잘못이다.

42-2. 孤竹之管, 孫[28]竹之管, 陰竹之管.

으므로 영고는 2면을 줄여 4면, 사람은 땅보다 낮으므로 노고는 2면을 줄여 2면이라고 주킹하였나.

19 고인(鼓人)이~섯은:『周禮』地官 / 鼓人 0.
20 명씨(冥氏)가~것은:『周禮』秋官 / 冥氏 0.
21 사마(司馬)가~것과:『周禮』夏官 / 大司馬 6.
22 달궁자(達窮者): 사구(司寇)에 속하는 조사(朝士)로서 백성의 곤궁한 사정을 임금에게 알리는 자.〈『周禮』夏官 / 大僕 0 鄭玄 注〉
23 거령(遽令): 급박한 일을 알리는 역참(驛站) 관리.〈『周禮』夏官 / 大僕 0 鄭玄 注〉
24 대복(大僕)이~것은:『周禮』夏官 / 大僕 0.
25 『禮記』月令 6-45.
26 『爾雅』釋樂 7-15.「大鼗謂之麻, 小者謂之料.」
27 선유(先儒)가~것은:『白虎通義』(漢 班固 撰) 제6편 禮樂.
28 대본에는 '絲'로 되어 있으나, 사고전서 『樂書』와 『周禮』에 의거하여 '孫'으로 바로잡았다.

고죽(孤竹)[29]의 관(管), 손죽(孫竹)[30]의 관, 음죽(陰竹)[31]의 관.[32]

『爾雅』：“大管謂之簥, 中謂之篞, 小謂之篎.” 蓋其狀如籈笛而六孔, 倂兩管[33]而吹之, 所以道陰陽之聲·十二月之音也. 書曰：“下管鼗鼓.” 燕禮大射：“下管新宮.” 記曰：“下而管象.” 則管之爲樂, 以利制爲用堂下之樂也. 女媧始爲都良管以一天下之音, 爲班管以合日月星辰之會, 帝嚳又吹[34]筭篊管, 則管爲樂器, 其來尙矣. 至周, 敎之於小師, 播之於瞽矇, 吹之於笙師, 辨其聲用, 則孤竹之奇以禮天神, 孫竹之衆以禮地祇, 陰竹之幽以禮人鬼, 各從其聲類故也.

管或作筦, 詩曰磬筦[35]將將是也. 或作琯, 傳稱曰白玉琯是也. 廣雅曰,[36] “管象籈,[37] 長尺圍寸六[38]孔無底.” 豈以當時之制爲言歟!

『이아』에 “대관(大管)을 교(簥)라 하고, 중관(中管)을 열(篞)이라 하며, 소관(小管)을 묘(篎)라 한다”[39]라고 하였다. 관(管)은 지(籈)나 적(笛)[40]처럼 생겼고, 구멍이 6개이며, 2개의 관대를 나란히 하여 불어서 음양(陰陽)의 소

---

29 고죽(孤竹)：군락(群落)에서 멀리 떨어진 곳에서 우뚝 자란 대나무.
30 손죽(孫竹)：대나무 가지에서 뿌리가 생겨 새로 난 대나무.
31 음죽(陰竹)：산의 북쪽에서 자란 대나무.
32 『周禮』春官 / 大司樂 2.
33 대본에는 ‘管’이 없으나, 『爾雅疏』에 의거하여 보충하였다.
34 대본(『樂書』42-2)에는 ‘次’로 되어 있으나, 『樂書』78-2 및 『文獻通考』 권138을 참조하여 ‘吹’로 바로잡았다.
35 대본에는 ‘管’으로 되어 있으나, 사고전서 『樂書』와 『詩經』에 의거하여 ‘筦’으로 바로잡았다.
36 대본에는 ‘曰’이 없으나, 『樂書』78-2에 의거하여 보충하였다.
37 대본에는 ‘簫’로 되어 있으나, 『樂書』148-2 및 『太平御覽』 권580을 참조하여 ‘籈’로 바로잡았다. 『太平御覽』은 송대(宋代)의 학자 이방(李昉, 925~996) 등이 칙명으로 간행한 1,000권으로 된 유서(類書)이다.
38 대본에는 ‘八’로 되어 있으나, 『樂書』148-2 및 『太平御覽』 권580을 참조하여 ‘六’으로 바로잡았다. 공영달(孔穎達) 또한 『詩疏』에서 8공은 전사(傳寫) 과정에서 잘못된 것이라며 6공(孔)으로 바로잡아야 한다고 하였다.
39 『爾雅』釋樂 7-11.
40 관(管) 지(籈) 적(笛)：〈그림 1-11, 12, 13 참조〉.

리와 12월의 음(音)을 인도하는 악기이다. 『서경』에 "당하(堂下)에서 관(管)·도(鼗)·고(鼓)를 연주한다"[41]라고 하고, 「연례(燕禮)」와 「대사(大射)」에 "당하에서 관으로 《신궁(新宮)》[42]을 연주한다"[43]라고 하고, 『예기』에 "당하에서 관으로 《상(象)》을 연주한다"[44]라고 했으니, 관이란 악기는 다른 악기들과 조화롭게 어울리어 당하악으로 쓰인 것이다.

여와(女媧)[45]가 처음으로 도량관(都良管)을 만들어 천하(天下)의 음(音)을 통일하고, 반관(班管)을 만들어 일월성신(日月星辰)이 만나는 것에 합치시켰으며, 제곡(帝嚳)[46]이 또 영전관(咎展管)을 불었으니, 관(管)이라는 악기의 유래는 오래되었다. 주나라에 이르러는 소사(小師)가 가르치고,[47] 고몽(瞽矇)이 연주하며[48] 생사(笙師)가 부는 방법을 가르쳐서,[49] 소리의 용도를 분별했으니, 우뚝 특출나게 자란 고죽(孤竹)의 관으로 천신(天神)에게 예를 올리고, 무리지어 자란 손죽(孫竹)의 관으로 지기(地祇)에게 예를 올리며, 산 북쪽에서 그윽한 곳에서 자란 음죽(陰竹)의 관으로 인귀(人鬼)에게 예를 올린 것은 각각 소리의 종류(聲類)를 따른 것이다.

관(管)은 관(筦)이라고도 쓰는데, 『시경』에 "경(磬)·관(筦)의 소리가 쟁쟁히 울리도다"[50]라고 한 것이 이것이다. 혹은 관(琯)이라고도 쓰는데, 전(傳)에 "백옥관(白玉琯)"[51]이라고 한 것이 이것이다. 『광아(廣雅)』[52]에 "관

41　『書經』虞書 / 益稷 2.
42　신궁(新宮): 『詩經』小雅의 일편(逸篇).
43　『儀禮』燕禮 6-31; 大射 7-17.
44　『禮記』祭統 25-23.
45　여와(女媧): 상고시대의 전설상의 제왕, 또는 복희씨(伏羲氏)의 누이라는 등 여러 설이 있다. 오색의 돌을 반죽하여 하늘을 깁고 큰 자라의 발을 잘라서 사극(四極)을 세웠다고 한다.
46　제곡(帝嚳): 전욱을 보좌하여 그 공으로 신(辛)에 봉해졌다가, 다시 전욱의 뒤를 이어 박(毫)에 도읍하였으므로 고신씨(高辛氏)로 불리우는데, 황제(黃帝)의 증손이라 한다.
47　『周禮』春官 / 小師 0. 「小師, 掌教鼓鼗柷敔塤簫管弦歌.」
48　『周禮』春官 / 瞽矇 0. 「瞽矇, 掌播鼗柷敔塤簫管弦歌.」
49　『周禮』春官 / 笙師 0. 「笙師, 掌教吹竽笙塤籥簫篪篴管 春牘應雅以教祴樂.」
50　『詩經』周頌 / 執競.

(管)은 지(篪)를 본떠 만들었는데 길이는 1척이고 둘레는 1촌이며 6개의 구멍이 있고 바닥이 없다"라고 하였으니, 아마 『광아』가 편찬될 당시의 제도일 것이다.[53]

42-3. 雲和之琴瑟, 空桑之琴瑟, 龍門之琴瑟.

운화(雲和)의 금·슬, 공상(空桑)의 금·슬, 용문(龍門)의 금·슬.[54]

古者琴瑟之用, 必以聲類所宜. 雲和陽地也, 其琴瑟宜於圜丘奏之. 空桑陰地也, 其琴瑟宜於方澤奏之. 龍門人功所鑿而成也, 其琴瑟宜於宗廟奏之. 顓帝生處空桑, 伊尹生於空桑, 禹鑿龍門, 皆以地名之, 則雲和豈禹貢所謂雲土者歟?

瞽矇: "奏鼓琴瑟." 詩鹿鳴: "鼓瑟鼓琴." 書曰: "琴瑟以詠." 大傳亦曰: "大琴練絃達越, 大瑟朱絃達越." 明堂位曰: "大琴大瑟中琴小瑟, 四代之樂器也." 爾雅曰: "大琴謂之離, 大瑟謂之灑." 由是觀之, 琴瑟堂上之樂, 君子所常御, 所以樂心者也. 然 琴則易良, 瑟則靜好, 一於尙宮而已, 未嘗不相須而用. 故鄕飮酒禮: "二人皆左何瑟, 後首挎越." 燕禮: "小臣左何瑟而執越." 樂記曰: "淸廟之瑟朱絃而疏越." 皆不及琴者, 擧大故也. 後世高漸離之筑·蒙恬之箏·漢之琵琶箜篌·晉之阮咸, 皆放琴瑟爲之, 非古制歟!

옛날에 금·슬은 적합한 성류(聲類)에 따라 썼다. 운화(雲和)는 양지(陽地)이므로 그 지역의 오동나무로 만든 금·슬은 원구(圜丘)[55]에서 연주하

---

51 『尙書大傳』(漢 伏生 撰, 淸 孫之騄 輯) 권1 虞書.

52 광아(廣雅) : 위(魏)의 장읍(張揖)이 편찬한 자전(字典)으로 『삼창(三蒼)』과 『설문(說文)』 등을 참고하여 증보한 것이다.

53 곽박(郭璞)은 『爾雅注』에서 바닥이 있다[有底]고 하였는데, 『廣雅』에서는 '밑이 막혀 있지 않다[無底]'라고 하였으므로, 『廣雅』를 편찬할 당시의 제도로 추정한 것이다.

54 『周禮』 春官 / 大司樂 2.

55 원구(圜丘) : 임금이 동지에 천신(天神)에 제사지내던 원형의 높은 제단(祭壇).

기에 적합하고, 공상(空桑)은 음지(陰地)이므로 그 지역의 오동나무로 만든 금・슬은 방택(方澤)[56]에서 연주하기에 적합하며. 용문(龍門)은 사람의 공력(功力)으로 파서 이룬 것이므로 그 지역의 오동나무로 만든 금・슬은 종묘에 연주하기에 적합하다. 전제(顓帝 : 顓項)가 살던 곳이 공상(空桑)이고,[57] 이윤(伊尹)[58]이 공상에서 태어났으며, 우왕(禹王)이 용문(龍門)을 뚫었으니, 공상과 용문은 모두 지명(地名)이다. 따라서 운화(雲和) 또한 지명이지, 어찌 「우공(禹貢)」에 이른 바 '운택(雲澤)에 물이 고였던 물이 빠져 바닥이 드러난 것'[59]이겠는가?

「고몽」에 "금・슬을 탄다"[60]라고 하고, 『시경』《녹명(鹿鳴)》에 "슬을 타고 금을 탄다"[61]라고 하고, 『서경』에 "금・슬을 타며 노래한다"[62]라고 했으며, 『대전(大傳)』에 "대금(大琴)은 끓는 물에 명주실을 찌고 악기 밑판의 구멍[越]을 크게 하며, 대슬(大瑟)은 명주실을 쪄서 붉게 하고 악기 밑판의 구멍을 크게 한다"[63]라고 하고, 「명당위(明堂位)」에 "대금(大琴)・대슬(大瑟)・중금(中琴)・소슬(小瑟)은 사대(四代)[64]의 악기이다"[65]라고 하고, 『이아(爾雅)』에 "대금(大琴)을 이(離)라 하고 대슬(大瑟)을 쇄(灑)라 한다"[66]라고 하였다. 이로 보건대, 금・슬은 당상에서 연주하며, 군자가 항상 가

---

56 방택(方澤) : 임금이 하지에 지기(地祇)에 제사지내던 네모진 제단(祭壇). 못 가운데 설치하였음.
57 전욱은 약수(若水)에서 태어나고 공상에서 거주하였다.〈『呂氏春秋』 仲夏紀 / 古樂〉
58 이윤(伊尹) : 중국 은나라의 이름난 재상으로 탕왕을 도와 하나라의 걸왕을 멸망시키고 선정을 베풀었다.
59 『書經』 夏書 / 禹貢 6.「沱潛既道 雲土夢作乂【타수(沱水)와 잠수(潛水)를 잘 흐르게 만들자, 운택(雲澤)에 고였던 물이 빠져 바닥이 드러나고 몽택(夢澤) 또한 잘 다스려져 경작할 수 있게 되었다.】」
60 『周禮』 春官 / 瞽矇 0.
61 『詩經』 小雅 / 鹿鳴.
62 『書經』 虞書 / 益稷 2.
63 『尙書大傳』 권1 / 夏書.
64 사대(四代) : 우(虞)・하(夏)・은(殷)・주(周).
65 『禮記』 明堂位 14-18.
66 『爾雅』 釋樂 7-2, 3.

까이 하여 마음을 즐겁게 하는 악기이다.

금(琴)은 편안하면서 우아하고 슬(瑟)은 고요하면서 아름다우니, 한결같이 궁성(宮聲)을 숭상하며, 같이 짝을 이루어 쓰이지 않은 적이 없다. 그런데 「향음주례」에 "2인이 모두 왼손으로 슬을 받쳐 드는데, 슬의 머리를 뒤로 가게 하고 슬 뒷면의 구멍에 손가락을 끼고 잡는다"[67]라고 하고, 「연례」에 "소신(小臣)이 왼손으로 슬을 받쳐 드는데 슬 뒷면의 구멍을 잡는다"[68]라고 했으며, 「악기」에 "청묘에서 연주하는 슬에는 붉은 줄과 큰 악기구멍이 있다"[69]라고 하여, 금을 언급하지 않았는데, 이는 큰 악기만을 실례로 들었기 때문이다. 후세에 고점리(高漸離)[70]가 탄 축(筑), 몽염(蒙恬)[71]이 만들었다고 하는 쟁(箏), 한나라의 비파(琵琶)와 공후(箜篌), 진(晉)나라의 완함(阮咸)은 모두 금·슬을 모방해서 만든 것이지만 고제(古制)는 아니다!

42-4. 雲門之舞, 冬日至於地上之圜丘奏之, 咸池之舞, 夏日至於澤中之方丘奏之, 九德之歌九磬之舞, 於宗廟之中奏之.

《운문지무(雲門之舞)》를 동지(冬至)에 땅위의 원구(圜丘)에서 연주하며, 《함지지무(咸池之舞)》를 하지(夏至)에 못 가운데의 방구(方丘)에서 연주하며,[72] 《구덕지가(九德之歌)》와 《구소지무(九磬之舞)》를 종묘에서 연주한다.[73]

---

67 『儀禮』鄕飮酒禮 4-11.

68 『儀禮』燕禮 6-17.

69 『禮記』樂記 19-1.

70 고점리(高漸離) : 전국시대 연(燕)나라 사람. 축(筑)의 명수로, 형가(荊軻)의 유지를 받들어 진시황을 죽이려다 실패하여 피살되었다.

71 몽염(蒙恬) : B.C. ?~B.C. 220. 진시황 때의 명장. 장병 30만을 거느리고 북적(北狄)을 치고 장성(長城)을 쌓았으나 후에 조고(趙高) 등에게 몰려 사사(賜死)되었다.

72 동지에 천신(天神)에 제사를 지내는 것은 천(天)은 양(陽)인데 동지에 일양(一陽)이 생기기 때문이고, 하지에 지기(地祇)에 제사를 지내는 것은 지(地)는 음(陰)인데 하지에 일음(一陰)이 생기기 때문이다. 원구(圜丘)와 방구(方丘)는 하늘은 둥글고 땅은 모난 것을 상징한다.

夫宮音之主也, 第以及羽. 故樂器重者從細, 輕者從大. 是以金尙羽, 石尙角, 瓦絲尙宮, 匏竹尙議, 革木一聲. 凡三宮旣文之以五聲, 必播之以八音. 言鼓鼗, 擧革以見木也. 言管, 擧竹以見匏也. 言琴瑟, 擧絲以見瓦也. 鐘師凡樂事以鐘鼓奏九夏, 然則言奏之圜丘方澤宗廟, 豈擧金以見石歟!

前言分樂以祀天神祭地祇有歌, 此旋樂以禮天神地祇無歌, 小師大祭祀大饗登歌, 小祭祀小樂事不登歌, 何邪? 曰 : 禮天神地祇無歌, 猶大神不祼也. 小祭祀小樂事不登歌, 猶小祭祀不興舞也. 天地不歌尊之也, 宗廟有歌親之也. 然天祀莫大於圜丘, 地祭莫大於方澤, 鬼享莫大於禘祫. 作旋宮之樂以降神, 特施祭之大者故也. 天神以雲門則天氣也, 地祇以咸池法地澤也, 人鬼以九德之歌九磬之舞者, 以舜以繼體而帝, 禹以繼體而王, 皆足以承宗廟奉祭祀故也.

궁(宮)은 오성(五聲)에서 으뜸이 되며, 순차적으로 상(商)·각(角)·치(徵)를 지나 우(羽)에 도달한다. 묵직한 소리를 내는 악기는 가는 소리를 따르고, 가벼운 소리를 내는 악기는 큰 소리를 따른다. 그러므로 묵직한 소리를 내는 금(金 : 鐘)은 높고 가는 소리인 우(羽)를 숭상하고, 묵직하지도 가볍지도 않은 소리를 내는 석(石 : 磬)은 중간 정도 높은 소리인 각을 숭상하며, 가벼운 소리를 내는 사(絲 : 금·슬)는 궁을 숭상한다. 포(匏)·죽(竹)은 적합하게 어울리는 것을 숭상하고, 혁(革)·목(木)은 한 가지 소리만 낸다.[74]

강신(迎神)에 연주되는 삼궁(三宮)의 음악은 오성(五聲)으로 문채내고 반드시 팔음(八音)의 악기로 연주되었으니, '고(鼓)·도(鼗)'는 혁(革)을 거론하여 목(木)까지 아울러 보이고, '관(管)'은 죽(竹)을 거론하여 포(匏)까지 아울러 보이고, '금(琴)·슬(瑟)'은 사(絲)를 거론하여 토(土)까지 아울러 보인 것이다. 종사(鐘師)는 모든 악사(樂事)에서 종(鐘)·고(鼓)로 구하(九夏)를

---

73   『周禮』春官 / 大司樂 2.
74   궁(宮)은~낸다:『國語』周語下 3-6.

연주했으니,[75] '원구・방택・종묘에서 연주한다'는 것은 어쩌면 금(金)을 거론하여 석(石)까지 아울러 보인 것일 것이다.

앞에서는 『樂書』41-1) 악을 나누어 천신(天神)과 지기(地祇)에 제사지낼 때 노래가 있었는데, 여기에서는 『樂書』42-4) 선궁지악(旋宮之樂)으로 천신과 지기를 맞이할 때 노래가 없고, 소사(小師)가 대제사(大祭祀)와 대향(大饗)에는 당상에 올라가 노래하는데 소제사(小祭祀)와 소악사(小樂事)에는 노래하지 않는 것은 무엇 때문인가? 천신과 지기의 강신(降神)에 노래가 없는 것은 대신(大神)에는 관례(祼禮)[76]를 행하지 않는 것과 같고, 소제사와 소악사에 노래하지 않는 것은 소제사에는 춤추지 않는 것과 같다. 천지 제사의 강신에 노래하지 않는 것은 높이는 것이요, 종묘 제사의 강신에 노래하는 것은 친근히 하는 것이다.

천사(天祀)는 원구(圜丘)에서 지내는 것보다 큰 것이 없고 지제(地祭)는 방택(方澤)에서 지내는 것보다 큰 것이 없으며, 인향(人享)은 체협(禘祫)보다 큰 것이 없다. 선궁지악(旋宮之樂)을 연주해서 신을 강림(降臨)하게 하는 것은 제사가 특별히 크기 때문이다.

천신에 《운문(雲門)》의 춤을 추는 것은 운문이 천기(天氣)이기 때문이고, 지기에 《함지(咸池)》의 춤을 추는 것은 함지가 땅의 못[地瀆]을 본뜬 것이기 때문이다. 인귀에 《구덕지가(九德之歌)》와 《구소지무(九聲之舞)》를 연주하는 것은 순(舜)이 구소(九聲)로 요(堯)를 계승하여 제(帝)가 되고[77] 우(禹)가 구덕(九德)으로 순(舜)을 계승하여 왕이 되었으므로,[78] 모두 종묘를 이어 받아 제사를 받들기에 족(足)하기 때문이다.

---

75 종사(鐘師)는~연주했으니: 『周禮』春官 / 鐘師 0.
76 관(祼)은 땅에 술을 뿌려 신의 강림을 비는 의식이다. 천신(天神)과 지기(地祇)는 어디에나 있기 때문에 관(祼)을 행하지 않는다.
77 '聲'는 '韶'와 통하며, 순임금의 악이다. 《구소(九聲)》라고 한 이유는 순임금의 악이 9곡으로 이루어졌기 때문이다.
78 우(禹)가 순임금에게 수(水)・화(火)・금(金)・목(木)・토(土)・곡(穀)이 제 기능을 다하게 하고, 정덕(正德)・이용(利用)・후생(厚生)을 잘 이룰 것을 아뢴 바 있다.〈『書經』虞書 / 大禹謨 1)

42-5. 若樂六變, 則天神皆降, 可得而禮矣. 若樂八變, 則地祇皆出 可得而禮矣. 若樂九變, 則人鬼可得而禮矣.

악(樂)을 6변(變)하면, 천신(天神)이 모두 내려와 예를 올릴 수 있고, 악을 8변(八變)하면 지기(地祇)가 모두 나와 예를 올릴 수 있고, 악을 9변(九變)하면 인귀(人鬼)에 예를 올릴 수 있다.[79]

聲本於日, 律本於辰. 故甲己[80]之數九, 乙庚八, 丙辛七, 丁壬六, 戊癸五, 此聲之數也. 子午之數九, 丑未八, 寅申七, 卯酉六, 辰戌五, 巳亥四, 此律之數也. 蓋圜鍾卯位之律也, 而丁爲之幹, 故其樂六變. 函鍾未位之律也, 而乙[81]爲之幹, 故其樂八變. 黃鍾子位之律也, 而甲爲之幹, 故其樂九變.

天神以陽升, 卒有以降而禮之者, 六變之樂有以召之也. 地祇以陰藏, 卒有以出而禮[82]之者, 八變之樂有以召之也. 人鬼域於陰陽之間而無不之, 卒有以接而禮之者, 九變之樂有以召之也. 成王制禮作樂而神祇祖考至於安樂之者, 本諸此歟!

성(五聲)은 해[日]에 근본하고, 율(六律)은 진(辰)에 근본한다. 그러므로 갑(甲)·기(己)의 수는 9, 을(乙)·경(庚)의 수는 8, 병(丙)·신(辛)의 수는 7, 정(丁)·임(壬)의 수는 6, 무(戊)·계(癸)의 수는 5이니, 이는 성(聲)의 수이다. 자(子)·오(午)의 수는 9, 축(丑)·미(未)의 수는 8, 인(寅)·신(申)의 수는 7, 묘(卯)·유(酉)의 수는 6, 진(辰)·술(戌)의 수는 5, 사(巳)·해(亥)의 수는 4 이니, 이는 율(律)의 수이다.

대개 원종(圜鍾: 협종)은 묘위(卯位)의 율이고, 정(丁)을 간(幹)으로 하므로 그 악(樂)을 6변(變)한다. 함종(函鍾: 임종)은 미위(未位)의 율이고, 을(乙)을

79　『周禮』春官 / 大司樂 2.
80　대본에는 '己'가 없으나, 문맥상 보충하였다.
81　대본에는 '巳'로 되어 있으나, 사고전서『樂書』에 의거하여 '乙'로 바로잡았다.
82　대본에는 '祀'로 되어 있으나, 사고전서『樂書』에 의거하여 '禮'로 바로잡았다.

간으로 하므로 그 악을 8변한다. 황종은 자위(子位)의 율이고 갑(甲)을 간으로 하므로 그 악을 9변한다.

천신(天神)은 양(陽)으로 하늘에 있는데 마침내 내려오게 하여 천신에 예를 올릴 수 있는 것은 6변의 악으로 천신을 불러왔기 때문이다. 지기(地祇)는 음(陰)으로 땅 속에 있는데, 마침내 밖으로 나오게 하여 지기에 예를 올릴 수 있는 것은 8변의 악으로 지기를 불러왔기 때문이다. 인귀(人鬼)는 음과 양의 사이에 있어 가지 않는 곳이 없는데, 마침내 접하여 예를 올릴 수 있는 것은 9변의 악으로 인귀를 불러왔기 때문이다. 성왕(成王)이 예를 제정하고 악을 지어 천신·지기·조고(祖考)를 안락하게 모실 수 있었던 것은 여기(강신악)에 근본한 것이다.

42-6. 凡樂事大祭祀宿縣, 遂以聲展之.

모든 악사(樂事)와 대제사(大祭祀)에 하루 전날 종·경을 진설하고 소리가 잘 나는지 정성껏 살핀다.[83]

大師大祭祀帥瞽登歌, 令奏擊拊, 下管播樂器, 令奏鼓棘,[84] 小師大祭祀登歌擊拊, 下管擊應鼓徹歌, 凡小祭祀小樂事鼓棘, 則大師小師所職無非樂事也, 大司樂則摠其凡而已. 小胥正樂縣之位, 王宮縣, 諸侯軒縣, 卿大夫判[85]縣, 士特縣, 辨其聲. 眡瞭掌大師之縣, 則大祭祀宿縣, 遂以聲展之, 則王之宮縣而已, 非中小祭祀之樂也. 何以明之? 古者將祭, 散齋七日, 宿齋三日, 所謂前期十日, 帥執事而卜日, 遂戒也. 大祭祀宿縣, 則縣之於前期宿齊之時也.

惟樂不可以爲僞, 而縣之於宿齊之時, 其誠亦已至矣. 遂以聲展之,

83　『周禮』春官 / 大司樂 3.
84　대본에는 없으나, 『周禮』에 의거하여 '棘'을 보충하였다.
85　대본에는 '制'로 되어 있으나, 사고전서 『樂書』와 『周禮』에 의거하여 '判'으로 바로잡았다.

則審一以定和, 亦所以達其誠歟! 展聲之展, 與展牲之展同. 詩曰: "允矣君子! 展也大成." 爾雅曰: "展誠也." 由是觀之, 凡大祭祀宿縣而展其聲, 其達誠之意可知矣. 先儒謂大祭祀宿縣, 則中小祭祀亦與焉, 是不知中小祭祀非皆前期十日而遂戒也. 不然則宿縣展聲, 何以獨稱大祭祀乎?

태사(大師)는 대제사(大祭祀)에 고몽(瞽矇)을 인솔하여 당상(堂上)에서 노래할 때 부(拊)를 치도록 명하고, 당하(堂下)에서 관(管)을 비롯한 악기를 연주할 때 인고(𩊚鼓)를 치도록 명한다.[86] 소사(小師)는 대제사에 당상에서 노래할 때 부(拊)를 치며, 당하에서 연주할 때 응고(應鼓)를 치며, 음식을 물릴 때에 노래하며, 소제사(小祭祀)와 소악사(小樂事)에서 인고(𩊚鼓)를 친다.[87] 따라서 태사와 소사의 직무가 악사(樂事) 아닌 것이 없으니, 대사악은 광범한 것을 총괄할 따름이다.

소서(小胥)는 지위에 따른 악현(樂縣)을 바르게 하니, 왕은 궁현(宮縣), 제후는 헌현(軒縣), 경대부는 판현(判縣), 사(士)는 특현(特縣)을 갖추게 하여, 그 소리를 변별한다.[88] 시료(眡瞭)는 태사의 명을 받아 악기 매다는 것을 관장한다.[89]

대제사에 하루 전날 종·경을 진설하고 소리가 잘 나는지 살피는 대상은 왕의 궁현이지, 중제사(中祭祀)와 소제사(小祭祀)의 악현(樂縣)이 아니다. 무엇으로 이를 밝힐 수 있는가? 옛날에 제사를 지내려면 산재(散齋)[90]를 7일 하고, 숙재(宿齋)[91]를 3일 했으니, 이른바 10일 전에 집사를 인솔하

86　『周禮』春官 / 大師 0.
87　『周禮』春官 / 小師 0.
88　『周禮』春官 / 小胥 0.
89　『周禮』春官 / 眡瞭 0.
90　산재(散齋) : 제사 전에 행하던 재계(齋戒)의 하나로 일정 기간 동안 슬픈 일을 묻거나 듣지 않고, 즐기는 일을 하지 않으며 행동과 마음을 근신하는 것이다. 산재가 끝난 뒤 치재(致齋)를 한다
91　숙재(宿齋) : 산재(散齋)를 마친 뒤 재궁(齋宮)에 묵으면서 하는 재계로 오로지 제향에 관한 일만을 한다. 치재(致齋)라고도 한다.

여 날짜를 잡고 재계했다. 대제사에 하루 전날 종・경을 진설하는 것은 숙재 중에 종・경을 진설한다는 것이다. 악은 거짓된 마음으로 해서는 안 되므로[92] 숙재 중에 종・경을 진설하는 것이니, 그 정성(精誠)이 또한 지극하다.

　소리가 잘 나는지 살피는 것은 하나를 살펴 화(和)를 정하는 일이니,[93] 또한 정성(精誠)에 도달하기 위함이다. '소리를 살핀다'고 할 때의 '살피다'라는 뜻[展聲之展]은 '희생을 살핀다'라고 할 때의 '살피다'라는 뜻[展牲之展]과 같은데, 『시경』에 "진실한 군자여, 참으로 큰일을 이루시리라![允矣君子 展也大成]"[94]라고 하고, 『이아』에 "전(展)은 성(誠)이다"[95]라고 했으니, 이로 보건대 대제사에 하루 전 날 악기를 진설하고 소리를 살피는 것은 정성을 지극하게 하려는 뜻임을 알 수 있다.

　선유(先儒)가 "대제사에 하루 전날 종・경을 진설하니, 중제사와 소제사도 이와 같이 한다"[96]라고 한 것은 중제사와 소제사에서는 대제사처럼 10일 전부터 재계하지 않는다는 것을 몰랐기 때문이다. 그렇지 않다면 하루 전날 종・경을 진설하고 소리를 살핀다는 것을 말하면서 무엇 때문에 '대제사'만 언급했겠는가?

　42-7. 王出入則令奏王夏, 尸出入則令奏肆夏, 牲出入則令奏昭夏, 帥國子而舞. 大饗不入牲, 其他皆如祭祀.
　왕이 출입할 때는《왕하(王夏)》를 연주하도록 명(命)하고, 시동(尸童)이 출입할 때는《사하(肆夏)》를 연주하도록 명하며, 희생이 출입할 때는

92　악은~되므로 : 『禮記』 樂記 19-15.
93　하나를~일이니 : 『禮記』 樂記 19-25.
94　『詩經』 小雅 / 車攻.
95　『爾雅』 釋詁 1-18.
96　당(唐)의 가공언(賈公彦)은 "범악사(凡樂事)라고 하였으니 대제사만을 가리키는 것은 아니다. 대제사만 언급했지만 실은 중제사(中祭祀)와 소제사(小祭祀)도 하루 전날 악기를 진설한다"라고 하였다.〈周禮〉春官 / 大司樂 3에 대한 賈公彦의 疏〉

《소하(昭夏)》를 연주하도록 명하고, 국자(國子)를 인솔하여 춤춘다. 대향(大饗)에는 희생을 들이지 않고, 그 나머지는 모두 제사 지낼 때와 같이 한다.[97]

春秋傳曰 : "水火金木土穀謂之六府, 正德利用厚生謂之三事, 六府三事謂之九功, 九功之德皆可歌也, 謂之九歌." 書曰 : "勸之以九歌, 俾勿壞." "瞽矇掌九德之歌, 以役大師." "大司樂奏九德之歌九磬之舞." 由是言之, 磬舜樂也, 謂之九磬之舞, 夏禹樂也, 九德之歌得不爲九夏乎? 宗廟九變之樂, 必奏九德之歌九磬之舞, 豈非舜行天道以治人, 禹行人道以奉天, 而其樂有以相成歟! 九夏之樂以王夏爲首, 以明王道自禹始故也. 王於尸爲尊, 必北面事之, 以其在廟門內則全於君故也. 乃若廟門外則疑於臣, 此王所以先尸也. 牲所以奉神, 而尸則象神而已, 此所以先牲也. 王也尸也牲也, 方宗廟祭祀之時, 其出入未始不均也, 王則中心無爲, 以守至正, 非有出入也, 其出入則以送尸與牲而已. 故王出入令奏王夏, 繼之以尸[98]出入令奏肆[99]夏, 牲出入令奏昭夏也.

大饗之禮有施之祭祀者, 有施之賓客者. 禮記郊血大饗腥,[100] 大饗不問卜, 此施之祭祀也. 大饗尙腵脩, 大饗有四, 此施之賓客也. 是大饗之禮非特仁鬼神於幽, 亦所以仁賓客於明矣. 古人之饗賓如承大祭, 其所異者特不入牲而已. 蓋饗鬼神在廟門內, 故君子必入牲而親殺之, 旣祭饗賓則在廟門外, 其何入牲之有?

『춘추전(春秋傳)』에 "수(水)·화(火)·금(金)·목(木)·토(土)·곡(穀)을 육부(六府)라 하고 정덕(正德)·이용(利用)·후생(厚生)을 삼사(三事)라 한다. 육부와 삼사를 구공(九功)이라 하는데, 구공의 덕은 모두 노래하여 찬미할

97　『周禮』春官 / 大司樂 3.
98　대본에는 '尸'가 없으나, 사고전서 『樂書』에 의거하여 보충하였다.
99　대본에는 '舞'로 되어 있으나, 사고전서 『樂書』에 의거하여 '肆'로 바로잡았다.
100　대본에는 없으나, 『禮記』에 의거하여 '大饗腥'을 보충하였다.

만하므로 구가(九歌)라고 한다"[101]라고 하고, 『서경』에 "구가(九歌)로 권면하여 무너지지 않게 하소서"[102]라고 하고, 『주례』에 "고몽(瞽矇)은 《구덕지가(九德之歌)》를 관장하며 태사(大師)의 명을 따른다."[103] "대사악(大司樂)은 《구덕지가》와 《구소지무(九磬之舞)》를 연주한다"[104]라고 하였다. 이로 보건대, 순임금 음악인 《소(磬)》를 《구소지무》라고 한 것이다. 그렇다면 《하(夏)》는 우임금 음악이니, 《구덕지가》는 구하(九夏)가 아니겠는가? 종묘에 구변지악(九變之樂)[105]으로 《구덕지가》와 《구소지무》를 연주한 이유는 순임금이 천도(天道)를 행해서 사람들을 다스리고 우임금이 인도(人道)를 행해서 하늘을 받들었으므로, 그 악이 서로 보완되기 때문일 것이다.

구하(九夏)에서 《왕하(王夏)》를 첫머리로 삼은 것은 왕도(王道)가 우왕으로부터 시작되었음을 밝히기 위해서이다. 왕이 시동(尸童)보다 높은데 반드시 북면(北面)하여 시동을 섬기는 것은 묘문(廟門) 안에서는 시동이 임금에 비견되기 때문이다. 그러나 묘문 밖에서는 시동은 신하이므로[106] 왕이 시동보다 앞선다. 희생은 신에게 바치는 것이고 시동은 신을 상징하므로, 시동은 희생보다 앞선다.

왕이나 시동 및 희생이 종묘에서 제사지낼 때 출입하는 것은 똑같지만, 왕은 중심에서 무위(無爲)로 지극히 바른 것을 지키는 존재이므로 출입하지 않다가, 시동과 희생을 전송할 때만 출입할 뿐이다. 그러므로 왕이 출입할 때에는 《왕하》를 연주하도록 명하고, 이어서 시동이 출입할 때에는 《사하》를 연주하도록 명하고, 희생이 출입할 때에는 《소하》를

---

101 『春秋左氏傳』 文公 7년(8).

102 『書經』 虞書 / 大禹謨 1.

103 『周禮』 春官 / 瞽矇 0.

104 『周禮』 春官 / 大司樂 2.

105 구변지악(九變之樂) : 천신(天神)을 이르게 하려면 악(樂)을 육변(六變)하고, 지기(地祇)를 이르게 하려면 악을 팔변(八變)하며, 인귀(人鬼)를 이르게 하려면 악을 구변(九變)한다.(『周禮』 春官 / 大司樂 2)

106 『禮記』 祭統 25-12. 「君迎牲而不迎尸, 別嫌也. 尸在廟門外則疑於臣, 在廟中則全於君. 君在廟門外則疑於君, 入廟門則全於臣, 全於子. 是故不出者, 明君臣之義也.」

연주하도록 명한 것이다.

대향(大饗)[107]의 예는 제사에 시행하는 경우와 빈객에게 시행하는 경우가 있다. 『예기』에 "교사(郊祀)에는 희생의 피를 올리고 대향에는 날고기를 올린다"[108]라고 한 것과 "대향에는 날을 점치지 않는다"[109]라고 한 것은 제사에 시행한 경우이다. "대향에서는 단수(殷脩)[110]를 숭상한다"[111]라고 한 것과 "대향에는 네 가지가 있다"[112]라고 한 것은 빈객에게 시행한 경우이다.

따라서 대향의 예는 저승의 귀신에게 인(仁)을 행하는 것일 뿐 아니라 이승의 빈객에게도 인을 행하는 것이다. 옛사람들이 빈객을 대접할 적에 대제(大祭)를 받드는 것처럼 했는데, 다른 점은 희생을 들여오지 않은 것뿐이다. 귀신의 향응은 묘문(廟門) 안에서 행하므로 군자가 반드시 희생을 들여와 친히 죽이지만, 제사를 지낸 뒤 빈객에게 베푸는 향응은 묘문 밖에서 행하니, 어찌 희생을 들여오겠는가?

42-8. 大射, 王出入令奏王夏, 及射令奏騶虞, 詔諸侯以弓矢舞.

---

107 대향(大饗) : ① 선왕을 합사(合祀)하는 제례. ② 조회하러 온 제후에게 베푸는 향연.
108 『禮記』 禮器 10-24; 郊特牲 11-1.
109 『禮記』 曲禮下 2-27.
110 단수(殷脩) : 생강과 계피를 섞어서 누들겨 말린 고기.
111 『禮記』 郊特牲 11-1.
112 『禮記』 仲尼燕居 28-6. 「大饗有四焉. …… 兩君相見, 揖讓而入門, 入門而縣興, 揖讓而升堂, 升堂而樂闋, 下管象武, 夏籥序興, 陳其薦俎, 序其禮樂, 備其百官. 如此而后君子知仁焉. 行中規, 還中矩, 和鸞中采齊, 客出以雍, 徹以振羽【대향(大饗)에 네 가지가 있다. …… 두 나라 임금이 서로 만날 때에는 읍양(揖讓)하고 나서 문에 들어가는데, 문에 들어서면 종(鐘)·경(磬)의 음악이 연주된다. 읍양하고 나서 당(堂)에 오르는데, 당에 오르면 음악이 그친다. 당 아래에서 관악기로《상(象)》을 연주하고 뜰에서 《대무(大武 : 武舞)》와 《하약(夏籥 : 文舞)》을 차례로 춘다. 천조(薦俎)를 진설하고, 예악을 차례로 진행하며, 백관(百官)을 구비한다. 이와 같이 한 뒤에야 군자는 인(仁)을 알게 된다. 몸을 돌릴 때는 원을 그리듯이 하고 꺾어 갈 때는 직각을 그리듯이 하며, 수레방울 소리가 《채제(采齊)》에 맞는다. 손님이 나갈 적에는 《옹(雍)》을 노래하며, 음식상을 물릴 적에는 《진우(振羽)》를 노래한다.」

대사(大射)에 왕이 출입할 때《왕하(王夏)》를 연주하도록 명하고, 활을 쏠 때에는《추우(騶虞)》를 연주하도록 명하고, 제후에게 고(告)하여 궁시무(弓矢舞)를 추게 한다.[113]

庶人有主皮之射, 而無賓射燕射, 士有賓射燕射, 而無大射. 大射惟王於諸侯爲然. 蓋先王將祭, 擇士豫焉, 爲其行同能耦, 無以別也, 使射而擇之, 其射也有大禮焉. 故謂之大射. 射之爲禮, 有旌以詔之, 有鼓以節之, 有扑以戒之, 定其位有物, 課其功有筭, 軍旅之事如斯而已. 故傳曰: "出則征誅, 入則揖讓, 其義一也."

大射之樂, 王出入, 大司樂令鐘師奏王夏, 如[114]大祭大饗之儀, 明其大一[115]統也. 及射令奏騶虞, 明其樂仁而殺以時也. 詔諸侯以弓矢舞, 明其擇[116]士以觀其容也. 大祭大饗帥國子而舞, 固大司樂之職也. 至於大射之諸侯, 非大司樂所得專, 特以義詔之, 使舞而已. 天子總干而舞, 所以樂尸, 諸侯執弓矢而舞, 所以樂王也. 然則王射以騶虞, 大夫士之鄕射亦以騶虞者, 鄕射詢衆庶, 亦欲官備於天子故也.

大射記鐘人以鐘鼓奏陔夏, 此奏王夏者, 奏王夏主王出入言之, 以鐘鼓奏陔夏主射節言之. 大射以鐘鼓奏陔夏, 鄕射特以鼓奏陔夏, 何也? 曰: 君尊故有鐘鼓, 大夫士卑, 特用鼓而已. 大司樂所令言饗不及燕, 言射不及賓, 奏騶虞不及貍首, 詔諸侯不及大夫者, 以大司樂司其大故也.

서인(庶人)은 과녁의 가죽을 꿰뚫는 것을 목표로 활쏘기를 하고, 빈사(賓射)와 연사(燕射)는 하지 않으며, 사(士)는 빈사와 연사는 행하지만 대사(大射)는 행하지 않는다. 대사(大射)는 오직 왕과 제후만 행한다. 대개 선왕이 사(士)를 택해서 제사에 참여하게 하고자 하나, 행실이 같아 서로

---

113 『周禮』春官 / 大司樂 3.
114 대본에는 '和'로 되어 있으나, 사고전서 『樂書』에 의거하여 '如'로 바로잡았다.
115 대본에는 '舞'로 되어 있으나, 사고전서 『樂書』에 의거하여 '一'로 바로잡았다.
116 대본에는 '舞'로 되어 있으나, 사고전서 『樂書』에 의거하여 '擇'으로 바로잡았다.

비슷비슷하여 구별할 수 없기 때문에 활쏘기를 통해 뽑았던 것이다. 이런 활쏘기는 대례(大禮)로 진행하므로 대사(大射)라고 부르는 것이다.

사례(射禮)를 할 때는 정(旌)으로 알리고, 북을 쳐서 절도 있게 하고, 종아리채로 경계하며, 합당한 물건으로 자리를 정하고, 산가지로 점수를 매겼으니, 군려(軍旅)의 일은 이와 같이 할 따름이다. 그러므로 전(傳)에 "밖으로 나가서 적을 정벌하여 벌을 주는 것과 안으로 들어와 서로 공손하게 사양하는 것은 그 의의가 한 가지이다"[117]라고 하였다.

대사(大射)은 왕이 출입할 때 대사악(大司樂)이 종사(鐘師)에게 《왕하》를 연주하도록 명하여 대제(大祭)와 대향(大饗)의 의식처럼 하니, 대일통(大一統)을 밝힌 것이다. 활을 쏠 때 《추우》를 연주하도록 명한 것은 인(仁)을 즐거워해서 때에 맞게 사냥함을 밝힌 것이다. 제후에게 고하여 궁시무(弓矢舞)를 추도록 한 것은 몸가짐을 관찰하여 사(士)를 택함을 밝힌 것이다.

대제(大祭)와 대향(大饗)에 국자(國子)를 인솔하여 춤추게 하는 것은 본디 대사악의 직무이다. 대사(大射)를 행할 때 대사악이 제후에게 마음대로 할 수는 없고 다만 의리로 고하여 춤추게 할 따름이다. 천자가 방패를 우뚝 잡고 춤추는 것은 시동을 즐겁게 하려는 것이고, 제후가 활과 화살을 잡고 춤추는 것은 왕을 즐겁게 하려는 것이다.

그러니 왕이 참여하는 대사(大射)에 《추우》를 연주하고, 대부(大夫)와 사(士)가 참여하는 향사(鄕射)에도 《추우》를 연주한 것은, 향사 또한 중서(衆庶)에게 물어서 천자에게 관원이 갖춰지게 하기 위한 것이기 때문이다.

『의례』에서는 대사(大射)에 '종인(鐘人)이 종(鐘)·고(鼓)로 《해하(陔夏)》를 연주한다'[118]라고 기록했는데, 여기(『주례』「대사악」)에서는 '《왕하(王

117 『荀子』樂論 20-3.
118 『儀禮』大射儀 7-46. 「賓醉, 北面坐, 取其薦脯以降. 奏陔. 賓所執脯以賜鐘人于門內霤, 逐出【빈(賓)이 취하면, 북향하여 앉아서 자신의 포(脯)를 들고 당에서 내려오는데, 이때 《해하(陔夏)》를 연주한다. 빈이 자신의 포를 문안의 처마 아래에서 연주하는 종인(鐘人)에게 주고 나온다.】」

夏)》를 연주한다'라고 했다. '《왕하》를 연주한다'는 것은 왕의 출입을 위주로 말한 것이고, '종·고로 《해하》를 연주한다'는 것은 활을 쏠 때 절도에 맞추는 것을 위주로 말한 것이다. 대사에 종·고로 《해하》를 연주했는데 향사(鄕射)에서는 '고(鼓)로 《해하》를 연주한 것[119]은 무엇 때문인가? 임금은 높으므로 종·고가 있고 대부와 사는 낮으므로 고(鼓)만을 쓴 것이다.

　대사악이 명할 때, 대향(大饗)만 말하고 연례(燕禮)는 언급하지 않으며, 대사(大射)만 말하고 빈(賓)은 언급하지 않으며, 《추우》만 연주하게 하고 《이수(貍首)》는 언급하지 않으며, 제후에게만 고하고 대부에게는 고하지 않은 것은 대사악은 큰일만 관장하기 때문이다.

119　『儀禮』鄕射禮 5-49. 「賓興, 樂正命奏陔. 賓降及階, 陔作【빈(賓)이 일어서면 악정이 《해하(陔夏)》를 연주하라고 명한다. 빈이 당에서 내려와 계단 앞에 이르렀을 때《해하》를 연주하기 시작한다.】鄭玄은 「周禮鐘師以鐘鼓奏九夏. 是奏陔夏則有鐘鼓矣. 鐘鼓者天子諸侯備用之, 大夫士鼓而已」라 注를 달았다. 즉 정현은 '왕이 주관하는 대사(大射)에서는 종·고로 《해하》를 연주했고, 대부(大夫)와 사(士)가 참여하는 향사(鄕射)에서는 종이 없이 고(鼓)로만 《해하》를 연주했다'라고 풀이했다.

권43 주례훈의(周禮訓義)

춘관(春官) / 대사악(大司樂) · 악사(樂師)

대사악(大司樂)

43-1. 王大食, 三侑, 皆令奏鐘鼓.

왕의 대식(大食)에 세 번 권하는 절차가 있는데, 대사악이 모두 종(鐘)·고(鼓)를 연주하도록 명한다.[1]

"膳夫掌王之飮食膳羞以養王. 王日一[2]擧, 鼎十有二物. 以樂侑食, 卒食以樂徹于造." 凡此王常食之食, 非大食之食也. 常食之食以樂侑之, 則大食以樂侑之可知矣. 公食大夫禮, 三飯而後侑, 則以樂侑食猶儀禮以幣侑食也. 三侑之樂皆令奏鐘鼓, 則鐘鼓樂之盛也. 大食禮之盛

---

1   『周禮』 春官 / 大司樂 3.
2   대본에는 없으나, 『周禮』에 의거하여 '一'을 보충하였다.

也, 有盛禮必有盛樂以樂之, 非王者以大臨物, 安足享此?

禮成於三而樂亦如之. 故王大食則其禮具, 三侑則其樂備. 王者以樂侑食, 豈特樂吾一身爲哉? 乃所以樂天下也. 文子[3]言: "三皇五帝有勸戒之器, 名侑卮." 而荀卿有宥坐之器, 釋者以謂宥與侑同, 則知大司樂與膳夫, 不害字異而實同也. 春秋傳饗禮皆曰宥, 與此同意, 荀卿以三宥爲三臭誤矣.

『주례』에 "선부(膳夫)는 왕의 음식을 관장해서 왕을 봉양한다. 왕은 하루에 한번 성찬(盛饌)을 드는데, 정(鼎)에는 12물(物)이 있다. 악(樂)으로 임금의 식사를 권하고, 식사를 마치면 악으로 음식상을 수라간으로 물린다"[4]라고 한 것은 왕의 일상적인 식사이고 대식(大食)의 식사는 아니다. 일상적인 식사에서 악으로 음식을 권했으니 대식에서도 악으로 음식을 권했으리라는 것을 알 수 있다.

「공사대부례(公食大夫禮)」에 세 순가락 떠먹은 뒤에 권하는 절차가 있으니,[5] 악을 연주하여 음식을 권유하는 것은 의례(儀禮)에서 폐백으로 음식을 권유하는 것과 같다. 세 번 권할 때 모두 종(鐘)·고(鼓)로 연주하게 했는데, 종·고로 연주하는 악은 성대한 것이다. 대식(大食)은 성대한 예이다. 성대한 예는 반드시 성대한 악으로 즐겁게 하는 법이다. 왕이 넓은 마음으로 백성들에게 임하지 않았다면 어떻게 이런 것을 누릴 수 있겠는가?

예는 셋에서 이루어지는데 악 또한 그러하다. 왕이 대식(大食)을 할 때는 예를 갖추고, 세 번 음식을 권할 때는 악을 갖추니, 악으로 음식을 권하는 것이 어찌 왕 자신만을 즐겁게 하기 위한 것이겠는가? 천하를 즐겁게 하기 위해서이다.

---

3 대본에는 '王'으로 되어 있으나, 『文子』에 의거하여 '子'로 바로잡았다.
4 『周禮』天官 / 膳夫 0.
5 『儀禮』公食大夫禮 9-9, 10. 「賓三飯以涪醬. …… 公受宰夫束帛以侑, 西鄕立【빈(賓)이 탕국과 장(醬)을 세 순가락 먹는다. …… 공(公)이 재부(宰夫)가 보낸 속백(束帛)을 받으면 빈에게 권유하고 서향하여 앉는다.】」

『문자(文子)』[6]에 "삼황오제(三皇五帝)는 자신을 경계하는 그릇을 지녔는데, '유치(宥卮)'[7]라고 이름 지었다"라고 하고, 『순자』에 '유좌(宥坐)'[8]라는 그릇이 나오는데, 해석하는 자들이 유(宥)는 유(侑)와 같은 뜻이라고 하였다. 따라서 대사악과 선부(膳夫)의 업무는 글이 다르게 서술되었지만, 악(樂)과 함께 음식을 봉양한 점에서는 같음을 알 수 있다. 『춘추전(春秋傳)』에 "빈객을 대접하면서 먼저 단술을 베풀어 옛날을 잊지 않는 뜻을 보였는데, 이를 '유(侑)'라고 이름 지었다"[9]라고 한 것도 이와 같은 뜻이다. 그런데 순경(荀卿)이 삼유(三宥)를 삼취(三臭)로 풀이한 것[10]은 잘못이다.

43-2. 王師大獻則令奏愷樂.

천자의 군대가 승리의 공(功)을 바칠 때, 개악(愷樂)을 연주하도록 명한다.[11]

南風[12]謂之愷風, 天地之怒氣散焉故也. 王師大獻奏樂謂之愷樂, 人之怒氣已焉故也. 昔晉文公敗楚於城濮, 猶且振旅, 愷以入于晉, 況王者親征之師大獻功於社乎? 奏愷樂, 有司之事也, 大司樂則令之而已. 令之者尊, 奏之者卑, 凡言令者類皆如此. 古者作大事動大衆, 必告社

---

6   문자(文子) : 노자(老子)의 제자로 춘추 말기에서 전국 초기의 사람인 범문자(范文子)를 가리키는데, 그의 사상을 전하는 책이름 또한 『文子』이다. 『문자』는 전국 말에서 한초(漢初) 사이에 쓰여진 것으로 추정되고 있다.

7   유치(宥卮) : 텅 비면 바로 서고 가득 차면 엎어지는 그릇이다. 이를 보고 이치를 깨달아, 총명하고 지혜로운 사람은 어리석은 듯이 행동하고, 박학다식한 사람은 겸손함을 지키며, 용맹무쌍한 사람은 두려운 듯이 행동하고 부귀한 사람은 궁핍한 듯이 살며, 널리 덕을 베푸는 사람은 겸양한 태도를 취한다.〈『文子』卷上〉

8   유좌(宥坐) : 비면 기울어지고, 알맞으면 바로 서고, 가득 차면 엎어지는 그릇이다.〈『荀子』宥坐 28-1〉

9   『春秋左氏傳』莊公 18년(1).

10   『荀子』禮論 19-6.「利爵之不醮也, 成事之俎不嘗也, 三臭之不食也, 一也.」

11   『周禮』春官 / 大司樂 3.

12   대본에는 없으나, 『周禮訂義』에 의거하여 '南'을 보충하였다.

而後行. 詩曰 : "乃立冢土, 戎醜攸行." 大祝[13]曰 : "大師宜於社", 是也.
及其有功, 未必不獻焉, 大司馬 : "若師有功則愷樂獻于社", 是也. 鄭氏
謂大獻捷於祖, 趙商詰之不亦宜乎?

남풍(南風)을 개풍(愷風)이라 부른 것은 천지(天地)의 노기(怒氣)가 흩어졌
기 때문이다. 천자의 군대가 사직에 승리의 공(功)을 바칠 때 연주한 음
악을 개악(愷樂)이라 부른 것은 사람의 노기(怒氣)가 사라졌기 때문이다.
옛날에 진(晉) 문공(文公)이 초나라를 성복(城濮)에서 패퇴시키고 군대를
정돈하여 진나라로 들어올 때도 개악(愷樂)을 울렸는데,[14] 하물며 천자의
군대가 사직에 승리의 공을 바칠 때이겠는가? 개악을 연주하는 것은 유
사(有司)의 일이고, 대사악은 명령만 내릴 뿐이다. 명령하는 자는 높고 연
주하는 자는 낮다. 명령하는 경우는 대개 이와 같다.

옛날에 변란이 발생하여 군대를 동원할 때는 반드시 사단(社壇)에 고
한 뒤에 출정했으니, 시에 "사단을 세우니, 이 앞에서 제사지내고 군대
가 출정(出征)하리로다"[15]라고 하고, 「대축(大祝)」에 "군대를 동원할 때는
사단에 제사지낸다"[16]라고 한 것이 이것이다. 군공(軍功)을 세우게 되면
사단에 공을 바쳤으니, 「대사마(大司馬)」에 "군사들이 공을 세우면 개악
(愷樂)을 연주하면서 사단에 바친다"[17]라고 풀이한 것이 이것이다.

정현(鄭玄)이 "종묘에 승리의 공을 바친다"라고 풀이한 것에 의문을 품
고 조상(趙商)이 질문한 것[18]은 또한 마땅하지 않은가?

---

13   대본에는 '祀'로 되어 있으나, 『周禮』에 의거하여 '祝'으로 바로잡았다.
14   『春秋左傳』僖公 28년(6).
15   『詩經』大雅 / 緜.
16   『周禮』春官 / 大祝 0.
17   『周禮』夏官 / 大司馬 10.
18   춘관(春官)에 '천자의 군대가 승리의 공을 올릴 때 대사악(大司樂)이 개악(愷樂)을
     연주하도록 명한다'라고 한 것을 정씨가 '종묘에 공을 바친다'라고 풀이하자, 조상(趙
     商)은 하관(夏官)에 '군대가 공(功)을 세우면 사단에 바친다'라고 하여, 서로 상충되
     므로 의문을 품고 질문하니, 정씨는 '사마(司馬)는 군사(軍事)의 공을 주관하므로 사
     단(社壇)에 공을 바친 것이고, 대사악은 종백(宗伯)에 속하는데, 종백은 종묘를 주관
     하므로 종묘에 공을 바친 것이다. 출정할 때 사직과 종묘에 고하므로 군공(軍功) 또

43-3. 凡日月食·四鎮五嶽崩·大傀異災[19]·諸侯薨, 令去樂. 大札·大凶·大災·大臣死·凡國之大憂, 令弛縣.

일식(日食)·월식(月食)이 일어나거나, 사진(四鎮)·오악(五嶽)이 붕괴되거나, 매우 괴이한 일이 발생하거나, 제후가 죽으면 악기를 철거하도록 명한다. 대찰(大札:심한 전염병)·대흉(大凶:심한 흉년)·대재(大災:큰 재앙)가 일어나거나, 대신이 죽거나, 나라에 큰 우환(憂患)이 있을 때는 종(鐘)·경(磬)을 풀어놓도록 명한다.[20] [21]

憂之日短則去樂而已, 憂之日長則令弛縣焉. 凡日月食, 天變之見於象者也, 若春秋書日食二十六[22]之類, 是已. 四鎮五嶽崩, 地變之見於形者也, 若春秋書沙鹿梁山崩之類, 是已. 大傀異災, 人鬼之爲怪異者也, 與老子所謂其鬼不神者, 異矣. 大札, 若厲疫而死, 是也. 大災, 若齊大災, 是也. 凡國之大憂, 若國有大故, 是也.

大宗伯之職, 以凶禮哀邦國之憂, 以喪禮哀死亡, 以荒禮哀凶札, 禮之所哀則樂之所當弛也. 然則膳夫: "大喪大荒大札天地有災, 邦有大故, 則不擧." 司服: "大札大荒大災素服." 與此不同者, 蓋先王吉凶與民同, 患憂樂以天下, 其憂以天下也, 大則去樂, 小則弛縣, 及其極也, 又素服不擧焉. 素服則以喪禮處之, 飾乎其外而已, 不擧則減常膳徹樂縣, 豈特飾外而已哉? 故素服止於大荒大札大災, 而不擧又及於大喪大故也. 曲禮曰: "大夫無故, 不徹縣." 此言弛縣者, 弛則存而不用, 徹則屛而去之, 豈特不用乎? 弛縣與大夫徹縣異, 去樂與叔弓卒去樂同.

우환(憂患)의 기간이 짧으면 악기를 철거하지만 우환의 기간이 길면

한 두 곳에 올린다'라고 답하였다.(『周禮』 夏官 / 大司馬 10의 賈公彦 疏)

19 대본에는 '災'가 없으나, 『周禮』에 의거하여 보충하였다.
20 매달았던 악기를 풀어놓는다는 것은 실제로 종·경과 같은 악기를 풀어놓는 것이 아니라, 악기를 진설하긴 하나 연주하지 않는다는 것을 상징적으로 표현한 말이다.
21 『周禮』 春官 / 大司樂 3.
22 대본에는 '二十六'으로 되어 있으나, 사고전서 『樂書』에는 '三十六'으로 되어 있다.

매단 악기를 풀어놓는다. 일식과 월식은 하늘의 변고가 상(象)으로 나타난 것이니, 『춘추』에 일식 기록이 26번 나온 것이 그 실례이다. 사진(四鎭)과 오악(五嶽)의 붕괴는 땅의 변고가 형(形)으로 나타난 것이니, 『춘추』에 사록(沙鹿)과 양산(梁山)이 무너졌다고 기록한 것[23]이 그 실례이다. 매우 괴이한 일이란 인귀(人鬼)가 괴이한 짓을 하는 것이니, 노자가 이른바 "도로 천하를 다스리면[24] 잡귀가 조화를 부리지 못한다"[25]라고 한 것과는 다르다. 대찰(大札)은 전염병이 돌아 죽는 것이다. 대재(大災)는 "제나라에 큰 재앙이 닥쳤다"라고 한 것이 이것이고, 나라의 큰 우환이란 나라에 큰 변고가 있는 것이다.

　　대종백(大宗伯)의 직분은 흉례(凶禮)로 나라의 우환을 애도하고 상례(喪禮)로 죽음을 애도하고 황례(荒禮)로 기근(饑饉)과 역병(疫病)을 애도하는 것이다.[26] 애도하는 예(禮)에서는 종·경을 당연히 풀어놓는다.

　　「선부(膳夫)」에는 "대상(大喪)·대황(大荒)·대찰(大札)처럼 천지에 재변이 일어나거나 나라 큰 변고가 있으면 성찬(盛饌)을 들지 않는다"[27]라고 하고, 『사복(司服)』에는 "대찰(大札)·대황(大荒)·대재(大災)에 소복(素服)을 입는다"[28]라고 하여 여기(「대사악」)와 다르다. 선왕은 길흉을 백성과 같이 하고 천하로써 걱정하고 즐거워하는데, 그 걱정이 크면 악기를 철거하고, 작으면 종·경을 풀어놓으며, 매우 심하면 소복을 입고 성찬을 들지 않았던 것이다. 소복을 입는 것은 큰 변고를 상례(喪禮)처럼 여기어 외면의 복장을 꾸밀 뿐이지만, 성찬을 들지 않는 것은 평소의 반찬을 감하고 악기를 철거하는 것이니, 어찌 외면을 꾸미는 것에 그치는 것이겠

23　　『春秋左氏傳』僖公 14년(3); 成公 5년(4).
24　　대본에는 없으나, 문맥의 이해를 돕기 위해 『道德經』의 '以道莅天下'를 보충하여 번역했다.
25　　『道德經』 60.
26　　『周禮』 春官 / 大宗伯 3.
27　　『周禮』 天官 / 膳夫 0. 「大喪則不擧, 大荒則不擧, 大札則不擧, 天地有災則不擧, 邦有大故則不擧.」
28　　『周禮』 春官 / 司服 0. 「大札大荒大災素服.」

는가? 그러므로 소복을 입는 것은 대황(大荒) · 대찰(大札) · 대재(大災)의 경우에 그쳤지만, 성찬을 들지 않는 것은 대상(大喪)과 대고(大故)의 경우에까지 미쳤다.

「곡례」에 "대부에게 변고가 없으면 종 · 경을 철거하지 않는다"[29]라고 했는데, 여기에서는 "종 · 경을 풀어놓는다"라고 하였다. 악기를 풀어놓는다는 것은 악기를 진설하되 연주하지 않는 것이고, 철거한다는 것은 악기를 물리쳐서 제거하는 것이니 어찌 다만 연주하지 않을 뿐이겠는가? 따라서 종 · 경을 풀어놓는 것은 대부가 종 · 경을 철거하는 것과는 다르다. 악기를 철거하는 것은 숙궁(叔弓)이 죽었을 때 악기를 철거한 것[30]과 같은 뜻이다.

43-4. 凡建國, 禁其淫聲過聲凶聲慢聲.
나라를 세우면, 음성(淫聲) · 과성(過聲) · 흉성(凶聲) · 만성(慢聲)을 금지시킨다.[31]

昔顔淵問爲邦, 孔子對以樂則韶舞, 放鄭聲之淫音. 蓋樂聲有四, 慢則不肅, 不若凶之不善. 凶則不善, 不若過之不中. 過則不中, 不若淫之不止. 爲邦以禮樂爲急, 樂以放鄭聲爲先, 建國所禁之聲, 其序如此. 樂記曰: "凡姦聲感人, 而逆氣應之, 逆氣成象, 而淫樂興焉. 正聲感人, 而順氣應之, 順氣成象, 而和樂興焉. 淫樂則多哇之鄭也, 和樂則中正之雅也.

先王建國, 不先禁淫樂, 則鄭聲得以亂雅矣. 古之人將欲得善, 必先遏惡, 將欲存誠, 必先閑邪, 意亦類此. 然禮樂之道同歸. 故曲禮論安民之禮, 以毋不敬爲先, 周官論建國之樂, 以禁四聲爲先.

---

29   『禮記』曲禮下 2-10.
30   숙궁(叔弓)이~것: 『春秋左氏傳』昭公 15년(1).
31   『周禮』春官 / 大司樂 3.

옛날에 안연(顔淵)이 나라 다스리는 것에 대해 여쭈자, 공자는 '악은 《소무(韶舞)》를 추고 정나라의 음란한 음악은 추방해야한다'라고 답하였다.[32] 악성(樂聲)에는 4가지가 있다. 만성(慢聲)은 정숙하지 않으나 흉성(凶聲)처럼 불선(不善)하지는 않다. 흉성은 불선하나 과성(過聲)처럼 지나치지는 않다. 과성은 지나치나 음성(淫聲)처럼 부정(不正)하지는 않다. 나라를 다스릴 때 예악을 급선무로 여기고, 악은 정나라 음악을 추방하는 것을 우선으로 삼았다. 그러므로 나라를 세우고 금지하는 소리의 순서가 이와 같았다.

「악기」에 "간성(姦聲)이 사람을 감응시키면 역기(逆氣)가 응하고, 역기가 형상을 이루어 음란한 음악이 일어난다. 정성(正聲)이 사람을 감응시키면 순기(順氣)가 응하고, 순기가 형상을 이루어 화평한 음악이 일어난다"[33]라고 했는데, 음란한 음악이란 외설적인 정나라의 음악을 가리키고 화평한 음악이란 중정한 아악(雅樂)을 가리킨다.

선왕이 나라를 세우고서 먼저 음란한 음악을 금하지 않았으면 정나라 음악이 아악을 어지럽혔을 것이다. 옛 사람들은 선(善)을 얻으려면 반드시 먼저 악(惡)을 막았고, 성실함을 보존하려면 반드시 먼저 거짓을 막았으니, 그 뜻은 또한 이와 비슷하다.

예악의 도(道)는 귀착점이 같다. 그러므로 「곡례」에 백성을 편안히 하는 예를 논하면서 '공경하지 않음이 없음'[34]을 급선무로 여겼고, 『주례』에 건국(建國)의 악을 논하면서 '음성·과성·흉성·만성의 금지'를 급선무로 여겼다.

43-5. 大喪涖廞樂器, 及葬藏樂器亦如之.

대상(大喪)에 악기를 진열하는 것을 살피며, 장사(葬事)지낼 때 악기를

---

32 『論語』 衛靈公 15-11.
33 『禮記』 樂記 19-13.
34 『禮記』 曲禮上 1-1.

부장(副葬)하는 것도 또한 이와 같이 한다.[35]

古者居喪以哀爲主, 而葬亦如之. 故哭則不歌, 哀則不樂, 人之常情也. 大喪涖廞樂器, 及葬而藏亦如之, 因人情爲之節文故也. 喪禮之於樂器涖之在大司樂, 帥之在大師, 而小師則與之而已. 大師不言樂器葬奉而藏之, 以笙師見之也.

옛날에 상(喪)을 치르는 것은 슬픔을 위주로 했으니, 장례(葬禮)도 마찬가지였다. 그러므로 곡(哭)하면 노래하지 않고 슬픈 일에 즐거워하지 않는 것은 사람의 떳떳한 정(情)이다. 따라서 대상(大喪)에 악기를 진열하는 것을 살피며 장사지낼 때 악기를 부장하는 것을 이와 같이 하는 것은 인정에 연유한 것이다.

상례에서 악기를 살피는 일은 대사악이 하고, 장님악공을 인솔하는 일은 태사(大師)가 하고,[36] 소사(小師)는 태사가 하는 일을 함께할 따름이다.[37] 태사의 직분에 악기를 부장하는 일을 말하지 않은 것은 「생사(笙師)」에 이미 나왔기 때문이다.[38]

---

35 『周禮』春官 / 大司樂 3.
36 『周禮』春官 / 大師 0. 「大師 …… 大喪帥瞽而廞作匶謚【대상(大喪)에 고몽(瞽矇 : 장님악공)을 인솔하여 악기를 진열하며, 널을 만들고 시호를 짓는다.】」역자는 '廞'을 진양의 설을 따라 번역했으나, 참고로 정현(鄭玄)은 왕의 치적을 읊는 것으로 풀이했음을 말해둔다.〈『樂書』47-4; 『周禮』春官 / 大師 0에 대한 鄭玄의 注〉
37 『周禮』春官 / 小師 0. 「小師 …… 大喪與廞.」
38 『周禮』春官 / 笙師 0. 「大喪廞其樂器及葬奉而藏之.」

악사(樂師)

43-6. 樂師掌國學之政, 以敎國子小舞.

악사(樂師)는 국학(國學)의 정(政)을 관장해서 국자(國子)에게 소무(小舞)를 가르친다.[39]

學記曰: "家有塾, 黨有庠, 術有序", 所謂設庠序以敎於邑也. "國有學", 所謂立大學以敎於國也. 蓋王國有邦國, 學之政則王國而已. "大司樂掌成均之法, 以治建國之學政." 則成均者國學也. 建國之學政, 則邦國之學亦豫焉. 以成均之法, 治建國之學政, 故諸侯必命之敎, 然後爲學. 此則政敎一於天子, 國無異政, 家無殊習矣.

「학기(學記)」에 "집안에는 숙(塾: 글방)이 있고 당(黨: 500家)에는 상(庠)이 있으며 수(術: 12500家)[40]에는 서(序)가 있다"[41]라고 한 것은 상(庠)과 서(序)라는 학교를 세워 고을 사람을 교화시킨 것이고, "도성에는 학(學)이 있다"라고 한 것은 이른바 대학을 세워서 도성에서 가르친 것이다.

천자국은 방국(邦國: 제후국)을 두었는데 학정(學政)은 천자국만이 주관한다. 대사악(大司樂)이 성균(成均)의 법을 관장하여 건국(建國)의 학정(學政)을 다스렸으니,[42] 성균은 바로 국학(國學)이다. 그런데 건국의 학정에는 방국(邦國)의 학(學)도 포함되어 있다. 성균의 법으로 건국의 학정을 다스리므로 제후는 반드시 교육 이념에 대한 명을 받은 뒤에야 학(學)을 세우니, 이와 같이 하면 정치와 교육이 천자에게서 나오므로 나라에 서로 다른 정사가 없게 되고 집에 다른 관습이 없게 된다.

39　『周禮』春官 / 樂師 0.
40　여기서 術은 12500호(戶)의 행정구역을 뜻하는 수(遂)의 뜻으로 쓰였으므로 '수'로 읽는다.
41　『禮記』學記 / 18-2.
42　대사악(大司樂)이~다스렸으니: 『周禮』春官 / 大司樂 1.

43-7. 凡舞, 有帗舞, 有羽舞, 有皇舞, 有旄舞, 有干舞, 有人舞.

춤에는 불무(帗舞) · 우무(羽舞) · 황무(皇舞) · 모무(旄舞) · 간무(干舞) · 인무(人舞)가 있다.[43]

哀則辟踊, 樂則舞蹈, 則舞者蹈厲有節, 非若詩言其志, 歌詠其聲也, 一於動容而已. 帗舞鼓[44]人鼓帗舞是也,[45] 羽舞籥師鼓羽籥之舞是也, 皇舞舞師以舞旱暵是也, 旄舞旄人所敎之舞是也, 干舞司干授舞器是也, 人舞所謂手舞足蹈是也.

記曰 : "樂者非謂弦歌干揚也. 樂之末節也, 故童子舞之." 又曰 : "十有三年舞勺, 成童舞象, 二十舞大夏." 古之敎國子以六舞, 而干舞居一焉. 以干揚爲童子之舞, 則以干舞之類敎國子, 小舞不亦宜乎? 記曰 : "比音而樂之, 及干戚羽旄謂之樂." 又曰 : "干戚旄狄以舞之." 皆先干戚後羽旄, 與樂師之序不同者, 敎人則先文後武, 故先羽旄, 與大司樂敎國子以六舞同意. 作樂則先武後文, 故先干戚, 與夏書舞干羽于兩階同意.

言羽又言狄者, 內司服掌后之六服褘衣揄狄闕狄, 褘衣繢翬[46]於衣, 爾雅謂 "素質五色皆備成章者也." 揄狄繢鷂[47]於衣. 爾雅謂 : "靑質五色皆備, 成章者也." 所謂羽者, 豈翬狄揄狄之羽歟? 狄言體, 羽言用, 其實一也.

슬프면 가슴을 치며 발을 구르고, 즐거우면 손을 너울거리고 발을 들썩들썩 움직인다. 춤은 발을 딛는 것에 절도가 있어서 뜻을 말하는 시나

---

43 『周禮』春官 / 樂師 0.
44 대본에는 '封'으로 되어 있으나, 『周禮』에 의거하여 '鼓'로 바로잡았다.
45 대본에는 '以大司樂見之也, 或言奉而藏之, 或皆不言則皆及也'라는 구절이 있으나, 연문(衍文)이 분명하므로 생략했다.
46 대본에는 '狄'이 있으나, 『周禮』天官 / 內司服 0의 鄭玄 注에 의거하여 삭제했다.
47 대본에는 '揄狄'으로 되어 있으나, 『周禮』天官 / 內司服 0의 鄭玄 注에 의거하여 '鷂'으로 바로잡았다.

소리를 읊는 노래와는 달리 몸을 장단에 맞추어 움직이는 것이다. 불무(帗舞)는 "고인(鼓人)이 불무를 반주한다"[48]라고 한 것이고, 우무(羽舞)는 "약사(籥師)가 우약무(羽籥舞)에 북을 친다"[49]라고 한 것이고, 황무(皇舞)는 "무사(舞師)가 가뭄에 춘다"[50]라고 한 것이고, 모무(旄舞)는 모인(旄人)이 가르치는 춤이고, 간무(干舞)[51]는 사간(司干)이 무기(舞器)를 주어 추는 춤이고,[52] 인무(人舞)는 이른바 손을 너울거리고 발을 구르며 추는 춤이다.

『예기』에 "악의 본질은 현악기를 타며 노래 부르거나 방패[干]와 도끼[揚]를 들고 춤추는 것이 아니다. 이런 것들은 악의 말절이므로 동자가 춤춘다"[53]라고 하고, 또 "13세가 되면《작(勺)》을 추고, 성동(成童 : 15세 이상)이 되면《상(象)》을 추고, 20세가 되면《대하(大夏)》를 춘다"[54]라고 하였다. 옛날에 국자(國子)에게 가르친 육무(六舞)에 간무(干舞)가 포함되었는데, 방패와 도끼를 들고 추는 춤은 동자의 춤이니, 국자에게 가르친 간무 등이 소무(小舞)가 됨이 마땅하지 않은가?

『예기』에 "음(音)을 배열하여 악기로 연주하며, 방패[干]와 도끼[戚]를 들고 무무(武舞)를 추고 꿩깃[羽]과 모(旄)[55]를 들고 문무(文舞)를 추는 것을 악(樂)이라고 한다"[56]라고 하고 또 "방패와 도끼를 들고 무무(武舞)를 추고, 모(旄)와 꿩깃[狄]을 들고 문무(文舞)를 춘다"[57]라고 하여, 모두 간척무(干戚舞 : 武舞)를 우모무(羽旄舞 : 文舞)보다 먼저 언급하여, 「악사(樂師)」에서 우무(羽舞)를 간무(干舞)보다 먼저 언급한 것과 다르다. 그 이유는 사람을 가르

---

48 『周禮』 地官 / 鼓人 0.
49 『周禮』 春官 / 籥師 0.
50 『周禮』 地官 / 舞師 0.
51 간무(干舞) : 방패를 들고 추는 춤.
52 『周禮』 春官 / 司干 0.
53 『禮記』 樂記 19-20.
54 『禮記』 內則 12-52.
55 모(旄) : 문무(文舞)를 출 때 손에 잡는 것으로 소꼬리털로 만든 의물(儀物)이다.
56 『禮記』 樂記 19-1.
57 『禮記』 樂記 19-22.

칠 때는 문(文)을 무(武)보다 먼저 하므로 우모무가 우선 순위이니, 대사악이 국자(國子)에게 육무(六舞)를 가르친 것과 같은 뜻이다.[58] 그러나 악을 연주할 때는 무를 문보다 먼저 하므로 간척무가 우선 순위이니, 「하서(夏書)」에 "간무(干舞)와 우무(羽舞)를 양계(兩階 : 東西階)에서 추었다"[59]라고 한 것과 같은 뜻이다.

꿩깃을 우(羽)라고도 하고 적(狄 : 꿩)이라고도 한 이유는 다음과 같다. 내사복(內司服)이 관장하는 육복(六服) 중에 휘의(褘衣)[60]·유적(揄狄)[61]·궐적(闕狄)[62]이 있는데,[63] 휘의는 휘(翬)를 수놓은 옷으로 『이아』에 "흰 바탕에 오색을 갖추어 아름다운 꿩을 휘라 한다"[64]라고 하고, 유적은 요(鷂 : 꿩)를 수놓은 옷으로 『이아』에 "푸른 바탕에 오색을 갖추어 아름다운 꿩을 요(鷂)라 한다"[65]라고 했으니, 이른바 우(羽)는 휘적(翬狄)과 유적(揄狄)에 그려져 있는 꿩의 일종일 것이기 때문이다. 적(狄)은 체(體)이고 우(羽)는 용(用)이니, 실은 하나이다.

---

58 대사악이 국자에게 《운문대권(雲門大卷)》·《대함(大咸)》·《대소(大磬)》·《대하(大夏)》·《대호(大濩)》·《대무(大武)》를 가르쳤는데, 《대하》 이상은 문무(文舞)이고 《대호》 이하는 무무(武舞)이다.〈『周禮』 春官 / 大司樂 1. 『樂書』 23-3〉

59 『書經』 虞書 / 大禹謨 3.

60 휘의(褘衣) : 흰 바탕에 오채색으로 꿩을 그려넣은 왕후의 제복으로 선왕(先王)을 제사지낼 때 입는다.〈그림 3-7 참조〉

61 유적(揄狄) : 푸른 바탕에 오채색으로 꿩을 그려넣은 왕후의 제복으로 선공(先公)을 제사지낼 때 입는다.〈그림 3-8 참조〉

62 궐적(闕狄) : 오채색이 아니라 적색(赤色)으로만 꿩을 그렸으므로 궐적이라 한다.〈그림 3-9〉

63 『周禮』 天官 / 內司服 0.

64 『爾雅』 釋鳥 17-69.「素質五采皆備成章 曰翬.」

65 『爾雅』 釋鳥 17-69.「青質五采皆備成章 曰鷂.」

악사(樂師)

44-1. 教樂儀, 行以肆夏, 趨以采薺, 車亦如之. 環拜, 以鐘鼓爲節.

악의(樂儀)를 가르쳐서, 당상(堂上)에서 다소곳이 걸을 때는 《사하(肆
夏)》에 맞추고 문밖에서 성큼성큼 걸을 때는 《채제(采薺)》에 맞추게 한
다. 수레를 탈 때도 이와 같이 한다. 패옥을 차고 절할 때는 종(鐘)·고
(鼓)에 맞추어 절도 있게 한다.[1]

堂上謂之行, 堂下謂之步, 門外謂之趨. 樂師 : "敎樂之儀, 堂下行以
肆夏, 門外趨以采薺, 車亦如之." 大馭 : "凡馭[2]路, 行以肆夏, 趨以采薺,

---

1   『周禮』春官 / 樂師 0.

2   대본에는 없으나, 사고전서 『樂書』와 『周禮』에 의거하여 '馭'를 보충하였다.

凡馭路儀以和鸞爲節." 記曰 : "和鸞中采齊[3]", 是也. 車出以鐘鼓奏九夏, 然則敎樂之儀, 或行或趨或環佩而拜, 如之何? 不以鐘鼓爲節乎? 禮曰 : "升車有鸞和之聲, 行步有環佩之聲." 則環佩而拜, 其聲與鐘鼓之節相應, 固其理.

書大傳 : "天子左五鐘, 右五鐘. 出撞黃鍾, 右五鐘皆應, 然後太師奏登車, 告出也. 入撞蕤賓, 左五鐘皆應, 然後少師奏登堂就席, 告入也." 由是觀之, 黃鍾所以奏肆夏也, 蕤賓所以奏采薺也. 出撞陽鐘而陰應之, 是動而節之以止, 易序卦物不可以終動之意也. 入撞陰鐘而陽應之, 是止而濟之以動, 易序卦不可以終止之意也.

此言行以肆夏, 先於趨以采薺, 豈主出言之邪! 禮記趨以采薺, 先於行以肆夏, 豈主入言之邪! 大戴禮言 : "步中采薺, 趨中肆夏." 誤矣. 後世奏永至之樂, 爲行步之節, 豈倣古采薺肆夏之制歟! 采薺之詩雖不經見, 大致亦不過若采蘩采蘋之類也.

당상(堂上)에서 다소곳이 걷는 것을 행(行)이라 하고, 당하(堂下)에서 보통 걸음걸이로 걷는 것을 보(步)라고 하고, 문밖에서 성큼성큼 걷는 것을 추(趨)라고 한다.[4] 「악사(樂師)」에 "악의(樂儀)를 가르쳐서, 당상에서 걸을 때는 《사하(肆夏)》에 맞추고, 문 밖에서 성큼성큼 걸을 때는 《채제(采薺)》에 맞추게 한다. 수레를 탈 때도 이와 같이 한다"라고 하고, 「대어(大馭)」에 "수레를 몰 때 대침(大寢)[5]에서 노문(路門)[6]까지는 《사하》에 맞추고, 노문에서 응문(應門)[7]까지는 《채제》에 맞추는데, 수레를 모는 방법은 화란(和鸞)[8]의 방울소리에 맞추어 절도 있게 한다"[9]라고 했으니, 『예기』에

---

3   대본에는 '薺'로 되어 있으나, 『禮記』에 의거하여 '齊'로 바로잡았다.
4   『爾雅』 釋宮 5-24.
5   대침(大寢) : 임금이 정사(政事)를 처리하는 정전(正殿).
6   노문(路門) : 궁궐의 가장 안쪽에 있는 정문.
7   응문(應門) : 왕궁의 정문.
8   화란(和鸞) : 수레에 달린 방울로 수레 앞턱의 가로대나무에 달린 것을 화(和), 멍에나 재갈에 달린 것을 난(鸞)이라 한다.
9   『周禮』 夏官 / 大馭 0.

"화란의 방울소리가 《채제》에 맞는다"[10]라고 한 것이 이것이다. 수레가 나갈 때 종(鐘)·고(鼓)로 구하(九夏)를 연주했으니, 악의(樂儀)를 가르칠 때 당상에서 다소곳이 걷거나 문밖에서 성큼성큼 걷거나 패옥을 차고 절하는 것을 어떻게 했겠는가? 당연히 종·고에 맞추어 절도 있게 하지 않았겠는가?.

『예기』에 "수레를 탈 때는 난화(鸞和)의 방울 소리가 있고, 걸을 때는 패옥(佩玉) 소리가 있다"[11]라고 했으니, 패옥을 차고 절할 때 그 소리가 종·고의 절주와 서로 응하는 것은 진실로 당연한 이치이다.

『상서대전(尙書大傳)』에 "천자는 왼쪽에 5개의 종이 있고 오른쪽에 5개의 종이 있다. 나갈 때 황종(黃鍾)을 치면 오른쪽 5개의 종이 응한다. 그런 뒤에 태사(太師)가 수레에 오를 것을 아뢰어 나갈 것을 고한다. 들어올 때 유빈을 치면 왼쪽 5개의 종이 응한다. 그런 뒤에 소사(少師)가 당에 올라 자리에 앉을 것을 아뢰어 들어올 것을 고한다"라고 하였다. 이로 보건대, 황종을 치는 것은 《사하》를 연주하라는 지시이고, 유빈을 치는 것은 《채제》를 연주하라는 지시이다.

나갈 때 양(陽)의 소리가 나는 종[12]을 치면 음(陰)이 응하는 것은 움직이되 그치는 것으로 절제한 것이니, 『주역』「서괘전(序卦傳)」의 '물건은 끝까지 움직일 수는 없다'[13]라는 뜻이다. 들어올 때 음(陰)의 소리가 나는 종을 치면 양(陽)이 응하는 것은 그치되 움직이는 것으로 구제한 것이니, 「서괘전」의 '끝까지 그쳐있을 수는 없다'[14]라는 뜻이다.

여기(『周禮』)에서 당상에서 《사하》에 맞추어 걷는 것을 문밖에서 《채

---

10 『禮記』仲尼燕居 28-6.
11 『禮記』經解 26-2.
12 황종은 양(陽)의 소리이고 유빈은 음(陰)의 소리이다. 동양에서는 북쪽을 아래에 놓으므로 왼쪽은 동쪽(陽)이 되고, 오른쪽은 서쪽(陰)이 된다.
13 『周易』序卦傳 2. 진괘(辰卦)는 움직이는 것이니, 끝까지 움직일 수는 없으므로 간괘(艮卦)로 받는다.
14 『周易』序卦傳 2. 간괘(艮卦)는 그치는 것이니 끝까지 그칠 수는 없으므로 점괘(漸卦)로 받는다.

제》에 맞추어 걷는 것보다 먼저 말한 것은 나가는 것을 위주로 말한 것이고, 『예기』에 문밖에서 《채제》에 맞추어 걷는 것을 당상에서 《사하》에 맞추어 걷는 것보다 먼저 말한 것[15]은 들어오는 것을 위주로 말한 것이다.

『대대례(大戴禮)』에 “당하에서 보통 걸음으로 걷는 것은 《채제》에 맞추고, 문밖에서 성큼성큼 걷는 것은 《사하》에 맞춘다”라고 한 것은 잘못이다. 후세에 《영지지악(永至之樂)》을 연주하여 행보(行步)의 절도로 삼은 것은 아마 옛날에 《채제》와 《사하》를 연주하던 제도를 본뜬 것일 것이다. 《채제》라는 시는 경서(經書)에는 보이지는 않지만 대체로 《채번(采蘩)》·《채빈(采蘋)》[16]과 비슷할 것이다.

44-2. 凡射, 王以騶虞爲節, 諸侯以貍首爲節, 大夫以采蘋爲節, 士以采蘩爲節.

사례(射禮)를 행할 때 왕은 《추우(騶虞)》에 절도를 맞추고, 제후는 《이수(貍首)》에 절도를 맞추며, 대부는 《채빈(采蘋)》에 절도를 맞추고, 사(士)는 《채번(采蘩)》에 절도를 맞춘다.[17]

古者君臣之射以習禮樂, 內志正, 外體直, 其容體比於禮, 其節比於樂. 故天子以備官爲節, 樂仁而殺以時也. 諸侯以時會爲節, 樂御而射以禮也. 大夫則樂循法而已. 士則樂不失職而已.

射人以射法治射儀, 王以六耦射三侯, 三獲三容, 樂以騶虞九節. 諸侯以四耦射二侯, 二獲二容, 樂以貍首七節. 孤卿大夫以三耦射一侯, 一獲一容, 樂以采蘋五節. 士以三耦射豻侯, 一獲一容, 樂以采蘩五節.

---

15   『禮記』玉藻 13-18.「古之君子必佩玉, 右徵角, 左宮羽, 趨以采齊, 行以肆夏, 周還中規, 折還中矩, 進則揖之, 退則揚之, 然後玉鏘鳴也.」

16   『詩經』召南 / 采蘩, 采蘋.

17   『周禮』春官 / 樂師 0.

自天子達於士, 名位不同, 節亦異數, 所以定志而明分也. 故明乎其節之志, 以不失其事, 則功成而德行立. 德行立, 則無暴亂之禍而國安矣, 其於觀盛德也何有? 記曰:"左射貍首, 右射騶虞." 騶虞義獸也, 又其色白, 宜正以殺爲事而不殺, 是亦仁之至也. 騶虞樂仁而殺以時, 則庶類蕃殖, 而朝廷治. 朝廷治, 則百官備而無曠職, 庸非樂官備之意乎? 貍之爲物, 其性善搏, 其行則止而擬度焉, 射者必持弓矢審固, 奠而後發, 亦擬度之意也. 騶虞之詩見於召[18]南, 而貍首無所經見, 惟逸詩有之:"曾孫侯氏四正具擧, 大夫君子凡以庶士, 小大莫處, 御于君所, 以燕以射, 則燕則譽." 豈貍首之詩邪? 檀弓曰:"貍首之班兮, 執女手之卷兮!", 豈貍首之歌邪? 貍首樂御而射以禮, 則小大御于君所, 而會之有時而然也. 儀禮大射, 樂正命大師奏貍首, 鄕射奏騶虞, 蓋以此歟!

大夫士投壺之奏貍首, 亦大夫鄕射奏騶虞之意也. 射士職也, 不言孤卿, 則以射人見之矣.

옛날에 임금과 신하가 활을 쏘아 예악을 익혀서,[19] 안으로 마음을 바르게 하고 밖으로 몸을 곧게 했으니,[20] 몸가짐은 예에 맞고 절도는 악에 맞았다.[21] 그러므로 천자는 관원을 갖추는 것을 절도로 삼고, 인(仁)을 즐거워하여 사냥을 때에 알맞게 하였다. 제후는 때에 천자와 모이는 것을 절도로 삼아, 천자를 모시는 것을 즐거워하여 예로써 활을 쏘았다. 대부는 법도를 따르는 것을 즐거워했을 따름이고, 사(士)는 직무를 잃지 않는 것을 즐거워했을 따름이었다.[22]

「사인(射人)」에 "사법(射法)으로 사의(射儀)를 행한다. 왕은 육우(六耦)를 이루어[23] 3개의 과녁[24]을 쏘므로 3개의 획(獲)[25]과 3개의 용(容)[26]이 있으

<hr />

18 대본에는 '周'로 되어 있으나, 『詩經』에 의거하여 '召'로 바로잡았다.
19 『禮記』 射義 46-6.
20 『禮記』 射義 46-2.
21 『禮記』 射義 46-5.
22 『禮記』 射義 46-3.
23 우(耦)는 활을 쏠 때 짝을 이루는 사람을 가리킨다. 따라서 2명씩 1조(組)가 되어 6

며, 음악은 《추우(騶虞)》 9절을 연주한다. 제후는 사우(四耦)를 이루어 2개의 과녁을 쏘므로 2개의 획(獲)과 2개의 용(容)이 있으며, 음악은 《이수(狸首)》 7절을 연주한다. 고(孤)[27]·경(卿)·대부(大夫)는 삼우(三耦)를 이루어 1개의 과녁을 쏘므로 1개의 획(獲)과 1개의 용(容)이 있으며, 음악은 《채빈(采蘋)》 5절을 연주한다. 사(士)는 삼우(三耦)를 이루어 간후(豻侯)[28]를 쏘므로 1개의 획(獲)과 1개의 용(容)이 있으며, 음악은 《채번(采蘩)》 5절에 맞춘다"[29]라고 하였다.

천자로부터 사(士)에 이르기까지 관명(官名)과 지위가 같지 않으므로, 예절 또한 다른데, 이는 뜻을 안정시키고 분수를 밝히기 위해서이다. 그러므로 절도의 뜻에 밝아서 그 일을 잃지 않으면 공이 이루어지고 덕행이 확립된다. 덕행이 확립되면 사납고 어지러운 재난이 없어 나라가 편안할 것이니, 성대한 덕을 보는 데 무슨 어려움이 있겠는가?[30]

『예기』에 "좌학(左學)에서 활을 쏠 때에는 《이수》를 노래하고, 우학(右學)에서 활을 쏠 때에는 《추우》[31]를 노래한다"[32]라고 했다. 추우는 의로운 짐승으로 그 색은 희며, 살생을 하는 것이 당연한데도 살아있는 것은

조를 이루어 활을 쏜다는 뜻이다.

24 　과녁[侯] : 과녁의 정가운데를 곡(鵠)이라 하고, 다시 곡의 정가운데를 정(正)이라 하며, 정의 가운데를 질(質)이라 한다.

25 　획(獲) : 사례(射禮) 때 화살이 과녁에 맞은 것을 알리기 위하여 드는 기(旗).

26 　용(容) : 사례(射禮) 때 화살을 막아주는 역할을 하는 작은 병풍처럼 생긴 가죽 가리개. 핍(乏)이라고도 한다.〈그림 4-1 참조〉

27 　고(孤) : 삼공(三公)에 버금가는 벼슬. 소사(少師)·소부(少傅)·소보(少保).

28 　간후(豻侯) : 들개 가죽으로 장식한 과녁.〈그림 4-2 참조〉

29 　『周禮』 夏官 / 射人 2.

30 　그러므로~있겠는가:『禮記』 射義 46-3.

31 　『詩經』 召南 / 騶虞. 「彼茁者葭. 壹發五豝, 于嗟乎騶虞. 彼茁者蓬. 壹發五豵, 于嗟乎騶虞【저 무성한 갈대를 향해 한 번 화살을 쏘아 암돼지 다섯 마리를 잡으니, 아! 이것이 추우로다. 저 무성한 쑥대를 향해 한 번 화살을 쏘아 햇돼지 다섯 마리 잡으니, 아! 이것이 추우로다.】」 추우는 살아있는 것을 먹지 않는 인수(仁獸)이다. 남국의 제후가 문왕의 교화를 받아 백성을 사랑하고 그 은택이 만물에까지 미쳐서 초목이 무성하고 금수가 풍부하였는데, 이것이야말로 참으로 추우와 같다고 노래한 시이다.

32 　『禮記』 樂記 19-23.

먹지 않으니, 이 또한 지극히 어진 것이다. 《추우》는 인(仁)을 좋아하여 죽이는 것을 때에 알맞게 하여 만물이 번식하고 조정이 잘 다스려진 것을 읊은 시이다. 조정이 잘 다스려지면 관원이 제대로 갖추어져 직무에 소홀함이 없으니, 어찌 관원이 갖추어진 것을 즐거워한 뜻이 아니겠는가?

살쾡이[貍]란 동물은 그 성질이 먹이 감을 잘 잡는데, 잡을 때는 멈추어서 이리 저리 살핀다. 활 쏘는 자들이 활과 화살을 잡고서 자세히 살펴서 자세를 확실하게 취한 뒤에 쏘는 것도 또한 이리저리 살피기 위해서이다. 《추우》는 소남(召南)에 보이는데, 《이수》는 경서(經書)에 보이지 않는다. "증손후씨(曾孫侯氏)가 사정(四正)³³을 함께 들었도다! 대부군자(大夫君子)와 서사(庶士) 등 모든 관원이 자신들의 처소에 있지 않고 임금 계신 곳에 모여 있도다. 잔치하고 또 활을 쏘니 즐겁고도 영예롭도다!"³⁴라는 일시(逸詩)가 있는데, 이것이 《이수》라는 시일지도 모른다. 「단궁」에 "살쾡이의 머리[貍首]처럼 아롱지고 여자의 손을 잡은 것처럼 부드럽구나!"³⁵라고 하였는데, 이것이 《이수》의 노래일지도 모른다.

《이수》는 천자를 모시는 것을 즐거워하여 예로써 활을 쏜 것이다. 모든 관원이 임금 계신 곳으로 모인 것은, 모이는 것이 때가 있기 때문이다. 『의례』에 대사(大射)를 할 때 악정(樂正)이 태사에게 명하여 《이수》를 연주하게 하고,³⁶ 향사례(鄕射禮)를 할 때 《추우》를 연주하게 한 것³⁷은 이 때문이다. 대부(大夫)와 사(士)의 투호례(投壺禮)에 《이수》를 연주한 것³⁸

33 　사정(四正) : 사례(射禮)에서 활쏘기 전에 정작(正爵 : 술)을 들어 빈객(賓客)・국군(國君)・경(卿)・대부(大夫)에게 바치는 일.

34 　『禮記』射義 46-6.

35 　공자가 친구인 원양(原壤)의 어머니 상(喪)에 관(棺) 손질하는 것을 도왔는데, 원양이 손질된 나무를 두드리며 "내가 노래 소리에 감정을 맡기지 못한 지가 오래되었구나"라고 말하고 "나무 무늬는 살쾡이 머리처럼 아롱지고 나뭇결은 여자의 손을 잡은 것 같이 부드럽구나" 하고 노래 불렀다.(『禮記』檀弓下 4-72)

36 　『儀禮』大射 7-34.

37 　『儀禮』鄕射禮 5-38.

은 대부의 향사례에 《추우》를 연주한 것과 같은 뜻이다.[39]

활쏘기는 선비가 마땅히 할 일인데 「악사(樂師)」에서 고(孤)와 경(卿)을 언급하지 않은 것은 「사인(射人)」에서 이미 언급했기 때문이다.

44-3. 凡樂掌其序事, 治其樂政, 凡國之小事用樂者, 令奏鐘鼓.

모든 악사(樂事)의 순서를 관장하고, 악정(樂政)을 다스린다. 나라의 작은 일에 악을 쓸 때 종(鐘)·고(鼓)를 연주하도록 명한다.[40]

大宰政典居事典之先, 禮記祭統 : "政行則事成." 冉子退朝之晏則事也, 孔子不謂之政. 魯[41]子叔奉君命以弔滕則政也, 惠伯不謂之事. 是政者事之本, 上之所施以正人者也, 事者政之末, 下之所爲以治職者也. 故凡樂序事, 雖政之末, 而樂師掌之, 知所先後故也. 凡樂之政則事之本, 而樂師治之, 以掌國學之政故也. 禮器曰 : "晉人將有事於河, 必先有事於惡池." 左傳曰 : "國之大事在祀." 然則祭祀之禮無非事也, 以大祀爲大事, 則祭祀之小者小事而已. 祭祀之事雖大小不同, 其用樂一也. 故凡大祭祀宿縣, 大事之用樂者也, 凡國之小事, 令奏鐘鼓, 小事之用樂者也. 然則鍾鼓樂之盛, 亦用之小事可乎? 曰 : 樂事以鐘鼓奏九夏, 雖用有等降, 要之, 以鐘鼓爲節, 無時而可廢.

내재(大宰)는 정전(政典)을 사전(事典)보다 우선시하고,[42] 『예기』「제통(祭統)」에서도 "정(政)이 잘 행해지면 일이 이루어진다"[43]라고 하였다. 염자

---

38 『禮記』投壺 40-6.「命弦者, 曰: "請奏貍首, 間若一." 大師曰 : "諾."」

39 『儀禮』鄕射禮 5-38.「樂正東面命大師曰: "奏騶虞, 間若一." 大師不興, 許諾. 樂正退反位.」

40 『周禮』春官 / 樂師 0.

41 대본에는 '曾'으로 되어 있으나, 사고전서 『樂書』와 『禮記集說』에 의거하여 '魯'로 바로잡았다.

42 태재(大宰)의 직분은 육전(六典)을 관장하여 왕이 방국(邦國)을 다스리는 것을 돕는 것이다. 첫째는 치전(治典), 둘째는 교전(敎典), 셋째는 예전(禮典), 넷째는 정전(政典), 다섯째는 형전(刑典), 여섯째는 사전(事典)이다.〈『周禮』天官 / 大宰 1〉

(冉子)가 조정에서 늦게 나온 것에 대해 공자는 국정(國政) 때문이 아니었을 것이라며 은근히 힐책했고,[44] 노나라의 자숙(子叔)이 임금의 명을 받고 등(滕)나라에 가서 조문(弔問)하는 것은 정(政)이었으므로, 혜백(惠伯)이 이를 일[事]이라고 하지 않았다.[45] 따라서 '정(政)'이란 일의 근본으로 윗사람이 베풀어서 사람을 바르게 하는 것이고, 일이란 정(政)의 말단으로 아랫사람이 직무를 행하는 것이다.

그러므로 악사(樂事)의 순서를 정하는 것이 정(政)의 말단이긴 하지만 악사(樂師)가 관장한 것은 악사가 무엇을 먼저 하고 뒤에 할 지를 알기 때문이다. 일의 근본인 악정(樂政)을 악사가 다스린 것은 국학(國學)의 정(政)을 관장하기 때문이다.[46]

한편 「예기(禮器)」에 "진(晉)나라 사람은 황하(黃河)에 일하려[제사지내려] 할 때 반드시 먼저 호지(惡池)[47]에 일하였다[제사지냈다]"[48]라고 하고, 『좌씨전(左氏傳)』에 "나라의 큰 일은 제사에 있다"[49]라고 했으니, 제사의 예(禮)

---

43   『禮記』祭統 25-18.
44   『論語』子路 13-14. 「冉子退朝. 子曰: "何晏也?" 對曰: "有政." 子曰: "其事也. 如有政, 雖不吾以, 吾其與聞之"【염자가 조정에서 물러 나오자, 공자께서 "어찌하여 늦었는가?" 하고 물으셨다. 대답하기를 "국정(國政)이 있었습니다" 하자, 공자께서 말씀하셨다. "그것은 계씨(季氏)의 집안일이었을 것이다. 만일 국정이었다면 비록 내가 지금 등용되지 않았으나 전임(前任) 대부였으므로 참여하여 들었을 것이다."】염유는 당시에 계씨의 가신(家臣)이었는데, 계씨가 노나라를 전횡하여 국정을 동렬(同列)의 대부들과 공조(公朝: 조정)에서 의논하지 않고 독단으로 가신들과 자기 집에서 모의하는 일이 있었으므로, 공자께서 이렇게 말씀하시어 염유를 가르치신 것이다.
45   『禮記』檀弓下 4-46. 「滕成公之喪, 使子叔敬叔弔進書, 子服惠伯爲介. 及郊, 爲懿伯之忌不入. 惠伯曰: "政也, 不可以叔父之私不將公事"【등나라 성공(成公)의 상(喪)에 노나라에서는 자숙경숙(子叔敬叔)을 정사(正使)로 삼아 조문을 가서 임금의 조문하는 글을 바치게 했고 혜백(惠伯)을 부사(副使: 介)로 삼았다. 등나라 교외에 이르렀는데, 자숙이 전에 혜백의 숙부인 의백(懿伯)에게 원한 살 일을 하였으므로 혹 혜백의 보복을 당할까 두려워 등나라에 들어가지 못하였다. 이에 혜백이 "조문을 하는 것은 정(政)입니다. 숙부의 사사로운 원한 때문에 공사(公事)를 그르칠 수 없습니다"라고 말하자, 드디어 들어갔다.】
46   『周禮』春官 / 樂師 0. 「樂師掌國學之政, 以敎國子小舞.」
47   호지(惡池): 산서성(山西省) 동쪽에서 발원한 강인 호타하(滹沱河)를 가리킨다.
48   『禮記』禮器 10-24.

는 일 아닌 것이 없다. 대제사(大祭祀)를 큰 일이라 했으니, 소제사(小祭祀)는 작은 일이 된다. 제사에 크고 작은 차이가 있으나 악을 쓰는 것은 한 가지이다. 그러므로 대제사에 하루 전날 종·경을 진설하는 것은 큰 일에 음악을 쓰는 것이고, 나라의 작은 일인 소제사에 종·고를 연주하도록 명하는 것은 작은 일에서 음악을 쓰는 것이다.

그러면 종(鐘)·고(鼓)는 성대한 음악인데 작은 일에 쓰는 것이 옳은가? "모든 악사(樂事)에서 종·고로 구하(九夏)를 연주한다"[50]라고 했으니, 비록 등급의 차이는 있을지언정, 어느 경우라도 종·고로 절도를 삼는 것을 폐기하지 않았던 것이다.

44-4. 凡樂成則告備. 詔来瞽, 皐舞. 及徹, 帥學士而歌徹令相. 饗食諸侯, 序其樂事, 令奏鐘鼓令相, 如祭之儀.

악(樂)이 이루어지면 갖추어졌다고 고한다. 시료(眡瞭)에게 명하여 고몽(瞽矇 : 장님악공)을 안내하게 하고, 무인(舞人)에게 춤을 느리게 추도록 한다.[51] 제사를 마치고 상을 물릴 때 학사(學士)를 인솔하여 노래하게 하는데, 시료에게 고몽을 돕도록 한다.

제후에게 향례(饗禮)와 사례(食禮)를 베풀 때 악사(樂事)를 순서에 따라 진행하고, 종(鐘)·고(鼓)를 연주하게 하며, 시료로 하여금 고몽을 돕게 하는 일을 제사 의식과 같이 한다.[52]

禮以陳爲備, 樂以奏爲備. 故禮則告備而後行禮, 樂則樂成而後告備.

49 『春秋左氏傳』成公 13년(2).

50 『周禮』春官 / 鐘師 0.

51 『周禮注疏』권23.「玄謂, 詔來瞽, 詔眡瞭扶瞽者來入也. 皐之言, 號告國子當舞者舞.」정현(鄭玄)은 '皐'를 '號告'로 풀이했으니, '국자(國子)'에게 고하여 춤을 추게 한다로 번역된다. 그러나 본고는 '皐'를 '緩'으로, '舞'를 '舞人之職'으로 풀이한 진양의 설을 따라 번역하였다.

52 『周禮』春官 / 樂師 0.

古者鄕飮鄕射燕禮大射, 皆於樂成, 告于樂正曰正歌備, 所謂樂成告備也. 瞽則瞽矇之職, 而詔之使來. 舞則舞人之職, 而詔之使緩者, 樂師主以樂教, 非特知可陳之數, 又達難知之義焉. 所以詔瞽與舞, 非以事也, 以義而已. 然則詔舞使緩, 豈非訊疾以雅乎?

大胥掌學士之版, 以待致諸子. 凡[53]祭祀用樂, 以鼓徵學士, 小胥掌學士徵令, 樂師掌國學之政, 以教國子, 所謂學士者學樂之士, 非國子則諸子也. 方祭祀之時, 樂師凡樂成告備, 詔來瞽, 皐舞, 則凡發諸聲音・形諸動靜者, 亦已盡矣. 及徹, 又帥學士而歌徹令相, 豈詩所謂樂具入奏, 廢徹不遲之意歟! 饗諸侯序其樂事, 令奏鐘鼓爲節・與夫相瞽之禮, 如祭祀之儀, 是待賓客如事神, 敬之至也. 然樂師所掌特饗而已, 大饗大食則有大司樂存焉.

예는 진설함으로써 갖추어지고, 악은 연주함으로써 갖추어진다. 그러므로 예에서는 갖추어졌음을 고한 뒤에 예를 행하고, 악에서는 악이 이루어진 뒤에 갖추어졌음을 고한다. 옛날에 향음주례(鄕飮酒禮)・향사례(鄕射禮)・연례(燕禮)・대사례(大射禮)를 행할 때 모두 악을 이루고서 '정가(正歌)를 갖추어 연주했습니다'라고 악정(樂正)에게 고했으니, 이것이 이른바 악이 이루어지면 갖추어졌다고 고하는 것이다.

'고(瞽)'는 장님악공이므로, 악사(樂師)가 시료에게 명하여 안내하게 한 것이다. '무(舞)'는 무인(舞人)이다. 느리게 추도록 명한 이유는 악사는 악교(樂敎)를 주관하므로 시행 방법을 알 뿐 아니라 알기 어려운 의(義)까지도 통달했기 때문이다. 고몽과 무인에게 명한 것은 일(事)로서가 아니라 의(義)로서 한 것이다. 그렇다면 무인에게 느리게 추도록 명한 것은 어찌 '아(雅)[54]로 빨라짐을 경계한 것[55]'이 아니겠는가?

---

53 대본에는 '凡以'로 되어 있으나, 사고전서 『樂書』와 『周禮』에 의거하여 '以'를 삭제했다.

54 아(雅) : 춤을 법도에 맞게 출 수 있도록 두드리는 북의 종류이다. 〈그림 1-14 참조〉

55 『禮記』 樂記 19-21.

대서(大胥)는 학사(學士)의 호적(戶籍)을 관장하여 제자(諸子)의 소집을 대비하고, 제사에 악을 쓸 때 북(鼓)을 두드려 학사를 소집하고,[56] 소서(小胥)는 학사의 소집 명령을 관장했으며,[57] 악사는 국학(國學)의 정(政)을 관장하여 국자(國子)를 가르쳤으니,[58] 이른바 학사(學士)는 악을 배우는 사(士)로서, 국자가 아니고 제자이다.[59]

제사지낼 때 악사(樂師)가 악이 이루어지면 갖추어졌다고 고하고, 시료에게 명하여 고몽을 안내하게 하고, 무인(舞人)에게 춤을 느리게 추도록 했으니, 성음(聲音)으로 나타내고 동정(動靜)으로 형용한 것이 또한 매우 극진하다. 제사를 마치고 상을 물릴 때 또 학사를 인솔하여 《옹(雍)》을 노래하게 하고 시료에게 고몽을 돕도록 한 것은 아마 『시경』에 이른바 '악기를 갖추어 들여와 연주하고, 제상(祭牀) 물리기를 더디 하지 않도다'[60]라고 한 뜻일 것이다.

제후에게 향례(饗禮)와 사례(食禮)를 베풀 때 악사(樂事)를 순서에 따라 진행하고, 종·고를 연주하게 하며, 시료로 하여금 고몽을 돕게 하는 예(禮)를 제사 의식과 같이 한 것은 빈객의 대접을 신(神)을 섬기듯이 한 것이니, 공경을 지극하게 한 것이다. 그러나 악사는 향례와 사례를[61] 관장했을 뿐이고 대향(大饗)과 대사(大食)는 대사악(大司樂) 소관이었다.[62]

44-5. 燕射帥射夫以弓矢舞.

56　『周禮』春官 / 大胥 0.

57　『周禮』春官 / 小胥 0.

58　『周禮』春官 / 樂師 0.

59　진양은 국자(國子)를 세자(世子)와 같은 부류로 보고, 제자(諸子)를 국자에 버금가는 자로 보는데, 악사(樂事)를 배우는 관점에서는 제자를 학사(學士)로 부른다고 하였다. 이와 달리 정현은 국자를 학사로 보았으나, 본서에서는 진양 설을 따라 번역하였다.〈『樂書』45-1.『周禮』春官 / 樂師 0 鄭玄의 注〉

60　『詩經』小雅 / 楚茨.

61　대본에는 '饗'이라고만 했을 뿐이나, 문맥이 통하지 않아 『周禮』春官 / 樂師를 참조하여 '饗食'로 보충하여 번역했다.

62　『周禮』春官 / 大司樂 3.「大饗不入牲其他皆如祭祀. …… 王大食三宥皆令奏鍾鼓.」

연사(燕射)엔 사부(射夫)들을 인솔하여 궁시무(弓矢舞)를 춘다.[63]

凡射禮, 卿大夫士三耦, 天子六耦. 車攻詩曰: "射夫旣同, 助我擧
柴." 賓之初筵詩曰: "射夫旣同, 獻爾發功." 與此所謂射夫者, 耦射之
夫, 其智足以帥人者也. 祭統曰 "及入舞, 君執干戚, 就舞位, 率其羣臣,
以樂皇尸." 則舞動其容, 雖天子必有執也, 必有帥也, 況射夫乎?
司弓矢: "大射燕射共弓矢如數幷夾." 則燕射之夫, 其舞率以樂師,
其執則以弓矢, 容必比禮, 節必比樂, 非特內志正, 外體直而已, 又將見
內順治外無敵, 而可以觀盛德也. 詩曰: "鐘鼓旣設, 擧醻逸逸, 大侯旣
抗, 弓矢斯張, 發彼有的, 以祈爾爵." 此大射之禮也. "籥舞笙鼓,[64] 樂旣
和奏, 各奏爾能. 賓載手仇, 室人入又, 酌彼康爵, 以奏爾時." 此燕射之
禮也. 射義曰: "古者諸侯射, 必先行燕禮, 所以明君臣之義也." 然則燕
射樂師射夫以弓矢舞, 則亦使之行君臣之義而已. 帥之而舞, 非特樂師
之於射夫爲然. 大司樂之於國子, 舞師之於祭祀, 亦莫不在所帥焉. 詔
之而舞者以義, 帥之而舞者以身.

사례(射禮)를 행할 때 경대부(卿大夫)와 사(士)는 삼우(三耦)를 이루어 활
을 쏘고, 천자는 육우(六耦)를 이루어 활을 쏘았다.[65] 《거공(車攻)》에 "사부
(射夫)들이 모여 우리를 도와서 쌓아놓은 짐승을 들어주네"[66]라고 하고,
《빈지초연(賓之初筵)》에 "사부(射夫)들이 모여 활 쏜 성적을 아뢰네"[67]라고
했으니, 여기에서 말하는 사부는 짝을 지어서 활을 쏜 사람으로서 그 지
혜가 사람들을 인솔하기에 충분한 자이다. 「제통(祭統)」에 "임금이 사당
에 들어가 춤을 출 때 방패와 도끼를 가지고 춤추는 자리에 나아가 뭇신

---

63 『周禮』 春官 / 樂師 0.
64 대본에는 '歌'로 되어 있으나, 사고전서 『樂書』와 『詩經』에 의거하여 '鼓'로 바로잡았
    다.
65 『周禮』 夏官 / 射人 2.
66 『詩經』 小雅 / 車攻.
67 『詩經』 小雅 / 賓之初筵.

하를 인솔하고 황시(皇尸)를 즐겁게 한다"[68]라고 하여, 움직여 춤출 때 천자일지라도 반드시 무언가를 잡고 인솔했거늘, 하물며 사부(射夫)이겠는가?

「사궁시(司弓矢)」에 "대사(大射)와 연사(燕射)에 활과 화살을 인원수에 맞추어 제공하고, 병협(拜夾)[69]도 제공한다"[70]라고 하였다. 연사(燕射)에서 사부(射夫)가 악사의 인솔을 받아 춤출 때 활과 화살을 잡고, 용모를 반드시 예에 맞게 하고 절도를 반드시 악에 맞추면, 안의 마음이 바르게 되고 밖의 몸가짐이 반듯하게 될[71] 뿐 아니라 장차 안으로 백성이 순조롭게 다스려지고 밖으로 대적할 자가 없게 되어 성대한 덕을 볼 수 있다.[72]

시에 "종(鐘)·고(鼓)를 설치하자 차례로 술잔을 주고받네. 대후(大侯: 임금의 과녁)를 펼치자 활에 화살 재어 당기네. 활을 쏴서 과녁에 적중시켜 그대에게 벌주(罰酒)를 먹이기를 바라네"[73]라고 한 것은 대사(大射)의 예이다. "약무(籥舞)에 생(笙)과 북이 어우러져 조화롭게 연주되니, 각기 자신들의 능함을 아뢰네. 손님이 술을 뜨거늘, 실인(室人)들이 들어와 또다시 저 강작(康爵)에 술을 따르고 제철 음식을 바치네"[74]라고 한 것은 연사(燕射)의 예이다.

「사의(射義)」에 "옛날에 제후가 활을 쏠 때 반드시 먼저 연례(燕禮)를 행한 것은 군신의 의(義)를 밝히기 위한 것이다"[75]라고 했으니, 연사(燕射)에서 악사(樂師)와 사부(射夫)가 궁시무를 춘 것 또한 군신의 의(義)를 행한 것일 따름이다.

인솔하여 춤춘 것은 악사(樂師)가 사부(射夫)에 대해서만 그런 것이 아

68　『禮記』祭統 25-6.
69　병협(拜夾): 과녁에서 화살을 뽑아내는 집게.
70　『周禮』夏官 / 司弓矢 0. 각 사람에게 활 1개와 화살 4개씩을 준다.〈鄭玄 注〉
71　안의~될:『禮記』射義 46-2.
72　안으로~있다:『禮記』聘義 48-10.
73　『詩經』小雅 / 賓之初筵.
74　『詩經』小雅 / 賓之初筵.
75　『禮記』射義 46-1.

니라, 대사악(大司樂)이 국자(國子)에 대해서와 무사(舞師)가 제사(祭祀)지낼 때 또한 그렇게 하였다. 고(告)하여 춤추게 하는 것은 의(義)로써 행하는 것이고, 인솔하여 춤추는 것은 직접 몸으로 행하는 것이다.

44-6. 樂出入令奏鐘鼓.
출입할 때 종(鐘)·고(鼓)를 연주하도록 명한다.[76]

樂固非有出入, 其出入則應彼而已. 故王出入則令以鐘鼓奏王夏, 尸出入則令以鐘鼓奏肆夏, 牲出入則令以鐘鼓奏昭夏, 鐘師凡樂事[77]以鐘鼓奏九夏是也. 楚茨詩曰 : "鼓鐘送尸", 言送以見逆. 又曰 : "樂具入奏", 言入以見出. 記曰 : "入門而金作, 出以雍." 蓋送尸者以樂之出入, 見於燕禮也, 出以徹歌·入以金作, 是又享禮也. 樂[78]之出入大致如此, 孰謂笙歌舞者及其器哉?

악공들은 출입하지 않고, 출입하는 자에 응하여 연주할 따름이다. 그러므로 왕이 출입할 때 명령에 따라 종·고로 《왕하(王夏)》를 연주하고, 시동(尸童)이 출입할 때 명령에 따라 종·고로 《사하(肆夏)》를 연주하고, 희생이 출입할 때 명령에 따라 종·고로 《소하(昭夏)》를 연주했으니,[79] 종사(鐘師)가 모든 악사(樂事)에 종·고로 구하(九夏)를 연주한 것이[80] 이것이다. 《초자(楚茨)》에 "종·고로 시동을 전송한다"[81]라고 한 것은 전송하는 것을 말해서 맞이하는 것까지 아울러 보인 것이다. 또 "악기를 갖추어 들여와 연주하도다"[82]라고 한 것은 들여오는 것을 말해서 나가는 것

---

76 『周禮』春官 / 樂師 0.
77 대본에는 '師'로 되어 있으나, 사고전서 『樂書』와 『周禮』에 의거하여 '事'로 바로잡았다.
78 대본에는 '禮'로 되어 있으나, 사고전서 『樂書』에 의거하여 '樂'으로 바로잡았다.
79 왕이~연주했으니 : 『周禮』春官 / 大司樂 3.
80 종사(鐘師)가~것이 : 『周禮』春官 / 鐘師 0.
81 『詩經』小雅 / 楚茨.
82 『詩經』小雅 / 楚茨. 시동을 전송한 뒤, 연례(燕禮)를 하고자 악기를 정침(正寢)으로

까지 아울러 보인 것이다. 『예기』에 "문에 들어설 때 종을 연주하고, 나갈 때 《옹(雍)》을 노래한다"[83]라고 했다. 시동을 전송하고 악기를 들여오고 나가는 것이 연례(燕禮)에 보이니, 나갈 때 노래하고 들어올 때 종을 연주하는 것은 향례(享禮)이다. '악지출입(樂之出入)'은 대략 이와 같다. 그런데 누가 얼토당토않게 이 구절을 생(笙) 노래와 춤 및 기타 악기 연주자가 출입하는 것[84]으로 해석했는가?

44-7. 凡軍大獻, 敎愷歌, 遂倡之.

군대가 승리의 공을 종묘·사직에 바칠 때 《개가(愷歌)》를 가르쳐서 부르도록 한다.[85]

泮水之頌曰: "矯矯虎臣在泮獻馘, 淑問如[86]皐陶在泮獻囚. 不告于訩, 在泮獻功." 凡軍大獻, 非特獻馘獻囚而已, 功亦在所獻焉. 傳曰: "淸廟之歌一倡而三歎." 則敎愷歌在樂師, 而遂倡之在學士. 凡軍大獻如此, 則其大獻于祖得無所待乎? 樂師之敎國子, 非特小舞也. 凡形之爲樂儀·聲之爲愷歌, 亦然, 記所謂樂師辨乎聲詩此也. 若夫大司樂則幷與樂德樂語樂舞而敎之, 豈特聲歌儀容小舞之末哉? 然言愷歌, 不足以該樂, 言愷樂則歌在其中矣, 與鄕射奏騶虞又歌之同意.

《반수(泮水)》라는 송(頌)에 "굳세고 굳센 범 같은 신하늘이 적의 귀를 반궁(泮宮)에서 바치며 고요(皐陶)와 같이 심문을 잘하는 자가 죄수를 반궁에서 바치도다. 군대가 화(和)하여 공(功)을 다투지 않고 공을 반궁에서 바치도다"[87]라고 했으니, 군대가 대헌(大獻)을 행할 적에 베어 온 귀와 포

들여오는 것이다.
83 『禮記』仲尼燕居 28-6.
84 후한의 鄭玄은 진양과 달리 악공들이 출입하는 것으로 풀이했다.
85 『周禮』春官 / 樂師 0.
86 대본에는 없으나, 사고전서 『樂書』와 『詩經』에 의거하여 '如'를 보충하였다.
87 『詩經』魯頌 / 泮水.

로를 바칠 뿐 아니라 공(功)도 바치는 것이다.

전(傳)에 "《청묘(清廟)》의 노래를 한 사람이 선창하면 세 사람이 화답한다"[88]라고 했으니, 《개가(愷歌)》를 가르친 자는 악사(樂師)이고, 노래한 자는 학사(學士)이다. 군대에서 승리의 공을 바친 것이 이와 같았으니, 조상에게 승리의 공을 바칠 때 준비한 것이 없었겠는가? 악사가 국자(國子)들에게 소무(小舞) 뿐 아니라 몸가짐인 악의(樂儀)와 노래인 《개가》도 가르쳤으니, 『예기』에 "악사(樂師)는 성시(聲詩)를 변별한다"[89]라고 한 것이 이 것이다. 대사악의 경우는 악덕(樂德)·악어(樂語)·악무(樂舞)도 아울러 가르쳤으니,[90] 어찌 다만 성가(聲歌)·의용(儀容)·소무(小舞)와 같은 말단적인 것과 비교가 되겠는가?

그런데 《개가》에 악기 연주가 포함되어 있지 않으나, 《개악(愷樂)》에는 노래가 포함되어 있으니, 「향사례(鄉射禮)」에 《추우(騶虞)》를 연주한다고도 하고 또 노래한다고도 한 것[91]과 같은 뜻이다.

44-8. 凡喪陳樂器則帥樂官, 及序哭[92]亦如之.

상(喪)을 당해 악기를 진열할 때 악관(樂官)을 인솔한다. 차례로 곡(哭)할 때도 이와 같이 한다.[93]

凡喪陳樂器而不作, 與檀弓謂 '琴瑟張而不平, 竽笙備而不和, 謂之明器' 異矣.

상(喪)을 당해 악기를 진열만 하고 연주하지 않는 것은 「단궁」에서

88 『荀子』禮論 19-6.
89 『禮記』樂記 19-20.
90 『周禮』春官 / 大司樂 1.
91 『儀禮』鄉射禮 5-38. 「樂正東面命大師曰 : "奏騶虞, 間若一."」; 5-52. 「歌騶虞 若采蘋, 皆五終.」
92 대본에는 '器'로 되어 있으나, 사고전서『樂書』와『周禮』에 의거하여 '哭'으로 바로잡았다.
93 『周禮』春官 / 樂師 0.

"금슬은 줄을 매놓았으나 소리가 고르지 않아 탈 수 없고 생황과 우(笙)는 갖추어 놓았으나 소리가 어울리지 않아 불 수 없으니, 이것을 일러 명기(明器)라고 한다"[94]라고 한 것과는 다르다.[95]

44-9. 凡樂官掌其政令, 聽其治訟.

대서(大胥)에서 사간(司干)에 이르는 모든 악관(樂官)의 정령(政令)을 관장하고, 치송(治訟)을 살핀다.[96]

凡司伺末, 官探本. 大司樂所司, 猶至於末, 則凡樂之本無不舉矣. 樂官非能如大司樂幷與本末而舉之, 僅能各探一器之本元一官之職而已, 雖謂之官可也. 凡樂官大有政令, 樂師不得而專也, 掌之而已. 小有治訟, 樂師得以專聽之, 豈非大事從其長, 小事則專達歟?

사(司)는 말단적인 일을 살피고 관(官)은 근본을 탐구한다. 대사악이 맡은 일은 말단적인 데까지 이르니, 악의 근본도 당연히 포괄한다. 악관(樂官)은 대사악처럼 근본과 말단을 아울러 두루 조처한 것이 아니라 한 악기의 근본이나 한 관직의 직무를 탐구할 따름이므로 '관(官)'이라고 한 것이다.

악관에게 크게는 정령(政令)이 있는데, 악사(樂師)가 이를 전담하지는 못하고 관장할 뿐이며, 작게는 치송(治訟)이 있는데, 이는 악사가 전적으로 살핀다. 이것이 '큰 일은 상관의 명령을 따르고 작은 일은 알아서 처리한다'[97]는 것이 아니겠는가?

---

94 『禮記』檀弓上 3-67.
95 무덤에 부장하는 명기(明器)는 제작된 것이 연주에 부적합하게 만들어져 연주할 수 없지만, 상(喪)을 당해 악기를 진설만 하고 연주하지 않는 것은 악기 자체는 연주에 적합하지만 슬픔을 표하기 위해 연주하지 않는 점에서 다르다고 한 것이다.
96 『周禮』春官 / 樂師 0.
97 『周禮』天官 / 小宰 3.

권45 주례훈의(周禮訓義)

춘관(春官) / 대서(大胥) · 소서(小胥)

대서(大胥)

45-1. 大胥掌學士之版, 以待致諸子.

대서(大胥)는 학사(學士)의 호적을 관장하여 제자(諸子)의 소집을 대비한다.[1]

文王世子曰 : "凡學世子及學士必時, 春夏學干戈, 秋冬學羽籥, 皆於東序. 小樂正學干, 大胥贊之, 胥鼓南." 言大胥則知胥小胥也, 言大胥贊小樂正, 則知小樂正樂師也. 夏官諸子之職, 言國子之倅, 是知世子之類則國子也, 國子之倅則學士諸子也. 自其學樂事言之, 謂之學士,

<hr />

1 　『周禮』春官 / 大胥 0.

自其爲倅言之, 謂之諸子, 其實一也. 大胥序樂師之後者, 以贊樂師故也, 小胥又序大胥之後者, 以贊大胥故也. 胥以養人爲義. 大胥以中士爲之, 小胥以下士爲之, 其養人也特贊相之而已, 與凡樂職之胥又異矣.

「문왕세자」에 "세자(世子)와 학사(學士)를 가르치는 것은 반드시 때에 맞게 해야 한다. 봄과 여름에는 방패[干]와 창[戈]을 들고 추는 무무(武舞)를 가르치고, 가을과 겨울에는 꿩깃[翟]과 약(籥)을 들고 추는 문무(文舞)를 가르치는데, 모두 동서(東序)에서 한다. 소악정(小樂正)이 방패를 들고 추는 춤을 가르치면 대서(大胥)가 돕고, 남쪽 지역의 음악을 가르칠 때는 서(胥)가 북을 두드려 가락을 조절한다"[2] [3]라고 했다. 앞에서 대서를 말했으니 서(胥)는 소서(小胥)임을 알 수 있고, '대서가 소악정을 돕는다'라고 했으니 소악정은 악사(樂師)임을 알 수 있다. 하관(夏官)의 「제자(諸子)」에 '국자(國子)에 버금가는 자[4]'를 말했으니, 여기서 세자와 같은 부류는 국자이고 국자에 버금가는 자는 학사나 제자임을 알 수 있다. 악사(樂事)를 배우는 관점에서는 학사라 하고, 버금가는 자라는 관점에서는 제자라 한 것이니, 실은 하나이다.

대서(大胥)를 악사(樂師) 뒤에 놓은 것은 악사를 돕기 때문이고, 소서를 대서 뒤에 놓은 것은 대서를 돕기 때문이다. 서(胥)에는 사람을 기른다는 뜻이 있다. 대서는 중사(中士)가 맡고, 소서는 하사(下士)가 맡으니, 사람을 기를 때에 돕기만 할 뿐이어서, 모든 악식(樂職)의 서(胥)와는 다르다.[5]

45-2. 春入學舍菜合舞, 秋頒學合聲.

---

2 『禮記』 文王世子 8-2.

3 정현(鄭玄)은 '南'을 '남이(南夷)의 음악'으로 풀이했으나, 역자는 '문왕의 악(樂)이 남쪽으로 퍼진 것'으로 풀이한 진양의 설을 따라 번역했다.〈『樂書』 3-5〉

4 『周禮』 夏官 / 諸子 0.

5 『周禮』 春官 / 第三 0. 「眡瞭三百人府四人史八人胥十有二人徒百有二十人, 典同中士二人府一人史一人胥二人徒二十人, 磬師中士四人下士八人府四人史二人胥四人徒四十人, 鐘師中士四人下士八人府二人史二人胥六人徒六十人, 笙師中士二人下士四人府二人史二人胥一人徒十人, 鎛師中士二人下士四人府二人史二人胥二人徒二十人.」

봄에 제자(諸子)가 국학(國學)에 들어오면 석채(釋菜)[6]를 지내고 합무(合舞)하며, 가을에 재능에 따라 배울 것을 나누고[7] 합성(合聲)한다.[8]

月令 : "孟春命樂正入學習舞, 仲春上丁命樂正習舞釋菜, 孟夏命樂師 習合禮樂, 季秋上丁命樂正入學習吹, 季冬命樂師大合吹而罷." 夏 小正亦曰 : "丁亥萬用入學." 由是觀之, 春夏舞, 秋冬重聲矣. 春入學釋 菜合舞, 則擧春以見夏, 必略夏而言春者, 以容貌達而爲舞, 春則貌之 時故也. 秋頒[9]學合聲, 則擧秋以見冬, 必略冬而言秋者, 以聲音發而爲 言, 秋則言之時故也.

謂之合舞, 會六樂而舞也, 謂之合聲, 會六樂而吹也. 若夫燕義, 凡國 之政事, 國子存游倅, 使之春合諸學以順陽義, 秋合諸射以順陰義, 則 又因其有文武之才而達之, 非爲言貌而發也.

「월령」에 "맹춘(孟春 : 정월)에 악정(樂正)에게 명하여 국학에 들어가 춤을 익히게 하고, 중춘(仲春 : 2월) 상순의 정일(丁日)에 악정에 명하여 춤을 익히게 하고 석채(釋菜)를 지내게 하며, 맹하(孟夏 : 4월)에 악사(樂師)에게 명하여 예와 악을 합쳐서 익히게 하고, 계추(季秋 : 9월) 상순의 정일에 악정(樂正)에게 명하여 국학에 들어가 악기 부는 것을 익히게 하며, 계동(季冬 : 12월)에 악사에게 명하여 대합취(大合吹)를 하게 하여 한 해를 마무리 짓는다"[10]라고 하고, 「하소정(夏小正)」에 또한 "정해일(丁亥日)에 《만무(萬

---

6   석채(釋菜) : 처음 입학할 때 선성(先聖)과 선사(先師)에게 올리던 제례로서, 제물(祭 物)로 소나 양 따위의 희생을 생략하고 간략하게 나물 등을 쓴다.

7   주나라 때 중앙에는 벽옹(辟雍), 남쪽에는 성균(成均), 북쪽에는 상상(上庠), 동쪽에 는 동서(東序), 서쪽에는 고종(瞽宗)이 있어서 오학(五學) 제도가 있었는데, 봄에 학 사(學士)가 입학하면 모두 벽옹에 머물다가, 가을에 각각의 능력을 살펴서 마땅한 곳에서 공부하도록 하였다. 예를 배우기에 마땅한 자는 고종, 서(書)를 배우기에 마 땅한 자는 상상, 간과무(干戈舞)를 배우기에 마땅한 자는 동서, 어(語)를 배우기에 마땅한 자는 성균에서 배우도록 하였다. 〈『周禮訂義』(宋 王與之 撰) 권40〉

8   『周禮』春官 大胥 0.

9   대본에는 '入'으로 되어 있으나, 『周禮』에 의거하여 '頒'으로 바로잡았다.

10   『禮記』月令 6-9, 6-20, 6-38, 6-85, 6-124.

舞)》[11]를 추어 입학한다"[12]라고 했다. 이로 보건대, 봄·여름에는 춤을 중시하고 가을·겨울에는 소리를 중시했다.

따라서 '봄에 입학할 때 석채(釋菜)를 지내고 합무(合舞)한다'는 것은 봄을 거론하여 여름까지 보인 것이다. 여름을 생략하고 봄만 말한 것은 용모가 발달하여 춤이 되는데 봄은 모습(貌)과 관련된 때이기 때문이다. '가을에 재능에 따라 배울 것을 나누고 합성(合聲)한다'라고 한 것은 가을을 거론하여 겨울까지 보인 것이다. 겨울을 생략하고 가을만 말한 것은 성음이 발달하여 말이 되는데 가을은 말과 관련된 때이기 때문이다.

'합무(合舞)한다'라는 것은 육악(六樂)[13]을 모두 춤추는 것이고, '합성(合聲)한다'라는 것은 육악을 모두 연주하는 것이다. 「연의(燕義)」에 '나라의 정사(政事)에 국자(國子) 가운데 유쉬(游倅)[14]를 두어 봄에는 학궁(學宮)에 모아서 양의(陽義)를 따르게 하고 가을에는 사궁(射宮)에 모아서 음의(陰義)를 따르게 한 것'[15]은 또 문무의 재능을 발달시킨 것이지 말이나 모습을 발달시킨 것이 아니다.

45-3. 以六樂之會, 正舞位, 以序出入舞者, 比樂官, 展樂器.

육악(六樂)을 연주할 때 무위(舞位)를 바르게 하고, 춤의 출입을 순서에 맞게 하고, 악관을 점검하고, 악기를 살핀다.[16]

---

11 만무(萬舞) : 방패와 도끼를 잡고서 추는 춤이다.

12 『大戴禮記』 권2, 夏小正.

13 육악(六樂) : 『周禮』 春官 / 大司樂 1에 따르면, 육악은 《운문대권(雲門大卷)》 또는 《운문(雲門)》, 《대함(大咸)》 또는 《함지(咸池)》, 《대소(大韶)》, 《대하(大夏)》, 《대호(大濩)》, 《대무(大武)》이다. 정현(鄭玄)은 『주례』에 注를 내면서 악곡 순으로 황제(黃帝)·요(堯)임금·순(舜)임금·우왕(禹王)·탕왕(湯王)·무왕(武王)의 악으로 풀이했다.

14 유쉬(游倅) : 국자(國子) 중에 아직 벼슬하지 않은 자.

15 『禮記』 燕義 47-1. 「凡國之政事, 國子存游卒, 使之修德學道, 春合諸學, 秋合諸射, 以考其藝而進退之.」

16 『周禮』 春官 / 大胥 0.

六樂之會文武備矣, 文舞九成而在左, 武舞六成而在右. 行列得正而
不愆, 所以正舞位也. 出象征誅, 入象揖遜, 先後有倫而不亂, 所以序出
入舞也. 比樂官則比而聯之, 展樂器則陳而眠之.

樂師則凡樂官掌其政[17]令, 聽其治訟, 非特比之而已, 大司樂凡大祭
祀宿縣, 遂以聲展之, 非特其器而已. 今夫農精於田, 不可以爲田師, 賈
精於市, 不可以爲賈師, 工精於器, 不可以爲器師. 然則爲樂師者, 豈精
於樂者所能爲哉?

육악(六樂)을 연주쪽는 것은 문무(文武)를 갖추는 것이니, 문무(文舞)는
구성(九成)을 하고 왼쪽에 위치하며, 무무(武舞)는 육성(六成)을 하고 오른
쪽에 위치한다. 행렬이 바르고 어그러짐이 없는 것이 무위(舞位)를 바르
게 하는 것이다. 밖에서 적을 정벌하는 것을 형상한 것과 안에서 서로
읍양(揖讓)하는 것을 형상한 것이 선후에 차례가 있어 어지럽지 않은 것
이 춤의 출입을 순서에 맞게 한 것이다. 악관을 점검하는 것은 제대로
갖추어졌는지 관리하는 것이고, 악기를 살피는 것은 진열하여 점검하는
것이다.

악사(樂師)가 모든 악관(樂官)의 정령(政令)을 관장하고, 치송(治訟)을 살
핀 것은[18] 대서(大胥)가 악관을 점검한 것과는 차원이 다르다. 대사악(大司
樂)이 모든 대제사(大祭祀)에서 하루 전날 종·경을 진설하여 소리가 잘
나는지 살핀 것은[19] 대서가 악기를 살핀 것과는 차원이 다르다.

농부가 농사일을 잘 한다고 해서 농정을 맡는 전사(田師)가 되는 것이
아니고, 장사꾼이 물건 파는 일을 잘한다고 해서 상업을 책임지는 고사
(賈師)가 되는 것이 아니며, 공장(工匠)이 그릇을 만드는 일을 잘 한다고
해서 공업을 책임지는 기사(器師)가 되는 것은 아니니,[20] 악사(樂師)가 되

---

17   대본에는 '故'로 되어 있으나, 사고전서 『樂書』와 『周禮』에 의거하여 '政'으로 바로잡
     았다.
18   『周禮』春官 / 樂師 0.
19   『周禮』春官 / 大司樂 3.
20   농부가~아니니 : 『荀子』解蔽 21-10.

었다고 해서 어찌 연주까지 능통하겠는가?[21]

45-4. 凡祭祀之用樂者, 以鼓徵學士, 序宮中之事.
제사에 악(樂)을 쓸 때 북을 두드려 학사(學士)를 소집하고 궁중의 악사
(樂事)를 순서에 따라 진행시킨다.[22]

禮有五經, 莫重於祭祀, 非一故言凡以該之. 小祭祀不興舞, 則知凡
祭祀用樂, 豈其大而中者邪? 文王世子曰 : "天子視學, 大昕鼓徵, 所以
警衆也." 凡用樂大胥以鼓徵學士, 其意亦何異此? 大胥之於樂舞, 非特
郊廟爲然, 凡宮中之樂事, 亦序之而已. 樂師凡樂掌其序事, 則又不特
宮中也. 序宮中之事, 與舍人平宮中之政異矣. 宮中之事, 士庶子學士
之職也, 有宮正以掌其戒令糾禁, 有宮伯以掌其政令秩序, 則大胥特序
其樂事, 以鼓徵之而已.

예에는 오경(五經 : 五禮)이 있는데 제사보다 더 중한 것이 없다.[23] 제사
는 한 가지만 있는 것이 아니므로 '범(凡)'이라는 글자를 써서 두루 여러
제사를 포괄했다. 소제사(小祭祀)에서는 춤을 추지 않으니, '악(樂)'을 쓰는
모든 제사'란 아마 대제사(大祭祀)와 중제사(中祭祀)일 것이다.

「문왕세자」에 "천자가 국학을 시찰할 때 아침 일찍 북을 치는데, 학사
(學士)들을 불러서 준비시키기 위함이다"[24]라고 했는데, 악을 쓰는 일에
대서가 북으로 학사를 소집하는 뜻도 또한 이것과 무엇이 다르겠는가?

대서는 교사(郊祀)나 종묘의 악무(樂舞)에 관해서만 이렇게 하는 것이
아니라 모든 궁중의 악사(樂事)를 순서에 따라 진행시킨다. 그러나 악사
(樂師)는 모든 악사(樂事)의 순서를 관장하니,[25] 궁중의 일에만 국한하지

---

21 하나의 기예에 정통한 자가 아니라 도(道)에 정통하여 두루 전반적인 일을 잘 아는
   자라야 어떤 직임의 장(長)이 될 수 있다. 그래서 대서(大胥)의 도움이 필요하다.
22 『周禮』春官 / 大胥 0.
23 『禮記』祭統 25-1.
24 『禮記』文王世子 8-13.

않는다. 대서가 궁중의 악사(樂事)를 순서에 따라 진행시키는 것은 사인(舍人)이 궁중의 정(政)을 공평하게 하는 것[26]과는 다르다. 궁중의 일은 사서자(士庶子)인 학사(學士)의 직무이며, 궁정(宮正)이 계령(戒令)과 규금(糾禁)을 관장하고,[27] 궁백(宮伯)이 정령(政令)과 질서를 관장했으니,[28] 대서는 단지 악사(樂事)를 순서에 따라 진행시키고 북을 두드려 학사를 소집할 따름이다.

소서(小胥)

45-5. 小胥掌學士之徵令而比之, 觵其不敬者, 巡舞列而撻其怠慢者.

소서(小胥)는 학사의 소집령을 관장하며 이들을 점검하여 불경(不敬)한 자에게 벌주(罰酒)를 주며, 춤 대열을 순찰하여 태만한 자에게 종아리를 친다."[29]

大胥掌學士之版以待致諸子, 凡祭祀之用樂者以鼓徵學士, 則掌學士之版籍, 鳴鼓而徵之者, 大胥之職也. 小胥則掌其徵令, 以比之而已, 比樂官者大胥也, 比學士者小胥也. 傳曰 : "敬勝怠則吉, 怠勝敬則凶." 故慢令者爲不敬, 進退不齊者爲怠慢. 不敬由中出, 而觵以罰之使中, 怠慢自外入, 而撻以刑之使肅. 王制曰 : "凡入學以齒, 將出學, 小胥大

---

25   『周禮』 春官 / 樂師 0.
26   『周禮』 地官 / 舍人 0.
27   『周禮』 天官 / 宮正 0.
28   『周禮』 天官 / 宮伯 0.
29   『周禮』 春官 / 小胥 0.

胥小樂正以簡不帥敎者, 以告于大樂正. 大學正以告于王, 繼之屛之遠方, 終身不齒." 亦此意也.

蓋舞所以節八音, 八音克諧然後樂成焉. 故舞必以八人爲列, 自天子達於士, 降殺以兩. 衆仲曰: "天子用八, 諸侯用六, 大夫四, 士二." 鄭伯[30]納晉悼公女樂二八, 晉賜魏絳以一八. 由是推之, 服虔所謂'天子八八 諸侯六八 大夫四八 士二八', 不易之論也. 然則記所謂舞行綴遠, 豈六佾歟? 舞行綴短, 豈四佾歟? 杜預以爲, 凡天子諸侯大夫之舞, 一列遞減二人, 至士四人而止, 豈復成樂舞哉? 後世禮樂交喪, 僭竊公行於天下. 故魯公初去八佾, 獻六羽, 諸侯僭天子, 而知反正者也. 季氏舞八佾於庭, 大夫僭天子, 而不知反正者也. 彼豈知先王之時, 巡舞列以肅其慢爲哉?

然小胥巡舞列而已, 若夫以六樂之會, 正舞位, 使之行其綴兆, 要其節奏, 行列得正焉, 進退得齊焉, 是又大胥之職也. 然祭以懲怠慢爲先, 學以懲怠慢爲急. 故肆師之誅小胥之撻, 皆所不後也.

대서(大胥)는 학사(學士)의 호적을 관장하여 제자(諸子)의 소집을 대비하고, 악(樂)을 쓰는 모든 제사에서 북을 두드려 학사들을 소집하니,[31] 학사의 호적을 관장하여 북을 울려 소집하는 것은 대서의 직임이다. 소서(小胥)는 소집령을 관장하여 점검할 따름이다. 따라서 악관을 점검하는 사는 대서이고 학사를 점검하는 자는 소서이다.

전(傳)에 "공경이 태만을 이기면 길하고 태만이 공경을 이기면 흉하다"[32]라고 하였다. 명령을 무시하는 자는 불경(不敬)한 것이고, 진퇴를 가지런히 하지 않는 자는 태만한 것이다. 불경은 마음속에서 나오는 것이므로 벌주를 먹여서 올바르게 하고, 태만은 밖에서 들어오는 것이므로 종아리를 쳐서 엄숙하게 했다. 「왕제(王制)」에 "입학은 나이순으로 한다.

30　대본에는 '約'이 있으나, 『樂書』15-3에 의거하여 제거했다.
31　『周禮』春官 / 大胥 0.
32　『荀子』議兵 15-4.

학업을 마치고 국학(國學)을 졸업할 때에 소서·대서·소악정(小樂正)이 가르침을 따르지 않은 자를 가려서 대악정(大樂正)에게 보고하면, 대악정이 왕에게 보고한다. 계속 변하지 않을 경우 먼 지방으로 내쳐 평생토록 선비반열에 끼워주지 않는다"[33]라고 한 것도 이런 뜻이다.

대개 춤은 팔음(八音)에 절도를 맞추는 것이니, 팔음이 조화를 이룬 뒤에야 악(樂)이 완성된다. 그러므로 춤출 때 반드시 8인으로 행렬을 만들어 천자로부터 사(士)에 이르기까지 2일(佾)씩 감한다. 그러므로 중중(衆仲)이 "천자는 팔일(八佾), 제후는 육일(六佾), 대부는 사일(四佾), 사는 이일(二佾)을 쓴다"[34]라고 했는데, 정백(鄭伯)이 진(晉) 도공(悼公)에게 여악을 2×8(16)인을 바치자, 도공이 위강(魏絳)[35]에게 1×8인을 주었던 것이다.[36] 이로 보건대 복건(服虔)[37]이 "일무(佾舞)에 "천자는 8×8(64)인, 제후는 6×8(48)인, 대부는 4×8(32)인, 사(士)는 2×8(16)인을 쓴다"라고 한 것은 바꿀 수 없는 정론(定論)이다.

따라서 『예기』에 이른바 '춤 행렬의 간격이 넓다'는 것이 어찌 육일이며, '춤 행렬의 간격이 좁다'는 것이 어찌 사일이겠는가?[38] 또한 두예(杜預)[39]가 "천자·제후·대부·사(士)의 일무는 한 줄에 2인씩 줄여 사(士)에

---

33 『禮記』王制 5-42.

34 『春秋左氏傳』隱公 5년(7).

35 위강(魏絳) : 춘추시대 진(晉)나라 사람으로, 위장자(魏莊子)라고도 한다. 벼슬은 중군사마(中軍司馬)·하군주장(下軍主將)을 지냈으며, 도공(悼公) 때 융족(戎族)과의 화친을 성사시켜 진나라를 다시 강성하게 만들었다.

36 정백(鄭伯)이~것이다:『春秋左氏傳』襄公 11년(5).

37 복건(服虔) : 후한(後漢)의 고문경학자(古文經學者)로『춘추좌씨전해의(春秋左氏傳解誼)』을 저술하였다.

38 응씨(應氏)의 설을 따라 '行綴遠'과 '行綴短'을 각각 '육일(六佾)'과 '사일(四佾)'로 풀이한 것을 반박하는 글이다. 『禮記』樂記 19-8의 '故其治民勞者, 其舞行綴遠, 其治民逸者, 其舞行綴短'이란 구절에 대해, 응씨는 "백성들을 위해 수고롭게 일한 자는 춤 행렬이 길고 태만하게 한 자는 춤의 행렬이 짧다"라고 풀이했는데, 이와 달리 진양(陳暘)은 "백성을 다그쳐 수고롭게 한 자는 무인(舞人)이 적어 춤 행렬의 간격이 넓고, 백성을 편안하게 한 자는 무인(舞人)이 많아 춤 행렬의 간격이 좁다"라고 풀이하고 있기 때문이다. 본고는 진양의 설을 따라 번역했다.

이르러서는 4인에 그친다"라고 한 것이 어찌 악무(樂舞)를 이룰 수 있겠는가?[40]

후세에 와서는 예악이 상실되어 분수에 넘치는 일이 공공연히 천하에 행해졌다. 노(魯) 은공(隱公)이 처음으로 팔일을 제거하고서 육일의 우무(羽舞)를 중자(仲子)의 사당에 올린 것은[41] 제후가 참람되게 천자의 제도를 쓰다가 바로잡을 줄 안 것이다. 계씨(季氏)가 뜰에서 팔일로 춤을 추게 한 것은[42] 대부가 천자의 제도를 참람하게 쓰고도 바로잡을 줄 모른 것이다. 저 계씨가 어찌 선왕 때에 소서가 춤대열을 돌아다니며 살펴서 태만한 자를 엄하게 처벌한 사실을 알았겠는가?

그러나 소서는 춤 대열을 돌아다닐 뿐이다. 육악(六樂)을 연주할 때 무위(舞位)를 바르게 하기 위해,[43] 춤추는 동작을 절주에 맞게 하여 행렬을 바르게 하고 진퇴를 가지런하게 하는 것[44]은 대서의 직무이다.

제사지낼 때 태만을 징계하는 것을 우선으로 삼고, 가르칠 때 태만을 징계하는 것을 급하게 여겼으므로, 사사(肆師)가 태만한 자를 꾸짖거나[45] 소서가 태만한 자의 종아리를 치는 것을 모두 뒤로 미루지 않았던 것이다.

---

39 두예(杜預) : 222~284. 진(晉) 무제(武帝) 때 탁지상서(度支尙書)에 제수되었으며, 지략이 풍부하여 두무고(杜武庫)라고 불리었다. 후에 진남대장군(鎭南大將軍)에 임명되고, 오(吳)나라를 평정한 공로로 당양현후(當陽縣侯)에 봉해졌다. 『春秋左氏經傳集解』・『春秋釋例』 등을 지었다.

40 진양은 춤은 팔음(八音)에 절도를 맞추는 것이므로, 열(列)은 8인이어야 한다고 생각했다. 그리하여 '천자는 8×8인, 제후는 6×8인, 대부는 4×8인, 사(士)는 2×8인으로 이루어진 일무(佾舞)를 쓴다'는 복건의 설을 따랐으므로 '천자는 8×8인, 제후는 6×6인, 대부는 4×4인, 사(士)는 2×2인으로 이루어진 일무를 쓴다'라고 하여 열(列)과 일(佾)의 수를 같은 것으로 보는 두예의 설을 비판했다.

41 『春秋左氏傳』 隱公 5년(7).

42 『論語』 八佾 3-1.

43 육악(六樂)을~위해 : 『周禮』 春官 / 大胥 0.

44 춤추는~것 : 『禮記』 樂記 19-25.

45 『周禮』 春官 / 肆師之職 1. 「祭之日, 表齋盛告絜, 展器陳告備, 及果築鬻, 相治小禮, 誅其慢怠者」

45-6. 正樂縣之位, 王宮縣, 諸侯軒縣, 卿大夫判縣, 士特縣, 辨其聲. 凡縣鐘磬, 半爲堵, 全爲肆.

소서(小胥)는 지위에 따른 악현(樂縣)을 바르게 하니, 왕은 궁현(宮縣), 제후는 헌현(軒縣), 경대부는 판현(判縣), 사(士)는 특현(特縣)을 갖추게 하여, 그 소리를 변별한다. 종(鐘) · 경(磬)을 진설할 때 반(半)만 갖추는 것을 도(堵)라 하고, 온전히 구비하는 것을 사(肆)라고 한다.[46]

先王之樂以十有二律爲之數度,[47] 以十有二聲爲之齊量. 故伶州鳩曰: "古者神瞽考中聲而量之以制, 度律[48]均鐘.[49] 紀之以三, 平之以六, 成於十二, 天之道也." 然則卽十二辰, 以正樂縣之位, 豈徒然哉? 凡以應聲律齊量度數考中聲, 順天道而已, 蓋縣鐘十二爲一堵, 如墻堵然, 二堵爲一肆, 春秋傳'歌鐘二肆' 是也. 宮縣四面, 象宮室, 王以四方爲家故也. 軒縣闕其南, 避王南面故也. 判縣東西之, 象卿大夫左右王也. 特縣則一肆而已, 象士之特立獨行也.

郊特牲譏諸侯宮縣, 豈王宮縣歟! 春秋譏桓子請曲縣, 豈諸侯軒縣歟! 晉以二肆之半賜魏絳, 豈大夫判縣歟! 鄕射: "笙入, 立[50]于縣中西面." 則東縣磬而已, 鄕飮: "磬階間[51]縮霤, 笙入磬南." 則縮縣磬[52]而已, 豈士特縣歟! 然則鄕射者, 有鄕大夫詢衆庶之事, 鄕飮酒乃鄕大夫之禮, 皆特縣者, 以詢衆庶, 賓賢能, 非爲己也. 故皆從士制. 燕禮諸侯之禮, 而工止四人, 以從大夫之制, 意亦類此.

---

46 『周禮』春官 / 小胥 0.
47 대본에는 '度數'로 되어 있으나, 『周禮』에 의거하여 '數度'로 바로잡았다.
48 대본에는 '肆'로 되어 있으나, 사고전서 『樂書』와 『國語』에 의거하여 '律'로 바로잡았다.
49 대본에는 '鐘'이 없으나, 『國語』에 의거하여 보충하였다.
50 대본에는 없으나, 『儀禮』에 의거하여 '立'을 보충하였다.
51 대본에는 없으나, 『儀禮』에 의거하여 '間'을 보충하였다.
52 대본에는 '縮縣縣磬'이라 되어 있으나, 『禮書』(宋 陳祥道 撰)에 의거하여 '縮縣磬'으로 바로 잡았다.

以儀禮考之：“大射樂人宿縣, 于阼階東笙磬西面, 其南笙鐘, 其南鎛, 皆南陳. 建鼓在阼階西, 南鼓, 應鼙在其東, 南鼓. 西階之西, 頌磬東面, 其南鐘, 其南鎛, 皆南陳. 一建鼓在其南東鼓, 朔鼙在其北, 一建鼓在西階之東南面, 簜在建鼓之間, 鞀倚于頌磬, 西紘.” 由是觀之, 宮縣四面・軒縣三面, 皆鐘磬鎛也. 判縣有鐘磬而無鎛, 特縣有磬而無鐘. 以王制論之則然, 以侯制論之, 又半於王制矣. 王之卿大夫判縣, 東西各一肆, 則諸侯之卿大夫東西各一堵. 王之士特縣, 南一肆, 則諸侯之士一堵可知矣. 鄭康成曰：“鐘磬二八在一虡, 爲一堵.” 杜預曰：“縣鐘十六爲一肆.” 而後世四淸之聲興焉, 是亦傅會漢得石磬十六, 遷就而爲之制也. 服虔一縣十九鐘之說, 不亦詭哉?

선왕의 악은 12율(律)로 수도(數度)를 삼고, 12성(聲)으로 제량(齊量)을 삼았다.[53] 그러므로 영주구(伶州鳩)는 “옛날에 신고(神瞽)[54]가 중성(中聲)을 살펴 이를 기준으로 삼아 율을 재는 균종(均鐘)을 만들었는데, 천・지・인의 삼재(三才)를 기본으로 하고 6율로 조화롭게 하며, 음양을 배합하여 12율을 이루었으니, 천도(天道)이다”[55]라고 하였다.

그렇다면 십이진(十二辰)에 나아가 악현을 바르게 하는 것이 어찌 부질없는 일이겠는가? 대체로 성률(聲律)・제량(齊量)・도수(度數)에 응하여 중성(中聲)을 상고하여 천도를 따를 뿐이다. 대개 종 12개를 매단 것이 1도(堵)가 되는데, 담장같기 때문이다.[56] 2도(堵)가 1사(肆)가 되니, 『춘추전』에 “가종(歌鐘) 2사”[57]라고 한 것이 이것이다.

궁현이 4면인 것은 궁실을 상징한 것이니, 왕은 사방을 집으로 삼기 때문이다. 헌현이 남쪽을 비운 것은 왕이 남면(南面)하는 방향을 피한 것이다. 판현이 동쪽과 서쪽에 종・경을 매단 것은 경대부가 왕의 좌우에

---

53 『周禮』春官 / 典同 0.
54 신고(神瞽) : 전설상의 고대 악관으로 훗날 음악의 시조로 숭앙됨.
55 『國語』周語下 3-7.
56 도(堵)에는 담장이란 뜻이 있다.
57 『春秋左氏傳』襄公 11년(5).

서 보좌하는 것을 상징한다. 특현이 1사(肆)만 쓴 것은 사(士)가 우뚝 서서 홀로 지조있게 행동하는 것을 상징한다.

따라서 「교특생」에서 제후가 궁현을 쓴 것을 비판한 것[58]은 왕이라야 궁현을 쓸 수 있기 때문이고, 『춘추』에서 환자(桓子)가 곡현(曲縣)을 청한 것을 비판한 것은 제후라야 헌현을 쓸 수 있기 때문이다.[59] 진후(晉侯)가 2사(肆)의 반인 1사를 위강(魏絳)에게 준 것은[60] 대부의 판현일 것이다. 「향사례(鄉射禮)」에 "생(笙) 연주자가 들어와 악현(樂縣) 가운데 서서 서향한다"[61]라고 했으니, 동쪽에 경(磬)을 매달았을 뿐이다. 「향음주례」에 "경(磬)을 동계(東階)와 서계(西階) 사이에 세로로 설치한다."[62] "생 연주자가

---

58 『禮記』郊特牲 11-10. 「諸侯之宮縣, 而祭以白牡, 擊玉磬, 朱干設錫, 冕而舞大武, 乘大路, 諸侯之僭禮也【제후가 궁현(宮縣)의 악기배치를 하고, 백모(白牡)로 제사를 지내고 옥경을 치며, 장식한 붉은 방패를 들고 면류관을 쓰고 대무(大武)를 추며 대로(大路)를 타는 것은 제후의 참례(僭禮)이다.】」

59 『春秋左氏傳』成公 2년(2). 「新築人仲叔于奚救孫桓子, 桓子是以免. 旣, 衛人賞之以邑, 辭, 請曲縣, 繁纓以朝. 許之. 仲尼聞之曰∶"惜也, 不如多與之邑. 唯器與名, 不可以假人, 君之所司也. 名以出信, 信以守器, 器以藏禮, 禮以行義, 義以生利, 利以平民, 政之大節也. 若以假人, 與人政也. 政亡, 則國家從之, 弗可止也已"【신축 사람인 중숙우해가 손환자(孫桓子)를 구하여 손환자가 곤경한 처지를 모면했다. 뒤에 위나라 사람이 중숙우해에게 상으로 고을을 주자, 그는 고을을 사양하고 곡현(曲縣∶제후가 쓰는 악기 편성)과 번영(繁纓∶제후가 타는 말에 채우는 뱃대끈)을 쓰면서 조회하게 해달라고 요청하므로 이를 허락했다. 중니가 뒤에 그 말을 듣고 말했다. "안타깝게도 이는 많은 고을을 상으로 주는 것만 못하다. 기물(器物)과 칭호는 함부로 빌려줄 수 없는 것으로, 임금만이 주관할 수 있는 일이다. 칭호로 신뢰를 자아내고, 신뢰로 기물의 권위를 지키고, 기물로 예(禮)를 보존하고, 예로 의(義)를 행하고, 의(義)로 이로움을 생겨나게 하고 이로움으로 백성을 편안하게 하는데, 이것이 정치의 중대한 일이다. 만약 기물과 칭호를 함부로 빌려준다면 정치를 남에게 주는 것과 같다. 정치가 없어지면 국가가 절로 없어져서 그것을 막을 수 없다."】

60 『春秋左氏傳』襄公 11년(5). 「鄭人賂晉侯 …… 歌鐘二肆, 及其鎛·磬·女樂二八. 晉侯以樂之半賜魏絳, 曰, "子敎寡人和諸戎狄以正諸華, 如樂之和, 無所不諧. 請與子樂之"【정나라 사람이 진후(晉侯)에게 뇌물을 보냈는데, …… 가종(歌鐘) 2사(肆), 박(鎛)과 경(磬), 여악(女樂) 16명이었다. 진후는 악기와 악공의 반을 위강에게 하사하면서 말하였다. "그대가 과인에게 여러 융적(戎狄)과 화친하여 중원의 제후를 바로잡도록 가르쳤기 때문에 8년 동안 아홉 번 제후들과 회합하면서 음악이 조화되듯이 화합하지 않은 적이 없었으니, 그대와 더불어 즐기고자 한다."】

61 『儀禮』鄉射禮 5-11.

들어와 경의 남쪽에 선다"[63]라고 했으니, 경을 세로로 설치했을 뿐이다. 이는 아마 사(士)의 특현(特縣)일 것이다.

향사례에 향대부가 여러 사람에게 자문하는 절차가 있고,[64] 향음주례는 곧 향대부의 예인데 모두 특현을 썼다. 그 이유는 이 두 의례가 여러 사람에게 자문하고, 또 현명하고 유능한 인재를 빈객으로 예우하는 행사이지, 향대부 자신들을 위한 행사가 아니므로 모두 사(士)의 제도를 따른 것이다. 연례(燕禮)가 제후의 예인데도 악공을 4인만 써서 대부의 제도를 따른 것도 이와 같은 뜻이다.

『의례』를 살펴보면, "대사(大射)에 악인(樂人)이 활쏘기 하루 전날 악기를 진설하는데, 동계(東階)의 동쪽에 생경(笙磬)을 서향으로 설치하며, 그 남쪽에 생종(笙鐘)을 설치하고, 그 남쪽에 박(鎛)을 설치하여 모두 남쪽 방향으로 진행하며 진설한다. 건고(建鼓)를 동계의 서쪽에 남향으로 설치하며, 응비(應鼙)를 그 동쪽에 남향으로 설치한다. 서계(西階)의 서쪽에 송경(頌磬)을 동향으로 설치하고, 그 남쪽에 종을 설치하고, 그 남쪽에 박(鎛)을 설치하여 모두 남쪽 방향으로 진행하며 진설한다. 또 다른 건고 하나를 그 남쪽에 동향으로 설치하고, 삭비(朔鼙)를 그 북쪽에 설치한다. 건고 하나를 서계의 동쪽에 남향으로 설치하고, 탕(鼗)을 건고의 사이에 설치하고, 도(鼗)를 송경의 서쪽 끝에 기대어 놓는다"[65]라고 하였다. 이로 보건대, 궁현의 4면(面)과 헌현의 3면에는 모두 종(鐘)·경(磬)·박(鎛)이 있고, 판현에는 종·경만 있고 박이 없으며, 특현에는 경만 있고 종이 없다.

왕의 제도는 이렇지만, 제후의 제도는 왕의 제도에 비해 절반이다. 왕의 경대부는 판현을 갖추는데, 동·서에 각 1사(肆)를 설치하니, 제후의

---

62   『儀禮』鄕飮酒禮 4-28.
63   『儀禮』鄕飮酒禮 4-12.
64   향사례에~있으니 : 『周禮』地官 / 鄕大夫 0.
65   『儀禮』大射儀 7-3.

경대부는 동·서에 각 1도(堵)를 설치하며, 왕의 사(士)는 특현을 갖추는 데, 남쪽에 1사를 설치하니, 제후의 사(士)는 그 절반인 1도를 설치함을 알 수 있다.

정강성(鄭康成)[66]이 "종·경 16개가 한 악기틀에 있는 것을 1도(堵)라 한다"[67]라고 하고, 두예(杜預)가 "종 16개를 매단 것을 1사(肆)라 한다"[68]라고 한 것으로 인해 후세에 4청성(四淸聲)이 생겨났다. 그러나 4청성은 또한 한나라에서 석경(石磬) 16개를 얻은 사실[69]에 이치를 억지로 끌어다 붙여 만든 제도이다. '종 19개를 한 악기틀에 매단다'라고 한 복건(服虔)의 설 또한 궤변이 아니겠는가?

---

66 정강성(鄭康成) : 127~200. 후한(後漢)의 학자 정현(鄭玄). 강성은 자(字)이다. 『모시(毛詩)』·『주례(周禮)』·『의례(儀禮)』·『예기(禮記)』에 주(注)를 냈다. 한(漢)의 정중(鄭衆)을 선정(先鄭)이라 하고, 정현을 후정(後鄭) 또는 정군(鄭君)이라 한다.
67 『周禮』 春官 / 小胥 0에 대한 鄭玄의 注.
68 『春秋左氏傳』 襄公 11년(5)에 대한 杜預의 注.
69 성제(成帝, 재위 B.C. 33~B.C. 7) 때 물가에서 고경(古磬) 16매를 얻었다.〈『漢書』 禮樂志〉

권46 주례훈의(周禮訓義)

춘관(春官) / 태사(大師)

태사(大師)

46-1. 大師掌六律六同, 以合陰陽之聲. 陽聲黃鍾・太蔟[1]・姑洗・
蕤賓・夷則・無射, 陰聲大呂・應鍾・南呂・函鍾・小呂・夾鍾. 皆
文之以五聲宮商角徵羽, 皆播之以八音金石土革絲木匏竹.

태사(大師)는 육률(六律)・육동(六同：六呂)을 관장해서 음양의 소리를
합하니, 양성(陽聲)은 황종(黃鍾)・태주(太蔟)・고선(姑洗)・유빈(蕤賓)・이
칙(夷則)・무역(無射)이고, 음성(陰聲)은 대려(大呂)・응종(應鍾)・남려(南
呂)・함종(函鍾：林鍾)・소려(小呂：仲呂)・협종(夾鍾)이다. 모두 궁(宮)・상
(商)・각(角)・치(徵)・우(羽)의 오성(五聲)으로 문채내며, 금(金)・석(石)・

---

1   대본에는 '簇'로 되어 있으나, 『주례』에 의거하여 '蔟'로 바로잡았다.

토(土)·혁(革)·사(絲)·목(木)·포(匏)·죽(竹)의 팔음(八音)으로 연주한다.[2]

陰陽之數不過十二. 在天列而爲十二次, 在地位而十二辰, 日月會於十二次而右轉, 聖人制六同以象之, 斗柄運於十二辰而左旋, 聖人制六律以象之. 六律陽也, 左旋以合陰, 六同陰也, 右轉以合陽. 故大司樂奏黃鍾祀天神, 歌大呂以合之, 奏太蔟祭地祇, 歌應鍾以合之, 奏姑洗祀四望, 歌南呂以合之, 奏蕤賓祭山川, 歌函鍾以合之, 奏夷則 享先妣,[3] 歌小呂以合之, 奏無射享先祖, 歌夾鍾以合之. 聖人以六律六同, 合陰陽之聲, 爲未足也, 文之以五聲, 使聲待是而和, 播之以八音, 使音待是以諧. 然則律同有不爲聲音之橐籥歟?

國語曰: "黃鍾所以宣養六氣九德也. 太蔟所以金奏贊陽出滯也. 姑洗所以修潔百物, 考神納賓也. 蕤賓所以安靖神人, 獻酬交酢也. 夷則所以詠歌九則, 平民無貳也. 無射所以宣布哲人令德, 示民軌儀也. 大呂助宣物[4]也. 夾鍾出四隙之細也. 仲呂宣中氣也. 林鍾和展百事, 俾莫不任肅純恪也. 南呂贊陽秀也. 應鍾均利器用, 俾應復也. 律呂不易, 無姦物[5]也." 槪見於此. 然陽盡變以造始, 故每律異名. 陰體常以效法, 故止於三鍾三呂而已. 則鍾物所聚也, 呂物所匹也.

夾鍾亦謂之圜鍾, 以春主規言之. 函鍾亦謂之林鍾, 主夏庇物言之. 南呂亦謂之南事, 則陰之所成者事而已. 仲[6]呂亦謂之小呂, 則陰之所萌者小而已. 六律謂之六始, 始六陰也. 六呂謂之六間, 間六陽也, 亦謂之六同, 同六陽也. 律呂言其體, 始言其用, 間言其位, 同言其情. 總而論之, 皆述陽氣而通上下焉, 所以均用之十二律也.

2　　『周禮』春官／大師 0.
3　　대본에는 '祖'로 되어 있으나, 『周禮』에 의거하여 '妣'로 바로잡았다.
4　　대본에는 '氣'로 되어 있으나 『國語』에 의거하여 '物'로 바로잡았다.
5　　대본에는 '事'로 되어 있으나 『國語』에 의거하여 '物'로 바로잡았다.
6　　대본에는 '中'으로 되어 있으나 통일을 기하여 '仲'으로 입력하였다.

月令十二月, 皆言律中某律, 特中央言律中黃鍾之宮者, 蓋四時本於中央, 十二律 本於黃鍾, 五聲本於宮, 八音本於土, 以中央無正律而中聲出焉, 故取黃鍾之宮, 爲聲律之本. 考工記[7]量中黃鍾之宮, 亦此意歟!

음양(陰陽)의 수는 12에 불과하다. 하늘에서는 늘어서서 12차(次)가 되고 땅에서는 자리를 잡아 12진(辰)이 된다. 해와 달이 12차에서 만나 오른쪽으로 도니, 성인이 육동(六同)을 만들어 이를 상징했다. 북두성 자루가 12진에서 운행하여 왼쪽으로 도니, 성인이 육률(六律)을 만들어 이를 상징했다. 육률은 양(陽)으로서 왼쪽으로 돌아 음(陰)과 합하고, 육동은 음(陰)으로서 오른쪽으로 돌아 양(陽)과 합한다.

그러므로 대사악(大司樂)이 황종궁(黃鍾宮)[8]을 연주하여 천신(天神)에 제사지낼 때 대려궁(大呂宮)을 노래하여 합하고, 태주궁(太蔟宮)을 연주하여 지기(地祇)에 제사지낼 때 응종궁(應鍾宮)을 노래하여 합하며, 고선궁(姑洗宮)을 연주하여 사망(四望)[9]에 제사지낼 때 남려궁(南呂宮)을 노래하여 합하고, 유빈궁(蕤賓宮)을 연주하여 산천(山川)에 제사지낼 때 함종궁(函鍾宮 : 임종궁)을 노래하여 합하고, 이칙궁(夷則宮)을 연주하여 선비(先妣)에 제사지낼 때 소려궁(小呂宮 : 중려궁)을 노래하여 합하고 무역궁(無射宮)을 연주하여 선조(先祖)에 제사지낼 때 협종궁(夾鍾宮)을 노래하여 합한다.[10]

성인이 육률·육동으로 음양의 소리를 합하는 것만으로는 충분치 않나고 여겨, 오성(五聲)으로 문채내어 성(聲)이 육률·육동을 통해 조화롭게 되고, 팔음(八音)으로 연주하니 음(音)이 육률·육동을 통해 어울리게 되었다. 이러하니 육률·육동이 성음(聲音)의 원천(源泉)이 아니겠는가?

7 　대본에는 없으나, 『樂書』 100-1에 의거하여 '考工記'를 보충했다.
8 　'奏黃鍾'을 '황종궁을 연주한다'로 번역한 이유는, 황종을 중심음으로 하는 악조의 음악을 연주한다는 것을 명시하기 위해서이다.
9 　사망(四望) : 천자가 사방의 산천을 바라보며 지내는 제사. 정현(鄭玄)은 사망을 오악(五嶽)·사진(四鎭)·사독(四瀆)으로 보는데, 정중(鄭衆)은 이와 달리 일(日)·월(月)·성(星)·해(海)로 본다.
10 　대사악(大司樂)이~합한다 : 『周禮』 春官 / 大司樂 1.

『국어』에 "황종은 육기(六氣)[11]와 구덕(九德)[12]을 기르고, 태주는 금주(金奏)[13]로 양(陽)을 인도하여 땅속을 뚫고 나가게 하며, 고선은 백물(百物)을 깨끗이 닦아 신(神)을 이르게 하고 손님을 맞이하며, 유빈은 신과 사람을 편안하게 하여 술잔을 주고받으며 교류하게 하고, 이칙은 구덕을 노래하여 백성의 뜻을 이루어주고 두 마음을 품지 않게 하며, 무역은 성현(聖賢)의 미덕을 두루 펴서 백성들에게 모범을 보이는 것이다. 대려는 만물이 퍼져 나가는 것을 도와주고, 협종은 네 계절 사이의 미세한 기(氣)를 내며,[14] 중려는 속에 있는 기(氣)를 발산하고, 임종은 온갖 일을 조화롭게 펼쳐 미덥고 성실하게 하고, 남려는 양(陽)을 도와 열매를 맺게 하고, 응종은 기용(器用)을 고루 이롭게 하여 떳떳함을 회복하게 한다. 따라서 율려가 떳떳함을 바꾸지 않아 각각 때에 맞으면 잘못되는 일이 없다"[15]라고 하여, 육률·육동의 개관(槪觀)이 서술되어 있다.

그러나 양(陽)은 변화무쌍하여 새로이 만들므로 율마다 이름이 제각각이지만,[16] 음(陰)은 떳떳함을 체득하여 이를 본받으므로 이름이 삼종(三鍾 : 협종·임종·응종)과 삼려(三呂 : 대려·남려·소려)로 지어졌다. 종(鍾)은 '물(物)이 모인다'는 뜻이고, 여(呂)는 '물(物)이 짝이 된다'는 뜻이다.

협종을 원종(圜鍾)이라고도 하는 것은 봄이 걸음쇠를 주관하기 때문이다.[17] 또 임종을 함종(函鍾)이라고도 하는 것은 여름이 함(函)같이 물(物)을 덮기 때문이다. 남려를 남사(南事)라고도 하는 것은 음(陰)이 이루는 것이

---

11 육기(六氣) : 음(陰)·양(陽)·풍(風)·우(雨)·회(晦)·명(明).
12 구덕(九德) : 수(水)·화(火)·금(金)·목(木)·토(土)·곡(穀)의 육부(六府)와 정덕(正德)·이용(利用)·후생(厚生)의 삼사(三事)를 가리킨다.
13 태주는 오성(五聲)에서 상(商)에 해당되고, 상(商)은 오행(五行)에서 금(金)에 해당되므로, '금주(金奏)'라고 한 것이다. 참고로 궁(宮)은 토(土), 각(角)은 목(木), 치(徵)는 화(火), 우(羽)는 수(水)에 해당한다.
14 네 계절의 기(氣)가 모두 봄에서 시작되기 때문이다.〈『記纂淵海』(宋 潘自牧 撰) 권3〉
15 『國語』周語下 3-7.
16 육률의 이름은 황종·태주·고선·유빈·이칙·무역으로 제각각이다.
17 협종은 봄인 2월에 해당한다. 봄은 인(仁)으로 만물을 생겨나게 하고 원(圓)을 주관한다.〈『前漢書』「律歷志」권21〉

일[聿]이기 때문이다. 중려를 소려(小呂)라고도 하는 것은 음(陰)이 싹튼 것
이 작기 때문이다.

육률을 육시(六始)라고도 하는 것은 육려보다 앞에 있기 때문이다. 육
려를 육간(六間)이라고도 하는 것은 육률 사이에 있기 때문이고, 또 육동
(六同)이라고도 하는 것은 그 정(情)이 육률과 같기 때문이다. 율려는 체
(體)를 말하고, 시(始)는 용(用)을 말하며, 간(間)은 자리를 말하고, 동(同)은
정(情)을 말한다. 그러나 합해서 말하면 모두 양기(陽氣)를 이어 위아래가
통하므로 다같이 12율이라고 부른다.

「월령」에 1월에서 12월에 이르기까지 모두 '어느 달이 어느 율에 맞
는다'라고 말했는데,[18] 특별히 중앙에 대해서는 '황종지궁(黃鍾之宮)에 맞
는다'[19]라고 말한 것은 대개 사시(四時)는 중앙에 근본하고, 12율은 황종
에 근본하며, 오성은 궁에 근본하고, 팔음은 토(土)에 근본하여, 중앙은
정률(正律)이 없이 중성(中聲)을 내므로 황종의 궁을 취하여 성률(聲律)의
근본으로 삼았기 때문이다. 「고공기(考工記)」에 "양(量)이 황종지궁에 맞
는다"[20]라고 한 것도 또한 이러한 뜻일 것이다!

46-2 教六詩, 曰風曰賦曰比曰興曰雅曰頌. 以六德爲之本, 以六律
爲之音.

풍(風)·부(賦)·비(比)·흥(興)·아(雅)·송(頌)이라는 시체(詩體)를 가
르치는데, 육덕(六德)[21]으로 근본을 삼고 육률(六律)로 음(音)을 삼는다.[22]

---

18 『禮記』月令 6-1.「孟春之月 …… 其音角, 律中大族.」; 6-13.「仲春之月 …… 其音角,
律中夾鍾.」; 6-23.「季春之月 …… 其音角, 律中姑洗.」; 6-106.「仲冬之月 …… 其音羽,
律中黃鍾.」

19 『禮記』月令 6-60.「中央土, 其日戊巳, 其帝黃帝, 其神后土, 其蟲倮, 其音宮, 律中黃鍾
之宮, 其數五, 其味甘, 其臭香. 其祀中霤, 祭先心.」

20 『周禮』冬官 / 㮚氏 0.「量之以爲鬴 …… 其聲中黃鍾之宮.」

21 육덕(六德) : 사람이 지켜야 할 여섯 가지 덕. '지(知)·인(仁)·성(聖)·의(義)·충
(忠)·화(和)'라 하기도 하고 '중(中)·화(和)·지(祇)·용(庸)·효(孝)·우(友)'를 가리
키기도 하는데, 여기서는 후자를 뜻한다.

六德以中和爲首, 六律以黃鍾爲本. 則六詩本之情性, 中聲之所止也, 六德制之禮義, 中聲之所本也, 六律稽之度數, 中聲之所寓也. 大師敎中聲所止之詩, 以六德爲之本, 以六律爲之音, 則所道者中德, 所詠者中音. 然則樂也者有不爲中和之紀邪?

大司樂之於律同, 則以之大合樂, 而大師則合陰陽之聲而已. 大司樂之於國子, 則敎之樂德樂語樂舞, 而大師則敎六詩而已. 是尊者其治詳以大, 卑者其治略以小.

육덕(六德)은 중(中)·화(和)를 으뜸으로 삼고 육률(六律)은 황종을 근본으로 삼는다. 육시(六詩)는 정성(情性)에 근본을 두어 중성(中聲)이 깃든 바이고, 육덕은 예의(禮義)로 만들어져 중성이 근본으로 삼는 바이고, 육률(六律)은 도수(度數)를 헤아려 중성이 의탁하는 바이다. 태사가 중성이 깃든 시를 가르치는데, 육덕으로 근본을 삼고 육률로 음을 삼았으니, 뜻을 말한 것은 덕에 맞고 읊은 것은 음(音)에 맞는다. 이러하니 악이 중화(中和)의 벼리가 되지[23] 않겠는가?

대사악(大司樂)은 율려(律呂)로 대합악(大合樂)을 하는데 태사는 음양의 소리를 합할 뿐이고, 대사악은 국자(國子)에게 악덕(樂德)·악어(樂語)·악무(樂舞)를 가르치는데 태사는 육시(六詩)를 가르칠 뿐이다. 지위가 높은 자는 관장하는 것이 상세하면서도 크고, 낮은 자는 관장하는 것이 소략하면서도 작기 때문이다.

46-3. 大祭祀帥瞽登歌, 令奏擊拊, 下管播樂器, 令奏鼓鼗. 大饗亦如之.

대제사(大祭祀)에 고몽(瞽矇)을 인솔하여 당상(堂上)에서 노래할 때 부(拊)를 치도록 명하고, 당하(堂下)에서 악기를 연주할 때 인고(鼗鼓)를 치도록 명한다. 대향(大饗)에도 이와 같이 한다.[24]

---

22   『周禮』春官 / 大師 0.
23   악이 중화(中和)의 벼리가 되지 : 『禮記』樂記 19-25.

瞽矇掌九德六詩之歌, 以役大師. 小師大祭祀登歌擊拊, 下管擊應鼓, 徹歌. 大饗亦如之. 由是推之, 大祭祀登歌奏擊拊堂上之樂也, 下管播 樂器奏鼓棘堂下之樂也. 於歌言登, 則知管之爲降. 於管言下, 則知歌 之爲上. 堂上之樂衆矣, 其所待以作者在乎奏擊拊. 堂下之樂衆矣, 其 所待以作者在乎奏鼓棘. 舜之作樂, 言拊詠於上, 言戞鼓於下. 樂記亦 曰 : "會守拊鼓而已." 蓋拊爲衆器之父, 鼓棘爲衆聲之君. 以拊爲父, 凡 樂待此而作者, 有子道焉. 以鼓棘爲君, 凡樂待此而作者, 有臣道焉.

記曰 : "聲樂之象也, 金石絲竹樂之器也." 象形而上, 器形而下. 於下 管言播樂器, 則登歌以詠其聲, 得不爲樂之象乎? 凡此雖瞽矇小師之職, 其帥而歌之者, 大師而已. 非特大祭祀爲然, 大饗亦如之. 文王世子曰 : "登歌淸廟, 下管象舞大[25]武, 達有神, 興有德,", 此祭祀之樂也. 郊特牲 曰 : "歌者在上, 匏竹在下, 貴人聲也." 仲尼燕居曰 : "升歌淸廟示德也, 下而管象示事也. 故古之君子不必親相與言也, 以禮樂相示而已." 此 大饗之樂也.

昔者周公有勳勞於天下. 成王賜之重祭, 升歌淸廟, 下而管象, 不過 使之施於周公廟而已. 是所以賜周公, 非賜魯. 記禮者彼然而言之, 豈 爲知禮意哉?

『주례』에 "고몽(瞽矇 : 장님악공)은 구덕(九德)과 육시(六詩)[26]의 노래를 관 장하며 대사(大師)의 명에 따라 연주한다"[27]라고 하고 "소사(小師)는 대제 사(大祭祀)에 당상에서 노래할 때 부(拊)를 치며, 당하에서 연주할 때 응고 (應鼓)를 치며, 상(床)을 물릴 때에 노래한다. 대향(大饗)에도 이와 같이 한 다"[28]라고 했다. 이로 보건대, 대제사에 당상에서 노래하고 부(拊)를 치는

---

24   『周禮』 春官 / 大師 0.
25   대본에는 없으나, 『禮記』에 의거하여 '舞大'를 보충하였다.
26   육시(六詩) : 6종의 시체(詩體)인 풍(風)・부(賦)・비(比)・흥(興)・아(雅)・송(頌)을 가리킨다.
27   『周禮』 春官 / 瞽矇 0.
28   『周禮』 春官 / 小師 0.

것은 당상악이고, 당하에서 악기를 연주하고 인고(欙鼓)를 치는 것은 당하악이다. 노래 부를 때 '올라간다(登)'라고 했으니, 관악기는 내려와서 연주하는 것임을 알 수 있고, 관(管) 앞에 '하(下)'라는 말을 붙였으니, 노래는 당상에서 하는 것임을 알 수 있다.

당상에 악기가 많으나 부(拊)의 신호를 기다려 연주하고, 당하에 악기가 많으나 인고(欙鼓)의 신호를 기다려 연주하였다. 순임금 때의 음악에 대해 '당상에서 부(拊)를 치고 노래한다. 당하에서 도(鼗)와 북을 친다'[29]라고 하고, 「악기」에 "여러 악기들이 부(拊)와 북(鼓)이 울리길 기다린다"[30]라고 했으니, 부(拊)는 여러 악기의 아버지이고, 인고(欙鼓)는 여러 소리의 임금이다. 부(拊)가 아버지를 상징하므로 모든 악기가 이를 기다려 연주하는 것은 자식의 도가 있는 것이고, 인고가 임금을 상징하므로 모든 악기가 이를 기다려 연주하는 것은 신하의 도가 있는 것이다.

『예기』에 "성(聲)은 악(樂)의 상(象)이다."[31] "금(金)·석(石)·사(絲)·죽(竹)은 악의 그릇이다"[32]라고 했는데, 상(象)은 지각할 수 없는 무형적(無形的)인 것이고 그릇은 겉모양으로 지각할 수 있는 유형적(有形的)인 것이다. 당하에서 악기를 연주한다고 했으니, 당상에서 노래하는 것은 악의 상(象)이 아니겠는가?

이런 것들은 고몽(瞽矇)과 소사(小師)의 직무이지만 인솔하여 노래하게 하는 자는 태사이다. 대제사에만 이렇게 한 것이 아니라 대향(大饗)에서도 이렇게 하였다. 「문왕세자」에 "당상에서 《청묘(淸廟)》를 노래하고 당하에서 관(管)으로 《상(象)》을 연주하고 《대무(大武)》를 춤추어 신명(神明)에 통하고 덕을 일으킨다"[33]라고 한 것은 제사의 악이다. 「교특생」에

---

29 『書經』虞書 / 益稷 2. 「夔曰：戞擊鳴球, 搏拊琴瑟以詠, 祖考來格, 虞賓在位, 羣后德讓, 下管鼗鼓, 合止柷敔, 笙鏞以間, 鳥獸蹌蹌, 簫韶九成, 鳳皇來儀.」

30 『禮記』樂記 19-21.

31 『禮記』樂記 19-16.

32 『禮記』樂記 19-15.

33 『禮記』文王世子 8-13.

"노래 부르는 사람은 당상에 있고 포(匏)·죽(竹)을 연주하는 사람은 당하에 있는데, 이는 사람 소리를 귀하게 여긴 것이다"[34]라고 하고, 「중니연거」에 "당상에서 《청묘》를 노래하는 것은 덕을 보이는 것이고, 당하에서 관으로 《상》을 연주하는 것은 일을 보이는 것이니, 옛날의 군자는 서로 말이 필요하지 않았고 오직 예악으로 서로 뜻을 보였을 뿐이다"[35]라고 한 것은 대향(大饗)의 악이다.

옛날에 주공(周公)이 천하에 공로가 있었으므로 성왕(成王)이 외제(外祭)[36]와 내제(內祭)[37]를 허락하여, 당상에서 《청묘》를 노래하고, 당하에서 관악기로 《상》을 연주하게 한 것[38]은 주공의 사당에 국한된 일이다. 이는 주공에게 내려준 것이고 노나라에 내려준 것이 아닌데, 예를 기록한 사람이 당연한 듯이 말했으니, 어찌 예의 본의(本意)를 아는 것이겠는가?[39]

46-4. 大射帥瞽而歌射節.

대사례(大射禮)에 고몽(瞽矇)을 인솔하여 사절(射節)[40]을 노래한다.[41]

怒則爭鬪, 喜則詠歌, 則歌者志之所甚可而形容焉者也. 然則歌之所詠, 豈特其聲哉? 凡以直己陳德而已. 蓋瞽矇掌九德六詩之歌, 役大師,

---

34 『禮記』 郊特牲 11-5.
35 『禮記』 仲尼燕居 28-6.
36 외제(外祭) : 하늘에 지내는 제사인 교(郊)와 땅에 지내는 제사인 사(社).
37 내제(內祭) : 임금이 종묘(宗廟)에 신곡(新穀)을 올리는 대상(大嘗)과 대체(大禘).
38 옛날에~것 : 『禮記』 祭統 25-23.
39 『禮記』 祭統 25-23에 "주공을 편안히 모시고자 노나라에 천자의 악을 하사했는데, 자손이 이를 이어서 지금까지도 폐지하지 않았으니 주공의 덕을 세상에 널리 밝히는 바이며 또 노나라를 중요하게 여기는 바이다"라고 하여, 주공의 사당뿐 아니라 노나라 임금들 사당에서도 천자의 악을 써도 되는 것처럼 서술한 것을 비판하는 내용이다.
40 사절(射節) : 《추우(騶虞)》나 《이수(貍首)》처럼 절도에 맞추어 활을 쏠 수 있도록 부르는 노래.
41 『周禮』 春官 / 大師 0.

則王射而歌射節, 雖在瞽矇, 其帥而歌者, 實大師役之也. 大司樂大射
令奏騶虞, 樂師凡射王以騶虞爲節, 射人王以騶虞九節, 鐘師凡射王奏
騶虞, 此言歌射節者, 射之有節, 卽度數自然以制之而已. 射人以騶虞
九節, 節之數也, 樂師以騶虞爲節, 節之用也. 奏騶虞在樂師, 而令之在
大司樂, 歌之在瞽矇, 而帥之在大師. 以大令小而奏之以鐘鼓, 堂下之
事也, 以大帥小而歌之以人聲, 堂上之事也. 王之大射, 堂上以人聲歌
騶虞, 堂下以鐘鼓奏之, 則其聲足以合奏, 可審一而定和矣. 儀禮大射 :
"奏貍首間若一." 鄉射 : "奏騶虞間若一." 又曰 : "歌騶虞若采蘋, 皆五
終." 亦歌奏備擧之意也.

今夫射以傷物爲事, 人之所斁也. 故有燕樂之事, 必射以所斁, 附所
樂而習焉, 則人之從之也輕, 其歌射節不亦宜乎?

화나면 서로 싸우고 기쁘면 흥얼거리니, 노래란 뜻이 북받쳐 소리로
형용된 것이다. 그러므로 노래에서 읊조리는 것이 어찌 소리뿐이겠는가?
노래함으로써 자신을 곧게 하고 덕을 펼칠 따름이다. 고몽(瞽矇)이 구덕
(九德)과 육시(六詩)의 노래를 관장하며 태사(大師)의 명에 따라 연주하니,[42]
왕이 활을 쏠 때 사절(射節)을 노래하는 자는 고몽이지만, 고몽을 인솔하
여 노래하게 하는 자는 태사이다.

「대사악」에 "대사례(大射禮)를 할 때 《추우(騶虞)》를 연주하라고 명한
다"[43]라고 하고, 「악사(樂師)」에 "사례(射禮)를 할 때 왕은 《추우》에 절도
를 맞춘다"[44]라고 하고, 「사인(射人)」에 "왕은 《추우》 9절에 맞춘다"[45]라
고 하고, 「종사(鐘師)」에 "왕이 활을 쏠 때 《추우》를 연주한다"[46]라고 했
는데, 여기에서는 '사절(射節)을 노래한다'라고 한 것은 활을 쏠 때 절도
가 있으면 도수(度數)가 자연히 만들어지기 때문이다. 「사인」에 《추우》

42   고몽(瞽矇)이~연주하니 : 『周禮』 春官 / 瞽矇 0.
43   『周禮』 春官 / 大司樂 3.
44   『周禮』 春官 / 樂師 0.
45   『周禮』 夏官 / 射人 2.
46   『周禮』 春官 / 鐘師 0.

9절'이라 한 것은 절(節)의 수(數)이고, 「악사」에 '《추우》에 절도를 맞춘다'라고 한 것은 절(節)의 용(用)이다.

《추우》를 연주한 자는 악사(樂師)이지만 연주하라고 명한 자는 대사악이고, 노래를 한 자는 고몽이지만 고몽을 인솔한 자는 태사이다. 대사악이 악사에게 명하여 종(鐘)·고(鼓)를 연주하게 한 것은 당하(堂下)의 일이고, 태사가 고몽을 인솔하여 사람 목소리로 노래하게 한 것은 당상(堂上)의 일이다. 왕이 대사례를 할 때 당상에서 사람 목소리로 《추우》를 노래하고 당하에서 종·고를 연주하면 그 소리가 조화롭게 합주되어 하나를 살펴서 화(和)를 정할 수 있다.[47] 『의례』「대사의(大射儀)」에 《이수(貍首)》를 연주하되 매 절의 간격을 일정하게 하시오"[48]라고 하고, 「향사례(鄕射禮)」에 《추우》를 연주하되 매 절의 간격을 일정하게 하시오"[49]라고 하고, 또 "《추우》 또는 《채빈(采蘋)》을 노래하여 모두 다섯 번 연주한다"[50]라고 했으니, 노래와 연주를 모두 행한 것이다.

오늘날의 활쏘기는 물건을 손상시키는 것을 일삼으므로 사람들이 싫어한다. 그러므로 잔치하여 즐기는 일을 두어, 싫어하는 활쏘기를 반드시 즐거운 일에 붙여서 익히게 하면, 사람들이 활쏘기를 쉽게 좋아하게 될 것이니, 사절(射節)을 노래하는 것이 마땅하지 않은가?

46-5. 大師執同律以聽軍聲而詔吉凶.

대사(大師)[51]에 육동(六同 : 六呂)과 육률(六律)을 가지고 군성(軍聲)[52]을 듣고 길흉을 고(告)한다.[53]

---

47 하나를~있다 : 『禮記』樂記 19-25.
48 『儀禮』大射儀 7-34.
49 『儀禮』鄕射禮 5-38.
50 『儀禮』鄕射禮 5-52.
51 대사(大師) : 크게 군대를 일으켜 출정(出征)하는 일.
52 군성(軍聲) : 출전할 즈음 전운(戰運)을 점치기 위하여 악관이 취주(吹奏)하는 악음(樂音).
53 『周禮』春官 / 大師 0.

古之用師, 內有必勝之道, 外有佐勝之術, 大師執同律以聽軍聲而詔吉凶, 以佐勝之術, 行必勝之道故也. 聽軍聲有道, 執同律聽之之道也, 詔吉凶有道, 聽軍聲詔之之道也. 蓋聽商聲, 知戰勝而士强, 聽宮聲, 知軍和而士附, 其吉可得而詔也. 聽角聲, 知軍擾而心喪, 聽徵聲, 知將急而士勞, 聽羽聲, 知兵弱而威奪, 其凶可得而詔也. 古之人吉凶不待陣而知, 勝負不待戰而決, 不過如此. 易曰 : "師出以律, 否臧凶." 傳曰 : "望敵知吉凶, 聞聲知勝負." 豈不信哉?"

大師執同律以聽軍聲, 主師出言之, 所以存豫戒之智也. 大司馬若師有功, 左執律, 愷樂獻於社, 主師旋言之, 所以示愷樂之仁也. 然周之出師, 有大⁵⁴史抱天時與大師同車,⁵⁵ 大卜貞⁵⁶龜兆, 又以同律詔吉凶, 則先王謹戎事, 重民命, 亦可謂至矣.

大宗伯以軍禮同邦國, 而大師之禮用衆居一焉, 惟行大師之禮用衆, 而大師始執同律聽軍聲而詔吉凶, 然則軍禮之師有小於此, 又非大師所與也.

옛날에 군대를 쓸 때 안으로는 필승의 방법이 있고, 밖으로는 필승의 전술이 있으니, 태사가 육동·육률을 가지고 군성(軍聲)을 듣고 길흉을 고하는 것은 필승의 전술로 필승의 방법을 행하기 위해서이다. 군성을 듣는 것에 도가 있으니 육동·육률을 잡는 것이 군성을 듣는 도이다. 길흉을 고(告)하는 것에 도가 있으니, 군성을 듣는 것이 고하는 도이다.

상성(商聲)을 들으면 전투에서 이기고 군사가 강하리라는 것을 알 수 있고, 궁성(宮聲)을 들으면 군대가 화목하고 군사들이 친하리라는 것을 알 수 있기에, 길하다고 고한다. 각성(角聲)을 들으면 군대가 어지럽고 마음이 산란하고 맥이 빠지리라는 것을 알 수 있고 치성(徵聲)을 들으면 장수들이 급박해지고 군사들이 수고로우리라는 것을 알 수 있으며, 우성(羽

---

54 대본에는 '太'로 되어 있으나, 『周禮』에 의거하여 '大'로 바로잡았다.
55 대본에는 없으나, 문맥상 『周禮』에 의거하여 '與大師同車'를 보충하였다.
56 대본에는 '正'으로 되어 있으나, 『周禮』에 의거하여 '貞'으로 바로잡았다.

聲)을 들으면 군대가 약하고 위엄이 없으리라는 것을 알 수 있기에, 흉하다고 고한다. 옛사람들이 진(陣)을 치기도 전에 길흉을 알고, 전투를 하기 전에 승부가 결정되었던 것은 이와 같았을 따름이다. 『주역』에 "군대가 출정(出征)할 적에 율(律)로써 해야 하니, 그렇지 않으면 승리하더라도 흉하다"[57]라고 한 것과 전(傳)에 "적(敵)을 바라보면 길흉을 알고 군성(軍聲)을 들어보면 승부를 안다"[58]라고 한 것이 어찌 믿을 만하지 않은가?

「태사(大師)」에 '육동과 육률을 가지고 군성을 듣는다'라고 한 것은 군대가 출정하는 것을 위주로 말한 것이니, 미리 경계하는 지혜가 담겨 있다. 「대사마(大司馬)」에 '군사들이 공(功)을 세우면 왼쪽에 율관을 잡고 개악(愷樂)을 연주하면서 사단(社壇)에 올린다'[59]라고 한 것은 군대가 전투를 마치고 돌아오는 것을 위주로 말한 것이니, 개악(愷樂)의 은택을 보여준다.

주나라에서는 출정할 때 대사(大史)가 천시(天時)를 살피는 책(冊)을 안고 태사(大師)와 같은 수레를 타고,[60] 대복(大卜)이 점을 치기 위해 거북 등 딱지를 자리에 바르게 놓으며,[61] 태사(大師)가 육동과 육률을 가지고 길흉을 아뢰었으니, 선왕이 군대의 출정을 삼가고 백성의 생명을 중하게 여긴 것이 또한 지극했다고 할 만하다.

대종백(大宗伯)은 군례(軍禮)로 방국(邦國)을 통합하는데, 대사(大師)[62]의 예로 많은 사람들을 농원하는 것이 그중 하나이다.[63] 대사의 예를 행하여 많은 사람들을 동원할 때는 춘관의 태사가 육동과 육률을 가지고 군성을 듣고 길흉을 아뢰지만, 사(師)[64]는 대사(大師)보다는 작은 일이니, 춘

---

57 『周易』師卦 4.
58 『史記』律書 25 / 1239쪽.
59 『周禮』夏官 / 大司馬 10.
60 『周禮』春官 / 大史 0.
61 『周禮』春官 / 大卜 0.
62 여기서 대사(大師)는 관직명이 아니라 크게 군대를 일으키어 출정(出征)하는 일을 가리킨다.
63 『周禮』春官 / 大宗伯 5. 「以軍禮同邦國. 大師之禮用衆也. 大均之禮恤衆也. 大田之禮簡衆也. 大役之禮任衆也. 大封之禮合衆也.」

관의 태사가 간여하지 않는다.

46-6. 大喪帥瞽而廞, 作匶謚, 凡國之瞽矇正焉.
대상(大喪)에 고몽(瞽矇)을 인솔하여 악기를 진열하며,[65] 널을 만들고
시호를 지으며, 나라의 고몽을 바르게 한다.[66]

檀弓, 公叔文子卒, 其子戌請於君曰 "日月有時, 將葬矣, 請所以易
其名者." 則謚爲特葬時制也. 曾子問曰: "賤不誄貴, 幼不誄長, 禮也,
唯天子稱天以誄之." 春秋公羊謂: "讀誄制謚於南郊." 則制謚自誄始
也. 然誄而謚之, 古無有也, 周道然也.
序官, 大師下大夫二人, 瞽矇, 上瞽四十人, 中瞽百人, 下瞽百有六十
人. 凡國之瞽矇, 皆正於大師以治樂政, 故統大師之職言之. 大祭祀師
瞽登歌之類吉禮也. 大饗亦如之, 大射帥瞽而歌射節, 賓禮嘉禮也. 大
師執同律以聽軍聲, 軍禮也. 大喪師瞽而廞, 凶禮也. 小師異於是, 語祭
祀而不及聽軍聲, 語喪饗而不及大射, 此大小隆殺之辨也. 由是觀之,
大師小師雖主乎樂, 而五禮未嘗不在焉, 大宗伯雖主乎禮, 而和樂未嘗
不在焉.
「단궁(檀弓)」에 공숙문자(公叔文子)가 죽자 아들 수(戌)가 임금에게 시호
(謚號)를 청하며 "시일이 정해져 있어서 장례를 치르고자 하니 이름을 바
꾸게 해 주십시오"[67]라고 했으니, 시호는 특별히 장사지낼 때의 제도이다.
「증자문(曾子問)」에 "천한 사람이 뇌문(誄文)[68]으로 귀한 사람을 칭송하

---

64   사(師): 대사(大師)보다는 작은 군례이다. 사(師)에 '출병하여 적을 치다' '진을 치다'
     라는 사전의 뜻이 있으니, 미루어 짐작할 뿐이다.
65   역자는 '廞을 진양의 설을 따라 번역했으나, 참고로 정현(鄭玄)은 왕의 치적을 읊는
     것으로 풀이했음을 말해둔다.〈『樂書』47-4; 『周禮』春官 / 大師 0에 대한 鄭玄의 注〉
66   『周禮』春官 / 大師 0.
67   『禮記』檀弓下 4-32.
68   뇌문(誄文): 죽은 사람을 애도하는 글. 또는 죽은 이의 생전의 공덕을 찬양하는 말
     이나 글.

지 못하며, 연소자가 뇌문으로 연장자를 칭송하지 못하는 것이 예(禮)이다. 천자만이 하늘을 일컫고 뇌문을 읽어 칭송할 수 있다"[69]라고 하고, 『춘추공양전』에 "남교(南郊)에서 뇌문을 읽어 칭송하고 시호를 짓는다"라고 했으니, 시호를 짓는 것은 뇌문에서 시작되었다. 그런데 조문을 읽고 시호를 짓는 것은 예전에는 없었고, 주나라 때 생긴 제도이다.

서관(序官)」에 "태사는 하대부(下大夫) 2인이며, 고몽은 상고(上瞽)가 40인, 중고(中瞽)가 100인, 하고(下瞽)가 160인이다"[70]라고 한 것은 태사가 고몽을 바르게 하여 악정(樂政)을 다스리므로, 태사의 관직 설명에 고몽의 일도 통합해서 말한 것이다.

태사가 대제사(大祭祀)에 고몽을 인솔하여 당상에 올라가 노래하는 것은 길례(吉禮)이고, 대향(大饗)에 고몽을 인솔하여 당상에 올라가 노래하는 것과 대사(大射)에 고몽을 인솔하여 사절(射節)[71]을 노래하는 것은 빈례(賓禮)와 가례(嘉禮)이며, 크게 군대를 일으킬 때 육동과 육률을 가지고 군성(軍聲)을 듣는 것은 군례(軍禮)이고, 대상(大喪)에 고몽을 인솔하여 악기를 진열하는 것은 흉례(凶禮)이다. 소사(小師)는 이와 달라서 제사에 관한 일을 하지만 군성을 듣는 일은 하지 않고, 대상(大喪)과 대향(大饗)에 관한 일을 하지만 대사(大射)의 일은 하지 않으니,[72] 이것은 대소(大小)와 융쇄(隆殺)를 분변한 것이다.

이로 보건대, 대사와 소사가 비록 악(樂)에 관한 일을 주로 하지만, 오례(五禮)를 살피지 않은 적이 없고, 대종백이 비록 예에 관한 일을 주로 하지만, 화평한 음악을 살피지 않은 적이 없었다.

---

69 『禮記』曾子問 7-27.
70 『周禮』春官 第三 0.
71 사절(射節) : 《추우(騶虞)》나 《이수(貍首)》처럼 절도에 맞추어 활을 쏠 수 있도록 부르는 노래.
72 『周禮』春官 / 小師 0. 「小師, 掌教鼓鼗柷敔塤簫管弦歌. 大祭祀登歌擊拊, 下管擊應鼓, 徹歌, 大饗亦如之. 大喪與廞. 凡小祭祀小樂事鼓竦, 掌六樂聲音之節與其和.」

소사(小師)

47-1. 小師掌敎鼓鼗柷敔塤簫管絃歌.

소사(小師)는 고(鼓) · 도(鼗) · 축(柷) · 어(敔) · 훈(塤) · 소(簫) · 관(管) · 현가(絃歌)[2]를 가르치는 일을 관장한다.[3]

大司樂以雷鼓雷鼗禮天神, 靈鼓靈鼗禮地祇, 路鼓路鼗禮人鬼, 則鼗於鼓爲小, 而其音革, 所以兆奏鼓者也. 書曰 : "合止柷敔." 詩曰 : "鼗磬

---

1   대본에는 '上'이 있으나, 卷數를 달리하여 서술된 鼓人이나 大司樂의 경우에 상 · 하로 나누어 표기하지 않았으므로, 이에 의거하여 생략했다.

2   현가(絃歌) : 금슬 같은 현악기를 타며 노래 부르는 일.

3   『周禮』 春官 / 小師 0.

枅圍." 則柷以合之敔以止之, 而其音木, 所以節衆樂者也. 壎則其形員, 其音土, 樂之所待以和鳴者也. 簫管則其器細, 其音竹, 樂之所待以備擧者也. 小師所以教堂下之樂如此. 弦之以琴瑟, 歌之以雅頌, 小師所以教堂上[4]之樂如此.

樂記曰 : "聖人作爲鼗鼓椌楬壎箎, 六者德音之音也, 然後鐘磬竽瑟以和之, 干戚旄狄以舞之." 然則小師之教瞽矇, 於鼗鼓柷敔壎簫管絃歌, 而不及鐘磬竽箎與舞者. 不言竽箎, 簫管見之, 言鐘磬瑟舞, 以弦歌見之. 小師之[5]所言, 不過聲音形器之末節, 舞又樂之極而樂成焉, 非小師所及也. 若夫大師之教六詩, 以六德爲之本, 以六律爲之音, 其特末節而已哉?

대사악(大司樂)은 뇌고(雷鼓)·뇌도(雷鼗)로 천신(天神)에 제사지내고, 영고(靈鼓)·영도(靈鼗)로 지기(地祇)에 제사지내며, 노고(路鼓)·노도(路鼗)로 인귀(人鬼)에 제사지낸다.[6] 도(鼗)는 고(鼓)에 비해 작고, 팔음(八音) 중 혁(革)에 속하며, 고(鼓)의 연주를 예시(豫示)한다.

『서경』에 "축(柷)과 어(敔)로 음악을 시작하고 마친다"[7]라고 하고, 『시경』에 "鼗(도)·경(磬)·축(柷)·어(圉)"[8]라고 했다. 축은 음악을 시작하게 하고 어는 음악을 마치게 하는 것으로, 팔음 중 목(木)에 속하며, 뭇악기를 절제한다.

휴(壎)은 모양이 둥글고 팔음 중 토(土)에 속하는데, 이것이 있어야만 악이 조화롭게 울린다. 소(簫)와 관(管)은 악기가 가늘고, 팔음 중 죽(竹)에 속하는데, 이것이 있어야만 악이 갖추어진다. 이상은 소사(小師)가 가르치는 당하악(堂下樂)을 설명한 것이다. 금·슬을 타고 아(雅)·송(頌)을 노래하는 것은 소사가 가르치는 당상악(堂上樂)이다.

---

4 대본에는 '下'로 되어 있으나, 사고전서 『樂書』에 의거하여 '上'으로 바로잡았다.
5 대본에는 '之'가 없으나, 사고전서 『樂書』에 의거하여 보충하였다.
6 『周禮』 春官 / 大司樂 2.
7 『書經』 虞書 / 益稷 2.
8 『詩經』 周頌 / 有瞽.

「악기」에 "성인(聖人)이 도(鞀)·고(鼓)·강(椌)·갈(楬)·훈(壎)·지(箎)를 만들었으니, 이 6가지 악기는 덕음(德音)의 음이다. 그런 뒤에 종(鍾)·경(磬)·우(竽)·슬(瑟)로 조화롭게 하고, 방패와 도끼를 들고 무무(武舞)를 추고 모(旄)와 꿩깃을 들고 문무(文舞)를 추게 하였다"[9]라고 했다. 그러나 소사(小師)가 고몽을 가르친 것은 도·고·축·어·훈·소·관·현가일 뿐이고, 종·경·우·지와 춤에는 미치지 않았다. 우(竽)·지(箎)는 언급하지 않았지만 소·관을 통해 이를 나타냈고, 종·경·슬·춤은 언급하지 않았지만 현가(弦歌)로써 이를 나타냈다. 「소사」에 언급된 것은 말단적인 성음(聲音)과 형기(形器)일 뿐이다. 그런데 춤은 악의 극치로써 악을 완성하는 것이므로 소사의 관할 밖이다. 이와 달리 태사(大師)는 육시(六詩)를 가르칠 때 육덕(六德)으로 근본을 삼고 육률(六律)로 음(音)을 삼았으니,[10] 어찌 말단적인 것에 그칠 뿐이겠는가?

47-2 大祭祀登歌擊拊.

대제사(大祭祀)에 당상에서 노래할 때 부(拊)를 친다.[11]

拊之爲器, 韋表糠裏, 狀則類鼓, 聲則和柔, 倡而不和, 非徒鏗鏘而已. 書傳謂以韋爲鼓, 白虎通謂拊革而糠, 是也. 其設堂上, 書所謂搏拊是也. 其用先歌, 大師所謂登歌則令奏擊拊是也. 書謂之搏拊, 明堂位謂之拊搏者, 以其或搏或拊莫適先後故也. 旣謂之搏拊, 又謂之擊拊者, 拊之或擊或拊, 拊聲小大之辨, 書以擊石拊石, 爲磬聲小大之辨, 意亦如此. 荀卿曰 : "縣一鐘而尙拊." 大戴禮曰 : "縣一磬而尙拊." 蓋一鐘一磬特縣之樂也, 拊設於一鐘一磬之東, 其爲衆樂之倡可知矣. 大祭祀登歌擊拊, 固小師之職也, 大師則令奏之而已.

---

9   『禮記』樂記 19-22.
10 『周禮』春官 / 大師 0.
11 『周禮』春官 / 小師 0.

부(拊)는 무두질한 가죽으로 겉을 싸고 속에 겨를 집어넣은 악기로서, 모양은 북과 비슷하고 소리는 부드럽다. 선창(先唱)하되 화답하지는 않으니, 소리를 낼 뿐만 아니라 상징하는 바가 있다. 『서전(書傳)』에 "무두질한 가죽으로 북을 만든다"[12]라고 하고, 『백호통의(白虎通義)』[13]에 "부는 가죽으로 둘러싸고 겨를 넣은 것이다"라고 한 것이 이것이다. 당상에 진설하니, 『서경』에 이른바 "박부(搏拊)"[14]라고 한 것이 이것이다. 노래에 앞서 연주되니, 「태사(大師)」에 "당상(堂上)에서 노래할 때 부(拊)를 치도록 명한다"[15]라고 한 것이 이것이다.

『서경』에 '박부(搏拊)'라고 했는데 「명당위」에서는 '부박(拊搏)'이라 한 것은 세게 두드리거나[搏] 가볍게 두드리는 것[拊]이 선후가 정해져 있지 않기 때문이다. 다른 책에 '박부(搏拊)'라고 했는데, 여기에서 '격부(擊拊)'라고 한 것은 부(拊)를 세게 치기도[擊] 하고 가볍게 치기도[拊] 하여서 소리가 크게 나기도 하고 작게 나기도 하는 것을 분별한 것이다. 『서경』에 '격석부석(擊石拊石)'[16]이라 하여 경(磬) 소리의 대소를 분별한 것도 이와 같은 뜻이다.

순경(荀卿)은 "한 개의 종(鐘)을 달아놓고 부(拊)를 숭상한다"[17]라고 하였고, 『대대례(大戴禮)』에는 "한 개의 경(磬)을 달아놓고 부를 숭상한다"라고 하였다. 한 개의 종과 한 개의 경이란 특종(特鐘)과 특경(特磬)이다. 부는 특종과 특경의 동쪽에 설치되었으니,[18] 여러 악기에 앞서 연주되었음

---

12 『尙書大傳』(漢 伏生 撰) 권1 夏書.
13 백호통의(白虎通義) : 후한(後漢)의 장제(章帝)가 백호관(白虎觀)에 학자들을 모아 놓고, 유학의 경서에 관한 해석이 학자에 따라 다른 점에 대하여 토론하게 한 것을 반고(班固)가 정리하여 엮은 것이다.
14 『書經』 虞書 / 益稷 2.
15 『周禮』 春官 / 大師 0.
16 『書經』 虞書 / 益稷 2.
17 『荀子』 禮論 19-6.
18 진양은 '尙拊'를 동쪽에 진설하는 것으로 풀이했다. 동쪽이 서쪽에 비해 높은 자리이기 때문이다.

을 알 수 있다.

대제사에서 당상에서 노래할 때 부를 치는 것은 소사(小師)의 직분이고, 태사(大師)는 연주하도록 명할 뿐이다.

47-3. 下管擊應鼓. 撤歌, 大饗亦如之.

당하에서 관악기를 연주할 때 응고(應鼓)를 친다. 제상(祭床)을 물릴 때 노래하며, 대향(大饗)에서도 이와 같이 한다.[19]

道以無所因爲上, 以有所待爲下. 管之爲器有所待而聲發焉, 非若歌之出於人聲而無所因者也. 故管爲堂下之樂, 儀禮曰'下管新宮', 是也. 堂下之樂以管爲本, 器之尤小者也, 應之爲鼓, 鼙之尤小者也, 下管擊應鼓蓋言稱也. 禮器曰: "縣鼓在西, 應鼓在東." 詩曰: "應田縣鼓." 爾雅曰: "大鼓謂之鼖, 小鼓謂之應." 大祭祀下管擊應鼓, 是作樂及其小者, 乃所以爲備也. 大師大祭祀擊拊鼓柷敔, 亦此意歟!

儀禮: "有司徹. 卒蒮,[20] 有司官徹饋. 饌于室中西北隅南面, 如饋之設." 語曰: "以雍徹." 蓋大祭祀告利成之後, 有司徹, 室饋饌, 禮之終也, 徹必歌雍, 樂之終也. 古之祭祀, 有樂以迎來, 必有樂以徹食. 大饗之禮不入牲, 其他亦如之. 諸侯大饗之禮, 下管象武, 徹以振羽, 則王之大饗可知矣. 然小師下管止於擊應鼓, 非若大師播樂器令奏鼓柷之爲備也. 小師登歌與大師同, 徹歌與大師異者, 豈以徹歌爲祭祀之末, 非大師所當親歟! 小師之於大師, 猶樂師之於大司樂. 樂[21]師及徹帥學士而歌[22]徹尊故也, 小師徹歌卑故也.

도(道)는 매개체가 없이 직접 이루어지는 것을 상등(上等)으로 삼고, 매

---

19 『周禮』春官 / 小師 0.

20 정현(鄭玄) 주에 따르면, '蒮'은 '餕'과 통한다.

21 대본에는 '大'로 되어 있으나, 『周禮』에 의거하여 '樂'으로 바로잡았다.

22 대본에는 없으나, 『周禮』에 의거하여 '而歌'를 보충하였다.

개체가 있어야만 하는 것을 하등(下等)으로 삼는다.[23] 사람의 입김을 매개로 하는 관악기는 아무런 매개 없이 사람 목소리로 내는 노래만 못하므로 당하악이 된 것이니, 『의례』에 "당하에서 관악기로 《신궁(新宮)》[24]을 연주한다"[25]라고 한 것이 이것이다. 당하악에서 관악기를 기본으로 삼은 이유는 악기 중에서도 아주 작기 때문인데, 응고(應鼓)는 비(鼙) 중에서도 아주 작은 것이니, 당하에서 관악기를 연주할 때 응고를 치면 서로 잘 어울린다.

「예기(禮器)」에 "현고(縣鼓)는 서쪽에 있고 응고(應鼓)는 동쪽에 있다"[26]라고 하고, 『시경』에 "응고·전고(田鼓)·현고를 연주하도다"[27]라고 하고, 『이아』에 "큰 북을 분(鼖)이라 하고 작은 북을 응(應)이라 한다"[28]라고 하였다. 대제사에 당하에서 관악기를 연주할 때 응고를 친 것은, 악을 시행함에 작은 것에까지 미치어 두루 갖추기 위함이다. 태사(大師)가 대제사에서 부(拊)를 치고 인고(㪌鼓)를 친 것도 이와 같은 뜻이다.[29]

『의례』에 "유사(有司)가 제상을 물린다.[30] 준(餕)을 마치면, 유사(有司)가 궤식(饋食)을 거둔다. 제실(祭室)의 서북쪽에 남면(南面)하여 찬(饌)을 차리는 것을 궤식을 차릴 때처럼 한다"[31]라고 하고, 『논어』에 "《옹(雍)》[32]을 노래하며 제상을 거두었다"[33]라고 하였다. 따라서 대제사(大祭祀)에서 공양(供養)의 예를 마쳤음을 고한 뒤에 유사가 제상을 물리고 제실에서 궤식과 찬을 차린 것이 예의 마지막 절차이니, 제상을 물릴 때 《옹》을 노

---

23 『周官新義』(宋 王安石撰) 권10.
24 신궁(新宮) : 『詩經』소아(小雅)의 일편(逸篇).
25 『儀禮』燕禮 6-31.
26 『禮記』禮器 10-29.
27 『詩經』周頌 / 有瞽.
28 『爾雅』釋樂 7-4.
29 『周禮』春官 / 大師 0.「大祭祀帥瞽登歌令奏擊拊. 下管播樂器令奏鼓㪌. 大饗亦如之.」
30 『儀禮』有司 17-1.
31 『儀禮』有司 17-38.
32 옹(雍) : 『詩經』周頌의 편명.
33 『論語』八佾 3-2.

래한 것은 악의 마지막 절차이다.

옛날에 제사지낼 때 악(樂)을 연주하여 신을 맞이했으니, 제상을 물릴 때도 반드시 악을 연주했던 것이다. 대향례(大饗禮)는 희생을 들이지 않고 그 나머지는 또한 이와 같이 했다.[34] 제후가 대향례를 행할 때 당하에서 관악기로 《상(象)》을 연주하고, 《대무(大武:武舞)》를 추었으며,[35] 상을 거두면서 《진우(振羽)》를 노래했으니,[36] 왕의 대향례는 미루어 알 수 있다.

당하에서 관악기를 연주할 때 소사(小師)는 응고를 칠뿐이어서, 악기를 연주할 때 태사(大師)가 인고(㪛鼓)를 치도록 명한 것처럼 업무가 광범하지는 않다. 당상에서 노래할 때 소사는 태사와 마찬가지의 일을 하는데,[37] 제상을 물릴 때 노래하는 점은 태사와 다르다. 이는 아마 상을 물릴 때 노래하는 것이 제사의 마지막 절차여서 태사가 친히 하기에는 마땅하지 않았기 때문일 것이다. 소사와 태사의 관계는 악사(樂師)와 대사악(大司樂)의 관계와 같다. 제사를 마치고 상을 물릴 때 악사가 학사(學士)를 인솔하여 노래하는 것은 태사보다 지위가 높기 때문이고, 상을 물릴 때 소사가 노래하는 것은 태사보다 지위가 낮기 때문이다.

47-4 **大喪與廞.**
대상(大喪)에 악기를 진열하는 데 참여한다.[38]

大師大喪帥瞽廞樂器, 作匶謚, 小師大喪與廞而已, 作匶謚又非所與也.

---

34   대향례(大饗禮)는~했다:『周禮』春官 / 大司樂 3.
35   『禮記』文王世子 8-13의 '下管象, 舞大武.' 明堂位 14-5의 '升歌淸廟, 下管象, 朱干玉戚, 冕而舞大武, 皮弁素積, 裼而舞大夏.' 仲尼燕居 28-6의 '下而管象示事也'라는 구절에 근거하여 '象武'를 《상(象)》과 《대무(大武)》로 번역하였다.
36   제후가~노래했으니:『禮記』仲尼燕居 28-6.
37   태사는 부(拊)를 치도록 명하고 소사는 부를 침으로써, 서로 같은 종류의 일을 한다는 뜻이다.
38   『周禮』春官 / 小師 0.

태사(大師)는 대상(大喪)에 고몽(瞽矇)을 인솔하고 악기를 진열하며 널을 만들고 시호를 짓는데, 소사는 대상에 악기를 진열하는 데 참여할 뿐, 널을 만들고 시호를 짓는 일에는 참여하지 않는다.

47-5. 凡小祭祀小樂事鼓棟.

소제사(小祭祀)와 소악사(小樂事)에 인고(棟鼓)를 친다.[39]

大師所掌大祭祀大樂事而已, 凡小祭祀小樂事不與焉. 此小師大祭祀登歌所以與大師同, 小祭祀小樂事鼓棟, 所以與大師異也. 儀禮大射 : "建鼓在阼階西南鼓, 應鼙 在東南鼓,[40] 一建鼓在其南東鼓, 朔鼙在其北." 大射有朔鼙應鼙. 有瞽之詩曰 : "應田縣鼓." 先儒以田爲棟則朔鼓也, 以其引鼓故曰棟, 以其始鼓故曰朔. 儀禮有朔無棟, 周禮有棟無朔, 猶儀禮之玄酒周禮之明水名異而實同也. 鄭氏以應棟朔爲三鼓, 未必然也. 鼓棟小師之職, 大師非不與也, 特令奏之而已.

태사(大師)는 대제사(大祭祀)와 대악사(大樂事)를 관장할 뿐이고, 소제사(小祭祀)와 소악사(小樂事)에는 참여하지 않는다. 따라서 소사(小師)가 대제사에 당상에서 노래할 때 하는 일은 태사와 같지만, 소제사와 소악사에 인고(棟鼓)를 치는 점에서 태사와 다르다.

『의례』「대사(大射)」에 "건고(建鼓)를 동계의 서쪽에 남향으로 설치하며, 응비(應鼙)를 그 동쪽에 남향으로 설치한다. 건고 하나를 그 남쪽에 동향으로 설치하고, 삭비(朔鼙)를 그 북쪽에 설치한다"[41]라고 했으니, 대사(大射)에 삭비와 응비가 있었던 것이다. 《유고(有瞽)》라는 시에 응고(應鼓)·전고(田鼓)·현고(縣鼓)가 나오는데,[42] 선유(先儒 : 鄭玄)는 전고를 인고,

---

39 『周禮』春官 / 小師 0.
40 대본에는 '應鼙在東南鼓'라는 문구가 없으나 문맥상 『儀禮』에 의거하여 보충하였다.
41 『儀禮』大射儀 7-3.
42 『詩經』周頌 / 有瞽.

즉 삭고(朔鼓)라고 하였다.

'연주를 인도한다'는 의미에서 인(㪉)이라 하고, '연주를 시작하게 한다'는 의미에서 삭(朔)이라 하니, 『의례』에 삭비는 있으나 인고가 없고 『주례』에 인고는 있으나 삭비가 없는 것은 『의례』의 현주(玄酒)와 『주례』의 명수(明水)가 이름은 달라도 실제는 동일한 것과 같다.

따라서 정씨[43]가 응고·인고·삭고를 세 종류의 북으로 본 것은 잘못이다. 인고를 치는 것은 소사의 직무이며, 태사는 이에 참여하지 않고 연주하도록 명할 뿐이다.

47-6. 掌六樂聲音之節與其和.

소사(小師)는 육악(六樂)이 내는 성음(聲音)의 절도와 조화를 관장한다.[44]

地官鼓人掌教六鼓四金之聲, 以節聲樂以和軍旅, 繼之以金鐲和鼓, 以金鐲節鼓. 和鼓者鼓倡而和之, 節鼓者鼓行而節之. 陰始於和, 陽中於節. 小師掌六樂聲音之節與其和, 則所謂節者以節聲音也, 所謂和者以和聲音也. 爾雅曰 : "和樂謂之節, 徒吹謂之和." 其和節與小師同, 其所以爲和節異矣. 小師掌先王六樂五聲八音之節與其和者, 不過卽六樂聲音之自然以輔之而已. 傳曰 : "舞所以節八音也." 記曰 : "鐘鼓干戚所以和安樂也." 故語聲音之節, 則凡所謂舞者擧矣, 語聲音之和, 則凡所謂鐘鼓者擧矣. 大師掌六律六同, 皆文之以五聲, 播之以八音, 至於聲音之節與和, 特其小者耳, 此所以掌之於小師歟!

大師凡大祭祀大饗大射大喪皆帥瞽, 小師不言帥何也? 曰, 序官大師下大夫二人, 小師上士四人, 貳焉, 大夫以智帥人之大者, 士則事人而微故也. 樂師言帥, 大胥小胥不與焉. 豈樂師亦以大夫, 而大胥小胥亦

43 　정현은 인고와 삭고를 하나로 간주하였으니, 여기서 말하는 정씨는 아마 정중(鄭衆, ?~83)일 것이다.

44 　『周禮』春官 / 小師 0.

以士邪?

　지관(地官)의 고인(鼓人)은 육고(六鼓)[45]와 사금(四金)[46]의 소리를 관장해서 성악(聲樂)을 절도 있게 하고, 군사들을 화합시킨다. 또 금순(金錞)으로 북소리에 화답하며, 금탁(金鐲)으로 북소리를 절도 있게 한다.[47] 북소리에 화답하는 것은 북이 먼저 울리면 거기에 화답하는 것이고, 북소리를 절도 있게 하는 것은 북이 한창 울릴 때 절제하는 것이다. 음(陰)은 화답하는 가운데 시작하고, 양(陽)은 절제하는 가운데 알맞게 된다.[48]

　소사(小師)는 육악(六樂)이 내는 성음의 절도와 조화를 관장하니, 절도란 성음을 절도 있게 하는 것이고, 조화란 성음을 조화롭게 하는 것이다. 『이아』에 "악이 조화를 이루는 것을 절(節)이라 하고, 단지 불기만하는 것을 화(和)라 한다"[49]라고 했으니, 화(和)·절(節)이라는 단어를 쓴 점은 「소사」와 같으나, 그 뜻은 서로 다르다.

　소사가 선왕의 육악이 내는 오성(五聲)과 팔음(八音)의 절도와 조화를 관장하는 것은 육악이 내는 자연스런 성음에 나아가 그것을 보좌할 따름이다. 전(傳)에 "춤은 팔음에 절도를 맞추는 것이다"[50]라고 하고, 『예기』에 "종(鍾)·고(鼓)의 음악과 간척무(干戚舞)는 안락(安樂)을 화평하게 하는 것이다"[51]라고 하였다. 그러므로 '성음의 절도(聲音之節)'란 이른바 춤을 말하고 '성음의 조화(聲音之和)'란 이른바 종·고의 악기 연수를 말한다. 태사(大師)는 육률(六律)과 육동(六同)을 관장하여 모두 오성(五聲)으로 문채내고 팔음으로 연주한다. 그러나 성음의 절도와 조화는 작은 일이므

45　육고(六鼓) : 뇌고(雷鼓)·영고(靈鼓)·노고(路鼓)·분고(鼖鼓)·고고(鼛鼓)·진고(晉鼓).
46　사금(四金) : 금순(金錞)·금탁(金鐲)·금요(金鐃)·금탁(金鐸).
47　지관(地官)의～한다 : 『周禮』 地官 / 鼓人 0.
48　가죽으로 만든 북은 양(陽)에 속하고, 쇠로 만든 금순(金錞)·금탁(金鐲)은 음(陰)에 속한다.
49　『爾雅』 釋樂 7-16, 13.
50　『春秋左氏傳要義』(宋 魏了翁 撰) 권4.
51　『禮記』 樂記 19-1.

로 소사가 관장한다.

태사는 대제사(大祭祀)·대향(大饗)·대사(大射)·대상(大喪)에 모두 고몽
(瞽矇)을 인솔하는데, 소사는 인솔하지 않는 것은 무엇 때문인가? 「서관
(序官)」에 '태사는 하대부(下大夫) 2인이 맡고 소사는 상사(上士) 4인이 맡는
다'[52]라고 하여, 품계가 서로 다른 것에서 보듯이, 대부는 지혜로 사람을
인솔하는 큰 일을 하는 자이고 사(士)는 사람을 섬기는 작은 일을 하는
자이기 때문이다. 「악사(樂師)」에는 인솔한다는 구절이 나오지만 「대서(大
胥)」과 「소서(小胥)」에는 인솔한다는 구절이 나오지 않는 것도 아마 악사
는 대부가 맡고 대서와 소서는 사(士)가 맡기 때문일 것이다.

고몽(瞽矇)

47-7. 瞽矇掌播鼗柷敔塤簫管弦歌.

고몽(瞽矇)은 도(鼗)를 흔드는 일과 축(柷)·어(敔)·훈(塤)·소(簫)·관
(管)의 연주와 현가(弦歌)를 관장한다.[53]

耳目形也, 聰明神也. 矇瞍者, 其神在目不在耳, 故以之司視而掌火.
瞽矇者, 其神在耳, 不在目, 故以之司聽而鼓樂, 其使人也可謂器之矣.
傳曰 : "黃帝使神瞽考中聲." 夏書曰 : "瞽奏鼓." 禮曰 : "御瞽幾聲之上
下." 詩曰 : "有瞽有瞽! 矇瞍奏公." 國語曰, "矇瞍修聲." 則瞽矇之職自
古以固然, 非特周也.
爾雅 : "大鼗謂之麻, 小者謂之料." 鼗雖有大小不同, 其播而不建一

---

52   『周禮』春官第三 0.
53   『周禮』春官 / 瞽矇 0.

也. 小師掌敎鼓鼗, 瞽矇眡瞭止於播鼗, 不及鼓, 則鼓爲樂之君, 而鼗特兆奏鼓而已, 鼓大而鼗小. 小師主以樂敎, 而瞽矇則主鼓樂, 而非敎樂者也, 豈小師總其大, 瞽矇專其小故邪! 然瞽矇非特掌播鼗而已, 抑又掌柷敔塤簫管焉, 故於鼗言播以別之.

귀와 눈은 형체이고, 귀밝음과 눈밝음은 정신이다. 귀머거리는 정신이 눈에 집중되고 귀에 있지 않으므로 보는 일을 맡게 해서 불을 관장하게 하고, 고몽은 정신이 귀에 집중되고 눈에 있지 않으므로 듣는 일을 맡게 해서 음악을 연주하게 했으니, 사람을 적재적소에 썼다고 이를 만하다. 전(傳)에 "황제(黃帝)가 신고(神鼛)로 하여금 중성(中聲)을 살피게 하였다"라고 하고, 「하서(夏書)」에 "고몽이 북을 두드렸다"[54]라고 하고, 『예기』에 "어고(御鼛)가 소리의 높낮이를 살핀다"[55]라고 하고, 『시경』에 "고몽이여! 고몽이여!"[56] "몽수(矇瞍 : 장님)가 음악을 연주하도다"[57]라고 하고, 『국어』에 "몽수가 음악을 연습한다"[58]라고 했으니, 고몽이라는 직책은 예로부터 시행되던 것이지, 주나라에만 있었던 것은 아니다.

『이아』에 "큰 도(鼗)를 마(麻)라 하고 작은 도(鼗)를 요(料)라 한다"[59]라고 했으니, 도(鼗)에 크고 작은 것이 있으나 세우지 않고 흔들어 소리를 낸다는 점에서는 같다. 소사는 북과 도(鼗)를 가르치는 것을 관장하는데, 고몽과 시료(眡瞭)는 도를 흔들 뿐, 북에 미치지는 않았다. 북은 악기 중에서 임금이 되지만 도는 북을 치기 전에 미리 신호하는 역할을 할 뿐이며, 북은 크고 도는 작다.

소사는 악을 가르치는 것을 주로 하지만, 고몽은 악을 연주하는 것을 주로 하고 악을 가르치지는 않는다. 아마 소사는 큰 것을 총괄하고 고몽

---

54 『書經』夏書 / 胤征 2.
55 『禮記』玉藻 13-1.
56 『詩經』周頌 / 有瞽.
57 『詩經』大雅 / 靈臺.
58 『國語』晉語四 10-24.
59 『爾雅』釋樂 7-15.

은 작은 것을 전담하기 때문일 것이다. 그런데 고몽은 도를 흔드는 일을 관장할 뿐만 아니라 축·어·훈·지·관도 관장하므로, 도 앞에 '흔든다[播]'라는 말을 써서 구별했다.

권48 주례훈의(周禮訓義)

춘관(春官) / 고몽(瞽矇) · 시료(眡瞭)

고몽(瞽矇)

48-1. 諷誦詩, 世奠繫, 鼓琴瑟.

고몽(瞽矇)은 시를 풍송(諷誦)하고, 대대로 이어온 여러 왕의 덕행을 엮으며, 금 · 슬을 탄다.[1]

世帝繫必以瞽矇掌之者, 以五帝不相沿樂故也. 琴瑟必以瞽矇鼓之者, 以其修身故也. 世奠繫, 故書爲世帝繫. 國語曰 : "敎之世, 爲之昭明德", 是也.

대대로 이어온 여러 왕의 덕행을 엮는 일을 반드시 고몽에게 관장하

---

1   『周禮』春官 / 瞽矇.

도록 한 것은 오제(五帝)가 악(樂)을 그대로 따르지 않았기 때문이고, 금슬을 반드시 고몽에게 연주하도록 한 것은 금슬의 소리를 통해 제왕이 자신을 수양했기 때문이다. 대대로 이어온 여러 왕의 덕행을 엮으므로 '세제계(世帝繫)'라고 쓴다. 『국어』에 "선왕의 세계(世系)를 가르치는 것은 그를 위해 밝은 덕을 밝히는 것이다"[2]라고 한 것이 이것이다.

48-2. 掌九德六詩之歌, 以役大師.

고몽은 구덕(九德)과 육시(六詩)[3]의 노래를 관장하며, 태사(大師)의 명에 따라 연주한다.[4]

春秋傳云 : "水火金木土穀謂之六府, 正德利用厚生謂之三事. 六府三事九功, 九功之德皆可歌也, 謂之九歌."[5] 大司樂以九德之歌爲禹樂, 然則九夏得不爲禹之大夏乎?

大師掌教六詩, 以六德爲之本, 以六律爲之音, 則德與詩者大師所教, 而歌不與焉. 掌其歌而役於大師者, 惟瞽矇而已. 蓋大師役人者也, 瞽矇役於人者也. 瞽矇役於大師, 正於大[6]師. 是役之者有以帥之故也, 正之者有以教之故也.

『춘추좌씨전』에 "수(水)·화(火)·금(金)·목(木)·토(土)·곡(穀)을 육부(六府)라 하고, 정덕(正德)·이용(利用)·후생(厚生)을 삼사(三事)라 한다. 육부와 삼사를 구공(九功)이라 하고, 구공의 덕을 모두 노래로 부른 것을 구가(九歌)라고 한다"[7]라고 하고, 「대사악」에 《구덕지가(九德之歌)》를 우왕의 악으로 삼았으니,[8] 구하(九夏)[9]는 우왕의 《대하(大夏)》가 아니겠는가?

---

2   『國語』 楚語上 17-1.
3   육시(六詩) : 풍(風)·부(賦)·비(比)·흥(興)·아(雅)·송(頌).
4   『周禮』 春官 / 瞽矇 0.
5   대본에는 없으나, 문맥상 『春秋左氏傳』에 의거하여 '謂之九歌'를 보충하였다.
6   대본에는 '小'로 되어 있으나, 『周禮』에 의거하여 '大'로 바로잡았다.
7   『春秋左氏傳』 文公 7년(8).

태사(大師)는 육시(六詩)를 가르치는 것을 관장하여 육덕(六德)[10]으로 근본을 삼고 육률(六律)로 음(音)을 삼았다.[11] 태사는 덕과 시를 가르치지만 노래는 간여하지 않았으며, 노래를 관장하고 태사의 명을 받아 연주한 자는 고몽이다. 즉, 태사는 사람에게 일을 시키는 자이고, 고몽은 명을 받아 일하는 자이다. 태사는 고몽에게 일을 시키고 고몽을 바르게 하였으니, 일을 시키는 것은 인솔함이 있기 때문이고 바르게 하는 것은 가르침이 있기 때문이다.

시료(眡瞭)

48-3. 眡瞭掌凡樂事, 播鼗, 擊頌磬笙磬.

시료(眡瞭)는 모든 악사(樂事)를 관장하여, 도(鼗)를 흔들고, 송경(頌磬)과 생경(笙磬)을 친다.[12]

---

8 우(禹)가 순임금에게 수(水)·화(火)·금(金)·목(木)·토(土)·곡(穀)이 세 기능을 다하게 하고, 정덕(正德)·이용(利用)·후생(厚生)을 잘 이루어 구공(九功)을 노래로 부를 것을 아뢴 바 있다.〈『書經』虞書 / 大禹謨 1〉『周禮』春官 / 大司樂 2에 '《구덕지가(九德之歌)》와 《구소지무(九磬之舞)》를 종묘에서 연주하여 인귀(人鬼)에 예를 올린다'라고 한 것에 대해, 진양은 순(舜)이 구소(九磬)로 요(堯)를 계승하여 제(帝)가 되고, 우(禹)가 구덕(九德)으로 순(舜)을 계승하여 왕이 되었기 때문이라 풀이하였다.〈『樂書』42-4〉 따라서 『周禮』에는 '九德之歌'를 우왕(禹王)의 악이라고 명시하지는 않았지만, 진양이 우왕의 악으로 간주했으므로, 「대사악」에 《구덕지가》를 우왕의 악으로 삼았다'라고 서술한 것이다.

9 구하(九夏) :《왕하(王夏)》·《사하(肆夏)》·《소하(昭夏)》·《납하(納夏)》·《장하(章夏)》·《제하(齊夏)》·《족하(族夏)》·《개하(祴夏)》·《오하(驁夏)》이다.

10 육덕(六德) : 사람이 지켜야 할 여섯 가지 덕. '지(知)·인(仁)·성(聖)·의(義)·충(忠)·화(和)'라 하기도 하고 '중(中)·화(和)·지(祗)·용(庸)·효(孝)·우(友)'라 하기도 하는데, 여기서는 후자를 뜻한다.

11 대사는~삼았다:『周禮』春官 / 大師 0.

大射儀[13]曰:"樂人宿縣, 于阼階東笙磬西面, 其南笙鐘, 其南鎛, 皆南陳." 又曰:"西階之西, 頌磬東面, 其南鐘, 其南鎛, 皆南陳." 笙師: "凡祭祀饗射, 共其笙鐘[14]之樂." 蓋鐘磬之應歌者爲頌鐘頌磬, 應笙者爲笙鐘笙磬.

記曰:"人不耐無樂, 樂不耐無形, 形而不爲道, 不耐無亂. 先王惡其亂也, 故制雅頌之聲以道之." 然則頌鐘頌磬雅琴頌琴之類, 豈非合雅頌之聲然邪? 頌磬與春秋傳歌鐘同意, 笙磬與詩笙磬同音同意. 先儒謂:"磬在東曰笙, 笙生也, 在西曰頌, 頌或作庸, 庸功也." 豈其然哉? 儀禮大射:"鼗倚于頌磬西紘."

詩曰:"鼗磬柷圉." 蓋鼗堂下之樂也, 磬堂上之樂也. 堂下之鼗播, 則堂上之磬作矣. 故瞽矇以播鼗爲先, 而擊頌磬笙磬次之. 商頌言:"鞉鼓淵淵." 繼之:"依我磬聲." 亦是意也.

孟子曰:"存乎人者莫良於眸子, 胸中正, 眸子瞭焉, 胸中不正, 眸子眊焉." 火燎曰燎, 火之明也, 目瞭曰瞭, 目之明也. 瞽矇之職以三百人爲率, 府史胥徒不與焉. 則其眊之明, 其本非不同也, 所異者末流之派別而已. 故其明雖與瞽矇異, 而瞽矇實賴之. 是以凡樂事又使之相焉, 儀禮鄉飲酒鄉射燕禮大射皆言工相者, 此也. 樂之事有大小, 言凡樂事則大小無不在所掌矣. 瞽矇所掌如此, 非瞽矇所及也. 故止於修聲, 以役大師而已.

「대사의(大射儀)」에 "악인(樂人)이 활쏘기 하루 전날 악기를 진설하는데, 동계(東階)의 동쪽에 서향으로 생경(笙磬)을 설치하며, 그 남쪽에 생종(笙鐘)을 설치하고, 그 남쪽에 박(鎛)을 설치하여 모두 남쪽 방향으로 진행하며 진설한다"라고 하고, 또 "서계(西階)의 서쪽에 동향으로 송경(頌磬)을

12 『周禮』 春官 / 瞽矇 0.
13 대본에는 '禮'로 되어 있으나, 『儀禮』에 의거하여 '儀'로 바로잡았다.
14 대본에는 '笙鐘'으로 되어 있으나, 『周禮』에는 鐘笙으로 되어 있다. 그러나 아래 문장과의 연결을 위해 대본대로 번역하였다.

설치하고, 그 남쪽에 종을 설치하고, 그 남쪽에 박(鎛)을 설치하여 모두 남쪽 방향으로 진행하며 진설한다"[15]라고 하고, 「생사(笙師)」에 "모든 제사와 향사(饗射)에 생종의 악을 제공한다"[16]라고 했으니, 종·경이 노래에 응하는 것은 송종·송경이고, 생(笙)에 응하는 것은 생종·생경이다.

『예기』에 "사람은 즐거움이 없을 수 없고, 즐거움은 형용하지 않을 수 없으며, 형용하는 데 인도하지 않으면 난잡해지고 만다. 선왕은 그 난잡을 부끄럽게 여겨 아(雅)·송(頌)의 성음을 짓고 인도하였다"[17]라고 했으니, 송종·송경·아금(雅琴)·송금(頌琴) 등은 아·송의 성음에 어울리므로 그런 이름이 붙여진 것이 아니겠는가?

송경은 『춘추좌씨전』의 가종(歌鍾)[18]과 같은 뜻이고, 생경은 『시경』의 "생과 경이 조화롭게 울리네"[19]라고 한 것과 같은 뜻이다. 선유가 "경(磬)이 동쪽에 있는 것을 생경이라 하니, 생(笙)은 '낳는다'는 뜻이다. 서쪽에 있는 것을 송경이라 한다. 송(頌)은 혹 용(庸)으로도 쓰니 용(庸)은 공(功)이다"[20]라고 하였는데, 어찌 그럴 리 있겠는가?『의례』「대사(大射)」에 "도(鼗)를 송경의 서쪽 끝에 기대어 놓는다"[21]라고 했기 때문이다.[22]

『시경』에 "도(鼗)·경(磬)·축(祝)·어(圉)"[23]라는 구절이 나온다. 도(鼗)는 당하에서 연주하는 악기이고 경(磬)은 당상에서 연주하는 악기이므로,

---

15 『儀禮』大射儀 7-3.
16 『周禮』春官 / 笙帥 0.『周禮』 원문은 '共其鐘笙之樂'으로 되어 있으나, 진양은 「樂書」 48 3에서 '共其笙鐘之樂'으로 서술하고, '笙鐘'을 하나의 악기로 보고 있으므로, 본고에서도 이를 따라 번역했다. 그러나 「樂書」 58-1에는『周禮』에 있는 것처럼 '共其鐘笙之樂'으로 서술되어 있다.
17 『禮記』樂記 19-23~24.
18 『春秋左氏傳』襄公 11년(5).
19 『詩經』小雅 / 鼓鍾.
20 『周禮』春官 / 眡瞭 0에 대한 鄭玄의 注.
21 『儀禮』大射儀 7-3.
22 진양은 '도(鼗)를 송경의 서쪽 끝에 기대어 놓는다'는 것은 송경이 동쪽에 진설되어 있음을 간접적으로 시사해준다고 보았다.
23 『詩經』周頌 / 有瞽.

당하에서 도(鼗)를 흔들면 당상에서 경(磬)²⁴의 연주가 시작된다. 그러므로 시료는 도를 먼저 흔들고, 송경과 생경을 그 다음에 쳤다. 상송(商頌)에 "도(鞉)·고(鼓)가 심원(深遠)하게 울리도다"²⁵라고 하고 이어서 "옥경(玉磬)소리에 맞추도다"²⁶라고 한 것은 바로 이러한 뜻이다.

『맹자』에 "사람의 정신이 눈동자보다 더 잘 드러나는 것은 없으니, 마음이 바르면 눈동자가 밝고, 마음이 바르지 못하면 눈동자가 흐리다"²⁷라고 했다. '화료(火燎)'라고 말할 때의 '료(燎)'는 불이 밝은 것이고 '목료(目瞭)'라고 말할 때의 '료(瞭)'는 눈이 밝은 것이다. 시료(眡瞭)는 300인이 정원이며, 부(府)·사(史)·서(胥)·도(徒)는 그 수에 포함되지 않는다.²⁸ 밝게 본다는 점에서는 근본적으로 같고, 말단적인 것이 다를 뿐이다. 시료는 고몽(瞽矇)과 달리 밝게 볼 수 있으므로, 고몽은 실로 이들에게 의지한다. 그러므로 모든 악사(樂事)에서 시료로 하여금 고몽을 돕게 했으니, 『의례』의 「향음주례(鄕飮酒禮)」·「향사례(鄕射禮)」·「연례(燕禮)」·「대사(大射)」에서 모두 악공과 상자(相者 : 돕는 사람)를 말한 것이 이것이다. 악에 관한 일에는 크고 작은 것이 있는데, 여기에서는 '모든 악사(樂事)'라고 말했으니, 악에 관한 크고 작은 모든 일을 관장한 것이다. 이처럼 시료가 관장한 범위가 넓으므로 고몽이 미칠 바가 아니다. 고몽은 음악을 연습하고 태사(大師)의 명을 받아 연주할 따름이다.

---

24 당하에 편종·편경이 진설되므로, 당상에 있는 경은 '특경'일 것이다.〈『樂書』189-4〉
25 『詩經』商頌 / 那.
26 『詩經』商頌 / 那.
27 『孟子』離婁上 7-15.
28 『周禮』春官 / 第三 0.「眡瞭三百人, 府四人, 史八人, 胥十有二人, 徒百有二十人. 典同, 中士二人, 府一人, 史一人, 胥二人, 徒二十人.」 전동(典同)의 경우 인원수가 표기되어 있지 않으므로, 전동은 중사(中士) 2인, 부(府) 1인, 사(史) 1인, 서(胥) 2인, 도(徒) 20인으로 이루어졌음을 나타내지만, 시료의 경우는 300인이라는 인원수가 표기되어 있으므로, 그 다음에 나오는 부(府) 4인, 사(史) 8인, 서(胥) 12인, 도(徒) 120인이 그 수효에 포함되지 않은 별도의 인원이라는 뜻이다.

48-4. 掌大師之縣, 凡樂事相瞽.

시료는 태사(大師)의 명을 받아 종·경을 진설하는 것을 관장한다. 모든 악사(樂事)에서 고몽을 돕는다.[29]

小胥正樂縣之位, 所以辨名分. 大司樂大祭祀宿縣, 所以備聲用. 眠瞭掌大師之縣, 則大師之職實職樂縣, 而眠瞭特掌之而已. 大師掌六律六同, 皆播之以八音, 而鐘磬居二焉. 凡縣鐘磬半爲堵, 全爲肆. 其音莫不協五聲, 其聲莫不協律同, 實在大師, 名在眠瞭, 互備故也.

樂縣之制, 天子用宮其形圓, 諸侯用軒其形曲. 大祭祀宿縣, 天子之制也, 入門而縣興, 諸侯之制也, 後世禮廢樂壞, 諸侯僭天子者有矣, 大夫僭諸侯者有矣. 郊特牲曰 : "諸侯之宮縣, 諸侯之僭禮也." 春秋 : "請曲縣, 大夫之僭禮也."

소서(小胥)가 지위에 따른 악현을 바르게 하는 것은 명분을 변별하기 위함이고, 대사악(大司樂)이 대제사(大祭祀)에 하루 전날 종·경을 진설하는 것은 성용(聲用)을 갖추기 위함이다. 시료가 태사의 명을 받아 종·경을 진설하는 것을 관장한다는 것은 태사는 악현(樂縣)에 대해 총 책임을 지고 시료는 이를 관장한다는 뜻이다. 태사는 육률(六律)·육동(六同 : 六呂)을 관장하여 모두 팔음(八音)으로 연주하도록 하는데, 종·경은 팔음 중 금(金)과 석(石)에 속하기 때문이다. 종·경을 진설할 때 반(半)을 도(堵)라 하고 온전히 구비하는 것을 사(肆)라고 한다.[30] 팔음이 오성에 어울리고 오성이 육률·육동에 어울리게 하는 일의 실질적인 책임은 태사에게 있지만 명분상의 책임은 시료에게 있으니, 서로 보완하기 위함이다.

악현의 제도는 천자는 궁현(宮懸)을 쓰니 그 모습이 둥글고, 제후는 헌현(軒懸)을 쓰니 그 모습이 굽어 있다. 대제사에 하루 전날 종·경을 진설하는 것[31]은 천자의 제도이고, 문에 들어올 때 종·경의 음악을 연주하

---

29 『周禮』春官 / 眠瞭 0.

30 종·경을~한다:『周禮』春官 / 小胥 0.

는 것[32]은 제후의 제도이다. 후세에 예가 폐지되고 악이 붕괴되어 제후
가 천자의 예악을 참람하게 쓴 자가 있고 대부가 제후의 예악을 참람하
게 쓴 자가 있었으니, 「교특생」에 "제후가 궁현을 진설한 것은 제후의
참례(僭禮)이다"[33]라고 하고, 『춘추』에 "곡현(曲縣)을 청한 것은 대부의 참
례이다"[34]라고 했다.

48-5. 大喪廞樂器, 大旅亦如之.

시료는 대상(大喪)에 악기를 진열하며, 대려(大旅)[35]에도 이와 같이 한
다.[36]

爾雅曰 : "旅衆也, 陳也." 師旅之旅非常陳也, 必待乎變. 故旅祭之
旅, 亦非常陳也, 必待乎災. 故禹貢曰 : "荊岐旣旅." "蔡蒙旅平." "九山
刊[37]旅." 皆以洪水爲災, 然後旅其神而祭之. 彼於山祭猶若是, 況國有

---

31 대제사에 하루 전날 종·경을 진설하는 것 : 『周禮』 春官 / 大司樂 3.
32 문에~것 : 『禮記』 仲尼燕居 28-6.
33 『禮記』 郊特牲 11-10.
34 『春秋左氏傳』 成公 2년(2). 「新築人仲叔于奚救孫桓子, 桓子是以免. 旣, 衛人賞之以
邑, 辭, 請曲縣·繁纓以朝. 許之. 仲尼聞之曰 : "惜也, 不如多與之邑. 唯器與名, 不可
以假人, 君之所司也. 名以出信, 信以守器, 器以藏禮, 禮以行義, 義以生利, 利以平民,
政之大節也. 若以假人, 與人政也. 政亡, 則國家從之, 弗可止也已"[신축 사람인 중숙
우해가 손환자(孫桓子)를 구해주어 손환자가 곤경을 면했다. 뒤에 위나라 사람이 중
숙우해에게 상으로 고을을 주자, 그는 고을을 사양하고 곡현(曲縣 : 제후가 쓰는 악
기 편성)과 번영(繁纓 : 제후가 타는 말에 채우는 뱃대끈)을 쓰면서 조회하게 해달라
고 요청하므로 이를 허락했다. 중니가 뒤에 그 말을 듣고 말했다. "안타깝게도 이는
많은 고을을 상으로 주는 것만 못하다. 기물(器物)과 칭호는 함부로 빌려줄 수 없는
것으로, 임금만이 주관할 수 있는 일이다. 칭호로 신뢰를 자아내고, 신뢰로 기물의
권위를 지키고, 기물로 예(禮)를 보존하고, 예로 의(義)를 행하고, 의(義)로 이로움을
생겨나게 하고 이로움으로 백성을 편안하게 하는데, 이것이 정치의 중대한 일이다.
만약 기물과 칭호를 함부로 빌려준다면 정치를 남에게 주는 것과 같다. 정치가 없어
지면 국가가 절로 없어져서 그것을 막을 수 없다."]
35 대려(大旅) : 변고가 생겼을 때 지내는 제사.
36 『周禮』 春官 / 眡瞭 0.
37 대본에는 '刑'으로 되어 있으나, 『書經』에 의거하여 '刊'으로 바로잡았다.

變故而祭之, 其可不謂之乎?

掌次王大旅上帝張氈案, 設皇邸, 大宗伯國有大故, 則旅上帝及四望, 典瑞四圭有邸以旅上帝, 兩圭有邸以旅四望, 大旅共其玉器而奉之, 龜人若有祭事則奉龜以往, 旅亦如之, 職金旅上帝, 則共其金版. 由是觀之, 旅固有大小. 大則禮隆, 小則禮殺, 是大旅之禮莫若天帝之爲至也. 故禮器曰: "一獻之禮不足以大饗, 大饗之禮不足以大旅, 大旅具矣, 不足以饗帝." 若夫旅四望山川, 則所次不以氈案皇邸, 所用不以金版, 所秉特兩圭有邸而已, 則其禮殺可知也.

司尊彝: "大喪存奠彝, 大旅亦如之." 喪旅之禮也. "眡瞭大喪廞樂器, 大旅亦如之." "笙師大喪廞其樂器, 大旅則陳之." 喪旅之樂也. 眡瞭喪旅之樂一也, 故言大旅亦如之. 笙師喪旅[38]之樂大同而小異, 故樂器於喪言廞, 於旅言陳. 季氏旅於泰山, 孔子誅之, 豈以其僣行之乎!

『이아』에 "여(旅)는 '많다' '늘어서다'라는 뜻이 있다"[39]라고 했는데, '군대가 늘어서 있다(師旅)'라고 할 때의 '려(旅)'는 일상적으로 늘어서 있는 것이 아니라 필시 변고를 대비한 것이다. 따라서 '여제(旅祭)'라고 할 때의 '려(旅)'도 제물을 일상적으로 늘어놓은 것이 아니라 필시 재앙을 대비한 것이다. 그러므로 「우공(禹貢)」에 "형산(荊山)과 기산(岐山)에 여제(旅祭)를 지냈다."[40] "치공(治功)을 마치고 채산(蔡山)과 몽산(蒙山)에 어제를 시냈다."[41] "구주(九州)의 산에서 나무를 베고 여제를 지냈다"[42]라고 한 것은, 모두 홍수의 재변을 당한 뒤에 그 신에게 제물을 늘어놓고 제사지낸 것이다. 그와 같은 경우에 산에서 이같이 제사지냈는데, 더군다나 나라에 재변이 일어나 지내는 제사를 여제라고 일컫지 않았겠는가?

장차(掌次)는 왕이 상제(上帝)에게 대려(大旅)를 지낼 때 전안(氈案)을 설

---

38 대본에는 '祭'로 되어 있으나, 문맥상 '旅'로 바로잡았다.
39 『爾雅』釋詁 1-61, 32.
40 『書經』夏書 / 禹貢 9.
41 『書經』夏書 / 禹貢 8.
42 『書經』夏書 / 禹貢 12.

치하고 황저(皇邸)[43]를 펼치며,[44] 대종백(大宗伯)은 나라에 큰 변고가 있을
적에 상제와 사망(四望)에 여제를 지냈다.[45] 전서(典瑞)는 사규유저(四圭有
邸)[46]로 상제(上帝)에 여제를 지내고, 양규유저(兩圭有邸)[47]로 사망(四望)에
여제를 지냈는데, 대려(大旅)에는 옥기(玉器)를 바쳤으며,[48] 귀인(龜人)은 제
사가 있으면 거북을 받들고 가는데 여제에도 이와 같이 했고,[49] 직금(職
金)은 상제에게 여제를 지낼 때 금판(金版)을 제공했다.[50] 이로 보건대, 여
제에는 대려(大旅)와 소려(小旅)가 있다.

대려는 예가 융성하고 소려는 예가 소략하다. 대려의 예는 천제(天帝)
에게 제사지내는 것만 못하다. 그러므로 「예기(禮器)」에 "일헌(一獻)의 예
로는 대향(大饗)을 지낼 수 없고, 대향의 예로는 대려를 지낼 수 없다. 대
려의 예를 갖추었어도 천제에게 제사지낼 수 없다"[51]라고 했다. 사망과
산천에 여제를 지낼 때는 전안과 황저를 진설하지 않고 금판을 사용하
지 않으며 양규유저를 잡을 뿐이니, 그 예가 소략함을 알 수 있다.

"사준이(司尊彝)가 대상(大喪)에 전(奠 : 祭物)과 이(彝)[52]를 살피며, 대려에
도 이같이 한다"[53]라고 한 것은 상(喪)과 여(旅)의 예이다. "시료가 대상(大
喪)에 악기를 진열하며 대려(大旅)에도 이같이 한다"라고 하고, "생사(笙師)
가 대상(大喪)에 악기를 진열하며 대려에도 진설한다"[54]라고 한 것은 상
(喪)과 여(旅)의 악이다.

---

43 황저(皇邸) : 황제가 상제(上帝)에 제사지낼 때 좌석 뒤에 치는 병풍.
44 『周禮』天官 / 掌次 0.
45 『周禮』春官 / 大宗伯 13.
46 사규유저(四圭有邸) : 〈그림 3-10 참조〉.
47 양규유저(兩圭有邸) : 〈그림 3-11 참조〉.
48 『周禮』春官 / 典瑞 0.
49 『周禮』春官 / 龜人 0.
50 『周禮』秋官 / 職金 0.
51 『禮記』禮器 10-36.
52 이(彝) : 〈그림 2-3 참조〉.
53 『周禮』春官 / 司尊彝 0.
54 『周禮』春官 / 笙師 0.

시료가 상과 여에 행하는 악이 똑같으므로 '대려에도 이같이 한다'라
고 하였고, 생사가 상과 여에 행하는 악은 크게는 같지만 작게는 다르므
로 '대상에는 진열한다[廞]'라고 하고, '대려에는 진설한다[陳]'라고 한 것
이다.

계씨가 태산에 여제를 지내자 공자가 그것을 성토한 것[55]은 아마 참람
하게 행했기 때문일 것이다.

48-6. 賓射皆奏其鐘鼓.
빈사(賓射)에 모두 종(鐘)·고(鼓)를 연주한다.[56]

禮有五, 賓居一焉, 藝有六, 射居一焉. 因賓而射禮行[57]焉, 賓射之禮
也, 因賓射而樂作焉, 賓射之樂也. 鐘師凡射王奏騶虞, 鎛師凡祭祀鼓
其金奏之樂, 賓射亦如之. 孔子曰 : "射之以樂也, 何以聽, 何以射? 循
聲而發, 發而不失正鵠者, 其唯賢者乎! 若夫不肖之人, 彼將安能以
中?" 推此, 則賓射以瞽瞭奏鐘鼓, 射[58]夫與射之賓, 循所奏之聲, 奠而
後發. 發而不失正鵠, 而賢不肖覩矣.

夫射有三, 大射也賓射也燕射也. 司裘[59]於王共虎侯熊侯豹侯, 設其
鵠, 諸侯共熊侯豹侯, 大夫共麋侯, 皆設其鵠, 大射之侯也. 梓人張皮侯
而棲鵠, 是已. 射人以射法治射儀, 王射三侯五正, 諸侯二侯三正, 卿大
夫一侯二正, 士豻侯二正, 賓射之侯也. 梓人張五采之侯, 是已. 鄕射記
曰 : "天子熊侯白質, 諸侯麋侯赤質, 大夫布侯畫以虎豹, 士畫以鹿豕."
燕射之侯也. 梓人張獸侯則王[60]以息燕, 是已. 大射有鵠, 猶賓射之有

---

55 계씨~것 : 『論語』 八佾 3-6.
56 『周禮』 春官 / 瞽瞭 0.
57 대본에는 '作'으로 되어 있으나, 사고전서 『樂書』에 의거하여 '行'으로 바로잡았다.
58 대본에는 '使'로 되어 있으나, 문맥상 '射'로 바로잡았다.
59 대본에는 '徒'로 되어 있으나, 사고전서 『樂書』에 의거하여 '裘'로 바로잡았다.
60 대본에는 없으나, 『周禮』에 의거하여 '則王'을 보충하였다.

正. 射飾其側, 猶賓射之有皮. 賓射側皮而中五采, 大射側中皆皮, 其側
同, 其所異者中而已. 賓射之樂眡瞭奏之, 大射之樂大司樂令之, 燕射
之樂樂師司之.

예에는 다섯 종류가 있는데[61] 빈례(賓禮)가 그중의 하나이다. 예(藝)에
는 여섯 종류가 있는데[62] 활쏘기가 그중의 하나이다. 빈례와 결합하여
사례(射禮)를 행하는 것이 빈사(賓射)의 예이고, 빈사(賓射)에 악을 연주하
는 것이 빈사(賓射)의 악이다.

「종사(鐘師)」에 "왕이 활을 쏠 때 《추우(騶虞)》를 연주한다"[63]라고 하고,
「박사(鎛師)」에 "모든 제사에서 금주(金奏)의 악에 북을 친다. 빈사(賓射)도
이와 같이 한다"[64]라고 했으며, 공자는 "악(樂)에 맞추어 활을 쏠 때 어떻
게 악을 듣고 어떻게 활을 쏘는가? 소리를 따라서 쏘며, 쏘아서 정곡을
벗어나지 않는 자는 현자(賢者)뿐이다! 불초(不肖)한 자가 어떻게 적중시킬
수 있겠는가?"[65]라고 하였다. 이로 보건대, 빈사에 시료가 종·고를 연주
하면, 사부(射夫)와 빈(賓)이 연주되는 소리를 따라서 자세를 확실하게 취
한 뒤에 쏘았고, 쏘아서 정곡을 벗어나지 않는 것에 따라 현자와 불초한
자를 가렸던 것이다.

사례(射禮)에는 대사(大射)·빈사(賓射)·연사(燕射)의 세 가지가 있다. 사
구(司裘)가 왕을 위해 호후(虎侯)·웅후(熊侯)·표후(豹侯)[66]를 설치해서 곡
(鵠)을 만들며, 제후를 위해 웅후와 표후를 설치하고 대부를 위해 미후(麋
侯)[67]를 설치해서 모두 곡을 만든 것[68]은 대사의 후(侯 : 과녁)이다. '재인(梓
人)이 가죽으로 과녁을 설치하고 곡을 표시한다'[69]고 한 것이 이것이다.

---

61 오례(五禮) : 길례(吉禮)·가례(嘉禮)·빈례(賓禮)·군례(軍禮)·흉례(凶禮).
62 육예(六藝) : 예(禮)·악(樂)·사(射)·어(御)·서(書)·수(數).
63 『周禮』春官 / 鐘師 0.
64 『周禮』春官 / 鎛師 0.
65 『禮記』郊特牲 11-15. 射義 46-13.
66 호후(虎侯)·웅후(熊侯)·표후(豹侯) : 〈그림 4-3, 4, 5 참조〉.
67 미후(麋侯) : 〈그림 4-6 참조〉.
68 사구(司裘)가~것 : 『周禮』天官 / 司裘 0.

사인(射人)이 사법(射法)으로 사의(射儀)를 행하는데, 왕이 활을 쏠 때에는 3개의 후(侯:과녁)와 5개의 정(正)을 설치하고, 제후의 경우는 2개의 후(侯)와 3개의 정(正)을 설치하며, 경대부의 경우는 1개의 후(侯)와 2개의 정(正)을 설치하고, 사(士)의 경우는 간후(豻侯)와 2개의 정(正)을 설치한 것[70]은 빈사의 후이다. '재인(梓人)이 다섯 가지 빛깔의 과녁을 설치한다'[71]고 한 것이 이것이다.

「향사례(鄕射禮)」 기(記)에 "천자는 흰 바탕에 곰머리가 그려져 있는 것을 쓰고, 제후는 붉은 바탕에 고라니가 그려져 있는 것을 쓴다. 대부의 과녁은 베로 만드는데 호랑이나 표범의 머리를 그리고 사(士)의 과녁 또한 베로 만드는데 사슴이나 돼지의 머리를 그린다"[72]라고 한 것은 연사의 후이다. '재인(梓人)이 수후(獸侯)[73]를 펼치는 것은 농사일이 끝나 만물이 휴식할 때 왕이 사신(使臣)들을 위로하기 위해 잔치를 벌이고 활을 쏘기 위함이다'[74]라고 한 것이 이것이다.

대사(大射)에 곡(鵠)이 있는 것은 빈사(賓射)에 정(正)이 있는 것과 같다. 대사의 과녁 가장자리를 장식한 것은[75] 빈사의 과녁에 가죽이 있는 것과 같다. 빈사의 과녁은 가장자리는 가죽이고 가운데는 다섯 가지 색으로 그렸는데, 대사의 과녁은 가장자리와 가운데가 모두 가죽이어서, 가장자리는 같으나 가운데가 다르다.

빈사(賓射)의 악은 시료가 연주하고, 대사(大射)의 악은 대사악이 명령하며, 연사(燕射)의 악은 악사(樂師)가 맡는다.

---

69 『周禮』冬官 / 梓人 9.
70 사인(射人)이~것:『周禮』夏官 / 射人 2.
71 『周禮』冬官 / 梓人 9.
72 『儀禮』鄕射禮 5-52.
73 수후(獸侯):짐승의 모습을 그려 넣은 과녁.〈그림 4-7 참조〉
74 『周禮』冬官 / 梓人 9.
75 대본에는 '射飾其側'으로 되어 있으나, 문맥이 통하지 않아 『六家詩名物疏』권22에 의거하여 '大射之飾其側'으로 번역하였다.

48-7. 鼛愷獻亦如之.

순찰하면서 경계할 때와 사직과 종묘에 승리의 공을 바칠 때도 이와
같이 한다.[76]

鏄師 : "凡軍之夜三鼛皆鼓之, 守鼛亦如之." 掌固曰 : "夜三[77]鼛以號
戒."[78] 鄭氏皆謂[79]鼓之以鼖鼓. 然鼖雖鼓人用之以鼓軍事, 諸侯執之以
振旅, 要皆非警夜之鼛鼓也. 司馬法曰 : "昏鼓四通爲大鼛, 夜半三通爲
晨戒, 平旦五通爲發明." 三鼛之制大率若此, 鄭氏之說不亦昧乎? 樂志
曰 : "長丈二尺曰鼛[80]鼓, 凡守備及役事鼓之." 其言守備則是, 及鼓役事
則非矣. 鼓人不云乎? 鼛[81]鼓鼓役事. 蓋役事上之所以役下, 警守下之
所以事上. 役下必以仁, 未嘗不欲緩. 故以皋鼓鼓之, 事上必以義, 未嘗
不欲蚤. 故以鼛鼓鼓之. 皋與鼛字殊而理一. 考工記 : "韗人爲皋鼓." 春
秋傳曰 : "魯人之皋." 又曰 : "皋下隰." 詩曰 : "鶴鳴于九皋." 則皋爲下
隰之地, 其土濕以緩. 故皋與鼛皆有緩意, 其名鼓不亦可乎?

大旅之祭比大喪爲輕, 故先言大喪而大旅亦如之. 鼛愷之樂比賓射
爲輕, 故先言賓射而鼛愷獻亦如之. 然軍之警夜以鼛所以同憂戚者也,
獻功以愷所以同和樂者也, 惟能同憂戚, 然後可與同和樂. 故愷樂獻于
社而眡瞭奏鐘鼓以樂之, 則人人孰不出死斷亡而愉哉?

「박사(鏄師)」에 "군중(軍中)에서 밤에 세 차례 순찰할 때 경계하기 위해
모두 북을 치며, 수비 중에 경계할 때도 이와 같이 한다"[82]라고 하고

---

76 『周禮』 春官 / 眡瞭 0.
77 대본에는 '王'으로 되어 있으나, 사고전서 『樂書』에 의거하여 '三'으로 바로잡았다.
78 대본에는 '戒號'로 되어 있으나, 『周禮』에 의거하여 '號戒'로 바로잡았다.
79 대본에는 '謂皆'로 되어 있으나, 사고전서 『樂書』에 의거하여 '皆謂'로 바로잡았다.
80 대본에는 '鼛'로 되어 있으나, 『宋書』 樂志(梁 沈約 撰)에 의거하여 '鼛'로 바로잡았
다.
81 대본에는 '鼛'로 되어 있으나, 사고전서 『樂書』와 『周禮』에 의거하여 '鼛'로 바로잡았
다.
82 『周禮』 春官 / 鏄師 0.

「장고(掌固)」에 "밤에 세 차례 순찰할 때 북을 쳐서 경계한다"[83]라고 했는데, 이에 대해 정씨는 모두 분고(鼖鼓)를 치는 것으로 풀이했다. 그러나 분고는 고인(鼓人)이 군사(軍事)에 치거나,[84] 제후가 군대를 철수시킬 때 치는 것이지,[85] 야간에 경계하기 위해 치는 척고(鼜鼓 : 순찰북)가 아니다. 사마법(司馬法)에 "저녁에 북을 네 번 치는 것이 대척(大鼜)이고 한 밤중에 세 번 치는 것이 신계(晨戒)이며, 날이 샐 무렵에 다섯 번 북을 치는 것이 발명(發明)이다"라고 했듯이, 세 차례 순찰하며 북을 치는 제도는 대략 이와 같다. 그러니 정씨의 설은 우매하지 않은가?

「악지(樂志)」에 "길이가 1장(丈) 2척(尺)인 북을 척고(鼜鼓)라고 하니 수비하거나 일을 부릴 때 친다"라고 했는데, 수비할 때 친다는 것은 옳으나, 일을 부릴 때 친다는 것은 틀린 말이다. 「고인(鼓人)」에 "일을 부릴 때 고고(皋鼓)를 친다"[86]라고 했기 때문이다.

일을 부리는 것은 윗사람이 아랫사람을 시키는 것이고, 경계하여 지키는 것은 아랫사람이 윗사람을 섬기는 것이다. 아랫사람을 부릴 때는 반드시 인자한 마음으로 느긋하게 하려고 하지 않으면 안 되므로 고고(皋鼓)를 치고, 윗사람을 섬길 때는 반드시 의(義)로운 마음으로 부지런하게 하지 않으면 안 되므로 척고(鼜鼓)를 친다.

고(皋)와 고(鼜)는 글자는 다르나 같은 뜻을 지니고 있다. 「고공기(考工記)」에 "운인(韗人)이 고고(皋鼓)를 만든다"[87]라고 하고, 『춘추좌씨전』에 "노나라 사람이 잘못[皋]을 범했다"[88]라고 하고, 또 "고(皋)는 낮아서 습하다"라고 했으며, 『시경』에 "학이 깊숙한 웅덩이[九皋]에서 울도다"[89]라고

83 『周禮』夏官 / 掌固 0.
84 『周禮』地官 / 鼓人 0.
85 『周禮』夏官 / 大司馬 6.
86 『周禮』地官 / 鼓人 0.
87 『周禮』冬官 / 韗人 0.
88 『春秋左氏傳』哀公 21년(2). 「秋八月, 公及齊侯邾子盟于顧. 齊人責稽首, 因歌之曰: "魯人之皋, 數年不覺, 使我高踣. 唯其儒書, 以爲二國憂."
89 『詩經』小雅 / 鶴鳴.

했으니, '고(皐)'는 낮고 습한 지대여서 그 흙이 축축하여 부드럽다는 뜻이 있다. 따라서 고(皐)와 고(鼛)는 모두 느슨하게 한다는 뜻이 있으니, 일을 부릴 때 쓰는 북을 고고(鼛鼓)라고 이름 지은 것이 마땅하지 않은가?

대려(大旅)라는 제사는 대상(大喪)에 비해 가벼우므로 먼저 대상을 말하고 '대려도 또한 이같이 한다'[90]라고 말한 것이고, 순찰하거나 승리를 축하할 때의 음악은 빈사(賓射)에 비해 가벼우므로 먼저 빈사를 말하고 '순찰할 때와 승리의 공을 바칠 때도 또한 이같이 한다'라고 말한 것이다.

군대에서 야간에 척고를 치며 경계하는 것은 걱정을 함께 하는 것이고, 개악(愷樂)을 울리며 승리의 공을 바치는 것은 즐거움을 함께 하는 것이다. 걱정을 함께 한 뒤에야 즐거움도 함께 할 수 있는 것이다. 그러므로 개악을 사직에 올릴 때 시료가 종·고를 연주하여 즐겁게 한 것이니, 사람들이 전투에 나가 목숨을 바쳐가며 싸워 나라 무너지는 것을 막지 않고서야 이런 즐거움을 누릴 수 있겠는가?

---

90 『周禮』春官 / 眡瞭 0.

권49 주례훈의(周禮訓義)

춘관(春官) / 전동(典同) · 경사(磬師)

전동(典同)

49-1. 典同掌六律六同之和, 以辨天地四方陰陽之聲, 以爲樂器.

전동(典同)은 육률(六律) · 육동(六同)의 조화를 관장해서 천지사방에 있는 음양(陰陽)의 소리를 분별해서 악기를 만든다.[1]

陽六爲律, 自黃鍾至無射陽聲也, 陰六爲同, 自大呂至應鍾陰聲也. 陽聲左旋, 故始於子終於巳, 陰聲右轉, 故始於丑, 終於卯, 而天地四方陰陽之聲具焉. 蓋乾位西北, 氣覆而爲天, 衆陽之主也. 坤位東南, 形載[2]而爲地, 衆陰之主也. 然天雖爲衆陽之主, 而有陰焉. 故曰: "立天之

---

1 『周禮』春官 / 典同 0.
2 대본에는 '域'으로 되어 있으나, 사고전서『樂書』에 의거하여 '載'로 바로잡았나.

道曰陰與陽." 此天所以有陰陽之聲也. 地雖爲衆陰之主, 而有陽焉. 故曰: "立地之道曰柔與剛." 此地所以有陰陽之聲也.

麗乎乾者於卦爲震爲坎, 麗乎坤者於卦爲離爲兌. 震坎陽卦也, 然而多陰, 離兌陰卦也, 然而多陽. 語其位, 則正四方之卦而已, 此四方所以各有陰陽之聲也. 天地四方陰陽之聲, 出於自然者也, 六律六同陰陽之聲, 出於人爲者也. 節人爲之聲, 辨自然之聲, 而爲樂器, 此揚子所謂: "作者貴其有循而體自然者也."

道生一, 則奇而爲陽, 一生二, 則耦而爲陰, 二生三, 則陰陽參和, 而爲沖氣, 三生萬物, 而樂器取具焉. 是雜比十有二聲而和之, 取中聲以爲樂器之意也. 易曰: "制器者尙象." 記曰: "聲樂之象也." 卽十有二聲以爲樂器, 得不爲制器尙象者乎? 典同所掌者器也, 大師所掌者聲也. 器異異聲, 故言掌六律六同之和, 以辨天地四方陰陽之聲. 聲則各有所合, 故言掌六律六同, 以合陰陽之聲.

양(陽)의 여섯 소리가 율(律)이 되니 황종에서 무역까지가 양성(陽聲)이다. 음(陰)의 여섯 소리가 동(同)이 되니 대려에서 응종까지가 음성(陰聲)이다. 양성은 왼쪽으로 돌기 때문에 자(子)에서 시작하여 사(巳)에서 마치고, 음성은 오른쪽으로 돌기 때문에 축(丑)에서 시작하여 묘(卯)에서 마치어,[3]

---

[3] 12율과 12진(辰)의 관계는 다음과 같다.

12율	황종	대려	태주	협종	고선	중려	유빈	임종	이칙	남려	무역	응종
12辰	子	丑	寅	卯	辰	巳	午	未	申	酉	戌	亥

동양에서는 전통적으로 기본 율관을 세 등분 하여, 그중 하나를 덜어내거나 더하는 삼분손익법(三分損益法)을 써서 율관의 길이를 산출해냈다. 예를 들면, 황종 율관의 길이를 삼분손일(三分損一)하면 황종보다 5도 높은 임종이 얻어지고, 임종 율관의 길이를 삼분익일(三分益一)하면, 임종보다 4도 낮은 태주가 얻어지며, 태주 율관의 길이를 삼분손일하면 태주보다 5도 높은 남려가 얻어지는 식이다. 이렇게 하여 율이 상생(相生)되는 순서를 표시하면, 황종(子) → 임종(未) → 태주(寅) → 남려(酉) → 고선(辰) → 응종(亥) → 유빈(午) → 대려(丑) → 이칙(申) → 협종(卯) → 무역(戌) → 중려(巳)이다. 양의 律에 음영 표시를 하였다. 자(子)에서 시작하여 사(巳)에서 마친다는 것은 바로 황종에서 시작하여 삼분손익하여 얻어지는 율의 순서를 가리킨다. 축(丑)에서 시작하여 묘(卯)에서 마친다는 것은 양률과 합성되는 음려의 순서를 가리킨다. 양률(陽律)은 왼쪽으로 돌고, 음려(陰呂)는 오른쪽으로 돌아서 서로 합하는데,

천지사방에 음양의 소리가 갖추어졌다.

건(乾)은 서북에 위치하여 기(氣)로 만물을 덮는 하늘이 되었으니 중양(衆陽)의 주인이고, 곤(坤)은 동남에 위치하여[4] 형체를 실은 땅이 되었으니 중음(衆陰)의 주인이다. 하늘이 비록 중양(衆陽)의 주인이지만 음(陰)이 포함되어 있으므로, "하늘의 도를 세우는 것을 음과 양이라 한다"[5]라고 하였다. 이것이 하늘에 음양의 소리가 있는 이유이다. 땅이 비록 중음(衆陰)의 주인이지만 양(陽)이 포함되어 있으므로 "땅의 도를 세우는 것을 유(柔)와 강(剛)이라 한다"[6]라고 하였다. 이것이 땅에 음양의 소리가 있는 이유이다.

건괘(乾卦≡)에 매인 것은 진괘(震卦≡≡)와 감괘(坎卦≡≡)이고, 곤괘(坤卦≡≡)에 매인 것은 이괘(離卦≡)와 태괘(兌卦≡)이다. 진괘와 감괘는 양괘(陽卦)이나 음이 많고, 이괘와 태괘는 음괘(陰卦)이나 양이 많다. 진괘는 정동(正東), 감괘는 정북(正北), 이괘는 정남(正南), 태괘는 정서(正西) 쪽에 위치한다. 이것이 사방에 각각 음양의 소리가 있는 이유이다.

천지사방에 있는 음양의 소리는 자연에서 나온 것이고, 육률·육동에 있는 음양의 소리는 인위(人爲)에서 나온 것이다. 인위적인 소리를 절도있게 하고 자연의 소리를 분별하여 악기를 만드니, 이것이 양웅(揚雄)이 이른바 "창작하는 자는 순리(循理)를 귀하게 여기고 자연을 본받는다"[7]리는 것이다.

도(道)는 1을 낳으니, 1은 홀수여서 양이 된다. 1은 2를 낳으니, 2는 짝수여서 음이 된다. 2는 3을 낳으니, 음양이 서로 화합하여 충기(冲氣)[8]가

합성(合聲)이 되는 것을 표시하면 다음과 같다.

陽律	황종	태주	고선	유빈	이칙	무역
陰呂	대려(丑)	응종(亥)	남려(酉)	임종(未)	중려(巳)	협종(卯)

4   문왕후천팔괘방위도(文王後天八卦方位圖)에 따르면 건괘는 서북, 곤괘는 서남쪽에 위치한다. 곤괘가 동남쪽에 위치한다는 말은 미심쩍다.
5   『周易』 說卦傳 2.
6   『周易』 說卦傳 2.
7   『太玄經』 권7 玄瑩.

된다. 3은 만물을 낳으니, 악기는 이를 취해서 만들어진 것이다. 이것이 12성(聲)을 잘 배열하여 조화롭게 하고 중성(中聲)을 취하여 악기를 만드는 뜻이다. 『주역』에 "기물(器物)을 만드는 자는 상(象)을 숭상한다"[9]라고 하고, 『예기』에 "소리는 악(樂)의 상(象)이다"[10]라고 했으니, 12성(聲)에 나아가 악기를 만들 때 상(象)을 숭상하지 않을 수 있겠는가?

전동(典同)이 관장하는 것은 악기이고, 태사(大師)가 관장하는 것은 소리이다. 악기가 다르면 소리도 다르므로 「전동」에서는 '육률·육동의 조화를 관장해서 천지사방에 있는 음양의 소리를 분별한다'라고 하고, 소리는 각각 합하는 것이 있으므로 「태사」에서는 '육률·육동을 관장하여 음양의 소리를 합한다'[11]라고 한 것이다.

49-2. 凡聲, 高聲硍, 正聲緩, 下聲肆, 陂聲散, 險聲斂, 達聲贏, 微聲韽, 回聲衍, 侈聲筰, 弇聲鬱, 薄聲甄, 厚聲石.

종의 형체가 높으면 소리가 둔탁하고, 알맞으면 소리가 완만하고, 낮으면 소리가 경박하다. 한쪽으로 치우쳐 있으면 소리가 산만하고, 기울어 있으면 소리가 안으로 기어든다. 종의 형체가 크면 소리가 넉넉하고 작으면 소리가 작다. 종의 형체가 둥그스름하면 소리가 널리 퍼지고, 종의 가운데 부분이 좁으면 소리가 촉박하고, 종의 가운데 부분이 불룩하면 소리가 답답하다. 종의 두께가 얇으면 소리가 안정되지 못하여 흔들리고, 두꺼우면 소리가 돌을 치는 것처럼 잘 울리지 않는다.[12]

古者鳧氏爲鐘, 薄厚[13]之所震動·淸濁之所由出·侈弇之所由興, 皆

---

8   충기(沖氣) : 음과 양의 두 기운이 부딪쳐서 조화를 이룬 기운.

9   『周易』 繫辭上傳 10.

10   『禮記』 樂記 19-16.

11   『周禮』 春官 / 大師 0. 「大師, 掌六律六同以合陰陽之聲」

12   『周禮』 春官 / 典同 0.

13   대본에는 '厚薄'으로 되어 있으나, 『周禮』에 의거하여 '薄厚'로 바로잡았다.

有說焉. 故鐘已厚則石, 已薄則播, 侈則柞, 弇則鬱, 長甬則震. 是故大鐘十分其鼓間, 以其一爲之厚, 小鐘十分其鉦間, 以其一爲之厚. 鐘大而短, 則其聲疾而短聞, 鐘小而長, 則其聲舒而遠聞. 爲遂, 六分其厚, 以其一爲之深而圜之. 六分其金而錫居一, 謂之鐘鼎之齊.

先王之制鐘也, 大不出鈞, 重不過石. 律度量衡於是乎生, 小大器用於是乎出, 所制有齊而無高下厚薄之偏, 所容有量而無達回侈弇之過, 其聲一歸正緩之中和而已. 記曰 : "樂者中和之紀." 荀子曰 : "樂之中和也." 國語曰 : "古者神瞽考中聲, 而量之以制, 度律均鐘." 左傳曰 : "中聲以降, 五降之後, 不容彈矣." 然則樂器之尙中聲, 其已久矣. 古之制樂器始於伊耆氏, 以葦爲籥, 以土爲鼓. 籥則三孔而中聲通焉, 土則沖氣而中聲鍾焉. 由是推之, 辨十有二聲, 雜比而和之, 取中聲焉以爲樂器, 豈不信哉? 周景王將鑄無射而爲之大林, 單穆公非之, 失是故也.

옛날에 부씨(鳧氏)가 종을 만들었는데, 후박(厚薄)에 따른 진동, 청탁(淸濁)의 동인(動因), 치엄(侈弇)[14]에 따른 소리의 변화에는 모두 어떤 원칙이 있었다. 종이 지나치게 두꺼우면 돌처럼 소리가 잘 나지 않고, 지나치게 얇으면 소리가 분산되며, 종의 가운데 부분이 홀쭉하면 소리가 촉박하고, 불룩하면 소리가 답답하며, 종자루가 길면 소리가 흔들린다. 그러므로 큰 종은 고(鼓)[15]의 1/10로 종두께로 삼고, 작은 종은 정(鉦)의 1/10로 종두께로 삼는다. 종이 크면서 짧으면 소리가 빨리 울려 가까운 곳에만 들리고, 종이 작으면서 길면 소리가 천천히 울려 멀리까지 들린다. 수(遂)[16]는 종두께의 1/6만큼을 파서 둥글게 만든다.[17] 쇠의 1/6만큼의 주석을 섞는 것을 종(鐘)·정(鼎)의 제(齊)라고 한다.[18]

---

14   치엄(侈弇) : 종의 가운데 부분이 홀쭉하거나 불룩한 것.
15   고(鼓) : 〈그림 1-15 참조〉
16   수(遂) : 종의 정면과 옆면에서 나는 소리가 다르므로 일정한 곳을 두드리도록 종에 표시 해놓은 자리.
17   부씨(鳧氏)가~만든다 : 『周禮』 冬官 / 鳧氏 0.
18   쇠의~한다 : 『周禮』 冬官 / 築氏 2.

선왕이 만든 종은 아무리 커도 1균(鈞)을 넘지 않고 무게는 1석(石 : 120근)을 넘지 않았으니, 율(律)과 도량형(度量衡)이 여기에서 생기고, 작고 큰 기물(器物)이 여기에서 나왔다.[19] 제작에 일정한 제(齊)가 있어서 지나치게 높거나 낮지 않고 두껍거나 얇지 않으며, 크기에 일정한 양(量)이 있어서 지나치게 크거나 굽지 않고 종의 가운데 부분이 지나치게 홀쭉하거나 불룩하지 않아서 그 소리가 한결같이 바르고 완만한 중성(中聲)으로 귀착되었을 뿐이다.

『예기』에 "악(樂)은 중화(中和)의 벼리이다"[20]라고 하고, 『순자』에 "악은 중화(中和)한 것이다"[21]라고 하고, 『국어』에 "옛날에 신고(神瞽)[22]가 중성(中聲)을 살펴 이를 기준으로 삼아 율을 재는 균종(均鍾)을 만들었다"[23]라고 하고, 『좌씨전』에 "중성을 이룬 뒤에는 음조(音調)를 낮추고, 오성의 음조가 낮아진 뒤에는 더 이상 연주하지 않는다"[24]라고 했으니, 악기에서 중성을 숭상한 것은 오래된 일이다.

옛날에 악기 제작은 이기씨(伊耆氏)에서 시작되었는데, 갈대로 약(籥)을

---

19 선왕이~나왔다 : 『國語』 周語下 3-6.

20 『禮記』 樂記 19-25.

21 『荀子』 勸學 1-8.

22 신고(神瞽) : 전설상의 고대 악관으로 훗날 음악의 시조로 숭앙됨.

23 『國語』 周語下 3-7.

24 『春秋左氏傳』 昭公 1년(12). 「晉侯求醫於秦, 秦伯使醫和視之, 曰 : "疾不可爲也, 是謂近女室, 疾如蠱. ……" 公曰 : "女不可近乎?' 對曰 : "節之. 先王之樂, 所以節百事也, 故有五節, 遲速本末以相及, 中聲以降. 五降之後, 不容彈矣. 於是有煩手淫聲, 慆堙心耳, 乃忘平和, 君子弗聽也"【진후(晉侯)가 진(秦)나라에 의원을 요구하니, 진백(秦伯)이 의원 화(和)를 보내 병을 진찰하게 하였다. 화는 진찰하고서 "이 병은 치료할 수 없습니다. 이는 여색을 가까이 하여 생긴 병으로 무엇에 홀린 것입니다. ……"라고 하였다. 진평공이 "여자를 가까이해서는 안 된다는 말이냐?'라고 묻자, 의원 화가 대답하기를 "절제해야 합니다. 선왕의 악(樂)은 백사(百事)를 절제하기 위한 것입니다. 그러므로 오성(五聲)의 절주가 있어 지속본말(遲速本末)이 서로 어우러져 중성을 이룬 뒤에는 음조(音調)를 낮추고, 오성의 음조가 낮아진 뒤에는 더 이상 연주하지 않습니다. 이때 다시 손을 번거로이 놀려 음탕한 소리를 내면 마음과 귀를 쾌락에 빠지게 하여 화평함을 잊게 합니다. 그러므로 군자는 이런 음악을 듣지 않습니다. ……"라고 하였다.】

만들고 흙으로 북을 만들었다. 약(籥)은 구멍이 셋이어서 중성과 통하고 흙은 충기(冲氣)이므로 중성이 모인다. 이로 보건대, 12성(聲)을 분별해서 이를 배열하여 조화롭게 하고 중성을 취하여 악기를 만들었음을 어찌 믿지 않을 수 있겠는가? 주(周) 경왕(景王)이 무역(無射) 음정이 나는 대종(大鐘)을 주조하고자 먼저 대림(大林)의 종을 만들었을 때 선목공(單穆公)이 비난한 것[25]은 중성을 잃었기 때문이다.

49-3. 凡爲樂器, 以十有二律爲之數度, 以十有二聲爲之齊量.

악기를 만들 때 12율로 수도(數度)를 삼고 12성(聲)으로 제량(齊量)을 삼는다.[26]

昔黃帝命伶倫斷竹, 制十有二律, 命營援鑄金, 作十有二鐘. 故爲樂器, 莫不以律爲之數度, 以鐘爲之齊量. 故言十有二律, 則知聲之爲鐘, 言十有二聲, 則知律之爲管. 樂記先王作樂而言稽之度數, 考工記㮚[27]氏爲量而言聲中黃鍾之宮, 蓋本諸此. 別而言之, 律與同異, 合而言之, 同亦律而已, 此所以又有十二律之說也. 不言十有二鐘, 而言聲者, 鐘於八音爲金, 金於五事[28]爲言, 秋言之時, 聲所自出, 此所以言聲以見鐘也.

옛날에 황제(黃帝)가 영윤(伶倫)에게 명하여 대나무를 잘라 12율을 만들게 하고, 영원(營援)에게 명하여 쇠를 녹여 12종을 만들게 했으므로,[29] 악기를 만들 때 율(律)로 수도(數度)를 삼지 않음이 없고 종(鐘)으로 제량(齊量)을 삼지 않음이 없었다. 그러므로 12율을 말했으니 12성이라 할 때의 성(聲)은 종에서 나온 소리이고, 12성을 말했으니 12율이라 할 때의 율은

---

25 주(周)~것:『國語』周語下 3-6.
26 『周禮』春官 / 典同 0.
27 대본에는 '巢'로 되어 있으나, 사고전서『樂書』에 의거하여 '㮚'로 바로잡았다.
28 대본에는 '行'으로 되어 있으나, 문맥이 통하지 않아 '事'로 바로잡았다.
29 옛날에~했으므로:『呂氏春秋』仲夏紀 / 古樂.

관(管)에서 나온 소리임을 알 수 있다. 「악기(樂記)」에 선왕이 악을 제정할 때 "도수(度數)를 헤아렸다"[30]라고 하고, 「고공기(考工記)」에 "율씨(槀氏)가 양을 헤아릴 때 성(聲)을 황종의 궁에 맞게 하였다"[31]라고 한 것은 대개 여기에 근본한 것이다.

나누어 말하면 율(律)과 동(同)이 다르나, 합해서 말하면 동 또한 율일 따름이다. 따라서 육률과 육동을 12율이라 부르는 것이다. 12종이라고 말하지 않고 12성이라 말한 이유는, 종은 팔음(八音) 중 금(金)에 속하고, 금은 오사(五事)에서 말(言)이 되기 때문이다. 다시 말해, 금은 가을과 말[言]에 해당하는 때이고 소리가 나오는 바이므로 성(聲)을 말하여 종을 암시한 것이다.

49-4. 凡和樂亦如之.

악(樂)을 조화롭게 하는 것도 또한 이와 같이 한다.[32]

形而上者謂之道, 形而下者謂之器. 先王作樂, 以形而上者之道, 寓之形而下者之器, 雖非數度而不離於數度, 雖非齊量而不離於齊量. 其爲數度也, 卽十有二律而已, 其爲齊量也卽十有二聲而已. 非特樂器爲然, 凡以鐘律和樂亦如之, 書所謂律和聲者此也. 先儒謂調其故器, 豈其然乎?

古者上農掘土出金, 上工磨石出玉, 琨瑤篠簜齒革羽毛而樂器備矣. 樂記曰 : "金石絲竹樂之器也." 荀卿曰 : "金石絲竹所以道德[33]也." 由此觀之, 先王本道以制器, 因器以導樂. 凡爲樂器, 數度齊量雖本於鐘律, 要皆文以五聲, 播以八音. 然則樂器雖多, 其能外乎八物哉? 大師於樂

---

30   『禮記』樂記 19-12.
31   『周禮』冬官 / 槀氏 0.
32   『周禮』春官 / 典同 0.
33   대본에는 '樂'으로 되어 있으나, 『荀子』에 의거하여 '德'으로 바로잡았다.

器言播, 亦播八音之意也. 伶州鳩曰 : "樂器重者從細, 輕者從大. 是以金尙羽, 石尙角." 推此可類擧矣.

형이상(形而上)의 것을 도(道)라 하고 형이하(形而下)의 것을 기(器)라 한다. 선왕이 악을 지을 때 형이상의 도를 형이하의 기(器)에 의탁했으므로, 악이 수도(數度)는 아니지만 수도(數度)에서 벗어나지 않고, 제량(齊量)은 아니지만 제량에서 벗어나지 않았다. 수도(數度)는 바로 12율(律)이고, 제량(齊量)은 바로 12성(聲)이기 때문이다. 악기만 이럴 뿐이 아니라 모든 종률(鐘律)로 악을 조화시킬 때도 이와 같이 했다. 『서경』에 이른 바 "율(律)은 성(聲)을 조화시키는 것이다"[34]라고 한 것이 이것이다. 한편 선유(先儒 : 鄭玄)는 이 구절을 전에 만든 악기와 어울리게 하는 것으로 풀이했으나,[35] 어찌 그렇겠는가?

옛날에 상농(上農)은 땅을 파서 금을 캐고, 상공(上工)은 돌을 갈아서 옥을 산출하여, 옥·대나무·상아·가죽·꿩깃·소꼬리[36] 등으로 악의 그릇을 갖추었다. 「악기(樂記)」에 "금(金)·석(石)·사(絲)·죽(竹)은 악의 그릇이다"[37]라고 하고, 순경(荀卿)은 "금·석·사·죽은 덕으로 인도하는 도구이다"[38]라고 했다. 이로 보건대, 선왕은 도(道)에 근본해서 악기를 제작했고, 악기로 악(樂)을 인도한 것이다.

악기를 만들 때 수도(數度)와 제량(齊量)을 종율에 근본하지만, 모두 오성(五聲)으로 문채내고 팔음(八音)으로 연주한다. 따라서 악기 종류가 아무리 많아도 금·석·사·죽·포(匏)·토(土)·혁(革)·목(木)의 팔물(八物)에서 벗어나지 않는다. 따라서 「태사(大師)」에 '악기를 연주한다'라고 한 것은 팔음을 연주한다는 뜻이다. 영주구(伶州鳩)가 "묵직한 소리를 내는 악

---

34 『書經』 虞書 / 舜典 3.
35 『周禮注疏』 권23. 「凡和樂亦如之. 注和謂調其故器也. 疏注釋曰, 鄭知調故器者, 上文凡爲樂器是新造者, 今更言和樂, 明是調故器, 知聲得否及容多少, 當依濃度也.」
36 꿩깃과 소꼬리는 문무(文舞)에 필요한 무구(舞具)를 만드는 데 쓰인다.
37 『禮記』 樂記 19-15.
38 『荀子』 樂論 20-8.

기는 가는 소리를 따르고, 가벼운 소리를 내는 악기는 큰 소리를 따르므로, 묵직한 소리를 내는 악기인 금(金)은 우(羽)를 숭상하고, 묵직하지도 가볍지도 않은 소리를 내는 석(石)은 각(角)을 숭상한다"[39]라고 했으니, 이로 미루어 다른 것도 알 수 있다.

경사(磬師)

49-5. 磬師掌教擊磬擊編鐘.

경사(磬師)는 경(磬)을 치는 법과 편종을 치는 법의 교육을 관장한다.[40]

石樂之器也, 聲樂之象也. 古之人爲磬, 尙象以制器, 豈貴夫石哉? 尙聲以盡意而已. 故舜命夔典樂, 擊石拊石以象上帝玉磬之音. 則磬之爲器, 其音石, 其卦乾, 其位西北. 而天屈之, 以爲無有曲折之形焉, 所以立辨也. 故於方有西有北, 於時有秋有冬, 於物有金有玉, 以分有貴賤, 以位有上下, 而親疏長幼之理皆辨於此矣. 古人之論磬 謂 : "其有貴賤焉, 有親疏焉, 有長幼焉. 此三者行, 然後萬物成, 天下樂之." 故在廟朝聞之, 君臣莫不和敬, 閨門聞, 父子莫不和親, 族黨聞之, 長幼莫不和順. 夫以一器之成而功化之敏,[41] 有至於此, 則磬之尙聲可知矣. 書之言球必以鳴先之者亦此意歟!

磬師所掌不過教眂瞭擊之而已. 眂瞭言掌擊笙磬頌磬, 則鐘擧矣. 小胥'凡縣鐘磬, 半爲堵, 全爲肆', 則鐘磬皆在所編也. 於鐘言編, 則磬擧

39　『國語』 周語下 3-6.

40　『周禮』 春官 / 磬師 0.

41　대본에는 '故'로 되어 있으나, 사고전서 『樂書』에 의거하여 '敏'으로 바로잡았다.

矣. 鐘磬常相待以爲用, 國語曰 : "金石以動之", 是也. 有編者必有不編者存焉, 明堂位曰 : "叔之離磬." 編則雜, 特則離, 離磬則特縣之磬, 非編磬也. 言磬如此, 則鐘可知矣. 荀卿言 : "縣一鐘." 大[42]戴禮言 : "縣一磬." 言特縣鐘磬如此, 則編鐘編磬亦可知矣. 爾雅曰 : "大磬謂之馨, 大鐘謂之鏞." 豈特縣者乎? 磬師於磬言擊, 擧特縣以見其編者也, 於鐘言編, 擧編縣以見特縣者也. 鐘之特縣, 有鐘師掌之, 其不言宜矣.

凡爲樂器, 以十有二律爲之數度, 以十有二聲爲之齊量, 則編鐘編磬不過十二, 古之制也. 後世加以四淸, 而先儒有編縣二八之說, 不亦悞乎? 論語曰 : "擊磬襄入於海", 豈亦周之樂師歟! 孔子擊磬於衛, 而荷蕢者謂其有心, 是不知孔子擊磬於衛, 欲其辨父子君臣之名而正之, 非有心於爲己故也.

돌은 악(樂)의 그릇이고, 소리는 악의 상(象)이다. 옛날 사람들이 경(磬)을 만들 때 상(象)을 숭상하여 악기를 만든 것이지, 어찌 돌 자체를 귀하게 여겼겠는가? 소리를 숭상해서 그 뜻을 표현했을 따름이다. 순임금이 기(夔)를 전악(典樂)으로 임명하자, 기는 돌로 만든 악기를 세게 치기도 하고 가볍게 치기도 하여[43] 상제(上帝)의 옥경(玉磬)를 본떴다.

경이란 악기는 팔음 중 석(石)에 속하고, 괘로는 건(乾)에 해당하고, 방위로는 서북에 해당한다. 하늘은 둥그스름하여 굽거나 꺾여진 형상이 없으니, 편견 없이 변별(辨別)하는 근본이 된다. 방위로는 서쪽과 북쪽에 걸쳐 있고, 계절로는 가을과 겨울에 걸쳐 있으며, 물질로는 금(金)과 옥(玉)에 걸쳐 있고, 분수로는 귀함과 천함에 걸쳐 있으며, 위치로는 위와 아래에 걸쳐 있으니, 친소(親疎)·장유(長幼)의 이치가 모두 여기에서 변별된다. 옛사람은 경(磬)에 대해 "경에는 귀천이 있고 친소가 있고 장유가 있다. 이 세 가지가 잘 행해진 이후에야 만물이 이루어지며, 천하가 이를 즐거워한다"[44]라고 논평했다.

---

42 대본에는 없으나, 『樂書』 7-2와 『樂書』 23-2에 의거하여 '大'를 보충하였다.
43 순임금이~하여 : 『書經』 虞書 / 舜典 3.

그러므로 조정에서 경의 소리를 들으면 인군과 신하가 화경(和敬)하지 않음이 없고, 집안에서 들으면 아버지와 자식이 화친(和親)하지 않음이 없으며, 일가붙이가 들으면 어른과 젊은이가 화순(和順)하지 않음이 없다. 한 악기가 이루어짐으로써 감화의 효과가 이렇게 빠르게 나타나니, 경이란 악기에서 숭상된 것은 돌이 아니라 소리임을 알 수 있다. 『서경』에서 '구(球)'를 말할 적에 반드시 '명(鳴)'이라는 글자를 앞에 둔 것도[45] 또한 이런 뜻이다.

「경사(磬師)」에 시료(眡瞭)에게 경을 치고 편종을 치는 법의 교육을 관장한다고 했으니, 「시료」에 "생경(笙磬)과 송경(頌磬)을 치는 것을 관장한다"[46]라고 했을 뿐이지만 종도 포함된다. 「소서(小胥)」에 "종(鐘)·경(磬)을 진설할 때 반(半)을 도(堵)라 하고 온전히 구비하는 것을 사(肆)라고 한다"[47]라고 했으니, 「소서」에서 말한 종·경은 모두 편종·편경을 가리킨다. 「경사」에 편종을 말했으니, 편경도 암암리에 포함된 것이다.

종과 경은 언제나 함께 쓰인다. 『국어』에 "금(金)·석(石)의 악기로 시작한다"[48]고 한 것이 이것이다. 여러 개의 경을 엮어 놓은 것이 있으면, 반드시 엮어 놓지 않은 것이 있게 마련이다. 「명당위」에 "숙(叔)이 만든 이경(離磬)"[49]이 나오는데, '편(編)'은 여러 개를 엮어놓았다는 뜻이고, '특(特)'은 따로 떨어져 있다는 뜻이므로 이경이란 바로 특경이지 편경이 아니다. 경이 이와 같으니 종도 알 수 있다. 순경이 "종 하나를 매단다"[50]라고 하고, 『대대례(大戴禮)』[51]에 "경 하나를 매단다"라고 하여, 특종과 특

---

44 『白虎通義』 제6편 禮樂.
45 『書經』 虞書 / 益稷 2. 「夔曰: 戛擊鳴球, 搏拊琴瑟以詠, 祖考來格.」
46 『周禮』 春官 / 眡瞭 0.
47 『周禮』 春官 / 小胥 0.
48 『國語』 周語下 3-6.
49 『禮記』 明堂位 14-23.
50 『荀子』 禮論 19-6.
51 대대례(大戴禮): 한대(漢代)에 대덕(戴德)이 편찬한 예서(禮書)이다. 이에 반해 대덕의 조카인 대성(戴聖)이 편찬한 예서는 「소대례(小戴禮)」라고 하며, 현재 『禮記』로

경에 대해 이렇게 말하였으니, 편종과 편경도 또한 알 수 있다. 『이아』에 "대경(大磬)을 효(嚞)라 하고 대종(大鐘)을 용(鏞)이라 한다"[52]라고 했는데, 아마 이것은 특경과 특종일 것이다.

따라서 「경사」에 '격경(擊磬)'이라 한 것은 하나를 매단 특경을 들어서 여러 개를 매단 편경까지 보인 것이고, '격편종(擊編鐘)'이라 한 것은 여러 개를 매단 편종을 들어서 하나를 매단 특종까지 보인 것이다. 그러므로 「종사(鐘師)」에 '하나를 매단 특종을 관장한다'고 말하지 않은 것은[53] 당연한 일이다.

악기를 만들 적에 12율로 수도(數度)로 삼고 12성으로 제량(齊量)을 삼았으니, 편종·편경에 12개를 매다는 것이 고제(古制)이다. 후세에 4개의 청성(淸聲)을 더하고, 선유(先儒)가 16개를 매다는 설을 주장한 것은 틀린 것이다. 『논어』에 '경(磬)을 치는 양(襄)이 해도(海島)로 들어갔다'[54]라고 했는데, 그도 아마 주나라의 악사일 것이다. 공자가 위나라에서 경을 치니 삼태기를 메고 그 앞을 지나가던 사람이 '자신을 알아주는 사람이 없는데도 천하에 대해 연연해하고 있다'라며 공자를 비난했는데,[55] 이는 공자가 위나라에서 경을 친 것이 부자·군신간의 명분을 바로잡으려 한 것이지 자신 때문에 연연해 한 것이 아님을 몰랐기 때문이다.

불리는 것이 이것이다.
52 『爾雅』 釋樂 7-5; 7-9.
53 『周禮』 春官 / 鐘師 0에는 '鐘師, 掌金奏.'로 서술되어, '擊鐘'이나 '擊編鐘' 등의 말이 나오지 않는다.
54 『論語』 微子 18-9.
55 공자가~비난했는데: 『論語』 憲問 14-39.

권50 주례훈의(周禮訓義)

춘관(春官) / 경사(磬師) · 종사(鐘師)

경사(磬師)

50-1. 教縵樂燕樂之鐘磬.

만악(縵樂)과 연악(燕樂)의 종과 경을 가르친다.[1]

學記曰 : "不學操縵, 不能安弦." 縵之爲樂, 操之而敬, 縱之而慢. 在始學者爲易習, 比朝祭爲尤縵, 雜聲之和樂者也. 凡祭祀用焉, 非大祭祀之時也. 儀禮燕禮, 若與四方賓燕, 有房中之樂, 蓋人君之於天下, 其智足以知避就, 知出入則可以樂矣. 嚮明而[2]治, 體天道在南方之時出

---

1   『周禮』春官 / 磬師 O.
2   대본에는 '以'로 되어 있으나, 사고전서 『樂書』와 『周易』에 의거하여 '而'로 바로잡았다.

而與萬物相見者也. 嚮晦入燕息, 體天道在北方之時入而與萬物相辨者也. 入而與物辨, 則無爲也, 以飮食燕樂而已. 燕樂之樂雖施於賓客, 凡房中亦用焉. 磬師雖非主敎縵樂燕樂, 然於[3]鐘磬, 而則[4]磬師實豫敎之. 關雎之詩曰 : ‘樂得淑女, 琴瑟友之.’ 繼之以‘樂得淑女, 鐘鼓樂之.’, 豈古房中之樂邪! 房中之樂未嘗不用鐘磬, 而鄭氏以爲不用焉, 是不考磬師之過也.

「학기(學記)」에 “현(絃)을 죄고 푸는 법[操縵]을 배우지 않으면 금·슬을 자연스럽게 탈 수 없다”[5]라고 했으니, 만(縵)이라는 음악은 긴장하여 공경하던 것을 이완시켜 편안하게 하는 것이다. 처음 배우는 자에게는 익히기 쉽고, 조회와 제사에서 연주되는 음악에 비해 더욱 완만하여 잡성(雜聲)을 화락(和樂)하게 하므로 모든 제사에 쓰이나, 대제사(大祭祀)에는 쓰이지 않는다.

『의례』「연례(燕禮)」에 “사방에서 온 빈(賓)과 연례를 할 때 방중지악(房中之樂)을 연주한다”[6]라고 했으니, 대개 인군이 천하를 다스릴 때 복 받을 일을 하고 화란을 피할 줄 알며 알맞은 때 나가고 들어올 줄 아는 지혜가 있으면 즐길 수 있다. 동틀 무렵 나가서 다스리는 것[7]은 천도(天道)가 남방에 있을 때 나가서 만물과 더불어 서로 보는 것을 체득한 것이고, 해질 무렵 들어가 편안히 쉬는 것[8]은 천도가 북방에 있을 때 들어가 만물과 더불어 서로 번별(辨別)하는 것을 체득한 것이다. 들어가 만물을 변별한다는 것은 공적인 활동을 하지 않는 것이니, 음식을 들며 편안히 즐길 따름이다. 연악(燕樂)의 악은 빈객에게 베풀어 주는 것이지만, 방중에서도 쓴다.

경사가 만악(縵樂)과 연악(燕樂)을 가르치는 것을 주관하지는 않지만, 종·경만큼은 경사가 실제로 참여하여 가르친다. 《관저(關雎)》라는 시에 "숙녀를 얻어서 금·슬로 친하게 지내도다"라고 하고, 이어서 "숙녀를 얻어서 종(鐘)·고(鼓)로 즐겁게 지내도다"[9]라고 했으니, 아마 옛날의 방중악일 것이다. 이렇듯 방중악에 종·경을 쓰지 않음이 없었는데, 정씨가 방중에서 종·경을 쓰지 않았다고 한 것은 「경사(磬師)」을 살피지 않아서 빚어진 실수이다.

50-2. 凡祭祀奏縵樂.
경사(磬師)는 모든 제사에 만악(縵樂)을 연주한다.[10]

人之於樂, 有奏者, 有奏之者. 磬師凡祭祀以鐘磬奏縵樂, 非奏者也, 奏之者而已. 磬師以鐘鼓奏縵樂, 而鐘師又以鐘鼓鼓之者. 凡作樂皆曰鼓, 所以鼓柷謂之止, 所以鼓敔謂之籈, 徒鼓鐘謂之修, 徒鼓磬謂之寋, 以至鼓琴鼓瑟鼓簧鼓缶, 皆以鼓焉, 則縵樂謂之鼓不亦可乎?

사람이 악에 있어서 직접 연주하는 자도 있고 연주하게 하는 자도 있다. '경사가 제사에서 종·경으로 만악(縵樂)을 연주한다'고 한 것은 경사가 직접 연주하는 것이 아니고 연주하게 하는 것이다. 「경사」에는 '종·고로 만악을 연주한다[奏]'라고 했는데, 「종사(鐘師)」에는 '종·고로 연주한다[鼓]'라고 했다. 대개 음악을 연주한다는 뜻으로 '고(鼓)'라는 말을 쓰니, 축을 연주할 때[鼓柷] 쓰는 몽치를 지(止)라 하고, 어를 연주할 때[鼓敔] 쓰는 채를 진(籈)이라 하며,[11] 종만 연주하는 것[鼓鐘]을 수(修)라 하고, 경만 연주하는 것[鼓磬]을 건(寋)이라 한다.[12] 금을 연주하고[鼓琴], 슬을 연주

---

9 『詩經』周南 / 關雎.
10 『周禮』春官 / 磬師 0.
11 축을~하며 : 『爾雅』釋樂 7-14.
12 종만~한다 : 『爾雅』釋樂 7-13.

하며[鼓瑟], 생황을 연주하고[鼓簧],[13] 부를 연주하는 것[鼓缶]에 이르기까지[14] 모두 연주한다는 뜻으로 '고(鼓)'를 썼으니, '만악을 연주한다'고 말할 때도 '고(鼓)'라는 말을 써도 되지 않겠는가?

종사(鐘師)

50-3. 鐘師掌金奏.
종사(鐘師)는 금주(金奏)를 관장한다.[15]

樂記曰:"鐘聲鏗, 鏗以立號, 號以立橫, 橫以立武." 左傳曰:"鐘音之器也, 小者不窕, 大者不摦, 則和於物." 爾雅曰:"大鐘謂之鏞, 其中謂之剽, 小者謂之棧." 蓋鐘之爲器, 於物爲金, 於方爲西, 秋分之音也. 其輕重有齊, 多寡有量, 小大有宜, 聲音有適. 先王以鳧氏爲之鐘師, 掌之奏之以爲樂節而已. 鐘師掌金奏, 而不及金奏之鼓, 鎛師掌金奏之鼓, 而不及四金之音聲, 有鼓人之職存焉. 鐘師中上四人、下十八人, 而府史胥徒皆在, 所統謂之鐘師, 不亦宜乎? 鐘以止聚爲義, 先儒謂鐘之爲言動也, 疎矣.

「악기(樂記)」에 "종 소리는 견강하니[鏗], 견강한 소리는 호령을 일으키고, 호령은 충만한 기(氣)를 일으키고, 충만한 기는 무(武)를 일으킨다"[16]라고 하고, 『좌씨전』에 "종은 음을 내는 기구(器具)이니, 작은 종의 소리

---

13 『詩經』小雅 / 鹿鳴. 「呦呦鹿鳴, 食野之苹. 我有嘉賓, 鼓瑟吹笙. 吹笙鼓簧 ······ 呦呦鹿鳴, 食野之芩. 我有嘉賓, 鼓瑟鼓琴. 鼓瑟鼓琴 ······.」

14 『周易』離卦 8. 「九三, 日昃之離, 不鼓缶而歌.」

15 『周禮』春官 / 鐘師 0.

16 『禮記』樂記 19-22.

가 너무 가늘지 않고 큰 종의 소리가 너무 굵지 않으면 여러 악기의 소리와 조화를 이룬다"[17]라고 하고, 『이아』에 "큰 종을 용(鏞)이라 하고 중간 것을 표(剽)라고 하고 작은 것을 잔(棧)이라 한다"[18]라고 했다.

종이라는 악기는 물질로는 금(金)에 속하고, 방위로는 서방에 해당하니 추분의 음(音)이다. 경중(輕重)에 제(齊)가 있고, 다과(多寡)에 양(量)이 있으며, 소대(小大)에 마땅함이 있고, 성음(聲音)에 알맞음이 있다.

선왕은 부씨(鳧氏)를 종사(鐘師)로 삼아서 연주를 관장하게 하여 음악 절주를 하게 했을 뿐이니, 종사는 금주(金奏)는 관장하지만 금주를 이끄는 북은 관장하지 않으며, 박사(鎛師)는 금주를 이끄는 북은 관장하지만 사금(四金)[19]의 소리를 관장하지 않는 것은 고인(鼓人)이라는 직책이 있기 때문이다.[20]

종사에 중사(中士) 4인, 하사(下士) 8인이 있고, 부(府)·사(史)·서(胥)·도(徒)가 모두 있으니, 통솔하는 자를 종사라고 일컫는 것이 또한 마땅하지 않은가? 종(鐘)에는 머물게 하고 모이게 하는 뜻이 있다. 따라서 선유가 종에 대해 '움직이게 하는 뜻이 있다'[21]고 말한 것은 어설픈 의견이다.

50-4. 凡樂事以鐘鼓奏九夏, 王夏·肆夏·昭夏·納夏·章夏·齊夏·族夏·祴夏·驁夏.

종사(鐘師)는 모든 악사(樂事)에서 종(鐘)·고(鼓)로 《왕하(王夏)》·《사하(肆夏)》·《소하(昭夏)》·《남하(納夏)》·《장하(章夏)》·《제하(齊夏)》·《족하(族夏)》·《개하(祴夏)》·《오하(驁夏)》의 구하(九夏)를 연주한다.[22]

---

17   『春秋左氏傳』昭公 21년(1).
18   『爾雅』釋樂 7-9.
19   사금(四金) : 금순(金錞)·금탁(金鐲)·금요(金鐃)·금탁(金鐸).
20   『周禮』地官 / 鼓人 0. 「鼓人, 掌敎六鼓四金之音聲, 以節聲樂, 以和軍旅, 以正田役.」
21   『白虎通義』제6편 禮樂.
22   『周禮』春官 / 鐘師 0.

杜子春曰：“王出入奏王夏, 尸出入奏肆夏, 牲出入奏昭夏, 四方賓來奏納夏, 臣有功奏章夏, 夫人祭奏齊夏, 族人侍奏族夏, 客醉而出奏祴夏, 公出入奏驁夏.”

蓋王者之於天下, 出而與物相見, 則粲然有文明之華·功業之大. 然多故常生於豐大之時, 而無故每見於隨時之義, 則其出而與民同患, 又不可不思患而預爲之戒也. 禹作九夏之樂, 本九功之德以爲歌. 而虞[23]書曰：“勸之以九歌, 卑勿壞.” 曷嘗不先患慮患而戒之哉? 且天下之民以王爲之君, 九夏之樂以[24]王夏爲之君. 故王出入奏王夏. 尸非神也, 象神而已, 然尸之於神在廟則均全於君, 是與之相敵而無不及矣, 故尸出入奏肆夏. 牲所以食神, 實以召之也, 神藏於幽微, 而有以召之, 則洋洋乎如在其上, 如在其左右, 不亦昭乎? 故牲出入奏昭夏. 外之爲出, 內之爲納, 四方之賓或以朝而來王, 或以祭而來享, 非可却而外之之也, 容[25]而納之, 係而屬之, 安賓客悅遠人之道也. 故四方賓來奏納夏. 東南爲文, 西南爲章, 則章者文之成, 明之著也. 人臣有功, 不錫樂以章之, 則其功卒於黮闇不明, 非崇德報功之道也. 故臣有功奏章夏. 古者將祭, 君致齊於外, 夫人致齊於內, 心不苟慮, 必依於道, 手足不苟動, 必依於禮. 夫然後致精明之德, 可以交神明矣. 故夫人祭奏齊夏. 族人之侍王, 內朝以齒, 明父子也, 外朝以官, 體異姓也, 合族之道, 不過是矣. 故族人侍奏族夏. 旣醉而出, 並受其福, 醉而不出, 是謂伐德. 非特於禮爲然, 樂亦如之. 是以先王之[26]於樂, 未嘗不以祴示戒焉. 故客醉而出奏祴夏. 大射公入驁, 則公與王同德, 爵位莫重焉. 然位不期驕而驕至, 祿不期侈而侈生, 則自放驕傲之患, 難免乎於身矣. 是故先王之於樂, 未嘗不以驁示戒焉. 故公出入奏驁夏. 大射公人驁, 則公與王同德, 爵位莫

23 대본에는 '夏'로 되어 있으나, 『書經』에 의거하여 '虞'로 바로잡았다.
24 대본에는 '而'로 되어 있으나, 사고전서 『樂書』에 의거하여 '以'로 바로잡았다.
25 대본에는 '客'으로 되어 있으나, 사고전서 『樂書』에 의거하여 '容'으로 바로잡았다.
26 대본에는 없으나, 『樂書』 166-4에 의거하여 '之'를 보충하였다.

重焉. 然位不期驕而驕至, 祿不期侈而侈生, 則自放驕傲之患, 難免乎於身矣. 是故先王之於樂, 未嘗不以驚示戒焉. 故公出入奏驚夏. 蓋禮勝易離, 樂勝易流, 九夏之樂必終於祴驚者, 以反[27]爲文故也. 若然尙何壞之有乎? 詩言鐘鼓旣戒與此同意. 九夏之樂有其名而亡其辭, 蓋若豳雅豳頌矣.

國語曰 : "金奏肆夏." 禮器曰 : "其出也肆夏而送之, 蓋重禮也." 郊特牲曰 : "賓入門而奏肆夏, 示易以敬也." 又曰 : "大夫之奏肆夏, 由趙文子始也." 玉藻言 : "君子佩玉 行以肆夏." 春秋襄公四年, 晉侯享穆叔奏肆夏, 燕禮奏肆夏. 由是觀之, 夏之樂天子用之於祭則送逆尸, 用之於享則逮元侯, 其施於身則行步登車佩玉而已. 以其所以施於身者, 行於祭享之間,[28] 蓋重禮也. 諸侯謹度於王有臣道焉, 制節於國有君道焉. 故燕禮與賓入門而奏肆夏, 以有君道也, 兩君相見奏肆夏可也, 若夫以君而享臣, 爲臣而用之, 豈先王之禮哉? 此晉侯以享穆叔, 春秋所以譏之, 趙文子奏於家, 郊特牲所以非之也.

古者上農堀土出金以爲鐘, 其聲尙羽.[29] 上工磨石以爲磬, 其聲尙角.[30] 故磬師掌敎擊磬, 未嘗不及鐘.[31] 要之, 磬師以磬爲主, 故以磬先鐘. 鐘師以鐘爲主, 故以鐘先鼓. 然樂之作也, 先鼓以警戒, 後鐘以[32]應之. 故虞書[33]論堂下之樂, 以鼗鼓爲先, 笙鏞次之. 商詩以置我鼗鼓爲先, 庸鼓次之. 周詩以鼗鼓爲先, 惟鏞次之. 是故鼓大麗而象天, 鐘統實而象地, 天先而地從之, 鼓先而鐘從之, 是先王立樂之方也. 鄭氏謂先擊鐘次擊鼓, 以奏九夏. 是徒知鐘鼓之文, 而不知用鐘鼓之意也.

27　대본에는 '交'로 되어 있으나, 사고전서『樂書』에 의거하여 '反'으로 바로잡았다.

28　대본에는 '間'으로 되어 있으나, 사고전서『樂書』에 의거하여 '間'으로 바로잡았다.

29　대본에는 '角'으로 되어 있으나, 『國語』에 의거하여 '羽'로 바로잡았다.

30　대본에는 '羽'로 되어 있으나, 『國語』에 의거하여 '角'으로 바로잡았다.

31　대본과 사고전서『樂書』에는 모두 '鼓'로 되어 있으나, 『周禮』에 의거하여 '鐘'으로 바로잡았다.

32　대본에는 '而'로 되어 있으나, 사고전서『樂書』에 의거하여 '以'로 바로잡았다.

33　대본에는 '師'로 되어 있으나, 사고전서『樂書』에 의거하여 '書'로 바로잡았다.

仲尼曰 : "樂云樂云, 鐘鼓云乎哉?", 以爲樂在於鐘鼓, 則鐘鼓樂之器, 而器非樂也, 以爲不在於鐘鼓, 則'鐘鼓不耺,[34] 吾無以見聖人矣.'

두자춘(杜子春)[35]이 말하기를, "왕이 출입할 때는 《왕하(王夏)》를 연주하고, 시동(尸童)이 출입할 때는 《사하(肆夏)》를 연주하고, 희생(犧牲)이 출입할 때는 《소하(昭夏)》를 연주하고, 사방의 빈객이 올 때는 《납하(納夏)》를 연주하고, 신하가 공(功)을 세울 때는 《장하(章夏)》를 연주하고, 부인(夫人)이 제사를 지낼 때는 《제하(齊夏)》를 연주하고, 친족이 왕을 모실 때는 《족하(族夏)》를 연주하고, 손님이 취하여 나갈 때는 《개하(祴夏)》를 연주하고, 공(公)이 출입할 때는 《오하(驁夏)》를 연주한다"[36]라고 했다.

왕자(王者)가 천하를 다스림에, 밖에 나가 마음을 열고 만물을 보면 빛나는 문명과 큰 공업(功業)이 찬란하게 이루어진다. 변란은 항상 태평할 때 생기고, 평안은 시대의 정의를 따를 때 나타나므로, 왕은 밖에 나가 백성과 근심을 함께 하고, 또 환난을 생각하여 미리 경계해야만 한다. 우임금이 지은 구하(九夏)의 악은 구공(九功)[37]의 덕을 바탕으로 지어진 노래이다. 「우서(虞書)」에 "구가(九歌)로 권면하여 무너지지 않게 하소서"[38]라고 했으니, 어찌 환난이 일어나기 전에 먼저 환난을 생각하여 경계한 것이 아니겠는가? 또 천하의 백성이 '왕'이란 칭호를 자신들의 우두머리인 임금에게 쓴 것처럼, 구하(九夏)의 악에서는 《왕하》가 임금이 된다. 그리므로 왕이 출입할 때는 《왕하》를 연주한다.

시동(尸童)[39]은 신이 아니고 신을 상징하는 자일뿐이지만, 신이 있는

---

34   대본에는 '扭'으로 되어 있으나, 『法言』에 의거하여 '耺'으로 바로잡았다.

35   두자춘(杜子春) : B.C. 30∼A.D. 58. 후한(後漢)의 경학자. 유흠(劉歆)에게서 『주례』를 배우고 정중(鄭衆)·가규(家逵)에게 '주례학(周禮學)'을 전했다. 그가 주석(註釋)한 『주례』는 정현(鄭玄)에게 영향을 끼쳤으나 현재는 전하지 않는다.

36   『周禮』 春官 / 鐘師 0의 鄭玄 注에 인용된 글.

37   구공(九功) : 양민(養民)의 근본인 수(水)·화(火)·금(金)·목(木)·토(土)·곡(穀)의 육부(六府)와 선정(善政)의 근본인 정덕(正德)·이용(利用)·후생(厚生)의 삼사(三事)를 이르는 말.

38   『書經』 虞書 / 大禹謨 1

묘당(廟堂)에서는 임금에 비견되는 존재이므로 어느 누구도 시동과 필적하지 못한다. 그러므로 시동이 출입할 때는《사하》를 연주한다.

희생(犧牲)은 신에게 바쳐 신을 불러내는 제물이다. 신은 그윽하고도 은미한 곳에 있지만, 정성을 다해 신을 부르면 신이 내려와 양양히 그 위에 있는 듯하고 그 좌우에 있는 듯하니, 또한 훤히 나타난 것이 아니겠는가? 그러므로 희생이 출입할 때는《소하》를 연주한다.

밖으로 나가는 것은 출(出)이고 안으로 들이는 것은 납(納)이다. 사방의 빈객(賓客)이 조회를 하러 왕에게 오거나 제사지내러 오면 물리쳐 외면해서는 안 된다. 포용하여 받아들이고 유대감을 느끼게 하는 것은, 빈객을 편안하게 하고 먼 나라 사람을 기쁘게 하는 방법이다. 그러므로 사방의 빈객이 올 때는《납하》를 연주한다.

동남(東南)은 문(文)이 되고 서남(西南)은 장(章)이 되니, 장(章)은 문(文)이 완성되어 빛나고 밝은 것이다.[40] 신하가 공(功)을 세웠는데 악을 하사하여 빛내주지 않으면, 그 공이 묻혀 버릴 것이니, 덕을 높이고 공을 갚는 도리가 아니다. 그러므로 신하가 공을 세우면《장하》를 연주한다.

옛날에 제사지내려면 임금은 밖에서 치재(致齊)하고 부인(夫人)은 안에서 치재하였다.[41] 마음은 구차한 생각을 하지 않고 반드시 도(道)에 의지

---

39 시동(尸童) : 옛날에 제사지낼 때 신위(神位) 대신으로 앉았던 아이이다.
40 동남(東南)은~것이다 : 『周禮訂義』(宋 王與之 撰) 권75 總論.「文者言陰陽之相雜也. 蓋東方之靑 少陽之色, 少陽柔也. 南方之赤, 盛陽之色, 盛陽剛也. 以靑合赤, 剛柔相雜, 粲然可觀. 玆其所以爲文歟! 傳曰東南爲文謂此也. 章者言陰陽之相成也. 赤者夏之色, 萬物潔齊而文明. 白者秋之色, 萬物肅殺而刻制. 以赤合白 陰陽相成, 其功著見. 玆其所以爲章歟! 傳曰西南爲章 謂此也【문(文)은 음양이 서로 섞인 것이다. 대개 동방의 청색은 소양(少陽)의 색인데 소양은 유약하고, 남방의 적색은 성양(盛陽)의 색인데 성양은 강하다. 청색과 적색이 합하여 강유가 서로 섞이면 찬란하게 볼만하니, 이것이 문(文)이다. 전(傳)에 '동남(東南)이 문(文)이 된다'고 한 것은 이를 말한다. 장(章)은 음양이 서로 이루어주는 것이다. 적색은 여름의 색이니 만물이 정결하게 빛나고, 백색은 가을의 색이니 만물이 기운이 다하여 처연(凄然)해진다. 적색과 백색이 합하여 음양이 서로 이루어주면, 그 공이 드러나니, 이것이 장(章)이다. 전(傳)에 '서남(西南)이 장(章)이 된다'고 한 것은 이를 말한다.】」
41 임금은~치재하였다 : 『禮記』祭統 25-5.

하며, 수족은 구차한 행동을 하지 않고 반드시 예에 의지하면, 순수하고 밝은 덕이 극진해져 신명(神明)과 교감(交感)할 수 있다. 그러므로 부인이 제사지낼 때 《제하》를 연주한다.

친족이 왕을 모실 때 내조(內朝)에서 항렬에 따라 서는 것은 부자의 도리를 밝히기 위함이고, 외조(外朝)에서 관직에 따라 서는 것은 이성(異姓)의 신하를 예로 대하고자 함이다.[42] 친족을 화합시키는 방법은 이것에 불과하다. 그러므로 친족이 모실 때는 《족하》를 연주한다.

술에 취해 자리를 뜨면 다 복을 받지만 취하고도 돌아가지 않으면 이것은 덕을 손상시키는 일이다.[43] 예에만 그런 것이 아니고 악도 마찬가지이다. 그러므로 선왕이 악에서 '개(祴)'[44]로 경계하지 않은 적이 없었다. 그러므로 손님이 취해 나갈 때 《개하》를 연주한다.

「대사(大射)」에 "공(公)이 들어오면 《오하》를 연주한다"[45]라고 하였다. 공(公)은 왕과 덕이 같아서 작위(爵位)가 막중하다. 높은 지위는 교만하려 하지 않아도 절로 교만해지고 높은 봉록은 사치하려 하지 않아도 절로 사치해지니, 교만하고 방자해지는 병통을 면하기 어렵다. 그러므로 선왕이 악에서 일찍이 오만(驁)을 경계하지 않은 적이 없었다. 그러므로 공(公)들이 출입할 때 《오하》를 연주한다.

일반적으로 예가 지나치면 인심이 떠나기 쉽고 악이 지나치면 방종에 흐르기 쉬우니, 구하(九夏)의 악이 반드시 《개하》와 《오하》로 마치는 것은 돌아감(反)을 아름다움으로 삼기 때문이다. 이렇게 하면 어찌 무너질 일이 있겠는가? 『시경』에 "종(鐘)·고(鼓)를 울려 경계하도다"[46]라고 한 것은 이것과 같은 뜻이다. 구하(九夏)의 악이 이름만 전하고 가사가 없어진 것은 빈아(豳雅)·빈송(豳頌)과 같다.

---

42 내조(內朝)에서~함이다:『禮記』文王世子 8-11.
43 술에~일이다:『詩經』小雅 / 賓之初筵.
44 개(祴):'祴'는 '示+戒'이니 경계를 보여준다는 뜻이 있다.
45 『儀禮』大射 7-46.
46 『詩經』小雅 / 楚茨.

『국어』에 "금부(金部) 악기로 《사하》를 연주한다"[47]라고 하고, 「예기(禮器)」에 "제후들이 예를 마치고 나갈 때 《사하》를 연주하며 전송하는 것은 중요한 예이기 때문이다"[48]라고 하고, 「교특생」에 "빈(賓)이 문에 들어설 때 《사하》를 연주하는 것은 화기애애한 가운데 공경을 보이는 것이다"[49]라고 하고, 또 "대부로서 빈객을 맞이하고 보낼 때 《사하》를 연주한 것은 조문자(趙文子)로부터 시작되었다"[50]라고 하고, 「옥조(玉藻)」에 "군자는 옥을 차고 《사하》에 맞추어 걸었다"[51]라고 하고, 춘추시대 양공(襄公) 4년에 "진후(晉侯)가 목숙(穆叔)에게 연향을 베풀 때 《사하》를 연주했다"[52]라고 하고, 「연례(燕禮)」에 "《사하》를 연주했다"[53]라고 하였다.

이로 보건대, 구하(九夏)의 악은 천자가 제사지낼 때는 시동을 전송하거나 맞이할 때 쓰이고, 연향을 베풀 때는 원후(元侯 : 제후의 長)에까지 미치며, 자신의 거동에서는 옥을 차고 걷거나 수레에 오를 때 연주되었다. 제향에 쓰는 것을 자신의 거동에 연주하는 것은 중요한 예이기 때문이다.

제후가 왕에게 태도를 삼가는 것은 신하의 도가 있기 때문이고, 나라에서 예절을 따르는 것은 임금의 도가 있기 때문이다. 그러므로 「연례」에 빈(賓)과 더불어 문에 들어설 때 《사하》를 연주하는 것은 임금의 도가 있기 때문이니, 두 나라 임금이 서로 만날 때 《사하》를 연주하는 것은 옳지만, 임금이 신하에게 잔치를 베풀면서 신하를 위해 연주한 것은 어찌 선왕의 예이겠는가? 이 때문에 『춘추』에서는 진후가 목숙에게 잔치를 베풀 때 《사하》를 연주한 것을 비난했고, 「교특생」에서는 조문

---

47 『國語』魯語下 5-1.
48 『禮記』禮器 10-34.
49 『禮記』郊特牲 11-5.
50 『禮記』郊特牲 11-7.
51 『禮記』玉藻 13-18.
52 『春秋左氏傳』襄公 4년(3).
53 『儀禮』燕禮 6-31.

자가 《사하》를 자신의 집에서 연주한 것을 비난했다.

옛날에 상농(上農)이 땅을 파서 쇠를 캐내어 종을 만들었으니, 그 소리는 우성(羽聲)을 숭상하고, 상공(上工)이 돌을 갈아 경(磬)을 만들었으니 그 소리는 각성(角聲)을 숭상하였다.[54] 경사(磬師)는 경 치는 법의 교육을 관장하지만 종을 관장하지 않은 적이 없었다. 다만 경사는 경을 위주로 하므로 경을 종보다 먼저 말했다.[55] 마찬가지로 종사(鐘師)는 종을 위주로 하므로 종을 북보다 먼저 말한 것이다. 그러나 실제로 음악을 연주할 때는 먼저 북을 쳐서 경계한 뒤에 종으로 응한다. 그러므로 「우서(虞書)」에서 당하악(堂下樂)을 논할 적에 도(鼗)·고(鼓)를 먼저 말하고 생(笙)과 용(鏞: 大鐘)을 다음에 말했으며,[56] 상나라 시에서는 '도(鼗)와 북을 설치하도다'라고 읊은 뒤에 '용(鏞)과 북이 성하게 울려 퍼지도다'라고 읊었고,[57] 주나라 시에서도 분고(鼖鼓)를 먼저 말하고 용을 그 다음에 말했다.[58]

북은 소리가 커서 많은 악기들을 따르게 하므로 하늘을 상징하고, 종은 여러 악기를 통솔하여 충실하게 하므로 땅을 상징한다.[59] 하늘이 먼저이고 땅이 그 뒤를 따르는 것처럼, 북을 먼저 치고 종을 그 다음에 쳤으니, 이것이 선왕이 악을 세운 방법이다. 그런데 정씨(鄭氏)는 종을 먼저 치고 그 다음에 북을 쳐서 구하(九夏)를 연주한다고 풀이했으니,[60] 이는 '종(鐘)·고(鼓)'라는 글자만 알 뿐이고 '종·고'를 사용하는 의미를 모른 것이다.

---

54 『國語』周語下 3-6.「故樂器重者從細, 輕者從大. 是以金尙羽, 石尙角.」
55 『周禮』春官 / 磬師 0.「磬師, 掌敎擊磬擊編鐘.」
56 『書經』虞書 / 益稷 2.「夔曰: " …… 下管鼗鼓, 合止柷敔, 笙鏞以間, 鳥獸蹌蹌, 簫韶九成, 鳳皇來儀."」
57 『詩經』商頌 / 那.「猗與那與, 置我鞉鼓. 奏鼓簡簡, 衎我烈祖. …… 於赫湯孫, 穆穆厥聲. 庸鼓有斁, 萬舞有奕.」
58 『詩經』大雅 / 靈臺.「虡業維樅, 賁鼓維鏞. 於論鼓鍾, 於樂辟廱.」
59 『荀子』樂論 20-10.「聲樂之象, 鼓大麗, 鐘統實.」
60 『周禮注疏』권24.「凡樂事以鐘鼓奏九夏, 王夏肆夏昭夏納夏章夏齊夏族夏祴夏驁夏【注 以鐘鼓者, 先擊鐘, 次擊鼓以奏九夏.】

공자가 "악이라 악이라 이르지만 종·고 자체를 이르겠는가?"[61]라고
말한 것은, 악이 종·고로 표현되긴 하지만, 종·고는 악의 그릇일 뿐,
그릇 자체가 악은 아니라는 뜻이다. 악의 본질이 종·고에 있지 않지만,
종·고가 울리지 않으면 사람들은 성인의 뜻을 접할 방법이 없다.[62]

50-5. 祭祀饗食奏燕樂
제(祭)·사(祀)[63]와 향(饗)·사(食)[64]에 연악(燕樂)을 연주한다.[65]

禮記曰: "嘗禘之禮所以仁昭穆也, 食饗之禮所以仁賓客也." 又曰:
"食饗所以正交接也." 蓋先王之交鬼神也, 非祭則祀, 其接賓客也, 非
饗則食. 祭之以其物, 有養而親之之意, 所以致愛也. 祀之以其道, 有止
而寧之之意, 所以致敬也. 饗以飲爲主, 有鄕之之意, 亦所以致敬也. 食
以食爲主, 有養之之意, 亦所以致愛也. 燕之爲禮, 雖與祭祀饗食不同,
要之, 亦不過致愛敬而已. 故文王鹿鳴之燕羣臣, 旣飲食之, 又實幣帛
以[66] 將其意, 是致愛也. 待之以嘉賓之禮, 是致敬也. 然則凡祭祀饗食,
如之何不奏燕樂乎? 以儀禮考之, 食有侑食, 故有侑幣, 饗有酬爵, 故有
酬幣, 燕亦如之.
又大宗伯以饗燕之禮, 親四方之賓客, 饗食之禮旣同, 則其樂亦不嫌

---

61   『論語』陽貨 17-9.

62   종·고가~없다:『法言』先知 9-7.

63   제(祭)·사(祀) : 제(祭)는 지기(地祇)에 지내는 제사이고, 사(祀)는 천신(天神)에 지내
      는 제사이다. 인귀(人鬼)에 지내는 제사는 향(享)이라 한다. 그러나 이렇게 상세히
      구분하지 않고 일반적으로 제사라고 하기도 한다.

64   향(饗)·사(食) : 향(饗)은 마시는 것을 위주로 하여 봄에 고자(孤子)에게 향응을 베푸
      는 예이고, 사(食)는 음식을 위주로 하여 가을에 기로(耆老)를 대접하는 예.

65   『周禮』春官 / 鐘師 0.

66   대본의 '幣帛以' 이하『樂書』권50.6a6-7b1은 잘못 편집된 것이므로, 사고전서『樂書』
      에 의거하여 바로잡았다. 즉, 대본의『樂書』권50.6a6-7b1은『樂書』권79.3b4-4b9와
      같은 내용으로서「상서훈의(尙書訓義)」에 편집되어야 할 것이「주례훈의(周禮訓義)」
      에 잘못 편집되었으므로, 본 역서에서는 이 부분을 생략했다.

於同矣. 以鐘鼓奏九夏, 則奏燕樂以鐘鼓亦可類擧矣. 鐘陰聲也, 在天則陰陽和然後萬物得, 在樂則鐘鼓應然後八音諧. 故獨鐘不能以和聲, 獨鼓不能以成樂. 是以鐘師掌金奏, 必以鼓倡之, 鼓人掌六鼓, 必以四金和之. 然則'於論鼓鐘', 其義豈不深且遠哉?

凡祭祀用樂, 亦有所謂不用焉. 祭儀曰 : "禘有樂而嘗無樂." 是也. 凡饗食用樂, 亦有所謂不用焉. 郊特牲曰 : "饗有樂而食無樂." 是也. 周制四時之祭, 有祠而無禘, 其食又以樂侑之, 則禘饗有樂而食嘗無樂, 非周制也. 奏樂, 先祭祀後饗食者, 禮莫重於祭故也.

『예기』에 "상(嘗)[67]과 체(禘)[68]는 소목(昭穆)[69]에게 인(仁)을 베푸는 것이고, 사(食)와 향(饗)은 빈객에게 인을 베푸는 것이다"[70]라고 하고, "사(食)와 향(饗)은 교제를 바르게 하는 것이다"[71]라고 했으니, 선왕이 귀신과의 교류는 제(祭)·사(祀)를 통해서 하고 빈객과의 교류는 향(饗)·사(食)를 통해서 했다. 물(物)로써 제(祭)를 지내는 것은 봉양하여 친애하는 뜻이 있으니, 사랑을 지극하게 하는 것이다. 도(道)로써 사(祀)를 지내는 것은 머물게 하여 편안히 하는 뜻이 있으니, 공경을 지극하게 하는 것이다. 향(饗)은 술을 마시는 것을 위주로 하여 향음주례(鄕飮酒禮)의 뜻이 있으니, 공경을 지극하게 하는 것이다. 사(食)는 음식을 먹는 것을 위주로 하여 봉양하는 뜻이 있으니, 사랑을 지극하게 하는 것이다.

연례(燕禮)는 제(祭)·사(祀) 및 향(饗)·사(食)와는 다를지라도 요컨대 사랑과 공경을 지극하게 하는 것이다. 그러므로 《녹명(鹿鳴)》이라는 시에서, '문왕이 신하들에게 잔치를 베풀어 줄 때 음식을 대접하고 또 폐백

67 　상(嘗) : 가을에 지내는 종묘 제사.
68 　체(禘) : 봄에 지내는 종묘 제사. 때로는 여름에 지내는 종묘 제사를 가리키기도 한다.
69 　소목(昭穆) : 사당에 신주를 모시는 차례. 시조를 중앙에 두고, 2세·4세·6세를 시조의 왼쪽에 두는데 이를 '소(昭)'라 하고, 3세·5세·7세를 시조의 오른쪽에 두는데 이를 '목(穆)'이라고 한다.
70 　『禮記』仲尼燕居 28-5.
71 　『禮記』樂記 19-1.

을 담아서 성의를 표한 것'은 사랑을 지극하게 한 것이고, '귀한 손님의 예로 대우한 것'은 공경을 지극하게 한 것이다.

이러하니 제(祭)·사(祀)와 향(饗)·사(食)에 어찌 연악(燕樂)을 연주하지 않겠는가? 『의례』를 살펴보건대, 사례(食禮)에 유식(侑食)이 있으므로 유폐(侑幣)가 있고, 향례(饗禮)에 수작(酬酌)이 있으므로 수폐(酬幣)가 있으니,[72] 연례(燕禮)도 이와 같을 것이다.

또 대종백(大宗伯)은 향연(饗燕)의 예로 사방에서 온 빈객을 친근히 하였다.[73] 향사(饗食)의 예도 이와 같으니, 악도 같으리라는 것은 의심할 바 없다. 종(鐘)·고(鼓)로 구하(九夏)를 연주했으니,[74] 연악(燕樂) 또한 종·고로 연주했으리라는 것을 미루어 알 수 있다.

종은 음(陰)의 소리이다. 하늘에서는 음(陰)·양(陽)이 화합한 뒤에 만물이 얻어지고, 악에서는 종·고가 응한 뒤에 팔음이 조화롭게 된다. 그러므로 종만으로도 소리를 조화롭게 할 수 없고, 북만으로도 악을 이룰 수 없다. 그러므로 종사는 금주(金奏)를 관장하지만 반드시 북을 쳐서 시작하고, 고인(鼓人)은 육고(六鼓)[75]를 관장하지만 반드시 사금(四金)[76]으로 화답(和答)했다.[77] 그러하니 '질서정연하게 북과 종을 치도다'[78]라는 뜻이 어찌 깊고 또 원대하지 않은가?

일반적으로 제사에 악을 쓰지만, 쓰지 않는 경우도 있으니, 「제의(祭儀)」에 '체(禘)에는 악이 있는데 상(嘗)에는 악이 없다'[79]라고 한 것이 이것이다. 일반적으로 향(饗)·사(食)에 악을 쓰지만, 쓰지 않는 경우도 있으

---

72 『儀禮』聘禮 8-23.
73 『周禮』春官 / 大宗伯 6.
74 종(鐘)·고(鼓)로 구하(九夏)를 연주했으니: 『周禮』春官 / 鐘師 0.
75 육고(六鼓): 뇌고(雷鼓)·영고(靈鼓)·노고(路鼓)·분고(鼖鼓)·고고(鼛鼓)·진고(晉鼓).
76 사금(四金): 금순(金錞)·금탁(金鐲)·금요(金鐃)·금탁(金鐸).
77 『周禮』地官 / 鼓人 0. 「鼓人, 掌教六鼓四金之音聲, 以節聲樂, 以和軍旅, 以正田役.」
78 『詩經』大雅 / 靈臺.
79 『禮記』祭義 24-1.

니, 「교특생(郊特牲)」에 '향(饗)에는 악이 있는데 사(食)에는 악이 없다'[80]라고 한 것이 이것이다.

주나라 제도는 사시(四時)의 제(祭)에 사(祠)는 있지만 체(禘)는 없고, 사례(食禮)에 악으로 음식을 권유했으므로, '체(禘)·향(饗)에는 악이 있고 사(食)·상(嘗)에는 악이 없다'[81]는 것은 주나라 제도가 아니다.

악을 연주하는 것을 언급할 때 제(祭)·사(祀)를 먼저 말하고 향(饗)·사(食)를 뒤에 말한 것은 예에서 제사보다 더 중요한 것이 없기 때문이다.

---

80 『禮記』 郊特牲 11-3.
81 『禮記』 郊特牲 11 3.

권51 주례훈의(周禮訓義)

춘관(春官) / 종사(鐘師)·생사(笙師)·박사(鎛師)

종사(鐘師)

51-1. 凡射, 王奏騶虞, 諸侯奏狸首, 卿大夫奏采蘋, 士奏采蘩.

왕이 활을 쏠 때는 《추우(騶虞)》를 연주하고 제후가 활을 쏠 때는 《이수(狸首)》를 연주하고 경대부(卿大夫)가 활을 쏠 때는 《채빈(采蘋)》을 연주하고, 사(士)가 활을 쏠 때는 《채번(采蘩)》을 연주한다.[1]

古者天子以射選諸侯卿大夫士, 因而飾之以禮樂. 故諸侯之射, 必先行燕禮, 卿大夫士之射, 必先行鄕飮禮. 燕禮行而君臣之義明矣, 鄕飮禮行而長幼之序矣. 故凡射上自王侯下逮卿士, 莫不各有所奏焉. 大射

---

1 『周禮』春官 / 鐘師 0.

之禮, 鐘人以鐘鼓奏陔夏, 鄕射以鼓奏陔夏. 諸侯尊, 以鐘鼓奏之, 大夫士卑, 特用鼓而已. 蓋自王達於士, 其奏射樂, 宜皆以鐘鼓爲節, 不然九夏之樂安得並以鐘鼓之乎? 眡瞭賓射奏其鐘鼓, 是也. 然王道成於騶虞, 王奏之可也. 大夫妻能循法度於采蘋, 大夫奏之可也. 至於采蘩, 夫人[2]不失職之詩, 而士奏之可乎! 至[3]天子元士, 視附庸之君, 其用諸侯夫人之詩, 亦在所可也. 士則事人, 爵之尤卑者也, 卑者不嫌於抗尊, 故先王制禮, 多推而進之. 是以齊冠不嫌於同諸侯, 齊車不嫌於同大夫, 況樂乎?

儀禮鄕射合樂, 大射不合樂者, 鄕射屬民, 欲以同其意, 大射擇士與祭, 欲以嚴其事故也.

옛날에 천자는 사례(射禮)로 제후·경대부·사를 뽑았으므로 예악으로 이를 문식(文飾)했다.[4] 그러므로 제후의 사례에는 반드시 연례(燕禮)를 먼저 행하고, 경대부의 사례에는 반드시 향음주례(鄕飮酒禮)를 먼저 행했으니, 연례를 행하여 군신(君臣)의 의리를 밝히고 향음주례를 행하여 장유(長幼)의 차례를 밝힌 것이다.[5]

그러므로 사례를 행할 때 위로 왕후(王侯)로부터 아래로 경사(卿士)에 이르기까지 각각 연주하는 음악이 있다. 대사례(大射禮)에서는 종인(鐘人)이 종(鐘)·고(鼓)로 《해하(陔夏)》를 연주하고 향사(鄕射)에서는 고(鼓)로 《해하》를 연주한다. 제후는 신분이 높으므로 종·고로 《해하》를 연주하고, 대부(大夫)와 사(士)는 낮으므로 고만을 쓰는 것이다.

왕에서 사(士)에 이르기까지 사악(射樂)을 연주할 때 모두 종·고로 절도를 삼는다. 그렇지 않으면 구하(九夏)의 악을 어찌 종·고로 연주한다고 했겠는가?[6] 이는 시료(眡瞭)가 빈사(賓射)에서 종·고를 연주한 것에서

2 대본에는 '大夫'로 되어 있으나, 사고전서 『樂書』에 의거하여 '夫人'으로 바로잡았다.
3 대본에는 '王'으로 되어 있으나, 사고전서 『樂書』에 의거하여 '至'로 바로잡았다.
4 『禮記』 射義 46-4.
5 제후의~것이다: 『禮記』 射義 46-1.
6 『周禮』 春官 / 鐘師 0. 「鐘師, 掌金奏. 凡樂事以鍾鼓奏九夏, 王夏肆夏昭夏納夏章夏齊

증명된다.[7]

《추우(騶虞)》[8]는 왕도(王道)가 이루어진 것을 읊은 것이니, 왕이 활을 쏠 때 연주함이 마땅하다. 《채빈(采蘋)》[9]는 대부의 아내가 법도를 잘 따랐음을 읊은 것이니, 대부가 활을 쏠 때 연주함이 마땅하다. 《채번(采蘩)》[10]은 부인이 직분을 잃지 않았음을 읊은 것이니, 사(士)가 활을 쏠 때 연주함이 마땅하다.

천자의 원사(元士)는 부용국(附庸國)[11]의 임금과 비견되니, 제후 부인의 시를 써도 괜찮다. 사(士)는 사람을 섬기는 자이니 관작(官爵)이 매우 낮다. 낮은 자는 존귀한 자와 겨루는 것을 혐의(嫌疑)하지 않아도 되므로 선왕이 예를 제정할 때 사(士)를 많이 올려 대우했다. 그러므로 재관(齊冠)[12]을 제후와 같게 하는 것을 혐의하지 않고, 재거(齊車)[13]를 대부와 같게 하는 것을 혐의하지 않았으니, 하물며 악(樂)이겠는가?

『의례』에 향사례(鄕射禮)에서는 합악(合樂)을 하는데 대사례(大射禮)에서는 합악을 하지 않은 것은 향사는 백성들의 일이므로 그 마음을 하나로 합치기 위해서이고 대사는 사(士)를 뽑아서 제사에 참여시키는 것이므로 그 일을 엄숙하게 하기 위해서이다.

夏族夏祴夏驁夏.」

7   『周禮』春官 / 眡瞭 0.
8   추우(騶虞) :『詩經』召南의 편명. 추우는 짐승 이름으로 흰 호랑이와 같은데 검은 무늬가 있고 살아있는 것을 먹지 않는다고 한다, 毛序에 "인(仁)함이 추우와 같으면 왕도가 이루어진다"라고 하였다.
9   채빈(采蘋) :『詩經』召南의 편명, 毛序에 "대부의 아내가 법도를 잘 따랐음을 읊은 것이니, 법도를 따른다면 선조를 받들고 제사를 올릴 수 있을 것이다"라고 하였다.
10   채번(采蘩) :『詩經』召南의 편명, 毛序에 "부인이 직분을 잃지 않았음을 읊은 것이니, 부인이 제사를 받들면 직분을 잃지 않은 것이다"라고 하였다.
11   부용국(附庸國) : 제후국에 딸린 작은 나라.
12   제후의 재관(齊冠)은 현관(玄冠)에 붉은 끈을 달고, 사(士)의 재관은 현관(玄冠)에 연둣빛 끈을 단다.〈『禮記』玉藻 13-11〉
13   대부와 사(士)의 재거(齊車)는 수레 앞의 가로지른 막대를 사슴가죽으로 덮어씌우고 표범가죽으로 그 가장자리를 장식한다.〈『禮記』玉藻 13-4〉

51-2. 掌鼙, 鼓縵樂.

비(鼙)를 관장하여 만악(縵樂)을 연주한다.[14]

古者振旅, 王執路鼓, 諸侯執賁鼓, 軍將執晉鼓, 師帥執提, 旅帥執鼙. 旅帥於將帥 爲卑, 其執鼙鼓, 其鼓之卑者歟! 樂記曰 : "鼓鼙之聲讙, 讙以立動, 動以進衆, 君子聽鼓鼙之聲,[15] 則思將帥之臣." 蓋本諸此

考之儀禮 : "大射, 建鼓在阼階西南鼓, 應鼙在其東, 建鼓在其南東鼓, 朔鼙在其北." 爾雅曰 : "大鼓謂之鼖, 小者謂之應." 先儒以應爲鼙, 則鼙與鼓比建而鼙常在左矣. 鐘師鼓縵樂而擊鼙以和之, 蓋縵樂於朝祭爲慢, 鼙於衆鼓爲卑, 以鼙鼓和縵樂, 夫是之謂稱.

옛날에 군대 훈련을 할 때 왕은 노고(路鼓)를 잡고 제후는 분고(賁鼓)를 잡으며 군장(軍將)은 진고(晉鼓)를 잡고 사수(師帥)[16]는 제(提)를 잡고 여수(旅帥)[17]는 비(鼙)를 잡았다.[18] 여수는 장수(將帥)에 비해 낮으니, 비고를 잡은 것은 비고가 북 중에서 낮은 것이기 때문일 것이다. 「악기(樂記)」에 '고(鼓)·비(鼙)의 소리는 크다. 큰 소리는 움직이게 하고, 움직이게 하는 것은 무리를 나아가게 하니, 군자가 고·비의 소리를 들으면 장수인 신하를 생각하게 된다'[19]라고 한 것은 이것에 근본한 것이다.

상고해보건대, 『의례』에 "대사(大射)에 선고(建鼓)를 동계의 서쪽에 남향으로 설치하고, 응비(應鼙)를 그 동쪽에 설치한다. 또 다른 건고를 그 남쪽에 동향으로 설치하고, 삭비(朔鼙)를 그 북쪽에 설치한다"[20]라고 하였

---

14   『周禮』 春官 / 鐘師 0.
15   대본에 '鼙'로 되어 있으나, 사고전서 『樂書』와 『禮記』에 의거하여 '聲'으로 바로잡았다.
16   사수(師帥) : 사(師)를 통솔하는 대장. 사(師)는 2,500명으로 이루어진 군대의 편제 단위이다.
17   여수(旅帥) : 여(旅)를 통솔하는 대장. 여(旅)는 500명으로 이루어진 군대의 편제 단위이다.
18   『周禮』 夏官 / 大司馬 6.
19   『禮記』 樂記 19-22.
20   『儀禮』 大射儀 7-3.

다. 『이아』에 "큰 북을 분(鼖)이라 하고 작은 북을 응(應)이라 한다"라고 했으므로, 선유(先儒)가 응(應)을 비(鼙)와 동일한 것으로 여겼다.[21] 그렇다면 비(鼙)와 고(鼓)는 나란히 세워져 있었으며, 비(鼙)는 항상 왼쪽에 있었던 것이다.

종사는 만악(緩樂)을 연주할 때 비(鼙)를 쳐서 조화롭게 하였다. 만악은 조회나 제사에서 연주되는 음악에 비해 완만하고 비는 여러 북 중에서 낮은데, 비[22]로 만악을 조화롭게 했으니 잘 어울리었다.

생사(笙師)

51-3. 笙師掌敎歙竽笙塤籥簫篪篴.

생사(笙師)는 우(竽)·생(笙)·훈(塤)·약(籥)·소(簫)·지(篪)·적(篴)을 부는 법을 가르치는 일을 관장한다.[23]

古者造笙, 以匏爲母, 列管匏中, 施簧管端, 大者十九簧, 小者十三簧, 竽之爲器三十六簧, 是皆美在其中, 而中[24]聲出焉. 塤之爲器平底六孔, 內虛而上銳, 其音土, 其形員, 而天地沖氣存焉. 以至三孔之籥·二十三管之簫·八孔之篪·五孔之篴, 倂吹之管, 無非道中聲也. 故笙師

---

21 『爾雅』釋樂 7-4. 「大鼓謂之鼖, 小者謂之應【疏 …… 鄭箋云軬小鼓, 在大鼓旁, 應鼙之屬也.】; 『周禮注疏』 권23 「下管擊應鼓 注應鼙也. 應與軬及朔皆小鼓也.」

22 대본에 비고(鼙鼓)로 되어 있으나, 문맥상 '鼙鼓'는 '鼙'를 뜻하는 것으로 파악되어, '비(鼙)'로 번역했다. 작은 북을 뜻하는 '鼙'를 때로 '鼙鼓'라고 호칭하기도 하니, '비고(鼙鼓)'로 번역해도 안 될 것이 없으나, 혼동을 피하기 위해서이다. 어떤 경우에는 '鼙鼓'는 '鼙·鼓', 즉 비와 고를 가리킬 때도 있기 때문이다.

23 『周禮』春官 / 笙師 0.

24 대본에는 '宮'으로 되어 있으나, 『樂書』 62-5와 64-1에 의거하여 '中'으로 바로잡았다.

掌而龡之. 此言龡笙, 詩言吹笙鼓簧者. 龡以籥爲主, 而貴中聲, 吹以口
爲主, 而尙人氣故也.

옛날에 생(笙)을 만들 때 박을 몸통으로 삼고 박에 관대를 나열하고 관
대 끝에 황(簧)[25]을 붙였다. 큰 것은 19개의 황(簧)이 있고 작은 것은 13개
의 황이 있으며, 우(竽)는 36개의 황이 있으니, 모두 아름다움이 중(中)에
있어서 중성(中聲)이 나온다.[26]

훈(塤)은 밑은 평평하고 6공(孔)이 있으며 안은 비고 위는 뾰쪽하다. 그
음(音)은 토(土)에 속하고 모양은 둥글며 천지의 충기(沖氣)가 있다. 3공의
약(籥), 23관의 소(簫), 8공의 지(篪), 5공의 적(篴)에 이르기까지 입김을 불
어 소리내는 관악기는 중성(中聲)으로 인도하지 않음이 없다.

그러므로 생사가 관장하여 불게 한 것이다. 여기에서는 '취생(龡笙)'이
라 하고『시경』에서는 '취생고황(吹笙鼓簧)'[27]이라 했는데, '취(龡)'에는 약
(籥)을 위주로 하여 중성을 귀하게 여긴다는 뜻이 있고, '취(吹)'에는 입김
을 위주로 하여 사람의 기운을 숭상한다는 뜻이 있다.

51-4. 春牘應雅以敎祴樂.

용(舂)·독(牘)·응(應)[28]·아(雅)로 개악(祴樂)을 가르친다.[29]

祴夏之樂, 先王所以示戒也. 故笙師敎之, 必先龡竽笙塤籥篪簫篴者,
所以作之也, 繼之春牘應雅者, 所以節之也. 曲禮曰 : "舂不相." 樂記曰 :
"治亂以相." 言牘應雅, 則知舂之爲相, 於相言舂, 則知牘應雅無非舂也.

---

25 황(簧) : 관대 아래에 붙인 얇은 금속판으로 입김을 불면 이것이 진동하여 소리를 낸
    다.
26 황(黃)은 중앙의 색이니, 황(簧)이라는 글자 자체에 '中'이라는 의미가 내포되어 있음
    을 뜻한다.〈『樂書』64-1〉
27 『詩經』小雅 / 鹿鳴.
28 독(牘)·응(應) :〈그림 1-16, 17 참조〉.
29 『周禮』春官 / 笙師 0.

牘猶簡牘之牘, 殺其聲, 而使小者也. 應猶鷹之應物, 因³⁰其聲而應之
也. 雅猶佳而且順, 放淫邪而正之也. 笙師之敎祴樂, 有舂以相之, 牘以
殺之, 應以應之, 雅以正之, 碻乎鄭衛不能亂也. 儀禮鄕飮 : "賓出奏
陔." 鄕射 : "賓興奏陔." 燕禮大射 : "賓醉奏陔." 先儒以陔爲祴, 則陔祴
字殊而義一, 其示戒一也. 九夏以此終, 而行禮亦至是終焉, 豈書所謂
勸之以九歌, 俾勿壞之意歟!

《개하(祴夏)》는 선왕이 경계를 보이기 위한 악(樂)이다. 그러므로 생사
(笙師)가 반드시 먼저 우(竽)·생(笙)·훈(塤)·약(籥)·지(篪)·소(簫)·적(篴)
의 부는 법을 가르친 것은 악을 펼쳐 나가기 위함이고, 그 다음에 용
(舂)·독(牘)·응(應)·아(雅)를 가르친 것은 절제하기 위함이다. 「곡례」에
"이웃이 상(喪)을 당하면, 절구질할 때 힘을 돋우기 위해 장단 맞춰 소리
를 지르지 않는다春不相"³¹라고 하고, 「악기(樂記)」에 "상(相³²으로 혼란
을 다스린다"³³라고 했는데, 여기에서는 상(相)이 없이 용(舂)·독(牘)·응
(應)·아(雅)를 언급했으니, '용'이 곧 '상'임을 알 수 있다. '상'을 절구질
한다는 의미를 지닌 용(舂)으로 표현한 것으로 미루어, 독·응·아 또한
두드려 소리내는 악기임을 알 수 있다.

독(牘)은 간독(簡牘)³⁴의 '독(牘)'과 같은 것이니, 소리를 줄여 작게 하는
악기이고, 응(應)은 날랜 송골매가 사냥감에 응하는 것처럼 소리에 응하
는 악기이며, 아(雅)는 아름다우면서 순하다는 뜻이니 음란하고 간사한
것을 추방하여 바로잡는 악기이다. 생사가 《개악》을 가르칠 때 용으로
혼란을 다스리고 독으로 소리를 작게 하며 응으로 대응하고 아로 바로
잡았으므로, 정(鄭)·위(衛)의 음악이 전혀 혼란하게 할 수 없었다.

30　대본에는 '同'으로 되어 있으나, 사고전서 『樂書』에 의거하여 '因'으로 바로잡았다.

31　『禮記』 曲禮上 1-35.

32　상(相) : 〈그림 1-18 참조〉.

33　『禮記』 樂記 19-21.

34　간독(簡牘) : 종이가 없던 때에 대쪽에 글을 적던 것을 간(簡), 나무쪽에 적던 것을
　　독(牘)이라 하였다.

『의례』「향음주례」에 "빈(賓)이 나가면 《해하(陔夏)》를 연주한다"[35]라고 하고, 「향사(鄕射)」에 "빈이 일어서면 《해하》를 연주한다"[36]라고 하고, 「연례(燕禮)」와 「대사(大射)」에 "빈이 취하면 《해하》를 연주한다"[37]라고 했으므로, 선유는 《해하》를 《개하(祴夏)》로 간주했다. 즉, 해(陔)와 개(祴)는 글자는 달라도 뜻은 하나이니, 경계를 보인다는 점에서 같다. 구하(九夏)가 《개하》로 마치고 행례(行禮)가 《해하》로 마친 것은 아마 『서경』에 이른바 "구가(九歌)를 권면하여 무너지지 않게 하소서"[38]라는 뜻일 것이다.

51-5. 凡祭祀饗射, 共其鐘笙之樂, 燕樂亦如之.

모든 제사(祭祀)와 향사(饗射)[39]에 종(鐘)·생(笙)의 악(樂)을 제공하고 연악(燕樂)에서도 이와 같이 한다.[40]

天子會諸侯卿大夫士之射, 必飾以禮樂, 諸侯之射必先行燕禮, 卿大夫士之射必先行鄕飮禮. 故大射, 樂人宿縣, 于阼階東笙磬西面, 其南笙鐘, 其南鎛, 皆南陳. 鄕射, 笙入立于縣中西面, 乃合樂周南關雎葛覃卷耳·召南鵲巢采蘩采蘋, 而歌笙間不與焉. 鄕飮酒, 笙入堂下磬南, 北面立. 燕禮, 笙入立于縣中, 乃間歌魚麗, 笙由庚, 歌南有嘉魚, 笙崇丘, 歌南山有臺, 笙由儀. 卽是推之, 燕射之禮, 均用鐘笙之樂, 則祭祀與饗用之, 亦可類見矣.

凡祭祀饗射與燕而笙師共鐘笙之樂者, 蓋笙師總而合於上, 府史胥徒之類, 共供之於下. 儀禮所謂笙一人, 豈笙師歟, 所謂衆笙, 豈府史胥徒之類歟! 爾雅曰: "大笙謂之巢, 小者謂之和." 鄕射記曰: "三笙一和

---

35 『儀禮』鄕飮酒禮 4-22.

36 『儀禮』鄕射 5-49.

37 『儀禮』燕禮 6-29; 大射 7-46.

38 『書經』虞書 / 大禹謨 1.

39 향사(饗射): 빈객에게 잔치를 베풀고 활쏘기를 행하던 의식.

40 『周禮』春官 / 笙師 0.

而成聲." 和非笙, 無以倡始, 笙非和, 無以成聲. 笙必入于縣中者, 以有鐘磬之縣而笙獨處中, 與之相應故也. 磬師有鐘[41]磬之樂, 笙師有鐘笙之樂, 相與聯事合治故也. 後世以竽笙巢笙和笙爲三笙, 失之遠矣.

천자가 제후·경대부·사(士)를 모이게 하여 사례(射禮)를 행할 때 반드시 예악으로 문식(文飾)했으니, 제후가 사례를 행할 때는 반드시 먼저 연례(燕禮)를 행하고, 경대부와 사가 사례를 행할 때는 반드시 먼저 향음주례(鄕飮酒禮)를 행했다.[42]

그러므로 대사례(大射禮)를 할 때는 악인(樂人)이 행사 전날 악기를 진설했으니, 동계(東階)의 동쪽에 서향으로 생경(笙磬)을 설치하고, 그 남쪽에 생종(笙鐘)을 설치하고, 그 남쪽에 박(鎛)을 설치하여 모두 남쪽 방향으로 진행하며(즉, 세로로) 진설했다.[43] 향사례(鄕射禮)를 할 때는 생 연주자가 들어와 악현(樂縣)의 중앙에 서향하여 서고, 이어서 주남(周南)의 《관저(關雎)》·《갈담(葛覃)》·《권이(卷耳)》와 소남(召南)의 《작소(鵲巢)》·《채번(采蘩)》·《채빈(采蘋)》을 합악(合樂)했지만,[44] 노래만 하거나 또는 생 연주만 하거나 또는 노래와 생 연주를 번갈아 하는 것 등은 하지 않았다.[45] 향음주례를 할 때는 생 연주자가 들어와 당하의 경(磬) 남쪽에 북향하여 서고,[46] 연례(燕禮)를 할 때는 생 연주자가 들어와 악현의 중앙에 서고, 이어서 《어리(魚麗)》를 노래하면 생으로 《유경(由庚)》을 연주하고, 《남유가어(南有嘉魚)》를 노래하면 생으로 《숭구(崇丘)》를 연주하고, 《남산유대(南山有

41　대본에는 '笙'으로 되어 있으나, 『周禮』 春官 / 磬師 0에 '敎縵樂燕樂之鐘磬'이라 한 것에 의거하여 '鐘'으로 바로잡았다.

42　제후가~행했다 : 『禮記』 射義 46-1.

43　『儀禮』 大射儀 7-3.

44　『儀禮』 鄕射禮 5-11.

45　향사례에서는 향음주례처럼 《녹명(鹿鳴)》·《사모(四牡)》·《황황자화(皇皇者華)》를 노래하거나, 생(笙)으로 《남해(南陔)》·《백화(白華)》·《화서(華黍)》를 연주하거나, 《어리(魚麗)》를 노래하면 생으로 《유경(由庚)》을 불고, 《남유가어(南有嘉魚)》를 노래하면 생으로 《숭구(崇丘)》를 불고, 《남산유대(南山有臺)》를 노래하면 생으로 《유의(由儀)》를 연주하는 절차는 없다는 뜻이다.

46　『儀禮』 鄕飮酒禮 4-12.

臺)》를 노래하면 생으로 《유의(由儀)》를 연주했다.[47] 이로 보건대, 연례(燕禮)와 사례(射禮)에 모두 종(鐘)·생(笙)의 음악을 연주했으니, 제사와 향례(饗禮)에도 썼으리라는 것도 미루어 알 수 있다.

제사·향사(饗射)·연례(燕禮)에 생사(笙師)가 종·생의 악을 제공한다는 것은 대개 생사가 위에서 총괄을 하고 부(府)·사(史)·서(胥)·도(徒)의 부류가 아래에서 종·생의 악을 제공하는 것이니, 『의례』에 이른바 생 연주자 1인은 생사이며, 이른바 일반 생 연주자(衆笙)[48]는 부·사·서·도의 부류일 것이다.

『이아』에 "대생(大笙)을 소(巢)라 하고, 작은 것을 화(和)라고 한다"[49]라고 하고, 「향사례(鄕射禮)」기(記)에 "3개의 생(笙)과 1개의 화(和)가 소리를 이룬다"[50]라고 했으니, 화는 생이 아니면 음악을 시작할 수 없고 생은 화가 아니면 소리를 이룰 수 없다.

생 연주자가 반드시 악현의 중앙에 서는 것은 종과 경을 진설한 악현에서 생이 홀로 중앙에 위치하여 종·경과 서로 호응하기 위해서이다. 「경사(磬師)」에 종·경의 악이 있고 「생사」에 종·생의 악이 있는 것은 서로 더불어 일을 연계(連繫)하고 합하여 다스리기 위함이다. 후세에 '우(竽)·생(笙)·소(巢)·생(笙)·화(和)·생(笙)'을 '우생(竽笙)·소생(巢笙)·화생(和笙)'으로 피악하여 3종의 생으로 여긴 것은 매우 잘못이다.

51-6. 大喪廞其樂器, 及葬奉而藏之, 大旅則陳之.

대상(大喪)에 악기를 진열하고, 장례(葬禮) 때 악기를 받들어 갈무리하며, 대려(大旅)[51]에 악기를 진설한다.[52]

47　『儀禮』燕禮 6-20; 6-22.
48　『儀禮』鄕射禮 5-12. 「逐獻笙于西階上. 笙一人拜于下, 盡階, 不升堂, 受爵. 主人拜送爵. 階前坐祭, 立飮, 不拜旣爵, 升, 授主人爵. 衆笙不拜受爵, 坐祭, 立飮. 辯有脯醢, 不祭.」
49　『爾雅』釋樂 7-6.
50　『儀禮』鄕射禮 5 52.

笙師之於樂器, 大喪則廞之而不作, 以不聽樂故也. 及葬, 奉而藏之
以葬也者, 藏故也. 大旅則陳之饌處而已, 不必涖縣故也.

대상(大喪)에 생사(笙師)가 악기를 진열만 하고 연주하지는 않으니, 상
중(喪中)에는 악을 듣지 않는 것이기 때문이다. 장례 때 악기를 갈무리하
는 것은 부장(副葬)하기 위한 것이다. 대려(大旅)에는 악기를 찬처(饌處)에
진설할 뿐이니, 반드시 대사악(大司樂)이 친히 임하여 진설하지 않아도 되
기 때문이다.

박사(鎛師)

51-7. 鎛師掌金奏之鼓.
박사(鎛師)는 금주(金奏)[53]를 이끄는 북을 관장한다.[54]

周人名官, 多以小見大. 故鎛師掌金奏之鼓謂之鎛師, 猶守廟祧謂之
守祧, 典同律謂之典同也.

今夫細鈞有鐘無鎛, 昭其大也. 大鈞有鎛[55]無鐘, 甚大無[56]鎛, 鳴其細
也. 細鈞角徵也, 必和之以大, 故有鐘無鎛. 大鈞宮商也, 必和之以細,
故有鎛, 則鎛小鐘也. 晉語左氏 : "鄭伯嘉納[57]寶鎛." "鄭[58]人賂晉[59]侯,

51　대려(大旅) : 변고가 생겼을 때 지내는 제사.
52　『周禮』春官 / 笙師 0.
53　금주(金奏) : 글자 그대로 풀이하면 종·박(鎛)과 같은 금부(金部) 악기를 연주하는
　　것이다. 그러나 『樂書』 52-1에 따르면 종은 항상 경(磬)과 같이 연주하므로 금주(金
　　奏)에는 금부의 악기뿐 아니라 돌로 만든 경(磬)도 포함된다고 한다.
54　『周禮』春官 / 鎛師 0.
55　대본에는 '有鎛'이 없으나, 『國語』에 의거하여 보충하였다.
56　대본에는 '有'로 되어 있으나, 『國語』에 의거하여 '無'로 바로잡았다.

歌鐘二肆及其鎛." 韋昭杜預皆以爲小鐘. 言歌鐘及其鎛, 則鎛小鐘大可知. 鐘師掌金奏則大鐘也, 鎛師掌金奏則小鐘也. 鄭康成曰 : "鎛如鐘而大." 孫炎郭璞釋爾雅大鐘謂之鏞, 鏞亦名鎛, 不亦失小大之辨乎?

許愼曰 : "鎛鐏于[60]之屬, 所以應鐘磬也." 於理或然. 鎛[61]師掌金奏之鼓, 蓋有金而無鼓, 不足以作樂. 故鼓人掌六鼓四金之音聲, 而晉鼓鼓金奏居一焉, 然則鎛師掌金奏之鼓, 豈晉鼓歟!

주나라 사람이 관직 이름을 지을 때 일부분으로 전체를 보인 경우가 많았다. 그러므로 금주(金奏)를 이끄는 북을 관장한 자를 박사(鎛師)로 이름 지었으니, 이는 묘조(廟祧)를 지키는 사람을 수조(守祧)라 하고 동률(同律)을 관장하는 자를 전동(典同)이라 한 것과 같다.

세균(細鈞)에는 종(鐘)은 있어도 박(鎛)이 없으니, 큰 음색을 드러내기 위해서이다. 대균(大鈞)에는 박(鎛)은 있어도 종이 없으며, 심대균(甚大鈞)에는 박(鎛)도 없으니, 가는 음색을 잘 들리게 하기 위해서이다.[62] 세균은 각조(角調)와 치조(徵調)이니, 반드시 큰 음색으로 조화롭게 해야 하므로 박을 쓰지 않고 종을 쓰는 것이다. 대균은 궁조(宮調)와 상조(商調)이니, 반드시 가는 음색으로 조화롭게 해야 하므로 종을 쓰지 않고 박을 쓰는 것이다. 즉, 박(鎛)은 작은 종이다.

「진어(晉語)」에 "정백(鄭伯) 가(嘉)가 보박(寶鎛)을 바쳤다"[63]라고 하고, 『좌씨전(左氏傳)』에 "정나라 사람이 진후(晉侯)에게 가종(歌鐘) 2사(肆)와 박(鎛)을 뇌물로 바쳤다"[64]라고 했는데, 위소(韋昭)[65]와 두예(杜預)가 모두 박

---

57 대본에는 '魯之'가 있으나, 『國語』에 의거하여 산삭(刪削)했다.
58 대본에는 '晉'으로 되어 있으나, 『春秋左氏傳』에 의거하여 '鄭'으로 바로잡았다.
59 대본에는 '魯'로 되어 있으나, 『春秋左氏傳』에 의거하여 '晉'으로 바로잡았다.
60 대본에는 '鎛干'으로 되어 있으나, 사고전서 『樂書』에는 '鐏于'로 되어 있다. 또한 『樂書』 권111에 '鐏于'라는 악기가 나오므로, '鐏于'로 바로잡았다.
61 대본에는 '鐘'으로 되어 있으나, 『周禮』에 의거하여 '鎛'으로 바로잡았다.
62 세균(細鈞)에는~위해서이다 : 『國語』 周語下 3-7.
63 『國語』 晉語七 13-8.
64 『春秋左氏傳』 襄公11년(5).

(鎛)을 작은 종으로 풀이했다. 따라서 가종과 박이라 말할 때 박은 작은 것이고 종은 큰 것임을 알 수 있다.

'종사(鐘師)가 금주(金奏)를 관장한다'라고 할 때의 금부(金部) 악기는 바로 큰 종을 가리키고 '박사(鎛師)가 금주를 관장한다'고 할 때의 금부 악기는 바로 작은 종을 가리킨다. 그런데 정강성(鄭康成 : 鄭玄)이 "박(鎛)은 종과 같은데 크다"라고 말하고, 손염(孫炎)[66]과 곽박(郭璞)[67]이 『이아』에 '대종(大鐘)을 용(鏞)이라 한다'[68]는 설명을 보고 '용(鏞)을 박(鎛)으로도 부른다'라고 풀이한 것은 대소의 구분을 착각한 실수를 범한 것이다. 허신(許愼)[69]이 "박(鎛)은 순우(錞于)[70]와 같은 종류의 악기로서 종·경에 응한다"라고 한 것은 이치에 맞는 것 같다.

박사(鎛師)가 금주(金奏)를 이끄는 북을 관장한 것은 금부(金部) 악기만 있고 북이 없으면 악을 이루지 못하기 때문이다. 그러므로 고인(鼓人)이 육고(六鼓)·사금(四金)의 소리를 관장하는데, 진고(晉鼓)를 쳐서 금주(金奏)를 하도록 했던 것이다.[71] 그렇다면 박사가 금주(金奏)를 이끈 북은 아마 진고일 것이다.

---

65   위소(韋昭) : 204~273. 삼국시대 오(吳)나라 사람으로, 박사좨주(博士祭酒)·시중(侍中)을 지냈다. 『박혁론(博奕論)』·『오서(吳書)』·『변석명(辯釋名)』 등을 편찬하였고, 『논어주(論語注)』·『효경주(孝經注)』·『국어주(國語注)』 등의 주석서를 냈다.

66   손염(孫炎) : 삼국시대 위(魏)의 유학자. 처음으로 반절(半切)을 고안하여 『이아음의(爾雅音義)』를 지었다.

67   곽박(郭璞) : 276~324. 서진(西晉)이 망하자 진(晉) 왕실과 함께 남으로 이주하여 저작좌랑(著作佐郎)·상서랑(尙書郎) 등을 역임하였는데, 왕돈(王敦)이 반란을 일으켰을 때 흉(凶)하다는 단정을 내렸기 때문에 살해당했다. 주석서로 『이아주(爾雅注)』·『방언주(方言注)』·『산해경주(山海經注)』·『초사주(楚辭注)』 등을 냈다.

68   『爾雅』 釋樂 7-9.

69   허신(許愼) : 한(漢)나라 경학자. 한자의 자형(字形)·의의(意義)·음운(音韻)을 체계적으로 해설한 『설문해자(說文解字)』를 A.D. 100년에 지었다.

70   순우(錞于) : 순(錞)의 다른 이름이다. 〈그림 1-1 참조〉

71   『周禮』 地官 / 鼓人 0.「鼓人, 掌教六鼓四金之音聲, 以節聲樂, 以和軍旅, 以正田役. ……以晉鼓鼓金奏.」

권52 주례훈의(周禮訓義)

천관(天官) / 박사(鎛師)·매사(韎師)·모인(旄人)

박사(鎛師)

52-1. 凡祭祀, 鼓其金奏之樂, 饗食賓射亦如之.

박사(鎛師)는 모든 제사에서 금주(金奏)의 악에 북을 치며, 향(饗)·사(食)와 빈사(賓射)에도 이와 같이 한다.[1]

乾之爲卦, 位乎西北之維, 而於物爲金玉. 金陰精之純而直乎西, 其材從革, 其聲始隆而終殺, 先王鑄之以爲鐘. 玉陽精之純, 而直乎北, 其材不變, 其聲淸越以長而無殺, 先王戞之, 以爲磬.

古之作樂, 磬常後於鐘, 而鐘又大於鎛. 鐘鎛皆以金爲之, 而其磬未

---

1   『周禮』春官 / 鎛師 O.

始不相應, 均謂之金奏可也. 大射, 樂人宿縣, 于阼階東笙磬西面, 其南笙鐘, 其南鎛, 皆南陳. 建鼓在阼階西南鼓, 應鞞在其東南鼓. 西階之西, 頌磬東面, 其南鐘, 其南鎛, 皆南陳. 一建鼓在其南東鼓, 朔鞞在其北.

爾雅曰: "大鐘謂之鏞, 其中謂之剽, 小者謂之棧." 凡樂象成, 以民功爲大, 大謂之鏞, 以其能考大功故也, 小謂之棧, 以其聲淺且柞故也. 大而不鏞, 小而不棧, 其聲輕疾, 而以剽名之, 與楚人以相輕爲剽[2]同意. 大射禮, 鐘先而鎛後, 則先大後小. 鐘鎛處磬鼓之間, 則聲常與磬鼓相應. 故鐘師奏九夏, 眂瞭掌播鼗擊磬, 未嘗不以鐘鼓, 況鎛師掌金奏之樂, 而不以鼓乎? 由是觀之, 鐘鼓之於樂, 猶君之於國‧父之於家也. 一國之事必本之君, 一家之事必本之父, 然則凡樂事必本鐘鼓可知矣.

鐘師言凡祭祀饗食, 而不及賓射者, 以鐘師奏九夏, 未嘗不及賓, 凡射奏騶虞之類, 未嘗不及射故也. 鎛師言凡祭祀鼓其金奏之樂, 饗食賓射亦如之, 而不及燕者, 燕禮之縣有鐘磬而無鎛故也.

考之序官, 鐘師中士四人‧下士八人‧胥六人‧徒六十人, 鎛師中士二人‧下士四人‧胥二人‧徒二十八人而已. 是鐘之爲器重以大, 其官屬不得不多, 鎛之爲器輕以小, 其官屬不得不小也. 抑又鎛者迫也而其字從薄, 迫則其量小, 薄則其擧輕, 則鎛爲小鐘明矣.

昔黃帝鑄十有二鐘,[3] 和[4]五音以施[5]英韶, 後周亦以十二鎛相生擊之, 聲韻克諧, 則鎛鐘之小者, 蓋編縣之器, 非特縣者也. 先儒以之爲特縣, 豈誤以爲大鐘耶?

건괘(乾卦)는 위치로는 서북쪽에 해당하고 사물로는 금옥(金玉)이 된다. 금(金)은 음(陰)의 정수(精粹)로 서쪽을 맡고 있으며 속성은 변혁하는 것이

---

2   대본에는 '儒'로 되어 있으나, 사고전서 『樂書』에 의거하여 '剽'로 바로잡았다.
3   대본에는 '鎛'으로 되어 있으나, 『呂氏春秋』에 의거하여 '鐘'으로 바로잡았다. 『樂書』 109-3에는 '鐘'으로 되어 있다.
4   대본에는 '加'로 되어 있으나, 『呂氏春秋』에 의거하여 '和'로 바로잡았다.
5   대본에는 '詔'로 되어 있으나, 『呂氏春秋』에 의거하여 '施'로 바로잡았다.

고,[6] 그 소리는 처음에는 웅장하다가 끝에 가서는 줄어드니, 선왕이 주조해서 종을 만들었다. 옥(玉)은 양(陽)의 정수이고 북쪽을 맡고 있으며 속성은 변함이 없는 것이고 그 소리는 맑으면서 오래 지속되고 줄지 않으니, 선왕이 다듬어서 경(磬)을 만들었다.

옛날에 악을 지을 때 경은 항상 종 보다 뒤에 연주하여 종 소리에 응하도록 했다. 종은 박(鎛)보다 큰 것이다. 금(金 : 쇠)으로 만든 종과 박에 경이 처음부터 응하지 않은 적이 없으니, 경까지 포함하여 금주(金奏)라고 하는 것이 옳다.

「대사의(大射儀)」에 "악인(樂人)이 하루 전날 악기를 진설하는데, 동계(東階)의 동쪽에 서향으로 생경(笙磬)을 설치하며, 그 남쪽에 생종(笙鐘)을 설치하고, 그 남쪽에 박(鎛)을 설치하여 모두 남쪽 방향으로 진행하며 진설한다. 건고(建鼓)를 동계의 서쪽에 남향으로 설치하며, 응비(應鼙)를 그 동쪽에 남향으로 설치한다. 서계(西階)의 서쪽에 동향으로 송경(頌磬)을 설치하고, 그 남쪽에 종을 설치하고 그 남쪽에 박(鎛)을 설치하여 모두 남쪽 방향으로 진행하며 진설한다. 건고 하나를 그 남쪽에 동향으로 설치하고, 삭비(朔鼙)를 그 북쪽에 설치한다"[7]라고 하였다.

『이아』에 "큰 종을 용(鏞)이라 하고, 중간 것을 표(剽)라 하며 작은 것을 잔(棧)이라 한다"[8]라고 하였다. 악(樂)은 공(功)이 이루어진 것을 형상한 것인데, 백성을 다스림에 공(功)이 있는 것을 성대하게 여기었다. 큰 종을 용(鏞)이라 한 것은 성대한 공을 살필 수 있기 때문이다. 작은 종을 잔(棧)이라 한 것은 그 소리가 얕고 좁기 때문이다. 용(鏞)처럼 크지도 않고 잔(棧)처럼 작지도 않은 것은 그 소리가 가볍고 빠르다. 이를 표(剽)로 이름 지은 것은 초나라 사람들이 날렵한 것을 재빠르다고[剽] 일컫는 것과 같

---

6 『書經』周書 / 洪範 2. 「一, 五行, 一曰水, 二曰火, 三曰木, 四曰金, 五曰土. 水曰潤下, 火曰炎上, 木曰曲直, 金曰從革, 土爰稼穡. 潤下作鹹, 炎上作苦, 曲直作酸, 從革作辛, 稼穡作甘.」

7 『儀禮』大射儀 7-3.

8 『爾雅』釋樂 7-9.

은 뜻이다.

대사례를 할 때 종을 먼저 설치하고 박(鎛)을 뒤에 설치한 것은 큰 것을 앞세우고 작은 것을 뒤에 놓은 것이다. 종과 박은 경(磬)과 고(鼓) 사이에 있으니 소리가 항상 경·고와 서로 응한다. 그러므로 종사(鐘師)가 구하(九夏)를 연주하고 시료(眡瞭)가 도(鼗)를 흔들고 경을 치는 것을 관장할 때 종·고로 연주하지 않은 적이 없으니,[9] 박사(鎛師)가 금주(金奏)의 악을 관장할 때 고(鼓)로 하지 않았겠는가?

이로 보건대, 악에서 종·고는 나라에서 임금과 같은 존재이고, 집안에서 아버지와 같은 존재이다. 한 나라의 일은 반드시 임금에 근본하고 한 집안의 일은 반드시 아버지에 근본한 것처럼 악은 반드시 종·고에 근본함을 알 수 있다.

「종사」에서 제(祭)·사(祀)·향(饗)·사(食)를 말하면서 빈사(賓射)를 언급하지 않은 것은 종사가 구하(九夏)의 악을 연주하여 빈(賓)에 미치지 않은 적이 없고, 활을 쏠 때 《추우(騶虞)》 등을 연주하여 사례(射禮)에 미치지 않은 적이 없기 때문이다.[10] 「박사」에 "모든 제사에서 금주(金奏)의 악에 북을 치며 향(饗)·사(食)와 빈사(賓射)에도 이와 같이 한다"라고 하여 연례(燕禮)를 언급하지 않은 것은 연례에는 종·경만 진설하고 박은 진설하지 않기 때문이다.

「서관(序官)」을 보면, 종사는 중사(中士) 4인, 하사(下士) 8인, 서(胥) 6인, 도(徒) 60인인데, 박사는 중사 2인, 하사 4인, 서 2인, 도 28인일 따름이다. 이는 종이라는 악기가 무겁고 커서 그에 따른 관속(官屬)들이 많을 수밖에 없고, 박이라는 악기는 가볍고 작아서 그에 딸린 관속들이 적을 수밖에 없기 때문이다. 한편 박(鎛)이란 좁을 박(迫)과 통하는데 글자는 얇을

---

9   『周禮』 春官 / 鐘師 0. 「鐘師, 掌金奏. 凡樂事以鍾鼓奏九夏.」;『周禮』 春官 / 眡瞭 0. 「眡瞭, 掌凡樂事播鼗擊頌磬笙磬. …… 賓射皆奏其鍾鼓.」

10 『周禮』 春官 / 鐘師 0. 「凡祭祀饗食奏燕樂. 凡射王奏騶虞, 諸侯奏貍首, 卿大夫奏采蘋, 士奏采蘩.」

박(鎛)을 따른 것이다. 좁으면 양(量)이 작고 얇으면 가벼우니, 박은 작은 종임에 분명하다.

옛날에 황제(黃帝)가 12개의 종을 주조하게 하고, 오음(五音)을 조화롭게 하여 《영소(英韶)》를 연주했으며,[11] 그 뒤에 주나라에서 또한 12개의 박(鎛)을 만들어 치자, 성운(聲韻)이 잘 어울렸다. 박은 작은 종이니, 악기틀에 여러 개를 매달고 하나만 매달지 않았는데, 선유(先儒)가 이를 하나만 매단 것으로 판단한 것[12]은 아마도 박을 큰 종으로 잘못 생각했기 때문일 것이다.

52-2. 軍大獻, 則鼓其愷樂.

군(軍)이 승리의 공을 바칠 때 개악(愷樂)에 북을 친다.[13]

古者行軍, 止則以軍爲營衛, 動則以之勝敵, 固足以包軍矣. 萬二千五百人爲軍, 天子取之六卿,[14] 大國取之三卿,[15] 以至次國二軍, 小國一軍, 要皆取足包敵而已.

軍大獻奏愷樂, 而言凡者非兼侯國之軍, 特天子之制也. 凡爲王敵所愾者獻功於王, 而王使獻之於社, 則歸功於神而已. 謂之大獻與苟有所獻者異矣. 軍大獻, 獻者之職也, 使鎛師鼓其愷樂, 受獻者之事也.

옛날에 군사를 부리는 것은 주둔할 때는 병영(兵營)을 호위하고, 출정(出征)할 때는 적을 이기어 확실히 적군을 포위할 수 있도록 했다. 1만 2,500명이 1군(軍)이 되니, 천자는 육경(六卿)[16]을 취하며, 제후국 중의 대

---

11   황제(黃帝)가~연주했으며:『呂氏春秋』仲夏紀 제5 / 古樂.
12   정현(鄭玄)과 가공언(賈公彦)은 박을 큰 종 하나를 매단 것으로 여겼다. 「鎛師中士二人下士四人府二人史二人胥二人徒二十人【注鎛如鍾而大. …… 疏 …… 注釋曰如鍾而大者以其形如鐘而大, 獨在一虡.」(『周禮』春官 第三 0에 대한 鄭玄의 注와 賈公彦~의 疏)
13   『周禮』春官 / 鎛師 0.
14   대본에는 '鄕'으로 되어 있으나, 『周禮』에 의거하여 '卿'으로 바로잡았다.
15   대본에는 '鄕'으로 되어 있으나, 『周禮』에 의거하여 '卿'으로 바로잡았다.

국(大國)은 삼경(三卿)을 취하며, 그 다음 나라는 이군(二軍)을 통솔하고, 소국(小國)은 일군(一軍)을 통솔한다. 요컨대 모두 적(敵)을 포위할 만한 수를 취한 것이다.

'군(軍)이 승리의 공(功)을 바칠 때 개악(愷樂)을 연주한다'라고 한 다음에 '범(凡)'이라는 말을 썼는데, 이는 제후국의 군까지 겸한 것은 아니고 천자의 제도만 가리킨다. 무릇 왕을 위해 대적(對敵)하고 공을 왕에게 바치면 왕이 공을 사직에 바치게 하는 것은 공을 신(神)에게 돌리는 것이다. 대헌(大獻)이란 일반적인 '헌(獻)'과 달리 승리의 공을 바치는 것이다.

군이 승리의 공을 바치는 것은 공을 바치는 자의 직무이고, 박사(鎛師)로 하여금 개악에 북을 치게 하는 것은 공을 받는 자의 일이다.

52-3. 凡軍之夜三鼜皆鼓之, 守鼜亦如之.

군중(軍中)에서 밤에 세 차례 순찰할 때 경계하기 위해 모두 북을 치며, 수비 중에 경계하는 것도 이와 같이 한다.[17]

天以日月爲晦明, 日月以晝夜爲分晝. 日出爲晝, 而於卦爲晉. 日入爲夜, 而於卦爲明夷. 序卦曰 : "明夷傷也." 傷之者至, 可不思患而預爲之戒乎? 鼓人凡軍旅夜鼓鼜, 軍動則鼓其衆, 眡瞭賓射皆奏其鐘鼓, 鼜愷獻亦如之. 凡軍之夜三鼜, 鎛師皆以金奏之鼓鼓之. 然則備守之鼜, 雖非施於夜, 其鼓金奏之鼓亦視諸此. 眡瞭先鼜後愷, 以其能與同憂, 然後可與同樂也. 鎛師先愷後鼜, 以其雖主於獻功, 其樂又不可忘守戒之備也.

하늘은 해와 달의 운행에 따라 어둠과 밝음이 교차되므로, 해와 달은 낮과 밤을 구분 짓는다. 해가 나오면 낮이 되니 괘(卦)로는 진괘(晉卦)[18]가

16　경(卿) : 1만 2,500명의 군사를 거느리는 군장(軍將)을 가리킨다. 천자가 육경을 취한다는 것은 천자는 육군(六軍 : 12,500×6)을 거느린다는 뜻이다.

17　『周禮』 春官 / 鎛師 0.

되고, 해가 들어가면 밤이 되니 괘로는 명이괘(明夷卦)[19]가 된다. 서괘(序卦)에 "명이괘는 밝음이 손상된 것이다"[20]라고 하였다. 손상되면 환란을 생각해서 미리 경계하지 않을 수 있겠는가?

고인(鼓人)은 군중에서 밤에 경계하기 위해 북을 치고 군대를 움직일 때 사기를 북돋기 위해 북을 친다.[21] 시료(眂瞭)는 빈사(賓射)에 모두 종·고를 연주하고 순찰하면서 경계할 때와 사직과 종묘에 승리의 공을 바칠 때도 이와 같이 한다.[22] 군중에서 밤에 세 차례 순찰할 때 경계하기 위해 박사(鎛師)는 모두 금주(金奏)를 이끄는 북을 친다. 그렇다면 수비 중에 경계하기 위해 북을 치는 것도 밤에 치는 것은 아니지만 금주(金奏)를 이끄는 북을 쳤을 것이다.

「시료」에 순찰을 먼저 서술하고 승리의 기쁨을 뒤에 서술한 이유는 걱정을 같이 한 뒤에야 즐거움을 같이할 수 있기 때문이다. 「박사」에 승리의 기쁨을 먼저 서술하고 순찰을 뒤에 서술한 이유는 비록 승리의 공을 바치는 것을 주로 할지라도 즐거워하는 가운데 지키고 경계하는 것을 잊어서는 안 되기 때문이다.

52-4. 大喪, 欽其樂器, 奉而藏之.
대상(大喪)에는 악기를 진열했다가 받들어 부장(副葬)한다.

鎛師掌金奏之鼓, 凡祭祀之吉禮, 鼓其金奏之樂, 則大喪之凶禮, 欽其樂器, 其奉而藏之, 亦不過金奏之器也. 吉凶之禮雖異, 而其樂器固

---

18 진괘(晉卦) : ䷢ 땅 위로 불이 나온 것으로 태양이 지평선 위로 떠올라 나아가는 상(象)이다.

19 명이괘(明夷卦) : ䷣ 땅 속에 불이 들어 있는 상(象)으로 해가 져서 땅으로 들어간 형국이며, 밝음이 어두움에 묻혀 상한 상태이다.

20 『周易』序卦傳 2.

21 고인(鼓人)이~친다: 『周禮』地官 / 鼓人 0.

22 시료(眂瞭)가~한다: 『周禮』春官 / 眂瞭 0.

未嘗異, 所異者特奏[23]與欽而已.

박사(鎛師)는 금주(金奏)를 이끄는 북을 관장하여 길례(吉禮)의 제사에서 금주(金奏)의 악을 관장하니, 흉례(凶禮)인 대상(大喪)에서 진열했다가 받들어 부장(副葬)하는 악기도 금주의 악기에 지나지 않는다. 길례와 흉례는 비록 다르나 악기는 다르지 않으며, 다른 점은 연주하느냐 진열하느냐 하는 것뿐이다.

매사(韎師)

52-5. 韎師掌教韎樂, 祭祀則帥其屬而舞之, 大饗亦如之.

매사(韎師)는 매악(韎樂)을 가르치는 것을 관장하고, 제사 때에 소속관원을 인솔하여 춤을 추며, 대향(大饗)에도 이와 같이 한다.[24]

一之爲數, 道之所生, 德之所由以成. 故藏之內, 則一陽伏而爲朱, 達之上, 則一陽升而爲赤. 古人舞者朱干以舞大武, 則赤韎以舞不過武事而已. 詩曰 : "韎韐有奭, 以作六師." 左傳謂 : "韎韋之跗注." 凡兵事韋弁服, 而以韎韐之服作六師, 則韎師所教之舞爲武事信矣. 豈特舞東夷之樂而已哉?

朱干以象德之本, 赤韎以象德之末. 樂至於舞, 則所樂之極, 樂之大成者也, 非豐光盛大之時, 不足以講此. 故舞雖蹈厲有節, 要之, 不出乎動德之容而已. 故本德之舞教之於大師樂, 末德之舞教之於韎師, 豈非本在上, 末在下之意邪? 韎師之於韎樂, 非特以言教之也. 至於祭祀大

23 　대본에는 '奉'으로 되어 있으나, 사고전서 『樂書』에 의거하여 '奏'로 바로잡았다.
24 　『周禮』 春官 / 韎師 0.

饗, 又以身師其屬而舞之. 蓋韎師下士二人, 舞十有六[25]人. 以二下士帥
十有六[26]人而舞, 則兩佾而已, 其爲末德之舞又可知矣.

鄭康成謂如韎韐之韎則是, 鄭司農讀如味飮食之味, 杜子春讀爲喋
喋者[27]之喋, 皆臆論也.

1이라는 수는 도(道)가 생기고, 덕(德)이 말미암아 이루어지는 근원이
다. 그러므로 그것이 안에 저장되면 하나의 양(陽)이 잠복하여 주색(朱色)
이 되고, 그것이 위에 도달하면 하나의 양(陽)이 올라가 적색(赤色)이 된
다. 옛날에 주간(朱干 : 붉은 방패)을 잡고 《대무(大武)》를 추었으니, 적매(赤
韎 : 붉은 가죽으로 만든 軍服)를 입고 추는 춤 또한 무사(武事)를 다룬 무무(武
舞)이다.

『시경』에 "매겹(韎韐 : 붉은 슬갑)을 착용하고 육사(六師)[28]를 호령하시
네"[29]라고 하고, 『좌씨전』에 "매위(韎韋 : 붉은 가죽)로 지은 융복(戎服)을 입
었다"[30]라고 하였다. 군사의 일에는 붉은 가죽으로 만든 변복(弁服) 차림
을 하고,[31] 붉은 슬갑을 착용하고 육사(六師)를 호령했으니, 매사(韎師)가
가르친 춤은 무사(武事)에 관한 것이 틀림없다. 어찌 동이(東夷)의 음악에
맞추어 춤춘 것일 뿐이겠는가?

주간(朱干)은 덕의 근본을 상징하고, 적매(赤韎)는 덕의 말단을 상징한
다. 악이 춤에 이르면 슬거움이 극에 달해서 악이 크게 이루어진 것이니,
태평성대가 아니면 이를 강구할 수 없다. 그러므로 춤은 발을 세차게 디
며 절도 있게 하는 것일지라도 덕을 표출하는 것일 뿐이다. 따라서 근본

---

25 대본에는 '二'로 되어 있으나, 사고전서 『樂書』와 『周禮』에 의거하여 '六'으로 바로잡
    았다.
26 대본에는 '二'로 되어 있으나, 사고전서 『樂書』와 『周禮』에 의거하여 '六'으로 바로잡
    았다.
27 대본에는 '莝蓍'로 되어 있으나, 사고전서 『樂書』에 의거하여 '喋者'로 바로잡았다.
28 육사(六師) : 육군(六軍). 천자는 육군을 거느리는데, 1군의 수는 1만 2,500명이다.
29 『詩經』 小雅 / 瞻彼洛矣.
30 『春秋左氏傳』 成公 16년(5).
31 군사의~하고 : 『周禮』 春官 / 司服 0.

적인 덕을 표출하는 춤은 대사악(大司樂)이 가르치고, 말단적인 덕을 표출하는 춤은 매사(韎師)가 가르쳤으니, 근본은 위에 있고 말단은 아래에 있다는 뜻이 아니겠는가?

매사는 매악(韎樂)을 말로만 가르친 것이 아니라 제사나 대향(大饗)에서 자신이 직접 소속 관원을 인솔하고 춤을 추기까지 하였다. 매사에 딸린 인원은 하사(下士)가 2인이고 춤추는 사람이 16인이다. 2인의 하사(下士)가 16인을 인솔하여 추는 춤은 이일무(二佾舞)일 따름이니, 말단적인 덕을 표출하는 춤임을 알 수 있다.

정강성(鄭康成)이 '매사(韎師)'의 '매(韎)'를 '매겹(韎韐)'의 '매(韎)'와 연관시킨 것은 옳으나, 정사농(鄭司農)이 '미음식(味飮食 : 맛있는 음식)'의 '미(味)'처럼 읽어야 한다고 한 것이나 두자춘(杜子春)이 '첩첩자(喋喋者 : 말 잘하는 사람)'의 '첩(喋)'처럼 읽어야 한다고 한 것은 모두 억지스런 견해이다.

모인(旄人)

52-6. 旄人掌敎舞散樂舞夷樂, 凡四方之以舞仕者屬焉.
모인(旄人)은 산악(散樂)과 이악(夷樂)에 맞추어 추는 춤의 교육을 관장한다. 사방의 춤 종사자들이 모인에 속한다.[32]

樂師以六舞敎國子之小舞, 旄舞居一焉. 昔葛天氏之樂, 三人操犛牛尾而歌八闋, 旣操之以歌, 未有不操之以舞矣. 旄牛之尾, 舞者所持以指麾, 猶旌旗注 : "犛牛之尾, 卿士所設以標識者也." 散樂非在官之樂

---

32   『周禮』 春官 / 旄人 0.

也, 夷樂非華夏之樂也, 旄人之職非特敎舞樂而已, 凡四方以舞而仕者, 莫不在所屬焉. 故旄人下士四人, 而舞者衆寡無數, 凡此特屬之而已, 未必皆在所敎也.

古者有常產之民, 有間居³³之民. 在官之樂猶常產之民也, 散樂猶間居³⁴也. 散樂猶敎之, 則敎無微而不擧. 夷樂猶敎之, 則敎無遠而不逮. 夫以散樂之微, 內自華夏外逮四裔, 而樂敎皆行乎其中. 夷夏有不爲一家, 中國有不爲一人乎?

악사(樂師)는 육무(六舞)로 국자(國子)에게 소무(小舞)를 가르치는데, 모무(旄舞)는 그중의 하나이다.³⁵ 옛날에 갈천씨(葛天氏)의 악(樂)은 3인이 이우(犛牛 : 검정소) 꼬리로 장식한 기물(器物)을 잡고 팔결(八闋)을 노래했으니,³⁶ 소꼬리로 장식한 것을 잡고 노래했다면 춤 또한 이를 잡고 추지 않았을 리 없다. 모우(旄牛)의 꼬리로 장식한 기물은 춤추는 자가 잡고서 지휘하는 것이니, 정기(旌旗)의 주(注)에 "이우(犛牛) 꼬리로 장식한 기물은 경(卿)·사(士)가 설치하여 표식(標識)하는 것이다"라고 한 것과 같은 것이다.

산악(散樂)은 관(官)에서 주관하는 악이 아니고, 이악(夷樂)은 화하(華夏 : 중국)의 악이 아니다. 모인(旄人)의 직책은 무악(舞樂)을 가르칠 뿐만 아니라, 사방의 춤 종사자들이 모두 모인에 속한다. 그러므로 모인에 소속된 위원은 하사(下士)는 4인이지만 춤추는 자는 일정 수가 없다.³⁷ 그러나 이들은 모인에 소속되었을 뿐이고 모두 이곳에서 교육받은 것은 아니다.

옛날에 일정하게 생산에 종사하는 백성이 있는가 하면 유랑하며 그 사이에 얹혀사는 백성도 있었다. 관에서 주관하는 악이란 일정하게 생산에 종사하는 백성과 같고, 산악은 유랑하며 그 사이에 얹혀사는 백성과

---

33 대본에는 '民'으로 되어 있으나, 사고전서 『樂書』에 의거하여 '居'로 바로잡았다.
34 대본에는 '民'으로 되어 있으나, 사고전서 『樂書』에 의거하여 '居'로 바로잡았다.
35 『周禮』春官 / 樂師 0. 「樂師, 掌國學之政以敎國子小舞. 凡舞有帗舞, 有羽舞, 有皇舞, 有旄舞, 有干舞, 有人舞.」
36 『呂氏春秋』仲夏紀 제5 / 古樂.
37 모인에~없나 : 『周禮』春官 第三 0.

같은 것이다. 산악까지도 가르쳤으니, 아무리 미미한 것일지라도 교육에 포함시키지 않음이 없고, 이악(夷樂)까지도 가르쳤으니, 아무리 먼지방의 것일지라도 교육이 미치지 않음이 없는 것이다. 무릇 미미한 산악으로도 안의 화하(華夏)로부터 밖의 변방 끝에까지 미치어 악교(樂敎)가 모두 행해졌으니, 한민족과 이민족이 한 집안이 아니며, 중국이 한 사람(공동체)이 아니겠는가?

52-7. 凡祭祀賓客, 舞其燕樂.
모든 제사(祭祀)와 빈객(賓客) 접대에 연악(燕樂)에 맞추어 춤춘다.[38]

凡祭祀饗食奏燕樂者鐘師也, 凡祭祀賓客舞燕樂者旄人也. 奏之則發之聲音, 舞之則形之動靜, 性術之變盡於此矣.

모든 제사(祭祀)와 향사(饗食)에 연악(燕樂)을 연주한 자는 종사(鐘師)이고, 모든 제사와 빈객 접대에 연악에 맞추어 춤춘 자는 모인(旄人)이다. 연주한다는 것은 소리로 내는 것이고 춤춘다는 것은 모습으로 형용하는 것이니, 마음의 변화가 여기에 다 표현된다.

---

38 『周禮』 春官 / 旄人 0.

권53 주례훈의(周禮訓義)

춘관(春官) / 약사(籥師) · 약장(籥章) · 제루씨(鞮鞻氏)

약사(籥師)

53-1. 籥師掌敎國子舞羽龡籥.

약사(籥師)는 국자(國子)에게 우무(羽舞)를 추는 것과 약(籥)을 부는 것을 가르치는 일을 관장한다.[1]

明堂位曰:"賁桴土鼓葦籥, 伊耆氏之樂也." 籥之爲器, 如笛而三孔, 主中聲而上下之, 春分之音也. 三孔則冲氣出焉, 春分則陰陽中焉, 此律呂之所由生也. 始乎葦, 伊耆氏施於索饗之祭是已. 成乎竹, 周人以之敎陔樂是已.

---

1   『周禮』春官 / 籥師 0.

詩之簡兮曰 : “左手執籥右手秉翟.” 賓之初筵曰 : “籥舞笙鼓, 樂旣和奏.” 鼓鐘曰 : “以雅以南, 以籥不僭.” 春秋書 : “仲遂卒于垂, 壬午猶繹, 萬入去籥.” 公羊曰 : “去其有聲者, 存其無聲者.” 以是考之, 籥之爲樂, 笙鼓資之然後和奏, 雅南資之然後不僭, 一要宿於中聲而已. 聲之所謂文者如此, 羽之爲物, 物得之以自飾, 人得之以飾物, 舞者執籥於左而歙之, 秉羽於右而舞之, 其容一應乎聲而已. 容之所謂文者如此. 籥師掌敎國子有在於是, 豈非上以贊大司樂之敎大舞, 下以成樂師之敎小舞邪?

爾雅曰 : “大籥[2]謂之産, 中謂之仲, 小謂之箹.” 籥之大者, 其聲生出不窮, 非所以爲約也. 小者其聲則約而已. 若夫大不至於不窮, 小不之於太[3]約, 此所以謂之仲也. 然則鄭郭三孔之籥, 豈其中者歟, 毛萇六孔之籥, 其大者歟! 雖然皆不出乎中聲, 而廣雅有籥七孔謂之笛之說, 豈傅會七音之說而遂誤乎![4]

「명당위」에 “토고(土鼓)와 괴부(蕢桴 : 짚과 흙을 빚어서 만든 북채) 및 위약(葦籥 : 갈대로 만든 관악기)은 이기씨(伊耆氏)의 악기이다”[5]라고 하였다. 약(籥)이라는 악기는 적(笛)과 같은데 3공(孔)이 있으며 중성(中聲)을 주로 하여 가락이 오르내리니 춘분의 음(音)이다. 3공에서는 충기(冲氣)[6]가 나오고, 춘분은 음(陰)과 양(陽)이 중(中)인 때로서, 율려(律呂)가 말미암아 생긴다.

약은 갈대로부터 시작되었으니, 이기씨가 색향(索饗)[7]의 제사에서 연주한 것이 바로 이것이다. 악은 대나무로 만든 악기에서 이루어졌으니, 주나라 사람이 《해악(陔樂)》을 가르친 것이 이것이다.

『시경』의 《간혜(簡兮)》에 “왼손에 약(籥)을 잡고 오른손에 꿩깃[翟]을 잡

---

2   대본에는 ‘者’로 되어 있으나, 사고전서 『樂書』에 의거하여 ‘籥’으로 바로잡았다.
3   대본에는 ‘大’로 되어 있으나, 사고전서 『樂書』에 의거하여 ‘太’로 바로잡았다.
4   대본에는 없으나, 사고전서 『樂書』에 의거하여 ‘音之說而遂誤乎’를 보충하였다.
5   『禮記』 明堂位 14-17.
6   충기(冲氣) : 음(陰)과 양(陽)의 두 기운이 부딪쳐서 조화를 이룬 기운.
7   색향(索饗) : 12월에 만물의 신령을 불러 모아 향응하는 것.

았도다"[8]라고 하고, 《빈지초연(賓之初筵)》에 "약무(籥舞)에 생(笙)과 북이 어우러져 풍악이 조화롭게 연주되네"[9]라고 하고, 《고종(鼓鐘)》에 "아악(雅樂)과 남이악(南夷樂)[10] 및 약무(籥舞)가 어지럽지 않네"[11]라고 하였다. 『춘추』에 "중수(仲遂)가 수(垂)에서 죽었는데 다음날인 임오일(壬午日)에 역제(繹祭)[12]를 지낼 때 만무(萬舞)[13]만 추게 하고 약무(籥舞)는 생략했다"[14]라고 했는데, 이에 대해 『공양전(公羊傳)』에서는 "소리 나는 것은 제거하고 소리 나지 않는 것은 그대로 둔 것이다"[15]라고 풀이했다. 이로 보건대, 약이라는 악기는 생(笙)과 북소리에 힘입어 조화롭게 연주되고, 아악(雅樂)과 남이악(南夷樂)에 힘입어 어지럽지 않게 되어, 한결같이 중성(中聲)을 낸 것이다. 소리가 문채난다는 것은 이와 같다.

꿩깃[翟]은 그 자체로 아름다워 사람들이 이를 가지고 기물(器物)을 장식한다. 춤추는 자가 약을 왼손에 잡고 불면서 오른손으로는 꿩깃을 잡고 춤추어, 그 모습을 한결같이 소리에 어울리게 했다. 모습이 문채난다는 것은 이와 같은 것이다. 약사가 국자(國子)를 가르치는 목적이 여기에 있으니, 어찌 위로는 대사악이 대무(大舞)를 가르치는 것을 돕고 아래로는 악사가 소무(小舞)를 가르치는 것을 완성시키는 것이 아니겠는가?

『이아』에 "대약(大籥)을 산(產)이라 하고, 중간 것은 중(仲)이라 하며, 작은 것을 약(箹)이라 한다"[16]라고 하였다. 대약은 음량이 풍부하여 오래 지속되니 미약하지 않고, 소약은 소리가 미약할 따름이다. 커도 오래 지속

8   『詩經』 邶風 / 簡兮.
9   『詩經』 小雅 / 賓之初筵.
10 『詩經集傳』에서 주자(朱子)는 아(雅)와 남(南)을 대아(大雅)·소아(小雅) 및 주남(周南)·소남(召南)으로 풀이했지만, 진양은 중국의 악과 남이(南夷)의 악으로 풀이했으므로, 본서는 진양 설을 따라 번역했다.(『樂書』 66-4)
11 『詩經』 小雅 / 鼓鐘.
12 역제(繹祭) : 정제(正祭)를 지낸 다음날 지내는 제사.
13 만무(萬舞) : 방패와 도끼를 들고 추는 춤.
14 『春秋』 宣公 8년 夏六月.
15 『春秋公羊傳』 宣公 8년(5).
16 『爾雅』 釋樂 7-12.

되지는 않고 작아도 너무 미약하지 않으면 중(仲)이 된다. 그렇다면 정씨
[鄭玄]와 곽씨[郭璞]가 말하는 3공(孔)의 약(籥)은 아마 중간 것이고, 모장(毛
萇)이 말하는 6공의 약은 큰 것일 것이다. 그러나 어느 경우나 모두 중성
에서 벗어나지 않는다.

『광아(廣雅)』에 "7공의 약(籥)을 적(笛)이라고 한다"라고 한 것은 칠음(七
音)에 견강부회(牽强附會)하느라 오류를 범한 것인 듯하다.

53-2. 祭祀則鼓羽籥之舞, 賓客饗食則亦如之, 大喪廞其樂器, 奉而
藏之.

제사에서 우약무(羽籥舞)를 출 때 북을 치고, 빈객(賓客)에게 향사(饗食)
할 때도 또한 이와 같이 한다. 대상(大喪)에는 악기를 진열했다가 받들어
부장(副葬)한다.[17]

太宰 : "以禮待賓客之治." 行人 : "掌大賓之禮及大客之儀." 統而言
之, 賓客皆以禮待之, 分而言之, 以禮待賓, 以儀待客, 則賓尊而客卑
矣. 敵主者賓也, 休戚利害同焉. 承主者客也, 休戚利害異焉. 大宗伯 :
"以饗燕之禮待四方之賓客", 內宗 : "掌宗廟之祭祀, 薦加豆籩,[18] 賓客
之饗食亦如之." 別之則賓客饗食未嘗或同, 合之則賓客者饗食之人,饗
食者賓客之禮, 未嘗不會而爲一也.

蓋王之於諸侯有主道焉, 諸侯臣之於王有客道焉, 所謂賓者不過諸
侯爾. 故上公饗禮九獻, 食禮九擧, 諸侯饗禮七獻, 食禮七擧, 而諸伯如
之. 諸子饗禮五獻, 食禮五擧,[19] 而諸男如之, 則諸侯之臣亦可類見矣.
祭祀賓客饗食之禮如此, 則所鼓之樂亦可知矣.

17 『周禮』春官 / 籥師 0.
18 대본에는 '邊'으로 되어 있으나, 사고전서 『樂書』에 의거하여 '籩'으로 바로잡았다.
19 대본에는 '五擧'로 되어 있으나, 사고전서 『樂書』에 의거하여 '五獻食禮五擧'로 바로
    잡았다.

古之舞者未嘗不節之以鼓. 詩曰 : "籥舞笙鼓." 又曰 : "鼓咽咽, 醉言舞." 鼓其羽籥之舞, 則執其羽籥, 習其俯仰屈伸, 容貌得莊焉, 行其綴兆, 要其節奏, 進退得齊焉. 夫然以事鬼神而祭祀, 以待賓客而饗食, 而籥師能之, 則其職業修擧可知.

然籥師鼓羽籥之舞, 則文舞而已, 干戚之武舞不與焉者, 以掌籥爲主故也. 司干掌舞器, 則武舞而已. 羽籥之文舞不與焉者, 以掌干爲主故也. 文王世子, 春夏學干戈, 秋冬學羽籥, 皆於東序. 小樂正學干, 大胥贊之, 籥師學戈, 籥師承贊之. 仲尼燕居曰 : "夏籥序興." 則夏籥者用夏翟以爲籥舞也. 周之時, 皆以籥羽舞文樂, 而文王世子, 使籥師學戈, 豈夏商之制歟!

「태재(太宰)」에 "예(禮)로 빈객(賓客)을 대접한다"[20]라고 하고, 「행인(行人)」에 "대빈(大賓)을 대접하는 예(禮)와 대객(大客)을 대접하는 의(儀)를 관장한다"[21]라고 했으니, 통합해서 말할 때는 '빈객을 모두 예로 대접한다'라고 했지만 나누어 말할 때는 '예로써 빈을 대접하고 의(儀)로 객을 대접한다'라고 했다. 빈(賓)은 신분이 높고 객(客)은 신분이 낮다. 주인과 대등한 빈(賓)은 기쁨과 슬픔 및 이해(利害)를 주인과 함께 하고, 주인을 받드는 객(客)은 기쁨과 슬픔 및 이해를 주인과 달리 한다.

「대종백(大宗伯)」에 "향연(饗燕)의 예도 사방에서 온 빈색을 대섭한다"[22]라고 하고, 「내종(內宗)」에 "종묘 제사에서 가두변(加豆籩)[23]을 올리는 일을 관장하는데, 빈객의 향사(饗食)에도 이와 같이 한다"[24]라고 했다. 구별해서 말하면, 빈객에게 향례(饗禮)와 사례(食禮)를 같이 한 적이 없으나 합해서 말하면, 빈객은 향사(饗食)를 받는 사람이고 향사(饗食)는 빈객을 대

---

20 『周禮』 天官 / 太宰 10.

21 『周禮』 秋官 / 大行人 1.

22 『周禮』 春官 / 大宗伯 6.

23 가두변(加豆籩): 제주(祭主)가 아닌 사람이 술을 올리는 것을 가작(加爵)이라 하며, 가작할 때 제물(祭物)을 올리는 것을 가두변(加豆籩)이라 한다

24 『周禮』 春官 / 內宗 0.

접하는 예이니, 합해서 하나로 되지 않은 적이 없다.

　왕은 제후에 대해서 주인의 도(道)가 있고, 제후는 왕에 대해서 객(客)의 도가 있으니, 이른바 빈(賓)은 제후이다. 그러므로 "상공(上公)의 향례(饗禮)에서는 구헌(九獻)²⁵을 하고 사례(食禮)에서는 구거(九擧)²⁶를 하며, 후작(侯爵)의 향례에서는 칠헌(七獻)을 하고 사례에서는 칠거(七擧)를 하며, 백작(伯爵)의 경우도 이와 같이 한다. 자작(子爵)의 향례에서는 오헌(五獻)를 하고 사례에서는 오거(五擧)를 하는데, 남작(男爵)의 경우도 이와 같이 한다"²⁷라고 했으니, 제후의 신하도 미루어 알 수 있다. 제사를 지내고 빈객에게 향사(饗食)하는 예가 이와 같으니, 연주하는 음악 또한 알 수 있다.

　옛날에 춤추는 자들은 일찍이 북으로 절도를 맞추지 않은 적이 없었으니, 『시경』에 "약무(籥舞)에 생(笙)과 북이 어우러지도다"²⁸라고 하고, 또 "둥둥 북소리 울리는 가운데 취하여 춤을 추네"²⁹라고 하였다. 우약무(羽籥舞)를 출 때 북을 치면, 꿩깃과 약을 잡고 부앙(俯仰)·굴신(屈伸)³⁰을 익혀 용모가 장엄해지고, 철조(綴兆)³¹에서 춤추는 것이 절도에 맞아 진퇴가 가지런해진다.³² 따라서 귀신을 섬겨 제사지내고 빈객을 대접하여 향사(饗食)할 때, 약사(籥師)가 능숙하면, 직무가 잘 수행되리라는 것을 알 수 있다.

　약사가 북을 친 우약무는 문무(文舞)이다. 무무(武舞)인 간척무(干戚舞)가 포함되지 않은 이유는 약사는 주로 약을 관장하기 때문이다. 사간(司干)

25　구헌(九獻) : 술을 9번 바치는 예.
26　구거(九擧) : 음식을 9번 올리는 예.
27　『周禮』秋官 / 大行人 2.
28　『詩經』小雅 / 賓之初筵.
29　『詩經』魯頌 / 有駜.
30　부앙(俯仰)·굴신(屈伸) : 부앙은 고개를 숙이거나 쳐드는 것. 굴신은 몸을 굽히거나 펴는 것.
31　철조(綴兆) : 철은 춤추는 위치의 표시이고, 조는 춤추는 영역이다.
32　부앙(俯仰)~가지런해진다 : 『禮記』樂記 19-25.

이 관장한 춤 도구는[33] 무무(武舞)와 관련된 것뿐이다. 우약무가 포함되지 않은 이유는 사간은 주로 방패[干]를 관장하기 때문이다.

「문왕세자」에 "봄과 여름에는 방패[干]와 창[戈]을 들고 추는 춤을 가르치고, 가을과 겨울에는 꿩깃[羽]과 약(籥)을 들고 추는 춤을 가르치는데, 모두 동서(東序)에서 한다. 소악정(小樂正)이 간무(干舞 : 방패를 들고 추는 춤)를 가르치면 대서(大胥)가 돕고, 약사가 과무(戈舞 : 창을 들고 추는 춤)를 가르치면 약사승(籥師丞)이 돕는다"[34]라고 하고, 「중니연거」에 "하약(夏籥 : 文舞)을 차례로 춘다"[35]라고 했으니, 하약(夏籥)이란 아름다운 꿩깃을 들고 약무(籥舞)를 추는 것이다. 주나라 때는 약과 꿩깃을 들고 문무(文舞)를 추었는데, 「문왕세자」에서는 '약사로 하여금 과무(戈舞)를 가르치게 한다'라고 했으니, 어쩌면 이는 하나라와 상나라의 제도일 것이다.

약장(籥章)

53-3. 籥章掌土鼓豳籥.
약장(籥章)은 토고(土鼓)와 빈약(豳籥)[36]을 관장한다.[37]

土之爲行, 天五其生數也, 地十其成數也. 水之爲行, 天一其生數也, 地六其成數也. 土成於地十, 則足以勝水, 使地十反於天一, 有復本反始之意也.

33　『周禮』春官 / 司干 0.「司干, 掌舞器. 祭祀舞者既陳則授舞器, 既舞則受之.」
34　『禮記』文王世子 8-2.
35　『禮記』仲尼燕居 28-6.
36　빈약(豳籥) : 빈(豳) 지역 사람이 부는 약(籥)
37　『周禮』春官 / 籥章 0.

禮運曰 : "夫禮之初始諸飮食. 其燔黍捭豚, 汙尊而抔飮, 蕢桴而土鼓,
猶若可以致其敬於鬼神." 明堂位曰 : "土鼓蕢桴葦籥, 伊耆氏之樂也."
郊特牲曰 : "伊耆氏始爲蜡, 蜡也者索也. 歲十二月, 合聚萬物而索饗之,
主先嗇而祭司嗇也." 土爰稼穡而黍土産也, 坎爲豕而豚水畜也. 燔黍
以爲飮, 捭豚以爲食, 雖曰禮之初始於此, 然亦卽此而作樂焉, 則樂亦
始於此矣. 蜡祭之禮·蕢桴土鼓葦籥之樂, 皆起於伊耆氏. 彼其爲索饗
之祭, 亦因土反其宅, 水歸其壑之時, 行報本反始之禮焉. 然則籥章用
土鼓豳籥, 以致報本反始之義, 亦祖述乎此也. 且蜡之祭也主先嗇而祭
司嗇, 先嗇神農也, 司嗇后稷也. 周家王業本始於后稷, 後世因之以行
禮, 蓋有由始也.

杜子春以土鼓爲瓦鼓, 而以革飾之. 是不知伊耆氏之世, 未有范金合
土之制, 與壺涿氏炮土之鼓異矣.

흙(土)에서는 천(天)5가 생수(生數)이고, 지(地)10이 성수(成數)이다. 물(水)
에서는 천1이 생수이고 지6이 성수이다. 토(土)가 지10에서 이루어지면
물을 이길 수 있지만, 지10을 천1로 돌아가게 하면 근본을 회복하고 처
음으로 돌아간다는 뜻이 있게 된다.

「예운」에 "예의 시초는 음식에서 비롯되었다. 옛 사람들은 기장을 돌
위에 얹어 굽고 돼지고기를 찢어서 돌 위에 놓아 익혔으며, 땅을 파서
웅덩이를 만들어 손으로 물을 떠 마셨으며 괴부(蕢桴 : 짚과 흙을 빚어서 만
든 북채)를 만들어 토고(土鼓)를 두드렸을 뿐이지만, 이런 소박한 것으로도
공경하는 마음을 귀신에게 바칠 수 있었다"[38]라고 하고, 「명당위」에 "토
고와 괴부 및 위약(葦籥)은 이기씨(伊耆氏)의 악기이다"[39]라고 하고, 「교특
생」에 "이기씨가 처음으로 사제(蜡祭)를 지냈다. 사(蜡)란 색(索 : 찾는다)이
란 뜻으로 매년 12월에 만물의 신령을 불러 모아 향응하는데, 선색(先
嗇)[40]을 비롯하여 사색(司嗇)[41]에 제사지낸다"[42]라고 하였다.

38   『禮記』 禮運 9-4.
39   『禮記』 明堂位 14-17.

흙에 농사를 지으니,[43] 기장은 토산(土産)이다. 감괘(坎卦)가 돼지가 되니,[44] 돼지는 수축(水畜)[45]이다. 기장을 돌 위에 굽고 돼지고기를 찢어서 음식을 만드는 것에서부터 예가 시작되었는데, 이때 악도 지었으므로 악 또한 여기에서 시작되었다. 따라서 사제(蜡祭)의 예와 괴부(蕢桴)·토고(土鼓)·위약(葦籥)의 악이 모두 이기씨에서 시작된 것이다.

여러 신을 불어 모아 향응하는 사제는 흙이 원래의 땅으로 돌아가고 물이 본래의 계곡으로 돌아가는[46] 때에 근본에 보답하고 시초로 돌아가는 예를 행하는 것이다. 따라서 약장(籥章)이 토고와 빈약(豳籥)을 써서 근본에 보답하고 시초로 돌아가는 뜻을 나타낸 것도 이를 조술(祖述)한 것이다. 사제는 선색을 비롯하여 사색에 제사지내는데, 선색은 신농씨이고 사색은 후직이다. 주나라의 왕업은 본래 후직에서 시작했다. 후세에 후직에 제사지낸 것은 이로부터 주나라 왕업이 시작했기 때문이다.

두자춘(杜子春)[47]은 토고(土鼓)를 와고(瓦鼓)로 여겼고 갈대로 장식했다고 했는데, 이는 이기씨 시대에는 거푸집에 쇳물을 부어 만들거나 흙을 반죽하여 굽는 제도가 없었으므로, 토고는 호탁씨(壺涿氏)가 흙을 구워 만든 북과 다르다는 것을 몰랐기 때문이다.

53-4. 中春晝擊土鼓龡豳詩以逆暑, 中秋夜迎寒亦如之. 凡國祈年

---

40 선색(先嗇) : 처음으로 농사를 가르쳤다는 선농씨(先農氏)·신농씨(神農氏)·전조(田祖).

41 사색(司嗇) : 농사일을 맡은 후직(后稷).

42 『禮記』 郊特牲 11-21.

43 흙에 농사를 지으니 : 『書經』 周書 / 洪範 2.

44 감괘(坎卦)가 돼지가 되니 : 『周易』 說卦傳 8.

45 수축(水畜) : 돼지. 고대에 각종 가축을 오행(五行)으로 분류할 때 돼지를 수(水)에 속하는 것으로 보았다.

46 흙이~돌아가는 : 『禮記』 郊特牲 11-21.

47 두자춘(杜子春) : B.C. 30~A.D. 58. 후한(後漢)의 경학자. 유흠(劉歆)에게서 『주례』를 배우고 정중(鄭衆)·가규(家逵)에게 '주례학(周禮學)'을 전했다. 그가 주석(註釋)한 『주례』는 정현(鄭玄)에게 영향을 끼쳤으나 현재는 전하지 않는다.

于田祖, 歙豳雅擊土鼓以樂田畯, 國祭蜡, 則歙豳頌擊土鼓以息老物.

약장은 중춘(中春 : 2월) 낮에 토고(土鼓)를 두드리고 빈시(豳詩)를 연주하여 더위를 맞이한다. 중추(中秋 : 8월) 밤에 추위를 맞이하는 것도 또한 이와 같이 한다. 나라에서 전조(田祖)에게 풍년을 빌 때는 빈아(豳雅)를 연주하고 토고를 두드려 전준(田畯)을 즐겁게 하며, 나라에서 사제(蜡祭)를 지낼 때는 빈송(豳頌)을 연주하고 토고를 두드려 노물(老物)[48]을 쉬게 한다.[49]

風雅頌合而爲詩, 成而爲章. 詩序曰 : "情發於聲, 聲成文, 謂之音." 蓋詩者中聲之所止也, 篇者中聲之所出也, 土者中聲之質存焉. 篇章所歌者豳詩, 所擊者土鼓, 所歙者豳籥, 以之逆暑迎寒必本中春晝中秋夜. 祈年祭蜡必歙豳雅豳頌者, 以中聲之詩, 奏之中聲之鼓, 歙之中聲之籥, 則所道者中德, 所詠者中聲, 所順者中氣, 無往不爲中和之紀矣.

今夫豳雅豳頌之名雖存, 其辭與義亡之久矣. 鄭康成, 自'七月流火, 九月授衣' 至'女心傷悲, 殆[50]及公子同歸', 爲豳風, 自'七月流火, 八月萑葦' 至'爲此春酒, 以介眉壽', 爲豳雅, 自'七月食瓜, 八月斷壺' 至'稱彼兕觥, 萬壽無疆', 爲豳頌. 固哉! 鄭氏之爲詩也. 然則雅頌天子之詩也, 豳可得而有乎? 曰 : 武王未受命, 周公成文武之德, 追王太[51]王王季, 上祀先公[52]以天子之禮. 故文武之功實起於后稷, 旣追王以天子之禮, 亦必追以天子之樂, 其用天子之詩不亦宜乎?

暑言逆主之也, 寒言迎客之也.

풍(風) · 아(雅) · 송(頌)은 모두 시(詩)이니, 노래로 부르면 악장(樂章)이 된다. 「시서(詩序)」에 "정(情)은 소리에 나타나니, 소리가 문채를 이룬 것을 음(音)이라 한다"[53]라고 하였다. 시는 중성(中聲)이 머무는 곳이고, 약

---

48   노물(老物) : 하늘을 도와 1년 농사를 이루게 하는 만물의 신.
49   『周禮』春官 / 籥章 0.
50   대본에는 '迨'로 되어 있으나, 『詩經』에 의거하여 '殆'로 바로잡았다.
51   대본에는 '大'로 되어 있으나, 사고전서 『樂書』에 의거하여 '太'로 바로잡았다.
52   대본에는 '上祀先公'이 없으나, 『禮記』에 의거하여 보충하였다.

(籥)은 중성이 나오는 곳이며, 토(土)에는 중성의 본질이 있다.

약장(籥章)이 노래한 것은 빈시(豳詩)이고 두드린 것은 토고(土鼓)이고 분 것은 빈약(豳籥)이니, 이것으로써 2월 낮에 더위를 맞이하고 8월 밤에 추위를 맞이했다. 풍년을 빌 때와 사제(蜡祭)를 지낼 때 반드시 빈아(豳雅)와 빈송(豳頌)을 연주한 것은 중성(中聲)의 시를 중성의 북으로 두드리고 중성의 약(籥)으로 분 것이다. 그리하여 인도한 것은 중덕(中德)이고 노래한 것은 중성이며 따른 것은 중기(中氣)이므로 가는 데마다 중화(中和)의 벼리가 되지 않음이 없었던 것이다.

빈아와 빈송은 명칭은 남아 있으나 그 가사와 뜻은 없어진 지 오래이다. 그러나 정강성(鄭康成 : 鄭玄)은 '7월에는 심성(心星 : 火星)이 서쪽으로 기울고 9월에는 겨울옷을 준비한다네[七月流火 九月授衣]'[54]로부터 '아가씨는 공자에게 시집가게 되어 부모님과 헤어짐을 서글퍼하네![女心傷悲 殆及公子同歸]'까지를 빈풍(豳風)[55]으로 여기고, '7월에는 심성이 서쪽으로 기울고 8월에는 갈대를 벤다네[七月流火 八月萑葦]'로부터 '봄술을 빚어 노인들 장수를 빌며 잔을 올리네[爲此春酒 以介眉壽]'까지를 빈아(豳雅)로 여기며, '7월에는 오이를 먹고 8월에는 박을 타네[七月食瓜 八月斷壺]'부터 '저 뿔잔을 들고서 만수무강을 기원하네[稱彼兕觥 萬壽無疆]'까지를 빈송(豳頌)으로 여겼으니, 정씨의 시에 대한 이해는 참으로 편협하다!

아(雅)·송(頌)은 천자의 조정과 종묘에서 연주되는 것이니, 빈풍에 아·송 있을 수 있겠는가? 무왕(武王) 말년에 천명(天命)을 받자, 주공(周公)이 문왕과 무왕의 덕업을 완수하여, 태왕(太王 : 문왕의 祖父인 古公亶父)과 왕

---

53 『詩經』 周南 / 關雎, 毛序.
54 『詩經』 豳風 / 七月.
55 빈풍(豳風) : 빈(豳)은 무왕의 13대 조상인 공류(公劉)가 터전을 잡은 곳이다. 『시경』의 편명으로 쓰인 빈풍은 어린 성왕(成王)을 경계하기 위해 주공(周公) 단(旦)이 후직과 공류의 교화를 읊은 시를 뜻한다. 후인(後人)들이 또 주공이 지은 것과 주공을 위해 지은 시를 빈풍에 덧붙였다. 그러나 이와 달리 정현은 여기에서 《칠월(七月)》이라는 시에 빈풍과 빈아와 빈송이 다 포함된 깃으로 간주하여 그중의 일부분을 뜻하는 용어로 썼다.

계(王季: 문왕의 父인 季歷)를 왕으로 추존(追尊)하고, 위로 선공(先公)을 천자의 예로 제사지냈다.[56] 그러므로 문왕과 무왕의 공은 실로 후직에서 시작된 것이다. 이미 왕으로 추존하여 천자의 예를 행했으면 또한 반드시 천자의 악을 썼을 것이니, 천자의 시를 쓰는 것이 마땅하지 않은가?

더위를 맞이하는 것을 '역(逆)'이라고 표현한 것은 더위를 주인으로 여긴 것이고, 추위를 맞이하는 것을 '영(迎)'이라고 표현한 것은 추위를 객으로 여긴 것이다.

제루씨(鞮鞻氏)

53-5. 鞮鞻氏掌四夷之樂與其聲歌, 祭祀則龡而歌之, 燕亦如之.

제루씨(鞮鞻氏)는 사이(四夷)의 악(樂)과 그 성가(聲歌)를 관장하여, 제사지낼 때 악기를 불면서 노래하고, 연례(燕禮)를 행할 때에도 이와 같이 한다.[57]

王者用先王之樂明有法也, 用當代之樂明有制也, 用四夷之樂明有懷也. 東夷之樂曰昧, 持矛以助時生. 南夷之樂曰任, 持弓以助時養. 西夷之樂曰株離, 持鉞以助時殺. 北夷之樂曰禁, 持楯以助時藏. 皆於四門之外右辟, 四夷之樂也. 東夷之舞緩弱而淫藝, 南夷之舞蹻迅而促速, 西夷之舞急轉而不節, 北夷之舞沈壯而不揚, 四夷之舞也. 四夷之樂舞如之, 則聲歌可知. 其不言舞者, 以靺師旄人見之也.

先王之於夷樂雖有所不廢, 然夷不可亂華, 蛙不可亂雅. 蓋後之而弗

---

56   무왕(武王)~제사지냈다: 『禮記』 中庸 31-11.
57   『周禮』 春官 / 鞮鞻氏 0.

先, 外之而弗內. 此夾谷之會, 齊人奏之, 孔子所以却之歟. 然夷樂必使
鞮鞻氏掌之何也? 由先王制推之, 披髮文身爲東夷, 雕題交趾爲南夷,
衣羽毛爲北夷, 至於西夷則披髮衣皮. 而謂西方曰狄鞻, 則鞮鞻氏以衣
皮名官也. 鞮則去毛以爲革, 有去彼適我之意, 而所履者有是而無非矣.
揚雄所謂東鞮亦是意也. 匈奴謂漢曰若鞮, 豈知禮義者之言乎!

土婁之墢, 婁土而聚之, 木婁之樓, 婁木而構之. 然則革婁[58]之鞻, 豈
非婁革而爲之乎? 由是觀之, 鞮鞻蓋四夷所所履也, 記禮者以之名方,
周禮以之名官, 非特所履爲然. 韎師以所服名之, 旄人以所執名之: 是
夷人之樂不可得而詳, 所可得而知者, 不過是三者而已.

明堂位曰 : "納夷蠻之樂於太廟, 言廣魯於天下也." 今夫四夷之樂,
惟天子得用之, 豈魯以蕞爾之國亦得用之乎? 以爲周公有人臣不可及
之功, 用之於太廟可也, 以爲廣魯於天下, 是啓魯公僭亂之心, 非達禮
者之言也. 竊意, 魯之俗儒溢美其國, 張大其言, 以欺惑後世歟!

旄人言人, 鞮鞻言氏, 又何也? 曰 : 春秋之法, 凡繼世者皆稱氏, 凡微
者皆稱人. 微者稱人, 如齊人陳人曹人伐宋·齊人衛人伐鄭之類, 是也.
若夫稱氏其所配固不一矣, 姜氏子氏以氏配姓, 李氏臧氏以氏配族, 哭
於賜氏以氏配名, 不念佰氏之言以氏配字, 滅赤狄潞氏以氏配國, 母氏
聖善以氏配親, 言告師氏以氏配尊.[59] 旄人稱人微者故也. 鞮鞻稱氏非
繼世也, 別旄人韎師而已.

왕이 선왕의 악을 쓰는 것은 법이 있음을 밝히는 것이고, 당시 악을
쓰는 것은 제도가 있음을 밝히는 것이며, 사이(四夷)의 악을 쓰는 것은 널
리 포용함을 밝히는 것이다.

동이(東夷)의 악을 매(昧)라고 하니, 창(矛)을 가지고 봄에 만물이 생겨나
는 것을 돕는다는 뜻이다. 남이(南夷)의 악을 임(任)이라 하니, 활을 잡고
여름에 만물이 자라는 것을 돕는다는 뜻이다. 서이(西夷)의 악을 주리(株

---

58 대본에는 '婁'가 없으나, 사고전서『樂書』에 의거하여 보충하였다.
59 대본에는 보이지 않으나, 사고전서『樂書』에 의거하여 '尊'을 보충하였다.

離)라고 하니, 도끼를 가지고 가을에 만물의 기운이 쇠락하는 것을 돕는 다는 뜻이다. 북이(北夷)의 악을 금(禁)이라고 하니, 방패[楯]를 가지고 겨울에 만물이 저장되는 것을 돕는다는 뜻이다. 모두 사문(四門) 밖의 오른쪽 벽에서 연주하니, 이것이 사이(四夷)의 악이다.

동이의 춤은 느리고 나약하고 음란하며, 남이의 춤은 빠르고 촉박하며, 서이의 춤은 급히 돌아서 절도가 없으며, 북이의 춤은 지나치게 장엄하여 경쾌하지 않다. 이것은 사이(四夷)의 춤이다. 사이(四夷)의 악무(樂舞)가 이와 같으니, 성가(聲歌)도 미루어 알 수 있다. 「제루씨」에 춤을 언급하지 않은 것은 「매사(韎師)」와 「모인(旄人)」에서 언급했기 때문이다.[60]

선왕이 사이(四夷)의 악을 폐지하지 않았을지라도 오랑캐 악이 중화의 악을 어지럽혀서는 안 되고, 음란한 악이 아정한 악을 어지럽히면 안 된다. 따라서 사이의 악을 뒤에 연주하고 먼저 연주하지 않았으며, 문 밖에 두고 안으로 들이지 않았다. 이 때문에 협곡의 회동에서 제나라 사람들이 이악(夷樂)을 연주하려 하자 공자가 물리쳤던 것이다.[61]

그런데 이악(夷樂)을 제루씨로 하여금 관장하게 한 것은 무엇 때문인가? 선왕의 제도를 미루어 보건대, 머리털을 풀어헤치고 몸에 문신하는 자들은 동이(東夷)이고, 이마에 먹물로 무늬를 새기고 양쪽 발가락을 서로 향하게 하여 걷는 자들은 남이(南夷)이며, 새깃털과 짐승털로 옷을 만들어 입는 자들은 북이(北夷)이고, 머리털을 풀어헤치고 가죽옷을 입는 자들은 서이(西夷)이다. 서방의 통역관은 적제(狄鞮)라고 하였다.[62]

제루씨(鞮鞻氏)는 가죽옷을 입는다는 특징을 들어서 관직이름으로 삼은 것이다. 제(鞮)는 털을 제거해서 가죽으로 만든 것이니, 저것을 제거하여 나에게 알맞게 했으므로, 제(鞮)로 만든 신은 편안하여 나쁜 점이 없

60   『周禮』春官 / 韎師 0. 「韎師, 掌教韎樂祭祀則帥其屬而舞之. 大饗亦如之.」; 『周禮』春官 / 旄人 0. 「旄人, 掌教舞散樂舞夷樂. 凡四方之以舞仕者屬焉. 凡祭祀賓客舞其燕樂.」
61   노나라 정공(定公) 10년에 제후(齊侯)와 협곡(夾谷)에서 회합을 가졌다.〈『春秋左氏傳』定公 10년(2)〉
62   머리털을~하였다: 『禮記』王制 5-40.

다. 양웅(揚雄)이 이른바 '동제(東鞮)'[63]에도 이런 뜻이 담겨 있다. 흉노는 자신들의 임금을 '약제(若鞮)'[64]라고 하였는데, 아마 예의를 아는 자의 말일 것이다.

토(土)와 루(婁)를 합쳐 만든 '루(塿)'라는 글자는 흙을 두둑하게 모아놓은 언덕이라는 뜻이고, 목(木)과 루(婁)를 합쳐 만든 '루(樓)'라는 글자는 나무를 여러 개 짜맞추어 만든 다락이라는 뜻이다. 그렇다면 혁(革)과 루(婁)를 합쳐 만든 '루(鞻)'라는 글자는 가죽을 여러 개 합쳐서 만든 것이 아니겠는가? 이로 보건대, 제루(鞮鞻)는 사이(四夷)가 신는 신발인데, 『예기』에서는 이것으로 방위 이름을 삼았고,[65] 『주례』에서는 관직 이름을 삼은 것이다. 신는 것만 이런 것은 아니다. 매사(韎師)는 입는 융복(戎服)으로 이름 지은 것이고 모인(旄人)은 손에 쥐는 의물(儀物)로 이름 지은 것이다. 오랑캐 음악을 상세히 알 수는 없고, 알 수 있는 것은 이 셋(제루씨, 매사, 모인)에 불과할 따름이다.

「명당위」에 "동이(東夷)와 남만(南蠻)의 음악을 태묘에서 연주한 것은 노나라의 공업(功業)이 천하에 널리 미쳤음을 말한다"[66]라고 하였다. 그러나 사이(四夷)의 악은 천자만이 쓸 수 있는 것인데, 어찌 노나라처럼 작은 나라에서 썼는가? 남들이 도저히 미치지 못할 막대한 공을 주공(周公)이

---

63 『法言』孝至 13-25. 「漢德其可謂允懷矣. 黃支之南・大夏之西・東鞮・北女, 來貢其珍. 漢德其可謂允懷矣. 世鮮焉【한나라의 덕은 진실로 먼 나라 사람들까지도 귀복시켰다고 할 만하다. 남쪽의 황지국으로부터 서쪽의 대하국까지, 또 동쪽의 제(鞮)와 북쪽의 여진족도 모두 그들의 진기한 보물들을 가지고 내조해 조공을 바쳤으니, 한나라의 덕은 먼 나라 사람들까지도 귀복시켰다고 할 만하다. 이는 세상에서 드문 일이다.】」

64 흉노말로 효도를 '뤄디[若鞮]'라고 한다. 한나라 황제의 시호에 '孝'를 붙이는 것을 선망하여 선우(單于 : 흉노의 왕의 칭호) 앞에 '약제(若鞮)'를 붙였다.〈『後漢書』南匈奴傳〉

65 오방의 백성들은 언어가 통하지 않고 기호(嗜好)가 같지 않으므로 통역이 필요하다. 통역관을 동방에서는 기(寄), 남방에서는 상(象), 서방에서는 적제(狄鞮), 북방에서는 역(譯)이라 한다.〈『禮記』王制 5-40〉

66 『禮記』明堂位 14-5.

세웠으므로 태묘에서 사이의 악을 연주했다고 하는 것은 괜찮으나, 노나라의 공업이 천하에 널리 미쳤기 때문이라고 하는 것은 노나라 임금에게 참람(僭亂)한 마음을 열어주는 단서가 되니, 예에 통달한 자의 말은 아니다. 그윽이 생각하건대, 노나라의 세속적인 유생들이 자기 나라를 지나치게 미화하고 과장하여 후세 사람들을 기만하고 현혹시킨 것이다!

　모인의 경우 '인(人)'이라 하였는데, 제루에는 '씨(氏)'를 붙인 것은 무엇 때문인가? 춘추법에서는 대(代)를 계승한 자는 모두 '씨(氏)'라 칭했고 존재가 미미한 자는 모두 '인(人)'이라 칭했다. 미미한 자를 '인'이라 칭한 예는 "제인(齊人)·진인(陳人)·조인(曹人)이 송(宋)을 쳤다." "제인(齊人)·위인(衛人)이 정(鄭)을 쳤다"와 같은 경우이다. '씨'라고 칭한 예는 짝지은 것이 일정하지 않다. 강씨(姜氏)·자씨(子氏)[67]에서의 씨는 성(姓)에 붙인 것이고, 이씨(李氏)·장씨(臧氏)에서의 씨는 족(族)에 붙인 것이며, '사씨(賜氏)에게 가서 울어야겠다'[68]라고 한 경우는 씨를 이름에 붙인 것이고, '백씨(佰氏)의 말을 생각하지 않았다'라고 한 경우는 씨는 자(字)에 붙인 것이다. '적적(赤狄)과 노씨(潞氏)를 격멸하였다'[69]라고 한 경우는 씨를 나라 이름에 붙인 것이고, '모씨(母氏)가 성스럽고 선량하다'[70]라고 한 경우는 씨를 어버이에 붙인 것이고, '사씨(師氏)에게 고했다'라고[71] 한

---

[67] 『春秋左氏傳』隱公 1년(3). 「初鄭武公娶于申, 曰武姜. 生莊公及共叔段. 莊公寤生, 驚姜氏, 故名曰寤生【당초에 정나라 무공이 신국에서 아내를 맞이했으니 그가 무강이다. 무강이 장공과 공숙단을 낳았는데, 장공이 난산(難産) 끝에 태어나 강씨를 놀라게 하였다. 그러므로 이름을 오생이라 하였다.】 강은 신나라의 성(姓)이다. 『春秋左氏傳』隱公 1년(5). 「秋七月, 天王使宰咺來歸惠公·仲子之賵. 緩, 且子氏未薨, 故名【가을 7월에 천왕이 재훤을 노나라에 사신으로 보내어 와서 혜공과 중자의 봉(賵)을 주었으니, 혜공의 조문으로는 너무 늦었고, 자씨는 아직 죽지 않았는데 상가(喪家)에 부조(扶助)하는 물품을 보내왔으므로 이름을 기록하였다.】 자는 송나라의 성(姓)이다.

[68] 『孔子家語』권10 曲禮子貢問.

[69] 『春秋左氏傳』宣公 15년(3). 「六月癸卯, 晉荀林父敗赤狄于曲梁, 辛亥, 滅潞【6월 계묘일에 진나라 순림보(荀林父)가 군대를 거느리고 가서 곡량에서 적적(赤狄)을 패배시키고 신해일에 노국을 격멸하였다.】」

[70] 『詩經』邶風 / 凱風.

경우는 씨를 존경하는 사람에게 붙인 것이다.

　모인의 경우 '인'이라 칭한 것은 존재가 미미하기 때문이다. 그러나 제루의 경우 '씨'라 칭한 것은 대를 계승했기 때문이 아니고 다만 모인 및 매사와 구별하기 위한 것이다.

71　『詩經』周南 / 葛覃.

권54 주례훈의(周禮訓義)

춘관(春官) / 전용기(典¹庸器) · 사간(司干) · 대축(大祝) · 사무(司巫) · 여무(女巫)

전용기(典庸器)

54-1. ²〈典庸器 掌藏樂器庸器.

전용기(典庸器)는 악기(樂器)와 용기(庸器)를 갈무리하는 일을 관장한
다.³

莊子曰 : "庸也者用也, 用也者通也, 通也者得也, 適得而幾矣, 因是
已. 已而不知其然謂之道." 樂記曰 : "禮樂皆得謂之有德." 蓋得也者德

1　대본에는 '典'이 없으나, 사고전서『樂書』와『周禮』에 의거하여 보충하였다.
2　대본에『樂書』54-1과 54-2일부가 빠져 있어 사고전서『樂書』에 의거하여 보충하고,
　　보충한 부분을 〈 〉로 표시해놓았다.
3　『周禮』春官 / 典庸器 0.

也, 德則幾道而未全於道, 以其未能不知其然故也. 揚子曰: "茫茫聖德,
遠人咸慕, 上也. 武義璜璜, 兵征四方, 次也."

由是觀之, 先王之於遠人, 豈事征伐爲哉? 以爲以德來之, 而不吾懷
也, 然後用征伐以勝之. 得其人則俘之爲臣妾, 得其物則藏之爲庸器.
春秋傳, 季氏以所得齊兵作林鍾, 而銘魯功, 得非庸器之謂乎? 庸器以
有民功爲主而藏之, 爲可久, 樂器以同民心爲主而藏之, 爲可樂. 二者
均以典庸器藏之. 言庸器, 則樂器在其中矣.

『장자』에 "용(庸)이란 작용이고, 작용이란 통함이고 통함은 자득(自得)
함이니, 자득의 경지에 나아가게 되면 도에 가깝게 되어 절대적으로 옳
은 것[4]에 말미암을 따름이다. 그렇게 할 뿐, 그렇게 된 까닭을 알지 못하
는 것을 도(道)라고 한다"[5]라고 하고, 「악기」에 "예와 악을 모두 체득한
사람을 유덕(有德)하다고 한다"[6]라고 했다. 대개 '득(得)'이란 덕이다. 덕이
도에 가깝기는 하나 완전한 도가 아닌 것은 '그렇게 된 까닭을 알지 못
하는 경지'에 이르지 않았기 때문이다. 양자(揚子)[7]는 "성덕(聖德)이 광대
하여 먼 나라 사람들까지도 사모하는 것이 최상이고, 무의(武義)가 빛나
사방의 무도(無道)한 나라를 정벌하는 것은 그 다음이다"[8]라고 말하였다.

이로 보건대, 선왕이 어찌 먼 나라 사람들을 정벌하는 것을 일삼았겠
는가? 덕에 감화되어 오게 했을 따름이고, 무도하여 회유할 수 없는 경
우에만 정벌했으니, 사람은 사로잡아 신첩(臣妾)으로 삼고 전리품은 갈무
리하여 용기(庸器)로 만들었다. 『춘추전』에, '계씨(季氏)가 제나라와의 전
쟁에서 노획한 병기(兵器)를 녹여 임종(林鍾)의 율이 나는 종(鐘)을 만들어

---

4   주관에 따라 바뀌지 않고 언제나 통할 수 있는 옳음을 뜻한다.

5   『莊子』齊物論 2-4.

6   『禮記』樂記 19-1.

7   양자(揚子) : B.C. 53~A.D. 18. 양웅(揚雄). 자는 자운(子雲). 30여 세에 급사황문랑(給
    事黃門郞)이 되었으며, 왕망(王莽)이 정권을 찬탈한 뒤 그 아래에서 벼슬을 하였으
    므로 비난받았다. 『易經』을 모방하여 『太玄經』을 지었고, 『論語』를 모방하여 『法言』
    을 저술하였는데, 그의 사상은 유가와 도가를 절충한 것이 많았다.

8   『法言』孝至 13-26.

노나라의 무공(武功)을 새겼다'9라는 것이 바로 용기(庸器)를 일컫는 것이
아니겠는가?

용기는 민공(民功)을 쌓는 것을 위주로 갈무리해야 오래 갈 수 있고 악
기는 민심(民心)을 합하는 것을 위주로 갈무리해야 즐길 수 있다. 이 둘을
모두 전용기가 갈무리한다. 관직 명에 용기만 말했지만 사실은 그 안에
악기도 포함되어 있는 것이다.

54-2. 及祭祀, 帥其屬而設筍虡, 陳庸器, 饗食賓射亦如之. 大喪廞
筍虡.

제사 때가 되면, 소속 관원을 인솔하여 순(筍)ㆍ거(虡)를 설치하고 용
기(庸器)를 진설한다. 향(饗)ㆍ사(食)와 빈사(賓射)에도 이와 같이 한다. 대
상(大喪)에 순(筍)ㆍ거(虡)를 진열한다.[10]

樂出於虛而寓於器, 本於情而見於文. 寓於器則器異異虡, 見於文則
文同同筍. 古者以梓人爲筍虡, 鐘虡飾以贏屬, 磬虡飾以羽屬, 器異異
虡故也. 鐘磬之筍皆飾以鱗屬, 其文若竹筍然, 文同同筍故也. 筍則橫
之而設以崇牙, 其形高以峻. 虡則植之而設以業, 其形直以擧. 靈臺詩
曰: "虡業維樅, 賁鼓維鏞." 有瞽詩曰: "設業設虡, 崇牙樹羽." 明堂位
曰: "夏后氏之龍簨〉虡." 由是推之, 筍虡之制非特商周有之, 自夏后氏
已然也. 鬻子曰: "大禹銘於筍虡, 教寡人以道者擊鼓, 教以義者擊鐘,
教以事者振鐸, 語以憂者擊磬, 語以訟獄者揮鞀." 其言雖不經見, 彼蓋
有所受亦足考信矣.

古者祭祀, 設筍虡以顯先王之業, 陳庸器以昭先王之功, 饗食賓射亦
然, 君子敬則用祭器之意也. 典庸器之於庸器, 無事以藏之爲善, 有事
以陳之爲貴. 其於筍虡也, 吉事設之以飾喜, 凶事廞之以飾哀.

---

9   『春秋左氏傳』 襄公 19년(4).
10   『周禮』 春官 / 典庸器 0.

筍亦爲簨者, 竹生於東南故也. 簨[11]亦爲虡者, 樂出虛故也.

악은 허(虛)에서 나와 악기로 표현되고, 정(情)에 근본해서 문채로 나타난다. 악기로 표현되므로 악기가 다르면 거(虡)도 다르고, 문채로 나타나므로 문채가 같으면 순(筍)도 같다.

옛날에 재인(梓人)이 순(筍)과 거(虡)[12]를 만들었는데, 종거(鐘虡)는 나속(贏屬: 털 짧은 짐승)으로 장식하고, 경거(磬虡)는 우속(羽屬: 날짐승)으로 장식했다. 악기가 다르면 거(虡)도 다르게 하기 때문이다. 종·경의 순(筍)은 모두 인속(鱗屬: 비늘달린 짐승, 용)으로 장식해서 무늬가 죽순과 같다. 문채가 같으면 순(筍)도 같게 하기 때문이다.

순(筍)은 막대를 가로 댄 것이며, 그 위에 숭아(崇牙)를 설치하는데 그 모습이 높으면서 길다. 거(虡)는 기둥을 세운 것이며, 그 위에 업(業)을 설치하는데 그 모습이 곧으면서 받칠 수 있게 되어 있다.

《영대(靈臺)》에 "거(虡: 악기틀)에 업(業)[13]과 종(樅)[14]이 있고, 분고(賁鼓)와 용(鏞)을 매달았네"[15]라고 하고 《유고(有瞽)》에는 "업(業)과 거(虡)를 설치하고 숭아(崇牙)[16]에 공작새를 꽂아 놓았네"[17]라고 하고, 「명당위」에 "하후씨(夏后氏)의 용순거(龍簨虡)가 있다"[18]라고 하였다.

이로 보건대, 순(筍)·거(虡)의 제도는 상(商)과 주(周)에만 있었던 것이 아니라 하후씨 때 이미 있었다. 『육자(鬻子)』에 "우왕(禹王)이 순·거에 '과인에게 도(道)를 가르치려는 자는 북을 울리고, 의(義)를 가르치려는

---

11 대본에는 '虞'로 되어 있으나, 문맥상 '簨'로 바로잡았다.
12 순(筍)과 거(虡) : 종이나 경 등의 악기를 거는 틀. 순(筍)은 틀의 횡목(橫木)이고 거(虡)는 틀의 두 기둥이다.〈그림 1-19, 1-20 참조〉
13 업(業) :〈그림 1-21 참조〉.
14 종(樅) : 종·경을 매다는 틀의 상단에 설치하는 톱니모양의 나무. 숭아(崇牙)라고도 한다.
15 『詩經』大雅 / 靈臺.
16 숭아(崇牙) :〈그림 1-22 참조〉.
17 『詩經』周頌 / 有瞽.
18 『禮記』明堂位 14-24.

자는 종을 치며, 일을 보고하려는 자는 탁(鐸)을 흔들고, 걱정거리를 말하려는 자는 경(磬)을 치며, 소송을 말하려는 자는 와서 도(鼗)를 흔들라'라고 명(銘)을 새겼다"라고 하였다. 이 말이 경서에 나오지는 않지만, 근거가 있어서 한 말일 것이다.

옛날에 제사지낼 때 순·거를 설치해서 선왕의 업적을 나타내고 용기(庸器)를 진설하여 선왕의 공을 밝혔다. 향(饗)·사(食)와 빈사(賓射)에도 그렇게 한 것은 '군자가 공경의 뜻으로 제기(祭器)를 쓴다'는 뜻이다.

전용기(典庸器)는 일이 없으면 용기를 갈무리하여 선(善)을 행하고, 일이 있으면 진열하여 귀(貴)를 행하며, 길사(吉事)에 순·거를 설치하여 기쁨을 표현하고 흉사(凶事)에 진열하여 슬픔을 표현한다.

순(筍)을 순(簨)이라고도 하는 것은 대나무가 동남쪽에서 생산되기 때문이고,[19] 거(簴)를 거(虡)라고도 하는 것은 악이 허(虛)에서 나오기 때문이다.

사간(司干)

54-3. 司干掌舞器. 祭祀, 舞者卽陳則授舞器, 旣舞則受之. 賓饗[20] 亦如之. 大喪廞舞器, 及葬奉而藏之.

사간(司干)은 무기(舞器)를 관장한다. 제사 때 무자(舞者)가 늘어서면 무기(舞器)를 나누어 주고 춤을 마치면 거두어들이는데, 빈향(賓饗)에도 이와 같이 한다. 대상(大喪)에는 무기(舞器)를 진열했다가 장사지낼 때 받들

---

19 손괘(巽卦)는 문왕후천팔괘(文王後天八卦)에서 동남쪽에 위치한다.
20 대본에는 '食'으로 되어 있으나, 사고전서『樂書』와『周禮』에 의거하여 '饗'으로 바로잡았다.

어 부장(副葬)한다.[21]

見乃謂之象, 形乃謂之器. 先王因象以制器, 由器以明象, 則聖人制
作之意, 豈徒然哉? 周頌維淸奏象舞, 則舞器雖於樂爲末, 亦未嘗不尙
象而爲之也. 故文舞以象德, 武舞以象功. 形異必異名, 分異必異守. 凡
爲器皆然, 況文武之舞乎? 司干掌舞器者也. 祭祀賓饗之際, 舞者旣陳
則以器授之, 旣舞則受而藏之, 此吉禮所以異於凶也. 大喪則廞之, 旣
葬則奉而藏之, 此凶禮所以異於吉禮也. 諸子凡樂事[22]授舞器, 主敎國
子之倅言之, 與凡舞者旣陳異矣. 司兵司干盾, 祭祀授舞者兵, 不言受
之, 以司干見之也.

凡稱樂器聲音之器也, 凡稱舞[23]器形容之器也. 聲音之器以十有二律
爲之數度, 以十有二聲爲之齊量. 形容之器以干戚飾其武, 以羽籥飾其
文. 書曰: "舞干羽于兩階." 郊特牲曰: "朱干設[24]錫冕而舞大武." 明堂
位曰: "朱干玉戚, 冕而舞大武, 皮弁素積, 裼而舞大夏." 祭統: "君執干
戚, 就舞位, 冕而總[25]干, 率其群臣以樂皇尸." 又曰 "朱干玉戚以舞大
武, 八佾以舞大夏." 詩曰: "日之方中, 公庭萬舞." "左手執籥, 右手秉
雀." 蓋干戚武舞之器, 羽籥文舞之器, 而器豈武哉? 然武舞之器, 干飾
以朱, 所以象事 戚飾以玉, 所以象德. 或以干配戚, 記所謂干戚以舞
之, 是也. 或以干配戈, 記所謂春夏學干戈, 是也. 或以干配揚, 記所謂
弦歌干揚, 是也. 然干之爲器, 所以自衛, 非所以伐人也. 武舞以自衛爲
主, 此鼓人舞師所以先兵舞, 君舞所以重摠干, 名官所以用司干也. 言
武舞之器如此, 則文舞之器亦可知矣. 故舞社稷以帗, 四方以羽, 旱暵

---

21 『周禮』春官 / 司干 0.
22 대본에는 없으나, 『周禮』에 의거하여 '事'를 보충하였다.
23 대본에는 '樂'으로 되어 있으나, 사고전서 『樂書』에 의거하여 '舞'로 바로잡았다.
24 대본에는 '戚'으로 되어 있으나, 사고전서 『樂書』와 『禮記』에 의거하여 '設'로 바로잡
    았다.
25 대본에는 '揔'로 되어 있으나, 『禮記』에 의거하여 '總'으로 바로잡았다.

以皇, 四夷以旄, 無非文舞之器也. 或以羽配旄, 記所謂飾以羽旄, 是也. 或以旄配狄, 記所謂旄狄以舞之, 是也. 或以翟配籥, 簡兮之詩, 是也.

文舞陽也, 陽主聲. 武舞陰也, 陰主形. 干則形也, 武舞莫先焉. 籥則聲也, 文舞莫先焉. 此鼓羽籥之舞, 所以名官以籥師也. 於文舞言裼, 則武舞必襲矣. 於武舞言冕, 則文舞必弁矣. 武舞言萬舞, 則文舞不必萬矣. 於[26]文舞言八佾, 則武舞可知矣. 公羊言, 八佾舞大武可也, 以朱干玉戚爲舞大夏, 不亦誤乎?

나타난 것을 상(象)이라 하고 형체를 기(器)라 한다.[27] 선왕이 상(象)으로 인해서 기물(器物)를 제작하였고, 기물로 말미암아 상(象)을 밝혔으니, 성인이 제작한 뜻이 어찌 부질없는 것이겠는가?

주송(周頌)의 《유청(維淸)》은 《상무(象舞)》를 연주한 것이다.[28] 무기(舞器)가 악(樂)에서 말단적인 것이긴 하나, 또한 일찍이 상(象)을 숭상하지 않고 만든 적은 없었다. 문무(文舞)는 덕을 형상하고 무무(武舞)는 공(功)을 형상한다. 형체가 다르면 반드시 이름이 다르고 분수가 다르면 반드시 직무도 다르다. 기물을 만드는 것이 모두 이와 같은데, 문무와 무무이겠는가?

사간(司干)은 무기(舞器)를 관장하는 자이다. 제사와 빈향(賓饗)에는 무자(舞者)가 늘어서면 무기(舞器)를 건네주고 춤을 마치면 거두어 보관하니, 이것이 길례가 흉례와 다른 점이다. 대상(大喪)에는 진열했다가 장례를 지낼 때 받들어 부장하니, 이것이 흉례가 길례와 다른 점이다.

제자(諸子)가 모든 악사(樂事)에서 무기(舞器)를 건네주는 것은 국자(國子)에 버금가는 자를 가르치는 것을 위주로 말한 것이니,[29] 무자(舞者)가 늘

---

26 대본에는 '人矣'로 되어 있으나, 『樂書』 169-1에 의거하여 '矣 於'로 바로잡았다.

27 『周易』 繫辭上傳 11.

28 『詩經』 周頌 / 維淸, 毛序.

29 『周禮』 夏官 / 諸子 0.

어서면 건네주는 것과는 다르다. 사병(司兵)과 사간순(司干盾)이 제사지낼 때 무자(舞者)에게 병기(兵器)를 건네주는데, 거두어들이는 것을 언급하지 않은 이유는 「사간(司干)」에서 언급했기 때문이다.

악기(樂器)는 소리를 내는 기구이고 무기(舞器)는 형용하는 기구이다. 소리를 내는 기구는 12율로 수도(數度)를 삼고 12성(聲)으로 제량(齊量)을 삼으며, 형용하는 기구는 방패와 도끼로 무(武)를 표현하고 꿩깃과 약(籥)으로 문(文)을 표현한다.

『서경』에 "《간무(干舞：武舞)》와 《우무(羽舞：文舞)》를 양계(兩階)에서 추었다"[30]라고 하고, 「교특생」에 "붉은 칠을 하고 금장식을 한 방패를 들고 면복(冕服) 차림으로 《대무(大武)》를 춘다"[31]라고 하고, 「명당위」에 "붉은 방패와 옥으로 자루를 장식한 도끼를 잡고 《대무》를 추며, 피변(皮弁)과 소적(素積) 차림에 석의(裼衣)를 드러내고 《대하(大夏)》를 추었다"[32]라고 하고, 「제통」에 "임금이 방패와 도끼를 잡고서 춤추는 자리에 나아가 면복 차림으로 방패를 잡고 뭇신하를 인솔하고 춤을 추어 황시(皇尸)를 즐겁게 한다"[33]라고 하고, 또 "붉은 방패와 옥으로 장식한 도끼를 들고 《대무》를 추고 팔일(八佾)로 《대하》를 춘다"[34]라고 하고, 『시경』에 "해가 높이 중천에 떠있는데 궁정 뜰에서 《만무(萬舞)》를 추도다. 왼손에는 약(籥)을 잡고 오른손에는 꿩깃을 잡았노라"[35]라고 했으니, 방패와 도끼는 무무(武舞)에 쓰이는 기구이고, 꿩깃과 약(籥)은 문무(文舞)에 쓰이는 기구이다. 따라서 무기(舞器)가 어찌 무무(武舞)에 쓰이는 것으로 한정되겠는가?

무무에 쓰이는 기구인 방패에 붉은 칠을 한 것은 일을 형상한 것이고, 도끼를 옥으로 장식한 것은 덕을 형상한 것이다. 혹 방패가 도끼[戚]와 같

---

30 『書經』虞書 / 大禹謨 3.
31 『禮記』郊特牲 11-10.
32 『禮記』明堂位 14-5.
33 『禮記』祭統 25-6.
34 『禮記』祭統 25-23.
35 『詩經』邶風 / 簡兮.

이 쓰이니, 『예기』에 "방패와 도끼를 들고 춤을 춘다"[36]라고 한 것이 그 실례이다. 혹 방패와 창이 같이 쓰이니, 『예기』에 "봄과 여름에는 방패[干]와 창[戈]을 들고 추는 춤을 가르친다"[37]라고 한 것이 그 실례이다. 혹 방패가 큰도끼[揚]와 같이 쓰이니, 『예기』에 "현악기를 타며 노래하고 방패와 큰도끼를 들고 춘춘다"[38]라고 한 것이 그 실례이다.

방패라는 기구는 자신을 지키는 것이고 남을 공격하는 것이 아니다. 무무(武舞)는 자신을 지키는 것을 위주로 한다. 이 때문에 고인(鼓人)과 무사(舞師)는 병무(兵舞)를 우선시했고,[39] 임금은 방패를 잡고 춤추는 것을 중요하게 여겼으며, 관직 이름을 사간(司干)이라 하였다.

무무의 도구가 이러하니 문무의 도구도 알 수 있다. 그러므로 사직에 제사지낼 때 오색 비단으로 만든 불(帗)을 나열해놓고 춤추고, 사방(四方)에 제사지낼 때 꿩깃[羽]을 들고 춤추며, 가뭄에 제사지낼 때 봉황 깃털로 만든 황(皇)을 들고 춤추며, 사이(四夷)의 악에서는 모(旄 : 들소꼬리로 만든 의물)를 들고 춤추는데, 이 모든 것이 문무(文舞)의 기구이다. 혹 우(羽)와 모(旄)가 같이 쓰이니, 『예기』에 이른바 "우(羽)·모(旄)로 꾸민다"[40]라고 한 것이 그 실례이다. 혹 모와 적(狄)이 같이 쓰이니, 『예기』에 이른바 "모(旄)·적(狄)을 들고 춤춘다"[41]라고 한 것이 그 실례이다. 혹 적(翟)[42]과 약(籥)이 같이 쓰이니, 《간혜(簡兮)》라는 시가 그 실례이다.[43]

문무(文舞)는 양(陽)이고, 양(陽)은 소리를 주로 한다. 무무(武舞)는 음(陰)

---

36 『禮記』樂記 19-22.
37 『禮記』文王世子 8-2.
38 『禮記』樂記 19-20.
39 『周禮』地官 / 鼓人 0.「凡祭祀百物之神, 鼓兵舞帗舞者.」;『周禮』地官 / 舞師 0.「舞師, 掌教兵舞帥而舞山川之祭祀, 教帗舞帥而舞社稷之祭祀, 教羽舞帥而舞四方之祭祀, 教皇舞帥而舞旱暵之事.」
40 『禮記』樂記 19-13.
41 『禮記』樂記 19-22.
42 우(羽)·적(狄)·적(翟)은 모두 꿩깃으로 만든 의물(儀物)이다.〈『樂書』43-7〉
43 『詩經』邶風 / 簡兮.「有力如虎, 執轡如組, 左手執籥, 右手秉翟, 赫如渥赭, 公言錫爵.」

이고, 음(陰)은 형체를 주로 한다. 방패(干)는 형체를 나타내는 기구이므로 무무에서는 이를 우선시하고, 약(籥)은 소리를 내는 기구이므로 문무에서는 이를 우선시한다. 이 때문에 우약무(羽籥舞)에 북을 친 관직의 명칭을 약사(籥師)라고 한 것이다.

문무에서 석의(裼衣) 차림을 하니 무무에서는 반드시 습의(襲衣)[44] 차림을 하고, 무무에서 면류관을 쓰니 문무에서는 반드시 피변(皮弁)을 쓴다.[45] 무무에서 만무(萬舞)[46]를 말했으니 문무에 만무(萬舞)가 있을 리 없고, 문무에서 팔일(八佾)을 말했으니,[47] 무무 또한 팔일로 추었으리라는 것을 알 수 있다. 『춘추공양전』에 "팔일로 《대무(大武)》를 춘다"라고 한 것은 옳으나 "붉은 방패와 옥으로 장식한 도끼를 들고 《대하(大夏)》를 춘다"[48]라고 한 것은 틀린 말이 아니겠는가?

대축(大祝)

514. 大祝隋釁逆牲逆尸令鐘鼓, 右亦如之. 來瞽令皋舞.

대축(大祝)은 희생의 피를 바쳐 지내는 제사에서 희생을 맞이하고 시동(尸童)을 맞이할 때 종(鐘)・고(鼓)를 연주하도록 명하며, 음식을 권할 때도 또한 이와 같이 한다. 고몽(瞽矇)을 들어오게 하여 춤을 추게 한다.[49]

---

44 석의는 갖옷[裘 : 겨울에 입음]이나 갈옷[葛 : 여름에 입음] 위에 입는 화려한 겉옷이고, 습의는 석의(裼衣) 위에 입는 정복(正服)이다.

45 『禮記』 明堂位 14-5. 「朱干玉戚冕而舞大武, 皮弁素積裼而舞大夏.」

46 만무(萬舞) : 방패와 도끼를 잡고서 추는 춤.

47 『禮記』 祭統 25-23. 「朱干玉戚以舞大武, 八佾以舞大夏, 此天子之樂也.」

48 『春秋公羊傳』 昭公 25년(6). 「子家駒曰 : "設兩觀, 乘大路, 朱干・玉戚以舞大夏, 八佾以舞大武, 此皆天子之禮也."」

49 『周禮』 春官 / 大祝 0.

大司樂尸出入令奏肆夏, 牲出入令奏昭夏, 大饗不入牲, 其佗如祭祀. 蓋祭祀逆牲逆尸之時, 令奏肆夏昭夏在大司樂, 其令以鐘鼓奏之者大祝[50]而已. 彤弓之詩, 天子所以饗諸侯者也, 始言'鐘鼓旣設, 一朝饗之', 繼言'鐘鼓旣設, 一朝右之', 祭饗之禮, 均令以鐘鼓. 繼之'右亦如之', 豈饗而右之邪? 與享右祭祀之右同意. 先儒以右當爲侑, 未必然也.

대사악은 시동(尸童)이 출입할 때 《사하(肆夏)》를 연주하도록 명하고, 희생이 출입할 때 《소하(昭夏)》를 연주하도록 명한다. 대향(大饗)에는 희생을 들이지 않고 그 나머지는 모두 제사 지낼 때와 같이 한다.[51] 대개 제사에서 희생을 맞이하고 시동을 맞이할 때 《사하》와 《소하》를 연주하도록 명하는 것은 대사악이 하고, 종(鐘)·고(鼓)를 연주하도록 명하는 것은 대축이 한다.

《동궁(彤弓)》이라는 시는 천자가 제후에게 향례(饗禮)를 베푸는 것인데, 처음에 "종(鐘)·고(鼓)를 갖추어놓고 하루아침에 향례를 베푸노라"라고 읊고 그 다음에 "종·고를 갖추어놓고 하루아침에 음식을 권하노라"라고 읊었으니, 제사와 향례에 다 같이 종·고를 연주한 것이다. 따라서 본문의 '우역여지(右亦如之)'에서의 '우(右)'가 어찌 향연에서만 음식을 권유한 것이겠는가? 이는 제사에서 신에게 음식을 권유한다(享右)는 뜻으로 쓰인 것이다.[52] 따라서 '우(右)'는 '유(侑)'로 써야 한다고 주장한 선유(先儒)의 의견[53]이 반드시 타당한 것은 아니다.

---

50 대본에는 '祀'로 되어 있으나, 『周禮』에 의거하여 '祝'으로 바로잡았다.
51 『周禮』 春官 / 大司樂 3.
52 『周禮』 春官 / 大祝 0.「大祝 …… 以享右祭祀.」
53 『周禮』 春官 / 大祝 0의 鄭玄 注.

사무(司巫)

54-5. 司巫, 若國大旱則帥巫而舞雩.

사무(司巫)는 나라에 큰 가뭄이 들면 여무(女巫)를 인솔하여 춤추며 우제(雩祭)를 지낸다.[54]

昔湯有七年之旱, 設爲雩祭以禱之曰: "政不節歟? 使民疾歟? 宮室崇歟? 婦謁盛歟? 苞苴行歟? 讒夫興歟? 何以不雨至斯極也?", 由是知雨雩之祭爲大旱而設, 號嗟而請之者歟! 爾雅曰: "舞號雩也." 女巫凡邦之大災, 歌哭而請, 亶其然乎! 司巫若國大旱, 則帥女巫無數而舞之, 凡以達陰中之陽, 使雲徂而雨作矣. 雖然非以爲得求焉, 與民同憂以文之故也. 穀梁以得雨爲雩, 不得爲旱, 與杜預以雩爲遠, 誤矣. 春秋上下二百四十年間, 書大旱二, 書大雩十有九, 何大旱少而雩多邪? 今夫國大旱然後雩, 則春秋書雩多, 非大旱而爲之, 抑又僭天子之禮而行之也. 其稱大譏其僭也, 與書大事于太廟同義.

小祝掌小祭祀, 逆時雨寧風旱則其爲旱亦小矣, 小旱則小祝寧之而已, 不必帥巫而舞也, 帥巫而舞, 其爲大旱可知矣. 若夫穆公素不有憂民之心, 迨天下雨, 然後欲暴愚婦之巫而望之, 毋乃已疏乎? 記曰: "雩禜祭水旱也." "黨正春秋祭禜." 論語: "舞雩於春服旣成." 然則雩祭或春或秋, 遇旱而爲之, 非有常時也. 左氏必以爲龍見而雩, 過則書之, 月令以大雩帝用盛樂在仲夏之月, 是不知仲夏龍見之時, 非常旱之月也. 趙氏言: "凡祈澤曰雩, 則是稱大國徧雩也. 勤民之祀也故誌之." 毋乃已失乎?

爾雅: "螮蝀虹也, 蜺爲挈貳, 螮蝀謂之雩." 孟子曰: "若大旱之望雲

---

54   『周禮』春官 / 司巫 0.

霓也." 雲出天之正氣, 霓出地之貳氣, 雄謂之虹, 雌謂之霓, 則雲陽物也, 霓陰物也. 陰陽和而旣雨 則雲散而霓見矣, 雲則有氣可望, 霓則有形可望, 此大旱民所以望之也. 蝀蝀陽物也, 陽亢而旱暵至矣, 舞雩之時也因以名之, 不亦可乎?

　옛날 탕(湯)임금은 7년간 가뭄이 들자 우제(雩祭)를 지내고 기도하면서 말하기를, "정치가 적절치 않습니까? 백성들을 고통스럽게 했습니까? 궁전이 너무 화려합니까? 부인들의 간섭이 너무 많습니까? 뇌물이 행해지고 있습니까? 남을 모함하는 자들이 많습니까? 어찌하여 이토록 심하게 비를 내리지 않으십니까?"[55]라고 했으니, 우제는 가뭄이 심할 때 지내는 것으로 부르짖으며 비를 청하는 것임을 알 수 있다. 『이아』에 "춤추는 사람이 부르짖으며 비를 기원하는 것이 우(雩)이다"[56]라고 했으니, 여무(女巫)가 나라에 큰 재앙이 닥쳤을 때 노래 부르며 곡(哭)하여 기원하는 것이 이와 같다. 사무(司巫)는 나라에 큰 가뭄이 들면 무수히 많은 여무(女巫)를 인솔하여 춤추었으니, 음중지양(陰中之陽)에 도달하여 구름이 비가 되도록 했다. 비를 얻을 수 있다는 확신 때문이 아니라 백성들과 근심을 같이 하는 마음을 표현한 것이다.

　『춘추곡량전』에 "비를 얻는 것을 우(雩)라 하고, 얻지 못하는 것을 한(旱: 가뭄)이라 한다"[57]라고 했으니, 두예(杜預)가 '우(雩)'를 '원(遠)'으로 풀이한 것은 잘못이다. 춘추시대 240년간 '큰 가뭄이 들었다'라고 기록된 것은 2번인데, '대우(大雩)를 지냈다'라고 기록된 것은 19번이나 된다. 큰 가뭄이 들었다는 기록은 적은데 대우를 지냈다는 기록이 많은 것은 무엇 때문인가? 나라에 큰 가뭄이 든 뒤에 우제(雩祭)를 지내는 것이니, 『춘추』에 우제를 지냈다는 기록이 많은 것은 큰 가뭄이 아닌데 우제를 지냈거나 아니면 천자의 예를 참람하게 행했기 때문이다. '대우(大雩)'라고 칭

55　『荀子』 大略 27-41.
56　『爾雅』 釋訓 3-85.
57　『春秋穀梁傳』 僖公 11년.

한 것은 참람함을 꾸짖는 것이니, '태묘(太廟)에서 대사(大事: 禘祭)를 지냈다'[58]라고 기록한 것과 같은 뜻이다.

소축(小祝)은 소제사(小祭祀)를 관장하며, 제때에 비를 내리게 하고 모진 바람이나 가뭄을 없게 하니, 여기에서의 가뭄은 미미한 것이다. 가뭄이 미미할 때는 소축이 제사를 지내 가뭄을 그치게 할 따름이고, 여무를 인솔하여 춤추지는 않는다. 따라서 여무를 인솔하여 춤추는 것은 큰 가뭄이 든 경우임을 알 수 있다. 목공(穆公)이 평소에 백성을 근심하는 마음이 없다가 폭우가 쏟아지자 갑자기 엉터리 같은 무당을 불러 비가 그치기를 빌게 한 것과 같은 일은 너무 소홀한 것이 아니겠는가?

『예기』에 "우영(雩禜)에서 홍수나 가뭄의 신에 제사지낸다"[59]라고 하고, 『주례』에 "당정(黨正)은 봄·가을에 영(禜)에 제사지낸다"[60]라고 하며, 『논어』에 "봄옷을 입고 춤추며 우제(雩祭)를 지낸다"[61]라고 했으니, 우제는 봄 또는 가을에 가뭄이 들었을 때 지내고 정기적으로 지내지는 않는 것이다.

『좌씨전』에 '반드시 창룡성(蒼龍星)이 나타나는 때에 우제를 지낸다. 이 시기가 지난 뒤에 지내면 기록한다'[62]라고 하고, 「월령」에 '5월에 상

58 　『春秋左氏傳』 文公 2년(5). 「秋八月丁卯, 大事於大廟, 躋僖公【가을 8월 정묘일에 태묘에서 대사(大事: 禘祭)를 지내고 희공(僖公)의 신주를 민공(閔公)의 신주 위로 올려 모셨다.】」 희공은 민공의 서형(庶兄)으로 민공의 뒤를 이어 임금이 되었으니, 종묘에서 민공 아래에 있는 것이 당연한데, 민공 위로 모셨기 때문에 이를 기록해 비난한 것이다. 『춘추』에 '禘祭'를 '大事'로 기록한 곳은 이곳뿐이다.

59 　『禮記』 祭法 23-3.

60 　『周禮』 地官 / 黨正 0.

61 　『論語』 先進 11-24. 「子曰, …… "點! 爾何如?" …… 曰 : "莫春者, 春服旣成, 冠者五六人, 童子六七人, 浴乎沂, 風乎舞雩, 詠而歸."」 대개 이 문장은 다음과 같이 【공자가 말하였다. …… "점아! 너는 어떠냐?" 대답하였다. "늦은 봄에 봄옷을 갖추어 입고 관 쓴 사람 5~6인과 동자 6~7인과 함께 기수에서 목욕하고 무우에서 바람 쐬고 노래하며 돌아오겠습니다"】라고 번역하여 '무우'를 지명으로 보는데, 진양은 기우제를 지낸다는 뜻으로 보고 있으므로, 본고에서는 진양의 설을 따라 번역하였다.

62 　『春秋左氏傳』 桓公 5년(5). 「秋, 大雩. 書, 不時也. 凡祀, 啓蟄而郊, 龍見而雩 …… 過則書【가을에 우제(雩祭)를 지냈으니 기록한 것은 내에 맞지 않았기 때문이다. 제사

제(上帝)에게 대우제(大雩祭)를 지낼 때 성대한 음악을 쓴다'[63]고 했는데, 이는 5월과 창룡성이 나타나는 때가 항상 가뭄이 드는 달이 아니란 것을 알지 못하고 한 말이다. 조씨(趙氏)가 '못에서 기도하는 것을 우(雩)라 한 다. 큰 나라에서 두루 우제(雩祭)를 지내는 것을 일컬으니 백성을 위해 애 쓰는 제사이므로 기록한다'라고 한 것은 너무 잘못된 것이 아니겠는가?

『이아』에 "체동(螮蝀)은 수무지개[虹]이고 예(蜺)는 암무지개[挈貳]이다. 체동을 우(雩)라 한다"[64]라고 하고, 『맹자』에 "큰 가뭄에 구름과 암무지 개를 바라듯이 한다"[65]라고 했다. 구름은 하늘의 정기(正氣)가 나온 것이 고, 무지개는 땅의 이기(貳氣)가 나온 것이며, 수무지개를 홍(虹)이라 하고 암무지개를 예(蜺)라 하며, 구름은 양물(陽物)이고 암무지개는 음물(陰物)이 다. 음양이 조화되어 비가 내리면 구름이 흩어지고 암무지개가 나타난 다. 구름은 기(氣)가 있어서 바라볼 수 있고, 암무지개는 형태가 있어서 바라볼 수 있다. 이 때문에 큰 가뭄에 백성들이 구름과 암무지개를 바라 는 것이다.

체동(螮蝀)은 양물(陽物)이다. 양(陽)이 드세지면 가뭄이 심해지니, 춤추 며 우제(雩祭)를 지낼 때 이것으로 이름 짓는 것이 또한 옳지 않겠는가?

여무(女巫)

54-6. 女巫旱暵, 則舞雩, 凡邦國之大災, 歌哭而請.

는 계칩이 지나면 교제(郊祭)를 지내고 창룡성(蒼龍星)이 나타나면 우제(雩祭)를 지 낸다. …… 그런데 이 시기가 지난 뒤에 지내면 기록한다.]

63 『禮記』 月令 6-46.
64 『爾雅』 釋天 8-16.
65 『孟子』 梁惠王下 2-11.

여무(女巫)는 가뭄이 들면 춤추며 우제(雩祭)를 지내고, 나라에 큰 재앙이 생기면 노래 부르거나 곡(哭)하여 재앙이 물러나도록 빈다.[66]

陰陽和則爲雨. 陽旣亢矣, 陰莫能干之則爲旱, 陽爲難矣, 陰莫能制之則爲嘆. 嘆雖爲旱甚, 非太甚者也, 猶未爲大旱焉. 中谷有蓷之詩言 : "嘆其乾矣" 繼之 : "嘆其修矣" 終之 : "嘆其濕矣", 旱嘆之謂也. 雲漢之詩言 : "旱旣太甚, 蘊隆蟲蟲." 繼之 : "則不可推" "則不可沮" 終之 : "黽勉畏去" "散無友紀", 大旱之謂也. 大旱則司巫帥羣女巫而舞之, 旱嘆則不必帥之, 特女巫舞之而已.

舞師掌敎皇舞, 帥而舞旱嘆之事, 蓋歌以致神, 哭以祈哀. 鳳[67]陽物也, 皇陰物也, 旱嘆之禮以皇舞之, 亦助達陰中之陽之意也. 魯以南門爲雲門, 董仲舒有閉南門之說, 是皆溺於陰陽者流, 非經意也.

음양(陰陽)이 조화를 이루면 비가 된다. 그러나 양(陽)이 세졌는데 음(陰)이 막지 못하면 가뭄(旱)이 되고, 양(陽)이 드세졌는데 음(陰)이 제어하지 못하면 심한 가뭄(嘆)이 된다. 심한 가뭄(嘆)은 가뭄이 심하긴 하나 너무 심한 것은 아니어서 큰 가뭄(大旱)보다는 덜한 것이다.

《중곡유퇴(中谷有蓷)》라는 시에 "익모초가 바짝 말랐네"라고 하고 이어서 "다 자란 것도 말랐네"리고 하고 마지막으로 "습지의 싻乀 말랐네"라고 했으니,[68] 가뭄(旱嘆)을 이른 것이다.

《운한(雲漢)》이라는 시에 "가뭄이 너무 심해 찌는 듯한 더위에 숨이 턱턱 막히네"라고 하고, 이어서 "가뭄이 너무 심해 밀쳐낼 수 없네", "가뭄이 너무 심해 막을 수 없네"라고 하고, 마지막 "가뭄이 너무 심해 갈 곳이 없네", "가뭄이 너무 심해 기강이 없어졌네"[69]라고 하였으니, 이는 큰

---

66 『周禮』 春官 / 女巫 0.
67 대본에는 '風'으로 되어 있으나, 사고전서 『樂書』에 의거하여 '鳳'으로 바로잡았다.
68 『詩經』 王風 / 中谷有蓷.
69 『詩經』 大雅 / 雲漢.

가뭄(大雩)을 이른 것이다.

큰가뭄(大雩)이 들면 사무(司巫)가 여무(女巫)를 인솔하여 춤추지만 보통의 가뭄에는 인솔할 필요가 없이 여무만 춤춘다. 무사(舞師)는 《황무(皇舞)》를 가르치는 것을 관장하여 소속 인원을 인솔하여 가뭄에 춤추는데,[70] 대개 노래하여 신을 이르게 하고 곡(哭)하여 눈물로 기원한다. 봉(凰)은 양물(陽物)이고 황(皇)은 음물(陰物)이니, 가뭄을 구제하는 예(禮)에서 《황무》를 추는 것은 또한 음중지양(陰中之陽)에 도달하는 것을 돕는 뜻이다.

노나라는 남문(南門)을 운문(雲門)이라 했고, 동중서(董仲舒)는 가뭄에 남문을 닫을 것을 주장하였다. 그러나 이는 모두 음양설(陰陽說)에 빠진 것이지 경서(經書)의 뜻은 아니다.

---

[70] 무사(舞師)는~춤추는데 : 『周禮』 地官 / 舞師 0.

권55 주례훈의(周禮訓義)

하관(夏官) / 대사마(大司馬) · 장고(掌固) · 사인(射人) · 제자(諸子)
· 대복(大僕) · 사과순(司戈盾) · 대어(大馭)

대사마(大司馬)

55-1. 大司馬之職, 仲春敎振旅. 辨鼓鐸鐲鐃之用, 王執路鼓, 諸侯
執賁鼓, 軍將執晉鼓, 師帥執提, 旅帥執鼙, 卒長執鐃, 兩司馬執鐸, 公
司馬執鐲. 以敎坐作進退疾徐疏數之節.

대사마(大司馬)의 직무는 중춘(仲春 : 2월)에 군대를 정돈하는 일을 가르
치는 것이다. 고(鼓) · 탁(鐸) · 탁(鐲) · 요(鐃)의 용도를 분별하는데, 왕은
노고(路鼓)를 잡고, 제후는 분고(賁鼓)를 잡고, 군장(軍將)은 진고(晉鼓)[1]를
잡고, 사수(師帥)[2]는 제(提)[3]를 잡고, 여수(旅帥)[4]는 비(鼙)[5]를 잡고, 졸장(卒

---

1   진고(晉鼓) : 〈그림 1-23 참조〉.
2   사수(師帥) : 사(師)를 통솔하는 대장. 사(師)는 2500명으로 이루어진 군대의 편제 단
     위이다

長)은 요(鐃)를 잡고, 양사마(兩司馬)는 탁(鐸)을 잡고 공사마(公司馬)는 탁(鐲)을 잡는다. 앉고 일어서며 나아가고 물러나며 빨리 하고 천천히 하며 가끔 하고 자주 하는 절도를 가르친다.[6]

鼓鐸鐲鐃以節行也, 故於振旅辨之. 王執路鼓, 軍事非王所執也, 以道御衆而已. 諸侯執賁鼓, 則執事焉. 軍將執晉鼓, 則將之事有進而已. 師帥執提, 則鄭氏以爲鼓之有柄者, 然無所經見. 旅帥執鼙, 則卑故也. 卒長執鐃, 以止故也. 兩司馬執鐸, 以通故也. 公司馬執鐲, 以節故也. 鼓陽也, 故尊者執之. 金陰也, 故卑者執之. 止鼓, 則與陽更用事焉,[7] 故卒長執之. 通鼓節鼓, 則佐陽而已, 故兩司馬公司馬執之. 蓋大司馬之職, 仲春敎振旅, 中夏敎茇舍, 中秋敎治兵, 中冬敎大閱. 自王侯至於旅帥, 所執異鼓, 自卒長至於公司馬, 所執異金, 尊卑莫不有辨, 進止莫不有[8]節.

敎成於四時之田, 功收於四時之戰, 則兵常寓於農, 戰常寓於獵. 以守則固, 以征則强, 而常適中焉, 由此其本也. "軍政曰:'言不相聞故爲鼓鐸, 視不相見故爲旌旗', 所以一人之耳目也. 夜戰多火[9]鼓, 晝戰多旌旗, 所以變人之耳目也." 豈非師之耳目在吾鼓旗邪?

고(鼓)・탁(鐸)・탁(鐲)・요(鐃)는 동작을 절도 있게 하는 것이므로, 군대를 정돈할 때 분별한다. 왕이 노고(路鼓)를 잡는 이유는 세세한 군사(軍事)는 왕이 집행할 바가 아니고, 왕은 도(道)로 뭇사람을 이끌고 나갈 따름이기 때문이다. 제후가 분고(賁鼓)를 잡는 이유는 일을 분주히 집행해야

---

3   제(提):〈그림 1-24 참조〉.
4   여수(旅帥):여(旅)를 통솔하는 대장. 여(旅)는 500명으로 이루어진 군대의 편제 단위이다.
5   비(鼙):〈그림 1-25 참조〉.
6   『周禮』夏官 / 大司馬 6.
7   대본에는 '馬'로 되어 있으나, 사고전서 『樂書』에 의거하여 '焉'으로 바로잡았다.
8   대본에는 '有不'로 되어 있으나, 사고전서 『樂書』에 의거하여 '不有'로 바로잡았다.
9   대본에는 '大'로 되어 있으나, 사고전서 『樂書』에 의거하여 '火'로 바로잡았다.

하기 때문이다. 군장(軍將)이 진고(晉鼓)를 잡는 이유는 장군의 일은 나아갈 따름이기 때문이다. 사수(師帥)가 제(提)를 잡는 이유를 정씨(鄭氏)는 북에 자루가 있기 때문이라고 하나 경서(經書)에는 보이지 않는다. 여수(旅帥)가 비(鼙)를 잡는 이유는 품계가 낮기 때문이고, 졸장(卒長)이 요(鐃)를 잡는 이유는 그치게 하기 때문이다. 양사마(兩司馬)가 탁(鐸)을 잡는 이유는 통하게 하기 때문이고, 공사마(公司馬)가 탁(鐲)을 잡는 이유는 절도 있게 하기 때문이다.

가죽으로 만든 북(鼓)은 양(陽)에 속하므로 존귀한 자가 잡고, 쇠로 만든 악기는 음(陰)에 속하므로 비천한 자가 잡는다. 북을 그치게 하는 것은 주도권이 양(陽)에서 음(陰)으로 대체되는 것이므로 졸장(卒長)이 잡는다. 북을 통하게 하고 절도 있게 하는 것은 양(陽)을 도와주는 것이므로 양사마와 공사마가 잡는다.

대사마(大司馬)의 직무는 중춘(仲春)에는 군대를 정돈하는 일을 가르치고, 중하(中夏)에는 야영 훈련을 가르치고 중추(中秋)에는 군사 훈련을 가르치고 중동(中冬)에는 대열(大閱)[10]을 가르치는 것이다.[11] 왕후(王侯)로부터 여수(旅帥)에 이르기까지 치는 북이 다르고, 졸장(卒長)으로부터 공사마(公司馬)에 이르기까지 치는 금속 악기(鐃·鐸·鐲)가 나른 것은 손비(尊卑)를 분별하지 않을 수 없고 진지(進止)에 질도가 없을 수 없기 때문이다.

군(軍)의 교육은 사시(四時: 춘하추동)의 사냥을 통해 이루어지고, 공(功)은 사시의 전투에서 거두어지니, 병사들은 항상 농사에 의탁하고 전투는 항상 사냥에 의탁한다. 수비하면 견고하고 정벌하면 강하여 항상 상황에 적합하게 대처할 수 있는 것은 이것에 근본을 두었기 때문이다.

군정(軍政)에 '말해도 서로 들리지 않으므로 고(鼓)·탁(鐸)을 만들었고, 보아도 서로 보이지 않으므로 정(旌)·기(旗)를 만들었다'고 했다. 이는 병사들의 귀와 눈을 하나로 하기 위한 것이다. 야간 전투에는 횃불과 북

을 많이 쓰고 주간 전투에는 정(旌)・기(旗)를 많이 쓰는 것은 병사들의 귀와 눈을 변화시키기 위한 것이니,[12] 어찌 병사들의 귀와 눈을 나의 북과 기에 집중하게 하는 것이 아니겠는가?

55-2. 若師有功, 則左執律, 右秉鉞, 以先愷樂, 獻于社. 若師不功, 則厭而奉主車.

군사들이 승리의 공(功)을 세우면 왼손으로 율관(律管)을 잡고 오른손으로 도끼를 잡고 먼저 개악(愷樂)을 연주하며 사직에 그 공을 바친다. 공을 세우지 못하여 패배하면 압관(厭冠)[13]을 쓰고 상복(喪服)을 입고서 신주(神主)를 모신 수레를 받들고 돌아온다.[14]

君子居則貴左, 用兵則貴右. 若師有功, 左執律, 示居而不用之意. 殺人衆多, 以悲哀泣之, 戰勝, 以喪禮處之. 若師不功, 厭而奉主車, 示悲哀而泣之之意. 由是觀之, 先王之於兵, 不得已而用之, 夫豈樂於殺人爲哉?

"군자는 평소에는 왼쪽을 귀하게 여기나 전쟁을 할 때는 오른쪽을 귀하게 여긴다"[15]라고 했으니, '병사들이 승리의 공을 세우면 왼손으로 율관을 잡는다'는 것은 평소에는 쓰지 않는다는 뜻을 보여주는 것이다. "부득이 사람을 많이 죽였으면 슬픈 마음으로 임하고, 전쟁에 이기더라도 상대국을 위로하고 같이 슬퍼하며 자기가 상(喪)을 당한 것처럼 상례로 처신한다"[16]라고 했으니, '공을 세우지 못하여 패배하면 압관(厭冠)을 쓰고 상복(喪服)을 입고서 신주(神主)를 모신 수레를 받들고 돌아온다'는 것은 슬픈 마음으로 임한다는 뜻을 보여주는 것이다. 이로 보건대, 선왕

---

12 군정(軍政)에~것이니:『孫子兵法』軍爭篇 제7.
13 압관(厭冠):상례(喪禮)에서 소공(小功) 이하의 복(服)에 쓰던 관.
14 『周禮』夏官 / 大司馬 10.
15 『道德經』31.
16 『道德經』31.

이 병사를 동원한 것은 부득이한 사정 때문이지, 어찌 사람 죽이는 것을 좋아서 한 것이겠는가?

장고(掌固)

55-3. 掌固晝三巡之, 夜亦如之. 夜三鼜以號戒.

장고(掌固)는 낮에 세 차례 순찰을 돌고 밤에도 이와 같이 하는데, 밤에 세 차례 순찰할 때는 북을 쳐서 경계한다.[17]

古者軍法, 立則三表, 車則三發, 徒則三刺, 令則三鼓, 戒則三闋. 然則掌固掌士庶子及其衆庶之守, 凡守者受法焉. 晝三巡之, 夜亦如之, 三鼜以號戒者, 皆推用兵之法而爲之. 以守則固, 以征則克, 其致一也.

옛날의 군법(軍法)에, 설 때는 세 번 표(表)를 하고, 수레를 몰 때는 세 번 발(發)을 하며, 걸을 때는 세 번 정탐을 하고, 명령을 내릴 때는 세 번 북을 두드리고, 경계를 할 때는 세 번 결(闋)을 했다. 장고(掌固)가 사서자(士庶子)와 중서(衆庶)의 수비를 관장하는데, 수비하는 자에게 법규를 따르게 하며, 낮에 세 번 순찰을 돌고 밤에도 이와 같이 하며, 밤에 세 차례 순찰할 때 북을 쳐서 경계한 것[18]은 모두 용병(用兵)의 법을 미루어서 행한 것이다. 수비는 견고하게 하고 정벌은 이기도록 해야 하니, 그 목표는 하나이다.

---

17 『周禮』 夏官 / 掌固 0.
18 장고(掌固)가~것: 『周禮』 夏官 / 掌固 0.

사인(射人)

55-4. 射人以射法治射儀. 王以六耦射三侯, 三獲三容, 樂以騶虞九節, 五正. 諸侯以四耦射二侯, 二[19]獲二容, 樂以狸首七節, 三正. 孤卿大夫以三耦射一侯, 一獲一容, 樂以采蘋五節, 二正. 士以三耦射豻侯, 一獲一容, 樂以采蘩五節, 二正.

사인(射人)은 사법(射法)으로 사의(射儀)를 행한다. 왕은 6팀[六耦]으로 3개의 과녁을 쏘는데, 3개의 획(獲)[20]과 3개의 용(容)[21]이 있으며, 악은《추우(騶虞)》9절에 맞추고 5개의 정(正)이 있다. 제후는 4팀[四耦]으로 2개의 과녁을 쏘는데 2개의 획(獲)과 2개의 용(容)이 있으며, 악은《이수(狸首)》7절에 맞추고 3개의 정(正)이 있다. 고(孤)·경(卿)·대부(大夫)는 3팀[三耦]으로 1개의 과녁을 쏘는데 1개의 획(獲)과 1개의 용(容)이 있으며, 악은《채빈(采蘋)》5절에 맞추고 2개의 정(正)이 있다. 사(士)는 3팀[三耦]으로 간후(豻侯)[22]를 쏘는데 1개의 획(獲)과 1개의 용(容)이 있으며, 악은《채번(采蘩)》5절에 맞추고 2개의 정(正)이 있다.[23]

天子諸侯尙威, 孤卿大夫尙才, 士尙志. 威以服猛爲事, 以虎熊豹皆猛獸也, 故天子大射之侯以之. 才以除害爲職, 而麋害穀者也, 故大夫大射之侯以之. 士以有志四方 爲能, 以勝夷狄之守爲善, 而豻胡犬也, 故士賓射之侯以之. 然燕射天子降以熊, 諸侯降以麋, 大夫升以虎豹, 士用鹿豕者, 息燕勞功, 則禮殺於祭祀賓客, 故天子諸侯殺其威, 然後

---

19 대본에는 '三'으로 되어 있으나, 사고전서『樂書』에 의거하여 '二'로 바로잡았다.
20 획(獲) : 사례(射禮) 때 화살이 과녁에 맞은 것을 알리기 위하여 드는 기(旗).
21 용(容) : 사례(射禮) 때 화살을 막는 방풍 역할을 하는 것으로, 작은 병풍처럼 생긴 가죽 가리개.
22 간후(豻侯) : 들개 가죽으로 장식한 과녁.
23 『周禮』夏官 / 射人 2.

能下下, 孤卿大夫隆其才, 然後能衛上. 大夫隆其才, 以至於威, 士隆其志, 以至於才, 則燕之爲禮, 所以異大射賓射者嚴分守也.

天子三侯皆五正, 諸侯二侯皆三正. 鄭康成謂: "三侯五正三正二正之侯, 二侯三正二正之侯, 一侯二正而已." 其說非也. 司裘'諸侯大射二侯', 射人'諸侯賓射亦二侯', 畿內諸侯也. 若畿外則三侯矣, 二侯四耦, 則三侯六耦矣. 昔晉范獻子聘於魯, 魯侯亨之, 射者三耦, 公臣不足, 取於家臣, 方是時, 公室卑矣, 不能如禮故也. 典命凡國家宮室車旗衣服, 上公皆以九爲節, 侯伯皆以七爲節, 子男皆以五爲節者, 先王之禮也. 射人王以騶虞九節, 諸侯以狸首七節, 卿大夫以采蘋五節, 士以采蘩五節者, 先王之樂也. 典命不及王者, 爲諸侯以下制故也. 射人士節與子男同者, 士卑無嫌故也.

천자와 제후는 위엄을 숭상하고, 고(孤)·경(卿)·대부(大夫)는 재능을 숭상하며, 사(士)는 뜻을 숭상한다. 위엄은 사나운 것을 복종시키므로, 대사(大射)에 쓰는 천자의 과녁에는 맹수인 호랑이·곰·표범을 그린다. 재능은 해로운 것을 제거하므로, 대사에 쓰는 대부의 과녁에는 곡식을 해치는 고라니를 그린다. 사(士)는 사방에 뜻을 펼치는 것을 능력으로 삼고 이단(異端)을 물리치는 것을 선(善)으로 삼으므로, 빈사(賓射)에 쓰는 사(士)의 과녁에는 호견(胡犬)인 들개를 그린다.

그런데 연사(燕射)에 쓰는 천자의 과녁에는 호랑이에서 한 단계 내려 곰을 그리고, 제후의 과녁에는 한 단계 내려 고라니를 그린 반면에 대부의 과녁에는 한 단계 올려 호랑이와 표범을 그리고 사(士)의 과녁에 사슴과 돼지를 그린 이유는 편안히 잔치하며 공(功)을 위로하는 연사는 제사 지낼 사람을 선발하는 대사나 빈객을 대접하는 빈사에 비해 예(禮)가 감쇄된 것이기 때문이다.

천자와 제후는 위엄을 감쇄한 뒤에 아랫사람들에게 낮출 수 있고, 고·경·대부는 재능을 융성하게 한 뒤에 상관을 호위할 수 있다. 대부는 재능을 융성하게 하여 위엄에 이르고, 사(士)는 뜻을 융성하게 하여 재능에 이르므로, 연사의 예는 분수를 엄격히 지키는 대사나 빈사와 달리하는 것이다.

'천자는 3개의 과녁에 모두 5개의 정(正)이 있고, 제후는 2개의 과녁에 모두 3개의 정(正)이 있다'고 한 것에 대해 정강성(鄭康成)은 3개의 과녁을 5정(正)·3정·2정의 과녁, 2개의 과녁을 3정과 2정의 과녁, 1개의 과녁을 2정의 과녁으로 설명했는데, 이 설은 틀린 것이다.

「사구(司裘)」에 '대사(大射)에서 제후는 2개의 과녁을 쏜다'[24]라고 하고, 「사인(射人)」에 '빈사(賓射)에서 제후는 2개의 과녁을 쏜다'[25]라고 한 것은 기내(畿內)의 제후를 말한 것이다. 기외(畿外)의 제후는 3개의 과녁을 쏘기 때문이다. 2개의 과녁에는 4팀이 활을 쏘니, 3개의 과녁에는 6팀이 활을 쏠 것이다.

옛날에 진(晉)나라의 범헌자(范獻子)가 노(魯)나라를 방문하니 노나라 임금이 연회를 베풀었다. 연회를 마친 뒤 활을 쏠 때 갖추어야 할 3팀을 공(公)의 신하로는 채울 수 없어서 대부의 가신(家臣) 중에서 사수(射手)를 뽑았으니,[26] 그 당시 공실(公室)이 쇠미하여 예(禮)를 제대로 갖출 수 없었기 때문이다.

「전명(典命)」에 "모든 나라의 궁실(宮室)·수레·기(旗)·의복에 있어서 상공(上公)은 모두 9로써 절도를 삼고, 후(侯)·백(伯)은 모두 7로써 절도를 삼으며, 자(子)·남(男)은 모두 5로써 절도를 삼는다"[27]라고 한 것은 선왕의 예이다. 「사인(射人)」에 "왕은 《추우》 9절에 맞추고, 제후는 《이수》 7절에 맞추며, 경·대부는 《채빈》 5절에 맞추며, 사(士)는 《채번》 5절에 맞춘다"라고 한 것은 선왕의 악이다. 「전명」에 왕을 언급하지 않은 것은

---

[24] 『周禮』天官 / 司裘 0. 「王大射則共虎侯熊侯豹侯, 設其鵠, 諸侯則共熊侯豹侯, 卿大夫則共麋侯, 皆設其鵠.」

[25] 『周禮』夏官 / 射人 2. 「以射法治射儀. …… 諸侯以四耦射二侯, 二獲二容, 樂以貍首七節三正.」

[26] 옛날에~뽑았으니 : 『春秋左氏傳』襄公 29년(10).

[27] 『周禮』春官 / 典命 0.

제후 이하의 제도이기 때문이고, 「사인」에 '사(士)의 절도가 자·남과 같게 되어 있는 것'28은 사(士)는 품계가 낮아서, 윗사람과 같게 하는 것을 혐의하지 않아도 되기 때문이다.

제자(諸子)

55-5. 諸子掌國子之倅, 凡樂事正舞位, 授舞器.

제자(諸子)는 국자(國子)에 버금 가는 자29를 관장하여 모든 악사(樂事)에서 무위(舞位)를 바로잡고 무기(舞器)를 나누어 준다.30

以六樂之會正舞位, 大胥之職也. 故掌學士之版, 以待致諸子, 諸子之正舞位, 不必以版也, 特戒令治而已. 凡祭祀賓饗舞者旣陳, 而授舞器, 司干之職也, 故旣舞則受之. 諸子不必旣受也, 特以其器授31之而已. 文王世子曰 : "不舞不授器." 司兵 : "祭祀授舞器." 豈不在興舞之時乎?

육악(六樂)을 연주할 때 무위(舞位)를 바로 잡는 일을 하는 대서(大胥)는 학사(學士)의 명부(名簿)를 관장하여 제자(諸子)의 소집을 대비하지만,32 제자(諸子)가 무위(舞位)를 바로잡을 때는 명부가 필요하지 않고 다만 경계하여 다스릴 따름이다.

28 　『周禮』夏官 / 射人 2. 「孤卿大夫以三耦射一侯一獲一容, 樂以采蘋五節二正. 士以三耦射豻侯一獲一容, 樂以采蘩五節二正.」
29 　국자(國子)에 버금가는 자는 학사(學士)를 가리킨다.〈『樂書』45-1〉
30 　『周禮』夏官 / 諸子 0.
31 　대본에는 '受'로 되어 있으나, 사고전서 『樂書』에 의거하여 '授'로 바로잡았다.
32 　『周禮』春官 / 大胥 0.

사간(司干)은 모든 제사와 빈향(賓饗)에서 무자(舞者)가 늘어서면 무기(舞
器)를 나누어 주므로, 춤을 마치면 무기(舞器)를 거두어들이지만,[33] 제자는
주기만 할 따름이다. 「문왕세자」에 "춤을 추지 않으므로 무기(舞器)를 주
지 않는다"[34]라고 하고, 「사병(司兵)」에 "제사 때 무기(舞器)를 나누어 준
다"[35]라고 했으니, 무기(舞器)를 나누어주는 일은 춤추는 것의 여부에 달
려 있는 것이 아니겠는가?

대복(大僕)

55-6. 大僕建路鼓于大寢之門外, 而掌其政, 以待達窮者與遽令. 聞
鼓聲, 則速逆御僕與御[36]庶子.

대복(大僕)은 노고(路鼓)를 대침(大寢)의 문 밖에 세우고 그 행정을 관장
하며, 달궁자(達窮者)[37]와 거령(遽令)[38]을 기다린다. 북소리가 들리면 어복
(御僕)과 어서자(御庶子)를 속히 맞이한다.[39]

路鼓之建於寢, 猶晉鼓之建於軍也. 吳與越戰, 載常建鼓, 豈軍將所
執之鼓歟! 鼓人以路鼓鼓鬼享, 田獵達窮者與遽令亦用之, 豈王所執之
鼓歟! 鼓人言詔王鼓, 大僕言軍旅田役贊王鼓, 戎右詔贊王鼓. 先儒謂:

---

33 『周禮』春官 / 司干 0.
34 『禮記』文王世子 8-7.
35 『周禮』夏官 / 司兵 0.
36 대본에는 '御'가 없으나, 『周禮』에 의거하여 보충하였다.
37 달궁자(達窮者) : 사구(司寇)에 속하는 조사(朝士)로서 백성의 곤궁한 사정을 임금에
게 알리는 자.(『周禮』夏官 / 大僕 0 鄭玄 注)
38 거령(遽令) : 급박한 일을 알리는 역참(驛站) 관리.(『周禮』夏官 / 大僕 0 鄭玄 注)
39 『周禮』夏官 / 大僕 0.

"王擊一面, 大僕戎右佐擊兩面, 惟前一面不擊." 觀此, 則路鼓四面可知矣.

노고(路鼓)를 대침(大寢)에 세워 놓는 것은 진고(晉鼓)를 군영에 세워 놓는 것과 같다. 오나라와 월나라가 전투할 때 상(常 : 日月旗)을 꽂고 북을 세워 놓은 것은[40] 아마 군장(軍將)이 잡는 진고였을 것이다. 「고인(鼓人)」에 '노고는 인귀(人鬼)에 제사지낼 때 친다'고 했는데, 사냥할 때 및 달궁자(達窮者)와 거령(遽令)이 또한 쓴 것도 아마 왕이 잡는 노고였을 것이다.

「고인」에 "왕에게 북을 칠 것을 아뢴다[詔王鼓]"[41]라고 하고, 「대복」에 "군대나 사냥에서 왕을 도와서 북을 친다[贊王鼓]"라고 하고, 「융우(戎右)」에 "왕에게 북을 칠 것을 아뢴 다음 도와서 북을 친다[詔贊王鼓]"[42]라고 했는데, 선유가 "왕이 1면(面)을 치면 대복과 융우가 도와서 양면을 치며, 앞의 1면은 치지 않는다"라고 풀이했으니, 노고는 4면임을 알 수 있다.

사과순(司戈盾)

55-7. 司戈盾掌戈盾之物而頒之, 祭祀授旅賁殳, 故士[43]戈盾. 授舞者兵亦如之.

사과순(司戈盾)은 창[戈]과 방패[盾]와 같은 병기(兵器)를 관장해서 나누

---

40 오나라와~것은 : 『國語』 吳語 19-6.

41 『周禮』 地官 / 鼓人 0.

42 『周禮』 夏官 / 戎右 0.

43 대본에는 '司'로 되어 있으나, 사고전서 『樂書』와 『周禮』에 의거하여 '士'로 바로잡았다.

어 주니, 제사 지낼 때 여분씨(旅賁氏)[44]에게 수(殳)[45]를 주고 고사(故士)에게 창[戈]과 방패[盾]를 준다. 춤추는 자에게 병기(兵器)를 주는 것도 이와 같이 한다.[46]

天生五材而兵居一焉, 舞有四等而兵居首焉. 蓋兵之源, 發於人之爭心. 而五兵之制, 有象自然之物類. 矛屬春, 戟屬夏, 戈屬秋, 鍛[47]屬冬, 各適其用而已. 五兵之用, 有施於車者, 有施於步者也. 戈殳戟酋矛夷矛, 施於車者也. 無夷矛而有弓矢, 施於步者也. 授舞者兵, 則施於步者, 非施於車者也. 故大僕王[48]射, 則贊弓矢. 大司樂王射, 詔諸侯以弓矢舞, 然則武舞之器, 豈特朱干玉戚哉? 弓矢亦在其中矣.

然干欲立, 戈欲倒, 弓欲弛, 矢欲止, 而武又欲止戈焉. 司兵司戈盾皆授舞者兵, 而寓意於此, 夫豈以樂殺人爲哉? 授舞者兵, 不言旣舞受之, 則以干見之也.

하늘은 금(金)·목(木)·수(水)·火(金)·토(土)의 오재(五材)를 낳았는데, 병기(兵器)는 오재로 만들어진 물건 중의 하나이다.[49] 무사(舞師)가 가르치는 춤에 4종류가 있는데, 병무(兵舞)가 그중의 첫 번째이다.[50] 대개 병기는 사람들의 다투는 마음에서 발생한 것이다. 오병(五兵)[51]의 제도는 자연

---

44 여분씨(旅賁氏) : 임금이나 제후가 순행할 때 경호를 맡은 관직.
45 수(殳) : 대나무로 만든 여덟 모가 진 창으로 주로 의장용으로 쓰였다. 과(戈)는 날이 있고 가지가 있는 창.
46 『周禮』春官 / 司戈盾 ○.
47 대본에는 '鍛'으로 되어 있으나, 『禮書』에 의거하여 '鍛'로 바로잡았다.
48 대본에는 '正'으로 되어 있으나, 사고전서 『樂書』와 『周禮』에 의거하여 '王'으로 바로잡았다.
49 병기의 재료는 쇠와 나무인데 제조할 때 물과 불이 있어야 하고, 공장을 세울 땅이 필요하므로, 결국 다섯 가지 재료로 만들어지는 셈이다.
50 『周禮』地官 / 舞師 ○.「舞師, 掌教兵舞帥而舞山川之祭祀, 教帗舞帥而舞社稷之祭祀, 教羽舞帥而舞四方之祭祀, 教皇舞帥而舞旱暵之事.」
51 오병(五兵) : 다섯 가지 병기(兵器). ① 과(戈)·수(殳)·극(戟)·추모(酋矛)·이모(夷矛). ② 모(矛)·극(戟)·궁(弓)·검(劍)·과(戈). ③ 각종 병기의 범칭.

의 물류(物類)와 닮은 점이 있다. 자루가 긴 창인 모(矛)는 봄에 속하고, 끝이 두 가닥으로 갈라져 있는 창인 극(戟)은 여름에 속하고 날과 가지가 있는 창인 과(戈)는 가을에 속하고, 날이 긴 창인 살(鎩)은 겨울에 속하니, 각각 그 용도를 적합하게 할 따름이다.[52]

오병의 용도는 수레에 쓰이는 것도 있고, 보병에게 쓰이는 것도 있다. 과(戈)·수(殳)·극(戟)·추모(酋矛)·이모(夷矛)는 수레용이고, 이모(夷矛)가 없고 활과 화살이 있는 것은 보병용이다. '춤추는 자에게 병기를 준다'는 것은 보병용이지 수레용이 아니다. 그러므로 대복(大僕)은 왕이 활을 쏠 때 활과 화살을 주고받는 일을 도왔고,[53] 대사악(大司樂)은 왕이 활을 쏠 때 제후에게 고하여 궁시무(弓矢舞)를 추게 했으니,[54] 무무(武舞)의 도구가 어찌 붉은 방패와 옥으로 장식한 도끼뿐이겠는가? 활과 화살도 또한 그 가운데 있는 것이다.

그러나 방패는 세워놓고자 하고, 창은 거꾸로 해두고자 하며, 활은 느슨하게 하고자 하고, 화살은 그치게 하고자 하는 것이니, 무(武) 또한 창을 그치게 한다는 뜻이다. 사병(司兵)과 사과순(司戈盾)이 춤추는 자에게 병기를 줄 때 이러한 뜻이 내포되어 있는 것이다. 어찌 사람 죽이는 것을 좋아해서 한 것이겠는가? 「사병(司兵)」에 '춤추는 자에게 병기를 준다'라고만 하고, '춤을 마치면 거두어들인다'라고 말하지 않은 것은 「사간(司干)」에서 이미 서술했기 때문이다.[55]

---

52 대개~따름이다:『禮書』(宋 陳祥道 撰) 권115.
53 대복(大僕)은~도왔고:『周禮』夏官 / 大僕 0.
54 대사악(大司樂)은~했으니:『周禮』春官 / 大司樂 3.
55 『周禮』夏官 / 司兵 0.「 …… 祭祀授舞者兵」;『周禮』春官 / 司干 0.「司干, 掌舞器. 祭祀舞者旣陳則授舞器旣舞則受之.」

대어(大馭)

55-8. 大馭掌馭玉路以祀. 凡馭路, 行以肆夏, 趨以采薺. 凡馭路儀, 以和鸞爲節.

대어(大馭)는 옥로(玉路)[56] 모는 것을 관장하여 제사지낼 수 있도록 한다. 오로(五路)[57]를 몰 때, 대침(大寢)[58]에서 노문(路門)[59]까지 갈 때는《사하(肆夏)》에 맞추고, 노문(路門)에서 응문(應門)까지 갈 때는《채제(采薺)》에 맞추며, 오로를 모는 거동은 화란(和鸞)[60]의 방울소리로 절도를 삼는다.[61]

爾雅云: "堂上謂之行, 堂下謂之步, 門外謂之趨, 中庭謂之走." 曲禮曰: "堂上不趨, 堂上接武, 堂下布武." 則行於步爲敬, 趨於走爲緩也.

釋草云: "蒴莫大薺, 羞薺[62]實, 姚莖涂薺." 詩曰: "誰謂荼苦? 其甘如薺." 薺之謂物, 多生於車涂之間, 其老則爲大, 其實則爲[63]〈羞而薺(闕) 則齊焉, 所以致一(闕). 荼則味苦而薺則甘焉, 所以反一也. 一在木下爲本, 一在木上爲末. 詩曰: "采采芣苢, 薄言采之." 則物之可采, 不過其

---

56   옥로(玉路): 〈그림 5-1 참조〉.
57   오로(五路): 다섯가지 수레. ① 제왕의 다섯 수레. 곧, 옥로(玉路)·금로(金路)·상로(象路)·혁로(革路)·목로(木路). ② 왕후의 다섯 수레. 곧, 중적(重翟)·염적(厭翟)·안거(安車)·적거(翟車)·연거(輦車).
58   대침(大寢): 임금이 정사(政事)를 처리하는 정전(正殿).
59   노문(路門): 궁궐의 가장 안쪽에 있는 정문.
60   화란(和鸞): 수레에 달린 방울. 수레 앞턱의 가로대나무에 달린 것을 화(和), 멍에나 재갈에 달린 것을 난(鸞)이라 한다.
61   『周禮』夏官 / 大馭 0.
62   대본에는 '薺'가 없으나, 『爾雅』에 의거하여 보충하였다.
63   대본은 이후 '葦草則不薺而薺'라는 구절로 끝난다. 이 구절은 문맥이 통하지 않으므로 제거하고, 이후 문장은 빠져 있어서 사고전서『樂書』에 의거하여 보충하였다. 보충한 문장에 〈 〉를 하였다.

末而已. 采薺則所采雖末, 而未始離於本, 凡馭如之. 老子曰 : "君子終日行不離輜重." 不離於(闕)故也. 車非能自行也, 亦非能自趨也.

其行其趨不失乎疏數疾徐之節, 若有數存於其間, 凡以馭得其儀而已. 故王之玉路, 行以肆夏, 而示易以敬, 趨以采薺而示齊以一. 故記曰 : "行中規, 旋中矩, 和鸞中采薺." 又曰 : "古之君子必佩玉, 右徵角, 左宮羽, 趨以采薺, 行以肆夏." 蓋古人升車, 以鸞和之音爲節, 行步以環佩之聲爲節. 是以非僻之心無自入也.

大馭則自堂徂門而以出序之, 記則自門升堂而以入序之. 故其異如此. 采薺肆夏, 皆古逸詩名, 當時奏之, 爲樂章者也. 薺之爲物, 古人固采之以致味, 而賓祭用焉, 若詩之采蘩采蘋之類也. 先儒以薺當爲楚齊之齊, 是不知詩之楚茨之茨與薺異矣.〉

『이아』에 "당(堂) 위에서 걷는 것을 행(行)이라 하고, 당 아래서 걷는 것을 보(步)라 하며, 문밖에서 걷는 것을 추(趨)라 하며, 뜰에서 걷는 것을 주(走)라 한다"[64]라고 하고, 「곡례」에 "당 위에서는 빠른 걸음으로 걷지 않는다. 당 위에서는 보폭(步幅)을 좁혀 걷고 당 아래에서는 보폭을 넓혀서 걷는다"[65]라고 했으니, 행(行)은 보(步)보다 정중한 것이고 추(趨)는 주(走)보다 느린 것이다.

「석초(釋草)」에 "석명(菥蓂)은 대제(大薺 : 황새냉이)이나, 차(蒫)는 제실(薺實 : 냉이씨)이다. 요경(姚莖)은 도제(涂薺)이다"[66]라고 하고, 『시경』에 "누가 씀바귀를 쓰다고 하는가? 냉이처럼 달기만 하네"[67]라고 했다. 냉이라는 식물은 수레가 다니는 길 사이에서 많이 자라고, 오래 되면 키가 쑥 자라고 열매는 차(蒫 : 냉이씨)가 된다. 냉이는 □□□[68] 가지런하지만 하나를

---

64 『爾雅』釋宮 5-24.

65 『禮記』曲禮上 1-18.

66 『爾雅』釋草 13-15; 13-95; 13-163.

67 『詩經』邶風 / 谷風. 버림받은 아내가 자신의 고통이 씀바귀보다 더 쓰다는 것을 표현한 시이다.

68 사고전서 『樂書』에 '闕'로 되어 있다.

이루고□□□, 씀바귀는 맛이 쓰고 냉이는 달지만 하나로 돌아간다.

한 일자(一)가 나무 목자(木) 아래에 있으면 근본 본(本)이 되고, 한 일자가 나무 목자 위에 있으면 끝 말(末)이 된다. 『시경』에 "질경이를 캐고 캐세. 자 캐어보세."[69]라고 했으니, 캘 수 있는 것은 끝부분에 불과하다. 냉이를 캘 때[采薺] 끝부분을 캘 뿐이지만 처음부터 뿌리에서 떨어진 적이 없으니, 이는 수레와 말이 떨어질 수 없는 것과 같다.

노자가 "군자는 종일 다니더라도 짐수레에서 벗어나면 안 된다"[70]라고 말한 것은 □□□□에서 벗어나면 안 되기 때문이다. 짐수레는 스스로 굴러가지 못하고 스스로 달리지도 못한다.

수레가 굴러가는 것이 빨리 가거나 천천히 가는 것이 절도를 잃지 않아서 그 사이에 일정한 규칙이 있는 듯이 하려면, 말을 부리는 것이 거동에 맞아야 한다. 그러므로 왕의 옥로(玉路)를 《사하(肆夏)》에 맞추어 천천히 모는 것은 화기애애한 가운데 공경을 보이는 것이고,[71] 《채제》에 맞추어 빨리 모는 것은 가지런함을 보여서 일사불란하게 하는 것이다.

그러므로 『예기』에 "몸을 돌릴 때는 원을 그리듯이 하고 꺾어갈 때는 직각을 그리듯이 하며, 수레 방울 소리는 《채제》에 맞는다"[72]라고 하고, 또 "옛날의 군자는 반드시 옥을 찼다. 오른쪽에 차는 옥은 치성(徵聲)과 각성(角聲)이 나고, 왼쪽에 차는 옥은 궁성(宮聲)과 우성(羽聲)이 난다. 문 밖에서 성큼 성큼 걸을 때는 《채제》에 맞추고, 문 안에서 다소곳이 걸을 때는 《사하》에 맞춘다"[73]라고 했으니, 대개 옛 사람들이 수레를 탈 때는 난화(鸞和)의 방울소리로 절도를 삼고, 걸을 때는 패옥 소리로 절도를 삼았던 것이다. 그러므로 그릇되고 편벽된 마음이 들어가지 못했다.

「대어(大馭)」은 당(堂)에서 문으로 나가는 것을 서술하고, 『예기』에서는

---

69   『詩經』周南 / 芣苢.
70   『道德經』26.
71   사하(肆夏)에~것이고 : 『禮記』郊特牲 11-5.
72   『禮記』仲尼燕居 28-6.
73   『禮記』玉藻 13-18.

문에서 당으로 올라 안으로 들어오는 것을 서술하였으므로, 이같이 다르다. 《채제》와 《사하》는 모두 없어진 시이나, 당시에는 그것을 연주하여 악장으로 삼았다.

냉이[薺]라는 나물은 옛사람들이 그것을 캐서 맛을 내어 손님 대접과 제사에 쓰던 것이니, 《채번(采蘩)》·《채빈(采蘋)》이라는 시에서 노래한 새발쑥·마름 종류와 같은 것이다. 선유는 제(薺)를 초(楚)·제(齊)라고 할 때의 제(齊)로 써야 한다고 했지만, 이는 《초자(楚茨)》의 자(茨: 납가새)가 제(薺: 냉이)와 다르다는 것을 알지 못하고 한 말이다.

의례훈의(儀禮訓義)

권56 의례훈의(儀禮訓義)

향음주례(鄉飲酒禮)

향음주례(鄉飲酒禮)

56-1. 鄉飲酒之禮. 主人就先生, 而謀賓介【云】. 設席于堂廉東上. 工四人二瑟. 瑟先, 相者二人皆左何瑟, 後首挎越, 内弦, 右手相. 樂正先升,[1] 立于西階東, 工入, 升自西階, 北面坐. 相者東面坐, 授瑟乃降.

향음주례(鄉飲酒禮). 주인이 선생(先生)을 찾아와 상의하여 빈(賓)과 개(介)[2]를 정한다. …… 당(堂)의 한쪽에 자리를 깔아놓는데 동쪽을 상석(上席)으로 삼는다. 악공은 4명인데, 그중 2명은 슬공(瑟工)이다. 슬공(瑟工)

---

1   대본에는 '升'이 없으나 『儀禮』에 의거하여 보충하였다.
2   개(介) : 빈객이 예를 행하는 것을 돕는 사람. 다른 나라에 사신으로 간 사람이 예를 행하는 것을 돕는 사람.

이 먼저 올라가고, 상자(相者 : 보조하는 사람) 2명이 모두 왼손으로 슬을 받쳐 드는데, 슬의 머리를 뒤로 가게 하고 손가락을 슬 아래의 구멍[越]³에 끼워 잡아서 줄이 안쪽을 향하게 하며, 오른손으로 악공을 부축한다. 악정(樂正)이 먼저 올라가 서계(西階)의 동쪽에 서면 악공이 들어가는데 서계를 통해 올라가 북향하여 앉는다. 상자가 동향하여 앉아 악공에게 슬을 건네고 내려온다.⁴

朱襄氏之時, 陽氣凝積, 物鮮成實. 故使士達制爲五弦之瑟, 以來陰氣, 以定羣生. 然後四時和, 萬物成, 天下治也. 世本曰 : "庖犧作瑟五十弦, 黃帝使素女鼓之, 哀不自勝. 乃破爲二十五弦, 堯使瞽瞍投拌二十五絃之瑟, 爲十五弦, 命之曰大章. 舜益之, 爲二十三弦, 莫不寓君父之節・臣子之義, 固足以潔齊人情, 使之淳一於行也." 蓋琴瑟堂上之樂, 君子所常御, 所以樂心者也. 故工入升堂, 然後受而奏之. 古之樂工必以瞽矇者, 爲其精於聽者也. 有工必有相者, 爲其有眡瞭之職也.

周官 : "瞽矇掌鼓瑟." 詩曰 : "鼓瑟鼓琴." 書曰 : "琴瑟以詠." 大傳亦曰 : "大琴練絃達越, 大瑟朱絃達越." 明堂位曰 : "大琴・大瑟・中琴・小瑟, 四代之樂器也." 由是觀之, 君子無故, 不去琴瑟, 未嘗不相須而用. 此言瑟不及琴者, 舉大以見小也.

주양씨(朱襄氏)⁵ 때에 양기(陽氣)가 누적되어 만물이 열매를 잘 맺지 못하자, 사달(士達)로 하여금 5현의 슬(瑟)을 만들게 하여 음기(陰氣)를 불러들여 뭇 생물들을 안정되게 하였다.⁶ 그런 뒤에 사시(四時)가 조화되고 만물이 잘 자라 천하가 다스려졌다. 『세본(世本)』에 "포희씨(庖犧氏)⁷가 50현

---

3   구멍[越] : 현악기의 공명통 아래에 있는 구멍이니, 현이 진동하면서 내는 울림이 공명통의 구멍을 통해 나온다.

4   『儀禮』 鄕飮酒禮 4-1; 4-11.

5   주양씨(朱襄氏) : 전설에 나오는 중국 고대의 제왕인 신농씨(神農氏). 화덕(火德)으로 나라를 세웠으므로 염제(炎帝)라고도 함.

6   『呂氏春秋』 仲夏紀 / 古樂.

의 슬(瑟)을 만들었다. 황제가 소녀(素女)에게 타게 했는데, 견딜 수 없이 슬펐으므로 그것을 부수고 25현으로 만들었다. 훗날 요임금이 고수(瞽瞍)에게 25현의 슬을 버리고 15현의 슬을 만들게 하고 대장(大章)이라 이름 지었다. 순임금이 거기에 현을 더 늘리어 23현으로 만들었고, 군부(君父)의 법도와 신자(臣子)의 의리를 표현하지 않음이 없었으니, 진실로 사람의 감정을 깨끗하게 하여 행실을 순일하게 하였다"라고 했다.

대개 금슬은 당상에서 연주하는 악기로서 군자가 늘 타서 마음을 즐겁게 하는 것이다. 그러므로 악공이 들어가 당상으로 올라간 뒤에 상자(相者)에게서 슬을 받아 연주했다. 옛날에 장님을 악공으로 삼은 것은 청각이 뛰어나기 때문이다. 대신 그들을 도와줄 사람이 필요하므로 시료(眡瞭)라는 직책을 두었다.

『주례』에 "고몽(瞽矇)이 슬 연주를 관장한다"[8]라고 하고, 『시경』에 "슬을 타고 금을 타네"[9]라고 하고, 『서경』에 "금·슬에 맞추어 노래한다"[10]라고 하고, 『대전(大傳)』에 "대금(大琴)은 끓는 물에 명주실을 찌고 악기 밑판의 구멍을 크게 하며, 대슬(大瑟)은 명주실을 쪄서 붉게 하고 악기 밑판의 구멍을 크게 한다"[11]라고 하고, 「명당위」에 "대금(大琴)·대슬(大瑟)·중금(中琴)·소슬(小瑟)은 4대(四代)[12]에 썼던 악기이다"[13]라고 하였다. 이로 보건대, 군자는 이유 없이 금슬을 멀리 하지 않고 일찍이 서로 간이 쓰이지 않은 적이 없었다. 그런데 여기서 슬만 말하고 금을 언급하지 않은 것은 큰 것을 들어서 작은 것을 보인 것이다.

---

7 포희씨(庖犧氏) : 복희씨(伏犧氏). 희생(犧牲)을 길러서 부엌에 대주었던 데서 이름이 유래하였다.
8 『周禮』 春官 / 瞽矇 0.
9 『詩經』 小雅 / 鹿鳴.
10 『書經』 虞書 / 益稷 2.
11 『尙書大傳』 권1 / 夏書.
12 4대(四代) : 우(虞)·하(夏)·은(殷)·주(周).
13 『禮記』 明堂位 14-18.

56-2. 工歌鹿鳴·四牡·皇皇者華, 卒歌, 主人獻工. 工左瑟, 一人拜, 不興受爵, 主人阼階上拜送爵. 薦脯醢, 使人相祭. 工飲不拜既爵, 授主人爵. 衆工則不拜受爵, 祭飲. 辯今文辯爲徧有脯醢, 不祭. 大師則爲之洗. 賓·介降, 主人辭降. 工不辭洗.

악공이 《녹명(鹿鳴)》·《사모(四牡)》·《황황자화(皇皇者華)》를 노래한다. 노래를 마치면 주인이 악공들에게 술을 준다. 악공이 슬을 왼쪽에 내려놓고, 악공 중 우두머리 1인이 주인에게 절하고 일어나지 않은 채 작(爵)[14]을 받으면, 주인이 동계 위에서 작을 배송(拜送)한다. 포(脯: 말린 고기)와 젓을 차려놓으면, 사람을 시켜 우두머리 악공이 제(祭)[15] 지내는 것을 돕도록 한다. 우두머리 악공은 술을 마시고 잔을 비운 후 절하지 않고, 빈 작을 주인에게 돌려준다. 우두머리 1인을 제외한 일반 악공들은 절하지 않고 작을 받아 제(祭)를 지내고 마신다. 일반 악공들에게도 포와 젓을 차려주는데 제(祭)를 지내지 않는다.

태사(大師)가 있으면 그를 위해 작을 씻는다. 빈(賓)과 개(介)가 주인을 따라 당에서 내려오면 주인이 사양한다. 악공[太師]은 주인이 작을 씻는 것을 사양하지 않는다.[16]

鹿鳴, 文王燕羣臣嘉賓之詩也. 四牡, 文王勞使臣.

《녹명》은 문왕이 신하와 손님들에게 연회를 베푸는 시이고, 《사모》는 문왕이 사신을 위로하는 시이다.[원문이 빠짐]

---

14 작(爵) : 〈그림 2-4 참조〉.
15 제(祭) : 첫 숟가락의 음식을 신에게 바치는 제의(祭儀) 습속이다.
16 『儀禮』鄉飮酒禮 4-11.

권57 의례훈의(儀禮訓義)

향음주례(鄕飮酒禮) · 향사례(鄕射禮)

향음주례(鄕飮酒禮)

57-1. 乃合樂, 周南關雎葛覃卷耳 · 召南鵲巢采蘩[1]采蘋. 工告於樂正曰 "正歌備." 樂正告于賓, 乃降. 主人降席自南方, 側降, 作相爲司正, 司正禮辭, 許諾. 主人拜, 司正荅拜. 主人升復席. 司正洗觶, 升自西階, 阼階上北面, 受命于主人. 主人曰 : "請安于賓." 司正告于賓, 賓禮辭, 許. 司正告于主人. 主人阼階上再拜, 賓西階上荅拜. 司正立于楹間, 以相拜. 皆揖復席.

그런 뒤에 주남(周南)의 《관저(關雎)》·《갈담(葛覃)》·《권이(卷耳)》와 소남(召南)의 《작소(鵲巢)》·《채번(采蘩)》·《채빈(采蘋)》을 합악(合樂)한

---

1   대본에는 '采蘩'이 없으나, 『儀禮』에 의거하여 보충하였다.

다. 악공이 악정(樂正)에게 "정가(正歌)를 갖추어 연주했습니다"라고 보고하면, 악정이 이를 빈(賓)에게 알리고 내려온다.

주인이 남쪽으로부터 자리에서 내려와 혼자 당을 내려온 다음, 상(相)을 사정(司正)으로 삼으면, 사정이 사양하다가 허락한다. 주인이 감사의 표시로 절하면 사정이 답례로 절한다. 주인이 당에 올라 자기 자리로 돌아간다. 사정이 치(觶)²를 씻고 서계(西階)를 통해 당에 올라가 동계(東階) 위에서 북쪽을 바라보고 주인에게서 명을 받는다. 주인이 "빈(賓)들께서는 편안히 앉으십시오"라고 말한다. 사정이 빈에게 알리면 빈이 예로 사양하다가 허락한다. 사정이 주인에게 이를 보고한다. 주인이 동계 위에서 두 번 절하면 빈이 서계 위에서 답례로 절한다. 사정이 기둥 사이에 서서 서로 마주보고 절한다. 주인과 빈이 읍하고 자리로 돌아간다.³

周南周公之所以化, 聖人之事, 王者之風也. 召南召公之所以教, 賢人之事, 諸侯之風也. 蓋王者之正, 始於家, 終於天下, 二南之詩爲之始而已. 王者之化, 至於法度彰, 禮樂著然後可以言成, 二南之詩爲之基而已. 今夫關雎則樂而不淫, 哀而不傷, 后妃之德也. 葛覃則志在女功, 躬儉節用, 后妃之本也. 卷耳內有進賢之實, 外無干政之事, 后妃之志也. 乃合樂周南, 則一於后妃之事而已.

至於鵲巢則均一如鳲鳩, 夫人之德也. 采蘩則致禮以奉祭祀, 夫人之職也. 采蘋則循法以共祭祀, 大夫妻之職也. 乃合樂召南, 則不一於夫人之事, 必兼大夫妻之事而已. 此諸侯之樂所以殺於王者歟!

然工歌則琴瑟以詠而已, 笙不豫焉. 笙入則衆笙而已, 間歌不與焉. 間歌則歌吹間作, 未至於合樂也. 合樂則工歌笙入間歌並作, 而樂於是乎備矣.

大用之天下, 小用之一國, 其於移風易俗, 無自不可, 況用之鄕人乎!

---

2   치(觶): 〈그림 2-5 참조〉.
3   『儀禮』 鄕飮酒禮 4-14, 15.

風天下而正夫婦, 實本於此. 然則觀之者, 豈不知王道之易易也哉? 鄕飮酒義[4]曰 : "工入升歌三終, 主人獻之. 笙入三終, 主人獻之, 間歌三終, 合樂三終, 工告樂備, 遂出. 一人揚觶, 乃立司正焉, 知其能和樂而不流也." 由是觀之, 工歌鹿鳴四牡皇皇者華, 所以寓君臣之敎, 則升歌三終也. 笙入堂下磬南, 北面立, 樂南陔白華華黍, 所以寓父子之敎, 則笙入三終也. 間歌魚麗笙由庚, 歌南有嘉魚笙崇丘, 歌南山有臺笙由儀, 所以寓上下之敎, 則間歌三終也. 合樂周南關雎葛覃卷耳・召南鵲巢采蘩采蘋, 所以寓夫婦之敎, 則合樂三終也.

三終雖主於詩篇, 亦樂成於三, 以反爲文故也. 蓋道生一, 則奇而爲陽, 一生二則偶而爲陰, 二生三則陰陽之中交通成, 和而爲冲氣. 是樂成於三者, 冲氣以爲和, 中聲所止而不流者也. 然樂不徒作, 必有禮以節之. 故升歌笙入皆繼之, 主人獻之者, 以禮節樂於其始也. 間歌合樂必繼之, 一人揚觶, 乃立司正焉者, 以禮節樂於其終也.

주남(周南)은 주공(周公)이 교화한 성과이니, 성인(聖人)의 일이고 왕의 풍격(風格)이 있다. 소남(召南)은 소공(召公)이 교화한 성과이니, 현인(賢人)의 일이고 제후의 풍격이 있다. 대개 왕의 정도(正道)는 가정에서부터 시작되어 천하에서 종결되니, 주남과 소남의 시는 왕정(王政)의 시작이 된다. 왕의 교화는 법도가 밝게 드러나고 예악이 뚜렷이 나타난 뒤에 성공했다고 이를 수 있으니, 주남과 소남의 시는 왕정의 토대가 되었다.

《관저(關雎)》는 즐거워하되 음란하지 않고 슬프되 상심하지 않은 것을 읊은 것이니, 후비(后妃)의 덕과 관계된다. 《갈담(葛覃)》은 여자가 하는 일에 뜻을 두고 검소하여 절약하는 것을 읊은 것이니, 후비의 근본과 관계된다. 《권이(卷耳)》는 안으로는 현인을 진출시키는 실상이 있으나 밖으로는 정사에 간섭하는 일이 없음을 읊은 것이니, 후비의 뜻과 관계된다. 따라서 합악(合樂)한 주남은 모두 후비의 일과 관계된 것뿐이다.

---

4   대본에는 '禮'로 되어 있으나, 『禮記』에 의기하여 '義'로 바로잡았다.

《작소(鵲巢)》는 뻐꾸기처럼 한결같음을 읊은 것이니, 부인(夫人)[5]의 덕과 관계된다. 《채번(采蘩)》은 예를 극진히 하여서 제사를 받드는 것을 읊은 것이니, 부인의 직분과 관계된다. 《채빈(采蘋)》은 법에 따라 제사에 이바지하는 것을 읊은 것이니, 대부의 아내 직분과 관계된다. 따라서 합악한 소남은 부인의 일뿐 아니라 대부의 아내 일까지 겸했으니, 제후의 악은 왕의 악에 비해 감쇄한 것이기 때문이다.

악공의 노래는 금슬에 맞추어 읊을 따름이니 생(笙)이 포함되지 않는다. 생(笙) 연주는 생 연주자들만 연주할 따름이니 간가(間歌)가 포함되지 않는다. 간가(間歌)는 노래와 생 연주를 번갈아 하는 것이니, 합악(合樂)에 이르지는 않는다. 그러나 합악은 악공의 노래와 생 연주 및 간가(間歌)를 모두 포함하니, 악(樂)이 이때 갖추어지는 것이다.

악을 크게는 천하에 쓰고 작게는 한 나라에 쓰면 풍속을 바꾸지 못할 것이 없는데, 이를 향인(鄕人)에게 쓰면 어떻겠는가! 천하를 감화시켜 부부 관계를 바르게 하는 것은 여기에 근본한다. 이를 살피면, '왕도의 실현이 쉽다는 것'[6]을 어찌 모르겠는가? 「향음주의(鄕飮酒義)」에 "악공이 들어와 당에 올라 3편의 노래를 마치면, 주인이 술을 주고, 생 연주자가 들어와 3곡의 연주를 마치면 주인이 술을 준다. 당상과 당하에서 노래와 생 연주를 번갈아 세 번 하여 마치고, 합악을 세 번 하여 마치면, 악공이 악을 갖추어 연주했음을 보고하고 나간다. 1인이 치(觶)를 들어 사정(司正)을 세우니, 화락(和樂)하되 방종에 흐르지 않음을 알 수 있다"[7]라고 하였다.

이로 보건대, 악공이 《녹명》·《사모》·《황황자화》를 노래한 것은 군신(君臣)의 교화를 나타낸 것으로, '당에 올라 3편의 노래를 마친다'라는 것이다. 생 연주자가 들어와 당하(堂下)의 경(磬) 남쪽에 북향하여 서서

---

5   부인(夫人) : 제후의 처.
6   『禮記』鄕飮酒義 45-12.
7   『禮記』鄕飮酒義 45-9.

《남해(南陔)》·《백화(白華)》·《화서(華黍)》를 연주한 것은 부자(父子)의 교화를 나타낸 것으로, '생 연주자가 들어와 3곡의 연주를 마친다'는 것이다. 당상에서 《어리(魚麗)》를 노래하면 당하에서 생(笙)으로 《유경(由庚)》을 연주하고, 당상에서 《남유가어(南有嘉魚)》를 노래하면 당하에서 생으로 《숭구(崇丘)》를 연주하며, 당상에서 《남산유대(南山有臺)》를 노래하면 당하에서 생으로 《유의(由儀)》를 연주한 것은 위아래의 교화를 나타낸 것으로, '노래와 생 연주를 번갈아 세 번 하여 마친다'라는 것이다. 주남의 《관저》·《갈담》·《권이》와 소남의 《작소》·《채번》·《채빈》을 합악하는 것은 부부간의 교화를 나타낸 것으로, '합악을 세 번 하여 마친다'는 것이다.

세 번 하여 마치는 것이 주로 시편(詩篇)과 관계된 것이나, 악 또한 셋으로 이루어지니, 돌아감을 문채로 삼기 때문이다. 대개 도(道)는 하나에서 생기니 홀수로서 양(陽)이 되고, 하나는 둘을 낳으니 짝수로서 음(陰)이 되며, 둘은 셋을 낳으니 음양 사이에 감응(感應)이 이루어져 충기(冲氣)[8]가 된다. 따라서 악이 셋에서 이루어지면, 충기가 조화로워 중성에 머물러서 방종에 흐르지 않는다.

악만 연주한 것이 아니라 반드시 예로 절제했으니, 노래와 생 연주를 한 뒤에 모두 주인이 그들에게 술을 준 것은 저음부터 예로 악을 절제한 것이고, 간가(間歌)하고 합악(合樂)한 뒤에 반드시 한 사람이 치(觶)를 들어서 사정(司正)을 세운 것은 마지막까지 예로 악을 절제한 것이다.

57-2. 升坐乃羞, 無筭爵, 無筭樂. 賓出奏陔.

빈과 주인이 당에 올라 자리에 앉으면 음식을 차려내고, 작(爵) 수를 헤아리지 않고 술을 돌리고 악곡 수를 헤아리지 않고 계속 연주하여 맘껏 즐긴다. 빈이 나갈 때 《해하(陔夏)》를 연주한다.[9]

---

8   충기(冲氣) : 음양의 두 기운이 부딪쳐서 조화를 이룬 기운.
9   『儀禮』 鄕飮酒禮 4-22.

禮主其減, 樂主其盈, 禮減而進, 以進爲文, 樂盈而反, 以反爲文. 鄕
飲酒之禮, 賓主有事升坐, 乃羞, 而繼之以無筭爵者, 禮減而進, 以進爲
文故也. 樂至於無筭, 繼之以賓出奏陔以示戒者, 樂盈而反, 以反爲文
故也. 鐘師以鐘鼓奏九夏, 而祴夏居一焉, 則奏陔夏必有鐘鼓矣. 詩曰:
"旣醉而出, 並受其福, 醉而不出, 是謂伐德." 爵至於無筭而樂隨之, 可
謂旣醉矣. 旣醉而出, 奏陔夏以送之, 則有受禮之實, 無伐德之愆. 然則
先王之於禮, 豈不爲有節乎?

儀禮變祴爲陔者, 陔於文, 從阜從亥, 阜起於山而高於山, 則阜山之
窮者也, 十二辰, 始於子而終於亥, 則亥辰之窮者也, 階陔之陔, 則階之
窮者也, 物窮而不戒, 危莫甚焉. 其字雖殊, 而所以示戒一也.

예는 덜어냄[減 : 절제]을 주로 하고, 악은 채움[盈 : 기쁨]을 주로 한다. 예
는 덜어내지만 나아가서[進], 나아감을 문채[文]로 삼고, 악은 채우지만 돌아
가서[反], 돌아감을 문채로 삼는다.[10] 향음주례에서 빈과 주인이 자리에
오르면 음식을 차려내고 작(爵) 수를 헤아리지 않고 술을 돌리는 것은 예
는 덜어내는 것이지만 나아감을 문채로 삼기 때문이다. 악곡 수를 헤아
리지 않고 맘껏 연주하다가 빈이 나갈 때《해하(陔夏)》를 연주하여 경계
를 보이는 것은 악은 채우는 것이지만 돌아감을 문채로 삼기 때문이다.

종사(鐘師)가 종(鐘)·고(鼓)로 연주한 구하(九夏)[11] 중에《개하(祴夏)》가
포함되어 있으니,《해하(陔夏)》도 필시 종·고로 연주했을 것이다.[12]『시경』에
"취했을 때 자리를 뜨면 함께 복을 받으련만 취하고도 나가지 않으니 덕
을 손상시키는 짓이로다"[13]라고 했다. 술잔을 무수히 돌리고 음악 또한

10　『禮記』樂記 19-23.

11　구하(九夏):《왕하(王夏)》·《사하(肆夏)》·《소하(昭夏)》·《납하(納夏)》·《장하(章
　　夏)》·《제하(齊夏)》·《족하(族夏)》·《개하(祴夏)》·《오하(驁夏)》.

12　《개하(祴夏)》는『周禮』春官 / 鐘師에 나오는 악곡명이고,《해하(陔夏)》는『儀禮』鄕
　　飮酒禮에 나오는 악곡명인데, 모두 손님이 취해서 나갈 때 연주하는 악곡이다. 따라
　　서 두자춘(杜子春)은 '祴'를 '陔'로 읽어야 한다고 주장하기도 했다.《『周禮注疏』권24.
　　「杜子春云…… 祴讀爲陔.」)

13　『詩經』小雅 / 賓之初筵.

무수히 연주했으니 이미 취했다고 할 수 있는데, 술에 취해 나갈 때《해하》를 연주하여 전송했으니, 예를 실천한 실상이 있고 덕을 해친 허물이 없는 것이다. 이러하니 선왕이 예에 있어서 어찌 절제하지 않았겠는가?

『의례』에서는 '개(祴)'를 '해(陔)'로 바꾸었는데, '해(陔)'라는 글자는 부(阜)와 해(亥)로 이루어졌다. 부(阜)는 산에서 높이 솟은 부분이므로 산보다 높으니 산의 꼭대기이고, 12진(辰)은 자(子)에서 시작하여 해(亥)에서 마치므로 해(亥)는 12진의 끝이니, 계해(階陔)의 해(陔)는 계단 꼭대기이다. 물(物)이 끝까지 다했는데도 경계하지 않으면 위태함이 그보다 더 심한 것이 없다. 따라서 해(陔)와 개(祴)가 글자는 다르지만 경계를 보인다는 점에서는 마찬가지 뜻이다.

57-3. 鄕樂惟欲.

향악(鄕樂)을 원하는 대로 연주한다.[14]

鄕飮酒之禮, 卒樂而賓出, 主人拜送于門外. 賓若有遵者, 諸公大夫則一人擧觶, 乃入. 明日,[15] 主人釋朝服, 更玄端, 息司正. 以爲賓不殺, 而無俎. 羞不必備也, 唯其所有而已. 召不必賓也, 惟其所欲而已. 樂不必具也, 鄕樂惟欲而已. 蓋鄕樂在周南, 不過關雎葛覃卷耳, 在召南不過鵲巢采蘩采蘋, 惟所欲焉則作之, 不必以序興也, 以樂爲主而已. 與夫行禮以作樂, 而以司正糾之, 使和樂而不流者異矣, 鄕射亦然.

향음주례를 할 때, 악을 마치고 빈(賓)이 나가면 주인이 대문 밖에까지 나가 절하여 전송한다. 빈 가운데 준자(遵者 : 公大夫)가 있으면, 주인을 돕는 1인으로 하여금 치(觶)를 갖다 드리는 예를 행하게 한 후 주인이 맞이한다. 다음날 주인이 조복(朝服)을 벗고 현단복(玄端服)으로 갈아입고 사정

---

14   『儀禮』 鄕飮酒禮 4-25.
15   대본에는 없으나, 문맥이 통하지 않으므로 『儀禮』 鄕飮酒禮 4-24, 25에 의거하여 '諸
      公大夫則一人擧觶, 乃入. 明日'을 보충하였다.

(司正)의 노고를 위로한다. 빈을 위해서 희생을 죽이지 않으므로 조(俎)[16]가 없다. 음식은 반드시 갖출 필요는 없고 집에 있는 재료로 마련한다. 부르는 것도 반드시 격식에 구애될 필요는 없고 원하는 사람을 부르며, 악도 반드시 구비할 필요는 없고 향악을 원하는 대로 연주할 따름이다.

대개 향악은 주남(周南)의 《관저》·《갈담》·《권이》와 소남(召南)의 《작소》·《채번》·《채빈》 등이다. 원하는 대로 연주하여 순서에 따라 연주할 필요는 없으니, 즐거움을 위주로 할 뿐이다. 예를 행하고 악을 연주하면서, 사정(司正)으로 하여금 규찰하게 하여, 화락(和樂)하되 방종에 흐르지 않게 한 것과는 다르다. 향사례(鄕射禮)도 이와 마찬가지이다.

57-4. 凡擧爵三作而不徒爵. 樂作, 大夫不入. 獻工與笙, 取爵于上篚, 既獻, 奠于下篚, 其笙則獻諸西階上. 磬階間縮霤北面鼓之.

무릇 작(爵)을 세 번 드는데 안주가 제공되어 술만 마시지는 않는다. 악이 연주되기 시작하면 대부는 더 이상 안으로 들어갈 수 없다. 악공과 생(笙) 연주자에게 술을 줄 때에는 당 위의 광주리[篚]에서 작(爵)을 꺼내고, 술을 마신 뒤 빈 작(爵)은 당 아래의 광주리에 놓는데, 생 연주자에게는 서계(西階) 위에서 준다. 계단 사이에 남북으로 놓여 있는 경(磬)을 처마 아래에서 북향하여 친다.[17]

工升歌者也, 笙下管者也. 大夫特縣, 磬階間縮霤北面鼓之, 特縣之磬也. 凡物縮則爲從, 衡則爲橫. 記曰 : "古之冠也縮縫, 今之冠也衡縫." 是也. 鄕飮酒之禮, 凡擧爵三作, 獻賓獻大夫獻工, 皆有薦也, 不徒爵而已. 樂作大夫不入, 則所入者賓而已, 大夫後賓, 尊鄕人之賢故也.

工入升自階西, 北面坐. 笙入堂下磬南, 北面立. 主人獻工, 不言所在, 至於獻笙, 則於西階上, 以工升歌在堂上故也.

---

16 조(俎) : 희생(犧牲)을 올려놓는 나무그릇.
17 『儀禮』 鄕飮酒禮 4-28.

'공(工 : 악공)'은 당상(堂上)에서 노래하는 자이고, '생(笙 : 생 연주자)'은 당하(堂下)에서 연주하는 자이다. 대부는 특현(特縣)을 쓰니 '계단 사이에 남북으로 놓여 있는 경(磬)을 처마 아래에서 북향하여 친다'고 한 경은 특현의 경이다. 축(縮)은 세로가 되고 횡(衡)은 가로가 되니, 『예기』에 "예전에는 관을 세로로 꿰맸는데 오늘날의 관은 가로로 꿰맨다"[18]라고 한 것이 이것이다.

향음주례에서 작(爵)을 세 번 든다는 것은 빈(賓)과 대부 및 악공에게 술을 주는 것이니, 모두 안주가 제공되어 술만 마시지는 않는다. 악이 연주되기 시작하면 더 이상 대부는 들어갈 수 없다. 들어가는 자는 빈(賓)뿐이다. 대부가 빈보다 뒤에 있는 것은 향인(鄕人) 중의 어진 사람을 높이기 위해서이다.

악공이 들어갈 때는 계단 서쪽에서 올라가 북향하여 앉고, 생 연주자는 당하의 경(磬) 남쪽으로 들어가 북향하여 선다. 주인이 악공에게 술을 줄 때는 어디에서 술을 준다는 것을 말하지 않고 생 연주자의 경우에만 서계 위에서 준다고 한 것은 악공은 당상에서 노래하기 때문이다.

57-5. 樂正命奏陔, 賓出, 至于階, 陔作.
악정이《해하(陔夏)》를 연주할 것을 명하는데, 빈(賓)이 나가 계단에 이르렀을 때《해하》를 연주하기 시작한다.[19]

周官 : "笙師掌春牘應雅,   以敎祴樂." "鐘師凡樂事以鐘鼓奏九夏." 杜子春曰 : "客醉而出, 奏陔夏." 陔夏之樂命以作之, 在樂正, 敎之奏之, 在笙師鐘師者, 以笙與鐘同聲相應故也. 凡祭祀饗射, 共其鐘笙之樂其謂是歟!

---

18   『禮記』檀弓上 3-31.
19   『儀禮』鄕飮酒禮 4-28.

『주례』에 "생사(笙師)는 용(春)·독(牘)·응(應)·아(雅)를 관장해서 개악(祴樂)을 가르친다"[20]라고 하고, "종사(鐘師)는 "모든 악사(樂事)에서 종·고로 구하(九夏)를 연주한다"[21]라고 하고, 두자춘(杜子春)은 "손님들이 술에 취해 나갈 때에 《해하(陔夏)》를 연주한다"라고 하였다. 《해하》를 연주하도록 명한 자는 악정(樂正)이지만, 가르치고 연주한 자는 생사와 종사인 이유는 생과 종이 같은 소리로 서로 응하기 때문이다. '모든 제사(祭祀)와 향사(饗射)에 종·생의 악을 제공한다'[22]라는 것은 이것을 이르는 말일 것이다.

향사례(鄕射禮)

57-6. 縣于洗東北西面.
경(磬)을 세(洗)의 동북쪽에 서향하여 놓는다.[23]

周禮: "鄕老及鄕大夫, 三年大比, 獻賢能之書於王, 退而以鄕射之禮, 五物詢衆庶." 諸侯之鄕大夫旣貢士於其君, 亦用禮射而詢衆庶乎! 鄕飮酒, 磬階間縮霤北面鼓之, 則鄕射之禮, 縣於洗東北西面. 士特縣之磬而已, 必於洗東者, 避射位故也.
『주례』에 "향로(鄕老) 및 향대부(鄕大夫)는 3년에 한 번씩 덕행(德行)을 고찰하여 현명하고 능력있는 사람을 적어 왕에게 올리고, 물러 나와서는

---

20 『周禮』 春官 / 笙師 0. 「笙師, 掌敎吹竽·笙·塤·籥·簫·篪·篴·管·春·牘·應·雅, 以敎祴樂.」
21 『周禮』 春官 / 鐘師 0.
22 『周禮』 春官 / 笙師 0.
23 『儀禮』 鄕射禮 5-2.

향사례(鄕射禮)를 행하여 오물(五物)[24]을 뭇사람들에게 물었다"[25]라고 했으니, 제후의 향대부들이 선비를 그 임금에게 추천할 때에도 예사(禮射)를 행하여 뭇사람들에게 물었을 것이다.

향음주례에서 계단 사이의 남북으로 놓여 있는 경(磬)을 처마 아래에서 북향하여 쳤는데,[26] 향사례(鄕射禮)에서는 경을 세(洗)의 동북쪽에 서향하여 놓았다. 사(士)는 특현(特縣)으로 경을 설치할 따름인데 반드시 세의 동쪽에 놓는 것은 활 쏘는 자리를 피하기 위해서이다.

---

24   오물(五物) : 화(和)・용(容)・주피(主皮)・화용(和容)・흥무(興舞).
25   『周禮』 地官 / 鄕大夫 0.
26   향음주례에서~쳤는데 : 『儀禮』 鄕飮酒禮 4-28.

향사례(鄉射禮)

58-1. 席工于西階上少東. 樂正先升, 北面立於其西. 工四人, 二瑟, 瑟先. 相者皆左何瑟面鼓, 執越內弦, 右手相入. 升自西階, 北面東上, 工坐, 相者坐授瑟乃降. 笙入, 立于縣中西面. 乃合樂周南關雎葛覃卷耳·召南鵲巢采蘩采蘋. 工不興, 告于樂正曰：“正歌備.”樂正告于賓, 乃降.

主人取爵於上篚, 獻工. 大師則爲之洗. 賓降, 主人辭降. 工不辭洗. 卒洗, 升實爵. 工不興左瑟, 一人拜受爵, 主人阼階上拜送爵. 薦脯醢, 使人相祭. 工飮不拜, 旣爵, 授主人爵. 衆工不拜受爵, 祭飮, 辯有脯醢, 不祭不洗.

遂獻笙于西階上. 笙一人拜於下, 盡階, 不升堂受爵. 主人拜送爵.

階前坐祭, 立飮不拜, 旣爵, 升授主人爵. 衆笙不拜受爵, 坐祭立飮. 辯有脯醢, 不祭. 主人以爵降, 奠於篚, 反升就席.

서계(西階) 위 약간 동쪽에 악공의 자리를 깔아 놓는다. 악정(樂正)이 먼저 당에 올라 북향하여 그 서쪽에 선다. 악공은 4명인데 그중 2명은 슬공(瑟工)이다. 슬공이 먼저 올라가고, 상자(相者)가 모두 왼손으로 슬을 받쳐 드는데, 슬 타는 쪽을 마주 대하여 슬 뒷면의 구멍을 잡아서 줄이 안쪽을 향하게 하며, 오른손으로는 악공이 들어가는 것을 돕는다. 악공이 서계를 통해 올라가 북향하여 동쪽을 상석(上席)으로 삼아 앉으면, 상자가 앉아서 슬을 건네고 내려온다. 생(笙) 연주자가 들어와 악현(樂縣)의 중앙에 서향하여 선다.

그런 뒤에 주남(周南)의 《관저(關雎)》·《갈담(葛覃)》·《권이(卷耳)》와 소남(召南)의 《작소(鵲巢)》·《채번(采蘩)》·《채빈(采蘋)》을 합악(合樂)한다. 악공이 일어나지 않은 채 악정(樂正)에게 "정가(正歌)를 갖추어 연주했습니다"라고 고하면, 악정이 이를 빈(賓)에게 알리고 내려온다.

주인이 당 위의 광주리에서 작(爵)을 꺼내어 악공에게 술을 준다. 악공 중에 태사(太師)가 있으면 주인이 그를 위해 작을 씻는다. 빈이 주인을 따라 내려오면 주인이 사양한다. 악공은 주인이 작을 씻는 것을 사양하지 않는다. 주인이 작을 다 씻으면 당에 올라 작에 술을 따른다. 악공은 일어나지 않은 채 술을 왼쪽에 놓는다. 우두머리 악공 1인이 대표로 절하고 작을 받으면, 주인이 동계(東階) 위에서 작을 배송(拜送)한다. 포(脯)와 젓을 차려놓으면, 사람을 시켜 우두머리 악공이 제(祭) 지내는 것을 돕게 한다. 우두머리 악공이 술을 마시되 절하지 않고 다 마시면 주인에게 빈작을 돌려준다. 우두머리 악공을 제외한 일반 악공들[衆工]은 절하지 않고 작을 받은 뒤 제(祭)를 지내고 마시며, 이들에게도 포와 젓을 차려주지만 제(祭)를 지내지 않으며, 이들의 작은 씻지 않는다.

주인이 서계(西階) 위에서 생(笙) 연주자에게 술을 준다. 우두머리 생 연주자 1인이 아래에서 대표로 절하고 계단 끝까지 오르는데, 당에 오르지는 않는다. 작을 받으면, 주인이 작을 배송(拜送)한다. 계단 앞에 앉아 제(祭)를 지내고 서서 술을 마시고 절하지 않는다. 다 마시면 빈 작을 주인에게 돌려준다. 우두머리를 제외한 일반 생 연주자들[衆笙]은 절하지 않고, 작을 받아서 앉아서 제(祭)를 지내고 서서 마신다. 포와 젓을 차려주지만 제(祭)를 지내지는 않는다. 주인이 빈 작을 들고 당에서 내려와 광주리 안에 넣고, 다시 올라가 자리에 나아간다.[1]

鄕飮 : "席設於堂廉東上. 工四人二瑟, 瑟先. 樂正先[2]升, 立于西階東, 工入, 升自西階, 北面坐." 此言 : "席工[3]於西階上少東. 樂正先升, 北面立於其西. 工四人二瑟, 瑟先. 工升自西階北面東上." 則瑟西歌. 歌西, 則樂正立於席西階東矣.

不歌不笙不間, 特合鄕樂而已, 以志在射, 不在樂故也. 樂以人聲爲主, 故合樂亦謂之歌. 樂貴不流, 故謂之正歌. 主人獻工, 左瑟. 一人拜受爵, 而餘不拜, 笙者一人拜, 盡階受爵, 餘不拜受, 以一人可以統衆故也. 主人爲太師洗而餘不洗, 以君所賜尊之也.

左瑟, 祭酒祭薦, 工則祭飮而已, 笙工則不祭, 此又等降之別也. 言工, 又言衆工, 言笙, 又言衆笙者. 周官瞽矇 : "掌九德六詩之歌, 以役太師." 序官 : "上瞽四十人, 中瞽百人, 下瞽百有六十人." 則上瞽所謂工也, 中瞽下瞽衆工也. 笙師 : "凡饗射共其鐘笙之樂." 序官 : "笙師, 中士二人, 下士四人, 府史胥徒不與焉." 則中士所謂笙也, 下士以下所謂衆笙也.

「향음주례」에는 "당(堂)의 한쪽에 자리를 깔아놓는데 동쪽을 상석(上席)으로 삼는다. 악공은 4명인데, 그중 2명은 슬공(瑟工)이며, 슬공이 먼저 올라간다. 악정(樂正)이 먼저 올라가 서계(西階)의 동쪽에 서면 악공이 들

---

1   『儀禮』 鄕射禮 5-11, 12.
2   대본에는 없으나, 『儀禮』에 의거하여 '先'을 보충하였다.
3   대본에는 '上'으로 되어 있으나, 사고전서 『樂書』에 의거하여 '工'으로 바로잡았다.

어가는데 서계를 통해 올라가 북향하여 앉는다"[4]라고 했고, 여기에서는 "서계 위 약간 동쪽에 악공의 자리를 깔아 놓는다. 악정이 먼저 당에 올라 북향하여 그 서쪽에 선다. 악공은 4명인데 그중 2명은 슬공이다. 슬공이 먼저 올라간다. 악공이 서계를 통해 올라가 북향하여 동쪽을 상석으로 삼는다"라고 했으니, 슬(瑟)의 서쪽에서 노래하는 것이다. 노래를 서쪽에서 하므로, 악정이 서계의 동쪽에 서는 것이다.

노래하지도 않고, 생(笙)을 연주하지도 않고, 노래와 생 연주를 번갈아하지도 않고, 다만 향악을 합악한 것은 그 뜻이 활 쏘는 데에 있고 악(樂)에 있지 않기 때문이다. 악은 사람 목소리를 위주로 하므로 합악(合樂)을 '가(歌)'라고 표현한 것이며, 악은 방종에 흐르지 않는 것을 귀하게 여기므로 '정가(正歌)'라고 한 것이다.

주인이 악공에게 술을 주면, 슬을 왼쪽에 놓고, 우두머리 악공 1인이 대표로 절하고 작(爵)을 받고, 그 나머지 악공은 절하지 않는다. 생 연주자 1인이 대표로 절하고 계단 끝까지 올라가 작을 받고 나머지 생 연주자들이 절하지 않고 작을 받는 것은 1인이 여러 사람을 대표하여 총괄하기 때문이다. 주인이 태사(太師)를 위해서는 술잔을 씻지만 그 나머지를 위해서는 씻지 않는 것은 임금이 하사한 것을 높이는 뜻이다.

슬을 왼쪽에 놓고 대표 악공 1인이 술로 제(祭)를 지내고 포와 젓으로 제를 지내지만, 그 나머지 악공은 제를 지내고 술을 마시며, 생 연주자들은 우두머리나 일반이거나 상관없이 포와 젓으로 제를 지내지 않으니,[5] 이는 등급을 구별한 것이다.

'우두머리 악공(工)'을 말하고 또 '일반 악공(衆工)'을 말했으며, '우두머리 생 연주자(笙)'를 말하고 또 '일반 생 연주자(衆笙)'를 말하였다. 『주례』「고몽(瞽矇)」에 "구덕(九德)과 육시(六詩)를 관장하며, 태사(太師)의 명에 따라 연주한다"[6]라고 하고, 「서관(序官)」에 "상고(上瞽)가 40인, 중고(中瞽)가

---

4   『儀禮』 鄉飲酒禮 4-11.
5   슬을~않으니 : 문맥이 잘 통하지 않아서 본문을 참조하여 번역하였다.

100인, 하고(下瞽)가 160인이다"[7]라고 했으니, 상고(上瞽)는 이른바 '우두머리 악공[工]'이고, 중고(中瞽)와 하고(下瞽)는 '일반 악공[衆工]'이다. 「생사(笙師)」에 "모든 향사(饗射)에 종·생의 악을 제공한다"[8]라고 하고, 「서관」에 "생사(笙師)는 중사(中士) 2인, 하사(下士) 4인이다. 부(府)·사(史)·서(胥)·도(徒)가 있다"[9]라고 했으니, 중사(中士)는 이른바 '우두머리 생 연주자[笙]'이고, 하사(下士) 이하는 이른바 '일반 생 연주자[衆笙]'이다.

58-2. 樂正適西方, 命弟子贊工遷樂于下. 弟子相工如初入. 降自西階, 阼階下之東南, 堂前三笥, 西面北上坐. 樂正北面立于其南.

악정이 서쪽으로 가서 제자에게 악공을 도와 악기를 당 아래로 옮겨 놓으라고 명한다. 제자가 처음 들어올 때처럼 악공을 돕는다. 서계(西階)를 통해 당 아래로 내려가 동계(東階)의 아래 동남쪽에 이르러 당 앞의 화살대 3개 길이만큼 되는 곳에 서향하여 앉되 북쪽을 상석으로 한다. 악정이 북향하여 이들의 남쪽에 선다.[10]

始也歌瑟在堂上, 今也徙之于下, 所以避射也. 始也左何瑟,[11]面鼓執越內弦, 右手相入, 今相之以降亦然, 故曰如初入. 王制·文王世子有大樂正小樂正, 夏商之制也. 周制有大司樂樂師, 而無小大樂正, 有大師而無少師. 然則儀禮所謂樂正少師非周制也, 其雜夏商之制歟! 由是, 知儀禮周公所作先儒之妄也, 如曰不然, 士冠禮何以有孔子曰之文邪?

6   『周禮』 春官 / 瞽矇 0.
7   『周禮』 春官 / 宗伯 0.
8   『周禮』 春官 / 笙師 0.
9   『周禮』 春官 / 宗伯 0. 『周禮』 春官 / 第三 0에는 "笙師 中士二人 下士四人 府二人 史二人 胥一人 徒十人"으로 서술되어 있어서, 대본의 "府史胥徒不與焉"라는 구절은 나오지 않는다. 이 문맥이 잘 파악되지 않아, 『주례』의 구절을 참작하여 '부(府)·사(史)·서(胥)·도(徒)가 있다'라고 단순히 번역하였다.
10   『儀禮』 鄕射禮 5-18.
11   대본에는 '右'가 있으나, 『儀禮』에 의거하여 생략했다.

처음에 가공(歌工)과 슬공(瑟工)이 당 위에 있다가 지금은 당 아래로 옮긴 것은, 활을 쏘는 사람을 피한 것이다. 처음에 들어올 때 왼손으로 슬을 받쳐 드는데 슬 타는 쪽을 마주 대하여 슬 뒷면의 구멍을 잡아서 줄이 안쪽을 향하게 하며, 오른손으로는 악공이 들어가는 것을 도왔는데, 악공을 도와서 당 아래로 내려오는 것도 또한 그렇게 하므로, '처음 들어올 때처럼 한다'라고 말한 것이다.

「왕제」와 「문왕세자」에 나오는 대악정(大樂正)과 소악정(小樂正)은[12] 하나라와 상나라의 제도이다. 주나라 제도에는 대사악(大司樂)과 악사(樂師)는 있지만 소악정과 대악정은 없었으며, 태사(大師)는 있었지만 소사(少師)는 없었다. 그렇다면 『의례』에서 말하는 악정(樂正)과 소사(少師)[13]는 주나라 제도가 아니고, 하나라와 상나라 제도가 섞여 있는 것이! 이로 보면, 주공이 『의례』를 지었다는 설은 선유(先儒)의 잘못된 견해이다. 그렇지 않다면, 「사관례(士冠禮)」에 어떻게 '공자왈'이라는 구절이 있을 수 있는가?

58-3. 擧旌以宮, 偃旌以商.

정(旌)을 들어올릴 때는 궁성(宮聲)으로 외치고, 정(旌)을 눕힐 때는 상성(商聲)으로 외친다.[14]

宮土音也, 其數八十一. 其聲最大, 固足以網四聲, 覆四方, 君之象也. 商金音也, 其數七十二. 其聲濁而次於宮, 臣之象也. 鄕射之禮, 擧旌以宮尊君故也, 偃旌以商卑臣故也. 大射負侯者, 皆許諾以宮, 趨直[15]

---

12 『禮記』 王制 5-42; 文王世子 8-3.
13 『儀禮』 大射儀 7-17. 「乃席工于西階上少東. 小臣納工. 工六人, 四瑟. 僕人正徒相大師, 僕人師相少師, 僕人士相上工. 相者皆左何瑟, 後首, 內弦, 挎越, 右手相. 後者徒相入. 小樂正從之.」
14 『儀禮』 鄕射禮 5-21.
15 대본에는 '豈'로 되어 있으나, 사고전서 『樂書』에 의기허여 '直'으로 바로잡았다.

西及乏南, 又諾以商, 至乏聲止. 鄕射則聲不絶而已, 蓋尊者以聲爲節, 卑者以聲告事可也. 周禮三宮相旋之樂, 有宮角徵羽而無商, 避其所剋而已, 然則偃旌以商, 非周制明矣.

궁성(宮聲)은 토음(土音)이니 그 수가 81이다. 그 소리가 가장 커서 족히 4성(四聲)을 망라하고 사방을 덮으니, 임금의 상(象)이다. 상성(商聲)은 금음(金音)이니 그 수가 72이다. 궁성 다음으로 탁(濁)하니, 신하의 상이다. 향사례에서 정(旌)을 들어 올릴 때 궁성으로 외치는 것은 임금의 소리인 궁이 존귀하기 때문이다. 정을 눕힐 때 상성으로 외치는 것은 신하의 소리인 상성이 비천하기 때문이다.

대사(大射)에서는 과녁을 등지고 있는 자가 궁성으로 빠르게 대답하고 곧장 서쪽으로 달려가 살가리개[乏][16]의 남쪽으로 피하고, 또 상성으로 대답하고는 살가리개로 가서 소리를 그친다.[17] 그러나 향사(鄕射)에서는 소리를 끊어지지 않게 할 따름이다.[18] 대개 높은 자는 소리로 절도를 삼고 낮은 자는 소리로 일을 보고하는 것이 옳다. 『주례』의 삼궁상선악(三宮相旋樂)에 궁·각·치·우조는 있어도 상조가 없는 것은[19] 상극(相剋)을 피한 것이니, 그렇다면 정을 눕힐 때 상성으로 외친 것은 주나라 제도가 아님이 분명하다.

58-4. 司射與司馬交于階前, 去扑襲. 升, 請以樂樂于賓, 賓許諾. 司射降, 搢扑東面, 命樂正曰 : "請以樂樂于賓, 賓許." 司射遂適階間, 堂

---

16 살가리개[乏] : 화살을 막아주는 역할을 하는 것으로 활을 쏠 때 획자(獲者)가 화살을 피해 숨는 곳이다. 병풍처럼 생겼는데, '용(容)'이라고도 한다.〈그림 4-1 참조〉
17 대사(大射)에서는~그친다.『儀禮』大射儀 7-21.
18 『儀禮』鄕射禮 5-21.「獲者執旌許若, 聲不絶, 以至于乏, 坐, 東面, 偃旌, 興而俟.」
19 천신(天神)·지기(地祇)·인귀(人鬼)의 강신악(降神樂)으로 각각《원종위궁(圜鍾爲宮)》·《황종위각(黃鍾爲角)》·《태주위치(太蔟爲徵)》·《고선위우(姑洗爲羽)》,《함종위궁(函鍾爲宮)》·《태주위각(太蔟爲角)》·《고선위치(姑洗爲徵)》·《남려위우(南呂爲羽)》,《황종위궁(黃鍾爲宮)》·《대려위각(大呂爲角)》·《태주위치(太蔟爲徵)》·《응종위우(應鍾爲羽)》를 썼으므로 상조가 없다.〈『周禮』春官 / 大司樂 2〉

下北面, 命曰 : "不鼓不釋." 上射揖, 司射退, 反位. 樂正東面, 命大師
曰 : "奏騶虞, 間若一." 大師不興許諾. 樂正退, 反位. 乃奏騶虞以射,
三耦卒射, 賓 · 主人 · 大夫 · 衆賓繼射, 釋獲如初.

사사(司射)가 사마(司馬)와 계단 앞에서 교대한 다음 지휘봉을 놓고는
옷매무새를 가다듬는다. 당에 올라가 빈에게 악(樂)으로 즐겁게 해드리
겠다고 청하면, 빈이 허락한다. 사사가 당에서 내려와 지휘봉을 허리춤
에 꽂고는 동향하여 서서 악정에게 "빈께 악으로 즐겁게 해드리겠다고
청했는데 빈께서 허락하셨다"라고 말한다. 사사가 동계와 서계 사이에
이르러 당 아래에서 북향하여 "활을 쏠 때 북소리 장단에 절도를 맞추지
않은 것은 명중시켰더라도 접수에 넣지 마시오"라고 명한다.

상사가 읍(揖)하면, 사사가 물러나 제자리로 돌아간다. 악정이 동향하
여 태사(大師)에게 "《추우(騶虞)》를 연주하되 매 절의 간격을 일정하게 하
시오"라고 명한다. 태사가 일어나지 않은 채 허락한다. 악정이 물러나
제자리로 돌아간다. 《추우》의 연주에 맞추어 활을 쏘아 삼우(三耦)가 쏘
기를 마치면 빈(賓) · 주인(主人) · 대부(大夫) · 중빈(衆賓)이 이어서 활을
쏜다. 과녁을 맞힌 수를 헤아리는 방식은 앞에서 한 것과 같다.[20]

射禮成於三, 始則司射與二耦誘射, 次則三耦與衆耦俱射, 終則三耦
及衆耦復射. 誘射不釋筭, 俱射釋筭而樂未作焉, 終射然後樂作焉. 蓋樂
未作, 欲其容體比於禮也. 故命之曰 : "不貫不釋." 樂作則欲其節比於
樂也. 故命之曰 : "不鼓不釋." 射義曰 : "天子以騶虞爲節." 又曰 : "騶虞
樂官備也." 鄉射歌騶虞者, 以其詢衆庶, 亦欲官於天子, 樂仁而射以
時[21]也.

耦射則八矢, 八矢則樂四終可也, 必五終者, 一節先聽也. 樂先以聽,
欲其聞之審, 獲者擧旌, 欲其見之審. 如此則射而不中者鮮矣. 凡射王

---

20   『儀禮』鄉射禮 5-38, 39.
21   대본에는 '特'으로 되어 있으나, 사고전서 『樂書』에 의거하여 '時'로 바로잡았다.

奏騶虞, 諸侯奏貍首, 卿大夫奏采蘋, 士奏采蘩. 大射則公卿大夫之射
也, 不奏采蘋·采蘩而奏騶虞何也? 曰: 公卿大夫士, 則於諸侯爲卑者
也, 卑者不嫌於抗尊, 其用王所奏之詩, 亦在所可也. 天子沐粱,[22] 而士
亦用焉, 與此同意.

　사례(射禮)는 세 과정으로 이루어지니, 처음에는 사사(司射)가 삼우(三
耦)[23]와 활을 쏘아 시범을 보이고, 그 다음에 삼우(三耦)와 중우(衆耦)가 함
께 활을 쏘며, 마지막에 삼우와 중우가 다시 활을 쏜다. 활을 쏘아 시범
을 보인 것은 산가지로 과녁 맞힌 수를 헤아리지 않고, 함께 활을 쏜 것
은 산가지로 과녁 맞힌 수를 헤아리되 음악을 연주하지는 않으며, 마지
막 활쏘기를 한 뒤에야 악을 연주한다.

　대개 악을 연주하지 않은 이유는 그 몸가짐을 예(禮)에 어울리게 하기
위해서이므로,[24] "과녁을 맞히지 않으면 계산하지 말라"[25]고 명한 것이
다. 악을 연주한 이유는 그 절도를 악에 어울리게 하기 위해서이므로,[26]
"활 쏠 때 북소리에 절도를 맞추지 않은 것은 명중시켰더라도 점수에 넣
지 마시오"라고 명한 것이다.

　「사의(射義)」에 "천자는 《추우(騶虞)》로 절도를 삼는다"라고 하고, 또
"《추우》는 관원이 갖추어졌음을 즐거워하는 것이다"[27]라고 했는데, 향사
(鄕射)」에서 《추우》를 노래한 것은 중서(衆庶)에게 물어서 천자에게 관원
이 갖춰지게 하기 위해, 인(仁)을 즐거워하고 때에 맞게 활을 쏘는 것이
기 때문이다.

　짝을 지어서 8개의 화살을 쏘니 4절만 연주하면 되는데 5절을 연주한
것은 활쏘기 전에 먼저 1절을 듣게 하기 위함이다. 악을 먼저 연주하여

22　대본에는 '粱'으로 되어 있으나 『禮記』「喪大記」에 의거하여 '粱'으로 바로잡았다.
23　삼우(三耦) : 서로 짝이 되어 활 쏘는 사람을 우(耦)라고 한다. 삼우는 6명이다.
24　그 몸가짐을~위해서이므로 : 『禮記』 射義 46-5.
25　『儀禮』 鄕射禮 5-26.
26　그 절도를~위해서이므로 : 『禮記』 射義 46-5.
27　『禮記』 射儀 46-3.

들게 한 것은 자세히 듣게 하려는 것이고, 획자(獲者)가 정(旌)을 들어 올리는 것은 자세히 보게 하려는 것이니, 이같이 하면 활을 쏴서 적중하지 못할 자가 적을 것이다.

　무릇 왕이 활을 쏠 때는 《추우》를 연주하고 제후가 활을 쏠 때는 《이수(貍首)》를 연주하고 경대부가 활을 쏠 때는 《채빈(采蘋)》을 연주하고 사(士)가 활을 쏠 때는 《채번(采蘩)》을 연주한다. 그런데 대사(大射)에서 공경·대부가 활을 쏠 때 《채빈》·《채번》을 연주하지 않고 《추우》를 연주하는 것은 어째서인가? 공(公)·경(卿)·대부(大夫)·사(士)는 제후보다는 낮은 자인데, 낮은 자는 높은 자와 맞먹는 것을 혐의하지 않으므로, 왕이 활을 쏠 때 연주하는 시를 연주해도 무방하기 때문이다. '천자를 염습할 적에 쌀뜨물로 시신의 머리를 감기는데 사(士)의 경우에도 쌀뜨물을 쓰는 것'[28]도 이와 같은 뜻이다.

58-5. 無筭樂, 賓興, 樂正命奏陔, 賓降及階, 陔作. 賓出, 衆賓皆出, 主人送于門外, 再拜.

　횟수에 상관없이 음악을 여러 번 연주하다가 빈(賓)이 일어서면 악정이 《해하(陔夏)》를 연주하라고 명한다. 빈이 당에서 내려와 계단 앞에 이르렀을 때 《해하》를 연주하기 시작한다. 빈이 나가고 중빈(衆賓)이 모두 나가면 주인이 문밖까지 나가 전송하면서 두 번 절한다.[29]

　鄕飮鄕射, 賓主敵禮也. 然鄕飮之禮, 至於無筭樂, 必待賓出, 然後奏陔, 則其禮略. 鄕射之禮, 至於無筭樂, 賓興, 命奏陔, 賓降及階, 而陔作, 不必待乎賓出, 此其禮又詳於鄕飮也. 鄕飮以湛樂爲主, 其禮宜略, 鄕射以威儀爲主, 其禮宜詳, 蓋言稱也.

　향음주례(鄕飮酒禮)와 향사례(鄕射禮)는 빈과 주인이 예를 대등하게 하는

28　천자를~쓰는 것: 『禮記』 喪大記 22-31.
29　『儀禮』 鄕射禮 5-48, 49.

것이다. 그러나 향음주례에서는 횟수에 상관없이 음악을 여러 번 연주하다가 빈이 나간 뒤에 《해하》를 연주하니 그 예가 소략하고, 향사례에서는 횟수에 상관없이 음악을 여러 번 연주하다가 빈이 일어서면 《해하》를 연주하라고 명하여 빈이 당에서 내려와 계단 앞에 이르렀을 때 《해하》를 연주하여 빈이 문밖으로 나갈 때까지 기다리지 않으니, 향음주례보다 예가 상세하다.

'향음주례는 술을 마시고 즐기는 것을 위주로 하니 그 예가 소략한 것이 마땅하고, 향사례는 위의(威儀)를 위주로 하니 그 예가 상세한 것이 마땅하다'는 말이 딱 맞는다.

58-6. 樂作, 大夫不入. 樂正與立者齒. 三笙一和而成聲. 獻工與笙, 取爵于上篚. 旣獻, 奠于下篚. 其笙則獻諸西階上.

악이 이미 연주되기 시작했으면 대부는 더 이상 안으로 들어갈 수 없다. 악정과 당 아래 서 있는 중빈(衆賓)이 나이 순서에 따라 술을 마신다. 세 사람이 생(笙)을 불고 한 사람이 화(和)를 불어 조화로운 소리를 이룬다. 악공과 생 연주자에게 술을 돌릴 때는 당 위의 광주리에서 작을 꺼낸다. 술 돌리는 것이 다 끝나면 빈 작을 당 아래의 광주리 안에 넣는다. 생 연주자에게는 서계(西階) 위에서 술을 준다.[30]

大笙謂之巢, 小者謂之和. 以和爲小, 則笙爲大矣. 以小爲和, 則大爲倡矣. 三笙一和而成聲, 凡四人也, 豈皆下士歟? 所倡者多, 所和者寡, 則其聲無齬, 而和樂興焉. 三笙一和而成聲, 皆其單出者也. 若夫雜此則比八音, 而樂之聲不足道也.

대생(大笙)을 소(巢)라 부르고 작은 것을 화(和)라 부른다.[31] 화가 작은 것이니 생은 큰 것이다. 작은 악기는 화답하고 큰 악기는 선창한다. 세

---

30   『儀禮』鄕射禮 5-52 記.
31   대생(大笙)을~부른다:『爾雅』釋樂 7-6.

사람이 생을 불고 한 사람이 화를 불어서 조화로운 소리를 이루니, 합하면 4인이 된다. 아마 이들은 하사(下士)일 것이다. 선창하는 자가 많고 화답하는 자가 적으니, 그 소리가 어그러짐이 없어서 화악(和樂)이 일어나는 것이다. 세 개의 생과 한 개의 화가 조화로운 소리를 이룬 것은 모두 한 종류의 악기에서 나온 소리이다. 만약 이것이 여러 악기들과 섞이어 팔음(八音)에 어우러지면, 악(樂)의 소리[䜌]는 말할 필요도 없다.

58-7. 司射在司馬之北. 司馬無事, 不執弓. 始射獲而未釋獲, 復釋獲, 復用樂行之.

사사(司射)는 사마(司馬)의 북쪽에 있다. 사마는 일이 없으면 활을 잡지 않는다. 첫 번째 활을 쏠 때는 과녁을 맞혀도 산가지로 수를 세지 않고, 다시 쏘아 과녁을 맞히면 산가지로 수를 세고, 다시 쏠 때는 음악을 연주한다.[32]

矢中, 人曰獲. 孔子曰 : "射者何以射, 何以聽? 循聲而發, 發而不失正鵠者, 其唯賢者乎!" 復釋獲, 復用樂行之, 循聲而發故也.

화살이 과녁 가운데를 맞힌 것을 '획[獲 : 맞히다]'이라고 한다. 공자는 "활 쏘는 자는 무엇으로 쏘며 무엇으로 듣는가? 음악에 맞추어 활을 쏘되 활을 쏘아서 정곡을 맞히는 자는 오직 현자이다!"[33]라고 말하였다. 다시 쏘아 과녁을 맞히면 산가지로 수를 세고 다시 쏠 때 음악을 연주한 것은 음악 소리에 맞추어 활을 쏘도록 하기 위해서이다.

---

32 『儀禮』鄕射禮 5-52 記.
33 『禮記』射義 46-13.

권59 의례훈의(儀禮訓義)

향사례(鄕射禮) · 연례(燕禮)

향사례(鄕射禮)

59-1. 歌騶虞若采蘋, 皆五終, 射無筭. 古者於旅也, 語.

대부가 활을 쏠 때 《추우(騶虞)》나 《채빈(采蘋)》을 노래하여 모두 다섯 번 연주한다. 활을 쏠 때 횟수에 상관없이 여러 번 쏜다. 옛날에는 술을 마실 때 여수(旅酬)[1]에 이르러서야 대화를 나눌 수 있었다.[2]

古者三耦及主人大夫射則有筭, 衆賓繼射則無筭. 有筭者歌騶虞, 無筭者歌采蘋, 歌騶虞若采蘋皆五終, 與升歌笙入間歌合樂三終者, 異矣.

---

1 여수(旅酬) : 연향의 공식적인 절차를 다 마친 뒤의 뒤풀이에 해당하는 것으로 자유롭게 술잔을 돌려가며 마시는 예.
2 『儀禮』 鄕射禮 5-52 記.

古者每一耦射, 歌五終, 歌騶虞采蘋五終, 非主詩篇言之, 主射節而言故也. 周官射人大夫以三耦射, 樂以采蘋五節, 則主卿大夫射, 而言五終不亦宜乎? 卿大夫歌采蘋可也. 王歌騶虞, 而大夫用之可乎? 曰 : 大夫於天子爲尤卑. 士於諸侯爲尤卑, 士射以采蘩爲節, 則大夫射兼歌騶虞, 皆卑者不嫌抗尊之意也. 孔子曰 : "吾觀於鄕, 而知王道之易易也." 王道寓於鄕如此, 則卿大夫用王所奏之歌, 亦聖人寓敎之微意也. 大夫雖歌騶虞, 不敢用王之九節, 亦終於五節而止. 不然, 不幾於僭乎?

言歌騶虞采蘋, 繼之以古者於旅也語, 旣歌而語, 以成之也. 文王世子合語之禮, 皆小樂正詔之於東序, 大樂正則敎而說之, 以言父子君臣長幼之道, 合德音之致者也. 然則古者於旅也語, 豈非古樂之發然邪?

옛날에 삼우(三耦 : 6명) 및 주인과 대부가 활을 쏠 때는 횟수를 따지나, 중빈(衆賓)이 계속해서 쏠 때에는 횟수를 따지지 않았다. 횟수를 따지는 경우에는 《추우》를 노래하고 횟수를 따지지 않는 경우에는 《채빈》을 노래했다. 《추우》나 《채빈》을 노래할 때 다섯 번 연주했으니, 향음주례에서 승가(升歌) · 생입(笙入) · 간가(間歌) · 합악(合樂)에 각각 세 번 연주한 것과 다르다.

옛날에 일우(一耦)가 활을 쏠 때마다 다섯 번 노래했으니, 《추우》와 《채빈》을 다섯 번 노래한다는 것은 시편(詩篇)을 위주로 말한 것이 아니고 활 쏘는 절도를 위주로 말한 것이다.

『주례』 「사인(射人)」에 "대부는 삼우로 활을 쏘고, 악은 《채빈》 5절을 연주한다"[3]라고 한 것은 경대부가 활 쏘는 것을 위주로 말한 것이니, '다섯 번 연주한다'고 말한 것이 또한 마땅하지 않은가? 경대부가 활을 쏠 때 《채빈》을 노래하는 것은 옳지만, 왕이 활을 쏠 때 《추우》를 노래하는데 대부의 경우에도 이를 노래하는 것이 옳은가? 대부는 천자에 비해 많이 낮고, 사(士)는 제후에 비해 많이 낮다. 사(士)가 활을 쏠 때 《채번(采

---

3   『周禮』 夏官 / 射人 2.

紫》으로 절도를 삼고, 대부가 활을 쏠 때《채빈》과 아울러《추우》를 노래한 것은 신분이 낮은 자는 높은 자에 맞먹는 것을 혐의하지 않기 때문이다.

공자가 "향음주례를 보면 왕도(王道)를 이루기가 참으로 쉬움을 알겠다"[4]라고 하여, 이처럼 '왕도'라는 말을 향음주례에 썼으니, '왕이 활을 쏠 때 부르던 노래'를 경대부에게 쓴 것 또한 성인이 교화를 펴는 은미한 뜻이 담겨 있는 것이다. 대부가 활을 쏠 때《추우》를 노래하더라도 감히 왕의 9절을 쓰지는 못하고 5절만 하고 그친다. 그렇지 않으면 참람에 가깝지 않겠는가?

'《추우》나《채빈》을 노래한다'라고 하고 이어서 '옛날에는 여수(旅酬)에 이르러서야 대화를 나눌 수 있었다'라고 했으니, 노래하고 대화함으로써 예를 완성시킨 것이다. 「문왕세자」에 '합어(合語)의 예를 소악정(小樂正)이 동서(東序)에서 가르치면, 대악정이 합어(合語)의 설(說)을 가르친 것'[5]은 부자·군신·장유의 도리를 말함으로써 덕음(德音)의 극치에 합당하게 한 것이다. 그렇다면 옛날에 여수에 이르러서 대화한 것 또한 고악(古樂)이 발현된 것이 아니겠는가?

연례(燕禮)

59-2. 燕禮小臣戒與者, 膳宰具官饌于寢東, 樂人縣.
연례(燕禮)를 베풀게 되면, 소신(小臣)이 여러 신하들에게 알려 잔치에

---

4 『禮記』 鄕飮酒義 45-6.
5 『禮記』 文王世子 8-3. 「凡祭與養老乞言, 合語之禮, 皆小樂正詔之於東序. 大樂正學舞干戚, 語說, 命乞言, 皆大樂正, 授數, 大司成論說在東序.」

참석하게 한다. 선재(膳宰)가 노침(路寢)⁶의 동쪽에서 음식을 준비하며, 악인이 종·경을 진설한다.⁷

士無故不徹琴瑟, 國君無故不徹縣. 大射樂人宿縣, 此不宿縣者, 燕禮輕故也. 春秋凡微者稱人, 此言樂人者指微者故也. 其言笙人鐘人, 亦此意歟!

선비는 변고(變故)가 없으면 금·슬을 거두지 않고⁸ 임금은 변고가 없으면 종(鐘)·경(磬)을 거두지 않는다. 대사(大射)를 할 때는 악인이 하루 전날 악기를 진설하는데,⁹ 연례에서는 하루 전날 악기를 진설하지 않는 것은 연례가 대사에 비해 가볍기 때문이다.

『춘추』에서 신분이 낮은 자를 '인(人)'이라 하였으니, 여기서 악인(樂人)이라 말한 것은 신분이 낮은 자를 가리키는 것이기 때문이다. 생인(笙人)과 종인(鐘人)도 이와 같은 뜻이다!

59-3. 席工于西階上少東. 樂正先升, 北面立于其西. 小臣納工, 工四人, 二瑟. 小臣左何瑟, 面鼓執越, 内弦, 右手相入, 升自西階, 北面東上坐. 小臣坐, 授瑟乃降. 工歌鹿鳴四牡皇皇者華. 卒歌, 主人洗, 升獻工. 工不興, 左瑟. 一人拜受爵, 主人西階上拜, 送爵. 薦脯醢, 使人相祭. 卒爵, 不拜. 主人受爵, 衆工不拜, 受爵坐祭, 遂卒爵. 辯有脯醢, 不祭. 主人受爵, 降奠于篚. 公又舉奠觶, 唯公所賜. 以旅于西階上如初.

卒, 笙入, 立于縣中, 奏南陔白華華黍. 主人洗, 升, 獻笙于西階上. 一人拜, 盡階不升堂, 受爵降. 主人拜送爵. 階前坐祭, 立卒爵, 不拜.

---

6   노침(路寢) : 임금이 정무를 보는 정청(政廳).
7   『儀禮』 燕禮 6-1.
8   『禮記』 曲禮下 2-10.
9   『儀禮』 大射 7-3.

既爵, 升授主人. 衆笙不拜, 受爵降, 坐祭, 卒爵. 辯有脯醢, 不祭. 乃
間歌魚麗笙由庚, 歌南有嘉魚笙崇丘, 歌南山有臺笙由儀. 遂歌鄕樂,
周南關雎葛覃卷耳·召南鵲巢采蘩采蘋. 大師告于樂正曰: "正歌備."
樂正由楹內東楹之東, 告于公, 乃降復位.

서계(西階) 위 약간 동쪽에 악공의 자리를 깔아 놓는다. 악정이 먼저 당
에 올라가 북향하여 그(악공 자리) 서쪽에 선다. 소신(小臣)이 악공을 안내
하여 들어온다. 악공은 4명인데, 2명은 슬공(瑟工)이다. 소신이 왼손으로
슬을 받쳐 드는데 슬 타는 쪽을 마주 대하여 슬 뒷면의 구멍을 잡아서 줄
이 안쪽을 향하게 하며, 오른손으로는 악공이 들어가는 것을 돕는다. 악
공이 서계를 통해 당에 올라 북향하여 동쪽을 상석으로 삼아 앉으면, 소
신이 앉아서 슬을 악공에게 건네 준 후 당에서 내려온다. 악공이《녹명
(鹿鳴)》·《사모(四牡)》·《황황자화(皇皇者華)》를 노래한다. 노래를 마치
면 주인이 잔을 씻고 당에 올라가 악공에게 술을 준다.

악공은 일어나지 않은 채 슬을 왼쪽에 놓는다. 우두머리 악공 1인이
대표로 절하고 작을 받으면, 주인이 서계 위에서 작을 배송(拜送)한다. 포
와 젓을 차려놓으면, 사람을 시켜 악공이 제(祭) 지내는 것을 돕게 한다.
우두머리 악공은 술을 마시되 절하지는 않으며, 주인은 빈 작을 건네받
는다. 우두머리 악공을 제외한 일반 악공들[衆工]은 절하지 않고 작을 받
은 뒤 앉아서 제(祭)를 지내고는 술을 마신다. 이들에게도 포와 젓을 차
려주지만 이들은 제를 지내지는 않는다. 주인이 빈 작을 건네받은 다음,
당에서 내려와 광주리 안에 넣는다.

공(公)이 또 치(觶)를 들어서 하사한다. 서계 위에서 여수(旅酬)를 행하
기를 처음과 마찬가지로 한다.

마치면, 생(笙) 연주자가 들어와 악현의 중앙에 서서《남해(南陔)》·
《백화(白華)》·《화서(華黍)》를 연주한다. 주인이 작을 씻고 당에 올라가
서계 위에서 생 연주자에게 술을 준다. 우두머리 생 연주자 1인이 절하
고 계단 끝까지 올라가 당에는 올라가지 않고 작을 건네받고 내려온다.

주인이 작을 배송한다. 생 연주자가 계단 앞에 앉아 제를 지내고 서서 술을 마시는데, 절하지는 않는다. 술을 다 마신 후 올라가 빈 작을 주인에게 건넨다. 우두머리 생 연주자를 제외한 일반 생 연주자들[衆笙]은 절하지 않고 작을 받고서 내려온다. 앉아서 제를 지내고 서서 술을 마신다. 이들에게도 포와 젓을 차려주는데 이들은 제를 지내지는 않는다.

이어 노래와 연주를 번갈아가며 한다. 당상에서 《어리(魚麗)》를 노래하면 당하에서 생으로 《유경(由庚)》을 연주하고, 당상에서 《남유가어(南有嘉魚)》를 노래하면 당하에서 생으로 《숭구(崇丘)》를 연주하며, 당상에서 《남산유대(南山有臺)》를 노래하면 당하에서 생으로 《유의(由儀)》를 연주한다.

마침내 향악을 노래하는데, 주남의 《관저(關雎)》·《갈담(葛覃)》·《권이(卷耳)》와 소남의 《작소(鵲巢)》·《채번(采蘩)》·《채빈(采蘋)》을 노래한다.

태사가 악정에게 "정가(正歌)를 갖추어 연주했습니다"라고 고하면, 악정이 기둥 안쪽으로 해서 동영(東楹)의 동쪽으로 나아가 공(公)에게 고(告)한 다음 내려와 제자리로 돌아간다.[10]

後首者不面鼓, 面鼓者後首. 後首者拸越, 面鼓者執越. 鄕黨之禮, 別主樂, 而飮酒主禮. 故鄕射面鼓, 鄕飮酒後首. 朝廷之禮, 燕主樂, 而大射主禮. 故燕面鼓, 而大射後首. 鄕言惟公所酬, 以賓言之也, 所以正君臣之禮. 此與下言惟公所賜, 則以君臨之也, 所以明君臣之義. 鄕飮酒, 主人阼階上獻工, 燕禮西階上獻, 以非正主也. 鄕飮酒大師則爲洗, 燕禮大師不洗, 以太師賤也. 鄕飮樂正告于賓, 燕禮告于公[11]者, 以公在則賓屈也. 燕禮工歌笙入間歌合樂, 與鄕飮同, 其所異者, 特逐歌爾. 然則燕禮行君臣之義, 鄕飮明長幼之序, 在國則君臣, 在鄕則長幼, 其義一

10　『儀禮』 燕禮 6-17~22.
11　대본에는 '工'으로 되어 있으나, 『儀禮』에 의거하여 '公'으로 바로잡았다.

也. 樂之同也不亦宜乎?

슬의 머리를 뒤로 가게 하는 자는 타는 쪽을 마주 대하지 않게 되고, 타는 쪽을 마주 대하는 자는 슬의 머리를 뒤로 가게 한다. 슬의 머리를 뒤로 가게 하는 자는 슬 뒷면의 구멍에 손가락을 끼워 잡고, 타는 쪽을 마주 대하는 자는 슬 뒷면의 구멍을 잡는다. 향당(鄉黨)의 예에서 향사례(鄉射禮)는 악(樂)을 주로 하고, 향음주례(鄉飮酒禮)는 예(禮)를 주로 한다. 그러므로 향사례에서는 타는 쪽을 마주 대하고[12] 향음주례에서는 슬의 머리를 뒤로 가게 한다.[13] 조정의 예에서 연례(燕禮)는 악을 주로 하고, 대사례(大射禮)는 예를 주로 한다. 그러므로 연례에서는 슬의 타는 쪽을 마주 대하고 대사에서는 슬의 머리를 뒤로 가게 한다.[14]

앞에서 '공이 술을 권한다(唯公所酬)'[15]라고 한 것은 빈(賓)을 위주로 말한 것이니, 군신의 예를 바르게 한 것이다. 여기와 이후의 절차에서 '공이 하사한다(唯公所賜)'[16]라고 한 것은 임금이 임한 것이니, 군신의 의리를 밝힌 것이다.

향음주례에서는 주인이 동계(東階) 위에서 악공에게 술을 주었는데, 연례에서는 서계(西階) 위에서 준 것은 정식 주인이 아니기 때문이다. 향음주례에서는 태사가 있으면 그를 위해 잔을 씻는데, 연례에서는 태사를 위해 잔을 씻지 않은 것은 태사가 천하기 때문이다. 향음주례에서는 악정이 빈(賓)에게 고했는데 연례에서는 공(公)에게 고한 것은 공이 있는 경우 빈은 그보다 낮기 때문이다.

연례에서 악공이 노래한 다음 생 연주자가 들어가 간가(間歌)하고 합

---

12 『儀禮』鄉射禮 5-11. 「工四人, 二瑟, 瑟先. 相者皆左何瑟, 面鼓, 執越, 內弦, 右手相.」

13 『儀禮』鄉飮酒禮 4-11. 「工四人, 二瑟, 瑟先. 相者二人, 皆左何瑟, 後首, 挎越, 內弦, 右手相.」

14 『儀禮』大射儀 7-17. 「工六人, 四瑟. 僕人正徒相大師, 僕人師相少師, 僕人士相上工. 相者皆左何瑟, 後首, 內弦, 挎越, 右手相.」

15 『儀禮』燕禮 6-15. 「公又行一爵, 若賓若長, 唯公所酬, 以旅于西階上如初.」

16 『儀禮』燕禮 6-19. 「公又擧奠觶, 唯公所賜, 以旅于西階上如初.」; 6-26. 「公坐取賓所媵觶, 興, 唯公所賜.」

악(合樂)한 것이 향음주례와 같지만, '합악'이라고 서술하지 않고 '마침내 노래한다'라고 서술한 점이 다를 뿐이다.[17] 연례는 군신간의 의리를 행하고, 향음주례는 장유의 차서를 밝히는 것이다. 나라에서는 군신간이 중요하고 고을에서는 장유간이 중요하지만, 그 뜻은 같으니, 악이 같은 것이 또한 마땅하지 않은가?

59-4. 公有命徹冪, 卿大夫皆降, 西階下北面東上, 再拜稽首. 公命小臣辭. 公答再拜, 大夫皆辟, 遂升反坐. 士終旅於上如初, 無算樂.

공(公)이 술항아리 덮개보를 벗기라고 명하면,[18] 경대부가 모두 당에서 내려와서 서계(西階)의 아래에서 북향하는데 동쪽을 상석으로 삼아 머리가 땅에 닿도록 재배(再拜)한다. 공이 소신(小臣)을 통해 사양하는 말을 한다. 공이 답례로 재배할 때 대부가 모두 피했다가 당으로 올라가 제자리로 돌아가 앉는다. 사(士)가 마지막에 서계 위에서 여수(旅酬)를 행하기를 처음과 마찬가지로 한다. 그런 후 악곡 수를 헤아리지 않고 연주한다.[19]

饗訓恭儉以致義. 故詩曰: "鐘鼓旣設, 一朝饗之." 致義故也. 燕示慈惠以致仁, 故燕禮以飮則無算爵, 以旅[20]則無算樂, 致仁故也.

연향의 가르침은 공손과 검소로 의(義)를 다하는 것이다. 그러므로 『시경』에 "종(鐘)·고(鼓)를 설치하고 하루아침에 연향을 베푸노라"[21]라고 했으니, 의를 극진히 하기 위해서이다. 연향에서 은혜를 보이는 것은 인(仁)

17   「향음주례」에서는 '乃合樂 周南關雎葛覃卷耳 召南鵲巢采蘩采蘋' 이라 하였고, 「연례」에서는 '遂歌鄕樂 周南關雎葛覃卷耳 召南鵲巢采蘩采蘋'이라 하였다.〈『儀禮』 4-14; 6-22〉

18   술항아리의 덮개보를 걷어내라 명하는 것은 그 안에 들어있는 술을 남김없이 다 마시자는 뜻을 완곡하게 나타낸 것이다.〈鄭玄 注〉

19   『儀禮』 燕禮 6-28.

20   대본에는 '俯'로 되어 있으나, 『儀禮』에 의거하여 '旅'로 바로잡았다.

21   『詩經』 小雅 / 彤弓.

을 극진히 하는 것이다. 그러므로 연례에서 술을 마실 때 잔 수를 헤아리지 않고, 여수(旅酬)를 행할 때 악곡 수를 헤아리지 않고 연주하는 것은 인을 극진히 하기 위한 것이다.

59-5. 賓醉, 北面坐, 取其薦脯以降, 奏陔. 賓所執脯, 以賜鐘人於門內霤, 遂出.

빈이 취하면 북향하여 앉았다가 차려진 포(脯)를 들고 당에서 내려오는데, 그때 《해하(陔夏)》를 연주한다. 빈은 들고 있던 포를 나오는 길에 문안 처마 아래에서 종인(鐘人)에게 주고 문밖으로 나간다.[22]

周禮 : "鐘師以鐘鼓奏陔夏", 鄉飲·鄉射·大射·燕禮, 皆賓出奏陔. 蓋陔夏之樂先王所以示戒也. 詩之南陔, 美孝子相戒以養. 書之禹謨, 述禹九夏之樂而以戒之用威侮勿壞終焉, 則賓出奏陔以示戒, 以反爲文故也. 賓用所執脯, 以賜鐘人者, 以燕之所樂在樂, 而樂之始作在鐘, 故特以賜之. 然有鐘, 未嘗無鼓, 言鐘則鼓可知矣. 以鐘鼓奏陔堂下之樂, 非堂上之樂也.

『주례』에 "종사(鐘師)가 종(鐘)·고(鼓)로 《해하(陔夏)》를 연주한다"[23]라고 했는데, 향음주례(鄉飲酒禮)·향사(鄉射)·대사(大射)·연례(燕禮)를 행할 때 모두 빈(賓)이 나갈 때 《해하》를 연주했다. 대개 《해하》라는 음악은 선왕이 경계를 보이기 위해 만든 것이다. 『시경』의 《남해(南陔)》는 효자가 서로 경계하며 부모를 봉양함을 찬미한 시이다. 『서경』의 「대우모(大禹謨)」는 우왕(禹王)의 구하악(九夏樂)을 서술한 것인데, '경계하고 조심하여 무너지지 않게 하소서'[24]라고 끝맺었으니, 바로 빈이 나갈 때 《해하》

---

22 『儀禮』 燕禮 6-29.

23 『周禮』 春官 / 鐘師 0에는 「鐘師, 掌金奏. 凡樂事以鍾鼓奏九夏, 王夏肆夏昭夏納夏章夏齊夏族夏祴夏驁夏.」이라 하였는데, 두자춘(杜子春)은 『儀禮』 鄉飲酒禮에 의거하여 개(祴)를 해(陔)로 읽어야 한다고 풀이하였다. 진양은 이에 근거하여 아예 '祴夏'를 '陔夏'로 적은 것이다.

를 연주하여 경계를 보인 것은 돌아감을 아름답게 여기기 때문이다.

　빈이 들고 있는 포를 종인(鐘人)에게 준 이유는 연향이 즐거운 것은 악(樂)이 있기 때문인데, 악이 종으로 시작하므로 특별히 종인에게 준 것이다. 그런데 종이 있으면 북이 없는 적이 없으니, 종을 말했으면 북 또한 거기에 포함되어 있음을 알 수 있다. 종·고로《해하》를 연주한 것은 당하악(堂下樂)이고 당상악이 아니다.

59-6. 若以樂納賓, 則賓及庭, 奏肆夏. 賓拜酒, 主人答拜, 而樂闋. 公拜受爵, 而奏肆夏. 公卒爵, 主人升, 受爵以下, 而樂闋. 升歌鹿鳴, 下管新宮, 笙入三成, 遂合鄉樂, 若舞則勺.

　악을 연주하여 빈이 들어오는 것을 안내하는데, 빈이 뜰에 이르렀을 때《사하(肆夏)》를 연주한다. 빈이 술을 받은 다음 절하고, 주인이 이에 답배(答拜)하면 악을 그친다. 공(公)이 절하고 작(爵)을 받을 때《사하》를 연주한다. 공이 술을 다 마신 다음, 주인이 당에 올라가 빈 작을 받고 내려오면 악을 마친다. 당상에서《녹명(鹿鳴)》을 노래하고 당하에서 관악기로《신궁(新宮)》을 연주하며, 생(笙) 연주자가 들어가 세 번 연주하면, 드디어 향악(鄉樂)을 합주하는데, 춤은《작(勺)》을 춘다.[25]

　古之燕禮, 與卿燕則大夫爲賓, 與大夫燕亦大夫爲賓. 卿大夫有王事之勞, 設爲燕禮, 而以樂納之, 則賓之而弗臣矣, 賓之而弗臣, 則及庭受爵而奏肆夏, 示易以敬也. 主人答拜, 升受爵, 而樂闋, 示以反爲文也. 升歌鹿鳴所以示臣德也, 下管新宮所以示臣事也, 笙入三成所以告成也, 遂合鄉樂所以告備也. 周禮舞師: "凡小祭祀不興舞." 則 禮之輕者, 雖不舞可也, 故燕禮言若舞則勺而已. 內則: "十三舞勺, 成童無象, 二十舞大夏." 君燕其臣與四方之賓, 則升歌鹿鳴, 下管新宮, 而舞勺, 燕

24　『書經』虞書 / 大禹謨 2.
25　『儀禮』燕禮 6-31 記.

禮輕故也. 兩君相見, 升歌淸廟, 下管象武夏篇序興, 饗禮重故也. 古之燕禮言燕而已, 饗禮則謂之大焉.

新宮之詩無所經見, 豈古之逸詩歟? 射有貍首, 燕有新宮, 其義一也. 然則兩君相見之禮, 入門而縣興, 肆夏不預焉, 是諸侯之樂不敢抗於天子, 而此奏肆夏, 何也? 曰 : 饗以恭儉爲主, 其禮嚴, 故不及肆夏. 燕以慈惠爲主, 其禮恕, 故進取肆夏無嫌也.

옛날에 경(卿)에게 연례(燕禮)를 베풀 때 대부(大夫)가 빈(賓)이 되었는데, 대부에게 연례를 베풀 때도 대부가 빈이 되었다. 경과 대부가 나랏일에 수고했으므로 연례를 베풀고, 그들이 들어올 때 악을 연주한 것은 그를 빈으로 대우하고 신하로 취급하지 않은 것이다. 빈으로 대우하고 신하로 취급하지 않았으므로 뜰에 이르러 술을 받을 때 《사하(肆夏)》를 연주한 것은 화기애애한 가운데 공경을 보인 것이다. 주인이 빈에게 답배하고 올라가 빈 작을 받으면 악을 마친 것은 돌아감을 아름답게 여김을 보인 것이다. 당상에서 《녹명》을 노래한 것은 신하의 덕을 보인 것이고, 당하에서 관악기로 《신궁》을 연주한 것은 신하의 일을 보인 것이다. 생 연주자가 들어가 세 번 연주한 것은 연례가 이루어졌음을 고한 것이고, 이어서 향악을 연주한 것은 갖추어졌음을 고한 것이다.

『주례』「무사(舞師)」에 "모든 소제사(小祭祀)에는 춤추지 않는다"[26]라고 했으니, 가벼운 예에서는 춤추지 않아도 된다. 그러므로 「연례」에 "만약 춤춘다면 《작(勺)》을 춘다"라고 한 것이다. 「내칙(內則)」에 "13세가 되면 《작》을 추며, 성동(成童)이 되면 《상(象)》을 추며, 20세가 되면 《대하(大夏)》를 춘다"[27]라고 했으니, 임금이 신하와 사방의 빈(賓)에게 연향을 베풀 때 당상에서 《녹명》을 노래하고 당하에서 관악기로 《신궁》을 연주하며 《작》을 춘 것은 연례가 가볍기 때문이다. 두 나라 임금이 서로 만날 때에 당상에서 《청묘(淸廟)》를 노래하고 당하에서 《상(象)》을 연주하고

---

26   『周禮』 地官 / 舞師 0.
27   『禮記』 內則 12-52.

《대무(大武)》와《하약(夏籥)》을 차례로 춘 것[28]은 향례(饗禮)가 중하기 때문이다. 따라서 옛날에 연례(燕禮)는 '연(燕)'이라고만 했는데, 향례(饗禮)는 '대향(大饗)'이라고 일컬었던 것이다.[29]

《신궁》이라는 시는 경서(經書)에 보이지 않으니 아마 옛날의 일시(逸詩)일 것이다. 사례(射禮)에《이수(貍首)》가 있는 것과 연례(燕禮)에《신궁》이 있는 것은 그 뜻은 한 가지이다. 두 나라 임금의 상견례(相見禮)에서 문에 들어올 때 종·경으로《사하》를 연주하지 않은 것[30]은 제후의 악이 감히 천자의 악과 같을 수 없기 때문이다. 그런데 연례에서《사하》를 연주한 것은 무엇 때문인가? 향례(饗禮)는 공손과 검소를 위주로 하여 예가 엄격하므로《사하》를 연주하지 않지만, 연례는 인자와 은혜를 위주로 하여 예가 관대하므로《사하》를 연주해도 혐의할 것이 없기 때문이다.

59-7. 君與射, 則爲下射, 袒朱襦, 樂作而后就物. 小臣以巾授矢, 稍屬. 不以樂志, 既發, 則小臣受弓, 以授弓人.

임금이 사(士)와 사례(射禮)를 하는 경우 하사(下射)가 되는데, 붉은 색의 겉옷 소매를 걷고, 악이 연주되면 활 쏘는 곳으로 나아간다. 소신(小臣)이 헝겊에 화살을 받쳐서 임금에게 건네주는데, 쏠 때마다 하나씩 계속 건네 준다. 악에 신경 쓰지 않고 활을 다 쏘면, 소신이 활을 받아서 궁인(弓人)에게 건네준다.[31]

君與士射則爲下射, 降尊以就卑也, 君樂作而後就物, 優尊以異卑也. 君不擂矢, 故授以小臣. 君之於物不可徒執, 故藉以巾. 不以樂志, 則不必比於樂也. 既發則小臣受弓, 授弓則不必執也.

---

28 두 나라~것 :『禮記』仲尼燕居 28-6.
29 『禮記』禮器 10-34.「大饗, 其王事與, 三牲魚腊, 四海九州之美味也. 籩豆之薦, 四時之和氣也.」
30 두 나라~것 :『禮記』仲尼燕居 28-6.
31 『儀禮』燕禮 6-31 記.

임금이 사(士)와 활쏘기를 할 때 하사(下射)가 되는 것은 높은 것을 낮추어 낮은 데로 나아가는 것이다. 악이 연주된 뒤에 임금이 활 쏘는 곳으로 나아가는 것은 높은 분을 우대해서 낮은 자와 달리하는 것이다. 임금은 화살을 허리춤에 꽂지 않으므로 소신이 갖고 있다가 하나씩 건네준다. 임금에게 드리는 물건을 맨손으로 잡아서는 안 되므로 헝겊으로 받치는 것이다. 악에 신경 쓰지 않는다는 것은 반드시 악에 절도를 맞출 필요가 없다는 뜻이다. 활을 다 쏘면 소신(小臣)이 활을 받아서 궁인(弓人)에게 건네주므로 활을 잡고 있을 필요가 없다.

59-8. 若與四方之賓燕, 媵爵曰 : "臣受賜矣. 臣請贊執爵者." 相者對曰 : "吾子無自辱焉." 有房中之樂.

사방에서 온 빈(賓)과 함께 연회할 때면, 빈이 임금에게 작(爵)을 올리면서 "하사하신 술잔을 받았으니, 신이 집작자(執爵者)를 도울 수 있기를 청하나이다"라고 말한다. 상자(相者)가 임금의 명을 받아 빈에게 답하기를 "그대는 겸양하지 않으셔도 됩니다"라고 한다. 방중악(房中樂)이 연주된다.[32]

四方之賓燕而有房中之樂, 所以致愛也. 毛氏釋詩, 以招我由房爲房中之樂, 又謂 : "弦歌周南召南, 而不用[33]鐘磬之節, 后夫人之所諷誦, 以事君子也." 蓋周南召南后夫人之事, 而漢房中樂乃夫人所作, 則弦歌周南召南之說, 理固然也. 關雎之詩曰 : "鐘鼓樂之." 周禮 : "敎燕樂以磬師." 則房中之樂非不用鐘磬也, 鄭氏言不用鐘磬, 又言敎以磬師, 是自惑也. 賈公彦曰 : "房中樂以祭祀則有鐘磬." 不知奚據而云.

사방에서 온 빈에게 연회를 베풀 때 방중악을 연주한 것은 사랑을 극진히 한 것이다. 모씨(毛氏)는 "나를 방으로 부르시네"[34]라는 구절을 방중

---

32 『儀禮』 燕禮 6-31 記.
33 대본에는 '則'으로 되어 있으나, 사고전서 『樂書』에 의거하여 '用'으로 바로잡았다.

악으로 보았고, 또 정현(鄭玄)[35]은 "방중악은 금슬을 타며 주남(周南)과 소남(召南)의 시를 노래하는 것으로 종·경의 절주를 쓰지 않는다. 후부인(后夫人)이 암송하여 군자를 섬기는 것이다"라고 하였다. 대개 주남·소남은 후부인의 일이고, 한(漢)의 방중악은 부인이 지은 것이므로,[36] 금슬을 타며 주남·소남의 시를 노래했다는 설명은 참으로 타당하다. 그러나 《관저(關雎)》에 "종(鐘)·고(鼓)로 즐겁게 하도다"라고 하고, 『주례』에 "경사(磬師)가 연악(燕樂)을 가르친다"[37]라고 했으니, 방중악에 종경을 쓰지 않는 것이 아니다. 따라서 정씨가 주남·소남의 시에 종·경을 쓰지 않는다고 말한 것과 경사가 연악을 가르친다고 말한 것은 자기모순이 된다.[38] 또 가공언(賈公彦)이 "방중악으로 제사지낼 때 종·경을 연주한다"라고 말한 것은 무엇을 근거로 했는지 알 수 없다.

---

34 『詩經』 王風 / 君子陽陽.

35 『樂書』 59-8에는 없으나, 『樂書』 113-3에 의거하여 '鄭康成(鄭玄)'을 보충하여 번역하였다.

36 『漢書』 권22 禮樂志.

37 『周禮』 春官 / 磬師 0.

38 문맥이 통하지 않아서 『禮書』를 참조하여 번역하였다. 『禮書』(宋 陳祥道 撰) 권118. 「鄭氏以磬師之燕樂爲房中之樂. 又謂弦歌周南召南而不用鐘磬之節, 后夫人之所諷誦以事君子也.」

권60 의례훈의(儀禮訓義)

대사의(大射儀)

대사의(大射儀)

60-1. 樂人宿縣, 於¹阼階東笙磬西面, 其南笙鐘, 其南鎛, 皆南陳.
建鼓在阼階西, 南鼓. 應鼙在其東, 南鼓. 西階之西, 頌磬東面, 其南
鐘, 其南鎛, 皆南陳. 一建鼓在其南, 東鼓. 朔鼙在其北. 一建鼓在西
階之東, 南面. 簜在建鼓之間, 鼗倚于頌磬西紘.

악인(樂人)이 활쏘기 하루 전날 악기를 진설하는데, 동계(東階)의 동쪽
에 서향으로 생경(笙磬)을 설치하며, 그 남쪽에 생종(笙鐘)을 설치하고, 그
남쪽에 박(鎛)을 설치하여 모두 남쪽 방향으로 진행하며 진설한다. 건고
(建鼓)를 동계의 서쪽에 남향으로 설치하며, 응비(應鼙)를 그 동쪽에 남향

---

1   대본에는 '乎'로 되어 있으나, 사고전서 『樂書』와 『儀禮』에 의거하여 '於'로 바로잡았
     다.

으로 설치한다. 서계(西階)의 서쪽에 동향으로 송경(頌磬)을 설치하고, 그
남쪽에 종(鐘)을 설치하고, 그 남쪽에 박(鎛)을 설치하여 모두 남쪽 방향
으로 진행하며 진설한다. 또 다른 건고 하나를 그 남쪽에 동향으로 설치
하고, 삭비(朔鼙)를 그 북쪽에 설치한다. 건고 하나를 서계의 동쪽에 남향
으로 설치하고, 탕(鞀)을 건고의 사이에 설치하고, 도(鞀)를 송경의 서쪽
끝에 기대어 놓는다."[2]

小鐘曰鎛, 小鼓曰鼙, 建鼓有跗可植者也, 鞀有柄可搖者也, 鞀笙簫
之屬也. 或言鼓, 或言面, 互相備也. 鐘磬之應歌[3]者, 曰頌鐘頌磬, 其應
笙者, 曰笙鐘笙磬. 春秋傳曰有歌[4]鐘, 與頌鐘頌磬之義同, 周禮有鐘笙,
與笙鐘笙磬之義同. 先儒謂 : "磬在東曰笙, 笙生也. 在西曰頌, 頌或作
庸, 庸功也." 豈其然乎? 夫頌磬在西, 笙磬在東, 朔鼙在西, 應鼙在東,
是堂下之樂貴西, 堂上之樂上東也. 貴西所以禮賓, 上東於西階之上,
亦以其近賓故也. 建鼓應鼙不設於東縣之南, 而在阼階西, 應鼙不設於
建鼓之北, 而在其東, 又北位無鐘磬, 而笙磬之旁無鞀, 何也? 曰 : 建鼓
應鼙不設於東縣之南者, 以耦次在洗東南故也, 應鼙不設於建鼓之北
者, 以北不可以縮陳故也. 北位無鐘磬, 以君於其臣, 備三面而已, 非軒
縣也? 笙磬之旁無鞀, 以鞀設之於西, 亦所以禮賓也.

周禮 : "鎛師掌金奏之鼓." 國語伶州鳩曰 : "細鈞有鐘無鎛, 昭其大也,
大鈞有鎛無鐘, 甚大, 無鎛鳴其細也." 蓋細鈞角徵也, 大鈞宮商也, 細
必和之以大, 故有鐘無鎛. 大必和之以細, 故有鎛無鐘. 則鎛小鐘爾, 韋
昭釋國語, 杜預釋左傳, 皆以鎛爲小鐘, 特鄭康成曰 : "鎛如鐘而大." 孫
炎許愼沈約之徒, 亦以爲大鐘. 然爾雅 : "大鐘謂之鏞, 不謂之鎛." 又儀

2　『儀禮』大射儀 7-3.
3　대본에는 '鼓'로 되어 있으나, 사고전서 『樂書』에 의거하여 '歌'로 바로잡았다.
4　대본에는 '鼓'로 되어 있으나, 사고전서 『樂書』와 『春秋左氏傳』에 의거하여 '歌'로 바
　로잡았다.

禮鎛從薄, 與錢鎛之鎛同, 則鎛爲小鍾於理或然.

작은 종을 박(鎛)이라 하고 작은 북을 비(鼙)라 한다. 건고(建鼓)는 받침이 있어서 세울 수 있고, 도(鼗)는 자루가 있어서 흔들 수 있으며, 탕(鞀)은 생(笙)이나 소(簫)와 같은 종류이다. 혹은 '고(鼓)'라 하고 혹은 '면(面)'이라 한 것은 상호보완하기 위한 것이다. 노래에 응하는 종·경을 송종(頌鍾)·송경(頌磬)이라 하고, 생에 응하는 것을 생종(笙鍾)·생경(笙磬)이라 한다.

『춘추전』에 '가종(歌鐘)'⁵이라 한 것은 송종·송경의 뜻과 같으며, 『주례』의 종(鐘)·생(笙)⁶은 생종·생경의 뜻과 같다. 선유(先儒)가 "동쪽에 있는 경을 생경(笙磬)이라 하니 '생(笙)'은 '생(生)'과 같은 뜻이다. 서쪽에 있는 경을 송경(頌磬)이라 한다. '송(頌)'은 혹 '용(庸)'으로도 쓰는데, '용(庸)'은 '공(功)'과 같은 뜻이다"⁷라고 했지만, 어찌 그렇겠는가? 송경이 서쪽에 있고 생경이 동쪽에 있으며, 삭비(朔鼙)가 서쪽에 있고 응비(應鼙)가 동쪽에 있는 것은 당하악은 서쪽을 귀하게 여기고, 당상악은 동쪽을 상석으로 삼기 때문이다. 서쪽을 귀하게 여기는 것은 빈(賓)을 예우하기 위함이고, 서계(西階)의 위에서 동쪽을 상석으로 여기는 것은 그곳이 빈의 자리와 가깝기 때문이다.

건고와 응비를 동쪽 악현(樂縣)의 남쪽에 설치하지 않고 동계(東階)의 서쪽에 설치하며, 응비를 건고의 북쪽에 설치하지 않고 그 동쪽에 설치하며, 또 그 북쪽에 종이나 경이 없고, 생경의 곁에 도(鼗)가 없는 것은 무엇 때문인가? 건고와 응비를 동쪽 악현의 남쪽에 설치하지 않은 것은 우차(耦次)⁸가 세(洗)의 동남쪽에 있기 때문이다. 응비를 건고의 북쪽에 설치하지 않은 것은 북쪽은 비좁게 진설할 수 없기 때문이다. 북쪽 위치에

---

5   『春秋左氏傳』襄公 11년(5).

6   『周禮』春官 / 笙師 0. 「笙師, …… 凡祭祀饗射共其鍾笙之樂.」

7   『周禮』春官 / 眡瞭 0의 鄭玄 注.

8   우차(耦次) : 짝을 이루어 활을 쏘는 사람들의 자리.

종·경이 없는 것은 임금이 신하에 대해서 3면을 갖추었을 뿐이니, 헌현(軒縣)이 아니겠는가? 생경의 곁에 도(鼗)가 없는 것은 도(鼗)를 서쪽에 설치했기 때문이니, 또한 빈(賓)을 예우하기 위함이다.

『주례』에 "박사(鎛師)는 금주(金奏)를 이끄는 북을 관장한다"[9]라고 하고, 『국어』에서 영주구(伶州鳩)는 "세균(細鈞)은 종(鐘)은 있어도 박(鎛)이 없으니, 큰 음색을 드러내기 위한 것입니다. 대균(大鈞)은 박(鎛)은 있어도 종이 없으며 심대균(甚大鈞)은 박(鎛)도 없으니, 가는 악기 소리들이 잘 들리게 하기 위해서다"[10]라고 말하였다. 세균은 각조(角調)와 치조(徵調)이고, 대균은 궁조(宮調)와 상조(商調)이다. 세균은 반드시 큰 음색으로 조화롭게 해야 하므로 박을 쓰지 않고 종을 쓰며, 대균은 반드시 가는 음색으로 조화롭게 해야 하므로 종을 쓰지 않고 박을 쓰는 것이다. 즉, 박(鎛)은 작은 종이다.

위소(韋昭)가 『국어』를 풀이하고 두예(杜預)가 『좌씨전』을 풀이하면서 모두 박(鎛)을 작은 종으로 풀이했는데, 정강성(鄭康成)은 "박(鎛)은 종과 같은데 크다"라고 했고, 손염(孫炎)[11]·허신(許愼)[12]·심약(沈約)[13] 같은 무리들이 또한 박을 큰 종이라 했다. 그러나 『이아』에 "대종(大鐘)을 용(鏞)이라 한다"[14]라고 하고 박(鎛)이라 하지 않았으며, 『의례』의 바(鎛)은 '엷을 박(薄)'과 통하여 '가래와 호미[錢鎛]'라고 할 때의 박(鎛)과 같은 뜻이니, 박(鎛)을 작은 종으로 보는 것이 타당하다.

9　『周禮』 春官 / 鎛師 0.

10　『國語』 周語下 3-7.

11　손염(孫炎) : 삼국시대 위(魏)의 유학자. 처음으로 반절(半切)을 고안하여 『이아음의(爾雅音義)』를 지었다.

12　허신(許愼) : 한(漢)나라 경학자. 한자의 자형(字形)·의의(意義)·음운(音韻)을 체계적으로 해설한 『설문해자(說文解字)』를 A.D. 100년에 지었다.

13　심약(沈約) : 441～513. 남조(南朝) 양(梁)나라 사람으로 시부(詩賦)에 뛰어나 사조(謝朓) 등과 함께 영명체(永明體)를 창안하였고 성운팔병설(聲韻八病說)을 제기하였다. 『사성보(四聲譜)』·『진서(晉書)』·『송서(宋書)』·『제기(齊紀)』·『양무기(梁武紀)』 등을 지었고, 명대(明代)에 『심은후집(沈隱侯集)』이 편집되었다.

14　『爾雅』 釋樂 7-9.

60-2. 樂闋, 賓西階上北面坐.

악을 마치면, 빈(賓)이 서계(西階) 위에서 북향하여 앉는다.[15]

燕禮: "若以樂納賓, 則賓及庭奏肆夏, 賓拜酒. 主人答拜, 而樂闋. 公拜受爵, 而奏肆夏, 公卒爵, 主人升, 受爵以下, 而樂闋." 蓋賓及庭而樂作, 則闋於未卒爵之前. 公爵而樂乃作, 則闋於卒爵之後.

「연례(燕禮)」에 "악을 연주하여 빈이 들어오는 것을 안내하는데, 빈이 뜰에 이르렀을 때 《사하(肆夏)》를 연주한다. 빈이 술을 받은 다음 절하고 주인이 이에 답배(答拜)하면 악을 마친다. 공이 절하고 작(爵)을 받을 때 《사하》를 연주한다. 공이 술을 다 마신 다음, 주인이 당에 올라가 빈 작을 받고 내려오면 악을 마친다"[16]라고 했다. 빈의 경우는 뜰에 이를 때 악을 연주하므로 술잔을 다 비우기 전에 악을 마친다. 그러나 공의 경우는 술잔을 받을 때 악을 연주하므로 술잔을 다 비운 뒤에 악을 마친다.

60-3. 乃席工于西階上, 少東. 小臣納工, 工六人四瑟. 僕人正徒相大師, 僕人師相少師, 僕人士相上工. 相者皆左何瑟, 後首內弦挎越, 右手相. 後者徒相入, 小樂正從之, 升自西階. 北面東上坐, 授瑟乃降. 小樂正立于西階東, 乃歌鹿鳴三終. 主人洗, 升實爵, 獻工. 工不興左瑟, 一人拜, 受爵. 主人西階上拜, 送爵. 薦脯醢, 使人相祭. 卒爵不拜. 主人受虛爵. 眾工不拜, 受爵坐, 祭, 遂卒爵. 辯有脯醢, 不祭. 主人受爵降, 奠于篚, 復位. 大師及少師上工皆降, 立于鼓北, 羣工陪于後. 乃管新宮三終. 卒管, 大師及少師上工, 皆東坫之東南, 西面北上坐.

서계(西階) 위 약간 동쪽에 악공의 자리를 깔아놓는다. 소신(小臣)이 악공을 안내하여 안으로 들어온다. 악공은 6명인데, 그중 4명은 슬공(瑟工)

---

15   『儀禮』大射儀 7-6.
16   『儀禮』燕禮 6-31 記.

이다. 복인정(僕人正)이 아무 것도 들지 않은 채 태사(大師)를 돕고, 복인사(僕人師)가 소사(少師)를 도우며, 복인사(僕人士)가 상공(上工)[17]을 돕는다. 상자(相者)는 모두 왼손으로 슬을 받쳐 드는데, 슬의 머리를 뒤로 가게 하고, 줄이 안쪽으로 향하게 하여 슬 아래의 구멍에 손가락을 끼워 들고, 오른손으로 상공을 부축한다. 태사와 소사를 돕는 자는 그들을 인도하여 안으로 들어온다. 소악정(小樂正)이 그 뒤를 따라 서계로부터 올라온다. 상공이 동쪽을 상석으로 삼아 북향하여 앉으면, 상자가 슬을 건네주고는 내려온다.

소악정이 서계의 동쪽에 서면, 상공이 《녹명(鹿鳴)》을 세 번 노래한다. 주인이 술잔을 씻고 당에 올라가 술을 따라서 악공에게 준다. 악공은 일어나지 않은 채 슬을 왼쪽에 놓는다. 우두머리 악공 1인이 대표로 절하고 작(爵)을 받으면, 주인이 서계 위에서 작을 배송(拜送)한다. 포와 젓을 차려놓으면, 사람을 시켜 악공이 제(祭) 지내는 것을 돕게 한다.

우두머리 악공은 술을 마시되 절하지는 않는다. 주인은 빈 작을 건네받는다. 우두머리 악공을 제외한 일반 악공들[衆工]은 절하지 않고 작을 받은 뒤 앉아서 제(祭)를 지내고는 술을 마신다. 이들에게도 포와 젓을 차려주지만 제는 지내지 않는다. 주인이 빈 작을 건네받은 다음, 당에서 내려와 광주리에 넣고는 제자리로 돌아간다.

태사·소사·상공이 모두 내려와 북[鼓]의 북쪽에 서면, 뭇 악공들이 그 뒤에 배립(陪立)한다. 관악기로 《신궁(新宮)》을 세 번 연주한다. 관악기 연주를 마치면, 태사·소사·상공이 모두 동쪽의 잔받침대[東坫]의 동남쪽에 가서 서향하여 북쪽을 상석으로 삼아 앉는다.[18]

燕則工四人二瑟, 大射則工六人四瑟. 燕則小臣相瑟者, 大射則僕人正徒相大師, 僕人師相少師, 僕人士相上工, 以燕禮輕則工少, 大射禮

重則工多也. 燕則樂正先升然後工升, 大射則工升, 小樂正從之, 以工少則長者帥而先, 工多則長者紓而後也. 燕歌鹿鳴之三, 南陔之三, 間歌魚麗之三, 笙崇丘之三, 遂歌周南之三・召南之三. 大射則歌鹿鳴, 管新宮而已. 以主於歡者其樂煩, 主於射者其樂簡故也.

燕則工歌之後笙奏之前, 爲大夫擧旅, 大射歌笙之後, 猶未旅, 至射卒, 乃爲大夫擧旅者, 以燕主於飮, 大射主於射故也. 燕禮記曰 : “若以樂納賓, 升歌鹿鳴, 下管新宮, 笙入三成, 遂合鄕樂. 若舞則勺.” 蓋燕而以樂納賓, 則下[19]管新宮, 不特歌笙間合而已.

연례(燕禮)에서는 악공이 4명이고, 그중 슬공(瑟工)이 2명인데, 대사례(大射禮)에서는 악공이 6명이고, 그중 슬공이 4명이다. 연례에서는 소신(小臣)이 슬공을 돕는데, 대사에서는 복인정(僕人正)이 아무 것도 들지 않은 채 태사(大師)를 돕고, 복인사(僕人師)가 소사(少師)를 도우며 복인사(僕人士)가 상공(上工)을 돕는다. 그 이유는 연례는 가벼워 악공이 적고 대사례는 중하여 악공이 많기 때문이다.

연례에서는 악정(樂正)이 먼저 올라간 뒤에 악공이 올라가는데, 대사례에서는 악공이 먼저 올라가고 소악정(小樂正)이 그 뒤를 따라간다. 그 이유는 악공이 적을 때는 윗사람이 인솔하여 먼저 올라가고, 악공이 많을 때는 윗사람이 천천히 뒤에 가는 것이기 때문이다.

연례에서는 《녹명(鹿鳴)》을 비롯한 3편을 노래하고, 《남해(南陔)》를 비롯한 3곡을 연주하며, 또 《어리(魚麗)》를 비롯한 3편의 노래와 《숭구(崇丘)》를 비롯한 3곡의 생(笙) 연주를 번갈아 연주한 다음, 주남(周南)의 3편과 소남(召南)의 3편을 노래하는데, 대사례에서는 《녹명》을 노래하고 《신궁(新宮)》을 관악기로 연주할 뿐이다. 그 이유는 즐거움이 위주인 예는 악을 성대하게 하고, 활쏘기가 위주인 예는 악을 조촐하게 하기 때문이다.

---

19 대본에는 '又'로 되어 있으나, 『樂書』 154-8에 의거하여 '下'로 바로잡았다.

연례에서는 노래와 생(笙) 연주 사이에 대부(大夫)를 위해서 여수(旅酬)를 행했는데, 대사(大射)에서는 노래와 생 연주를 한 뒤에도 여수를 행하지 않고, 활쏘기를 다 마친 뒤에야 대부를 위해서 여수를 행했다. 그 이유는 연례는 술 마시는 것을 주로 하고, 대사는 활 쏘는 것을 주로 하기 때문이다.

「연례」 기(記)에 "악을 연주하여 빈(賓)이 들어오는 것을 안내한다. 당상에서 《녹명(鹿鳴)》을 노래하며, 당하에서 관악기로 《신궁(新宮)》을 연주하고, 생 연주자가 들어가 세 번 연주하면, 드디어 향악(鄕樂)을 합주하는데, 춤은 작(勺)을 춘다"[20]라고 했다. 즉, 연례를 할 때 악을 연주하여 빈이 들어오는 것을 안내하고, 당하에서 관악기로 《신궁》을 연주했으니, 노래와 생 연주 및 간가(間歌)와 합악(合樂)만 한 것이 아니다.

60-4. 司射與司馬交於階前, 倚扑於階西, 適阼階下, 北面請以樂於公, 公許. 司射反撲扑, 東面命樂正曰 : "命用樂." 樂正曰 : "諾." 司射遂適堂下, 北面視上射命曰 : "不鼓不釋." 上射揖, 司射退反位. 樂正命大師曰 : "奏貍首, 間若一." 大師不興, 許諾, 樂正反位, 奏貍首以射, 三耦卒射, 賓待於物如初. 公樂作而后就物, 稍屬, 不以樂志, 其他如初儀.

사사(司射)가 사마(司馬)와 계단 앞에서 교대한 다음 지휘봉을 계단 서쪽에 기대놓고 동계(東階) 아래로 간다. 사사가 북향하여 서서 공(公)에게 악(樂)에 맞추어 활을 쏠 것을 청하면, 공이 허락한다. 사사가 제자리로 돌아와 계단 서쪽에 기대놓았던 지휘봉을 자신의 허리춤에 꽂는다. 동향하여 서서 악정에게 "악을 연주하라고 명하셨다"라고 말하면, 악정이 "알았습니다"라고 답한다.

사사가 드디어 당 아래로 가서 북향하여 서서 상사(上射)를 보면서,

20 　『儀禮』 燕禮 6-31 記.

"활을 쏠 때 북소리에 절도를 맞추지 않은 것은 비록 맞히었더라도 접수에 넣지 마시오"라고 명한다. 상사가 읍(揖)하면, 사사가 물러나 제자리로 돌아간다.

악정이 태사(大師)에게 《이수(貍首)》를 연주하되 매절의 간격을 똑같이 하시오"라고 명하면, 태사가 일어나지 않은 채 대답한다. 악정이 제자리로 돌아간다. 《이수》의 연주에 맞추어 활을 쏘아 삼우(三耦)가 활을 다 쏘면, 빈(賓)이 처음 시작할 때처럼 활 쏘는 곳에서 기다린다.

공은 악이 연주된 뒤에 활 쏘는 곳으로 가서, 화살을 건네주는 사람의 도움을 받아 연이어 활을 쏘는데, 다른 사람들과 달리 악의 절주에 신경쓰지 않고 활을 쏜다. 그 나머지는 처음 활 쏠 때의 의절(儀節)과 같이 한다.[21]

其容體不比於禮, 其節不比於樂, 不足爲善射. 故初射以禮以觀其動容, 再射以樂以觀其循聲, 然後可以擇士矣. 射義曰 : "諸侯以貍首節樂會時也." 先儒以'曾孫侯氏四正具擧. 大夫君子! 凡以庶士. 小大莫處, 御於君所.', 爲貍首之詩, 觀其詞究其義, 則御於君所者, 會時之謂也. 或以原壤所歌貍首之班然爲貍首之歌, 近是. 或以貍爲來, 言射不來朝諸侯之首, 則非.

周官有射人, 而無司射, 謂之司射非周制也. 儀禮有夏祝商祝, 而無周祝. 竊意, 儀禮非周公所作, 周人依倣而爲之也.

몸가짐이 예에 맞지 않고 절도가 악에 맞지 않으면 활을 잘 쏜다고 할 수 없다. 그러므로 첫 번째 활을 쏠 때에는 움직이는 모습이 예에 맞는지 관찰하고, 두 번째 활을 쏠 때는 악의 절주에 잘 맞추는지 관찰한 뒤에야 제사에 참여할 선비를 택할 수 있다. 「사의(射義)」에 "제후가 《이수》에 절도를 맞추는 것은 때로 천자와 만나는 것을 즐거워하는 것이

---

21 『儀禮』大射 7-34.

다"²²라고 했는데, 선유가 "증손후씨(曾孫侯氏)가 사정(四正)²³을 함께 들었도다! 대부군자(大夫君子)가 서사(庶士)와 함께 하니, 모든 관원이 자신들의 처소에 있지 않고 임금 계신 곳에 모여 있도다"²⁴라고 읊은 시를 《이수》라고 했으니, 그 가사를 보고 그 뜻을 살펴보면, '임금 계신 곳에 모여 있도다'라는 구절은 바로 때로 천자와 만나는 것을 일컫는다.

혹 원양(原壤)이 '살쾡이의 머리[貍首]처럼 아롱지다'라고 노래한 것²⁵을 《이수(貍首)》의 노래로 본 것은 옳은 견해일 수 있으나 혹 '이(貍)'를 '래(來)'로 풀이하여 '활을 쏠 때 제후의 수장(首長)에게 와서 알현하지 않은 것이다'라고 말한 것은 전혀 틀린 견해이다.

주관(周官)에 사인(射人)은 있으나 사사(司射)가 없으니, 사사라는 관직은 주나라 제도는 아니다. 『의례』에 하축(夏祝)과 상축(商祝)은 있어도 주축(周祝)은 없으니, 『의례』는 주공(周公)이 지은 책이 아니고 주나라 사람들이 기록에 의지하고 모방해서 만든 것으로 생각된다.

60-5. 無算樂. 宵則庶子執燭於阼階上, 司宮執燭於西階上, 甸人執大燭於庭, 閽人爲燭於門外. 賓醉, 北面坐, 取其薦脯以降, 奏陔. 賓所執脯, 以賜鐘人於門內霤, 遂出. 卿大夫皆出, 公不送. 公入, 驁.

무수히 아을 연주한다. 밤이 되면, 서자(庶子)²⁶는 동계(東階) 위에서 촛불을 잡고, 사궁(司宮)은 서계(西階) 위에서 촛불을 잡고, 전인(甸人)은 큰

22 『禮記』射義 46-3.
23 사정(四正) : 사례(射禮)에서 활쏘기 전에 정작(正爵 : 술)을 들어 빈객(賓客)·국군(國君)·경(卿)·대부(大夫)에게 바치는 일.
24 『禮記』射義 46-6.
25 공자가 친구인 원양(原壤)의 어머니 상(喪)에 관(棺) 손질을 도왔는데, 원양이 손질된 나무를 두드리며 "내가 노래 소리에 감정을 맡기지 못한 지가 오래되었구나"라고 하고 "나무무늬는 살쾡이 머리처럼 아롱지고 나뭇결은 여자의 손을 잡은 것 같이 부드럽구나" 하고 노래 불렀다.(『禮記』檀弓下 4-72)
26 서자(庶子) : 주대(周代) 사마(司馬)의 속관. 제후·경대부의 서자(庶子)에 대한 교양을 맡았다.

촛불을 뜰에서 잡고, 혼인(閽人)은 문밖에서 촛불을 밝힌다.

　빈(賓)이 술에 취하면, 북향하여 앉아서 포(脯)를 들고 당(堂)에서 내려온다. 《해하(陔夏)》를 연주한다. 빈이 들고 있던 포를 문안의 처마 아래에서 종인(鐘人)에게 준 뒤 문밖으로 나간다. 경대부가 모두 문밖으로 나간다. 공(公)은 전송하지 않는다. 공이 들어오면 《오하(鰲夏)》를 연주한다.[27]

　庶子位於下與士同, 獻於士後與士異. 與小臣均授爵於阼階, 與司宮甸人均執燭於階庭而謂堂敎, 庶子者其賤如此誤矣. 鄕飮鄕射賓出無取脯之禮, 燕大射則取脯, 所以榮君賜也. 鄕飮鄕射主人有拜送之禮, 而燕大射無之, 則不送所以正尊君也. 大射畢公入鰲, 而燕畢公不鰲, 則入鰲自郊. 所以異於寢也.

　冠子脯以見於母, 母不在, 則使人受脯於西階下. 婚禮使者歸以所執脯, 告其取脯, 與燕大射同.

　서자(庶子)의 자리가 아래에 있다는 점에서 사(士)와 같으나, 사(士)의 뒤에 술을 올리는 점에서 사(士)와 다르다. 그러나 소신(小臣)과 똑같이 동계(東階)에서 작(爵)을 주며, 사공(司宮)·전인(甸人)과 똑같이 계단과 뜰에서 촛불을 잡고서 당교(堂敎)를 일컬으니, '서자를 천하다고 평한 것'은 잘못된 견해이다.

　향음주례(鄕飮酒禮)와 향사례(鄕射禮)에는 빈(賓)이 나갈 때 포(脯)를 가지고 나오는 예가 없는데, 연례(燕禮)와 대사(大射)에는 포를 가지고 나오는 것은 임금이 하사한 것을 영광스럽게 여기기 때문이다.

　향음주례와 향사례에는 주인이 배송(拜送)하는 예가 있으나 연례와 대사에는 그런 절차가 없으니 전송하지 않는 것은 바로 임금을 높이기 때문이다.

27　『儀禮』 大射義 7-45, 46.

대사에는 예를 마치고 공(公)이 들어오면 《오하(驁夏)》를 연주하는데, 연례에서는 마쳐도 《오하》를 연주하지 않는다. 대사에 《오하》를 연주한 것은 정침(正寢)에서 하는 연례와 달리 교외에서 행사를 하고 들어오는 것이기 때문이다.

관례(冠禮)를 치른 자가 포를 들고 가서 어머니를 뵙는 절차가 있는데, 어머니가 안 계신 경우 다른 사람으로 하여금 대신 서계(西階) 아래에서 포를 받게 한다.[28] 혼례(婚禮)에서 사자(使者)가 포를 가지고 돌아가 주인에게 보고하는 것[29]은 연례 및 대사례와 같다.

---

28 관례(冠禮)를~한다 : 『儀禮』 士冠禮 1-23.
29 혼례(婚禮)에서~것 : 『儀禮』 士昏禮 2-19. 「祭醴, 始扱壹祭, 又扱再祭, 賓右取脯, 左奉之, 乃歸, 執以反命.」

시훈의(詩訓義)

권61 시훈의(詩訓義)

시서(詩序)
국풍(國風) 주남(周南) / 관저(關雎)

시서(詩序)

61-1. 詩者志之所之也, 在心爲志, 發言爲詩. 情動於中, 而形於言, 言之不足, 故嗟嘆之, 嗟嘆之不足, 故永歌之, 永歌之不足, 故不知手之舞之, 足之蹈之也.

시는 뜻이 가는 것을 나타낸 것이니, 마음속에 있으면 뜻이 되고 말로 나타내면 시가 된다. 정(情)이 마음속에서 움직이면 말로 형용되는데, 말로 부족하므로 감탄하며, 감탄으로 부족하므로 노래하며, 노래로도 부족하므로 자신도 모르게 손으로 춤을 추고 발로 뛰는 것이다.[1]

---

1 『詩經』周南 / 關雎, 毛序.

在心爲志, 發言爲詩, 則詩也者言之合於法度, 而志至焉者也. 故詩
之所言在志, 不在聲. 怒則爭鬪, 喜則詠歌, 則歌也者志之所甚可, 而聲
形焉者也. 故歌之所咏在聲, 不在志. 哀則辟踊, 樂則舞蹈, 則舞也者蹈
厲有節而容成焉者也. 故舞之所動, 非志也, 非聲也, 一於容而已矣. 樂
記曰 : "詩言其志也, 歌咏其聲也, 舞動其容也."

是詩者志之所之, 情動於中, 而形於言, 則詩言志也. 言之不足, 故嗟
嘆之, 嗟歎之不足, 故永歌之, 則歌咏其聲也. 永歌之不足, 故不知手之
舞之, 足之蹈之, 則舞動其容也. 蓋詩爲樂之章, 必待歌之抗墜端折, 然
後其聲足以合奏. 歌爲樂之音, 必待舞之周旋詘信, 然後其容足以中節.
歌登於堂而合奏, 舞降於庭而中節, 則至矣盡矣, 不可以有加矣, 其化
豈有不神, 其神豈有不盡邪? 記曰 : "歌之爲言也, 長言之也. 說之故言
之, 言之不足故長言之." 均是歌也, 或長言之, 或柔其聲, 以言心聲故
也, 歌先之舞次之者, 樂以無所由爲上, 有所待爲下故也.

此與樂記言手之舞之足之蹈之, 孟子言足之蹈之手之舞之, 何也? 曰
: 自主情動於中形於外言之, 則始而後終. 故先手舞後足蹈, 自主樂之
生惡可已言之, 則終而有始. 故先足蹈後手舞. 周官樂師以六舞敎國子,
而人舞與居終焉, 豈終之以手舞足蹈之意歟!

마음속에 있으면 뜻이 되고 말로 나타내면 시가 되니, 시란 법도에 맞
게 말하여 뜻을 나타내는 것이다. 그러므로 시에서 말하는 것은 뜻이지
소리가 아니다. 화나면 싸우고 기쁘면 흥얼거리니, 노래란 벅차오르는
뜻을 소리로 나타낸 것이다. 그러므로 노래에서 읊는 것은 소리이지 뜻
이 아니다. 슬프면 가슴을 치고 발을 구르며, 즐거우면 손을 너울거리고
발을 경쾌하게 움직이니, 춤이란 장단에 맞추어 힘차게 발을 디뎌 아름
다운 몸짓을 만들어내는 것이다. 그러므로 춤에서 움직이는 것은 뜻도
아니고 소리도 아니며 오로지 몸짓일 뿐이다. 따라서 「악기(樂記)」에 "시
는 뜻을 말하는 것이고, 노래는 소리를 길게 읊조리는 것이며, 춤은 용모
를 움직이는 것이다"[2]라고 했다.

시란 뜻이 가는 데에 정이 마음속에서 움직여 말로 형용된 것이니, 시는 뜻을 말한 것이다. 그런데 말로는 부족하므로 감탄하고, 감탄으로도 부족하므로 곡조에 실어 길게 소리를 내니, 노래는 소리를 읊조리는 것이다. 그런데 노래로도 부족하므로 자신도 모르게 손을 너울거리고 발을 경쾌하게 움직이니, 춤이란 용모를 움직이는 것이다.

시는 악장(樂章)이니, 반드시 높아지거나 낮아지며 단아하게 이어지거나 꺾이는 노래가 있어야 소리가 절주에 합치된다. 노래는 악음(樂音)이니, 반드시 돌거나 꺾고 구부리거나 펴는 춤이 있어야 용모가 절도에 맞게 된다. 당상(堂上)에서 부르는 노래가 절주에 합치되고, 뜰에서 추는 춤이 절도에 맞으면, 더할 나위 없이 극진할 터이니, 감화가 어찌 신묘하지 않겠으며 신묘함이 어찌 지극하지 않겠는가?

『예기』에 "노래란 길게 말하는 것이다. 기쁘므로 말하고, 말하는 것만으로는 부족하므로 길게 말하는 것이다"[3]라고 하였다. 다 같은 노래인데 길게 말하기도 하고 소리를 부드럽게 하기도 하는 것은 말이 마음의 소리이기 때문이다. 노래가 우선이고 춤이 그 다음인 것은 악(樂)에서는 아무것도 말미암지 않고 곧바로 행해지는 것(노래)을 높게 여기고, 악기 연주가 있어야만 행해지는 것(춤)을 낮게 여기기 때문이다.

「시서(詩序)」와 「악기(樂記)」에서는 "손을 너울거리고 발을 경쾌하게 움직인다"라고 했는데, 『맹자』에서는 "발을 경쾌하게 움직이고 손을 너울거린다"[4]라고 한 것은 무엇 때문인가? '정이 마음에서 움직여 밖으로 형용되는 관점'에서 말하면, 시작한 뒤에 마치므로, 먼저 손을 너울거린 뒤에 발을 경쾌하게 움직인다고 한 것이다. 그러나 '즐거움이 생겨서 그만둘 수 없는 관점'[5]에서 말하면, 마친 뒤에 다시 시작하므로, 발을 경쾌하

---

2   『禮記』樂記 19-15.
3   『禮記』樂記 19-26.
4   『孟子』離婁上 7-27.
5   『孟子』離婁上 /-2/.

게 움직인 뒤에 손을 너울거린다고 한 것이다. 주관(周官)의 악사(樂師)가 국자(國子)에게 가르친 육무(六舞) 중에서 인무(人舞)가 마지막에 있으니,[6] 아마 손을 너울거리고 발을 경쾌하게 움직이는 것으로 끝맺는 뜻일 것이다.

61-2. 情發於聲, 聲成文謂之音. 治世之音安以樂, 其政和. 亂世之音怨以怒, 其政乖. 亡國之音哀以思, 其民困.

정(情)은 소리[聲]로 나타나니 소리가 문채를 이룬 것을 음(音)이라 한다. 치세(治世)의 음은 편안하고 즐거우니 그 정치가 화평하기 때문이고, 난세(亂世)의 음은 원망과 분노에 차있으니 그 정치가 어그러져 있기 때문이며, 망국(亡國)의 음은 애달프고 시름겨우니 백성들이 괴롭기 때문이다.[7]

單出爲聲, 雜比爲音. 故孟子於鐘鼓謂之聲, 於管籥謂之音也. 蓋聲出於情, 而有宮商角徵羽之別, 音生於聲, 而有金石絲竹匏土革木之雜. 故情不發, 無以見其聲, 則聲所以達情者也, 聲不成文, 無以見其音, 則音所以著聲者也.

中正之雅治世之音也, 淫哇之鄭亂世之音也, 桑間濮上亡國之音也. 治世之音嘽以緩, 則樂心所感而已, 故安以樂. 亂世之音粗以厲, 則怒心所感而已, 故怨以怒. 亡國之音噍以殺, 則哀心所感而已, 故哀以思. 孔子曰 : "君子之音以象生育之氣, 憂愁之感不加於心, 暴厲之動不存乎體, 治安之風也. 小人之音以象殺伐之氣, 中和之感不載于心, 溫柔之動不存乎體, 爲亂之風也." 由是觀之, 世異異音, 音異異政. 夫豈聲音自與政通邪? 蓋其道本於心與情然也. 書曰 : "八音在治忽." 國語曰 :

---

6 『周禮』春官 / 樂師 0.「樂師, 掌國學之政以敎國子小舞. 凡舞有帗舞, 有羽舞, 有皇舞, 有旄舞, 有干舞, 有人舞.」
7 『詩經』周南 / 關雎, 毛序.

"政象樂." 亦斯意歟!

自繼代以論, 世未嘗無治亂, 自封域以論, 國未嘗無興亡. 治亂言世不言國, 則國以世擧. 亡國不言世, 則國亡而世從之矣, 治亂言政不言民, 亡國言民不言政, 其意亦可類推也.

此言聲成文謂之音, 樂記又言變成方謂之音者, 蓋文有靑黃白赤黑之異色, 方有東西南北之異宜, 色異則[8]雜比而不純, 宜異則曲折而有節. 雜比而不純者音之體, 與記言'比物以飾節, 節奏合而成文', 同意. 曲折而有節者音之用, 與記言'回邪曲直各歸其分', 同意.

此言情動於中而形於言, 又言情發於中而形於聲,[9] 樂記言情動於中, 又言形於聲者, 蓋動者喜怒哀樂之未發而發者, 發而中節, 動不足以言之. 動發於中而形於言與聲, 詩之所以寓於音也, 動於中而形於聲, 樂之所以通於政也. 詩序兼始終言之, 樂記特原其始而已. 故其辨如此.

소리 하나하나는 성(聲)이고, 여러 소리가 어우러진 것은 음(音)이다. 그러므로 맹자가 종(鐘)·고(鼓)에 대해서는 '성'이라 하고, 관(管)·약(籥)에 대해서는 '음'이라 했다.[10]

소리[聲]는 정(情)에서 우러나온 것으로 궁·상·각·치·우의 구별이 있고, 음(音)은 소리에서 나온 것으로 금(金)·석(石)·사(絲)·죽(竹)·포

---

8   대본에는 '則'이 없으나, 사고전서 『樂書』에 의거하여 보충하였다.
9   『詩經』序에는 '情發於中而形於聲'이라는 구절이 나오지 않아 미심쩍다.
10 『孟子』梁惠王下 2-1. 「臣請爲王言樂. 今王鼓樂於此, 百姓聞王鐘鼓之聲, 管籥之音, 擧疾首蹙頻而相告曰: '吾王之好鼓樂, 夫何使我至於此極也?' …… 此無他, 不與民同樂也. 王鼓樂於此, 百姓聞王鐘鼓之聲, 管籥之音, 擧欣欣然有喜色而相告曰: '吾王庶幾無疾病與, 何以能鼓樂也?' …… 此無他, 與民同樂也」[신이 왕을 위해서 음악에 대해 말씀드리겠습니다. 왕께서 여기서 음악을 즐기시는데, 백성이 왕께서 즐기시는 종·고의 소리와 관·약의 음을 듣고, 모두 머리 아파하고 이마를 찡그리며 말하길, '우리 왕께서 음악을 좋아하는 것이여! 어찌하여 우리를 이 지경까지 이르게 했는가?' 하는 것은 …… 다름이 아니라 백성과 더불어 즐거움을 함께 하지 않기 때문입니다. 왕께서 여기서 음악을 즐기시는데, 백성이 왕께서 즐기시는 종·고의 소리와 관·약의 음을 듣고, 모두 기쁘게 즐거운 빛을 띠며 말하길, '우리 왕께서 아마 편찮으신 데가 없는가 보다. 음악을 즐기실 수 있으시니!'라고 하는 것은 …… 다름이 아니라 백성과 더불어 즐거움을 함께 하기 때문입니다.]」

(匏)·토(土)·혁(革)·목(木)의 악기 음색이 어우러져 있다. 그러므로 정이 발현되지 않으면 소리로 표현되지 않는다. 즉, 소리는 정을 소통시키는 것이다. 소리가 문채를 이루지 못하면, 음으로 표현되지 않는다. 즉, 음은 소리를 아름답게 드러내는 것이다.

중정(中正)한 아악(雅樂)은 치세의 음이고, 음란한 정나라 음악은 난세의 음이며, 뽕나무 밭 사이 복수(濮水)가의 음악은 망국의 음이다. 치세의 음은 밝으면서 완만하니, 즐거운 마음을 느껴서 편안하고 즐거운 것이다. 난세의 음은 거칠면서 사나우니, 성난 마음을 느껴서 원망과 분노에 차있는 것이다. 망국의 음은 메마르면서 쇠미하니 슬픈 마음을 느껴서 애달프고 시름겨운 것이다.

공자는 말하기를, "군자의 음(音)은 만물을 생육(生育)하는 기운을 형상했으므로, 우울한 기분을 느끼게 하지 않고 사나운 행동을 하지 않게 하니, 화평한 풍속을 이룬다. 그러나 소인의 음은 살벌한 기운을 형상하여, 중정화평한 기분을 느끼게 하지 않고 유순한 행동을 하지 않게 하니, 어지러운 풍속을 이룬다"[11]라고 했다. 이로 보건대, 세상이 다르면 음(音)이 다르고, 음이 다르면 정치가 다른 것이다. 그런데 어떻게 성음(聲音)이 절로 정치와 통하는가? 성음이 마음과 정(情)에 근본을 두었기 때문이다. 『서경』에 "팔음(八音)으로 정치의 잘잘못을 살핀다"[12]라고 하고, 『국어』에 "정치는 악(樂)을 본뜬다"[13]라고 한 것이 바로 이런 뜻이다.

세대로 논하면 세상(世)에 치란(治亂)이 없던 적이 없고, 영토로 논하면 나라(國)에 흥망(興亡)이 없던 적이 없다. 그런데 치란에 세상만 언급하고 나라는 언급하지 않은 것은 세상이라는 말 속에 나라가 포함되기 때문이고, 망국(亡國)에 세(世)를 말하지 않은 것은 나라가 망하면 세상은 절로 따라서 망하기 때문이다. 치란에 정치만 언급하고 백성을 언급하지 않

---

11   『孔子家語』 권8 辯樂解.
12   『書經』 虞書 / 益稷 1.
13   『國語』 周語下 3-6.

고, 망국에 백성만 언급하고 정치를 언급하지 않은 것도 또한 그 이유를 유추(類推)할 수 있다.

여기에서는 '소리[聲]가 문채를 이룬 것을 음이라 한다'라고 했는데, 「악기」에서는 '변화된 여러 소리가 아름답게 조화되어 방(方: 곡조)을 이룬 것을 음(音)이라 한다'[14]라고 했다. 대개 문채에는 청·황·백·적·흑의 다른 색이 있고, 방(方)에는 동·서·남·북의 다른 방향이 있는데, 색이 다르면 서로 배합되어 단순하지 않고, 방향이 다르면 구부러지고 꺾이어 마디가 생긴다. 배합되어 단순하지 않은 것은 음(音)의 체(體)이니, 『악기』에 "악기를 배열하여 절주를 꾸미고, 절주를 합해서 문채를 이룬다"[15]라고 한 것과 같은 뜻이다. 구부러지고 꺾이어 마디가 있는 것은 음(音)의 용(用)이니 『악기』에 "회사곡직(回邪曲直)[16]이 각기 그 분수로 돌아간다"[17]라고 한 것과 같은 뜻이다.

여기(『詩經』序)에서는 "정이 마음속에서 움직이면 말로 형용된다"라고 하고, 또 "정이 마음속에서 발현되어 소리로 형용된다"라고 했는데, 「악기」에서는 "정이 마음속에서 움직인다"라고 하고 또 "소리로 형용된다"[18]라고만 한 이유는 대개 '움직인다'는 것은 희로애락(喜怒哀樂)이 발현되지 않았던 것이 발현된 것이니 발현되어 절도에 맞았으면 움직인다는 것은 말할 필요가 없기 때문이다. 마음속에서 움직이고 발현되어 말과 소리로 형용되므로, 시가 음으로 표현되고, 정이 마음속에서 움직여 소리로 형용되므로 악이 정치와 통한다. 『시경』 서(序)는 시종을 겸해서 말하고, 「악기」는 시작에만 초점을 맞추었으므로, 서술한 것이 이같이 다르다.

---

14   『禮記』 樂記 19-1.
15   『禮記』 樂記 19-25.
16   회사곡직(回邪曲直) : 회(回)는 도리에 어긋난 것. 사(邪)는 사악한 것. 곡(曲)은 굽은 것. 직(直)은 곧은 것.
17   『禮記』 樂記 19-13.
18   『禮記』 樂記 19-1.

관저(關雎)

61-3. 參差荇菜, 左右采之. 窈窕淑女, 琴瑟友之. 參差荇菜, 左右芼之. 窈窕淑女, 鐘鼓樂之.

올망졸망 마름풀을 이리저리 헤치며 뜯노라니

아리따운 숙녀와 금·슬로 벗하고파.

올망졸망 마름풀을 이리저리 헤치며 고르노라니

아리따운 숙녀와 종(鐘)·고(鼓)로 즐겁게 지내고파.[19]

古者后妃有房中之樂, 是詩特取琴瑟鐘鼓者, 得無意乎? 曰: 虞書以琴瑟爲堂上之樂, 以鼓鏞爲堂下之樂, 后妃之於淑女, 不無上下之分焉. 故詩人取之, 所以寓名分也. 荀卿謂: "君子以琴瑟樂心, 以鐘鼓道志." 后妃之於淑女, 不無心志之交焉. 故詩人取之, 所以寓交際也. 后妃之於淑女, 至誠樂與, 以共圖職業, 憂勤以始之, 不倦以終之, 內則心志交而不疑, 外則上下辨而不越夫! 然雖友以敬之而不敢慢, 樂以愛之而不敢惡, 而淑女終不失事后妃之道. 此所以爲樂而不淫, 其於配文王之孝也, 何有?

然召南諸侯之風, 而鵲巢之詩終於百兩成之者, 不過爲禮而已. 畏天者保其國之事也, 樂天者保天下之事也. 周南王者之風, 而關雎之詩終於鐘鼓樂之者, 乃其樂也, 禮不足以言之. 樂記曰: "禮樂皆得謂之有德." 是以召南主乎禮, 而首以鵲巢夫人之德, 周南主乎樂, 而首以關雎后妃之德, 然則一人而兼統禮樂者, 其惟文王乎!

此先琴瑟後鐘鼓, 鼓鐘之詩先鼓鐘後琴瑟者, 蓋琴瑟者樂之常, 鐘鼓者樂之盛. 關雎主后妃樂得淑女, 至誠有加而無已, 故由常以至盛. 鼓

19　『詩經』周南 / 關雎.

鐘主幽王好樂而不厭, 故先其盛者, 所以甚刺之也.

　옛날에 후비(后妃)에게는 방중악(房中樂)이 있었다. 이 시에서 특별히 금・슬과 종・고를 언급한 것에 어떤 의도가 없겠는가? 「우서(虞書)」에 금・슬을 당상악으로 삼고 고(鼓)・용(鏞：大鐘)을 당하악으로 삼았는데,[20] 후비와 숙녀 사이에도 위아래의 구분이 있으므로, 시인이 이 뜻을 취해서 명분을 가탁(假託)한 것이다. 순경은 "군자는 금슬로 마음을 즐겁게 하고 종・고로 뜻을 인도한다"[21]라고 했다. 후비와 숙녀 사이에도 마음과 뜻이 교류하므로, 시인이 이 뜻을 취하여 교류를 가탁한 것이다.

　후비와 숙녀 사이는 지성(至誠)으로 친근히 하여 일을 함께 하되, 부지런히 하여서 마칠 때까지 게을리 하지 않아, 안으로는 마음과 뜻을 교류하여 신뢰를 쌓고 밖으로는 위아래를 분명히 하여 선을 넘지 않아야 한다. 친하게 지내고 공경하여 감히 태만하지 않으며, 즐거워하고 사랑하여 감히 미워하지 않아야 숙녀가 후비를 섬기는 도를 잃지 않을 것이다. 이것이 즐거우면서도 음란하지 않은 것이니, 효성스런 문왕의 짝이 되는 데 무슨 어려움이 있겠는가?

　소남(召南)은 제후의 풍(風)이다. 소남에 속하는 《작소(鵲巢)》가 '백대의 수레로 혼례를 이루도다'[22]라는 구절로 마친 것은 예를 행한 것에 지나지 않는다. 그런데 하늘을 두려워하는 자는 나라를 보존하고 하늘을 즐거워하는 자는 천하를 보존한다.[23] 주남(周南)은 왕의 풍(風)이다. 주남에 속하는 《관저》가 '종・고로 즐겁게 지내고파'라는 구절로 마친 것은 바로 악(樂)이니, 예는 말할 필요도 없다.

　「악기」에 "예와 악을 모두 체득한 사람을 유덕하다고 한다"[24]라고 했

20　『書經』虞書 / 益稷 2.
21　『荀子』樂論 20-8.
22　『詩經』召南 / 鵲巢. 제후의 딸이 제후에게 시집감에 보내고 맞이함을 모두 100대의 수레로 하였다.
23　하늘을 ~ 보존한다：『孟子』梁惠王下 2-3. 하늘을 두려워하는 것은 예와 통하고, 하늘을 즐거워하는 것은 악과 통한다.

다. 소남은 예를 위주로 했으므로, 부인의 덕을 노래한 《작소》를 맨처음에 편집했고, 주남은 악을 위주로 했으므로, 후비의 덕을 노래한 《관저》를 맨처음에 편집했다. 그러하니 한 사람이 예와 악을 겸해 통달한 자는 문왕뿐이다!

여기에서는 금·슬을 먼저 언급하고 종·고를 뒤에 언급했는데, 《고종(鼓鍾)》이라는 시에서는 종을 치는 것을 먼저 언급하고 금·슬을 뒤에 언급했다.[25] 금·슬은 일상적인 음악이고, 종·고는 성대한 음악이다. 《관저》는 후비가 숙녀를 얻은 것을 즐거워하여 끊임없이 지극한 정성을 쏟은 것을 읊은 것이므로 일상적인 음악에서 시작하여 성대한 음악에까지 이른 것이고, 《고종》은 유왕(幽王)이 지나치게 음악을 탐닉한 것을 읊은 것이므로 먼저 성대한 음악을 언급한 것이니, 심히 풍자한 것이다.

---

24 『禮記』 樂記 19-1.
25 『詩經』 小雅 / 鼓鍾. 「鼓鐘將將, 淮水湯湯. 憂心且傷. 淑人君子, 懷允不忘. …… 鼓鍾欽欽, 鼓瑟鼓琴.」

권62 시훈의(詩訓義)

패국풍(邶國風) / 간혜(簡兮) · 정녀(靜女)
용국풍(鄘國風) / 정지방중(定之方中)
왕국풍(王國風) / 군자양양(君子陽陽)

간혜(簡兮)

62-1. 簡兮刺不用賢也. 衛之賢者仕於伶官, 皆可以承事王者也.

간혜(簡兮)는 현자(賢者)를 등용하지 않음을 풍자한 시이다. 위(衛)나라에서 악관(樂官)의 일을 하고 있는 현자들이 모두 왕을 받들어 섬길 만한 재덕(才德)을 갖춘 자들이었기 때문이다.[1]

昔黃帝命伶倫, 取嶰谷之竹爲十有二律, 樂之所由始也. 故後世樂官以伶人名之. 然伶之非能自樂樂也, 非能與衆樂樂也, 人之所令而已. 莫非臣也, 具三德者可以爲大夫之臣, 具六德者可以爲諸侯之臣, 具九

---

1   『詩經』邶風 / 簡兮, 毛序.

德者可以爲王者之臣, 則大夫之臣一家之臣也, 諸侯之臣一國之臣也,
王者之臣天下之臣也.

　　衛之賢者仕於伶官, 皆可以承事王者, 則天下之臣而已, 豈特止於仕
一家一國而已哉? 此所以爲賢之至, 管子²所謂有聞道而好爲天下之人
也. 蓋賢者能爲人所不能, 在朝則美政, 仰足以助上, 造成其爲君之德.
在位則美俗, 俯足以利下, 造成其爲民之行. 衛有賢者不用, 又使仕於
伶官, 或公庭萬舞以示武功之容, 或執籥秉翟以示文德之容, 蓋非一人
皆可以承事王者. 固非衛君之所能獨容, 衛國之所能獨有, 達可行於天
下而後行之者也. 故曰: "彼美人兮! 西方之人兮."

　　옛날에 황제(黃帝)가 영윤(伶倫)에게 명령하여 해곡(嶰谷)의 대나무를 취
해서 12율을 만들게 했으니, 악이 이로부터 시작되었다. 그러므로 후세
에 악관을 영인(伶人)이라 부르게 되었다. 그런데 영(伶)의 의미는 스스로
음악을 즐기거나 뭇사람과 음악을 즐긴다는 뜻이 아니라 남의 명령을
받든다는 뜻일 따름이다.

　　누구든 신하 아닌 자는 없으나, 삼덕(三德)을 갖춘 자는 대부의 신하가
될 수 있고, 육덕(六德)을 갖춘 자는 제후의 신하가 될 수 있고, 구덕(九
德)³을 갖춘 자는 왕의 신하가 될 수 있다. 대부의 신하는 한 집안의 신
하이고, 제후의 신하는 한 나라의 신하이고, 왕의 신하는 천하의 신하이
다.

　　위(衛)나라에서 악관의 일을 하고 있는 현자들이 모두 왕을 받들어 섬
길 만한 재덕(才德)을 갖춘 자들이었으니, 천하의 신하이다. 어찌 한 집안
이나 한 나라의 신하에 그치겠는가? 이들은 지극히 현명한 자들이니, 관

2　　대본에는 '荀卿'으로 되어 있으나, 『管子』에 나오는 말이므로 '管子'로 바로잡았다.
3　　구덕(九德): 우왕이 구덕을 묻자, 고요가 다음과 같이 대답했다. 「寬而栗 柔而立 愿
而恭 亂而敬 擾而毅 直而溫 簡而廉 剛而塞 彊而義【너그러우면서도 장엄하며, 온유
하면서도 꿋꿋하며, 삼가면서도 공손하며, 다스리는 위치에 있으면서도 공경하며,
익숙하면서도 굳세며, 곧으면서도 온화하며, 간략하면서도 청렴하며, 굳세면서도 독
실하며, 강하면서도 의(義)를 좋아하는 것입니다.」『書經』虞書 / 皐陶謨 1)

자(管子)가 이른바 '도를 듣고서 천하를 잘 다스리는 사람'[4]이다.

　현자는 보통 사람들이 하지 못하는 일을 할 수 있다. 조정에 있으면 정사를 아름답게 하여, 위로 임금을 도와서 임금의 덕을 쌓게 하고, 관직에 있으면 풍속을 아름답게 하여, 아래로 백성을 이롭게 해서 백성의 행실을 바르게 한다.

　위나라에는 현자가 있는데도 등용하지 않고, 그들을 악관으로 삼아 궁전 뜰에서 《만무(萬舞)》를 추어 무공(武功)의 용모를 나타내거나 약(籥)과 꿩깃을 잡고 추어 문덕(文德)의 용모를 나타내게 했을 뿐이니, 한 사람도 왕을 섬기어 천하에 뜻을 펼 수 있는 처지가 아니었다. 그들은 진실로 제후국인 위나라에 국한시켜도 되는 인물이 아니고, 천하에 나아가 뜻을 크게 펼칠만한 재덕(才德)을 갖춘 자들이다. 그러므로 "그가 사모하는 고운 님은 서방 사람[5]이로다"[6]라고 한탄한 것이다.

62-2. 簡兮簡兮, 方将萬舞. 日之方中, 在前上處. 碩人俣俣, 公庭萬舞. 有力如虎, 執轡如組. 左手執籥, 右手秉翟.

　거칠고 당당하게 《만무(萬舞)》를 추려 하네.

　해가 중천에 떠있는 한낮에 앞자리의 잘 보이는 곳에 있네.

　훤칠한 대장부가 궁정 뜰에서 《만무》를 추네.

　힘이 범과 같아 고삐를 부드러운 실끈 다루듯 하네.

　왼손에 약(籥)을 들고 오른손에 꿩깃을 들었네.[7]

4　『管子』제2편 形勢.「有聞道而好爲家者, 一家之人也; 有聞道而好爲鄕者, 一鄕之人也; 有聞道而好爲國者, 一國之人也; 有聞道而好爲天下者, 天下之人也【도를 듣고서 집안을 잘 다스리는 사람은 한 집안의 가장이라 할 수 있다. 도를 듣고서 고을을 잘 다스리는 사람은 한 고을의 장이라 할 수 있다. 도를 듣고서 나라를 잘 다스리는 사람은 한 나라의 임금이라 할 수 있다. 도를 듣고서 천하를 잘 다스리는 사람은 천자라고 할 수 있다.】」

5　주나라 서울이 서쪽에 있으므로. 서방 미인이란 서주(西周)의 훌륭한 왕을 가리킨다.

6　『詩經』邶風/簡兮.

周官 : "籥師掌敎國子舞羽吹籥, 祭祀則鼓羽籥之舞. 賓客饗食亦如
之." 傳曰 : "翟 山雉." 蓋籥之爲器中虛而善應, 所以通中聲也. 翟之爲
物備五色成章, 所以飾德容也.

古者鼓羽籥之舞, 必執籥於左者, 以聲爲陽, 而左陽位故也. 必秉翟
於右者, 以容爲陰, 而右陰位故也. 春秋書 : "萬入去籥. 萬者何? 干舞
也. 籥者何? 籥舞也." 是干舞所以爲武, 籥舞所以爲文. 則公庭萬舞者
武舞也, 左手執籥右手秉翟者文舞也. 文舞用籥翟, 則武舞用干戚矣.
記曰 : "八佾以舞大夏, 干戚以舞大武.[8]", 是也.

祭統以翟爲樂吏[9]之賤, 則萬舞執籥秉翟者, 無非賤者之職也. 衛之
賢者備文武全才, 彼其仕於伶官, 從事於文武之舞, 而不以爲賤者, 將
借[10]此以顯其才, 庶幾衛君能察而用之故也. 然而當至明易見之時, 舞
於至近易察之地, 而衛君卒莫能見而察, 察而用, 此詩人所以刺也. 先
儒謂 : "周武王以萬人定天下. 故其舞謂之萬舞." 然則商頌 : "庸鼓有斁,
萬舞有奕." 孰謂萬舞始於周邪?

『주례』에 "약사(籥師)는 국자(國子)에게 우무(羽舞)를 추는 것과 약(籥)을
부는 것을 가르치는 일을 관장한다. 제사에서 우약무(羽籥舞)를 출 때 북
을 치고, 빈객(賓客)에게 향사(饗食)할 때도 이와 같이 한다"[11]라고 하고,
전(傳)에 "적(翟)은 산꿩이다"[12]라고 했다. 약(籥)이라는 악기는 가운데가
비어 잘 응하므로 중성(中聲)에 통하고, 꿩깃[翟]의 속성은 오색을 갖추어
아름다우므로 덕스런 모습을 표현한다.

옛날에 우약무를 출 때 약을 반드시 왼손으로 든 것은 소리는 양(陽)인

---

7 『詩經』 邶風 / 簡兮.
8 대본에는 '舞'로 되어 있으나, 사고전서 『樂書』와 『禮記』에 의거하여 '武'로 바로잡았
   다.
9 대본에는 '史'로 되어 있으나, 사고전서 『樂書』와 『禮記』에 의거하여 '吏'로 바로잡
   았다.
10 대본에는 '偕'로 되어 있으나, 사고전서 『樂書』에 의거하여 '借'로 바로잡았다.
11 『周禮』 春官 / 籥師 0.
12 『爾雅』 釋鳥 17-69. 「鸐, 山雉.」

데 왼쪽이 양의 위치이기 때문이다. 꿩깃을 반드시 오른손으로 든 것은 용모는 음(陰)인데 오른쪽이 음의 위치이기 때문이다. 『춘추공양전』에 "《만무(萬舞)》만 추게 하고 《약무(籥舞)》는 제거했다. 《만무》는 무엇인가? 방패를 들고 추는 춤이다. 《약무》는 무엇인가? 약을 들고 추는 춤이다"[13]라고 했다. 방패를 들고 추는 춤은 무무(武舞)이고, 약을 들고 추는 춤은 문무(文舞)이니, 궁정 뜰에서 춘 《만무》는 무무(武舞)이고, 왼손으로 약(籥)을 들고 오른손으로 꿩깃을 들고 춘 춤은 문무이다. 문무에 약과 꿩깃을 쓰니, 무무에 방패와 도끼를 쓴다. 『예기』에 "팔일(八佾)로 《대하(大夏)》를 추고, 방패와 도끼를 들고 《대무(大武)》를 춘다"[14]라고 한 것이 이것이다.

「제통(祭統)」에 꿩깃을 들고 춤추는 사람을 악리(樂吏) 중의 천한 자라고 했으니,[15] 《만무》를 추는 자와 약(籥)과 꿩깃을 들고 추는 자는 천한 자의 일을 하고 있는 셈이다. 위나라의 현자가 문무(文武)의 재능을 온전히 갖추고도 악관에 종사하여 문무와 무무를 출 뿐이지만, 자신들을 천하게 여기지 않은 것은 이 춤을 통해 재능을 드러내어 위나라 임금이 자신들의 역량을 살펴서 써주기를 바랐기 때문이다. 그러나 지극히 밝아서 보기 쉬운 한낮에 지극히 가까워 살피기 쉬운 곳에서 춤을 추어도, 위나라 군주가 끝내 그들을 보고 살펴서 등용하지 못했으므로, 시인이 풍자한 것이다.

선유(先儒)가 "주 무왕이 만인(萬人)으로 천하를 평정했으므로 그 춤을 《만무》라 한다"[16]라고 했지만, 상송(商頌)에 "용(庸 : 큰 종)과 북이 성하게 울려 퍼지며 《만무》가 질서정연하도다"[17]라고 했으니, 누가 《만무》를 주나라에서 시작되었다고 할 수 있는가?

---

13   『春秋公羊傳』宣公 8년(5).

14   『禮記』祭統 25-23.

15   『禮記』祭統 25-20.

16   후한(後漢)의 하휴(何休)가 한 말이다.〈『詩集傳名物鈔』(元 許謙 撰) 권2〉

17   『詩經』商頌 / 那. 那는 탕왕을 제사지내는 시이다.

정녀(靜女)

62-3. 静女其變, 貽我彤管. 彤管有煒, 說懌女美. 匪女之爲美, 美人之貽.

얌전한 아가씨 아름답기도 한데 동관(彤管)을 나에게 주었네.

동관이 붉고 고우니, 동관의 아름다움을 즐거워하노라.

물건이 고와서가 아니라 미인이 주었기 때문이네.[18]

爾雅: "大管謂之簥." 聲高故也. "小管謂之篎." 聲小故也. 大小雖不同, 要之, 達爲六孔, 倂兩而吹之, 其所主治相爲終始, 以道六陰六陽之聲·十二月之音也. 蓋有敵愾之功, 而以文明之物旌之, 謂之彤弓. 有安人之德, 而以文明之物昭之, 謂之彤几. 然則有美德, 而以文明之物[19]發之, 謂之彤管, 不亦可乎?

樂之爲道, 和順積中, 英華發外, 而其節不可亂, 信乎不可以爲僞矣. 貽我彤管樂也, 俟我於城隅禮也. 静女以至靜爲德, 有禮以節之, 不至於盈而淫, 有樂以和之, 不至於乖而亂. 節之以禮則爲可愛, 故 繼之愛而不見搔首踟躕. 和之以樂則爲可悅, 故繼之彤管有煒, 悅懌女美. 有禮爲可愛, 則反是者在所可惡矣. 有樂爲可悅, 則反是者在所可厭矣. 子夏曰: "衛音趨數煩志, 淫於色而害於德." 然則衛之夫人, 無德而淫亂, 詩人取是以刺之, 豈不宜哉? 傳曰: "禮樂德之則也."

『이아』에 "대관(大管)을 교(簥)라 한다"[20]라고 한 것은 소리가 높게 나기 때문이고, "소관(小管)을 묘(篎)라 한다"[21]라고 한 것은 소리가 작게 나

---

18 『詩經』邶風 / 精女.

19 대본에는 없으나, 문맥상 '之物'을 보충하였다.

20 『爾雅』釋樂 7-11.

21 『爾雅』釋樂 7-11.

기 때문이다. 악기의 크기는 달라도 대관이나 소관은 모두 6공(孔)을 뚫어서 2개의 관대를 나란히 하여 부는 것이니, 주로 다스리는 바가 서로 종시(終始)가 되어, 육음(六陰)·육양(六陽)의 소리와 12월의 음(音)을 인도한다.

적과 대항하여 싸워 이긴 공이 있는 자를 정표(旌表)하는 물건이 동궁(彤弓)[22]이고, 사람들을 편안하게 해준 덕이 있는 자를 표창하는 물건이 동궤(彤几)이다. 그렇다면 아름다운 덕이 있는 자를 드러내는 물건을 동관(彤管)이라 한 것이 또한 옳지 않은가?

악(樂)의 도(道)는 화순(和順)이 마음에 쌓여서 영화(英華)가 밖으로 발현된 것이다.[23] 그 절도를 어지럽혀서는 안 되니, 거짓으로 해서는 안 된다. '나에게 동관을 준 것'은 악(樂)이고, '나를 성 모퉁이에서 기다린 것'은 예(禮)이다. 얌전한 아가씨가 정숙을 덕으로 삼고 예로 절제하여 감정이 넘쳐 흘러 음란에 이르지 않게 하고, 악으로 조화롭게 하여 이치에 어긋나 혼란에 이르지 않게 한 것이다. 예로 절제하면 사랑스럽다. 그러므로 '사랑하되 만나지 못하여 머리를 긁적이며 서성거렸네'라는 말이 이어진 것이다. 악으로 조화롭게 하면 즐거워진다. 그러므로 '동관이 붉고 고우니 동관의 아름다움을 즐거워하노라'라는 말이 이어진 것이다[24] 예가 있으면 사랑스럽지만 이와 반대로 하면 미움이 생기고, 악이 있으면 즐겁지만 이와 반대로 하면 싫증이 나게 마련이다.

자하(子夏)는 "위(衛)나라 음(音)은 빨라서 뜻을 번잡하게 하고 여색에 음란하여 덕을 해친다"라고 했다.[25] 그렇다면 시인이 위나라 제후의 부인이 덕이 없고 음란함을 풍자한 것이 어찌 마땅하지 않은가? 전(傳)에 "예악은 덕의 준칙(準則)이다"라고 했다.[26]

---

22   동궁(彤弓) : 붉게 칠한 활. 제왕이 공이 있는 제후나 대신에게 하사하였다.
23   화순(和順)이 ~ 것이다 : 『禮記』樂記 19-15.
24   『詩經』邶風 / 靜女. 「靜女其姝, 俟我於城隅. 愛而不見, 搔首踟躕. 靜女其孌, 貽我彤管. 彤管有煒, 說懌女美.」
25   자하(子夏)는 ~ 했다 : 『禮記』樂記 19-22.

정지방중(定之方中)

62-4. 椅桐梓漆, 爰伐琴瑟.

의나무·동나무·재나무·옻나무가 있으니 이를 베어 금슬을 만들
리라.[27]

爾雅曰: "櫬梧. 榮桐木." 蓋桐之爲木, 其質則柔, 其心則虛, 柔則能
從而同乎外, 虛則能受而同乎內. 其究也無我而已, 此所以常榮而不辱
也. 其琴瑟之良材歟! 若梧則有我而親, 非若桐之一於同也. 椅之爲木,
其實則梓, 其表則桐, 非梓之正也, 特其外同而已. 爾雅以椅梓爲楸, 以
楸鼠梓爲虎梓, 亦楸屬也. 古之爲琴瑟必以桐, 其脣必以梓, 則桐與梓
皆琴瑟良材, 而漆之爲物所以固[28]而飾之者也. 山有樞曰: "山有漆, 隰
有栗. 子有酒食, 何不日鼓瑟?" 正謂此爾. 春秋傳: "穆姜[29]擇美檟, 以[30]
自爲頌琴." 孟子曰: "養其樲棘, 而舍其梧檟," 豈檟亦琴瑟良材歟! 蓋
榛栗所以爲禮, 悅我口者也. 椅桐梓漆所以爲樂, 悅我心者也. 荀卿不
云乎? "琴瑟以樂心"

『이아』에 "츤(櫬)은 오(梧)나무이고, 영(榮)은 동(桐)나무이다"[31]라고 하
였다. 동(桐)나무는 그 속성(屬性)이 부드럽고 속이 비어 있다. 부드러우면
순종하여 밖에서 어우러지고, 비어 있으면 받아들여서 안에서 어우러진
다. 궁극적으로는 자기를 주장하지 않으므로, 항상 영화롭고 욕을 당하
지 않는다. 이 때문에 금·슬의 좋은 재목이 되는 것이다. 오(梧)나무에는

---

26   『春秋左氏傳』僖公 27년(4).
27   『詩經』鄘風 / 定之方中.
28   대본에는 '同'으로 되어 있으나, 사고전서 『樂書』에 의거하여 '固'로 바로잡았다.
29   대본에는 '公'으로 되어 있으나, 『春秋左氏傳』에 의거하여 '姜'으로 바로잡았다.
30   대본에는 없으나, 『春秋左氏傳』에 의거하여 '以'를 보충하였다.
31   『爾雅』釋木 14-47, 69.

자아(自我)가 있으면서 친하게 지낸다는 뜻이 담겨 있으니, 동(桐)나무가 한결같이 어우러지는 것만 못하다.

의(椅)나무는 그 본질은 재(梓)나무이지만 껍질은 동(桐)나무와 같아서, 진짜 재나무는 아니고 껍질만 같을 뿐이다. 『이아』에 주(注)를 낸 곽박(郭璞)은 의(椅)나무와 재(梓)나무를 추나무[楸 : 개오동나무]의 일종으로 보았고,[32] 유(楰)와 서재(鼠梓 : 광나무)를 호재(虎梓)와 같은 부류로 보고 모두 추(楸)나무의 일종이라 하였다.[33]

옛날에 금·슬을 만들 때 반드시 몸통은 동(桐)나무로 하고 가장자리는 재(梓)나무로 했으니, 동나무와 재나무는 금슬의 좋은 재료이다. 옻나무는 견고해서 장식재(裝飾材)로 쓰인다.《산유추(山有樞)》에 "산에는 옻나무가 있으며 습지에는 밤나무가 있네"라고 하고, 또 "그대는 술과 음식이 있는데 어찌 날마다 슬(瑟)을 타지 않는가?"[34]라고 했으니, 바로 이것을 말한 것이다.

『춘추좌씨전』에 "목강(穆姜)이 좋은 가나무[檟]를 골라 두었다가 자신을 위해 송금(頌琴)을 만들도록 했다"[35]라고 하고, 『맹자』에 "작은 대추나무를 기르고 오나무와 가나무를 버린다면 보잘것없는 정원사이다"[36]라고 했으니 가나무 또한 금·슬의 좋은 재료일 것이다.

개암나무와 밤나무는 예를 행할 때 음식 재료가 되어 입맛을 돋우고, 의나무·동나무·재나무·옻나무는 악기 재료가 되어 마음을 즐겁게 한다. 순경(荀卿)이 "금·슬로 마음을 즐겁게 한다"[37]라고 말하지 않았던가?

32　『爾雅』釋木 14-54「椅, 梓」에 대한 郭璞의 注.「卽楸.」

33　『爾雅』釋木 14-37「楰, 鼠梓」에 대한 郭璞의 注.「楸屬也. 今江東有虎梓.」

34　『詩經』唐風 / 山有樞.

35　『春秋左氏傳』襄公 2년(3).

36　『孟子』告子上 11-14.「今有場師, 舍其梧檟, 養其樲棘, 則爲賤場師焉【지금 정원사(庭園師)가 오동나무와 가래나무를 버리고 작은 대추나무를 기른다면 보잘것없는 정원사가 되는 것이다.】」

37　『荀子』樂論 20-8.

군자양양(君子陽陽)

62-5. 君子陽陽, 左執簧, 右招我由房, 其樂只且. 君子陶陶, 左執翿, 右招我由敖, 其樂只且.

군자가 득의양양하여 왼손에 생황을 들고 오른손으로는 방에서 나를 부르시네. 아! 기쁘기도 하여라.

군자가 흥에 겨워 왼손에 깃일산을 들고 춤추는 자리에서 나를 부르시네. 아! 기쁘기도 하여라.[38]

鹿鳴詩曰 : "吹笙鼓簧." 樂記曰 : "弦匏笙簧." 則簧之爲物, 竽笙有焉, 其美[39]在中, 所以鼓中聲也. 宛丘詩曰 : "値其鷺羽, 値其鷺翿." 周官 : "舞師掌教羽舞." 則翿之爲物, 舞者翳焉. 其羽可用爲儀, 所以動德容也. 古之爲樂, 發諸聲音而有簧以鼓之, 形諸動靜而有翿以容之, 樂[40]莫大焉. 當周之末世, 內小人外君子, 而君子莫不相招爲祿仕, 閉其聲容, 全身遠害而已. 雖窮而不失其樂焉, 故詩人以此見意. 得意, 雖忘象可也.

《녹명(鹿鳴)》에 "생(笙)을 불고 황(簧)[41]을 울리도다"[42]라고 하고, 『악기』에 "금·슬과 생황(弦匏笙簧)"[43]이라는 구절이 나온다. 황(簧)은 우(竽)와 생(笙)의 관대에 붙여 있고, 아름다움이 중(中)에 있어서 중성(中聲)을 내게 한다.

---

38 『詩經』 王風 / 君子陽陽.
39 대본에는 '義'로 되어 있으나, 사고전서 『樂書』에 의거하여 '美'로 바로잡았다.
40 대본에는 '德'으로 되어 있으나, 사고전서 『樂書』에 의거하여 '樂'으로 바로잡았다.
41 황(簧) : 생(笙)·우(竽)·화(和)와 같은 악기의 관대[竹管] 아래에 붙여 놓은 금속 울림판.
42 『詩經』 小雅 / 鹿鳴.
43 『禮記』 樂記 19-21.

《완구(宛丘)》에 "백로깃을 들고 춤추네. 백로 일산(日傘)을 세워놓고 춤추네"44라고 하고 『주례』에 "무사(舞師)는 우무(羽舞)를 가르치는 것을 관장한다"45라고 하였다. 그렇다면 깃일산(翿)은 춤추는 자가 손에 들고 살짝 얼굴을 가릴 때 쓰는 소도구로서, 그 깃을 써서 거동을 우아하게 하여 덕스런 자태를 꾸미는 것이다. 옛날에 악을 연주할 때 성음을 내는 것으로는 황(簧)을 울리고, 동작을 형용하는 것으로는 깃일산으로 모양을 냈으니, 악이 이보다 훌륭할 수 없다.

그러나 주나라 말기에는 소인을 가까이 하고 군자를 멀리하자, 대부분의 군자들이 서로 불러 다만 녹(祿)을 받기 위한 벼슬을 하고, 아름다운 악기연주나 우아한 춤을 즐기지 않고 몸을 보전하고 해(害)를 멀리 할 뿐이었다.46 그러나 궁색한 처지일지라도 악(樂)을 잃으면 안 되므로, 시인이 이런 뜻을 나타냈다. 뜻을 얻었으면 상(象)을 잊더라도 괜찮은 것이다.

---

44 『詩經』陳風 / 宛丘.
45 『周禮』地官 / 舞師 0.
46 『詩經』王風 / 君子陽陽, 毛序. 「君子陽陽, 閔周也, 君子遭亂, 相招爲祿仕, 全身遠害而已.」

권63 시훈의(詩訓義)

여왈계명(女曰雞鳴)

63-1. 琴瑟在御, 莫不靜好.

금(琴) · 슬(瑟)을 타니 고요하면서 아름답네.[1]

八音以絲爲君, 絲以琴爲君. 琴之爲樂, 出乎器, 入乎覺, 而瑟實類之, 所異者特絲分而音細爾. 明堂位曰 : "大琴大瑟中琴小瑟, 四代之樂器也." 爾雅曰 : "大琴謂之離, 大瑟謂之灑." 蓋琴則易良, 瑟則靜好, 其聲尙宮, 其音主絲. 士君子常御, 所以樂得其道, 堂上之樂也. 故用大琴, 必以大瑟配之, 用中琴, 必以小瑟配之. 然後大者不陵, 細者不抑,

---

1   『詩經』鄭風 / 女曰鷄鳴.

足以禁淫邪, 正人心矣. 故荀卿曰 : "琴瑟以樂心."

蓋靜能勝欲, 好能勝惡. 靜好在德, 欲惡在色. 君子以道制欲, 則悅德而不好色. 小人以欲忘道, 則好色而不悅德. 鄭音好濫淫志, 淫於色而害於德. 是以鄭人因時之不悅德而好色, 故作女曰雞鳴, 陳古義以刺之. 孔子曰 : "吾未見好德如好色者." 蓋有爲而言也. 雖然琴瑟君子常御之樂, 亦有所謂不御. 曲禮 : "親疾琴瑟不御", 是也.

팔음(八音)에서는 사(絲 : 현악기)를 으뜸으로 여기고, 사(絲)에서는 금(琴)을 으뜸으로 여긴다. 금(琴)이라는 악기는 연주를 통해서 깨달음을 얻는 것이니, 슬(瑟)이 실로 이와 닮았다. 슬이 금과 다른 점은 현(絃)의 수가 많고 음색이 가늘다는 것뿐이다.

「명당위」에 "대금(大琴)·대슬(大瑟)·중금(中琴)·소슬(小瑟)은 사대(四代)[2]의 악기이다"[3]라고 하고, 『이아』에 "대금을 이(離)라 하고, 대슬을 쇄(灑)라 한다"[4]라고 했다. 금의 음색은 편안하면서 우아하고 슬의 음색은 고요하면서 아름답다.[5] 그 소리는 궁(宮)을 숭상하고 그 음은 사(絲)이다. 사군자(士君子)가 항상 연주하여서 도를 얻는 것을 즐거워했으니 당상의 악기이다.

대금(大琴)을 연주할 때는 반드시 대슬(大瑟)과 짝하고 중금(中琴)을 연주할 때는 반드시 소슬(小瑟)과 짝한다. 그런 뒤에야 큰 악기가 작은 악기를 능멸하지 않고 작은 악기가 큰 악기에 억눌리지 않아서, 음란과 사악함을 막아 사람의 마음을 바르게 한다. 그러므로 순경(荀卿)은 "금·슬로 마음을 즐겁게 한다"[6]라고 하였다.

대개 맑은 것은 욕망을 이길 수 있고, 아름다운 것은 사악함을 이길 수 있다. 맑고 아름다운 것은 덕에 있고, 욕망과 사악함은 색(色)에 있다.

---

2 사대(四代) : 우(虞 : 舜)·하(夏)·은(殷)·주(周).

3 『禮記』明堂位 14-18.

4 『爾雅』釋樂 7-2, 3.

5 참고로, 『荀子』樂論 20-10에서는 「瑟易良, 琴婦好」라고 하였다.

6 『荀子』樂論 20-8.

군자는 도(道)로 욕망을 제어하므로 덕을 기뻐하고 색을 좋아하지 않지만, 소인은 욕망으로 도를 잊으므로 색을 좋아하고 덕을 기뻐하지 않는다.

정나라의 음(音)은 방종에 흘러 뜻을 음란하게 하여 색을 탐닉하고 덕을 해친다. 그러므로 정나라 사람들이 그 당시 덕을 좋아하지 않고 색을 좋아하는 것을 보고 《여왈계명(女曰雞鳴)》을 지어서 옛날은 그렇지 않았다는 것을 진술함으로써 이를 풍자했다. 공자가 "나는 덕을 좋아하기를 이성(異性)을 좋아하듯이 하는 자를 보지 못했다"[7]라고 했는데, 그럴만한 까닭이 있어서 한 말이다.

금슬은 군자가 항상 타는 악기이지만 타지 않는 때가 있으니, 「곡례」에 "어버이가 병환 중이면 금슬을 타지 않는다"[8]라고 한 것이 이것이다.

자금(子衿)

63-2. 青青子衿, 悠悠我心. 縱我不往, 子寧不嗣音?
푸르고 푸른 그대의 옷깃, 아득하고 아득한 나의 그리움이여.
나는 비록 가지 못하지만, 그대는 어찌 음(音)을 계승하지 않는가요?[9]

文王世子曰 : "春誦夏弦, 大師詔之瞽宗." 樂記曰 : "樂者非謂弦歌干揚也, 樂之末節也, 故童者舞之." 學[10]記曰 : "不學操縵, 不能安弦." 由

---

7 『論語』 衛靈公 15-13.
8 『禮記』 曲禮上 1-29.
9 『詩經』 鄭風 / 子衿.

是觀之, 靑靑子衿童子之服也, 嗣弦歌之音童子之職也. 弦歌之音謂之
德音, 德音謂之樂. 古者: "三年不爲禮, 禮必壞, 三年不爲樂, 樂必崩."
信乎嗣音不可忘矣. 蓋仁言不如仁聲之入人也深, 故古之敎者, 必以樂
而終始之, 后夔之敎胄子・文王之敎世子, 必始於樂, 孔子語學之序・
大傳語治之序, 必成於樂, 是樂者其學之終始歟!

先王之立學校, 天子曰辟廱, 則辟之以禮, 廱之以樂, 天子之敎也. 諸
侯曰頖宮, 則禮樂半於天子, 諸侯之敎也. 商之名學以瞽宗而主以樂敎,
周之名學以成均而以大司樂掌其法. 然則鄭之學校廢於鄕黨, 詩人責
之, 子寧不嗣音, 豈爲不知務哉? 記曰: "比音而樂之, 及干戚羽旄謂之
樂." 則嗣音者樂之始, 干戚羽旄以爲舞者樂之成也. 故內則: "十有三
年舞勺, 成童舞象." 是童子之事, 必至舞而後成, 非特嗣音而已. 詩人
責之以不嗣音, 而不及舞者, 以謂樂之始者且不知嗣之, 況爲樂之成者
乎?

「문왕세자」에 "봄에는 시를 낭송하고 여름에는 현악기를 타는데, 태
사(大師)가 고종(瞽宗)[11]에서 가르친다"[12]라고 하고, 「악기(樂記)」에 "악이란
현악기를 타며 노래 부르거나 방패와 도끼를 들고 춤추는 것이 아니다.
이런 것들은 악의 말절이므로 동자가 춤춘다.[13]라고 하고, 「학기(學記)」에
"현(絃)을 죄고 푸는 법을 배우지 않으면 남・슬을 자연스럽게 탈 수 없
다"[14]라고 하였다. 이로 보건대 '푸르고 푸른 그대의 옷깃'은 동자의 옷
이고,[15] 현가(弦歌)[16]의 음(音)을 계승하는 것은 동자의 직분이다.

---

10 대본에는 '樂'으로 되어 있으나, 사고전서 『樂書』와 『禮記』에 의거하여 '學'으로 바로
    잡았다.
11 고종(瞽宗): 은나라의 학교 이름인데, 주나라 때도 그 이름을 존치하였다. 악사(樂
    師)와 고몽(瞽矇: 장님 악공)이 종주(宗主)로 삼는 곳이므로 '고종(瞽宗)'이라 하게
    된 것이다.
12 『禮記』 文王世子 8-2.
13 『禮記』 樂記 19-20.
14 『禮記』 學記 18-3.
15 부모가 살아계시면 청색으로 선을 두른 옷을 입고, 부모가 돌아가셨으면 흰색으로

"현가의 음을 덕음(德音)이라 하고, 덕음을 악(樂)이라고 한다"[17]라고 하고, 옛날에 "3년 동안 예를 하지 않으면 예가 무너지고 3년 동안 악을 하지 않으면 악이 붕괴될 것이다"[18]라고 했으니, 진실로 음을 계승하는 것을 잊어서는 안 된다.

대개 인언(仁言)은 인성(仁聲)이 사람에게 깊이 들어가는 것만 못하다.[19] 그러므로 옛날에 교육하던 자들은 반드시 악으로 시작해서 악으로 끝맺었다. 즉, 후기(后夔)가 주자(胄子)를 가르칠 때와 문왕이 세자를 가르칠 때 반드시 악으로 시작했으며,[20] 공자가 학문의 순서를 말하고[21] 대전(大傳)에서 통치의 순서를 말할 때 반드시 마지막 단계는 악에서 완성되었으니, 악이란 학문의 시종(始終)인 것이다.

선왕이 학교를 세우고서 천자의 학교는 벽옹(辟雍)이라 했으니,[22] 예로 다스리고 악으로 화목하게 하는 것이 천자의 가르침이기 때문이다. 제후의 학교는 반궁(頖宮)이라 했으니, 예악을 천자의 반으로 하는 것이 제후의 가르침이기 때문이다.

상나라는 학교 이름을 고종(瞽宗)이라 짓고 악교(樂敎)를 위주로 가르쳤으며, 주나라는 학교 이름을 성균(成均)이라 짓고 대사악(大司樂)으로 하여금 그 법을 관장하게 했다. 그러나 정나라의 학교는 향당에서 폐기되었으므로, 시인이 이를 책망하여 "그대는 어찌 음(音)을 계승하지 않는가요?"라고 했으니, 어찌 힘써야할 바를 모른 것이겠는가?

『예기』에 "음을 배열하여 악기로 연주하며, 방패와 도끼를 들고 무무

선을 두른 옷을 입는다.〈『禮記』深衣 39-3〉
16　현가(弦歌) : 금슬과 같은 현악기를 타면서 노래하는 일.
17　『禮記』樂記 19-22.
18　『論語』陽貨 17-19.
19　인언(仁言)은~못하다 :『孟子』盡心上 13-14.
20　『書經』虞書 / 舜典 3;『禮記』文王世子 8-2.
21　『論語』泰伯 8-8. 「子曰 : "興於詩, 立於禮, 成於樂."」
22　『禮記』王制 5-26. 「天子命之敎, 然後爲學. 小學在公宮南之左, 大學在郊. 天子曰辟雍, 諸侯曰頖宮.」

(武舞)를 추고 꿩깃과 모(旄)를 들고 문무(文舞)를 추는 것을 악(樂)이라고 한다"[23]라고 했다. 그렇다면 음을 계승하는 것은 악의 시작이고, 방패와 도끼를 들고 무무(武舞)를 추고 꿩깃과 모(旄)를 들고 문무(文舞)를 추는 것은 악의 완성이다. 그러므로 「내칙(內則)」에 "13세가 되면 《작(勺)》을 추고, 성동(成童 : 15세 이상)이 되면 《상(象)》을 춘다"[24]라고 했다.

따라서 동자(童子)의 일은 반드시 춤에 이른 뒤에 완성되는 것이지, 다만 음을 계승할 따름이 아니다. 시인이 음을 계승하지 않는 것을 책망하고 춤에 대해서는 언급하지 않은 이유는 '악의 시작도 계승할 줄을 모르는데, 하물며 악의 완성에 있어서랴'라고 생각했기 때문이다.

산유추(山有樞)

63-3. **子有鐘鼓, 弗鼓弗考. 子有酒食, 何不日鼓瑟?**
그대는 종과 북을 두고도 치지도 않고 두드리지도 않네.
그대는 술과 음식이 있는데 어찌 날마다 슬(瑟)을 타지 않는가?[25]

陳之幽公, "坎其擊鼓, 宛丘之下, 無冬無夏, 値其鷺羽. 坎其擊缶, 宛丘之道, 無冬無夏, 値其鷺翿." 樂之過者也. 晉之昭公, '有鐘鼓, 而弗鼓弗考. 有酒食, 而不日鼓瑟', 樂之不及者也. 過則至於游蕩無度, 而宛丘刺之. 不及則至於不能自樂, 而山有樞刺之. 由是觀之, 樂雖不可極, 亦不可不及. 然則如之何而可? 亦曰 : 好樂無荒而已. 此與車鄰言

23　『禮記』樂記 19-1.
24　『禮記』內則 12-52.
25　『詩經』唐風/山有樞.

瑟, 不及琴者, 琴則五弦, 瑟則二十五弦, 言瑟不及琴, 舉大以見之也.
與儀禮鄕飮燕禮皆言左何瑟, 樂記言淸廟之瑟, 以見琴同意. 言何不曰
鼓琴瑟, 而鐘鼓不言曰者, 以琴瑟常²⁶御之樂故也, 與士無故不徹琴瑟
同意.

진(陳)의 유공(幽公)에 대해 '둥둥 북을 치며 완구 아래에서 노네. 겨울
도 여름도 없이 백로깃을 들고 춤추네. 둥둥 부(缶)를 치며 완구의 길에
서 노네. 겨울도 여름도 없이 백로 일산(日傘)을 세워놓고 춤추네'²⁷라고
읊었으니, 유공은 너무 지나치게 즐긴 자이다. 진(晉)의 소공(昭公)에 대해
'종과 북을 두고도 치지도 않고 두드리지도 않네. 술과 음식이 있는데
어찌 날마다 슬을 타지 않는가?'라고 읊었으니, 소공은 악을 즐기지 않
은 자이다.

악을 즐김이 너무 지나치면 방탕하기 짝이 없으므로 《완구(宛丘)》에서
이를 풍자했고, 미치지 못하면 스스로 즐기지 못하므로 《산유추(山有樞)》
에서 이를 풍자했다. 이로 보건대, 악은 너무 심하게 즐겨도 안 되고 미
치지 못해도 안 된다. 그렇다면 이를 어떻게 하는 것이 옳은가? 즐기되
황음무도(荒淫無道)함이 없게 해야 한다.

여기에서와 《거린(車鄰)》²⁸에서 슬만 말하고 금(琴)을 언급하지 않은 것
은, 금은 5현이고 슬은 25현이니 큰 것을 들어서 작은 것을 나타낸 것이
다. 이는 「향음주례(鄕飮酒禮)」와 「연례(燕禮)」에 모두 '왼손으로 슬(瑟)을
받쳐 든다'²⁹라고 하고 「악기(樂記)」에 '청묘(淸廟)의 슬'³⁰을 말해서 금을
나타낸 것과 같은 뜻이다.

'날마다'라는 말이 종과 북 앞에는 없는데 "어찌 날마다 슬(瑟)을 타지
않는가?"라고 한 것은 금·슬은 항상 타는 악기이기 때문이다. 이는 "선

---

26 대본에는 '當'으로 되어 있으나, 사고전서 『樂書』에 의거하여 '常'으로 바로잡았다.
27 『詩經』 陳風 / 宛丘.
28 『詩經』 秦風 / 車鄰.
29 『儀禮』 鄕飮酒禮 4-11; 燕禮 6-17.
30 『禮記』 樂記 1.

비는 변고가 없으면 금·슬을 거두지 않는다"[31]라고 한 것과 같은 뜻이다.

거린(車鄰)

63-4. 阪有漆, 隰有栗. 既見君子, 並坐鼓瑟. 今我不樂, 逝者其耋.

산비탈에는 옻나무, 진펄에는 밤나무.

군자를 만나 나란히 앉아 슬(瑟)을 타네.

지금 즐기지 않으면 세월이 흘러 늙게 되리라.[32]

定之方中曰：“椅桐梓漆, 爰伐琴瑟.” 則阪有漆君子所以爲樂也. 東門之墠曰：“東門之栗, 有踐家室.” 則隰有栗君子所以爲禮也. 漆爲樂之飾, 而飾非樂也, 栗爲禮之物, 而物非禮也. 曲禮曰：“並坐不橫肱.” 則並坐者禮也, 鼓瑟者樂也. 秦仲始人, 有禮樂之好, 是禮樂自諸侯出, 非所以爲美, 而車鄰美之者, 變中之美也.

昔朱襄氏之時, 陽氣凝積, 物鮮成實. 故使士達制爲五弦之瑟以來陰氣, 以定羣生. 然後四時和, 萬物成, 而天下治也. 世本曰：“庖犧作瑟五十弦. 黃帝使素女鼓之, 哀不自勝. 迺破爲二十五弦, 堯使瞽瞍拌其弦而十五之, 命之曰大章. 舜益之爲二十三弦, 莫不寓君父之節·臣子之義, 固足以絜齊人情而使之淳壹於行也.” 爾雅：“大瑟謂之灑.” 而郭璞以八尺一寸爲長, 尺有八寸爲廣, 豈大瑟邪? 風俗通以五尺五寸爲器, 豈其中者邪? 爾雅：“徒鼓瑟謂之步.” 然則鼓瑟鼓簧, 豈徒鼓之謂乎?

---

31   『禮記』曲禮下 2-10.
32   『詩經』秦風 / 車鄰.

《정지방중(定之方中)》에 "의(椅)나무·동(桐)나무·재(梓)나무·옻나무가 있으니, 이를 베어 금슬을 만들리라"라고 했으니 '산비탈에 옻나무가 있다'는 것은 군자가 그것으로 악기를 만들기 위한 것이다.《동문지선(東門之墠)》에 "동문의 밤나무 옆에 집들이 늘어서 있네"[33]라고 했으니 '진펄에 밤나무가 있다'는 것은 군자가 그것으로 예를 행하기 위한 것이다. 옻나무는 악기를 장식하는 것인데, 장식 자체가 악(樂)이 되는 것은 아니다. 밤나무는 예를 행하는 물건인데, 물건 자체가 예가 되는 것은 아니다. 「곡례」에 "다른 사람과 나란히 앉을 때에는 팔을 옆으로 벌리지 않는다"[34]라고 했으니, '나란히 앉는다'는 것은 예(禮)이고 '슬을 연주한다'는 것은 악(樂)이다.

진중(秦仲)이 비로소 나라를 강대하게 만들어 예악을 잘 갖추었다.[35] 이는 예악이 제후로부터 나온 것이어서 아름답게 여길 바가 아닌데《거린(車鄰)》에서 이를 찬미한 것은 권도(權道)로 찬미한 것이다.

주양씨(朱襄氏)[36] 때에 양기(陽氣)가 누적되어 만물이 열매를 잘 맺지 못하자, 사달(士達)로 하여금 5현의 슬(瑟)을 만들게 하여 음기(陰氣)를 불러들여 뭇 생물들을 안정되게 하였다.[37] 그런 뒤에 사시(四時)가 조화롭게 되고 만물이 잘 자라 천하가 다스려졌다. 『세본(世本)』에 "포희씨(庖犧氏)[38]가 50현의 슬(瑟)을 만들었다. 황제가 소녀(素女)에게 타게 했는데 견딜 수 없이 슬펐으므로 그것을 부수고 25현으로 만들었다. 훗날 요임금이 고수(瞽瞍)에게 25현의 슬을 버리고 15현의 슬을 만들게 하고 대장(大章)이라 이름 지었다. 순임금이 거기에 현을 더 늘리어 23현으로 만들고, 군부(君

---

33 『詩經』鄭風 / 東門之墠.
34 『禮記』曲禮上 1-18.
35 진중(秦仲)이~갖추었다:『詩經』秦風 / 車鄰, 毛序.
36 주양씨(朱襄氏) : 전설에 나오는 중국 고대의 제왕인 신농씨(神農氏). 화덕(火德)으로 나라를 세웠으므로 염제(炎帝)라고도 함.
37 주양씨(朱襄氏)~하였다:『呂氏春秋』仲夏紀 / 古樂.
38 포희씨(庖犧氏) : 복희씨(伏犧氏). 희생(犧牲)을 길러서 부엌에 대주었던 데서 이름이 유래하였다.

父)의 절도와 신자(臣子)의 의리를 표현하지 않음이 없었으니, 진실로 인정(人情)을 깨끗하게 하여 행실을 순일하게 하였다"라고 하였다.

『이아』에 "대슬(大瑟)을 쇄(灑)라 한다"[39]라고 했다. 곽박(郭璞)이 길이가 8척 1촌이고 너비가 1척 8촌이라고 한 것은 아마 대슬(大瑟)일 것이다. 따라서 『풍속통(風俗通)』에 5척 5촌의 악기를 만들었다고 한 것은 아마 중슬(中瑟)일 것이다. 『이아』에 "다른 악기와 합주하지 않고 슬만 타는 것을 보(步)라 한다"[40]라고 했다. 그런데 《거린》에 '고슬고황(鼓瑟鼓簧)'이라 하여 '고(鼓)'라는 말을 썼으니, 어찌 슬이나 생황만을 연주한 것이겠는가?

---

39   『爾雅』 釋樂 7-2.
40   『爾雅』 釋樂 7-13.

권64 시훈의(詩訓義)

진국풍(秦國風) / 거린(車鄰)
진국풍(陳國風) / 완구(宛丘) · 동문지분(東門之枌)
소아(小雅) / 녹명(鹿鳴) · 사모(四牡) · 황황자화(皇皇者華)

거린(車鄰)

64-1. 阪有桑, 隰有楊. 既見君子, 並坐鼓簧. 今者不樂, 逝者其亡.
산비탈에는 뽕나무, 진펄에는 버드나무.
군자를 만나 나란히 앉아서 생황을 부네.
지금 즐기지 않으면 세월이 덧없이 흘러 죽게 되리라.[1]

玄天道也, 黃地道也. 天道用九, 而九者陽數之窮也. 地道用六, 而六者陰數之中也. 黃於色爲中, 而簧則美在其中, 發而爲中聲者也. 笙竽之爲物, 以匏爲母, 列管匏中, 施簧管端, 吹笙竽, 則簧鼓矣. 然笙之大

---

1   『詩經』秦風 / 車鄰.

者簧十有九, 小者十有三. 而竽則三十六簧焉. 三九陽數也, 十陰數也. 大笙之數九, 金數也, 而以陰十主之, 金土合數也. 小笙之數三, 木數也, 而以陰十主之, 木土合數也. 竽三十六簧水數也, 長四尺二寸, 水火合數也.

書 : "以琴瑟爲堂上之樂, 笙簫爲堂下之樂." 則鼓瑟堂上常御之樂也, 鼓簧堂下甚盛之樂也. 先鼓瑟後鼓簧, 與關雎先琴瑟後鐘鼓同意. 秦仲有禮樂之好如此, 而國人又悅之, 欲其與之及時娛樂, 豈非'樂民之樂者, 民亦樂其樂'哉? 晉之昭公有財, 不能用, 不足以爲禮, 有鐘鼓, 不能樂, 不足以爲樂. 國人莫不哀而刺之, 與夫車鄰悅而美之, 豈不有間邪?

현(玄)은 천도(天道)이고 황(黃)은 지도(地道)이다. 천도는 9를 쓰는데 9는 양수(陽數)의 끝이고,[2] 지도는 6을 쓰는데 6은 음수(陰數)의 가운데이다.[3] 황(黃)은 중앙의 색이니, 황(簧)을 설치하면 아름다움이 중(中)에 있어서, 연주하면 중성(中聲)이 나온다. 생(笙)과 우(竽)는 박을 몸통으로 삼고 박에 관대를 나열하고 관대 끝에 황(簧)을 붙였으므로, 생과 우를 불면 황이 울린다.

대생(大笙)에는 19개의 황이 있고 소생(小笙)에는 13개의 황이 있으며 우(竽)에는 36개의 황이 있다. 3과 9는 양수이고 10은 음수이다. 대생의 19황은, 금(金)의 수 9를 음수(陰數) 10이 수관하는 것이니, 금(金)과 토(土)가 합해진 수이다. 소생의 13황은, 목(木)의 수 3을 음수 10이 주관하는 것이니,[4] 목과 토가 합해진 수이다. 우(竽)의 36황은, 6이 수(水)의 수(數)인데 길이가 4척 2촌이니, 수(水)와 화(火)가 합해진 수이다.[5]

『서경』에 금·슬을 당상의 악기로 삼고 생(笙)·소(簫)를 당하의 악기로 삼았으니,[6] 슬로 타는 것은 당상에서 항상 연주하는 음악이고 생황으

---

2 양수 1·3·5·7·9에서 9가 맨 끝에 있다는 뜻이다.
3 음수 2·4·6·8·10에서 6이 가운데에 있다는 뜻이다.
4 금(金)의 수는 4와 9이고, 목(木)의 수는 3과 8이며, 토(土)의 수는 5와 10이다.
5 수(水)의 수는 1과 6이고, 화(火)의 수는 2와 7이다. 4척 2촌은 42촌이 되고, 42는 6×7로 이루어졌으므로 수(水)와 화(火)가 합해신 수라고 한 섯이나.

로 부는 것은 당하에서 성대하게 연주하는 음악이다. 《거린》에 슬을 타는 것이 생황을 부는 것보다 먼저 언급된 것은 《관저(關雎)》에 금·슬이 종·고보다 먼저 언급된 것과 같은 뜻이다.

진중(秦仲)이 이와 같이 예악을 잘 갖추자, 나라 사람이 모두 기뻐하여 그와 함께 때에 맞춰 즐기고자 했으니, 어찌 『맹자』에서 말한 "백성의 즐거움을 즐거워하는 자는 백성들 또한 그 임금의 즐거움을 즐거워한다"[7]라고 한 것이 아니겠는가?

진(晉) 소공(昭公)은 재물이 있어도 쓰지 못했으니 예를 시행했다고 할 수 없고, 종·고가 있어도 즐기지 못했으니 악을 시행했다고 할 수 없다. 그래서 나라 사람들이 이를 안타깝게 여겨 풍자했으니,[8] 《거린》에서 진중이 예악을 갖춘 것을 기뻐하고 찬미한 것과는 얼마나 다른가!

완구(宛丘)

64-2. 坎其擊鼓, 宛丘之下. 無冬無夏, 值其鷺羽. 坎其擊缶, 宛丘之道. 無冬無夏, 值其鷺翿.

둥둥 북을 치며 완구 아래에서 노네.
겨울도 여름도 없이 백로깃을 들고 춤추네.
둥둥 부(缶)를 치며 완구의 길에서 노네.
겨울도 여름도 없이 백로 일산(日傘)을 세워놓고 춤추네.[9]

---

6   『書經』虞書 / 益稷 2.
7   『孟子』梁惠王下 2-4.
8   『詩經』唐風 / 山有樞.
9   『詩經』陳風 / 宛丘.

革音鼓冬至之音也, 土音缶立秋之音也. 古者盎謂之缶, 則缶之爲器, 中虛而善容, 外圓而善應, 中聲之所自出者也. 唐堯之時, 有擊壤而歌者, 因使夔[10]以麋鞈置[11]缶而鼓之. 是以易之盈缶見於比, 用缶見於坎, 鼓缶而歌見於離, 詩之擊缶見於宛丘. 是缶之爲樂自唐至周, 所不易也. 昔秦王爲趙王擊缶, 亦因是已, 孰謂始於西戎乎? 今夫犧象不出門, 嘉樂不野合, 陳之幽公游蕩無度, 不釋冬夏而爲擊鼓於宛丘之下, 又擊缶於宛丘之道, 是嗜音而不知反者也. 旣値所執之鷺羽, 又値所建之鷺翿, 是常舞而不知反者也. 豈特合樂於野而已哉? 彼其所樂如此, 然而百姓不厭而苦之, 未之有也.

혁음(革音)인 북은 동지(冬至)의 악기이고, 토음(土音)인 부(缶)는 입추(立秋)의 악기이다. 옛날에 동이를 부(缶)라고 했으니,[12] 부란 악기는 가운데가 비어서 잘 받아들이고 밖이 둥글어 잘 응하므로, 중성(中聲)이 여기에서 나온다. 요임금 때 땅바닥을 두드리며 노래하는 자가 있었는데, 기(夔)를 시켜서 고라니 가죽을 부(缶)에 설치하여 두드리게 했다.[13]

그러므로 『주역』에 '부(缶)에 가득하듯 하다'란 말이 비괘(比卦)에 나오고,[14] '부를 연주한다'는 말이 감괘(坎卦)에 나오며,[15] '부를 두드리며 노래한다'는 말이 이괘(離卦)에 나오고,[16] 『시경』에는 '부를 친다'는 말이 《완구(宛丘)》에 나오니,[17] 부라는 악기는 요임금 시대부터 주나라에 이르기

10 　대본에는 '鄭'으로 되어 있으나, 『呂氏春秋』에 의거하여 '夔'로 바로잡았다.

11 　대본에는 '冥'으로 되어 있으나, 『呂氏春秋』에 의거하여 '置'로 바로잡았다.

12 　동이를 부(缶)라고 하였으니 : 『爾雅』 釋器 6-2.

13 　요임금~했다 : 『呂氏春秋』 仲夏紀 / 古樂.

14 　『周易』 比卦 4. 「初六. 有孚盈缶, 終來有他吉【성신(誠信)을 둠이 부(缶)에 가득하듯 하면 마침내 다른 데에서 길(吉)함이 있으리라.】

15 　『周易』 坎卦 10. 「六四. 樽酒, 簋貳, 用缶, 納約自牖, 終无咎【한 동이 술과 두 그릇의 안주 및 질박한 부(缶)의 연주를 간략하게 드리되 창문으로부터 하면 마침내 허물이 없으리라.】

16 　『周易』 離卦 8. 「九三, 日昃之離, 不鼓缶而歌, 則大耋之嗟, 凶【기운 해가 걸려 있음이니, 부(缶)를 두드리고 노래하지 않으면 대질(大耋 : 크게 기욺. 나이가 썩 많은 것의 비유)을 서글퍼함이니, 흉하리라.】

까지 변함없었다. 옛날에 진왕(秦王)과 조왕(趙王)이 민지(澠池)에서 회합(會合)했을 때, 진왕이 조왕을 위하여 부(缶)를 친 것도[18] 부가 있었기 때문인데, 누가 부를 서융(西戎)에서 시작되었다고 했는가?[19]

"희준(犧尊)[20]과 상준(象尊)[21]은 도성 문밖으로 내오지 않고 궁중의 가악(嘉樂)은 들에서 합주하지 않는다"[22]라고 했는데, 진(陳) 유공(幽公)은 황음무도(荒淫無度)하게 방탕하여, 겨울이나 여름을 가리지 않고 완구 아래에서 북을 치고 완구의 길에서 부를 쳤으니, 음악에 탐닉하여 돌아올 줄을 모르는 자였다. 백로깃을 들고 춤추고 백로 일산을 세워놓고 춤추었으니, 늘 춤만 추고 돌아올 줄 모르는 자였다. 어찌 들에서 합악(合樂)을 했을 뿐이겠는가? 그가 즐긴 것이 이와 같았으므로 백성들이 염증을 느끼고 괴롭지 않은 적이 없었다.

---

17 『詩經』陳風 / 宛丘.
18 진왕(秦王)과 …… 것도:『史記』81 / 2443쪽. 藺相如傳.
19 『舊唐書』권29 音樂志.「缶如足盆 古西戎之樂【부(缶)는 발이 달린 동이처럼 생겼는데 옛날 서융의 악기이다.】
20 희준(犧尊): 고대의 술그릇. 소 모양으로 만들거나 소의 그림을 조각한다.〈그림 2-6 참조〉
21 상준(象尊): 고대의 술그릇. 코끼리 모양으로 만들거나 코끼리의 그림을 조각한다.〈그림 2-7 참조〉
22 정공(定公)이 제후(齊侯)와 축기(祝其)에서 회합했다. 맹약을 마치고 제후가 정공에게 연향을 베풀고자 하자, 공자가 양구거(梁丘據)에게 '희준(犧尊)과 상준(象尊)은 도성 문밖으로 내오지 않고 궁중의 가악(嘉樂)은 들에서 합주하지 않는 법이다. 희준이나 상준 등의 기물과 가악(嘉樂)을 갖추어 연향을 베풀면 이는 지켜야 할 예를 버리는 것이며, 만약 제대로 갖추지 않고 베풀면 그 향연은 엉터리가 되어 제나라 임금에게 욕이 돌아간다'라고 설득하여, 연향을 베풀지 않게 되었다.〈『春秋左氏傳』定公 10년(2)〉

동문지분(東門之枌)

64-3. 東門之枌疾亂也. 幽公淫荒, 風化之所行, 男女棄其舊業, 亞
會於道路, 歌舞於市井爾.

東門之枌·宛丘之栩, 子仲之子婆娑其下. 穀旦于差, 南方之原.
不績其麻, 市也婆娑. 穀旦于逝, 越以鬷邁.

《동문지분(東門之枌)》은 문란한 것을 미워한 시이다. 유공(幽公)이 황음
(荒淫)하므로, 음란한 풍조에 물들어 남녀가 예전에 하던 자신의 일을 내
팽개치고 자주 길에서 만나고 시정(市井)에서 노래하고 춤췄다.[23]

동문에는 흰느릅나무, 완구에는 상수리나무.
자중씨(子仲氏) 딸이 그 아래에서 덩실덩실 춤을 추네.
좋은 날 아침을 잡아 남쪽 언덕에 모였네.
베를 짜지 않고 저자에서 덩실덩실 춤추네.
좋은 날 아침에 떼 지어 놀러가네.[24]

男子止位乎外·女子正位乎內, 天地之大義也. 男子業耕·女子業
織, 生民之常職也. 蓋上爲一, 下爲二. 故上之所好, 下必有甚焉者矣.
幽公淫荒昏亂, 游蕩無度, 無冬無夏, 鼓舞於宛丘之道, 則國人更化而
從之, 男子非特不正乎外以業耕, 而婆娑於枌栩之野, 女子非特不正乎
內以業織, 而婆娑於日中之市. 及其久也, 非特男女棄其舊業而已, 雖
國人亦越以鬷邁. 然則風化之所行, 有以動蕩其心, 感移其俗, 亦豈有
善惡之間哉?

爾雅曰 : "婆娑舞也." 詩言婆娑則舞而已. 序兼歌言之者, 言歌不必

---

23   『詩經』陳風 / 東門之枌, 毛序.
24   『詩經』陳風 / 東門之枌.

見舞, 言舞則歌在其中矣. 詩序曰 : "言之不足, 故嗟嘆之, 嗟嘆之不足, 故永歌之, 永歌之不足,[25] 故不知手之舞之足之蹈之也."

　남자는 밖에서 자기 위치를 바르게 하고 여자는 안에서 자기 위치를 바르게 하는 것이 천지(天地)의 큰 뜻이다.[26] 남자는 밭가는 것을 업으로 삼고 여자는 베짜는 것을 업으로 삼는 것이 백성들의 떳떳한 직분이다. 대개 윗사람이 하나를 하면 아랫사람은 둘을 하므로, 윗사람이 좋아하는 바를 아랫사람은 더 좋아한다.

　유공(幽公)이 황음난잡(荒淫亂雜)하고 방탕무도(放蕩無度)했기 때문에 겨울도 여름도 없이 완구의 길에서 북치며 춤추니, 나라 안의 모든 사람들이 동화되어 이를 따라 했다. 그리하여 남자는 밖에서 밭갈이를 제대로 하지 않을 뿐 아니라 느릅나무와 상수리나무가 있는 들에서 덩실덩실 춤추었고, 여자는 안에서 길쌈을 제대로 하지 않을 뿐 아니라 대낮에 시장에서 덩실덩실 춤추었다. 이런 습관이 오래되자 남녀가 예전에 하던 일을 내팽개쳤을 뿐만 아니라 모든 사람들이 떼지어 놀러 나가게 되었다. 이렇듯 시대의 풍조(風潮)에 따라 사람들의 마음을 움직여 풍속을 바꾸니, 또한 선악(善惡)의 그 사이에 있게 되는 것이다.

　『이아』에 "파사(婆娑)는 춤추는 것이다"[27]라고 했으니, 이 시(詩)에서 '파사'는 춤추는 것을 말한다. 그런데 《동문지분》을 논평한 서(序)에 노래를 겸해서 말한 이유는 노래에는 반드시 춤이 따르지는 않지만 춤을 말하면 노래는 그 가운데 있기 때문이다. 그러므로 「시서(詩序)」에 "말로 부족하므로 감탄하며, 감탄으로 부족하므로 노래하며, 자신도 모르게 손으로 춤을 추고 발로 뛰는 것이다"라고 하였다.

25　대본에는 '永歌之不足, 故嗟嘆之, 嗟嘆之不足'으로 되어 있으나, 『詩經』 毛序에 의거하여 '言之不足, 故嗟嘆之, 嗟嘆之不足, 故永歌之, 永歌之不足'으로 바로잡았다.

26　남자는~뜻이다 : 『周易』 家人卦 2.

27　『爾雅』 釋訓 3-106.

녹명(鹿鳴)

64-4. 我有嘉賓, 鼓瑟吹笙. 吹笙鼓簧, 承筐是將. 我有嘉賓, 鼓瑟鼓琴. 鼓瑟鼓琴, 和樂且湛.

　　내 귀한 손님 있어 슬(瑟)을 타고 생(笙)을 불며 즐기네.

　　생을 불고 황(簧: 울림쇠)을 울리며 폐백 광주리를 받들어 올리네.

　　내 귀한 손님 있어 슬을 타고 금을 타네.

　　슬을 타고 금을 타니 화락(和樂)하여 즐거움 끝이 없네.[28]

　　卦有八, 離居一焉, 晋有八, 絲居一焉. 離馬也而與蠶同祖, 則其音絲而已. 易曰: "離麗也." 麗以離爲體,[29] 離以麗爲用. 故大琴謂之離, 以其聲有所麗而明也. 大瑟謂之灑, 以其聲有所麗而澤也. 大笙謂之巢, 以其列管匏中, 施簧管端, 鳳巢之象也. 小笙謂之和, 以其大者唱則小者和也. 爾雅曰: "所以鼓柷謂之止, 所以鼓敔謂之籈, 徒鼓鐘謂之修, 徒鼓磬謂之蹇." 由是觀之, 凡所以作樂者, 古人皆以爲鼓, 則所以作琴瑟笙簧謂之鼓, 不亦可乎?

　　文王之燕羣臣嘉賓, 始則鼓瑟吹笙吹笙鼓簧者, 以其樂主盈, 渦之之誠有加而無已也, 終則鼓瑟鼓琴, 先瑟而後琴者, 以反爲文, 示以有常而無變也. 吹笙鼓簧, 鼓瑟鼓琴, 皆兩言之者, 以笙簧琴瑟大小備擧故也. 笙簧象物生而有所示, 故以示我周行終焉. 琴瑟君子以樂心而已, 故以燕樂嘉賓之心終焉. 詩序曰: "鹿鳴廢則和樂缺矣." 樂記曰: "中心斯須不和不樂, 而鄙詐之心入之矣." 蓋禮之於賓主, 義之於君臣, 文王之於羣臣, 不以君臣之義接之, 而推賓主之禮以待之. 雖和樂且湛, 亦不出禮之大閑而已, 與賓之初筵所謂其湛曰樂, 豈其致哉!

---

[28]　　『詩經』小雅 / 鹿鳴.

[29]　　대본에는 '用'으로 되어 있으나, 사고전서 『樂書』에 의거하여 '體'로 바로잡았다.

괘(卦)는 8개가 있는데 이(離)가 그중의 하나이고, 음(音)도 8개가 있는데 사(絲)가 그중의 하나이다. 이괘(離卦)는 말(馬)이 되는데[30] 누에와 조상을 같이하니, 그 음(音)은 사(絲)이다. 『주역』에 "이(離)는 걸림이다"[31]라고 했으니, 걸림은 이괘를 체(體)로 삼고 이괘는 걸림을 용(用)으로 삼는다. 그러므로 대금(大琴)을 이(離)라 한 것[32]은 그 소리가 걸린 바가 있어서 밝기 때문이고, 대슬(大瑟)을 쇄(灑)라 한 것[33]은 그 소리가 걸린 바가 있어서 윤택하기 때문이다.

대생(大笙)을 소(巢)라 한 것[34]은 관(管)을 박통에 나열하고 황(簧)을 관대 끝에 댄 것이 봉황새 둥지처럼 생겼기 때문이고, 소생(小笙)을 화(和)라 한 것[35]은 큰 악기가 먼저 선창하면 작은 악기가 화답하기 때문이다.

『이아』에 "축을 치는[鼓柷] 몽치를 지(止)라고 하고, 어를 긁는[鼓敔] 채를 진(籈)이라 하며, 종만 치는 것[徒鼓鐘]을 수(修)라고 하고, 경만 치는 것[徒鼓磬]을 건(寋)이라 한다"[36]라고 했다. 이로 보건대, 음악을 연주하는 것을 옛사람이 모두 '고(鼓)'라고 표현했으니, 금·슬과 생황을 연주하는 것을 '고(鼓)'라고 한 것이 또한 옳지 않은가?

문왕이 뭇신하들과 손님들에게 연회를 베푸는 처음에 '슬을 타고 생을 불며, 생을 불고 황(簧)을 울린 것'은, 악은 채움[盈 : 기쁨]을 주로 하므로[37] 그들을 대우하는 정성을 그지없이 다하기 위함이다. 마지막에 '슬을 타고 금을 탄다'라고 하여 슬을 먼저 언급하고 금을 나중에 언급한

30 『周易』 說卦傳 8에 '乾爲馬 …… 離爲雉'로 되어 있어서, 『樂書』와 상치된다.

31 『周易』 離卦 2. 「象曰 : 離, 麗也. 日月麗乎天, 百穀草木麗乎土. 重明以麗乎正, 乃化成天下【단에 이르기를 "리(離)는 걸림이니, 해와 달이 하늘에 걸려 있고, 백곡과 초목이 땅에 걸려 있다. 거듭 밝음으로써 정도(正道)에 걸려 있으면, 즉 정도를 따르면 천하를 화성(化成)하느니라" 하였다.】

32 대금(大琴)을~것 : 『爾雅』 釋樂 7-3.

33 대슬(大瑟)을~것 : 『爾雅』 釋樂 7-2.

34 대생(大笙)을~것 : 『爾雅』 釋樂 7-6.

35 소생(小笙)을~것 : 『爾雅』 釋樂 7-6.

36 『爾雅』 釋樂 7-13, 14.

37 악은~하므로 : 『禮記』 樂記 19-23.

것은, 돌아감을 문채로 삼은 것이니,[38] 떳떳함이 있고 변화가 없음을 보인 것이다. '생을 불고 황을 울린다'라고 하고 '슬을 연주하고 금을 탄다'라고 해서 모두 각각 두 번씩 말한 것은 생황의 크고 작은 악기인 대생과 소생, 큰 악기인 슬(瑟)과 작은 악기인 금(琴)을 두루 갖추어 연주했기 때문이다.

생황은 만물이 생겨나는 것을 형상해서 보여주므로, '내게 큰 도리를 보여주오'라는 구절로 맺었다. 금·슬은 군자의 마음을 즐겁게 해주므로, '귀한 손님의 마음을 편안하고 즐겁게 해드리네'[39]라는 구절로 맺었다.

시서(詩序)에 "《녹명(鹿鳴)》이 폐기되면 화락(和樂)이 결여될 것이다"[40]라고 하고, 「악기(樂記)」에 "마음속이 잠시라도 화락(和樂)하지 않으면 비루하고 간사한 마음이 들어온다"[41]라고 했다. 빈(賓)과 주인은 예(禮)를 지키고, 임금과 신하는 의(義)를 지키는 관계인데, 문왕은 신하들을 군신 간의 의(義)로 대하지 않고 빈주 간의 예로 대우했다. 화락(和樂)하여 즐거움이 끝이 없을지라도 예의 큰 범주에서 벗어나지 않았으니, 아마 《빈지초연(賓之初筵)》에 이른 바 '즐겁고도 화기애애함'[42]을 이룬 것이리라.

---

38 돌아감을~것이니 : 『禮記』 樂記 19-23.
39 『詩經』 小雅 / 鹿鳴. 「呦呦鹿鳴, 食野之苹. 我有嘉賓, 鼓瑟吹笙. 吹笙鼓簧, 承筐是將. 人之好我, 示我周行. …… 呦呦鹿鳴, 食野之芩. 我有嘉賓, 鼓瑟鼓琴. 鼓瑟鼓琴, 和樂且湛. 我有旨酒, 以燕樂嘉賓之心.」
40 『詩經』 小雅 / 六月, 毛序.
41 『禮記』 樂記 19-23.
42 『詩經』 小雅 / 賓之初筵.

사모(四牡)

64-5. 四牡勞使臣之来, 有[43]功而見知則說也.

《사모(四牡)》는 사신이 온 것을 위로한 시이니, 공로가 있어 인정을 받으면 기쁜 것이다.[44]

황황자화(皇皇者華)

64-6. 皇皇者華, 君遣使臣也, 送之以禮樂, 言遠而有光華也.

《황황자화(皇皇者華)》는 임금이 사신을 보내는 것을 읊은 시이니, 예악으로 전송하면서 멀리 나가 국가를 빛냄을 말한 것이다.[45]

序曰：“四牡廢則君臣缺矣, 皇皇者華廢則忠信缺矣.” 蓋君之於使臣, 有事功之勞. 不有以知而勞之, 不足以全君臣之道. 使臣之於君, 既受命於聘好, 不能延譽於四方, 不足以全忠信之德. 遣之勞之者禮也, 歌詩以叙其情者樂也. 君之於臣必先遣而後勞, 序詩者必先勞而後遣, 蓋所以示勸也.

서(序)에 “《사모(四牡)》가 없어지면 군신(君臣)의 의리가 없어질 것이고 《황황자화(皇皇者華)》가 없어지면 충신(忠信)이 없어질 것이다”[46]라고 했

---

43 대본에는 ‘百’으로 되어 있으나, 사고전서 『樂書』와 『毛詩』에 의거하여 ‘有’로 바로잡았다.
44 『詩經』 小雅 / 四牡, 毛序.
45 『詩經』 小雅 / 皇皇者華, 毛序.
46 『詩經』 小雅 / 六月, 毛序.

다. 사신에게 수고한 공로가 있는데 임금이 그것을 알아주고 위로하지 않으면, 군신간의 도리를 온전하게 하지 못한 것이다. 사신이 임금으로부터 외국에 가서 우호관계를 맺으라는 명을 받았는데 그 명예를 사방에 펴지 못하면, 충신(忠信)의 덕을 온전하게 하지 못한 것이다. 사신을 보내면서 위로하는 것은 예(禮)이고, 시를 노래하여 정을 펴는 것은 악(樂)이다. 임금이 사신을 보낸 뒤에 위로하는 법인데, 시를 편집한 자가 사신을 위로한 시(《四牡》)를 사신을 전송한 시(《皇皇者華》)보다 앞에 배치한 것은 격려하여 권면(勸勉)하기 위해서이다.

권65 시훈의(詩訓義)

소아(小雅) / **상체**(常棣) · **벌목**(伐木) · **채미**(采薇) · **출거**(出車)
· **체두**(杕杜) · **동궁**(彤弓) · **청청자아**(菁菁者莪)

상체(常棣)

65-1. 妻子好合, 如鼓瑟琴.
아내와 사랑하고 화합함이 금·슬을 타는 듯하네.[1]

琴瑟同音而相合, 而妻子好合如之. 故曰 : "妻子好合, 如鼓瑟琴." 塤
篪異音而同和, 而君民之和如之. 故曰 : "天之牖民, 如塤如篪." 常棣主
燕兄弟, 而言妻子者, 以至于兄弟, 必自型寡妻始故也. 板主言君之於
民, 而言天者, 以君之所爲天實使之故也. 是詩先瑟後琴者, 以絃多寡
序之, 與鹿鳴鼓鐘, 鼓瑟鼓琴同意. 關雎先琴後瑟者, 以音大細序之, 與

1　『詩經』小雅 / 常棣.

女曰鷄鳴, 琴瑟在御同意. 車鄰言瑟不及琴, 車舝言琴不及瑟, 詩人之
意各有所主爾.

금(琴)과 슬(瑟)이 조화롭게 울리어 서로 화합하는데, 아내와 사랑하고
화합함이 이와 같으므로 "아내와 사랑하고 화합함이 금·슬을 타는 듯하
네"라고 한 것이다. 훈(壎)과 지(箎)는 각각 토음(土音)과 죽음(竹音)으로서 서
로 다르지만 함께 조화되는데, 임금과 백성 간에 조화로운 것이 이와 같으
므로 "하늘이 백성을 열어 밝혀줌이 훈과 지가 조화를 이룬 것 같네"[2]라
고 했다.

《상체(常棣)》는 형제에게 연회를 베푼 시인데 아내를 언급한 것은 형
제에 이르러서도 반드시 본보기가 자기 아내로부터 시작하기 때문이다.
《판(板)》은 임금과 백성 간의 일을 읊은 시인데 하늘을 언급한 것은 임금
이 하는 일은 실로 하늘이 시킨 것이기 때문이다.

이 시에서 슬을 금보다 먼저 말한 것은 현수(絃數)의 많고 적음으로 차
례를 삼은 것이니, 《녹명(鹿鳴)》과 《고종(鼓鐘)》에 "슬을 타고 금을 타도
다"라고 한 것과 같은 뜻이다. 《관저(關雎)》에서 금을 슬보다 먼저 말한
것은 소리의 크고 작음으로 차례를 삼은 것이니, 《여왈계명(女曰鷄鳴)》에
"금·슬을 타도다"라고 한 것과 같은 뜻이다. 《거린(車鄰)》에서 슬만 말
하고 금은 언급하지 않고, 《거할(車舝)》에서 금만 말하고 슬은 언급하지
않은 것은 시인의 뜻에 각각 중점을 둔 것이 있기 때문이다.

---

2   『詩經』大雅 / 板.

벌목(伐木)

65-2. 坎坎鼓我, 蹲蹲舞我.
둥둥 북을 치고 너울너울 춤을 추네.³

傳曰: "坎坎蹲蹲喜也." 樂之所由生也. 易曰: "鼓之舞之, 以盡神." 樂之樂也. 古者作樂, 始於鼓, 以作其聲, 終於舞, 以動其容. 坎坎鼓我, 則發諸聲音而以反爲文也, 蹲蹲舞我, 則形諸動靜而蹈厲有節也, 人道性術之變盡於此矣. 文王燕朋友故舊而爲樂至此, 亦仁之至, 義之盡也.

竊嘗究周官燕樂, 鐘磬敎之於磬師, 鐘笙⁴供之於笙師, 奏其樂以鐘師, 舞其樂以旄人, 歙而歌之以靺鞨氏. 儀禮之燕禮: "樂人設縣, 小臣何瑟面鼓, 工升卒歌. 笙入立奏, 下管新宮, 若舞則勺." 是燕以示慈惠而樂固無不備擧矣. 觀文王燕羣臣於鹿鳴, 其樂不過笙簧琴瑟, 燕朋友故舊於伐木, 其樂不過於鼓舞, 至於常棣燕兄弟, 未嘗及樂, 其故何哉? 以伐木考之, 籩豆有踐, 兄弟無遠, 而以鼓舞繼之. 是燕兄弟, 固未嘗無樂也. 不然常棣之詩, 何以謂之和樂且孺且湛哉? 鹿鳴不言鼓舞, 非無鼓舞也, 伐木不言笙簧琴瑟, 非無笙簧琴瑟也, 蓋亦互備而已.

전(傳)에 "감감(坎坎)과 준준(蹲蹲)은 기뻐하는 것이다"⁵라고 한 것은 악(樂)이 생기게 된 동인(動因)이고 『주역』에 "북을 치고 춤을 추어 신명나게 한다"⁶라고 한 것은 악을 즐기는 것이다.

옛날에 악을 지을 때 처음에는 북을 쳐서 소리를 내고 끝에서는 춤을 추어 용모를 움직였다. 둥둥 북을 쳐서 성음으로 나타내되 돌아감을 문

---

3   『詩經』 小雅 / 伐木.
4   대본에는 '笙鐘'으로 되어 있으나, 『周禮』에 의거하여 '鐘笙'으로 바로잡았다.
5   『爾雅』 釋訓 3-32.
6   『周易』 繫辭上傳 12.

채로 삼고, 너울너울 춤을 추어 동작으로 형용하되 발을 절도 있게 디뎠으니, 사람의 도리와 성술(性術)의 변화를 여기에 다 나타냈다. 문왕이 옛 친구들에게 주연(酒宴)을 베풀면서 이렇게 악을 즐겼으니, 인(仁)을 지극하게 하고 의(義)를 극진하게 한 것이다.

『주례』의 연악(燕樂)을 살펴보건대, 종(鐘)·경(磬)은 경사(磬師)가 가르치고,[7] 종(鐘)·생(笙)의 악은 생사(笙師)가 제공하며, 그 음악은 종사(鐘師)가 연주하고,[8] 그 음악에 맞추어 모인(旄人)이 춤추고,[9] 제루씨(鞮鞻氏)가 악기를 불면서 노래했으며,[10] 또 『의례』「연례(燕禮)」에 "악인(樂人)이 종·경을 진설하고, 소신(小臣)이 슬(瑟) 타는 쪽을 마주 대하여 슬을 받쳐든다. 악공이 당상에 올라가 노래를 마치면 생(笙) 연주자가 들어와 서서 연주하고, 당하에서 관악기로 《신궁(新宮)》을 연주하고 《작(勺)》을 추었다"[11]라고 했으니, 이는 연회를 베풀어 자혜(慈惠)를 보이고 악을 갖추어 연주한 것이다.

그러나 문왕이 신하들에게 연회를 베푼 《녹명(鹿鳴)》에 생황과 금·슬만 언급되었고, 옛 친구들에게 연회를 베푼 《벌목(伐木)》에 북과 춤만 언급되었으며, 형제에게 연회를 베푼 《상체(常棣)》에 악에 대해 아무런 언급이 없다. 그 이유는 무엇인가?

《벌목》을 고찰해보건대, "변두(籩豆)에 정갈하게 음식 차려놓으니 형제들이 먼 길 마다 않고 모두 왔네"라고 하고 이어서 "북을 치며 춤을 추네"라고 했으니, 형제에게 연회를 베풀 때에 악이 없지 않았다. 그렇지 않으면 《상체》에 어떻게 '화락하고 사모하며 길이 즐긴다'라고 읊었겠는가? 《녹명》에 북 치고 춤추는 것은 말하지 않았지만 북과 춤이 없지 않았던 것처럼, 《벌목》에 생황과 금·슬을 말하지 않았지만 생황과

---

7 『周禮』春官 / 磬師 0.
8 『周禮』春官 / 鐘師 0.
9 『周禮』春官 / 旄人 0.
10 『周禮』春官 / 鞮鞻氏 0.
11 『儀禮』燕禮 6-1, 17, 18, 20, 31.

금·슬이 없지 않았던 것으로 보아야 한다. 이는 각각 일부분을 언급하여 서로 보완해준 것이다.

채미(采薇)·출거(出車)·체두(杕杜)

65-3. 采薇遣戍役也. 文王之時, 西有昆夷之患, 北有玁狁之難, 以天子之命, 命將率, 遣戍役以守衛中國. 故歌采薇以遣之, 出車以勞還, 杕杜以勤歸也.

《채미(采薇)》는 수자리 살러가는 병사를 보낸 것을 읊은 시이다. 문왕 때에 서쪽에는 곤이(昆夷)의 환난이 있고 북쪽에는 험윤(玁狁)의 환난이 있었으므로, 천자의 명으로 장수에게 명하여 수자리를 살 병사를 보내어 중국을 수비했다. 그러므로《채미》를 노래하여 보내고,《출거(出車)》를 노래하여 개선하는 장수를 위로하고,《체두(杕杜)》를 노래하여 돌아오는 병사들의 노고를 치하한 것이다.[12]

文王之時, 天保以上治內, 采薇以下治外. 西攘昆夷之患, 北伐玁狁之難, 方出而行師, 則將役均在所遣, 故歌采薇以遣之, 所以一貴賤之心也, 與荀卿所謂, '百將一心三軍同力', 同意. 及旋而班師, 則尊卑不可不辨. 故歌出車以勞率, 歌杕杜以勞役, 所以明貴賤之分也, 與禮記所謂 '賜君子小人不同日', 同意. 天地之於萬物, 出乎震, 所以遣之也. 歸乎坎, 所以勞之也. 文王之於將役, 致義以遣之, 致仁以勞之, 亦何異此? 遣之勞之禮也, 必歌詩以樂之樂也.

---

12   『詩經』小雅 / 采薇, 毛序.

문왕 때에《천보(天保)》이상은[13] 나라 안을 다스린 것을 읊은 시이고, 《채미(采薇)》이하는[14] 나라 밖을 다스린 것을 읊은 시이다. 서쪽으로 곤이(昆夷)[15]의 환난을 물리치고 북쪽으로 험윤(獫狁)[16]의 환난을 정벌하고자 출병했는데, 장수와 병사를 보낼 때 다같이 《채미》를 노래하여 보낸 것은 귀한 자와 천한 자의 마음을 합치시키기 위함이었다.『순자』에 "모든 장수들이 한 마음이 되고 삼군(三軍)이 힘을 합친다"[17]라고 한 것과 같은 뜻이다.

그러나 군대가 돌아올 때는 존비(尊卑)를 구분하지 않을 수 없다. 그러므로《출거(出車)》를 노래하여 장수를 위로하고,《체두(杕杜)》를 노래하여 병사를 위로하여, 귀천(貴賤)의 분수를 밝혔으니,『예기』에 "임금이 군자에게 물건을 하사하는 것과 소인에게 하사하는 것을 같은 날에 하지 않는다"[18]라고 한 것과 같은 뜻이다.

천지간에 만물은 진(辰)에서 나와 보내지고, 감(坎)으로 돌아가 위로받는다.[19] 문왕이 장수와 병사를 의(義)를 다해서 파견하고 인(仁)을 다하여 위로했으니 이것과 무엇이 다르겠는가? 파견하고 위로하는 것은 예이고, 반드시 시를 노래하여 즐겁게 하는 것은 악이다.

---

13 《천보(天保)》·《벌목(伐木)》·《상체(常棣)》·《황황자화(皇皇者華)》·《사모(四牡)》· 《녹명(鹿鳴)》을 가리킨다.
14 《채미(采薇)》·《출거(出車)》·《체두(杕杜)》를 가리킨다.
15 곤이(昆夷) : 은(殷)·주(周) 때 서북 지방에 있던 부족의 이름.
16 험윤(獫狁) : 북방의 소수 민족의 이름. 흉노(匈奴)의 옛 명칭.
17 『荀子』議兵 15-2.
18 『禮記』玉藻 13-22.
19 『周易』說卦傳 5.「萬物出乎震, 震東方也. …… 坎者水也, 正北方之卦也, 勞卦也, 萬物之所歸也【만물이 진(震)에서 나오니, 진은 동방이다. …… 감(坎)은 물이다. 정북방의 괘로서 위로하는 괘이니, 만물이 돌아가는 바이다.】」

동궁(彤弓)

65-4. 鐘鼓旣設, 一朝饗之. 鐘鼓旣設, 一朝右之. 鐘鼓旣設, 一朝醻
之.

　종(鐘)·고(鼓)를 진설하고 하루아침에 향례(饗禮)를 베푸노라.
　종·고를 진설하고 하루아침에 음식을 권하노라.
　종·고를 진설하고 하루아침에 술을 주고받노라.[20]

古者諸侯有功於王室, 天子非特賜之彤弓以旌之, 抑又行獻酬酢之
禮以禮之, 設鐘鼓之樂以樂之也. 周官 : "樂師饗食諸侯, 序其樂事, 令
奏鐘鼓. 鎛師凡饗祀鼓其金奏之樂. 典庸器帥其屬而設筍虡, 饗食亦如
之." 由是觀之, 饗禮不終朝以訓恭儉. 要之, 賓主百拜而酒三行, 其樂
未嘗不令奏鐘鼓也. 然錫彤弓, 必因饗禮, 笙師饗射共笙鐘之樂[21]也, 鐘
師饗食奏燕樂.[22]

異禮而同樂, 是燕亦以鐘鼓爲主也. 觀文王之燕羣臣, 其樂有及於琴
瑟笙簧, 燕朋友故舊, 其樂有及於鼓舞. 然則饗樂固與燕同, 是詩特及
鐘鼓者, 非不用琴瑟笙舞也, 所主者鐘鼓而已. 先言饗之, 次又右之, 與
周官大祝以享右祭祀, 同意.

　옛날에 제후가 왕실에 공이 있으면 천자가 동궁(彤弓)을 하사하여 그
들을 정표(旌表)했을 뿐만 아니라 또한 서로 술을 주고받는 예를 행하여
그들을 예우하고, 종(鐘)·고(鼓)의 악을 연주하여 그들을 즐겁게 하였다.
주관(周官)의 악사(樂師)는 제후를 향사(饗食)할 때 악사(樂事)를 순서에 따

20　『詩經』 小雅 / 彤弓.
21　대본에는 '意'로 되어 있으나, 『周禮』에 의거하여 '樂'으로 바로잡았다.
22　대본에는 '饗奏燕'으로 되어 있으나, 『周禮』에 의거하여 '饗食奏燕樂'으로 바로잡았
　　다.

라 진행하고, 종·고를 연주하게 했으며,[23] 박사(鎛師)는 모든 향사에서 금주(金奏)의 악에 북을 쳤고,[24] 전용기(典庸器)는 소속 관원을 인솔하여 순(筍)[25]·거(虡)[26]를 설치했는데, 향사(饗食)에도 그와 같이 했다.[27]

이로 보건대, 향례(饗禮)는 온종일 공검(恭儉)만을 가르치지는 않았다. 요컨대, 주인과 손님이 백 번 절하고서야 술을 세 번 마셨지만, 악은 종·고를 연주하지 않은 적이 없었다. 즉, 반드시 향례(饗禮)를 통해서 동궁(彤弓)을 하사했는데, 생사(笙師)가 향례(饗禮)와 사례(射禮)에 생(笙)·종(鐘)의 악을 제공하고,[28] 종사(鐘師)가 향례(饗禮)와 사례(食禮)에 연악(燕樂)을 연주했다.[29]

향례(饗禮)와 연례(燕禮)는 예는 달라도 악은 같으므로, 연례 또한 종·고를 위주로 했다. 문왕이 신하들에게 연회를 베풀 때는 생황과 금·슬을 연주했고,[30] 벗과 옛 친구에게 연회를 베풀 때는 북을 치고 춤을 추었다.[31] 향례의 악은 참으로 연례의 악과 같으므로, 이 시에서 종·고만 언급했더라도 금·슬과 생황의 연주 및 춤이 없었던 것이 아니고, 다만 종·고를 위주로 했을 뿐이다.

먼저 향례를 베푼다고 말하고 그 다음에 음식을 권한다고 말한 것은 『주례』에서 대축(大祝)이 세물을 신에게 올리고 흠향하시도록 권한 것과 같은 뜻이다.[32]

23　『周禮』 春官 / 樂師 0.
24　『周禮』 春官 / 鎛師 0.「鎛師, 掌金奏之鼓. 凡祭祀鼓其金奏之樂, 饗食賓射亦如之.」
25　순(筍) : 거(虡)에 가로 댄 나무.
26　거(虡) : 북이나 종·경 등을 거는 틀의 양쪽 기둥.
27　『周禮』 春官 / 典庸器 0.
28　『周禮』 春官 / 笙師 0.
29　『周禮』 春官 / 鐘師 0.
30　『詩經』 小雅 / 鹿鳴.
31　『詩經』 小雅 / 伐木.
32　『周禮』 春官 / 大祝 0.

청청자아(菁菁者莪)

65-5. 菁菁者莪, 在彼中阿. 旣見君子, 樂且有儀. 菁菁者莪, 在彼中沚, 旣見君子, 我心則喜.

무성한 새발쑥이 저 언덕 가운데 있네.

군자를 뵈니 화락(和樂)하면서 위의(威儀)가 있네.

무성한 새발쑥이 모래섬 가운데 있네.

군자를 뵈니 내 마음 기쁘네.[33]

文武之學曰辟雍, 成王之學曰成均. 而大司樂掌其法焉, 蓋辟之以禮, 雍之以樂. 成其虧, 均其過不及, 學校之敎也. 成王有改辟雍之名, 無變辟雍之實, 其長育人材而成之者, 亦不過禮樂而已. 旣見君子樂且有儀, 有儀者禮也, 樂之者樂也. 然則禮樂豈不爲君子之深敎歟! 樂且有儀, 序所謂樂育材也, 我心則喜, 序所謂天下喜樂之也.

辟雍之制, 環之以水, 則所謂中沚, 辟雍之實也. 以中爲義, 成均之實也. 諸侯之制, 半於天子, 其學謂之泮宮. 魯頌泮水之詩曰: "思樂泮水, 言采其芹." 所以喩禮. 繼之以 "載色載笑, 匪怒伊敎", 所以爲樂. 天子諸侯之制雖不同, 其敎曷嘗不一本禮樂哉? 六月之序曰: "菁菁者莪廢則無禮儀." 而不及樂何也? 孔子曰: "不能樂, 於禮素." 樂記曰: "知樂則幾於禮矣." 古之育人材, 以立於禮爲始, 以成於樂爲終. 是足於禮者, 未嘗不知樂, 足於樂者, 未嘗不知禮. 詩兼始終言之, 序特原始稱之而已.

문왕과 무왕 때는 학교를 벽옹(辟雍)이라 하고, 성왕(成王) 때는 성균(成均)이라 했다. 대사악(大司樂)이 성균의 법을 관장했는데, 대개 예로 다스

33 『詩經』小雅 / 菁菁者莪.

리고[諧] 악으로 화목하게 하였다[醻]. 일그러진 것을 온전하게 하고[成] 지나치거나 부족한 것을 고르게 하는 것[均]이 학교의 가르침이다. 성왕이 벽옹이라는 명칭을 고치긴 했지만, 벽옹의 실상은 변함이 없었으니, 인재를 길러서 완성시키는 것은 예악(禮樂)에 지나지 않기 때문이다.

'군자를 뵈니 화락하면서 위의(威儀)가 있네'라는 것에서 '위의가 있는 것'은 예이고, '화락한 것'은 악이다. 그러하니 예악이 어찌 군자의 심원한 교육이 아니겠는가? '화락하면서 위의가 있네'라는 것은 서(序)[34]에서 말한 "인재를 기름을 즐거워한다"라는 뜻이고, '내 마음 기쁘네'라는 것은 서에서 말한 "천하 사람이 기뻐하고 즐거워한다"라는 뜻이다.

벽옹의 제도는 물로 건물을 빙 둘렀으니 이른바 '모래섬 가운데'라는 것은 벽옹(辟雍)의 실제이고, '중(中)'을 의(義)로 삼은 것은 성균(成均)의 실제이다. 제후의 제도는 규모가 천자의 반이므로 그 학교를 반궁(泮宮)이라 했다. 노송(魯頌)의 《반수(泮水)》에 "즐거운 반궁의 물가에서 미나리를 캐네"라고 한 것은 예를 비유한 것이고, 이어서 "얼굴에 환한 웃음 띠시니 화내는 것이 아니라 가르치는 것이네"라고 한 것은 악이니, 천자와 제후의 제도가 같지는 않지만 그 교육의 내용은 한결같이 예악을 근본으로 삼은 것이 아니겠는가?

《6월(六月)》 서(序)에 "《청청자아(菁菁者莪)》가 폐해지면 예의(禮儀)가 없어질 것이다"[35]라고 하여 악을 언급하지 않은 것은 무엇 때문인가? 공자가 "악을 하지 못하면 예에 허술하게 된다"[36]라고 하고, 『악기(樂記)』에 "악을 알면 예에 가까워진다"[37]라고 했으며, 옛날에 인재를 육성할 때 예에 서는 것으로 시작하여 악에서 완성되는 것을 목표로 삼았으니,[38] 이는 예를 체득한 자는 악을 알지 못함이 없고, 악을 체득한 자는 예를

34　『詩經』 小雅 / 菁菁者莪, 毛序.
35　『詩經』 小雅 / 六月, 毛序.
36　『禮記』 仲尼燕居 28-7
37　『禮記』 樂記 19-1.
38　『論語』 泰伯 8-8.「子曰 : "興於詩, 立於禮, 成於樂."」

알지 못함이 없다는 뜻이다. 시에서는 시종을 겸해서 말했지만, 서(序)에서는 시작 단계인 예만 언급한 것이다.

권66 시훈의(詩訓義)

소아(小雅) / 하인사(何人斯) · 고종(鼓鐘) · 초자(楚茨)

하인사(何人斯)

66-1. 伯氏吹壎, 仲氏吹篪.
형은 훈(壎)을 불고 아우는 지(篪)를 부네.[1]

壎之爲器, 平底六孔水之數也, 中虛上銳火之形也. 壎以水火相合, 然後成器, 亦以水火相和, 然後成聲. 故大者聲合黃鍾大呂, 小者聲合太蔟夾鍾, 一要宿中聲之和而已. 先儒謂 : "圍五寸有半, 長三寸有半." 蓋取諸此. 篪之爲器, 大者尺有四寸陰數也, 其圍三寸陽數也. 小者尺有二寸, 則全於陰數而已. 要皆有翹焉, 一孔上達, 寸有三分, 而橫吹

---

1   『詩經』 小雅 / 何人斯.

之, 篪爲不齊者也.

爾雅曰 : “大塤謂之嘂,[2] 大[3]篪謂之沂.” 嘂[4]則六孔交鳴而喧譁, 沂則出於一孔, 而其聲淸以辨也. 土王於長夏, 而塤土音也, 有伯氏之意焉. 竹王於仲春, 而篪竹音也, 有仲氏之意焉. 故曰 : “伯氏吹塤, 仲氏吹篪.”

板詩曰 : “天之牖民, 如塤如篪.” 是塤篪異器而同樂, 伯仲異體而同氣. 故詩人取以況焉. 觀周官, ‘小師教塤, 瞽矇播之, 笙師兼篪而教之’, 詳於塤略於篪者, 以塤主倡始, 不得不詳, 篪主和終而已, 不得不略, 不亦寓伯仲之旨乎?

昔暴公之於蘇公, 以義相友, 有兄弟之親, 以情相歡, 有塤篪之樂, 是雖靡不有初, 而鮮克有終. 眞餘耳之光初, 蕭朱之隙末也, 喪其本心亦已甚矣. 譙周曰 : “幽王之時, 暴辛公善塤, 蘇成公善篪.” 由是觀之, 豈詩人因其所善取譬耶? 世本曰 : “暴公作塤, 蘇公作篪.” 是不知, 塤篪之作其來尙矣.

塤又作塤, 篪又作鹾者焉, 金方而土員, 水平而火銳. 一從熏火也, 其徹[5]爲黑, 則水而已, 一從員則土[6]之形也. 籥本起黃鍾之籥, 如笛而三孔, 所以通中聲也, 篪或作鹾者, 與籥不齊故也.

훈(塤)[7]이라는 악기에서 밑이 평평하고 6공(孔)인 것은 물의 수이고, 가운데가 비고 위가 뾰족한 것은 불의 형상이다. 훈은 물과 불이 합친 뒤에야 악기를 이루고, 물과 불이 서로 조화를 이룬 뒤에야 소리가 난다. 그러므로 큰 것은 소리가 황종·대려와 합치하고, 작은 것은 태주·협종과 합치하니, 중요한 것은 중성(中聲)의 조화에 있을 따름이다. 선유(先儒)

---

2 대본에는 ‘器’로 되어 있으나, 『爾雅』에 의거하여 ‘嘂’로 바로잡았다.
3 대본에는 ‘六’으로 되어 있으나, 사고전서 『樂書』와 『爾雅』에 의거하여 ‘大’로 바로잡았다.
4 대본에는 ‘器’로 되어 있으나, 『爾雅』에 의거하여 ‘嘂’로 바로잡았다.
5 대본에는 ‘屮’로 되어 있으나, 사고전서 『樂書』에 의거하여 ‘徹’로 바로잡았다.
6 대본에는 ‘一’로 되어 있으나, 사고전서 『樂書』에 의거하여 ‘土’로 바로잡았다.
7 훈(塤) : 〈그림 1-26 참조〉.

가 '둘레는 5촌 반이고 길이는 3촌 반'이라 한 것은 대개 여기에서 취한 것이다.

지(箎)[8]라는 악기는 큰 것은 길이가 1척 4촌이니 음수(陰數)이고, 둘레는 3촌이니 양수(陽數)이다. 작은 것은 길이가 1척 2촌이니 음수이다. 모두 꽁지깃처럼 생긴 취구(吹口)가 있으므로, 1공이 위로 솟아 있고 그 길이는 1촌 3푼이며, 가로로 부는 것이니, 지의 생김새는 가지런하지 않다.

『이아』에 "대훈(大塤)을 교(嘂)라 하고 대지(大箎)를 은(沂)라 한다"[9]라고 했는데, 교(嘂)는 6공이 함께 울려서 시끄럽고 은(沂)은 1공에서 나와 소리가 맑고 분명하다. 흙의 기운이 장하(長夏:6월)에 왕성한데, 훈은 토음(土音)이니 형의 뜻이 있다. 대나무가 중춘(仲春:2월)에 왕성한데, 지는 죽음(竹音)이니 아우의 뜻이 있다. 그러므로 "형은 훈을 불고 아우는 지를 부네"라고 한 것이다.

《판(板)》에 "하늘이 백성을 열어 밝혀 줌이 훈과 지가 조화를 이룬 것 같네"[10]라고 한 것은, 훈과 지는 다른 악기이지만 악(樂)이 같고, 형과 아우는 다른 몸이지만 기운이 같으므로 시인들이 이것을 취해서 비유한 것이다.

『주례』를 살펴보면, 훈을 소사(小師)가 가르치고[11] 고몽(瞽矇)이 연주했는데,[12] 지는 생사(笙師)가 훈과 함께 겸해서 가르쳤으니,[13] 훈에 대해서는 상세하게 하고 지에 대해서는 소략하게 한 것이다. 훈은 먼저 시작하는 악기이므로 상세하지 않을 수 없고, 지는 나중에 화답하는 악기이므로 소략하지 않을 수 없기 때문이니, 또한 형과 아우의 뜻이 붙여진 것이 아니겠는가?

---

8   지(箎):〈그림 1-12 참조〉.
9   『爾雅』釋樂 7-7, 8.
10   『詩經』大雅 / 板.
11   『周禮』春官 / 小師 0.「小師, 掌教鼓鼗柷敔塤簫管弦歌.」
12   『周禮』春官 / 瞽矇 0.「瞽矇, 掌播鼗柷敔塤簫管弦歌.」
13   『周禮』春官 / 笙師 0.「笙師, 掌教吹竽笙塤籥簫篪篴管 春牘應雅以教祴樂.」

옛날에 포공(暴公)은 소공(蘇公)과 의리로 벗하여 형제와 같은 친분이 있었고, 정으로 서로 기뻐하여 훈·지의 즐거움이 있었다. 그런데 이런 시를 쓰게 된 것은 처음에 아무리 사이가 좋아도 끝까지 잘 유지하기 어렵기 때문이다.[14] 진여(陳餘)와 장이(張耳)의 우정이 참으로 빛난 것은 처음일 때였고[15] 소씨(蕭氏)와 주씨(朱氏)가 틈이 벌어진 것은 마지막일 때이니,[16] 본심(本心)을 잃은 것이 너무나도 심하다.

초주(譙周)[17]가 "유왕(幽王) 때에 포신공(暴辛公)은 훈(塤)을 잘 불었고 소성공(蘇成公)은 지(箎)를 잘 불었다"라고 했으니, 이로 보건대, 아마 시인은 그들이 잘한 것을 취해서 비유한 것일 수도 있다. 그러나 『세본(世本)』에 "포공이 훈을 만들고 소공이 지(箎)를 만들었다"라고 한 것은 훈과 지가 오래전에 제작되었다는 사실을 모르고 한 말이다.

훈(壎)은 훈(塤)이라도 쓰고 지(箎)는 지(篪)라고도 쓴다. 금(金)은 네모나고 흙은 둥글며 물은 평평하고 불은 뾰족하다. 오른쪽 변에 '훈(熏)'을 쓴 것은 불을 뜻하며, 위의 꼭지 부분을 제거하면 흑(黑)이 되는데, 흑색은 물(水)을 상징하는 색이다. 이와 반면에 오른쪽 변에 '원(員)'을 쓴 것은 흙의 형상을 상징한다. 약(籥)은 본래 황종(黃鍾)의 약(籥)에서 나온 것으로, 적(笛)과 같은데 3공(孔)이니, 중성(中聲)이 나온다. 그런데 지(箎)를 지(篪)로 쓴 이유는 약(籥)처럼 가지런하지 않기 때문이다.

---

14 포공(暴公)이 왕의 경사(卿士)가 되어 소공(蘇公)을 참소하므로, 소공이 《하인사(何人斯)》를 지어 풍자했다.〈『詩經』小雅 / 何人斯, 毛序〉

15 장이(張耳)와 진여(陳餘)는 전국시대 위(魏)나라의 명사였다. 처음에 빈천할 때는 서로 죽음을 무릅쓰고 신의를 지켰으나, 그러나 훗날 나라를 움켜쥐고 권력을 다투게 되자 서로를 멸망시키는 데까지 이르렀다.〈『史記』권89 張耳陳餘列傳〉

16 전한(前漢)의 소육(蕭育)과 주박(朱博)은 절친한 사이로 서로 추천하여 높은 벼슬에 올랐으나, 훗날 사이가 벌어졌다.

17 초주(譙周) : 삼국시대 촉(蜀) 파서(巴西) 사람이다. 저서에 『삼파기(三巴記)』가 있다.

고종(鼓鐘)

66-2. 鼓鐘鏘鏘, 淮水湯湯, 憂心且傷. 淑人君子, 懷允不忘. 鼓鐘喈喈, 淮水湝湝, 憂心且悲. 淑人君子, 其德不回. 鼓鐘伐[18]鼛, 淮有三洲, 憂心且妯. 淑人君子, 其德不猶. 鼓鐘欽欽, 鼓瑟鼓琴.

종소리 쟁쟁 울리고 회수는 넘실넘실, 근심스런 마음 더욱 아파라.

선량한 군자여! 그리워 잊지 못하겠네.

종소리 댕댕 울리고 회수는 철썩철썩, 근심스런 마음 더욱 슬퍼라.

선량한 군자여! 그 덕이 간사하지 않네!

종을 치고 큰 북을 치는데 회수의 모래섬 세 개, 근심스런 마음 더욱 비통해라.

선량한 군자여! 그 덕은 이와 같지 않네.

종소리 은은히 울리는데 슬을 타고 금을 타네![19]

周官 : "鎛師掌金奏之鼓, 凡祭祀鼓其金奏之樂." 禮記 : "晉平公鼓鐘, 杜蕢聞鐘聲, 曰安在." 爾雅云 : "徒鼓鐘謂之修." 蓋鼓鐘之詩, 刺幽王爲流連之樂. 鼓作其鐘於淮水之上, 樂而忘反者也, 非持鼓鐘以自娛, 抑又伐鼛以勞人, 而琴瑟笙磬管籥之樂, 無不備擧, 亦異乎先王所爲而已. 昔齊景公欲爲流連之樂, 而晏子以謂先王無是之樂, 卒能出舍於郊, 興發以補不足, 作徵招角招君臣相悅之樂. 是得易所謂 '冥豫成, 有渝無咎'者也. 幽王流連而不知反, 曾齊景公之不若, 詩人如之何不刺之邪?

『주례』에 "박사(鎛師)는 금주(金奏)[20]를 이끄는 북을 관장하며, 모든 제

18　대본에는 '代'로 되어 있으나, 사고전서 『樂書』와 『詩經』에 의거하여 '伐'로 바로잡았다.

19　『詩經』 小雅 / 鼓鐘.

20　금주(金奏) : 글자 그대로 풀이하면 종·박(鎛)과 같은 금부(金部) 악기를 연주하는 것이다. 그러나 『樂書』 52-1에 따르면 종은 항상 경(磬)과 같이 연주하므로 금주(金

사에서 금주(金奏)의 악에 북을 친다"[21]라고 하고, 『예기』에 "진(晉) 평공(平公)이 종을 치자, 두궤(杜蕢)가 종 소리를 듣고 '어디서 나는 소리인가?'라고 물었다"[22]라고 하고, 『이아』에 "종만 연주하는 것을 수(脩)라 한다"[23]라고 했다.

《고종(鼓鐘)》은 시는 유왕(幽王)이 방탕에 빠진 것을 풍자한 시이다. 회수가에서 종을 치며 방탕하게 노느라 돌아가는 것을 잊은 자는 종을 치면서 스스로 즐겼을 뿐 아니라 고고(鼛鼓)를 쳐서 사람들에게 부역(賦役)을 시켜 힘들게 했으며, 금(琴)·슬(瑟)·생(笙)·경(磬)·관(管)·약(籥)의 악기를 두루 갖추어 연주했으니, 또한 선왕의 행실과는 달랐다. 옛날에 제(齊) 경공(景公)이 유련(流連)[24]을 즐기려는데, 안자(晏子)가 선왕은 이런 즐거움을 추구하지 않았다고 충고하자, 마침내 교외에 나가 머무르면서 창고의 곡식을 풀어 부족한 백성들을 보조해주고 《치소(徵招)》와 《각소(角招)》라는 군신이 서로 좋아하는 음악을 지었으니,[25] 이는 『주역』에 이른바 "어두운 즐거움이 극에 달했지만 변하여 선을 행하면 허물이 없으리라"[26]는 것이다. 그러나 유왕은 제 경공과 달리 방탕에 빠져 돌아올 줄 몰랐으니, 시인이 어떻게 풍자하지 않을 수 있었겠는가?

66-3. 笙磬同音
생(笙)과 경(磬)이 조화롭게 울리네.[27]

秦)에는 금부의 악기뿐 아니라 돌로 만든 경(磬)도 포함된다고 한다.
21 『周禮』春官 / 鎛師 0.
22 『禮記』檀弓下 4-31.
23 『爾雅』釋樂 7-13.
24 유련(流連) : 뱃놀이를 하면서 물길을 따라 아래로 내려가서 돌아올 줄 모르는 것을 '유(流)'라 하고, 물길을 거슬러 올라가서 돌아옴을 잊는 것을 '연(連)'이라 한다. 즉 놀이에 빠져서 돌아갈 줄 모르는 것을 뜻한다.
25 옛날에~지었으니 : 『孟子』梁惠王下 2-4.
26 『周易』豫卦 14.
27 『詩經』小雅 / 鼓鐘.

凡音之起, 由人心生也, 妙有以通八卦之德, 顯有以類萬物之情. 故
離音絲其發爲琴瑟, 震音竹其發爲笙, 乾音石其發爲磬. 周官: "眡瞭掌
擊笙磬, 笙師掌共鐘笙之樂." 儀禮: "大射, 樂人宿縣于阼階東笙磬西
面, 其南笙鐘." 是磬與笙同爲陽聲, 擊應笙之磬, 而笙亦應之也, 鐘與
笙則一陰一陽而已, 鼓應笙之鐘, 而笙亦應之也. 笙磬作於堂之上下,
異器而同音, 笙鏞均作於堂下, 異音而同樂, 此書詩所以異致歟!

鼓鐘欽欽, 雖敬而有不足之意, 鼓瑟鼓琴, 則先大後小, 皆以反爲文
者也. 笙磬同音, 則聲應相保而爲和. 以雅以南以籥不僭, 則節之以中
聲而不亂, 皆不至慢易以失節者也. 言以反爲文, 刺幽王之不知反, 言
不至慢易以失節, 刺幽王之不知節, 陳善閉邪之道也.

음(音)은 인심(人心)에서 말미암아 생긴 것이므로,[28] 팔괘(八卦)의 덕과
오묘하게 통하고 만물의 정(情)과 현저히 유사하다. 그러므로 이괘(離卦)
의 음인 사(絲)가 발(發)하여 금(琴)·슬(瑟)이 되고, 진괘(震卦)의 음인 죽
(竹)이 발하여 생(笙)이 되고, 건괘(乾卦)의 음인 석(石)이 발하여 경(磬)이
되었다.

『주례』에 "시료(眡瞭)는 생경(笙磬)의 연주를 관장한다.[29] 생사(笙師)는
종(鐘)·생(笙)의 악(樂)을 제공한다"[30]라고 하고, 『의례』에 "대사(大射)할
때 악인(樂人)이 활쏘기 하루 전날 악기를 진설하는데, 동계(東階)의 동쪽
에 생경(笙磬)을 서향으로 설치하며, 그 남쪽에 생종(笙鐘)을 설치한다"[31]
라고 하였다. 이는 경(磬)과 생(笙)이 다 같이 양성(陽聲)이므로[32] 생경(笙磬)

---

28 음(音)은~것이므로:『禮記』樂記 1.
29 『周禮』春官 / 眡瞭 0에 '眡瞭, 掌凡樂事, 播鼗, 擊頌磬笙磬'이라 하여 생경(笙磬)이
    송경(頌磬)과 짝이 되어 쓰였으므로, 생경을 하나의 악기로 보았다. 진양의 설에 따
    르면 생경은 생(笙)에 응하는 경이고, 송경은 노래에 응하는 경이다. 그러나 이와 달
    리『詩經』小雅《鼓鐘》의 '笙磬同音'에서는 '同音(조화롭게 울린다)'라는 표현이 있
    으므로, 문맥상 생과 경, 두 종류의 악기로 번역하였다.
30 『周禮』春官 / 笙師 0.
31 『儀禮』大射儀 7-3.
32 경(磬)은 석(石)이므로 건괘(☰)에 속하고 생(笙)은 몸통이 포(匏)이고 몸통에 꽂은

을 치면 생도 또한 거기에 응하고, 종(鐘)과 생(笙)은 하나는 음(陰)이고 하나는 양(陽)이므로[33] 생종(笙鐘)을 울리면 생도 또한 거기에 응하기 때문이다.

생과 경은 당(堂)의 아래와 위에서 연주되어 악기의 위치는 다르지만 모두 양성으로 음(音)이 같으며, 생과 용(鏞)은 양성(陽聲)과 음성(陰聲)으로 서로 음(音)이 다르지만 모두 당 아래에서 연주되므로,[34] 『시경』과 『서경』에서 각기 다르게 서술되었다.[35]

'고종흠흠(鼓鐘欽欽)'은 공경하되 부족한 듯이 여겨 더욱 지극히 하는 것이고, '고슬고금(鼓瑟鼓琴)'은 큰 것을 먼저하고 작은 것을 뒤에 하여 모두 돌아감을 문채로 삼은 것이고, '생경동음(笙磬同音)'은 소리가 응하여 서로 도와서 조화를 이룬 것이고, '이아이남 이약불참(以雅以南 以籥不僭)'은 중성(中聲)으로 절제하여 어지럽지 않아서 모두 태만하고 경솔하여 절도(節度)를 잃는 데에 이르지 않은 것이다.

돌아감을 문채로 삼은 것을 말함으로써 유왕이 돌아갈 줄 모른 것을 풍자하고, 태만하고 경솔하여 절도를 잃는 데에 이르지 않은 것을 말함으로써 유왕이 절제를 모른 것을 풍자했으니, 이는 선을 말하여 사악함을 막는 방법이다.

66-4. 以雅以南, 以籥不僭.

아악(雅樂)과 남이악(南夷樂)[36] 및 약무(籥舞)가 어지럽지 않네.[37]

관대가 죽(竹)이므로 간괘(☶) 또는 진괘(☳)에 속하는데, 건괘와 간괘·진괘는 양이기 때문이다.

33 종(鐘)은 태괘(☱)에 속하고 생(笙)은 간괘(☶) 또는 진괘(☳)에 속하는데, 태괘는 음이고 간괘·진괘는 양이기 때문이다.

34 『書經』 虞書 / 益稷 2. 「下管鼗鼓, 合止柷敔, 笙鏞以間, 鳥獸蹌蹌, 簫韶九成, 鳳皇來儀.」

35 『시경』에서는 '笙磬同音'이라 하고, 『서경』에서는 '下管 …… 笙鏞'이라 한 것을 말한다.

36 『詩經集傳』에서 주자(朱子)는 아(雅)와 남(南)을 대아(大雅)·소아(小雅) 및 주남(周

雅者中國之樂也, 南者南夷之樂也. 春秋書萬入去籥, 萬武舞也, 籥文舞也. 謂之雅, 則聲音節奏合於雅. 言雅則頌可知矣. 謂之南則南夷之樂, 言南則三方可知矣. 籥則文舞, 言籥則萬可知矣. 華夷之樂雖殊, 要之, 播於中聲之籥, 而執以舞之, 則聲容有節, 而不僭矣. 先王作樂崇德. 始也鼓鐘以致其敬, 中也鼓瑟鼓琴笙磬同音以致其和, 終也以雅以南以籥不僭以致其節. 周官 : "鼓人掌六鼓四金之音聲, 以節聲樂, 以和軍旅. 小³⁸師掌六樂聲音之節與其和." 禮曰 : "夫敬以和, 何事不行?"

蓋敬勝則乖而離, 必以和濟之, 語所謂禮之用和爲貴之意也. 和勝則蕩而流, 必以節正之, 語所謂知和而和以禮節之之意也. 作樂終始不失乎禮, 周官所謂樂禮是已. 若然庸詎有流湎慢易之患耶? 幽王徒有是樂而無德以宜之, 鼓鐘之刺曷可已哉?

아(雅)는 중국의 악(樂)이고, 남(南)은 남이(南夷)의 악이다. 『춘추』에 "《만무(萬舞)》만 추게 하고 《약무(籥舞)》를 생략했다"³⁹라고 했는데, 《만무》는 무무(武舞)이고 《약무》는 문무(文舞)이다.

아(雅)는 성음절주(聲音節奏)가 아정(雅正)한 것이니, 아(雅)를 미루어 송(頌) 또한 알 수 있다. 남(南)은 남이(南夷)의 악이니, 남이의 악을 미루어 나머지 동·서·북의 세 지역 음악 또한 알 수 있다. 약(籥)은 문무(文舞)이니, 《약무》를 미루어 《만무》 또한 알 수 있다. 중화(中華)와 사이(四夷)의 악이 다르지만, 중성(中聲)의 약(籥)으로 연주하고, 또 약을 들고 춤추면, 성용(聲容)이 절도가 있어서 어지럽지 않다.

선왕이 악을 지어 덕을 높였으니, 처음엔 종을 쳐서 공경을 다하고

南)·소남(召南)으로 풀이했지만, 진양은 중국의 악과 남이(南夷)의 악으로 풀이했다. 역자는 진양 설을 따라 번역했다.

37 『詩經』 小雅 / 鼓鐘.

38 대본에는 '大'로 되어 있으나, 『周禮』에 의거하여 '小'로 바로잡았다.

39 만무는 방패와 도끼를 잡고서 추는 춤이고, 약무는 약(籥)을 들고서 추는 춤이다. 역제(繹祭)를 지낼 때 대신인 중수(仲遂)가 죽었으므로 소리가 들리지 않는 만무만 쓴 것이라고 한다.《春秋公羊傳》宣公 8년(5)〉

다음엔 슬과 금을 타고 생(笙)과 경(磬)을 조화롭게 울려 화(和)를 이루고, 마지막엔 아악(雅樂)과 남이악(南夷樂) 및 약무(籥舞)를 어지럽지 않게 하여 절도를 이루었다. 따라서 『주례』에 "고인(鼓人)은 육고(六鼓)[40]와 사금(四金)[41]의 소리를 관장해서 성악(聲樂)을 절도 있게 하며, 군사들을 화합하게 한다.[42] 소사(小師)는 육악(六樂)이 내는 성음(聲音)의 절도와 조화를 관장한다"[43]라고 하고, 『예기』에 "공경하고 화평하면 무슨 일인들 행해지지 않겠는가?"[44]라고 했다.

대개 공경이 지나치면 도리에 어긋나 인심이 떠나니 반드시 화(和)로써 이를 구제해야 한다. 이는 『논어』에 이른바 "예의 쓰임은 화(和)가 소중하다"[45]라고 한 뜻이다. 화평함이 지나치면 방탕에 빠지게 되니 반드시 절제로써 이를 바로잡아야 한다. 이는 『논어』에 이른바 "화(和)만을 알아서 화(和)하게만 하는 것은 예로써 절제해야 한다"[46]라고 한 뜻이다.

따라서 악을 지을 때 처음부터 끝까지 예를 잃지 않아야 하니, 『주례』에서 말한 '악(樂)과 예(禮)'[47]가 바로 그것이다. 그렇게 하면 어떻게 방종에 흐르고 빠지며 태만하고 경솔히 하는 근심이 있을 수 있겠는가? 유왕이 즐기기만 하고 덕으로 알맞게 하지 않았으니, 《고종(鼓鐘)》과 같은 풍자시가 나오지 않을 수 있었겠는가?

40 　육고(六鼓): 뇌고(雷鼓)·영고(靈鼓)·노고(路鼓)·분고(鼖鼓)·고고(鼛鼓)·진고(晉鼓)의 6종류 북. 뇌고(雷鼓)·영고(靈鼓)·노고(路鼓)는 각각 천신(天神)·지기(地祇)·인귀(人鬼)에 제사지낼 때 치고, 분고(鼖鼓)는 군(軍)과 관련된 일에 치고, 고고(鼛鼓)는 일을 부릴 치며, 진고(晉鼓)는 금주(金奏)할 때 친다.〈『樂書』38-1〉

41 　사금(四金): 금순(金錞)·금탁(金鐲)·금요(金鐃)·금탁(金鐸). 금순(金錞)은 북과 화합할 때 치고, 금탁(金鐲)은 북을 조절할 때 치고, 금요(金鐃)는 북을 중지시킬 때 치고, 금탁(金鐸)은 북과 통하게 할 때 친다.

42 　『周禮』地官 / 鼓人 0.

43 　『周禮』春官 / 小師 0.

44 　『禮記』樂記 19-22.

45 　『論語』學而 1-12.

46 　『論語』學而 1-12.

47 　『周禮』地官 / 大司徒 4.「四曰以樂禮敎和則民不乖【넷째, 악(樂)과 예(禮)로 화(和)를 가르치면 백성들이 어긋나는 행동을 하지 않는다.】」

초자(楚茨)

66-5. 禮儀旣備, 鐘鼓旣戒.
예의를 갖추고 종(鐘)·고(鼓)를 울려 경계하도다.[48]

禮樂之於天下, 無主不止, 無文不行. 故主減與盈者, 禮樂之情也, 以進與反者, 禮樂之文也. 禮儀欲其旣備, 是禮主其減而以進爲文也, 豈卑者擧之磬者與之之意歟! 鐘鼓欲其旣戒, 是樂主其盈而以反爲文也, 豈高者下之饒者取之之意歟! 古之行聘禮, '酒淸人渴而不敢飮, 肉乾人飢而不敢食, 日莫人倦而不敢惰', 得非禮儀欲其旣備耶? 以鐘鼓奏九夏, 而終之以祴夏驁夏, 九叙惟歌, 而終之以戒之用休, 得非鐘鼓欲其旣戒耶? 禮樂所施如此, 則其用於祭祀以交神人, 亦何獨不然? 蓋賢君子之祭也, 致其誠信與其忠敬, 奉之以物, 道之以禮, 安之以樂, 參之以時, 明薦之而已矣, 不求其爲, 此孝子之心也.

楚茨之詩, 君子思古之賢君, 得四海之歡心而與之祭祀. '我孔熯矣, 式禮莫愆', 致誠信忠敬之謂也. '苾芬孝祀', 奉之以物之謂也. '禮儀旣備', 道之以禮之謂也. '鼓鐘旣戒', 安之以樂之謂也. 孝子之心如此而已, 此所以'孝孫徂位上祝致告'也. 祭義曰: "反饋樂成, 薦俎, 序其禮樂, 備其百官, 奉承而進之. 於是喩其志意, 以其恍惚, 以與神明交, 庶或饗之." 此之謂歟!

천하에 예악은 마음속에 주체가 없으면 머무르지 않고 문채가 없으면 행해지지 않는다. 덜어냄을 주로 하는 것과 채움을 주로 하는 것은 예와 악의 정(情)이고, 나아감과 돌아감은 예와 악의 문채이다. 예의(禮儀)를 갖추고자 한 것은, 예는 덜어냄을 주로 하지만 나아감을 문채로 삼은 것이

48　『詩經』小雅 / 楚茨.

니, 아마 낮은 것은 들어 올리고 빈 것은 채워준다[49]는 뜻일 것이다! 종 (鐘)・고(鼓)를 울려 경계하고자 한 것은, 악은 채움을 주로 하지만 돌아 감을 문채로 삼은 것이니, 아마 높은 것은 낮게 하고 넉넉한 것은 거두 어들인다[50]는 뜻일 것이다!

옛날에 빙례(聘禮)를 행할 적에 맑은 술이 있는데 목말라도 마시지 못 하고, 마른 고기가 있는데 배고파도 먹지 못하고, 해가 저물고 지쳐도 감 히 게을리 하지 못했으니,[51] 예의를 갖추려고 한 것이 아니겠는가? 종・ 고로 구하(九夏)를 연주하는데 《계하(祴夏)》와 《오하(驁夏)》로 마치고,[52] 아 홉 가지 공(功)이 펴진 것을 노래로 읊은 뒤 경계하고 깨우쳐서 아름답게 여기는 것으로 마쳤으니,[53] 종・고를 울려 경계하고자 한 뜻이 아니겠는 가? 예악을 베푼 것이 이와 같았으니, 제사에 써서 신과 사람이 교류하 지 않았을 리 있겠는가?

대개 현명한 군자가 제사지낼 때 성신(誠信)과 충경(忠敬)을 다하기 위 해 제물을 바치고 예로 인도하고 악으로 편안히 해드리며, 좋은 시기를 택해서 순수한 마음으로 정성껏 올리기만 하고 복을 빌지는 않았으니, 이것이 바로 효자의 마음이다.[54]

《초자(楚茨)》는 옛날의 현명한 임금이 사해(四海)의 인심을 얻어 제사를 지낸 일을 군자가 생각하며 지은 시이다. '정성을 다하고 공경하여 예에 어긋남이 없도다'라는 것은 성신(誠信)과 충경(忠敬)을 다한 것을 가리키 고, '향을 피워 정성껏 제사지내도다'라는 것은 제물을 바친 것을 가리키 고, '예의를 갖추었도다'라는 것은 예로 인도한 것을 가리키고, '종・고 를 울려 경계하도다'라는 것은 악으로 편안히 해드린 것을 가리킨다. 효

---

49   낮은~채워준다 : 『太玄經』 권7 玄攡.
50   높은~거두어들인다 : 『太玄經』 권7 玄攡.
51   맑은~못했으니 : 『禮記』 聘義 48-10.
52   종(鐘)・고(鼓)로~마치고 : 『周禮』 春官 / 鐘師 0.
53   아홉~마쳤으니 : 『書經』 虞書 / 大禹謨 1.
54   현명한~마음이다 : 『禮記』 祭統 25-2.

자의 마음은 이와 같이 할 따름이니 이것이 이른바 '효손(孝孫)이 자리로 돌아가니 공축(工祝)이 고하도다'라고 한 것이다.

「재의(祭義)」에 "음식과 악이 이루어지면, 제물을 바쳐 차례로 예악을 행하고 백관을 갖추어 받들어 행하며, 축관(祝官)이 효자의 뜻을 고하고, 효자는 황홀하게 신명과 교류해서 흠향하길 기원한다"[55]라고 한 것이 이를 일컫는 말일 것이다.

---

55   『禮記』 祭義 24-9, 10.

권67 시훈의(詩訓義)

소아(小雅) / 초자(楚茨) · 보전(甫田) · 거할(車牽) · 빈지초연(賓之初筵)

초자(楚茨)

67-1. 鼓鐘送尸, 神保聿歸. 諸宰君婦, 廢徹不遲.

종을 쳐서 시동(尸童)을 전송하니 신보(神保)[1]께서 돌아가시는도다.

여러 집사와 군부(君婦)가 제상(祭牀) 물리기를 더디 하지 않도다.[2]

惟聖人爲能饗帝, 惟孝子爲能饗親. 故祭之日, 樂與哀半饗之, 必樂已至必哀. 是樂之所以迎來, 哀之所以送往也. 然則鼓鐘送尸, 神保聿歸, 則反樂而不哀者, 豈孝子之情也哉? 哀以送往, 孝子之心也. 鐘鼓送尸, 先王之禮也. 以禮廢心則不仁, 以心忘禮則不智. 二者並行, 夫然後

1 　신보(神保) : 신령(神靈)의 미칭(美稱).
2 　『詩經』 小雅 / 楚茨.

全之盡之也.

周官 : “大司樂凡樂事尸出入則奏肆夏, 鐘師凡樂事以鐘鼓奏九夏.” 然則鼓鐘送尸, 庸非奏肆夏之樂乎? 內宗掌宗廟之祭祀, 薦加豆籩, 及以樂徹, 則佐傳豆籩, 外宗掌宗廟之祭祀, 佐[3]王后薦玉豆, 眂豆籩, 及以樂徹亦如之, 則諸宰君婦之徹有樂, 可知矣. 古之作樂, 鐘鼓旣設, 未嘗不終之以舞, 則送尸之樂, 雖不言舞, 以鐘鼓見之也. 祭統曰 : “及入舞, 君執干戚就舞位, 君爲東上, 冕而總干, 率其羣臣 以樂皇尸. 是故天子之祭也, 與天下樂之, 諸侯之祭也, 與竟內樂之.” 鼓鐘送尸, 神保聿歸, 繼之以諸父兄弟, 備言燕私, 樂具入奏, 以綏後祿. 豈非鼓舞以樂皇 與天下樂之之意耶?

오직 성인만이 상제(上帝)에게 제사지낼 수 있고, 오직 효자만이 어버이에게 제사지낼 수 있다. 그러므로 제삿날 즐거움 반, 슬픔 반으로 신에게 음식을 올렸으니, 반드시 지극히 즐거워했다가 반드시 슬퍼했다. 즐거워한 것은 오는 신을 맞이하기 때문이고, 슬퍼한 것은 떠나는 신을 전송하기 때문이다. 그러하니 종을 쳐서 시동(尸童)을 전송하여 신보(神保)가 돌아갈 때 즐거움이 슬픔으로 바뀌지 않으면, 어찌 효자의 정이라 하겠는가? 슬픔으로 신을 전송하는 것은 효자의 마음이고, 종을 쳐서 시동을 전송하는 것은 선왕의 예이다. 예 때문에 슬픈 마음을 없앤다면 어질지 못한 것이고, 그렇다고 슬픈 마음 때문에 예를 잊어버린다면 지혜롭지 못한 것이다. 두 가지를 다 행한 다음에야 온전히 다했다고 할 수 있다.

『주례』에 “대사악(大司樂)은 모든 악사(樂事)에서 시동이 출입할 때 《사하(肆夏)》를 연주한다.[4] 종사(鐘師)는 모든 악사에서 종(鐘)·고(鼓)로 구하(九夏)를 연주한다”[5]라고 했으니, 그렇다면 종을 치면서 시동을 전송한 것이 어찌 《사하》가 아니겠는가?

---

3   대본에는 '似'로 되어 있으나, 『周禮』에 의거하여 '佐'로 바로잡았다.
4   『周禮』 春官 / 大司樂 3.
5   『周禮』 春官 / 鐘師 0.

"내종(內宗)은 종묘제사에서 가두변(加豆籩)[6]을 올리고 악(樂)에 맞추어 상(床)을 물릴 때 외종(外宗)을 도와서 두와 변을 전달하는 일을 관장한다.[7] 외종은 종묘 제사에서 왕후를 도와서 옥두(玉豆)를 올리고 두와 변을 살피는 일을 관장한다. 악에 맞추어 상을 물릴 때도 이와 같이 한다"[8]라고 했으니, 여러 집사와 군부(君婦)가 제상(祭牀)을 물릴 때도 악을 연주했으리라는 것을 알 수 있다. 옛날에 악을 연주할 때 종·고를 진설했으면 춤으로 마치지 않은 적이 없었으니, 시동을 전송하는 악에 비록 춤을 언급하지 않았어도 종·고라는 두 글자로 이미 춤을 나타낸 셈이다.

『제통』에 "임금이 사당에 들어가 춤을 출 때 방패와 도끼를 잡고서 춤추는 자리에 나아가는데, 동쪽을 윗자리로 삼으며, 면복(冕服) 차림으로 방패를 잡고 뭇신하를 인솔하고 황시(皇尸)를 즐겁게 한다. 그러므로 천자의 제사는 천하와 함께 즐거워하는 것이고, 제후의 제사는 경내(境內)의 백성과 함께 즐거워하는 것이다"[9]라고 했다. '종을 쳐서 시동을 전송하니 신보(神保)가 돌아가는도다'라고 하고, 이어서 '집안의 어른들과 형제들에게 연회자리 마련하여 정을 나누도다. 악을 갖추어 들여와 연주하니 뒤의 복록을 누리도다'[10]라고 했으니, 어찌 북을 치고 춤을 추면서 황시(皇尸)를 즐겁게 한 것이 천하와 더불어 즐기는 뜻이 아니겠는가?

67-2. 樂具入奏.
악(樂)을 갖추어 들여와 연주하도다.[11]

---

6   가두변(加豆籩) : 제주(祭主)가 아닌 사람이 술을 올리는 것을 가작(加爵)이라 하며, 가작할 때 제물(祭物)을 올리는 것을 가두변(加豆籩)이라 한다.
7   『周禮』春官 / 內宗 0.
8   『周禮』春官 / 外宗 0.
9   『禮記』祭統 25-6.
10 『詩經』小雅 / 楚茨.
11 『詩經』小雅 / 楚茨.

周官, 樂師凡樂出入令奏鐘鼓. 蓋樂之用於天下, 明則有燕饗, 幽則有祭祀. 先王於祭祀之末, 旣歸賓客之俎矣, 又能備燕私, 以親諸父兄弟, 則仁之至, 義之盡也. 樂也者, 不過樂斯二者而已. 宗廟之禮旣畢, 復具入奏於燕私之所. 則鐘鼓備設, 所以親同姓, 成和樂也. 湛露天子所以燕諸侯, 其詩曰 : "厭厭夜飮, 在宗載考." 亦此意歟!

古之作樂, 奏黃鍾者必歌大呂舞雲門, 奏太簇者必歌應鍾舞咸池. 言樂具入奏, 則歌舞具擧, 豈特鐘鼓而已哉?

『주례』에 "악사(樂師)는 출입에 종(鐘)·고(鼓)를 연주하도록 명한다"[12]라고 하였다. 천하에 악은 밝은 곳에서는 연향(燕饗)에 쓰이고 그윽한 곳에서는 제사에 쓰인다. 선왕이 제사를 지내고 나서는 빈객에게 제사음식을 돌리고, 또 잔치자리를 마련하여 집안의 어른들과 형제들과 친목을 다졌으니, 인(仁)을 지극하게 하고 의(義)를 극진하게 한 것이다. 악이란 이 두 가지를 즐기는 것에 불과할 따름이니, 종묘제사를 마친 뒤 다시 악을 갖추어 들여와 친척과 연회를 벌이는 장소에서 연주하도록 했다. 종·고를 갖추어 진설하는 것은 동성(同姓)의 친척들과 친히 지내 화락(和樂)을 이루기 위함이다. 《담로(湛露)》는 천자가 제후에게 연회를 베푼 것을 읊은 시이니, 그 시에 "편안히 밤에 술을 마심이여! 종실(宗室)에서 이루어지도다"[13]라고 한 깃이 또한 이런 뜻일 것이다.

옛날에 《황종》을 연주하면 반드시 《내려》를 노래하고 《운문(雲門)》을 춤추며, 《태주》를 연주하면 《응종》을 노래하고 《함지(咸池)》를 춤추었으니,[14] '악을 갖추어 들여와 연주한다'라는 것은 춤과 노래를 다 포함한 것이니, 어찌 종·고만 연주하고 말았겠는가?

---

12 『周禮』春官 / 樂師 0.

13 『詩經』小雅 / 湛露.

14 『周禮』春官 / 大司樂 1.

보전(甫田)

67-3. 琴瑟擊鼓, 以御田祖.
금·슬을 타고 북을 울려 전조(田祖)[15]를 맞이하네.[16]

古者有事於釋奠祭先師, 有事於瞽宗祭樂祖, 養老祭[17]先老, 執爨祭
先炊, 馬祭先牧, 食祭先飯, 然則於田祭田祖, 亦示不忘本始而已. 蓋備
物而祭之者禮也, 作樂而御之者樂也. 然離音絲而琴瑟以之, 南方之樂
也. 坎音革而擊鼓以之, 北方之樂也. 南方至陽用事, 而陰萌焉, 故萬物
自是而之死. 北方至陰用事, 而陽萌焉, 故萬物自是而之生. 甫田之御
田祖, 必琴瑟擊鼓者, 以自冬徂春, 農事則終而復始, 百穀則死而復生.
故作是樂以御之, 各有度數存焉, 用是以祈甘雨, 則陰陽和百穀生. 其
於介稷黍, 穀士女也何有?

周官 : "籥章凡國祈年于田祖, 龡豳雅擊土鼓以樂田畯, 國祭蜡, 則龡
豳頌擊土鼓以息老物." 又曰 : "國索鬼神而祭祀, 則以禮屬民 而飮酒于
序" 以詩推之 : "攸介攸止, 烝我髦士. 以我齊明與我犧羊, 以社以方",
則蜡以息民之祭也. "琴瑟擊鼓, 以御田祖, 以祈甘雨." 則祈年之祭也.
於蜡祭言禮以見樂, 於祈年之祭言樂以見禮, 詩人之法言也.

옛날에 석전(釋奠)에 일이 있을 때 선사(先師)에게 제사지내고, 고종(瞽
宗)[18]에 일이 있을 때 악조(樂祖)에게 제사지내며, 양로례(養老禮)를 행할
때 선로(先老)에게 제사지내고, 집찬(執爨)을 행할 때 선취(先炊)[19]에게 제사

---

15 전조(田祖) : 처음으로 농사짓는 방법을 가르쳤다는 신농씨(神農氏).
16 『詩經』小雅 / 甫田.
17 대본에는 '祀'로 되어 있으나, 사고전서 『樂書』에 의거하여 '祭'로 바로잡았다.
18 고종(瞽宗) : 은나라의 학교 이름인데, 주나라 때도 그 이름을 존치하였다. 악사(樂
師)와 고몽(瞽矇 : 장님 악공)이 종주(宗主)로 삼는 곳이므로 '고종(瞽宗)'이라 하게
된 것이다.

지내며, 마조(馬祖)에 일이 있을 때 선목(先牧)[20]에게 제사지내고, 먹을 때 선반(先飯)에게 제사지냈으니, 밭에서 전조(田祖)에게 제사지낸 것은 또한 시작한 근본을 잊지 않음을 보여주는 것이다.

제물을 갖추어 제사지내는 것은 예이고, 악을 연주해서 신령을 맞이 하는 것은 악이다. 이괘(離卦)의 음(音)인 사(絲)에는 금·슬이 있으니, 남 방의 악기이다. 감괘(坎卦)의 음인 혁(革)에는 두드리는 북이 있으니, 북방 의 악기이다. 남방은 지양(至陽)이 왕성하지만 음(陰)이 싹트기 시작하여 만물이 이로부터 서서히 죽어간다. 북방은 지음(至陰)이 왕성하지만 양 (陽)이 싹트기 시작하여 만물이 이로부터 서서히 소생한다.

《보전(甫田)》에서 전조(田祖)를 맞이할 때 반드시 금·슬을 타고 북을 친 이유는 겨울이 가고 봄이 되면 끝났던 농사가 다시 시작되고 죽었던 백곡(百穀)이 다시 소생하기 때문이다. 그러므로 이 악기를 연주해서 전 조를 맞이하면 각각 도수(度數)가 보존되고, 이것을 써서 단비를 기원하 면 음양이 조화를 이루어 백곡이 무럭무럭 자라니, 기장을 재배하여 남 녀를 기르는 데 무슨 어려움이 있겠는가?

『주례』에 "약장(籥章)은 나라에서 전조(田祖)에게 풍년을 빌 때는 빈아 (豳雅)를 연주하고 토고를 두드려 전준(田畯)을 즐겁게 하며, 나라에서 사 제(蜡祭)를 지낼 때는 빈송(豳頌)을 연주하고 토고를 두드려 노물(老物)[21]을 쉬게 한다"[22]라고 하고, 또 "나라에서 귀신을 찾아 제사지낼 때 예로써 백성들을 모아 서(序 : 학교 이름)에서 술을 마시게 한다"[23]라고 했다. 시로 미루어 보건대, "아름답고 성대한 곳에 우리 뛰어난 선비를 나오게 하여 위로하리. 깨끗한 기장과 희생양으로 토지신과 사방신에 제사지내네"[24]

---

19 선취(先炊) : 화식(火食)을 개발한 옛 선인.
20 선목(先牧) : 최초에 말을 사육했다는 옛 선인.
21 노물(老物) : 하늘을 도와 1년 농사를 이루게 하는 만물의 신.
22 『周禮』 春官 / 籥章 0.
23 『周禮』 地官 / 黨正 0.
24 『詩經』 小雅 / 甫田.

라고 한 것은 귀신을 찾아서 위로하고 백성들을 쉬게 하는 사제(蜡祭)이고, "금·슬을 타고 북을 울려 전조를 맞이하여 단비를 기원하도다"[25]라고 한 것은 풍년을 비는 제사이다. 사제(蜡祭)에서 예를 말하여 악을 나타내고, 풍년을 비는 제사에서 악을 말하여 예를 나타낸 것은 시인이 효과적으로 말하기 위한 방법이다.

거할(車舝)

67-4. 四牡騑騑, 六轡如琴.
4마리의 수말이 건장하게 달리니 6개의 고삐줄이 금(琴)과 같네.[26]

鄭風曰 : "琴瑟在御, 莫不靜好." 則琴常御之樂也. 邶[27]風曰 : "公庭萬舞, 在前上處." 則舞前處之樂也. 以六轡御四牡, 和正而有節, 無以異於常御之琴, 故車舝以如琴言之. 兩驂在前, 疾徐而有節, 無以異於前處之舞, 故太叔于田, 以如舞言之.

정풍(鄭風)에 "금슬을 타니 고요하면서 아름답네"[28]라고 했듯이, 금은 평소에 늘 연주하는 악기이다. 패풍(邶風)에 "궁정 뜰에서 《만무(萬舞)》를 추는데, 앞자리의 잘 보이는 곳에 있네"[29]라고 했으니, 춤은 앞자리 잘 보이는 곳에서 추는 것이다. 6개의 고삐줄로 4마리의 수말을 모는 것이 화평정대(和平正大)하고 절도가 있어 늘 타는 금과 다를 것이 없으므로

---

25   『詩經』 小雅 / 甫田.
26   『詩經』 小雅 / 車舝.
27   대본에는 '衛'로 되어 있으나, 『詩經』에 의거하여 '邶'로 바로잡았다.
28   『詩經』 鄭風 / 女曰鷄鳴.
29   『詩經』 邶風 / 簡兮.

《거할(車舝)》에서 말 모는 것을 금을 타는 것과 같다고 비유했다. 두 마리의 곁말이 절도 있게 앞에서 빨리 달리거나 천천히 가는 것이 앞자리에서 추는 춤과 다를 것이 없으므로 《태숙우전(太叔于田)》[30]에서는 말 모는 것을 춤추는 것과 같다고 비유하였다.

빈지초연(賓之初筵)

67-5. 鐘鼓旣設, 擧醻逸逸.
종(鐘)·고(鼓)를 설치하자 술잔을 차례로 주고받네.[31]

庶人有主皮之射, 而無賓射燕射, 士有賓射燕射, 而無大射, 大射惟王於諸侯爲然. 周官大司樂, 大射王出入令奏王夏, 及射令奏騶虞, 詔諸侯以弓矢舞. 蓋賓之初筵, 鐘鼓旣設, 不過奏王夏騶虞而已. 奏王夏明其大一統也, 奏騶虞明其樂仁, 而殺以時也. 然則王射以騶虞, 大夫士之鄕射, 亦以騶虞者, 鄕射詢衆庶, 亦欲官備于天子也. 大射記鐘人以鐘鼓奏陔夏, 大司樂奏王夏, 鄕射特以鼓奏陔夏, 何也? 曰奏王夏, 主王出入言之. 以鐘鼓奏陔夏, 主射節言之. 君尊故有鐘鼓, 大夫士卑, 特用鼓而已.

考之大射儀,[32] 樂人宿縣, 于阼階東笙磬西面, 其南笙鐘, 其南鏄, 皆南陳. 建鼓在阼階[33]西, 南鼓. 應鼙在其東, 南鼓. 西階之西, 頌磬東面,

---

30   『詩經』鄭風 / 太叔于田.
31   『詩經』小雅 / 賓之初筵.
32   대본에는 '記'로 되어 있으나, 『儀禮』에 의거하여 '儀'로 바로잡았다.
33   대본에는 없으나, 『儀禮』에 의거하여 '阼階'를 보충하였다.

其南鐘[34], 其南鎛, 皆南陳. 一建鼓, 在西階之東, 南面. 鼗在建鼓之間, 鏞倚于頌磬西紘." 以至升歌鹿鳴 三終, 下管新宮 三終. 擧旌以宮, 偃旌以商, 始奏肆夏, 中奏貍首, 卒奏陔騖. 是詩 特言設鐘鼓者, 擧大以該之也.

彤弓言鐘鼓旣設, 爲饗有功諸侯故, 此言鐘鼓旣設, 爲大射擇士故也.

서인(庶人)은 과녁의 가죽을 꿰뚫는 것을 위주로 하는 활쏘기만 하고, 빈사(賓射)와 연사(燕射)는 하지 않으며, 사(士)는 빈사와 연사는 행하지만 대사(大射)는 행하지 않는다. 대사(大射)는 오직 왕과 제후만 행한다. 『주례』에 "대사악은 대사(大射)에 왕이 출입할 때 《왕하(王夏)》를 연주하게 하고, 활을 쏠 때 《추우(騶虞)》를 연주하게 하고, 제후에게 고(告)하여 궁시무(弓矢舞)를 추게 한다"[35]라고 했으니, 《빈지초연(賓之初筵)》에 '종(鐘)·고(鼓)를 진설했다'는 것은 《왕하》와 《추우》를 연주했음을 뜻한다.

《왕하》를 연주한 것은 대일통(大一統)을 밝힌 것이고, 《추우》를 연주한 것은 인(仁)을 즐거워해서 때에 맞게 사냥해야 함을 밝힌 것이다. 왕이 참여하는 대사(大射)에 《추우》를 연주했는데, 대부(大夫)와 사(士)가 참여하는 향사(鄉射)에도 《추우》를 연주한 것은, 향사 또한 중서(衆庶)에게 물어서 천자에게 관원이 갖춰지게 하기 위한 것이기 때문이다.

「대사의(大射儀)」에는 '종인(鐘人)이 종·고로 《해하(陔夏)》를 연주한다'[36]라고 했는데, 「대사악」에는 '《왕하》를 연주한다'라고 하고, 「향사례」에는 '고(鼓)로 《해하》를 연주한다'[37]라고 한 것은 무엇 때문인가?

---

34 대본에는 '鼓'로 되어 있으나, 『儀禮』에 의거하여 '鐘'으로 바로잡았다.

35 『周禮』春官 / 大司樂 3.

36 『儀禮』大射儀 7-46. 「賓醉, 北面坐, 取其膚脯以降. 奏陔, 賓所執脯以賜鐘人于門內霤, 遂出[빈(賓)이 취하면, 북향하여 앉아서 자신의 포(脯)를 들고 당에서 내려오는데, 이때 《해하(陔夏)》를 연주한다. 빈이 자신의 포를 문안의 처마 아래에서 연주하는 종인(鐘人)에게 주고 나온다.]」

37 『儀禮』鄉射儀 5-49. 「賓興, 樂正命奏陔. 賓降及階, 陔作[빈(賓)이 일어서면 악정이 《해하(陔夏)》를 연주하라고 명한다. 빈이 당에서 내려와 계단 앞에 이르렀을 때 《해하》를 연주하기 시작한다.]」 鄭玄은 「周禮鐘師以鐘鼓奏九夏. 是奏陔夏則有鐘鼓矣.

'《왕하》를 연주한다'는 것은 왕의 출입을 위주로 말한 것이고, '종·고로 《해하》를 연주한다'는 것은 활을 쏠 때 절도에 맞추는 것을 위주로 말한 것이다. 또 임금은 높으므로 대사에 종·고를 연주하고, 대부와 사는 낮으므로 향사에 고(鼓)만 쓴 것이다.

「대사의」를 살펴보면, "악인(樂人)이 활쏘기 하루 전날 악기를 진설하는데, 동계(東階)의 동쪽에 서향으로 생경(笙磬)을 설치하며, 그 남쪽에 생종(笙鐘)을 설치하고, 그 남쪽에 박(鎛)을 설치하여 모두 남쪽 방향으로 진행하며 진설한다. 건고(建鼓)를 동계의 서쪽에 남향으로 설치하며, 응비(應鼙)를 그 동쪽에 남향으로 설치한다. 서계(西階)의 서쪽에 동향으로 송경(頌磬)을 설치하고, 그 남쪽에 종(鐘)을 설치하고, 그 남쪽에 박(鎛)을 설치하여 모두 남쪽 방향으로 진행하며 진설한다. 건고 하나를 서계의 동쪽에 남향으로 설치하고, 탕(鼗)을 건고의 사이에 설치하고, 도(鼗)를 송경의 서쪽 끝에 기대어 놓는다"[38]라고 하고, 당상에서 《녹명(鹿鳴)》을 세 번 노래하고, 당하에서 관악기로 《신궁(新宮)》을 세 번 연주했으며,[39] 정(旌)을 들 때는 궁성(宮聲)으로 외치고 정을 내릴 때는 상성(商聲)으로 외쳤다.[40] 처음에는 《사하(肆夏)》를 연주하고[41] 중간에는 《이수(貍首)》를 연주하며[42] 마지막에는 《해하(陔夏)》와 《오하(驁夏)》를 연주했다.[43] 그런데 이 시에서 '종·고를 설치했다'라고만 말한 것은 큰 악기를 거론하여 나머지 악기들을 포괄시킨 것이다.

《동궁(彤弓)》에 '종·고를 설치하도다'라고 읊은 것은 공이 있는 제후

鐘鼓者天子諸侯備用之, 大夫士鼓而已,」라 注를 달았다. 즉 정현은 '왕이 주관하는 대사(大射)에서는 종·고로 《해하》를 연주했고, 대부(大夫)와 사(士)가 참여하는 향사(鄕射)에서는 종이 없이 고(鼓)로만 《해하》를 연주했다'라고 풀이했다.

38   『儀禮』 大射儀 7-3.
39   『儀禮』 大射儀 7-17.
40   『儀禮』 大射儀 7-21.
41   『儀禮』 大射儀 7-6.
42   『儀禮』 大射儀 7-34.
43   『儀禮』 大射儀 7-46.

에게 향례를 베풀기 위함이고,[44] 여기에서 '종·고를 설치하도다'라고
읊은 것은 대사(大射)를 행하여 인재를 선발하기 위함이다.

---

44 『詩經』小雅 / 彤弓.

권68 시훈의(詩訓義)

소아(小雅) / 빈지초연(賓之初筵)
대아(大雅) / 영대(靈臺)

빈지초연(賓之初筵)

68-1. 籥舞笙鼓, 樂既和奏.

약무(籥舞)에 생(笙)과 북이 어우러져 능악이 조화롭게 연주되네.[1]

道生一則奇而爲陽, 一生二則偶而爲陰, 二生三則陰陽參合而爲冲氣. 籥之爲器, 如笛而三孔, 律度量衡所出, 陰陽冲氣所宣. 一侖之實所不能迹, 而册之所書亦不能記也. 伊[2]者氏用葦以始之, 後世用竹以易之. 律度所生, 陰陽合焉, 所以通中聲也. 故大者謂之産, 以其聲生出不窮也. 小者謂之筊, 以其聲不至流縱也. 中者謂之仲, 則適細大之中而

---

1 『詩經』小雅 / 賓之初筵.
2 대본에는 '尹'으로 되어 있으나 사고전서 『樂書』에 의거하여 '伊'로 바로잡았다.

已. 要之, 皆道春分之音, 應文舞之節也.

周官 "籥師掌敎國子舞羽歙籥, 鼓羽籥之舞, 笙師掌敎歙笙籥", 則舞羽歙籥 所謂籥舞也, 鼓羽籥之舞而以笙師敎歙笙[3]籥焉, 所謂笙鼓也. "笙師凡饗射, 共鐘笙之樂, 燕樂亦如之." 則燕射之樂, 籥舞笙鼓無所不備. 此儀禮所謂簜在建鼓之間, 蓋所以備和奏, 洽百禮矣. 然笙之爲樂, 有配鐘言之, 書所謂笙鏞以間是也, 有配磬言之, 鼓鐘所謂笙磬同音是也, 有配瑟言之, 鹿鳴所謂鼓瑟吹笙是也, 有配歌言之, 儀禮所謂歌魚麗笙由庚是也. 由此推之, 笙之於八音, 固無所不應, 豈特應鼓而已哉?

觀燕射之禮, 樂人設縣, 射人告具, 何瑟面鼓, 工歌三終,[4] 卒而奏陔舞勺, 凡所以言其志 永其聲, 動其容者, 靡不具焉, 是詩 特以籥舞笙鼓爲言, 擧終始以見之也. 大司樂大射詔諸侯以弓矢舞, 樂師燕射帥射夫以弓矢舞. 故賓之初筵, 始言大射之禮而曰 : "大侯旣抗, 弓矢斯張, 射夫旣同, 獻爾發功." 繼言燕射之禮而曰 : "賓載手仇, 室人入又, 酌彼康爵, 以奏爾時." 是大司樂之諸侯, 旣同之射夫也, 樂師之射夫, 入又之室人也, 射雖不同如此, 其執弓矢舞, 曷嘗不一哉?

도(道)는 하나를 낳으니 하나는 홀수여서 양(陽)이 되고, 하나는 둘을 낳으니 둘은 짝수여서 음(陰)이 되며, 둘은 셋을 낳으니 음양이 서로 화합하여 충기(沖氣)[5]가 된다. 약(籥)은 적(笛)과 같은데 3공(孔)이 있는 악기로서 율(律)과 도량형(度量衡)이 여기에서 나오고, 음양의 충기(沖氣)를 드러낸다. 1약(籥)의 실(實)을 서술할 수 없으므로 쓰여 있는 책에도 기록되어 있지 않다. 이기씨(伊耆氏)가 갈대를 써서 처음으로 약(籥)을 만들었는데,[6] 후세에 대나무로 바꾸어 만들었다. 약은 율(律)·도(度)가 나온 바로

3　대본에는 없으나, 『周禮』에 의거하여 '笙'을 보충하였다.
4　대본에는 '工歌三終, 何瑟面鼓'로 되어 있으나, 『儀禮』에 의거하여 '何瑟面鼓, 工歌三終'으로 바로잡았다.
5　충기(沖氣) : 음과 양의 두 기운이 부딪쳐서 조화를 이룬 기운.
6　『禮記』 明堂位 14-17. 「土鼓·蕢桴·葦籥, 伊耆氏之樂也.」

서, 음양이 합해져 중성(中聲)에 통한다. 그러므로 대약(大籥)을 산(産)이라 하니 그 소리가 끝없이 생겨나기 때문이고, 작은 것을 약(籥)이라 하니 그 소리가 방종(放縱)에 이르지 않기 때문이다. 중간 것을 중(仲)이라 하니[7] 작지도 크지도 않고 중간이기 때문이다. 요컨대, 모두 춘분의 음을 인도하고 문무(文舞)의 절도에 응한다.

『주례』에 "약사(籥師)는 국자(國子)에게 우무(羽舞)를 추는 것과 약(籥)을 부는 것을 가르치는 일을 관장한다. 우약무(羽籥舞)에 북을 친다."[8] "생사(笙師)는 생(笙)과 약(籥)을 부는 법을 가르치는 일을 관장한다"[9]라고 했으니, 꿩깃을 들고 춤추면서 약을 부는 것이 이른바 '약무(籥舞)'이고, 우약무에 북을 치고 생사가 생과 약을 부는 법을 가르치는 것이 이른바 '생과 북이 어우러지는 것'이다. "생사는 모든 향사(饗射)에 종(鐘)·생(笙)의 악을 제공한다. 연악(燕樂)에서도 이와 같이 한다"[10]라고 했으니, 연사(燕射)의 악에 약무 및 생과 북을 갖추지 않음이 없었던 것이다. 이것이 『의례』에 이른바 "탕(簜)을 건고(建鼓)의 사이에 설치한다"[11]는 것이니, 대개 조화로운 연주를 갖춘 것은 백례(百禮)를 흡족하게 행하기 위해서이다.

생이라는 악기에 대해 종과 짝한다고 말한 경우가 있으니, 『서경』에 "생과 용(鏞: 큰 종)을 번갈아 울린다"[12]라고 한 것이 그 실례이다. 경과 짝한다고 말한 경우가 있으니, 《고종(鼓鐘)》에 "생과 경이 주화롭게 울리네"[13]라고 한 것이 그 실례이다. 슬과 짝한다고 말한 경우가 있으니, 《녹명》에 "슬을 타고 생을 불도다"[14]라고 한 것이 그 실례이고, 노래와 짝한다고 말한 경우가 있으니 『의례』에 《어리(魚麗)》를 노래 부르면, 생으로

---

7   『爾雅』釋樂 7-12. 「大籥謂之産, 其中謂之仲, 小者謂之籥.」
8   『周禮』春官 / 籥師 0.
9   『周禮』春官 / 笙師 0.
10 『周禮』春官 / 笙師 0.
11 『儀禮』大射儀 7-3.
12 『書經』虞書 / 益稷 2.
13 『詩經』小雅 / 鼓鐘.
14 『詩經』小雅 / 鹿鳴.

《유경(由庚)》을 분다"[15]라고 한 것이 그 실례이다. 이로 보건대, 생은 참으로 팔음(八音)과 응하지 않음이 없으니, 어찌 다만 생이 북에만 응했을 뿐이겠는가?

연사(燕射)의 예(禮)를 살펴보면, 악인(樂人)이 악기를 진설하고 사인(射人)이 다 갖추어졌다고 고하며,[16] 소신(小臣)이 슬을 받쳐 드는데, 슬 타는 쪽을 마주 대하고, 악공이 노래를 세 번 연주하여 마치며,[17] 끝에 가서는 《해하(陔夏)》를 연주하고,[18] 《작(勺)》을 추었으니,[19] 뜻을 말하고 소리를 길게 하여 노래 부르며 용모를 움직여 춤추는 등 갖추지 않은 것이 없는데, 이 시에서 약무와 생과 북만 말한 것은 처음과 끝만 들어서 보인 것이다.

대사악(大司樂)은 대사(大射)에서 제후에게 고(告)하여 궁시무(弓矢舞)를 추게 하고,[20] 악사(樂師)는 연사(燕射)에서 사부(射夫)들을 인솔하여 궁시무(弓矢舞)를 추었다.[21] 그런데 《빈지초연(賓之初筵)》에서 처음에는 대사례를 말하여, "대후(大侯 : 임금의 과녁)를 펼치자 활에 화살을 재어 당기네. 사부(射夫)가 모여 활 쏜 성적을 아뢰네"라고 하고, 이어서 연사례를 말하여, "손님이 술을 뜨거늘, 실인(室人)이 들어와 또다시 저 강작(康爵)에 술을 따르고 제 철 음식을 바치네"라고 했다. 「대사악」에는 제후가 언급되었지만, 《빈지초연》에는 '모여 있는 사부'가 언급되고, 「악사」에는 사부가 언급되었지만 《빈지초연》에는 '들어와서 일을 돕는 실인'이 언급되었다. 사례(射禮)가 이같이 다르지만, 궁시무를 춘 점에서 어찌 같지 않은 적이

---

15 『儀禮』鄕飮酒禮 4-13; 燕禮 6-22.

16 『儀禮』燕禮 6-1.

17 『儀禮』燕禮 6-17. 「工四人, 二瑟. 小臣左何瑟, 面鼓, 執越, 內弦, 右手相入. 升自西階, 北面東上坐. 小臣坐, 授瑟乃降. 工歌鹿鳴四牡皇皇者華.」

18 『儀禮』燕禮 6-29. 「賓醉, 北面坐, 取其薦脯以降. 奏陔.」

19 『儀禮』燕禮 6-31. 「公卒爵, 主人升受爵以下而樂闋. 升歌鹿鳴, 下管新宮, 笙入三成, 遂合鄕樂, 若舞則勺.」

20 『周禮』春官 / 大司樂 3.

21 『周禮』春官 / 樂師 0.

있었던가?

68-2. 舍其坐遷, 屢舞僊僊. 亂我籩豆, 屢舞傲傲. 側弁之俄, 屢舞傞
傞.

　　자리를 떠나 이리 저리 옮기며 자주 너울너울 춤추네.
　　대그릇 나무그릇 어지럽히고 춤추며 이리 비틀 저리 비틀.
　　관을 삐딱하게 쓰고 비틀비틀 계속 춤추네.[22]

先王未嘗不用盟也, 所不貴者屢盟而已, 未嘗不用舞也, 所不貴者屢
舞而已. 書譏常舞, 詩譏屢舞, 其致一也. 蓋以禮飮酒者始乎治, 常卒乎
亂, 況幽王飮酒不以禮, 而臣下化之, 至於屢舞如此, 豈足怪哉? 陳幽公
之民, 男子休耕農而野舞, 女子休蠶織而市舞, 序詩者推本風化之所行
而刺之. 然則幽王飮酒無度, 天下化之, 固勢所不免也. 古人皆以幽諡
之, 豈其均有不智之實耶!

　　선왕이 일찍이 맹세를 하지 않은 것은 아니지만 자주 맹세하는 것은
귀하게 여기지 않았다. 일찍이 춤을 추지 않은 것은 아니나 자주 춤추는
것은 귀하게 여기지 않았다. 『서경』에서는 시도 때도 없이 항상 춤추는
것을 기롱했고,[23] 『시경』에서는 자주 춤추는 것을 기롱했으니, 그 이유
는 하나이다. 대개 예로써 술을 마시는 자일지라도 처음에는 맑은 정신
으로 단정하게 마시지만 마지막에는 항상 어지럽게 되기 때문이다. 하물
며 유왕(幽王)은 아예 예를 무시한 채 술을 작정하고 마시고 신하들 또한

22　『詩經』 小雅 / 賓之初筵.
23　이윤(伊尹)이 성탕(成湯)이 이룩한 덕을 분명히 말하여 왕에게 훈계하였는데, '궁에
　　서 항상 춤추고 방에서 취하여 노래하면 이것을 무풍(巫風)이라 하고, 재화(財貨)와
　　여색에 빠지고 유람과 사냥을 일삼으면 이를 음풍(淫風)이라 하며, 성인의 말씀을
　　업신여기고 충직한 말을 거스르며 나이 많고 덕이 있는 이를 멀리하고 어리석은 자
　　를 가까이 하면 이를 난풍(亂風)이라 이르는데, 이 삼풍(三風)과 열 가지 잘못 중에
　　하나라도 임금에게 있으면 나라가 망한다라고 하였다.〈『書經』 商書 / 伊訓 3〉

이에 물들었으니, 이처럼 비틀비틀 춤추는 데까지 이른 것이 이상할 것도 없다. 진(陳) 유공(幽公) 때의 백성들이 남자들은 농사를 팽개치고 들에서 춤추고, 여자들은 누에치기와 길쌈을 팽개치고 저자에서 춤추었으므로,[24] 시(詩)에 서(序)를 쓴 모공(毛公)은 '왕의 행실에 물들어 황음하게 된 세태'를 비난했다. 주나라 유왕이 황음무도하게 술마시자 천하가 물들게 된 것은 피할 수 없는 당연한 결과였다. 옛사람들이 두 사람의 시호를 다같이 '유(幽)'라고 했으니, 아마도 똑같이 슬기롭지 못한 행실이 있어서일 것이다.

영대(靈臺)

68-3. 虡業維樅, 賁鼓維鏞.

거(虡 : 악기틀)에 업(業)[25]과 종(樅)[26]이 있고, 분고(賁鼓 : 큰북)와 용(鏞 : 큰종)을 매달았네.[27]

天下之大獸五, 脂者·膏者·臝者·羽者·鱗者. 先王於此, 以脂者·膏者爲牲, 以臝者·羽者·鱗者爲筍虡. 擊其所縣而由其虡鳴, 則虡之爲器, 中實虛焉, 樂之所由出也. 惟道集虛, 而文王之道寓是焉, 橫謂之筍, 筍上設版謂之業, 以象業成於上, 樂作於下, 而文王之業寓是焉. 今夫木之性仁, 檜之爲木柏葉松身, 則葉與身皆曲, 以曲而會之, 故

---

24 『詩經』 陳風 / 東門之枌.

25 업(業) : 〈그림 1-21 참조〉.

26 종(樅) : 종·경을 매다는 틀의 상단에 설치하는 톱니모양의 나무. 숭아(崇牙)라고도 한다. 〈그림 1-22 참조〉

27 『詩經』 大雅 / 靈臺.

音會計之會.[28] 樅之爲木, 松葉柏身, 則葉與身皆直, 以直而從之, 故音從容之從, 而文王以德行仁如之.

物大謂之賁, 道大謂之路, 賁異於路. 鼓者事之生, 作之大故也. 凡樂象成, 民功爲大, 夫鐘謂之鏞者, 以其能考民功之大故也. 文王有靈德, 妙之而爲道, 顯之而爲業, 苟不假仁以行之, 則民亦孰知其爲靈, 而樂附之耶. 傳曰: "積恩爲愛, 積愛爲仁, 積仁爲靈, 靈臺之所以爲靈者, 積仁故也." 由是觀之, 文王之德, 所以降而在民, 散而在物, 民物共由之, 莫知其所以然而然者, 以德行仁之效也. 作樂以形容之, 其誰曰不宜?

古者作樂, 所以道陰陽之和者也. 文爲陽而鼓所以作陽聲也. 武爲陰而鐘所以聚陰聲也. 文王以文治, 故靈臺之樂, 先鼓而後鐘, 武王以武功, 故執競之樂, 先鐘而後鼓, 惟其時物而已. 然文王之樂, 以鼓鐘言之, 則大矣而未備, 至武王然後, 磬管將將, 成王然後, 簫管備擧, 此靈臺所以列於雅, 執競有磬所以在頌也.

천하의 짐승은 크게 다섯으로 분류되니, 소나 양처럼 지방이 많은 종류, 돼지처럼 살이 많은 종류, 호랑이나 표범처럼 털이 짧은 종류, 깃이 있는 새 종류, 용처럼 비늘이 있는 종류이다. 선왕은 지방이나 살이 많은 짐승은 희생으로 썼고, 털이 짧은 짐승이나 깃이 있는 새나 비늘이 있는 짐승은 순(筍)과 거(虡)를 만드는 데 썼다.[29]

매달아 놓은 종(鐘)·경(磬) 등을 치면 거(虡 : 악기틀)의 빈 공간을 통해 울렸으니, 거(虡)는 가운데가 실제로 비어 악성(樂聲)이 그 공간을 통해 나온다. 생각건대, 도(道)는 빈 곳에 모이니, 《영대(靈臺)》에서 문왕의 도를 여기에 가탁(假託)한 것이다. 가로로 대는 나무를 순(筍)이라 하고, 순 위에 설치하는 널빤지를 업(業)이라 한다. 이는 업적이 위에서 이루어지면 악이 아래에서 이루어지는 것을 상징한 것이니, 문왕의 업적을 여기에

---

28 대본에는 '檜'로 되어 있으나, 문맥상 '會'로 바로잡았다.
29 『周禮』 冬官 / 梓人 1.「梓人爲筍虡. 天下之大獸五. 脂者膏者臝者羽者鱗者. 宗廟之事脂者膏者以爲牲. 臝者羽者鱗者以爲筍虡.」

가탁한 것이다.

나무의 속성은 인(仁)하다. 회(檜)나무는 잎은 측백나무와 같고 줄기는 소나무와 같아서 잎과 줄기가 모두 부드럽다. 부드러운 것은 사람들을 모이게 하므로, 이 나무를 '회계(會計)'라고 할 때의 회(會)로 발음한다. 전나무(樅)는 잎은 소나무와 같고 줄기는 측백나무와 같아서[30] 잎과 줄기가 모두 곧다. 곧은 것은 사람들을 따르게 하므로, 이 나무를 '종용(從容)'이라고 할 때의 종(從)으로 발음한다. 문왕이 덕으로 인을 행한 것도 이와 같았다.

물건이 큰 것을 '분(賁)'이라 하고, 길이 넓은 것을 '로(路)'라고 하므로, 분(賁)은 로(路)와 다르다. 북(鼓)은 일을 생기게 하니, 울리는 소리가 크기 때문이다. 악은 성공(成功)을 형용하는데, 백성을 다스린 공을 큰 것으로 여긴다. 종을 '용(鏞)'이라 부른 것은 백성을 다스린 공이 큼을 상고할 수 있기 때문이다.[31] 문왕에게 신령스런 덕이 있어서, 그윽한 것은 도(道)가 되고, 드러난 것은 업적이 되었다. 참으로 인(仁)을 빌어서 행동하지 않았다면, 백성들 또한 누가 그의 신령스러움을 알아서 즐겁게 귀부(歸附)했겠는가?

전(傳)에 "은혜를 쌓은 것이 사랑이고, 사랑을 쌓은 것이 인(仁)이고, 인을 쌓은 것이 영(靈)이다. 대의 이름이 영대(靈臺)가 된 까닭은 인을 쌓았기 때문이다"[32]라고 했다. 이로 보건대, 문왕의 덕은 아래로 널리 백성에게 베풀어지고, 널리 만물에까지 미쳐, 백성과 만물이 모두 그 은택을 흠뻑 누렸지만 그 까닭을 알지 못한 것은, 덕으로 인을 행했기 때문이다. 이러하니 악으로 그 덕을 형용한 것에 대해 그 누가 마땅치 않다고 말하겠는가?

---

30 『爾雅』釋木 14-74. 「樅, 松葉柏身. 檜, 柏葉松身.」
31 鏞은 金+庸으로 이루어졌는데, 庸에는 '쓰다' '공훈(功勳)'이라는 뜻이 담겨 있다.
32 『說苑』권19 修文. 『설원(說苑)』은 전한(前漢)의 유향(劉向)이 편찬한 교훈적인 설화집으로 고대의 제후·선현들의 행적이나 일화를 수록하였다.

옛날에는 악을 지어 음양의 조화를 인도했다. '문(文)'은 양(陽)이며, 북[鼓]은 양성(陽聲)을 낸다. '무(武)'는 음(陰)이며, 종은 음성(陰聲)을 모은다. 문왕은 문(文)으로 다스렸으므로, 《영대》의 악은 먼저 북을 치고 뒤에 종을 쳤다. 반면에 무왕은 무(武)로 공을 세웠으므로 《집경(執競)》의 악은 먼저 종을 치고 뒤에 북을 쳤으니, 이는 당시의 상황에 따른 것이다.

그런데 문왕의 악으로 북과 종만이 언급되었으니, 웅장하긴 하지만 완비된 것은 아니다. 무왕에 이르러서야 경(磬)과 관(管)이 쟁쟁하게 울렸고,[33] 성왕(成王)에 이르러서야 소(簫)와 관(管)이 갖추어 연주되었다.[34] 이것이 《영대》가 대아(大雅)에 속하고, 《집경》과 《유고(有瞽)》가 주송(周頌)에 속하게 된 이유이다.

68-4. 於論鼓鐘.
아, 북과 종을 논함이여![35]

鼓者冬至之音, 其大麗似天, 鐘者立秋之音, 其統實似地. "樂云樂云, 鐘鼓云乎哉?", 是鐘鼓樂之器, 而樂非器也, 有精微之義存焉. 然鐘鼓不論, 吾無以知其義矣. 古之論樂者, 論倫無患, 則論其情而已, 非論其義也, 其文足論而不息, 則論其文而已, 亦非論其義也. 論其義, 則得之於耳而心喩之, 得之於心而神受之, 豈特悅其鏗鏘而已哉? 荀卿曰 : "鐘鼓以道志[36]." 於論鼓鐘, 則以意逆志爲得之矣.

莫非鼓也, 而大者謂之賁. 莫非鐘也, 而大者謂之鏞. 於論賁鼓, 其義

33　『詩經』周頌 / 執競. 「鐘鼓喤喤, 磬筦將將.」《집경(執競)》은 무왕을 제사지낸 시이다.
34　『詩經』周頌 / 有瞽. 「有瞽有瞽, 在周之庭. 設業設虡, 崇牙樹羽, 應田縣鼓, 鞉磬柷圉. 旣備乃奏, 簫管備擧.」
35　『詩經』大雅 / 靈臺. 주자는 '論'을 '倫질서있다'으로 풀이했지만, 진양은 글자 그대로 '논하다'로 풀이했으므로 진양 설을 따라 번역했다.
36　대본에는 '至'로 되어 있으나, 사고전서 『樂書』와 『荀子』에 의거하여 '志'로 바로잡았다.

見於作大事也. 於論維鏞, 其義見於考大功也. 文王受命 而民樂其有靈德以及鳥獸昆蟲, 而始附之者, 以其有事功之大, 素信於民故也. 文王之樂其琴瑟笙簧見於鹿鳴, 其鼓舞見於伐木. 是詩特詳於鐘鼓者[37], 擧其大而已, 此大雅言樂, 所以異於小雅歟!

북은 동지(冬至)의 음(音)으로 소리가 커서 많은 악기들을 따르게 하므로 하늘과 같고, 종은 입추(立秋)의 음으로 여러 악기를 통솔하여 충실하게 하므로 땅과 같다.[38] "악(樂)이라 악이라 이르지만 종(鐘)·고(鼓)를 이르겠는가?"[39]라는 구절은 종·고는 악의 도구일 뿐이고 악(樂) 자체가 아니라는 것이니, 정미한 뜻이 여기에 담겨있다. 그렇긴 하지만 종·고를 논하지 않고는 그 정미한 뜻을 알 수 없다. 옛날에 악을 논한 자들이 '조리(條理)를 논하여 해롭지 않다[論倫無患]'는 것은 정(情)을 논했을 뿐이고[40] 뜻을 논한 것이 아니다. '문채가 논할 만하여 사라지지 않게 했다[文足論而不息]'[41]는 것 또한 문채를 논했을 뿐이고 뜻을 논한 것이 아니다. 뜻을 논하면, 귀로 들어서 마음으로 깨닫고 그것을 마음에 얻어서 정신으로 받아들이게 되니, 어찌 다만 쟁쟁하게 울리는 소리만을 즐길 뿐이겠는가? 순경이 "종·고를 통해서 뜻을 인도한다"[42]라고 했으니, "아, 북과 종을 논함이여!"라는 것은 시를 읽는 자가 마음으로 작자의 의도를 짐작해야 시를 이해할 수 있다.[43]

같은 북(鼓)이라도 큰 것을 분(賁)이라 하고,[44] 같은 종이라도 큰 것을

---

37 대본에는 없으나, 사고전서 『樂書』에 의거하여 '者'를 보충하였다.

38 『荀子』 樂論 20-10.

39 『論語』 陽貨 17-9.

40 『禮記』 樂記 19-4. 「論倫無患, 樂之情也.」

41 『禮記』 樂記 19-23~24.

42 『荀子』 樂論 20-8.

43 『孟子』 萬章上 9-4. 「故說詩者, 不以文害辭, 不以辭害志. 以意逆志, 是爲得之【시를 해설하는 자는 글자로써 말을 해치지 말며, 말로써 본래의 뜻을 해치지 말고, 자신의 마음으로 작자의 의도를 헤아려야 시를 알 수 있는 것이다.】」

44 『爾雅』 釋樂 7-4. 「大鼓謂之鼖.」

용(鏞)이라 한다.[45] 따라서 분고(賁鼓)를 논하면 그 뜻이 '큰 일을 한 것'에서 드러나고, 용(鏞)을 논하면 그 뜻이 '큰 공을 이룬 것'에서 드러난다. 문왕이 천명(天命)을 받자, 백성들이 그 신령스러운 덕이 새와 짐승과 곤충에까지 미치는 것을 즐겁게 여겨 문왕에게 귀부(歸附)하기 시작한 것은, 문왕이 백성을 다스린 일과 공이 커서 평소 백성의 신뢰를 얻었기 때문이다.

문왕이 금·슬과 생(笙)을 즐긴 것이 《녹명(鹿鳴)》에 보이고, 북과 춤을 즐긴 것이 《벌목(伐木)》에 보인다. 따라서 이 시(영대)에서 종과 북만 상세히 말한 것은 큰 악기만 거론한 것일 뿐이다. 이는 대아(大雅)에서 악을 말하는 방법이 소아(小雅)의 경우와 다르기 때문이다.

68-5. 於樂辟廱.
아, 즐거운 벽옹(辟廱)에서 하도다![46]

夏后氏以序名學, 則主以禮射, 而略於樂. 商人以瞽宗名學, 則主以樂敎, 而略於禮. 周人兼而用之, 而名其學以辟廱. 辟者法之所自出, 本之以爲禮. 廱者和之所自生, 本之以爲樂. 辟廱以本之, 則禮樂之敎, 足以同人心出治道, 其於安上治民, 移風易俗也何有?

蓋樂則生矣, 生則惡可已, 以至不知手之舞之, 足之蹈之者也, 故樂吾成己之道. 自仁之於父子充之, 至於聖人之於天道, 樂吾成物之道也. 自盡人之性, 推之至於盡物之性, 道志道事以詩書, 道行道和以禮樂, 樂吾允文之道也. 受成出師, 資之以爲謀, 反奠獻馘, 歸之以爲功, 樂吾允武之道也. 文王之道, 見[47]於離離在宮者, 不以善服人, 而以善養之, 及其卒也, 壯者抗强行之志而有造, 老者激己惰之氣而無斁. 樂道之效,

---

45   『爾雅』釋樂 7-9. 「大鐘謂之鏞.」
46   『詩經』大雅 / 靈臺.
47   대본에는 '是'로 되어 있으나, 사고전서 『樂書』에 의거하여 '見'으로 바로잡았다.

至於如此, 豈特樂輪奐而已哉?

文王立辟廱於豐, 武王廣之於鎬, 自西自東自南自北, 無不中心悅而誠服, 皥皥如也, 彼亦孰知其樂爲哉! 魯僖公之頌 思樂泮水, 言采其芹, 不過樂其禮教而已, 語其道則未也, 鐘鼓言於論, 辟廱言於樂, 必兩言之者, 所以歎美之,[48] 有言之不足之意故也.

하후씨(夏后氏)는 학교 이름을 서(序)로 지었으니, 예(禮)로써 활 쏘는 것을 주로 하고, 악(樂)은 소략하게 취급했다. 상나라는 학교 이름을 고종(瞽宗)이라 지었으니, 악으로 교화시키는 것을 주로 하고 예는 소략하게 취급했다. 주나라는 예와 악을 다같이 중하게 여겼으므로 학교 이름을 벽옹(辟廱)이라 지었다. 벽(辟)은 법이 나오는 근원이니 이에 근본해서 예를 만들었고, 옹(廱)은 화(和)가 생겨나는 근원이니 이에 근본해서 악을 만들었다. 따라서 벽옹에 근본하면 예악의 교화가 인심(人心)을 합하여 치도(治道)를 실현시키니, 윗사람을 편안하게 하고 백성을 다스려서 아름다운 풍속으로 바꾸는 데 무슨 어려움이 있겠는가?

대개 즐거워하면 이러한 마음이 생겨나고, 생겨나면 이러한 행실을 그만둘 수 없게 되고, 그리하여 자신도 모르게 손으로 춤추고 발로 뛰게 되는 것은[49] 내가 나 자신의 인격을 이루는 도(道)를 즐기는 것이다. 아버지와 아들 사이의 인(仁)을 확충시켜, 성인(聖人)이 천도(天道)를 체득하는 경지에까지 이르게 하는 것은, 내가 남을 이루어 주는 도를 즐기는 것이다.

사람의 성(性)을 다하는 것을 미루어서 물(物)의 성(性)을 다하는 데까지 이르고, 시(詩)와 서(書)로 뜻을 인도하고 일을 인도하며, 예와 악으로 행실을 인도하고 화합을 인도하는 것은 내가 문덕을 이루는 도를 즐기는 것이다. 모책(謀策)을 결정하고 군대를 동원하여 정벌하고, 돌아와서는 적의 귀를 사직에 바쳐서 공을 이루는 것은 내가 무공을 이루는 도를 즐

---

48 대본에는 '之' 다음에 '言'이 있으나 사고전서 『樂書』에 의거하여 삭제하였다.
49 즐거워하면~것은: 『孟子』 離婁上 7-27.

기는 것이다.

　문왕의 도가 궁중의 화목한 분위기[50]에서 드러나는 것은 사람을 잘 복종시켰기 때문이 아니라 문덕으로 잘 길러서 결국에는 젊은 사람들은 실천하려는 의지를 불태워 선(善)에 매진하고, 늙은 사람들은 게을러진 기를 격동시켜서 선에 매진함을 싫증내지 않았기 때문이다. 도를 즐긴 효험이 이렇게까지 성대했으니, 어찌 건물이 성대함을 즐거워했을 뿐이겠는가?

　문왕이 풍(豊)에 벽옹(辟廱)을 세우고 무왕이 호(鎬)에 벽옹을 확대하자, 사람들이 동서남북에서 모여들어, 마음속으로 기뻐하고 진실로 감복하여 스스로 만족스러워 했으니,[51] 저들 또한 도(道)를 즐거워할 줄 알았던 것이다. 그러나 노(魯) 희공(僖公)의 송(頌)에서 "즐거운 반궁(泮宮)[52]의 물가에서 미나리를 캐도다"[53]라고 읊은 것은 예교(禮敎)를 즐긴 것일 뿐, 《영대(靈臺)》에서처럼 도의 경지에는 미치지 못한 것이다. 《영대》에서 "아, 북과 종을 논함이여!" "아, 즐거운 벽옹(辟廱)에서 하도다!"라며, 두 번이나 감탄사를 연발한 것은 찬미하는 데 말로 하기에 부족하기 때문이다.

50　『詩經』大雅 / 思齊. 「雝雝在宮, 肅肅在廟. 不顯亦臨, 無射亦保.」
51　詩經』大雅 / 文王有聲. 「豐水東注, 維禹之績. 四方攸同, 皇王維辟, 皇王烝哉. 鎬京辟廱, 自西自東. 自南自北, 無思不服. 皇王烝哉」
52　반궁(泮宮) : 제후의 학교. 동서의 문 이남은 물로 에워싸고 이북은 담을 쌓아 반만 물로 에워쌌다 하여 반궁이라 한다. 이에 비해 천자의 학교인 벽옹은 사면을 물로 에워쌌다.
53　『詩經』魯頌 / 泮水.

권69 시훈의(詩訓義)

대아(大雅) / 영대(靈臺) · 행위(行葦) · 가락(假樂) · 권아(卷阿)

영대(靈臺)

69-1.[1] 〈鼉鼓逢逢, 矇瞍奏公.

악어가죽으로 만든 북소리 둥둥 울리며 장님악공들 음악을 연주하도다.[2]

中庸曰: "今夫水一勺之多, 及其不測, 黿鼉蛟龍生焉." 則鼉之爲物, 其性靜而惡䁗, 喜夜自鳴而已. 蓋出乎黿之類, 其聲大而遠聞者也. 國語曰: "矇瞍修聲." 蓋耳目形也, 聰明神也. 聾瞶者其神在目, 不在耳,

---

1 대본에는 『樂書』 69-1 '鼉鼓'부터 69-4 '蓋人君之於賢'까지 없으나, 사고전서 『樂書』에 의거하여 보충하였다. 보충한 부분을 〈 〉로 표시해놓았다.

2 『詩經』 大雅 / 靈臺.

故以之司視而掌火. 矇瞍者其神在耳, 不在目, 故以之司聽而鼓樂. 則矇者非無目也, 有蒙之者焉, 瞍者可使幾聲, 審吉凶者也.

鼉鼓逢逢而樂得其性如此, 則文王靈德所及深矣. 以矇瞍奏公, 而形容之, 則樂之象成, 豈私樂吾一身爲哉? 必有以樂人物遂性而已, 此所以不言事而言公也. 然雅爲王政之興, 頌爲王功之成. 靈臺言樂止於鼓鐘者, 原王政之所由興故也, 維淸所奏及於象舞者, 要王功之所自成故也.

『중용』에 "강물은 한 잔의 물이 많이 모인 것인데, 측량할 수 없을 정도로 많아지면 자라와 악어와 용등이 산다"[3]라고 했는데, 악어의 속성은 조용하여 시끄러운 것을 싫어해서 밤에 혼자 우는 것을 좋아한다. 맹꽁이 이류에서 나온 것이니 그 소리가 커서 멀리까지 들린다.

『국어』에 "장님은 소리를 익힐 수 있다"[4]라고 했으니, 귀와 눈은 형체이고, 귀밝음과 눈밝음은 정신이다. 귀머거리는 정신이 눈에 집중되고 귀에 있지 않으므로 보는 일을 맡게 해서 불을 관장하게 하고, 장님은 정신이 귀에 집중되고 눈에 있지 않으므로 듣는 일을 맡게 해서 음악을 연주하게 했다. 청맹은 눈동자가 있어서 겉으로는 성한 것 같으나 보이지 않으며 소경은 아예 눈동자가 없으나 소리를 살펴서 길흉을 점칠 수 있다.

악어가죽으로 만든 북을 둥둥 두드리며 장님악공들이 자신의 소질을 살려 즐겁게 살아감이 이와 같았으니, 문왕의 신령스런 덕이 깊이 미친 것이다. 장님으로 하여금 음악을 연주하여 형용하게 했으니, 악으로 성공(成功)을 형용한 것이 어찌 사사로이 자신의 한 몸을 즐겁게 하기 위해서였겠는가? 반드시 사람과 만물이 본성을 이룬 것을 즐거워했을 뿐이었으므로 '사(事)'라고 말하지 않고 '공(公)'이라고 말한 것이다.

아(雅)는 왕정(王政)이 흥기한 것을 노래하고, 송(頌)은 왕공(王功)이 이루

3 　『禮記』中庸 31-25.
4 　『國語』晉語 四. 10-24.

어진 것을 노래하는 것이다. 《영대(靈臺)》에서 언급된 악(樂)이 북과 종에 그친 것은 왕정이 말미암아 일어나게 된 근원을 노래한 것이기 때문이고, 《유청(維淸)》⁵을 연주하여 《상무(象舞)》를 춘 것은 왕공이 이루어진 것을 노래한 것이기 때문이다.

행위(行葦)

69-2. 或歌或咢.
노래하기도 하고 북을 치기도 하네.⁶

徒歌謂之謠, 徒擊鼓謂之咢. 歌起於嗟歎之不足, 適心之所可而已, 樂之正也. 咢則有逆於心而喧焉, 徒擊鼓而爲之, 非樂之正也. 或歌於堂上, 或咢於堂下, 而樂之正與不正者靡不具擧, 其於養老也亦可謂至矣. '或獻或酢或燔或炙', 養老之禮也, '或歌或咢', 養老之樂也.

노래만 부르는 것을 '요(謠)'라 하고 북만 두드리는 것을 '악(咢)'이라 한다.⁷ 노래는 감탄하는 것만으로 부족하여 흥얼거리는 것이므로 마음을 알맞게 표현하니, 정악(正樂)이다. 이와 달리 북소리는 마음 보다 먼저 둥둥 울려 격앙시키므로, 북 치는 것 자체는 정악이 아니다. 당상에서 노래하기도 하고 당하에서 북을 치기도 하여 정악인 것과 정악 아닌 것을 모두 구비했으니, 양로(養老)를 지극하게 한 것이라고⁸ 할 만하다. '술을 권

---

5   『詩經』 周頌 / 維淸.
6   『詩經』 大雅 / 行葦.
7   노래만~한다 : 『爾雅』 釋樂 7-13.
8   《행위(行葦)》는 주나라 왕실이 충후하여 인덕(仁德)이 초목에까지 미쳤으므로, 안으로 구족(九族)을 화목하게 하고 밖으로 노인을 높이고 섬기어 양로연을 베푼 것을

하기도 하고 받기도 하며, 구운 고기를 올리기도 하고 지진 고기를 올리기도 한 것'⁹은 양로의 예이고, '노래하고 북을 친 것'은 양로의 악이다.

가락(假樂)

69-3. 假樂嘉成王也.
《가락(假樂)》은 성왕(成王)을 아름답게 여긴 시이다.¹⁰

人之百骸假皮以自營, 又假物之皮以營其外, 二者胥假也. 眞則至矣, 無所復假. 然 欲有所至, 必有所假焉. 故假舟楫而絶江河, 假輿馬而至千里, 此假樂所以爲至於樂也. 蓋立人而不忘我之謂仁, 立我而不忘人之謂義. 周之興也文武之功, 起於后稷, 而生民推之以配天, 所以盡尊尊之義也. 周家忠厚, 本於仁及草木, 而行葦推之以睦族, 所以盡親親之仁也. 積而至於旣醉之太平·鳧鷖之守成, 則仁之至·義之盡也.

樂也者不過樂斯二者而已, 成王能持盈守成, 至於神祇祖考安樂之, 則樂之實兆於此矣. 語其至於樂, 其在於假樂之嘉乎! 莊子曰: "與人和者謂之人樂, 與天和者謂之天樂." '假樂君子, 宜民宜人', 與人和者也. '受祿于天, 自天申之', 與天和者也. 天而不人, 人而不天, 皆非所以爲至, 所謂至於樂者, 天人之樂兼備而已. 故曰: "知天之所爲, 知人之所爲者, 至矣."

사람의 온갖 뼈마디는 가죽을 빌려서 스스로 보호하고, 또 물건의 가

　　　읊은 시이다.(『詩經』 大雅 / 行葦, 毛序)
9　　『詩經』 大雅 / 行葦.
10　　『詩經』 大雅 / 假樂, 毛序.

죽을 빌려서 그 밖을 보호하니, 이 둘은 서로 빌린 것이다. 참으로 지극하면 더 빌릴 것이 없으나, 이르려는 바가 있으면 반드시 빌리게 된다. 그러므로 배와 노를 빌려서 장강과 황하를 가로 건너고, 수레와 말을 빌려서 천리에 이르니, 즐거움을 빌린다는 뜻의 '가락(假樂)'은 즐거움에 이르는 방법인 셈이다.

　　남을 세워주면서 나를 잊지 않는 것을 인(仁)이라 하고, 나를 세우면서 남을 잊지 않는 것을 의(義)라 한다. 주나라의 흥기(興起)와 문왕·무왕이 공(功)은 후직(后稷)에게서 일어난 것이므로, 《생민(生民)》에서 이를 미루어 후직을 하늘에 짝했으니,[11] 존경스런 분을 존경하는 의(義)를 다한 것이다. 주나라 왕실이 충후(忠厚)하여 인(仁)에 근본을 두고 초목에까지 미쳤으므로 《행위(行葦)》에서 이를 미루어 구족(九族)을 화목하게 했으니,[12] 친한 이를 친하게 하는 인(仁)을 다한 것이다. 이것이 쌓여서 《기취(旣醉)》의 태평과[13] 《부예(鳧鷖)》의 수성(守成)[14]에 이르러서는 인(仁)이 지극하게 되고 의가 지극하게 되었다.

　　악이란 인과 의를 즐거워하는 것에 불과하다.[15] 성왕(成王)이 선왕이 이룩한 업적을 유지하고 지켜나가서 천신(天神)·지기(地祇)·조고(祖考)에 이르기까지 모두 편안하고 즐겁게 했으니, 악의 실상이 여기에 있는 셈이다. 즐거움에 이르는 것에 대해 말하자면 《가락(假樂)》의 아름다움에 있을 것이다. 『장자』에 "사람들과 조화된 것을 인락(人樂)이라 하고 하늘과 조화된 것을 천락(天樂)이라 한다"[16]라고 했으니, "아름답고 즐거운 군자여! 백성에게 마땅하게 대하시고 관원에게 마땅하게 대하시도다"[17]라

11　문왕과~짝했으니 :『詩經』大雅 / 生民, 毛序.
12　주나라~했으니 :『詩經』大雅 / 行葦, 毛序.
13　『詩經』大雅 / 旣醉, 毛序.
14　『詩經』大雅 / 鳧鷖, 毛序.
15　『孟子』離婁上 7-27.「孟子曰 : "仁之實, 事親是也, 義之實, 從兄是也, 智之實, 知斯二者弗去是也, 禮之實, 節文斯二者是也, 樂之實, 樂斯二者."」
16　『莊子』天道 13-2.
17　『詩經』大雅 / 假樂.

고 한 것은 사람들과 조화를 이룬 것이고, "하늘의 복을 받도다. 하늘로
부터 복이 거듭 되도다"[18]라고 한 것은 하늘과 조화를 이룬 것이다. '하
늘의 세계만 중시하고 사람 사는 세상을 소홀히 하는 것'이나 '사람 사
는 세상만 중시하고 하늘의 세계를 소홀히 하는 것'은 모두 지극한 것이
아니니, 이른바 '즐거움에 이른다'는 것은 천락과 인락을 겸비한 것이다.
그러므로 "하늘이 하는 바를 알아서 사람이 해야 할 바를 아는 사람은
지극한 존재이다"[19]라고 한 것이다.

권아(卷阿)

69-4. 矢詩不多, 維以遂歌.

시를 많이 읊으려는 것이 아니라 왕의 노래를 이어 노래하는 것이니
라.[20]

德音之謂樂, 咏其聲之謂歌, 樂爲歌之實, 歌爲樂之文. 記曰 : "歌之
爲言長言之也, 說之不足, 故言之. 言之不足, 故長言之" 矢詩不多, 言
之不足之謂也. 維以遂歌, 長言之謂也. 歌之爲樂, 出於民性自然, 非可
以强爲也, 治民至此, 其治之至歟!

觀禹之時, 六府三事允治, 未有不自乎不得賢以爲己憂矣. 蓋人君之
於賢,〉[21] 有卷阿屈納之禮, 賢者之於民, 有飄風化養之道. 有化之道,

---

18 『詩經』大雅 / 假樂.
19 『莊子』大宗師 6-1.
20 『詩經』大雅 / 卷阿.
21 대본에는 권69 처음부터 이 부분까지가 빠져 있다.

則其德成, 而四方以爲則, 此三事之所自成也. 有養之道, 則其政擧, 而
四方以爲綱, 此六府之所自成也. 周自后稷, 敎民稼穡, 公劉厚民事, 則
六府固已修矣. 民德歸厚, 見於伐木, 俾爾單厚, 見於天保, 積而至於忠
厚之行葦, 則成王復何爲哉? 作樂以歌其成而已.

夫然則至矣盡矣, 不可以有加矣. 故以召康公三篇之戒終焉, 此九叙
惟歌, 繼之以戒之用休, 俾勿壞之意也. 然其戒始於公劉之厚民事, 所
以急先務也. 終於卷阿之求賢, 所以急親賢也. 堯舜仁智不過如此, 是
則召康公之於成王, 亦伊尹俾厥后惟堯舜之心歟! 傳曰: "歌者直己而
陳德." 由是知召康公矢詩以歌之, 雖曰樂成王治功之成, 亦所以直已
而陳德也, 與夫蘇公作此好歌, 以極反側者, 異矣.

덕음(德音)을 악이라 하고,[22] 소리를 읊는 것을 노래라고 하니, 악은 노
래의 실체이고 노래는 악의 문채이다. 『예기』에 "노래란 말을 길게 하는
것이다. 기뻐하는 것으로 부족하므로 말하고, 말하는 것으로 부족하므로
길게 말한다"[23]라고 했으니, '시를 많이 읊으려는 것이 아니다'라는 것은
'말하는 것만으로는 부족하다'는 것을 일컫는다. '왕의 노래를 이어 노래
하는 것이니라'라는 것은 '길게 말한다'는 것을 일컫는다. 노래로 즐거움
을 삼는 것은 사람의 심성(心性)에서 자연스럽게 우러나오는 것이지 강제
로 할 수 있는 것이 아니므로, 백성을 다스리어 이런 단계에 이른다면
그 다스림이 지극한 것이다.

우임금 시대를 보건대, '육부삼사(六府三事)[24]가 잘 다스려진 것'[25]은 현
인(賢人)을 얻지 못할까 걱정한 데에서 비롯되었다. 대개 인군이 현인에
대해서는 '굽은 언덕처럼 자기를 굽히고 현인의 의견을 받아들이는 예

---

22   『禮記』樂記 19-22.
23   『禮記』樂記 19-26.
24   육부삼사(六府三事): 육부(六府)는 양민(養民)의 기본인 수(水)·화(火)·목(木)·금
     (金)·토(土)·곡(穀)이고, 삼사(三事)는 선정(善政)의 기본인 정덕(正德)·이용(利
     用)·후생(厚生).
25   『書經』虞書 / 大禹謨 1.

(禮)’가 있고, 현인이 백성에 대해서는 ‘회오리바람처럼 초목을 변화시키어 기르는 도(道)’가 있다. 감화시키는 도가 있으면 그 덕이 이루어져 사방에서 법으로 삼을 것이니 이것이 삼사(三事)가 이루어지는 바탕이 된 것이고, 기르는 도가 있으면 정사가 잘 거행되어 사방에서 기강으로 삼을 것이니 이것이 육부(六府)가 이루어지는 바탕이 된 것이다.

주나라는 후직이 백성들에게 농사짓는 것을 가르치고, 공류(公劉)²⁶가 백성의 일을 후(厚)하게 했으니,²⁷ 육부가 이미 진실로 잘 수행된 것이다. ‘백성의 덕이 후한 데로 돌아간 것’은 《벌목(伐木)》에 보이고,²⁸ ‘하늘이 후하게 도와준 것’은 《천보(天保)》에 보인다.²⁹ 이런 것이 축적되어, 《행위(行葦)》에 보이듯 충후(忠厚)하게 되었으니,³⁰ 성왕이 더 이상 무엇을 할 것이 있겠는가? 악을 지어서 이루어진 공(功)을 노래할 뿐이다.

그렇다면 극진한 것이니 더할 것이 없다. 그러므로 소강공(召康公)³¹이 경계하기 위해 지은 3편의 시로 마쳤으니,³² 이것이 ‘아홉 가지 공이 이루어진 것을 노래하거든 경계하고 깨우쳐서 아름답게 여기어 무너지지 않게 한다’³³는 뜻이다. 그런데 소강공이 성왕에게 한 경계는 백성의 일을 후하게 한 것을 읊은 《공류》로 시작했으니, 이것이 먼저 힘써야 할

---

26 공류(公劉) : 후직의 증손이자, 무왕의 13대 조상이다.
27 『詩經』大雅 / 公劉, 毛序. 《공류(公劉)》는 소공(召公)이 성왕을 경계한 시이다. 성왕이 친정(親政)하게 되자 ‘공류가 백성들에게 후히게 한 섯’을 찬미한 이 시를 성왕에게 바쳤다.
28 『詩經』小雅 / 伐木, 毛序. 《벌목》은 친구들과 연회하는 시이다. 천자로부터 서인에 이르기까지 친구를 통해 덕을 이루지 않음이 없으니, 친구와 화목하고 현명한 사람을 벗삼아 버리지 않으면 백성의 덕이 후한 데로 돌아갈 것이다.
29 『詩經』小雅 / 天保. 《천보》는 하늘이 임금을 안정시켜 복을 받게 해주길 축원한 시이다.
30 『詩經』大雅 / 行葦, 毛序. 《행위》는 충후(忠厚)함을 읊은 시이다. 주나라 왕실이 충후하여 인덕(仁德)이 초목에까지 미쳤다. 안으로는 구족(九族)을 화목하게 하고 밖으로 노인을 높이고 섬겨 복록을 이루었다.
31 소강공(召康公) : 주공의 아우. 소공은 봉호(封號)이고 강(康)은 시호(諡號)이다.
32 『詩經』大雅 / 公劉·泂酌·卷阿.
33 『書經』虞書 / 大禹謨 1.

일이기 때문이다. 현인을 구(求)하는 것을 읊은 《권아(卷阿)》로 마쳤으니, 현인을 친근히 하는 것을 급하게 여겼기 때문이다. 요순과 같은 인자하고 지혜로운 분도 이와 같이 한 것에 지나지 않는다. 소강공이 성왕에 대해서 한 일은 이윤(伊尹)이 그 임금을 요순과 같이 만들려는 마음과 같은 것이다.[34] 전(傳)에 "노래는 자기를 곧게 해서 덕을 펼치는 것이다"[35]라고 했다. 이로 보건대, 소강공이 시를 지어서 노래한 것은 성왕의 치공(治功)이 이루어진 것을 즐거워한 것이긴 하지만 또한 자기를 곧게 하여 덕을 펼친 것이니, 소공(蘇公)이 시를 지어 "이 좋은 노래를 지어 비뚤어진 너의 마음을 다 말하노라"[36]라고 풍자한 것과는 다르다.

---

[34] 『書經』 商書 / 說命下 3. 「昔先正保衡, 作我先王. 乃曰: '予弗克俾厥后惟堯舜, 其心愧恥, 若撻于市. 一夫不獲, 則曰時予之辜【옛날 선정(先正)인 보형(保衡: 이윤)이 우리 선왕을 진작하여 이르기를 '내 군주로 하여금 요순 같은 군주가 되게 하지 못하면 마음에 부끄러워하여 시장에서 종아리를 맞는 듯이 여기며, 한 지아비라도 제 살 곳을 얻지 못하면 이른 나의 잘못이다'라고 하였다.】」

[35] 『禮記』 樂記 19-26.

[36] 『詩經』 小雅 / 何人斯. 《하인사(何人斯)》는 소공(蘇公)이 포공(暴公)을 풍자한 시이다. 포공이 왕의 경사(卿士)가 되어 소공을 참소했기 때문에 소공이 이 시를 지었다.

권70 시훈의(詩訓義)

주송(周頌) / 유청(維淸) · 집경(執競) · 유고(有瞽)

유청(維淸)

70-1. 維淸奏象舞也.

《유청(維淸)》은 《상무(象舞)》를 출 때 연주하는 시이다.[1]

吉事有祥, 象事知器. 維周之禎則福之先見, 事之有祥者也. 象舞則
王事兆見, 事之知器者也. 以吉事之祥, 寓於象事之器, 則文王之舞所
以象成者, 孰非有天下之象耶?

樂記曰: "樂者非謂弦歌干揚也, 樂之末節也, 故童子舞之." 內則曰:
"成童舞象." 蓋文王之時, 雖王事兆見, 而大統猶未旣集也. 以未旣集

---

1 『詩經』 周頌 / 維淸, 毛序.

之統, 舞之以未成人之童, 此所以謂之象舞歟! 文王世子·明堂位·祭
統·仲尼燕居皆言: "下而管象", 春秋傳亦曰: "象箭南籥.²" 蓋文王之
樂, 歌維清於堂上, 奏鐘鼓舞象於堂下, 其所形容者熙邦國之典而已,
未及於法, 則肇上帝之禋而已, 未及於墓祀也. 熙邦國之典則人受之矣,
肇上帝之禋則天受之矣, 然則維周之禎豈過是哉? 先儒以象爲武王樂
誤矣.

　길한 일에는 상서로운 조짐이 있고, 일을 형상하여 그릇(器)을 안다.³
따라서 "주나라의 상서로다"⁴라고 한 것은 복이 먼저 나타난 것이니, 일
에 상서로운 조짐이 있다는 뜻이다. 《상무(象舞)》는 왕사(王事)의 조짐이
나타난 것이니,⁵ 일을 통해 그릇을 안 것이다. '길한 일의 상서로운 조짐'
이 '일을 형상한 그릇'에 표현된 것이 바로 성공을 형상한 문왕(文王)⁶의
춤이니, 어느 누가 천하 통일의 상(象)이 아니라고 하겠는가? 「악기(樂
記)」에 "악이란 현악기를 타며 노래 부르거나 방패와 도끼를 들고 춤추
는 것을 뜻하는 것은 아니다. 이런 것들은 악의 말절이므로 동자가 춤춘
다"⁷라고 하고, 「내칙」에 "성동(成童 : 15세 이상)이 되면 《상(象)》을 춤춘
다"⁸라고 했으니, 대개 문왕시대에는 왕사(王事)의 조짐이 나타나긴 했으
나 대통(大統)은 아직 집성(集成)되지 않았다. 아직 집성되지 않은 대통을
아직 성인이 안 된 아이로 하여금 춤추게 했으니, 이것이 《상무(象舞)》라

2　대본에는 없으나, 『春秋左氏傳』에 의거하여 '籥'을 보충하였다.
3　길한~안다:『周易』繫辭下傳 12.
4　『詩經』周頌 / 維清.
5　문왕이 서백(西伯)의 직책에 있을 때 덕정을 베풀어 민심이 서백에게 쏠린 일을 가
　　리킨다.
6　문왕(文王) : 주(周)나라 무왕(武王)의 아버지. 성은 희(姬). 은나라 서백(西伯)의 직책
　　에 봉해졌으며, 이웃 족장들과 연합하여 세력이 상당히 커지자, 혼란을 일으켰다는
　　이유로 주왕(紂王)에 의해 유리(羑里)에 감금된 적이 있었다. 그 후 그는 은나라와의
　　전쟁으로 죽고, 그의 아들 발(發, 무왕)이 호(鎬)에 터전을 잡고 국력을 정비하여 은
　　나라 주왕을 치고 주나라를 건국하고, 아버지 서백을 '문왕'으로 올렸다.
7　『禮記』樂記 19-20.
8　『禮記』內則 12-52.

고 일컬은 이유일 것이다.

「문왕세자」·「명당위」·「제통」·「중니연거」에 모두 "당하(堂下)에서 관(管)으로 《상(象)》을 연주한다"[9]라고 하고, 『춘추좌씨전』에 《상소(象籥)》와 《남약(南籥)》이 나온다.[10] 대개 문왕의 악은 당상에서 《유청(維淸)》을 노래하고 당하에서 종(鐘)·고(鼓)를 연주하여 《상》을 추었는데, 방국(邦國)의 전례(典禮)를 빛냈을 뿐, 법에 미치지는 못했고, 상제(上帝)에게 인사(禋祀)를 지냈을 뿐, 여러 제사에 두루 미치지는 못했다.[11] 방국을 빛내는 전례는 사람이 받고, 상제(上帝)에 지내는 인사(禋祀)는 하늘이 받았으니, '주나라의 상서'란 바로 이것이다.

따라서 선유(先儒)가 《상(象)》을 무왕의 악으로 여긴 것은 틀린 것이다.

집경(執競)

70-2. 鐘鼓喤喤, 磬筦將將.
종(鐘)·고(鼓)가 조화롭게 울리고 경(磬)·관(筦)이 쟁쟁히 울리도다.[12]

古之王者, 治定制禮, 功成作樂. 故商之功成在成湯, 其詩曰 : "衎我烈祖", 繼之以"鞉鼓淵淵, 嘒嘒管聲." 周之功成在武王, 其詩曰 : "無競維烈" 繼之以"鐘鼓喤喤, 磬筦將將." 蓋鞉鼓淵淵, 則聞之必遠, 象其能廣祖之聲敎也. 嘒嘒管聲, 則作之必備, 象其能成祖之事業也. 鐘鼓喤

9   『禮記』文王世子 8-13; 明堂位 14-5; 祭統 25-23; 仲尼燕居 28-6.
10   오나라의 공자 계찰이 노나라에 가서 《상소》와 《남약》이라는 춤을 보고 "아름다우나 아쉬움이 느껴집니다"라고 평하였다.(『春秋左氏傳』 襄公 29년(13))
11   『詩經』周頌 / 維淸.「維淸緝熙, 文王之典. 肇禋, 迄用有成, 維周之禎.」
12   『詩經』周頌 / 執競.

喤, 則聲之美,¹³ 以象武王之烈至是而充實也. 磬筦將將, 則聲之大, 以
象武王之烈至是而輝光也. 傳曰 : "夫樂象成者也." 如此而已.

　然鐘與鼓應, 則磬與筦應矣. 小雅曰 : "笙磬同音." 周官 : "眡瞭¹⁴掌
擊笙磬." 由是推之, 筦雖不一, 而應磬之筦, 則笙之筦而已. 磬筦將將,
非笙磬同音而何? 荀卿亦曰 : "從以磬管."

　鐘鼓喤喤爲武王之美, 而鼓鐘欽欽反爲幽王之刺者, 以幽王作流連
之樂, 而不知反, 其音比於慢矣. 故言欽欽之敬以刺之. 周頌作筦, 商頌
作管者, 蓋伺末爲司, 探本爲官, 筦¹⁵於禮器爲末, 管於樂器爲本故也.
自探樂器之本言之, 謂之管, 自完十二律之管言之, 謂之筦, 其實一也.
爾雅曰 : "鍠鍠樂也." 或從口主聲言之, 或從金主器言之, 其爲樂之美
一也.

　옛날에 왕이 된 자는 정치가 안정되면 예를 제정하고 공이 완성되면
악을 지었다. 은나라의 공은 탕임금 때 이루어졌으므로, 그 시에 "우리
열조(烈祖:湯王)를 즐겁게 하도다"라고 하고, 이어서 "도(鞉)·고(鼓)가 깊
고 멀리 울리며, 관(管) 소리 맑게 퍼지도다"¹⁶라고 했으며, 주나라의 공
은 무왕 때 이루어졌으므로, 그 시에 "견줄 수 없는 공렬이시도다"라고
하고, 이어서 "종(鐘)·고(鼓)가 조화롭게 울리고 경(磬)·관(筦)이 쟁쟁히
울리도다"¹⁷라고 했다.

　'도(鞉)·고(鼓)가 깊고 멀리 울린다'는 것은 멀리까지 들린다는 뜻이니
탕왕의 교화가 널리 퍼진 것을 상징하며, '관 소리 맑게 퍼진다'는 것은
갖추어 연주한다는 뜻이니 탕왕의 사업이 성취된 것을 상징한다. '종·

13　대본에는 '大'로 되어 있으나, 사고전서『樂書』에 의거하여 '美'로 바로잡았다.
14　대본에는 '磬師'로 되어 있으나, '眡瞭'로 바로잡았다.『周禮』春官 / 磬師에는「磬師
　　掌教擊磬擊編鍾 教縵樂燕樂之鍾磬. 凡祭祀奏縵樂.」이라 되어 있고,『周禮』春官 / 眡
　　瞭에는「眡瞭掌凡樂事, 播鼗擊頌磬笙磬.」이라 되어 있기 때문이다.
15　대본에는 '筍'으로 되어 있으나, 사고전서『樂書』에 의거하여 '筦'로 바로잡았다.
16　『詩經』商頌 / 那.
17　『詩經』周頌 / 執競.

고가 조화롭게 울린다'는 것은 소리가 아름답다는 뜻이니 무왕의 공렬이 이에 이르러 충실해진 것을 상징하며, '경·관이 쟁쟁히 울린다'는 것은 소리가 크다는 뜻이니 무왕의 공렬이 이에 이르러 빛나게 된 것을 상징한다. 전(傳)에 "악은 공(功)이 이루어진 것을 상징한 것이다"[18]라고 했으니, 이와 같을 따름이다.

주송(周頌) 《집경(執競)》에서는 종과 고가 응하고 경과 관이 응했는데, 소아(小雅) 《고종(鼓鐘)》에서는 "생(笙)과 경이 조화롭게 울리네"[19]라고 하고, 『주례』에 "시료(眡瞭)가 생과 경을 치는 것을 관장한다"[20]라고 했다. 이로 보건대, 관악기에 한 종류만 있는 것은 아니지만 경에 호응하는 관악기는 생뿐이다. 따라서 '경·관이 쟁쟁히 울리도다'[21]라고 한 것은 바로 '생과 경이 조화롭게 울린 것'이 아니고 무엇이겠는가? 순경(荀卿)도 "경(磬)과 관(管)이 뒤따른다"[22]라고 했다.

'종·고가 조화롭게 울리도다[鐘鼓喤喤]'라고 한 것은 무왕을 찬미한 것임에 반해 '종소리 은은히 울리네[鼓鐘欽欽]'[23]라고 한 것은 유왕(幽王)을 풍자한 것이다. 이는 유왕이 음란한 음악을 지어서 바른 정(情)으로 돌이킬 줄 몰라서 그 음악이 '만(慢)'에 가까우므로, 이와 대조적으로 공경스런 뜻이 담겨있는 '은은하다[欽欽]'라는 말로 유왕을 풍자한 것이다.

주송(周頌)에서는 관(筦)이라 했는데, 상송(商頌)에서는 관(管)이라 했다. 말단을 살피는 것이 사(司)이고 근본을 탐구하는 것이 관(官)이므로, 사(笥)[24]는 예기(禮器) 중에 말단적인 것이고 관(管)은 악기(樂器) 중에 근본적인 것이 된다. 따라서 악기의 근본을 탐구하는 차원에서 말하면 관(管)이

---

18   『禮記』樂記 19-23.
19   『詩經』小雅 / 鼓鐘.
20   『周禮』春官 / 眡瞭 0.
21   여기에서 진양은 관(管)을 관대를 2개 나란히 붙여서 부는 '관'이라는 악기로 보지 않고, 일반적인 관악기로 보았다.
22   『荀子』樂論 20-8.
23   『詩經』小雅 / 鼓鐘.
24   사(笥) : 의복을 담는 네모진 대 상자.

라 하고, 12율관을 완성하는 차원에서 말하면 관(筦)이라고 한 것이나, 실은 하나이다.

『이아』에 "굉굉(鍠鍠)은 악(樂)이다"[25]라고 했는데, 혹 '황(喤)'으로도 쓴다. '喤'처럼 '口'변을 한 것은 소리를 위주로 말한 것이고, '鍠'처럼 '金'변을 한 것은 악기를 위주로 말한 것이지만, 그것이 아름다운 음악소리를 뜻하는 것은 매 일반이다.

유고(有瞽)

70-3. 有瞽始作樂, 而合乎祖也.
《유고(有瞽)》는 처음으로 악(樂)을 지어 선조(先祖)에게 합주한 시이다.[26]

明則有禮樂, 幽則有鬼神. 周之禮樂, 庶事之備也. 故作樂於明, 而合祖於幽, 彼其所作非苟然也, 蓋亦有循體自然而已. 然周之作樂, 文王見於靈臺維淸, 武王見於執競與武, 豈始作於有瞽耶? 其所以言始作者, 作備樂故也. 周官 : "大司樂以六律六同五聲八音六舞, 大合樂以致鬼神祇." 庸非始作備樂, 以合乎祖之謂歟? 雖然有瞽特作於宗廟之中, 非郊丘之祭也. 故로 止言先祖是聽而已, 作樂而合乎先祖之聽, 豈徒爲鏗鏘以樂吾心哉? 實有以形容祖之功德, 合乎祖之所聽故也.

밝은 곳에는 예악이 있고 그윽한 곳에는 귀신이 있다.[27] 주나라의 예악은 여러 가지 일을 갖추었으므로,[28] 밝은 곳에서 악을 제작하여 그윽

---

25 『爾雅』 釋訓 3-58.
26 『詩經』 周頌 / 有瞽, 毛序.
27 『禮記』 樂記 19-2.

한 곳에서 태조에게 합주했으니, 제작한 것이 구차하지 않고 대개 체(體)를 따라서 자연스럽게 했을 뿐이다. 그런데 주나라의 악은 문왕의 경우 《영대(靈臺)》와 《유청(維淸)》에 보이고, 무왕의 경우 《집경(執競)》과 《무(武)》에 보이니, 어찌 《유고(有瞽)》에서 시작된 것이겠는가? 처음으로 지었다고 말한 것은 성왕 때 비로소 완비된 악(備樂)을 제작했기 때문이다.

『주례』에 "대사악(大司樂)이 "육률육동(六律六同)·오성(五聲)·팔음(八音)·육무(六舞)로 대합악(大合樂)을 하여 인귀(人鬼)·천신(天神)·지기(地祇)를 불러온다"[29]라고 했으니, 어찌 비로소 완비된 악을 지어 선조에게 합주한 것을 일컫는 것이 아니겠는가? 그렇지만 《유고》는 종묘에서만 연주되고 교외에서 하늘과 땅에 제사지낼 때는 연주되지 않았다. 그러므로 "선조가 들으신다"[30]라고 했을 뿐이다. 악을 지어 선조에게 합주할 때, 쟁쟁한 음악소리가 어찌 내 마음을 즐겁게 할 뿐이겠는가? 실로 선조의 공덕을 형용하여 선조가 들을 수 있도록 합주한 것이다.

70-4. 有瞽有瞽, 在周之庭.
장님 악공이여! 장님 악공이여! 주나라의 종묘 뜰에 있네.[31]

周官瞽矇之職, 上瞽四十人, 中瞽百人, 下瞽百有六十人, 則其言有瞽有瞽兼上中下瞽而言之也. 蓋瞽之字上從鼓, 以其主於鼓樂故也. 下從目, 以其下目一於聽故也. 其來, 則大司樂詔之其歌, 則大師帥之, 相之則在眂瞭焉. 孔子言相師之道, 豈非眂瞭之職歟? 有瞽有瞽在周之庭, 蓋有眂瞭相之, 不待及階及席而已. 商人以瞽宗名學, 周之主以樂教者祭之瞽宗. 必言在周之庭, 明非商學故也.

---

28   『法言』問神 5.21
29   『周禮』春官 / 大司樂 1.
30   『詩經』周頌 / 有瞽.
31   『詩經』周頌 / 有瞽.

주관(周官)의 고몽(瞽矇)이라는 직책은 상고(上瞽)는 40인, 중고(中瞽)는 100인, 하고(下瞽)는 160인이었으니[32] '장님 악사여! 장님 악사여!'라고 말한 것은 상고·중고·하고를 겸해서 말한 것이다. '고(瞽)'라는 글자에서 위에 '고(鼓)'가 있는 것은 북을 치며 연주하는 것을 주로 한다는 뜻이고, 아래에 '목(目)'이 있는 것은 눈으로 볼 수가 없어서 듣는 것에 집중할 수 있다는 뜻이다.

장님 악공이 오면 대사악은 노래를 하도록 명하고, 태사(大師)는 장님 악공을 통솔하고,[33] 시료(眡瞭)는 장님 악공을 돕는다.[34] 공자가 악공을 돕는 방도라고 말한 것[35]이 어찌 시료의 직무가 아니겠는가? "장님 악공이여! 장님 악공이여! 주나라의 종묘 뜰에 있네"라고 한 것은 시료가 악공을 도와서 오고 있는 중이어서, 아직 계단과 자리에는 이르지 않은 상태이다.

은나라 사람은 학교를 고종(瞽宗)이라 이름 지었고,[36] 주나라 임금은 음악을 가르친 자를 고종에서 제사지내 주었다. '주나라 뜰에 있네'라고 기어코 말한 것은 상나라 학교가 아님을 밝히기 위해서이다.

70-5. 設業設虡, 崇牙樹羽.
업(業)과 거(虡)를 설치하고 숭아(崇牙)에 공작새를 꽂아 놓았네.[37]

32　『周禮』春官 / 第三 0.

33　『周禮』春官 / 大師 0.「大祭祀帥瞽登歌令奏擊拊. …… 大射帥瞽而歌射節.」

34　『周禮』春官 / 眡瞭 0.「凡樂事相瞽.」

35　『論語』衛靈公 15-42.「師冕見, 及階, 子曰: "階也." 及席, 子曰: "席也." 皆坐, 子告之曰: "某在斯, 某在斯."師冕出. 子張問曰: "與師言之道與?" 子曰: "然, 固相師之道也" 【악사 면이 찾아뵐 때 계단에 이르자 공자께서 계단이라 하시고, 자리에 이르자 공자께서 자리라 하시고, 모두 다 자리에 앉자 공자께서 알려주시기를, 아무개는 여기 있고 아무개는 여기 있다고 하셨다. 악사 면이 나가자 자장이 여쭈었다. "악사와 말하는 방도입니까?" 공자께서 말씀하셨다. "그렇다. 진실로 악사를 돕는 방도이다."】

36　『禮記』明堂位 14-20.

37　『詩經』周頌 / 有瞽.

樂出於虛而寓於器, 本於情而見於文. 寓於器, 則器異異虡. 見於文, 則文同同筍. 鐘虡飾以贏屬, 磬虡飾以羽屬, 器異異虡故也. 鐘磬之筍, 皆飾以鱗屬, 其文若竹筍然,文同同筍故也. 筍則橫之, 設以崇牙, 其形高以峻. 虡則植之, 設以業, 其形直以擧. 是筍之上有崇牙, 崇牙之上有業, 業之兩端又有璧翣, 鄭氏謂戴璧垂羽是也. 蓋筍虡所以縣鐘磬, 崇牙璧翣所以飾筍虡. 夏后氏飾以龍而無崇牙, 殷飾以崇牙而無璧翣, 至周則極文而三者具矣, 此所以言設業設虡崇牙樹羽也.

喪禮旌旐之飾亦有崇牙, 棺牆之飾亦有璧翣, 而與筍虡同者, 爲欲使人勿知有惡焉爾. 靈臺之詩言虡業而不及管, 言維樅以爲崇牙而不及樹羽, 爲其非作備樂故也. 靈臺先虡而後業, 是詩先業而後虡者, 虡於業爲大, 業於虡爲小, 文王之樂大矣而未備, 故先其大者, 成王之樂不擧小, 不足以見其備, 故先其小者.

악은 허(虛)에서 나와 악기로 표현되고, 정(情)에 근본해서 문채로 나타난다. 악기로 표현되므로 악기가 다르면 거(虡)도 다르고, 문채로 나타나므로 문채가 같으면 순(筍)도 같다.

종거(鐘虡)는 나속(贏屬 : 털 짧은 짐승)으로 장식하고, 경거(磬虡)는 우속(羽屬 : 날짐승)으로 장식한다. 악기가 다르면 거(虡)도 다르게 하기 때문이다. 종·경의 순(筍)은 모두 인속(鱗屬 : 비늘달린 짐승, 용)으로 장식해서 무늬가 죽순과 같다. 문채가 같으면 순(筍)ㄴ 같게 하기 때문이다.

순(筍)은 막대를 가로 댄 것이며, 그 위에 숭아(崇牙)를 설치하는데 그 모습이 높으면서 길다. 거(虡)는 기둥을 세운 것이며, 그 위에 업(業)을 설치하는데 그 모습이 곧으면서 받칠 수 있게 되어 있다. 순 위에 숭아가 있고, 숭아 위에 업이 있으며, 업의 양끝에 벽삽(璧翣)[38]이 있으니, 정씨(後漢의 鄭玄)가 "구슬을 이고 깃털을 늘어뜨렸다"라고 한 것이 이것이다.

대개 순(筍)과 거(虡)는 종이나 경을 매다는 것이고 숭아와 벽삽은 순·

---

38 벽삽(璧翣) : 〈그림 1-27 참조〉.

거를 장식하는 물건이다. 하후씨는 용으로 장식하되 숭아가 없고, 은나라는 숭아로 장식하되 벽삽이 없었다. 주나라에 이르러서는 문채를 극진히 하여 이 셋을 다 갖추었으니, "업(業)과 거(虡)를 설치하고 숭아(崇牙)에 공작새를 꽂아 놓았네"[39]라고 한 것이 이것이다.

상례(喪禮)에 쓰는 정(旌)·기(旂)의 장식에 숭아가 있고 관장(棺牆)의 장식에 벽삽이 있어서 악기틀인 순(筍)·거(虡)의 장식과 같은 것은 사람들로 하여금 싫어하는 마음이 생기지 않게 하기 위해서이다. 《영대(靈臺)》에서는 거(虡)와 업(業)은 말했으나 관(管)은 언급하지 않고,[40] 종(樅)[41]을 말하여 숭아(崇牙)를 암시했으나 공작새를 꽂는 것에 대해서 언급하지 않은 것[42]은 문왕 당시에는 아직 완비된 악을 만들지 못했기 때문이다.

《영대》에서는 거를 먼저 말하고 업을 뒤에 말했는데, 여기(《有瞽》)에서는 업을 먼저 말하고 거를 뒤에 말한 이유는 거는 업보다 크고 업은 거보다 작으니, 문왕의 음악은 성대하기는 해도 완비되지는 못했으므로 큰 것을 먼저 말한 반면에, 성왕의 음악은 작은 것을 들지 많으면 갖춘 것을 나타내기 어려우므로 작은 것을 먼저 말한 것이다.

---

39 『詩經』周頌 / 有瞽.

40 《유고(有瞽)》에서는 '簫管備擧'라 하여 관악기를 언급했으나 《영대(靈臺)》에서는 관악기를 언급하지 않았다.

41 종(樅) : 종·경을 매다는 틀의 상단에 설치하는 톱니모양의 나무. 숭아(崇牙)라고도 한다.

42 『詩經』大雅 / 靈臺.「虡業維樅, 賁鼓維鏞. 於論鼓鍾, 於樂辟廱. 於論鼓鍾, 於樂辟廱. 鼉鼓逢逢, 矇瞍奏公.」

권71 시훈의(詩訓義)

주송(周頌) / 유고(有瞽)

유고(有瞽)

71-1. 應田縣鼓.
응고(應鼓) · 전고(田鼓) · 현고(縣鼓)로다.[1]

爾雅曰: "大鼓謂之鼖, 小者謂之應." 周官大師: "大祭祀令奏鼓鼗, 大饗亦如之." 小師: "凡小祭祀小樂事, 鼓鼗." 蓋鼓小鼓之鼗, 小師之職也, 祭饗用焉, 大師則令之而已. 儀禮大射: "建鼓在阼階西, 南鼓, 應鞞在其東, 南鼓. 一建鼓在其南, 東鼓, 朔鼙在其北." 大射有朔鼙應鼙, 是詩有應田縣鼓, 先儒以田爲鼗, 則朔鼙鼗鼓皆小鼓也, 以其引鼓故曰

---

1   『詩經』周頌 / 有瞽.

棘, 以其始鼓故曰朔. 儀禮有朔無棘, 周禮有棘無朔, 猶儀禮之玄酒周
禮之明水, 名異而實同也. 先儒謂 : "商人加左鞞右應, 以爲衆樂之節."
蓋亦有所受之也.

　昔少昊氏造建鼓, 夏后氏加四足, 謂之足鼓. 商人貫之以柱, 謂之楹
鼓. 周人縣而擊之, 謂之縣鼓. 明堂位曰 : "夏后氏之足鼓, 殷楹鼓, 周縣
鼓", 是也. 然縣鼓本出於建鼓, 則縣鼓大鼓也. 應田縣鼓則先小後大,
所以爲備樂也. 設業然後設虡, 亦此意歟! 記曰 : "其功大者, 其樂備."
言其備樂如此, 則功可知矣. 鄭氏以田爲大報非也.

　『이아』에 "큰 북을 분(鼖)이라 하고 작은 북을 응(應)이라 한다"[2]라고
하고, 『주례』「태사(大師)」에 "대제사(大祭祀)에 인고(棘鼓)를 치도록 명한
다. 대향(大饗)에도 이와 같이 한다"[3]라고 하고, 「소사(小師)」에 "모든 소제
사(小祭祀)와 소악사(小樂事)에 인고를 친다"[4]라고 했으니, 대개 작은 북인
인고를 치는 일은 소사의 직무이고, 제사와 대향에 그것을 쓰며, 태사는
이를 명령할 따름이다.

　『의례』「대사(大射)」에 "건고(建鼓)를 동계의 서쪽에 남향으로 설치하
며, 응비(應鞞)를 그 동쪽에 남향으로 설치한다. 또 다른 건고 하나를 그
남쪽에 동향으로 설치하고, 삭비(朔鞞)를 그 북쪽에 설치한다"[5]라고 하여,
「대사」에 삭비와 응비가 있다. 이 시(《유고(有瞽)》)에 응고(應鼓)·전고(田
鼓)·현고(縣鼓)가 나오는데, 선유(先儒 : 鄭玄)는 전고를 인고라고 하였다.[6]
삭비와 인고는 모두 작은 북인데, '연주를 인도한다'는 의미에서 인(棘)
이라 하고, '연주를 시작하게 한다'는 의미에서 삭(朔)이라 한 것이다.
『의례』에 삭비는 있지만 인고가 없고 『주례』에 인고는 있지만 삭비가
없다. 이는 『의례』의 현주(玄酒)와 『주례』의 명수(明水)가 이름은 달라도

2　　『爾雅』 釋樂 7-4.
3　　『周禮』 春官 / 大師 0.
4　　『周禮』 春官 / 小師 0.
5　　『儀禮』 大射 7-3.
6　　후한의 학자 鄭玄(127~200)이 쓴 『詩箋』에 나오는 구절이다.

실제는 같은 것과 같다. 선유가 "상나라 사람은 왼쪽에는 비(鞞)를 놓고 오른쪽에는 응(應)을 놓아서 여러 악기의 절도로 삼았다"라고 했는데, 아마 어디서 들은 바가 있었기 때문일 것이다.

옛날에 소호씨(少昊氏)가 건고를 만들었는데, 하후씨(夏后氏)가 4개의 발을 붙여서 족고(足鼓)라고 하고, 상나라 사람은 그 북을 기둥에 꿰어서 영고(楹鼓)라고 하고, 주나라 사람은 틀에 북을 매달아서 현고(縣鼓)라고 했으니, 「명당위」에 "하후씨의 족고, 은나라의 영고, 주나라의 현고가 있다"[7]라고 한 것이 이것이다. 현고는 건고에서 나온 것이니, 현고는 큰 북이다. 즉, '응고·전고·현고'는 앞에 있는 것은 작은 북이고 뒤에 있는 것은 큰 북이니, 완비된 악(備樂)이다. '업(業)'을 설치한다'라고 한 뒤에 '거(虡)를 설치한다'라고 한 것[8]도 또한 마찬가지이다! 『예기』에 "공(功)이 크면 악이 완비된다"[9]라고 했다. 완비된 악에 대해 말한 것이 이와 같으니, 공을 알 수 있다. 정씨(鄭氏)가 전(田)을 대보(大報)[10]로 풀이한 것은 틀린 것이다.

71-2. 鞉磬柷圉.

도(鞉)·경(磬)·축(柷)·어(圉)로다.[11]

爾雅: "大鼗謂之麻." 以其聲大而散故也. "大磬謂之馨." 以其聲清而高故也. 柷於衆樂先之而已, 非能成之也, 有兄之道焉. 圉於樂能以反爲文, 非特不失己也, 有禁過[12]之義焉. 柷以合樂而作之必鼓之, 欲止者戒之於早也. 圉以節樂而止之必鼓之, 欲籥者潔之於後也. 傳曰: "柷

7　『禮記』明堂位 14-22.
8　『詩經』周頌 / 有瞽.「設業設虡, 崇牙樹羽.」
9　『禮記』樂記 19-5.
10　사고전서『樂書』에는 '上報'로 되어 있다.
11　『詩經』周頌 / 有瞽.
12　대본에는 '過禁'으로 되어 있으나, 사고전서『樂書』에 의거하여 '禁過'로 바로잡았다.

圉者終始之聲." 斯言信矣. 蓋敔所以兆奏鼓, 堂下之樂也. 磬則上聲而遠聞, 堂上之樂也. 堂上堂下之樂備奏, 其合止有時, 制命於柷圉而已.

書曰 : "戛擊." 禮曰 : "揩擊." 樂記曰 : "聖人作爲柷楬." 荀子曰 : "椌柷拊桜[13]楬, 似萬物." 則柷圉以椌楬爲體, 楬擊以楷擊爲用也. 今夫堂上之樂, 象廟朝廷之治, 堂下之樂, 象萬物之治, 荀卿以堂下椌柷椌楬爲似萬物則是, 以堂上之拊亦似之誤矣. 柷圉椌楬, 一物而異名, 荀卿以柷椌, 離而二之, 亦誤矣.

椌又作敔者, 椌兆在右右之也, 敔兆在上先之也. 圉又作敔者, 以其樂而止之, 故爲敔, 以其禁樂之過焉, 故爲圉, 其實一也. 周官 : "眡瞭掌凡樂事, 播敔擊頌磬笙磬." "小師掌教鼓敔柷敔埙簫管." "瞽矇掌播柷敔埙簫管." 是皆先敔而磬次之, 先柷敔而簫管次之, 是詩言敔磬柷圉, 繼之簫管備擧, 固作樂之序也.

『이아』에 "대도(大敔)를 마(麻)라고 한다"[14]라고 한 것은 소리가 크고 흩어지기 때문이고, "대경(大磬)을 효(鬐)라 한다"[15]라고 한 것은 소리가 맑고 높기 때문이다.

축(柷)은 다른 악기들보다 먼저 시작할 뿐이고 음악을 완성하지는 않으니, 형의 도가 있다. 어(敔)는 돌아감을 아름다움으로 삼아 자신의 본성을 잃지 않을 뿐만 아니라 지나친 것을 금지하는 뜻이 있다. 음악을 합주하여 시작할 때 축을 반드시 치는 것은 지(止)[16]로 일찌감치 경계하고자 함이고, 음악을 절제해서 그치게 할 때 어를 반드시 치는 것은 진(籈)[17]으로 마지막까지 깨끗하게 하고자 함이다. 전(傳)에 "축과 어는 시작

---

13 대본에는 '控'으로 되어 있으나, 사고전서 『樂書』에 의거하여 '桜'으로 바로잡았다.
14 『爾雅』 釋樂 7-15.
15 『爾雅』 釋樂 7-5.
16 축을 치는 몽치를 지(止)라고 한다. 『大學』에 「大學之道 在明明德 在親民 在止於至善[대학의 도는 밝은 덕을 밝히며 백성을 새롭게 하며 지선(至善)에 머무르는 것이다]」라는 구절이 있는데, 음악을 시작하는 처음부터 '지선(至善)'에 머물러야 한다'는 것을 경계하기 위해 축을 치는 몽치에 '지(止)'라는 이름을 붙인 것이다.
17 어를 치는 채를 진(籈)이라 한다. 진(籈)에는 깨끗하다는 뜻이 있다.

하고 마치는 소리이다"[18]라고 했으니, 맞는 말이다.

대개 도(鼗)는 북의 연주를 예시(豫示)해 주는 것으로 당하의 악기이고, 경(磬)은 높은 소리로 멀리까지 들리는 것으로 당상의 악기이다. 당상악과 당하악을 연주할 적에 합주하고 그칠 때에 축과 어로 지시한다.

『서경』에 "알(戛)·격(擊)"[19]이라 하고 『예기』에 "개(揩)·격(擊)"[20]이라 하고, 「악기(樂記)」에 "성인이 강(椌)·갈(楬)을 만들었다"[21]라고 하고, 『순자』에 "도(鞉)·축(祝)·부(拊)·강(椌)·갈(楬)은 만물과 같다"[22]라고 했으니, 축·어는 강·갈로 체(體)를 삼고, 강·갈은 개·격으로 용(用)을 삼은 것이다. 무릇 당상악은 조정(朝廷)의 다스림을 상징하고 당하악은 만물의 다스림을 상징한다. 순경이 당하의 도·축·강·갈을 만물과 같다고 한 것은 옳으나, 당상의 부(拊)를 또한 만물과 같다고 한 것은 잘못이다. '축과 강' 및 '어와 갈'은 각각 하나의 악기를 이름만 달리한 것뿐인데, 순경이 축과 강을 분리해서 두 개의 악기로 여긴 것도 잘못이다.

도(鞉)는 도(鼗)라고도 쓰는데, 도(鞉)에서 조(兆)가 오른쪽에 있는 것은 높이는 것을 상징하고, 도(鼗)에서 조(兆)가 위에 있는 것은 먼저 치는 것을 상징한다. 어(圉)는 어(敔)라고도 쓰는데, 음악을 그치게 한다는 뜻에서 어(敔)라고 하고, 즐거움을 지나치게 추구하는 것을 금지한다는 뜻에서 어(圉)라고 한 것이니, 실제는 같은 것이다.

『주례』에 "시료(眡瞭)는 모든 악사(樂事)에서 도(鼗)를 흔늘고 송경(頌磬)과 생경(笙磬)을 치는 일을 관장한다."[23] "소사(小師)는 고(鼓)·도(鼗)·축(祝)·어(敔)·훈(塤)·소(簫)·관(管)을 가르치는 것을 관장한다."[24] "고몽

---

18   『白虎通義』제6편 禮樂.
19   『書經』虞書 / 益稷 2.
20   『禮記』明堂位 14-18.
21   『禮記』樂記 19-22.
22   『荀子』樂論 20-10.
23   『周禮』春官 / 眡瞭 0.
24   『周禮』春官 / 小師 0.

(瞽矇)은 도·축·어·훈·소·관을 연주하는 것을 관장한다"[25]라고 했
으니, 모두 도(鼗)가 앞에 있고 경(磬)이 그 다음에 있으며, 축·어가 앞에
있고 소·관이 그 다음에 있다. 『시경』에서도 "도·경·축·어"를 말하
고 이어서 "소·관을 갖추어 연주하도다"라고 했으니, 이는 참으로 악을
만드는 순서이다.

71-3. 旣備乃奏, 簫管備擧.
모두 갖추어 연주하니, 소(簫)·관(管)도 갖추었네.[26]

　"大簫謂之言." 以其管二十四無底, 而善應故也. "小者謂之笑." 以其
管十六有底, 而交鳴故也. "大管謂之簥."[27] 以其聲大而高也. "小者謂
之篎." 以其聲小而深也. "其中謂之篞." 則其聲不大不小不高不深, 如
黑土之在水中也. 蓋簫以比竹爲之, 其狀鳳翼, 其音鳳聲, 雖有管而非
管, 夏至之音也. 管則合兩以致用, 象簫而非簫, 十二月之音也. 周官之
於簫管, 敎[28]之小師, 播之瞽矇, 吹之笙師, 則簫管異器而同用, 要皆堂
下之樂器之尤小者也. 擧器之尤小, 尤見樂之所以爲備也, 與商頌嘒嘒
管聲, 同意. 易於旣濟言亨小, 詩於萬物盛多言魚之微, 言微物以見其
盛多, 言亨小以見其旣濟. 然則於樂擧其尤小者, 其爲備樂可知矣.
　古之作樂, 一音不備, 不足以爲備樂. 故金石以動之, 絲竹以行之, 匏
以宣之, 瓦以贊之, 革木以節之, 然後爲備奏矣. 蓋應田縣鼓鼗革音也,
柷敔木音也, 簫管竹音也, 磬石音也. 不言金音者, 以石見之. 不言絲音
者, 以竹見之. 不言匏音者, 笙竽有焉. 記曰: "君子聽竽笙簫管之聲, 則
思畜聚之臣." 則匏亦以簫管見之也. 八音以土爲主, 故虞書樂記之論

25　『周禮』春官 / 瞽矇 0.
26　『詩經』周頌 / 有瞽.
27　대본에는 '簫'으로 되어 있으나, 사고전서 『樂書』와 『爾雅』에 의거하여 '簥'로 바로잡
　　았다.
28　대본에는 '鼓'로 되어 있으나, 『周禮』에 의거하여 '敎'로 바로잡았다.

八音, 皆不言土. 春秋傳曰 : "爲之七音, 以奉五聲." 言七音則瓦擧矣.
記曰 : "干戚而舞, 非備樂也." 此論備樂, 而不及舞者, 舞所以節八音也,
言八音 則舞擧矣. 不然詩人何以謂之備奏備擧邪?

記言 : "金石絲竹, 樂之器也." 繼之 : "文采節奏, 聲之節也." 蓋有是
器, 然後有是飾. "設業設虡 崇牙樹羽", 所謂文采也. "應田縣鼓 鞉磬
柷圉 旣備乃奏", 所謂節奏也. 楚茨詩曰 : "樂具入奏", 此言備奏者, 小
備謂之具. 故樂記於禮言具, 於樂言備, 荀卿亦曰 : "終始具而聖人之道
備矣." 是具可以言備, 而備不止於具. 楚茨非論備樂, 故止言具奏而已.

대소(大簫)를 언(言)이라고 하니, 관대 24개가 밑이 없어서 잘 응하기
때문이다. 작은 것을 효(茭)라고 하니,[29] 관대 16개가 밑이 막혀서 서로
울리기 때문이다. 대관(大管)을 교(簥)라고 하니, 소리가 크고 높기 때문이
다. 작은 것을 묘(篎)라고 하니, 소리가 작으면서도 깊기 때문이다. 중간
것을 열(𥯤)이라고 하니,[30] 그 소리가 크지도 작지도 않으며 높지도 깊지
도 않아서 검은 흙이 물 가운데 있는 것과 같기 때문이다.

대개 소(簫)는 관대를 나열해서 만드는데, 봉황의 날개 모습을 하고 봉
황의 소리가 나며, 관대가 있긴 하나 관(管)[31]은 아니니, 하지(夏至)의 음
(音)이다. 이와 반면에 관(管)은 관대 2개를 합쳐서 불어서 소(簫)와 비슷
하긴 하지만 소(簫)가 아니니, 12월의 음(音)이다. 『주례』에 따르면 소
(簫)·관(管)을 가르치는 자는 소사(小師)이고,[32] 연주하는 자는 고몽(瞽矇)
이며,[33] 부는 방법을 가르치는 자는 생사(笙師)이다.[34] 소와 관은 악기는
다르지만 용도는 같다. 요컨대 모두 당하(堂下)에서 연주되는 아주 작은

---

29   『爾雅』 釋樂 7-10. 「大簫謂之言, 小者謂之茭.」
30   『爾雅』 釋樂 7-11. 「大管謂之簥, 其中謂之𥯤, 小者謂之篎.」
31   여기서 관(管)은 일반적인 관악기를 가리키는 일반 용어가 아니고 두 개의 관대를
      붙여서 만든 '관(管)'이라는 악기를 가리키는 고유명사이다.
32   『周禮』 春官 / 小師 0.
33   『周禮』 春官 / 瞽矇 0.
34   『周禮』 春官 / 笙師 0. '笙師, 掌教吹竽笙壎籥簫箎篴管'이라는 구절에 근거하여 '부는
      방법을 가르친다'라고 번역하였다.

악기들이다.

작은 악기들을 거론한 것은 악(樂)이 완비되었음을 나타내기 위해서이다. 이는 상송(商頌)에 "맑고 밝게 울리는 관(管) 소리"[35]라고 한 것과 같은 뜻이다. 『주역』의 기제괘(旣濟卦)에 "형통할 것이 작다"[36]라고 하고, 『시경』에 만물이 풍부한 것을 뜻할 때는 물고기와 같은 작은 것을 말했으니,[37] 미물(微物)을 말해서 풍부한 것을 나타내고 형통할 것이 작다는 것을 말해서 이미 큰 일은 형통했음을 나타낸 것이다. 따라서 작은 악기를 거론한 것은 완비된 악을 나타내기 위한 것임을 알 수 있다.

옛날에 악을 지을 적에 팔음(八音) 중 하나라도 빠지면 완비된 악備樂)으로 여기지 않았다. 금(金)・석(石)으로 악을 움직이고, 사(絲)・죽(竹)으로 진행하고, 포(匏)로 선양하고, 토(土)로 돕고, 혁(革)・목(木)으로 절제한 뒤에야[38] '갖추어 연주한 것'으로 여겼다. 응고(應鼓)・전고(田鼓)・현고(縣鼓)・도(鼗)는 혁음(革音)이고, 축(柷)・어(敔)는 목음(木音)이며, 소(簫)・관(管)은 죽음(竹音)이고, 경(磬)은 석음(石音)이다. 금음(金音)을 말하지 않은 것은 석음으로써 금음을 아울러 나타내기 때문이고, 사음(絲音)을 말하지 않은 것은 죽음(竹音)으로써 사음(絲音)을 아울러 나타내기 때문이다. 생(笙)・우(竽)와 같은 포음(匏音)을 말하지 않은 것은 「예기」에 "군자가 우(竽)・생(笙)・소(簫)・관(管)의 소리를 들으면 백성을 잘 길러서 모여들게 하는 신하를 생각한다"[39]라고 하여, 소・관으로도 포음(匏音)을 나타내기 때문이다. 팔음은 토(土)를 위주로 하므로, 「우서(虞書)」와 「악기(樂記)」에서 팔음을 논할 때[40] 모두 토음은 말하지 않았다. 따라서 『춘추전』에 "칠

---

35 『詩經』商頌 / 那.

36 『周易』旣濟卦 1. 기제(旣濟)는 모든 것이 이루어진 때이다. 따라서 큰 것은 이미 형통했으므로 작은 것만 형통할 것이 있다는 뜻이다.

37 『詩經』齊風 / 敝笱.「敝笱在梁, 其魚魴鰥. 齊子歸止, 其從如雲.」; 『詩經』檜風 / 匪風,「誰能亨魚, 漑之釜鬵. 誰將西歸, 懷之好音.」; 『詩經』豳風 / 九罭.「九罭之魚, 鱒魴. 我覯之子, 袞衣繡裳.」

38 금(金)・석(石)으로~뒤에야: 『國語』周語下 3-6.

39 『禮記』樂記 19-22.

음(七音)을 제정하여 오성(五聲)을 받든다"⁴¹라고 하여, '칠음'을 말했으면 와(瓦, 즉 土)는 거론된 셈이다.

「악기」에 "방패와 도끼를 들고 추는 춤만으로는 완비된 악이 되지 않는다"⁴²라고 했는데, 여기에서(《유고(有瞽)》) 완비된 악을 논하면서 춤을 언급하지 않은 것은 춤은 팔음(八音)에 절도를 맞추는 것이므로 팔음을 말했으면 춤은 말하지 않아도 거론된 것이나 마찬가지이기 때문이다. 그렇지 않다면 시인이 어찌 '비주(備奏)', '비거(備擧)'라는 말을 썼겠는가?

「악기(樂記)」에 "금·석·사·죽은 악(樂)의 그릇이다"⁴³라고 하고, 계속해서 "문채와 절주는 성(聲)의 꾸밈이다"⁴⁴라고 했으니, 대개 그릇이 있은 뒤에 꾸미는 것이다. "업(業)과 거(虡)를 설치하고 숭아(崇牙)에 공작새를 꽂아 놓았네"⁴⁵라고 한 것은 문채이고, "응고(應鼓)·전고(田鼓)·현고(縣鼓)와 도(鞉)·경(磬)·축(柷)·어(敔)를 갖추어 연주하네"⁴⁶라고 한 것은 절주이다.

《초자(楚茨)》에서는 '악구입주(樂具入奏)'⁴⁷라고 했는데, 여기에서는 '비주(備奏)'라고 한 것은, 소규모로 갖춘 것을 '구(具)'라고 하기 때문이다. 그러므로 「악기(樂記)」에서 예를 언급할 때는 '구(具)'라고 하고, 악을 언급할 때는 '비(備)'라고 하였다⁴⁸ 순경도 "살아 있는 이를 섬길 때는 시작을 잘 꾸미고 죽은 이를 보낼 때에는 끝마침을 잘 꾸미는 것이다. 마지

---

40 『書經』虞書 / 舜典 3;『書經』虞書 / 益稷 2;『禮記』樂記 19-22.
41 조간자(趙簡子)가 자대숙(子大叔)에게 예에 대해 묻자 자대숙이 자산(子産)에게서 들은 것이라며, 전한 말 중에 '구가(九歌)·팔풍(八風)·칠음(七音)·육률(六律)을 제정하여 오성(五聲)을 받드는 것이다'라고 한 것이 있다.《春秋左氏傳』昭公 25년(3)》
42 『禮記』樂記 19-5. 진미(盡美)한 것만으로는 비악(備樂)이 될 수 없고, 문덕(文德)을 갖추어 진선(盡善)하기 까지 해야 비로소 비악이 된다는 뜻이다.
43 『禮記』樂記 19-15.
44 『禮記』樂記 19-16.
45 『詩經』周頌 / 有瞽.
46 『詩經』周頌 / 有瞽.
47 『詩經』小雅 / 楚茨.
48 『禮記』樂記 19-5.「王者功成作樂, 治定制禮. 其功大者其樂備, 其治辯者其禮具.」

막과 시작이 갖추어져야만[具] 성인(聖人)의 도가 완비된다[備]"[49]라고 하였다. '구(具)'는 갖춘 것이라고 말할 수 있으나, 완비된 것은 갖춘 것에 그치지 않고 그 이상을 뜻한다. 《초자(楚茨)》는 비악(備樂)을 논한 시가 아니므로, 다만 '구주(具奏)'라고 말했을 뿐이다.

71-4. 喤喤厥聲, 肅雝和鳴, 先祖是聽.
아름다운 이 소리! 사람들이 엄숙하면서도 화락(和樂)하고 음악소리 조화롭게 울리니, 선조께서 들으시네.[50]

肅者敬之在心, 雝者和之在形. 心敬者其形和, 則肅雝存乎人. 樂者審一以定和, 使夫陽而不散, 陰而不密, 剛氣不怒, 柔氣不懾, 則和鳴存乎樂. 記曰 : "勁正莊誠之音作而民肅敬, 順成和動之音作而民慈愛." 豈非肅雝在人, 和鳴在樂之謂歟? 成王始作備樂, 以合[51]乎祖, 八音克諧, 無相奪倫. 故聞其聲之喤喤者, 其人未有不肅雝, 觀其人之肅雝者, 其樂未有不和鳴. 記曰 : "樂在宗廟之中, 上下同聽之, 莫不和敬." 於此見矣. 若夫鄭音好濫淫志, 宋音燕女溺志, 衛音趨數煩志, 齊音敖僻喬志, 皆淫於色而害於德. 是以祭祀弗用也. 子夏論樂及此, 必繼之肅雝和鳴者, 以謂其人非肅雝, 其樂非和鳴. 且不可用於祭祀以感神, 況可用以感人乎? 幽有以感神而先祖是聽, 明有以感人而我客戾止, 其於永觀厥成也, 何有? "舜之作樂, 戞擊鳴球, 搏拊琴瑟以詠, 下管鼗鼓, 合止柷敔笙鏞以間, 簫韶九成, 卒至於祖考來格, 虞賓在位, 羣后德讓." 亦何異此?
言聲, 又言和鳴者, 聲則在樂, 鳴則取諸物而已. 梓人爲筍虡, 取臝屬

49　『荀子』禮論 19-15.
50　『詩經』周頌 / 有聲.
51　대본에는 '念'으로 되어 있으나, 사고전서『樂書』와『詩經』毛序에 의거하여 '合'으로 바로잡았다.

聲大而宏者, 以爲鐘虡, 取羽屬聲清揚而遠聞者, 以爲磬虡. 故擊其所縣, 皆由其虡鳴. 至於取鱗屬以爲筍, 且其匪色, 必似鳴矣, 措其匪色, 必似不鳴矣. 管夷吾之論五聲, 有似馬之鳴野者, 有似雉之鳴木者, 有似牛之鳴窌者. 豈非其聲在樂, 其鳴取諸物耶? 莊周有之 : "金石有聲, 不考不鳴." 蓋鐘聲金, 磬聲石, 皆待考然後鳴, 其鳴也必由其虡而已. 學記之言 : "鐘叩之小則小鳴, 叩之大則大鳴." 虞書之言磬亦曰 : 鳴球而已, 蓋取諸此.

'숙(肅)'은 경(敬)이 마음에 있는 것이고, 옹(雝)은 화(和)가 얼굴빛에 나타난 것이다. 마음에 공경심이 있는 자는 얼굴빛이 온화하니 '숙옹(肅雝)'은 사람에게 있는 것이다. 악이란 하나(마음)를 잘 살펴서 화(和)를 정하는 것이다. 양(陽)을 흩어지지 않게 하고 음(陰)을 응축되지 않게 하면 강기(剛氣)가 노하지 않고 유기(柔氣)가 두려워하지 않으니,[52] 화명(和鳴)은 악에 있는 것이다. 『예기』에 "굳세고 바르며 장엄하고 정성스런 음이 유행하면 백성들이 공손해진다. 순조롭고 조화로운 음이 유행하면 백성들이 자애로워진다"[53]라고 했으니, 어찌 숙옹(肅雝)이 사람에게 있고 화명(和鳴)이 악에 있다는 것을 일컫는 말이 아니겠는가?

성왕(成王) 때에 비로소 완비된 악(備樂)을 지어 선조에게 합주했으니, 팔음(八音)이 능히 조화를 이루어 서로 침탈하지 않았다. 그러므로 그 아름다운 소리를 듣고 제사에 참여한 사람들이 엄숙하고 화락해지지 않을 수 없었고, 엄숙하고 화락한 모습을 보고 그 음악이 화(和)하게 울리지 않을 수 없었다. 『예기』에 "악이 종묘에서 연주되어 군신 상하가 함께 들으면 화경(和敬)하지 않음이 없다"[54]라고 한 것을 여기에서 볼 수 있다.

자하(子夏)가 악에 관해서 "정나라 음은 방종에 흘러 뜻을 음란하게 하고, 송나라 음은 여색을 좋아하여 뜻을 관능적 쾌락에 빠지게 하고, 위나

---

[52] 악이란~않으니 : 『禮記』樂記 19-12.
[53] 『禮記』樂記 19-11.
[54] 『禮記』樂記 19-25.

라 음은 빨라서 뜻을 번잡하게 하고, 제나라 음은 오만하고 편벽되어 마음을 교만하게 하니, 모두 여색에 음란하여 덕을 해치므로 제사에 쓰지 않는다"[55]라고 말하고 나서, "사람들이 엄숙하면서도 화락(和樂)하고 음악소리 조화롭게 울린다[肅雝和鳴]"라는 시구를 이어서 말한 것은 사람됨이 엄숙하고 화락하지 않으면 악도 조화롭게 울리지 않음을 일컫는 것이다. 제사에 써서 신(神)을 감동시킬 수 없다면 그 음악으로 사람을 감동시킬 수 있겠는가? 따라서 그윽한 곳에서 신을 감동시켜 선조가 듣는다면, 밝은 곳에서 사람을 감동시켜 손님이 와서 이루어진 것을 길이 보는 데[56] 무슨 어려움이 있겠는가?

순임금 때 악을 지어, 옥경(玉磬)을 치고 금·슬을 타며 노래하고, 당하(堂下)에서 관(管)을 불고 도(鼗)와 북을 울리고, 축(柷)과 어(敔)로 시작하고 그치게 하며, 생(笙)과 용(鏞)을 번갈아 울리며, 《소소(簫韶)》구성(九成)을 연주하자, 마침내 조고(祖考)가 와서 이르고 우빈(虞賓 : 요임금의 아들 丹朱)이 자리에 있어서 여러 제후들과 서로 덕을 양보한 것이[57] 또한 이것[58]과 무엇이 다르겠는가?

여기(《有瞽》)에서 '아름다운 이 소리[磬]'라고 하고 또 '조화롭게 울리도다[和鳴]'라고 한 것은 소리는 악(樂)에 있는데, 울림[鳴]은 물(物 : 악기)에서 나오기 때문이다. 재인(梓人)이 순(筍)·거(虡)를 만들 때 나속(臝屬 : 털 짧은 짐승)의 소리가 크고 우렁찬 것을 취해서 종거(鐘虡 : 종틀설주)를 만들었고,[59] 우속(羽屬 : 날짐승)의 소리가 맑게 드날리고 멀리 들리는 것을 취해서 경거(磬虡 : 경틀설주)를 만들었으므로 매달아 놓은 종·경 등을 치면 거(虡)를 통해 잘 울렸다.[60] 인속(鱗屬 : 비늘달린 짐승)을 취해서 순(筍 : 악기틀의

---

55   『禮記』樂記 19-22.
56   『詩經』周頌 / 有瞽.「喤喤厥聲, 肅雝和鳴, 先祖是聽. 我客戾止, 永觀厥成.」
57   옥경(玉磬)을~것이 : 『書經』虞書 / 益稷 2.
58   《有瞽》에 표현된 성왕(成王) 때의 음악.
59   『周禮』冬官 / 梓人 3.
60   『周禮』冬官 / 梓人 4.

가로대)을 만들었는데, 문채나게 채색하면 잘 울릴 듯했고, 채색이 바래면 울리지 않을 듯했다.[61]

관이오(管夷吾)가 오성(五聲)을 논할 때 "말이 들판에서 우는 것 같다. 닭이 나무 위에서 우는 것 같다. 소가 움속에서 우는 것 같다"라고 했으니, 성(聲)은 악에 있고 명(鳴)은 물(物)에서 나오는 것이 아니겠는가?

장주(莊周)가 "금석(金石)에 성(聲)이 있으나 두드리지 않으면 울리지 않는다"[62]라고 했으니, 금(金)에 속하는 종성(鐘聲)과 석(石)에 속하는 경성(磬聲)이 두드린 뒤에야 울리는 것은 반드시 거(虡)를 통해서 울리기 때문이다. 「학기」에 "종을 살짝 두드리면 작게 울리고 세게 두드리면 크게 울린다"[63]라고 하고, 「우서(虞書)」에 경(磬)을 명구(鳴球)라고 서술한 것[64]은 모두 이 때문이다.

---

61 『周禮』 冬官 / 梓人 6.
62 『莊子』 天地 12-3.
63 『禮記』 學記 18-8.
64 『書經』 虞書 / 益稷 2.

권72 시훈의(詩訓義)

주송(周頌) / 유고(有瞽)·유객(有客)·무(武)·작(酌)

유고(有瞽)

72-1. 我客戾止, 永觀厥成.
우리 손님도 오시어 이루어진 것을 길이 보시네.

　昔孔子之喪, 有自燕來觀者, 滕定公之葬, 有四方來觀者, 觀禮之成
也. 我客戾止, 永觀厥成者, 觀樂之成也. 子語魯太師曰: "樂其可知也,
始作翕如也, 從之純如也, 皦如也, 繹如也, 以成." 蓋樂之一變爲一成.
文樂九成, 九變故也. 武樂六成, 六變故也. 周始作備樂而合乎祖, 不過
主大武而已, 其成於六變可知也. 記曰: "武始而北出, 再成而滅商, 三
成而南, 四成而南國是疆, 五成而分, 周公左召公右, 六成復綴以崇天
子."

二王之後, 國於杞宋, 其來助祭, 則賓之而弗臣, 有客之道焉. 我客戻止, 特有振鷺之容, 善習於禮, 以永終譽爲哉? 將以永觀吾作樂之成而已. 傳曰 : "夫樂象成也." 武樂之成終於崇天子, 是則二王之後戻止而觀成, 得非所以崇天子之意歟? 與商頌 : "我有嘉客, 亦不夷懌?", 同義. 觀有客之頌曰 : "有客有客! 亦白其馬." 特美微子之臣而已, 是詩所謂我客者, 亦不過二王之後之臣也. 言其臣戻止如此, 則其君可知矣.

옛날 연나라에서 공자의 상례(喪禮)를 보려고 온 자가 있었고,[1] 사방에서 등(滕) 정공(定公)의 장례(葬禮)를 보려고 온 자가 있었던 것[2]은 예(禮)가 이루어진 것을 보려는 것이었다. '우리 손님이 와서 이루어진 것을 길이 본 것'은 악(樂)이 이루어진 것을 보려는 것이다.

공자는 노나라 태사(太師)에게 "악은 알 수 있으니, 시작할 때에 음(音)이 합해진 듯이 하고, 그 뒤를 따라 전개할 때 조화로우며 분명하며 끊어짐 없이 이어져 끝맺는다"[3]라고 하였다. 대개 음악이 한번 변하는 것이 1성(一成)이다. 문덕을 찬미한 악이 9성인 것[4]은 9변(九變)하기 때문이고, 무공을 찬미한 악이 6성인 것은 6변하기 때문이다. 주나라에서 처음으로 완비된 악(備樂)을 지어 선조에게 합주할 때[5] 《대무(大武)》를 주로 했을 뿐이니, 6변으로 이루어졌으리라는 것을 알 수 있다. 그러므로 『예기』에 "《대무》의 춤은 처음에 북쪽으로 나아가고,[6] 재성(再成)에 싱나라를 멸망시키고, 3성에 남쪽으로 돌아오고, 4성에 남국의 경계를 정하고

---

1   『禮記』 檀弓上 3-90.
2   등(滕) 정공(定公)이 죽자, 세자가 맹자의 가르침대로 3년상을 행하기로 정하고 5달 동안 여막(廬幕)에 거처하였다. 장례 때에 사방에서 와서 지켜보았는데, 슬픈 얼굴빛과 애처롭게 우는 것을 보고 조문하는 자들이 크게 감동받았다.(『孟子』 滕文公上 5-2)
3   『論語』 八佾 3-23.
4   『書經』 虞書 / 益稷 2. 「簫韶九成, 鳳皇來儀.」
5   처음~때 : 『詩經』 周頌 / 有瞽, 毛序.
6   무왕이 호경에서 북쪽으로 주왕(紂王)을 치러 나감을 형용한 것이다. 주왕은 포악한 정치를 하여 백성의 원망을 사다가 목야의 전투에서 무왕에게 패한 은나라의 마지막 임금이다.

5성에 지역을 나누어 주공이 왼쪽(陝西)을 맡고 소공이 오른쪽(陝東)을 맡으며, 6성에 제자리로 돌아와 무왕을 천자로 높인 것을 형상한 것이다"[7]라고 했다.

무왕(武王)이 하나라 우왕(禹王)과 은나라 탕왕(湯王)의 후손을 기(杞)와 송(宋)의 제후로 봉해주었고, 그들이 와서 제사를 도왔는데, 그들을 예우(禮遇)하고 신하로 대하지 않았으니, 바로 손님으로 대우한 것이다.

그런데 '우리 손님이 온 것[我客戾止]'이 어찌 훨훨 나는 해오라기처럼 기품 있게 예를 잘 익혀서 명예를 길이 유지하는 것뿐이겠는가?[8] 주나라 악이 이루어진 것을 보려는 것이다. 전(傳)에 "악은 공이 이루어진 것을 형상한 것"[9]이라고 했다. 《대무》가 무왕을 천자로 높이는 것으로 끝맺었으니, 두 왕의 후손들이 주나라에 와서 이루어진 것을 보았다는 것이 바로 천자로 높인 것을 뜻하지 않겠는가? 이는 상송(商頌)에 "우리 아름다운 손님이 또한 기뻐하지 않으실까?"[10]라고 한 것과 같은 뜻이다. 주송(周頌) 《유객(有客)》에 "손님이여! 손님이여! 그 말[馬] 희기도 하도다"[11]라고 한 것은 신하인 미자(微子)를 찬미한 것이니, 여기(《有客》)에서 말한 '우리 손님[我客]' 또한 신하가 된 두 왕의 후손들이다. 신하들이 와서 행동한 것이 이와 같았으니, 그 임금의 덕이 어떠했을지 알 수 있다.

7   『禮記』 樂記 19-23.
8   주송(周頌)의 《진로(振鷺)》는 하(夏)나라와 은(殷)나라 후손이 주나라에 와서 제사를 도운 것을 읊은 시이다. 제사를 돕는 용모가 마치 해오라기의 결백한 모습과 같으므로 이에 비유해서 노래했다.
9   『禮記』 樂記 19-23.
10 『詩經』 商頌 / 那.
11 『詩經』 周頌 / 有客.

유객(有客)

72-2. 旣有淫威, 降福孔夷.
과분한 위엄을 지녔으니 복을 내림이 매우 크네.

殺伐之威在征討, 道德之威在禮樂. 古之人以射御之事寓之禮, 干戚
之舞寓之樂. 然則禮樂之於天下, 有不爲人主之威乎? 蓋王者之於禮樂,
實所以自出也, 有之固足以爲宜, 二王後之於禮樂, 非所宜有也, 有之
斯爲過矣, 此有客所以言旣有淫威也. 今夫二王之後在周, 有不純臣之
義, 非若在庭之臣也. 以其有不純臣之義, 待之以不純臣之禮, 使之統
承先王, 用王者禮樂, 所以優異之也. 彼雖得用王者禮樂, 亦不過施先
王之廟而已, 若夫非先王之廟而用之, 亦未免乎僭矣. 然則魯非二王之
後, 亦得用王者禮樂. 故閟宮之頌, 白牡騂剛以爲禮, 萬舞洋洋以爲樂
者, 以周公有王者之勳勞, 錫之以王者之禮樂, 其有淫威亦不害, 與二
王之後同也.

살벌(殺伐)한 위엄은 정토(征討)에 있고, 도덕적 위엄은 예악(禮樂)에 있
다. 옛사람이 활을 쏘고 말을 타는 것을 예(禮)로 행했고, 방패와 도끼를
들고 추는 춤을 악(樂)으로 행했으니, 천하에 예악이 임금의 위엄이 되지
않겠는가? 왕에게서 예악이 나오는 것이므로, 왕이 예악을 지니고 있는
것은 참으로 마땅하다. 두 왕의 후손들은 예악을 지닐 수 있는 신분이
아닌데, 이를 가졌으니 지나친 것이다. 그러므로 《유객(有客)》에서 '과분
한 위엄[淫威]'이라고 표현했다.

두 왕(우왕과 탕왕)의 후손들은 주나라에 대해 순수하게 신하의 의리는
없으므로 주나라 조정의 신하와는 다르다. 순수하게 신하의 의리가 없으
므로 손님의 예로 대우하여 그들로 하여금 선왕을 계승하여 왕의 예악
을 쓰도록 했으니, 특별히 대우한 것이다. 저들이 비록 왕의 예악을 쓰기

는 하나 선왕의 사당에서 쓰는 것에 그쳐야 한다. 만약 선왕의 사당이 아닌 데에서 쓴다면 참람함을 면치 못한다.

한편 노나라는 두 왕의 후손이 아닌데 왕의 예악을 썼다. 노송(魯頌) 《비궁(閟宮)》에서 흰 희생과 붉은 희생으로 예를 행하고 《만무(萬舞)》를 양양히 추어 악을 행한 것은 주공(周公)에게 왕과 같은 공훈(功勳)이 있어서 그에게 왕의 예악을 내려주었기 때문이다. 따라서 과분한 위엄을 지녀도 무방한 것은 두 왕의 후손들의 경우와 같다.

무(武)

72-3. 武奏大武也.
《무(武)》는 《대무(大武)》를 연주한 것이다.[12]

春秋傳曰 : "於文止戈爲武." 戈則器也, 所以示事. 止則象也, 所以示志. 序曰 : "桓講武, 類禡也, 桓武志也." 言武志, 則講武其事也, 大武之所以爲武不過如此.

周官大司樂 : "奏黃鍾, 歌大呂, 舞雲門, 以祀天神. 奏太蔟, 歌應鍾, 舞咸池, 以祭地祇. 奏姑洗, 歌南呂, 舞大磬, 以祀四望, 奏蕤賓, 歌函鍾, 舞大夏, 以祭山川. 奏夷則, 歌小呂, 舞大濩, 以享先妣. 奏無射, 歌夾鍾, 舞大武, 以享先祖." 由是觀之, 享奏大武, 則歌武詩而舞之可知矣. 樂師凡樂出入, 令奏鍾鼓, 鍾師凡樂事, 以鍾鼓奏九夏, 至於執競祀武王, 首之以鍾鼓喤喤, 則武奏大武, 豈不以鍾鼓耶?

---

12 『詩經』周頌 / 武, 毛序.

『춘추좌씨전』에 "지(止)와 과(戈)의 글자가 합하여 무(武)가 되었다"[13]라고 했다. 창(戈)은 도구이니 일을 보이고, 그치게 하는 것(止)은 상(象)이니 뜻을 보인다. 서(序)에 "《환(桓)》은 무예를 훈련하고, 유제(類祭)[14]와 마제(禡祭)[15]를 지내는 시이니, 환(桓: 굳셈)은 무(武)를 이루려는 뜻이다(武志)"[16]라고 했다. 무지(武志)를 말했으니, 무예 훈련은 일이 되며, 《대무(大武)》의 무(武)도 이에 지나지 않는다.

『주례』 대사악에 "《황종(黃鍾)》을 연주하고 《대려(大呂)》를 노래하며 《운문(雲門)》을 춤추어 천신(天神)에 제사지낸다. 《태주(太簇)》를 연주하고 《응종(應鍾)》을 노래하며 《함지(咸池)》를 춤추어 지기(地祇)에 제사지낸다. 《고선(姑洗)》을 연주하고 《남려(南呂)》를 노래하며 《대소(大磬)》를 춤추어 사망(四望)에 제사지낸다. 《유빈(蕤賓)》을 연주하고 《함종(函鍾: 임종)》을 노래하며 《대하(大夏)》를 춤추어 산천(山川)에 제사지낸다. 《이칙(夷則)》을 연주하고 《소려(小呂: 중려)》를 노래하며 《대호(大濩)》를 춤추어 선비(先妣)[17]에게 제사지낸다. 《무역(無射)》을 연주하고 《협종(夾鍾)》을 노래하며 《대무(大武)》를 춤추어 선조(先祖)에게 제사지낸다"[18]라고 했다. 이로 보건대, 선조 제사에서 《대무》를 연주한다는 것은 《무(武)》라는 시를 노래하고 춤추는 것임을 알 수 있다.

악사(樂師)는 출입에 종(鐘)·고(鼓)를 연주하도록 명하고,[19] 종사(鐘師)는

---

13 『春秋左氏傳』 宣公 12년(2).

14 유제(類祭) : 비상한 일이 있을 때 지내는 것으로 하늘에 지내는 교사(郊祀)와 유사하게 지낸다고 하여서 유제라고 한다.

15 마제(禡祭) : 전쟁 중에 군대를 주둔시킨 곳에서 군신(軍神)에 지내는 제사.

16 『詩經』 周頌 / 桓, 毛序.

17 선비(先妣) : 여기서는 주(周)나라의 시조(始祖)인 후직(后稷 : 棄)을 낳은 강원(姜嫄)을 가리킨다. 강원은 야외에 나갔다가 거인(巨人)의 발자국을 밟고 후직을 낳았다고 한다.

18 『周禮』 春官 / 大司樂 1.

19 『周禮』 春官 / 樂師 0. 「樂出入, 令奏鐘鼓.」 '樂出入'을 정현(鄭玄)은 악공의 출입으로 풀이하였으나, 진양은 이를 반박하여, 악공들은 출입하는 자에 응하여 연주할 따름이지 악공들 자신이 출입하는 것은 아니며, 출입의 주체는 왕이나 시동 및 희생 등

모든 악사(樂事)에서 종·고로 구하(九夏)를 연주했으며,[20] 《집경(執競)》이라는 시에 무왕(武王)에게 제사지낼 때 '종·고가 조화롭게 울린다'고 했으니,[21] 《무(武)》라는 시를 《대무(大武)》의 춤에 연주할 때 어찌 종·고를 쓰지 않았겠는가?

작(酌)

72-4. 酌告成大武也, 言能酌先祖之道, 以養天下也.

《작(酌)》은 대무(大武)를 이룬 것을 고(告)한 시이니, 선조의 도(道)를 참작하여 천하의 백성을 기른 것을 말한다.[22]

文王以文治, 武王以武功. 所以致太平之治者文王也, 故維天之命, 太平告文王也. 所以立大武之功者武王〈也,[23] 故酌告成大武也. 大武之樂, 武王作之於前, 成王述之於後. 成之有道, 酌先祖之道以養天下, 成之之道也. 傳曰 : "武有七德, 禁暴·戢兵·保大·定功 安民·和衆·豐財者也." 酌之詩, 其事則武, 其道則養天下. 武本毒天下, 反以養天下者, 安民和衆豐財之德而已.

今夫勺水爲勺, 酌酒爲酌, 則酌也者, 有挹而損之之道焉. 周之興也, 建邦啓土於后稷, 肇基王迹於太王, 篤前烈於公劉, 勤王家於王季. 至

---

20 『周禮』春官 / 鐘師 0.

21 『詩經』周頌 / 執競.

22 『詩經』周頌 / 酌, 毛序.

23 대본에는 '也' 이후『樂書』권72 끝까지 누락되어 있어서 사고전서『樂書』에 의거하여 보충하고, 〈 〉로 표시해놓았다.

文王, 然後受方以朝諸侯, 受國以有天下. 其所以積行累功, 致王業艱難者, 無非養天下之道. 成王酌先祖之道以養天下, 可謂成之有道矣, 其作樂告成而形容之不亦可乎? 故로 其詩曰: "我龍受之, 蹻蹻王之造. 載用有嗣, 實維爾公允師." 爾公爲言事也, 大武則王事而已. 其所以衆允者, 以其一怒而安天下之民, 非私乎一身也. 成王酌先祖之道以成之, 則王事終始無虧, 尙何未盡善之有乎?

是詩不言奏者, 以其告成而已, 與武奏大武異矣. 不言舞者, 以維淸見之, 與武奏大武同意矣. 燕禮言: "若舞則勺", 記言: "十有三年舞勺, 成童舞象." 皆小舞也. "朱干玉戚, 冕而舞大武,[24] 皮弁素積, 裼而舞大夏." 皆大舞[25]也. 周官, 大舞以大司樂掌之, 小舞以樂師掌之. 由此以觀, 周之舞也, 豈不重武宿夜歟? 此酌與象所以不言大異乎! 大武配六樂而謂之大也, 豈非周之大統大勳, 至是然後集耶? 傳曰: "舜樂莫盛於韶, 周樂莫盛於酌." 以韶爲盛則是, 以酌爲盛, 是不知舞莫重於武宿夜之說也. 白虎通謂之: "周公之樂曰酌." 一何疎耶?〉

문왕은 문(文)으로 다스리고 무왕은 무(武)로 공(功)을 이루었다. 태평의 치세를 이룬 이는 문왕이니 《유천지명(維天之命)》은 태평을 문왕에게 고한 시이고,[26] 대무(大武)의 공을 세운 이는 무왕이니 《작(酌)》은 대무(大武)를 이룬 것을 고(告)한 시이다.

《대무(大武)》의 악(樂)은 무왕이 이전에 짓고 성왕이 그 뒤에 서술한 것이다. 이루는 데에는 도(道)가 있으니, 선조의 도를 참작하여 천하의 백성을 기르는 것이 이루는 도이다. 전(傳)에 이르기를, "무(武)에는 칠덕(七德)이 있으니, 난폭한 짓을 금지하고, 무기를 거두어 전쟁을 중지하고, 임금의 자리를 지키고, 공훈을 세우고, 백성을 안정시키고, 만민을 화목하게

---

24   사고전서 『樂書』에는 '舞'로 되어 있으나, 『禮記』에 의거하여 '武'로 바로잡았다.
25   사고전서 『樂書』에는 '大皆舞'로 되어 있으나 문맥이 통하지 않아 '皆大舞'로 바로잡았다.
26   『詩經』 周頌 / 維天之命, 毛序.

하고, 재물을 풍부하게 하는 것이다"[27]라고 했다.

《작》이라는 시에서 읊고 있는 일은 무(武)이고, 그 도(道)는 천하의 백성을 기르는 것이다. 무(武)는 천하를 괴롭게 하는 속성이 있는데, 도리어 '천하를 기른다'라고 한 것은, 무의 궁극적 목적이 바로 백성을 안정시키고 만민을 화목하게 하고 재물을 풍부하게 하는 것이기 때문이다.

물 뜨는 것을 '작(勺)'이라 하고, 술 뜨는 것을 '작(酌)'이라고 하니, '작(酌)'에는 낮추어 덜어내는 도(道)가 담겨 있다. 주나라의 발흥을 살펴보면, 나라를 세우고 토지를 개간한 이는 후직(后稷)이고,[28] 왕업의 토대를 세운 이는 태왕(太王)이고, 이전의 공렬(功烈)을 돈독하게 한 이는 공류(公劉)이고, 왕가(王家)의 일을 부지런히 한 이는 왕계(王季)이다. 문왕 때에 이르러 방백(方伯)[29]이 되어 제후의 조회를 받았고, 나라를 받아 천하를 소유했으니, 행실과 공적을 쌓아 어려운 왕업을 이룬 것이 천하를 기르는 도가 아닌 것이 없다. 성왕(成王)이 선조의 도를 참작하여 천하의 백성을 길렀으니, '이루는 데에 도가 있었다'라고 할 만하다. 이러하니 악을 지어 성공을 고하여 형용하는 것이 옳지 않겠는가?

그러므로 그 시에 "우리가 영광스럽게 이를 받으니 굳세고 굳센 왕이 하신 일이로다! 이 뒤를 잇는 자들이 그의 일[爾公]을 진실로 스승 삼아야 하리"[30]라고 했으니, 여기서 말하는 '그의 일[爾公]'이란 바로 무왕의 일이다. 따라서 대무(大武)는 왕사(王事)인 것이다. 만민의 신뢰를 받은 것은 무왕의 분노가 천하의 백성을 안정시키기 위함이지 자기 일신(一身)을 사사로이 위한 것이 아니기 때문이었다. 따라서 성왕이 선조의 도를 참작하여 이루자, 왕사(王事)의 처음과 끝이 이지러짐이 없었으니, 어찌 진선(盡善)하지 않을 수 있겠는가?

---

27 『春秋左氏傳』宣公 12년(2).
28 주나라 왕실은 후직이 태(邰) 땅에 거주하면서부터 시작되었다.
29 방백(方伯) : 은(殷)·주대(周代)의 한 지방의 제후를 감독하는 대제후(大諸侯).
30 『詩經』周頌 / 酌.

이 시에 대해 '연주한다'고 표현을 쓰지 않은 이유는 성공을 고(告)하는 것이기 때문이니, '《무(武)》는 《대무(大武)》를 연주한 것이다'라고 한 것과는 다르다. '춤춘다'는 표현을 쓰지 않은 이유는 《유청(維淸)》에서 보였기 때문이니,[31] '《무》는 《대무》를 연주한 것이다'라고 한 것과 같다.

「연례(燕禮)」에 "춤은 《작(勺)》을 춘다"[32]라고 한 것과 『예기』에 "13세에 《작(勺)》을 추고, 성동(成童)이 되면 《상(象)》을 춘다"[33]라고 한 것은 모두 소무(小舞)이다. "곤룡포와 면류관 차림으로 주간(朱干 : 붉은 방패)과 옥척(玉戚 : 옥으로 자루를 장식한 도끼)을 잡고 《대무(大武)》를 춤추며, 피변(皮弁)과 소적(素積) 차림에 석의(裼衣)를 드러내고 《대하(大夏)》를 추었다"[34]라고 한 것은 모두 대무(大舞)이다. 『주례』에 "대무(大舞)는 대사악(大司樂)이 관장한다"[35]라고 하고, "소무(小舞)는 악사(樂師)가 관장한다"[36]라고 했다.

이로 보건대, 주나라의 춤에서는 《무숙야(武宿夜)》를 가장 중요하게 여겼다.[37] 이 때문에 《작(勺)》과 《상(象)》을 현격히 다르게 말하지 않은 것이다. 《대무(大武)》를 육악(六樂)[38]에 배열하여 '대(大)'라고 일컬은 것은 어찌 주나라의 대통(大統)과 대훈(大勳)이 이에 이르러 모였기 때문이 아니겠는가?

전(傳)에 "순임금의 악은 《소(韶)》보다 성대한 것이 없고, 주나라의 악은 《작(勺)》보다 성대한 것이 없다"[39]라고 했는데, '《소(韶)》를 성대하다'고 한 것은 옳으나, '《작(勺)》을 성대하다'고 한 것은, '춤은 《무숙야》보

---

31 『詩經』 周頌 / 維淸, 毛序. 「維淸奏象舞也.」
32 『儀禮』 燕禮 6-31.
33 『禮記』 內則 12-52.
34 『禮記』 明堂位 14-5.
35 『周禮』 春官 / 大司樂 1.
36 『周禮』 春官 / 樂師 0.
37 『禮記』 祭統 25-7에 "夫祭有三重焉. 獻之屬莫重於祼, 聲莫重於升歌, 舞莫重於武宿夜"라 하여 제례(祭禮)에 있어 춤의 경우 《무숙야》가 가장 중시되었음을 전하고 있다.
38 육악(六樂) : 《운문(雲門)》·《함지(咸池)》·《대소(大韶)》·《대하(大夏)》·《대호(大濩)》·《대무(大武)》. (『周禮』 春官 / 大司樂 1)
39 『漢書』 권56 董仲舒傳.

다 중요한 것이 없다는 사실'을 모르기 때문이다. 『백호통의(白虎通義)』에 "주공(周公)의 악(樂)을 《작(酌)》이라 한다"[40]라고 한 것은 얼마나 터무니 없는 말인가?

권73 시훈의(詩訓義)

노송(魯頌) / 유필(有駜) · 반수(泮水) · 비궁(閟宮)
상송(商頌) / 나(那)

유필(有駜)

73-1. 振振鷺, 鷺于下. 鼓咽咽, 醉言舞, 于胥樂兮. 振振鷺, 鷺于飛. 鼓咽咽, 醉言歸, 于胥樂兮.

해오라기가 훨훨 깃을 치며 내려앉네.
둥둥 북소리 울리는 가운데 취하여 춤을 추니, 아아! 모두 즐거워라.
해오라기가 훨훨 깃을 치며 날아오르네.
둥둥 북소리 울리는 가운데 취하여 돌아가니, 아아! 모두 즐거워라.[1]

在易坎之九五君也, 六四臣也, 君臣以近相與, 不過樽酒簋二以示禮,

---

1   『詩經』魯頌 / 有駜.

用缶以示樂. 然則有駜頌魯君臣有道, 捨禮樂何以哉? 蓋鷺之爲物, 其質潔白, 閑水而善捕魚. 其質潔白, 在公明明之譬也, 閑水則習禮之譬, 善捕魚則得民之譬也. 于下則在水而已, 與雎鳩在河之洲同意. 于飛則言歸而已, 與歸飛提提同意. 人臣之道, 潔白以明其德, 習禮以莊其容, 始也. 于下以從君, 鼓舞以致其樂, 終也. 于飛以言歸, 鼓節以致其禮, 旣和之以樂, 又節之以禮, 則君臣之間, 禮樂皆得而不失道, 未有不得民者矣.

魯王禮也, 天下傳之久矣. 君臣未嘗相弒也, 禮樂刑法政俗, 未嘗相變也. 天下以爲有道之國, 是故天下資禮樂焉. 然以王者之法繩之, 天下有道, 禮樂自天子出, 天下無道, 禮樂自諸侯出. 魯侯國也, 安得用天子禮樂, 兼四代服器官爲哉? 蓋周公有王者之勳勞, 其祭之也, 報以王者之禮樂. 故用之周公廟則可, 用之魯國則僭矣. 孰謂魯王禮耶? 春秋之時, 魯君三弒, 孰謂君臣未嘗相弒乎? 士之有誄, 由莊公始, 婦人髽而弔, 由狐[2]駘始, 孰謂禮樂刑法政俗, 未嘗相變乎? 由是觀之, 天下無[3]道之國, 莫甚於魯. 苟資禮樂焉, 亦不免於僭, 鄭氏以爲近誣, 眞篤論歟! 是詩頌僖公君臣有道, 是亦彼善於此而已.

後世以鷺飾鼓, 因謂之鷺爲鼓精, 豈惑越王不經之事而爲之說乎!

『주역』의 감괘(坎卦)에서 구오(九五)인 임금과 육사(六四)인 신하가 서로 가까워지려면, 소박하게 한 동이의 술과 두 그릇의 안주로 예를 행하고, 소박하게 부(缶)를 연주하여 악을 행하는 것뿐이라고 하였다.[4] 《유필(有駜)》은 노나라의 임금과 신하 사이에 도(道)가 있음을 찬미한 것이니, 예악이 아니면 무엇으로 할 수 있었겠는가? 해오라기의 속성은 깨끗하며 물에 익숙하여 물고기를 잘 잡는다. 깨끗한 속성은 공사(公事)를 밝고 밝

---

2 대본에는 '臺'로 되어 있으나, 『春秋左氏傳』에 의거하여 '狐'로 바로잡았다.
3 대본에는 '有'로 되어 있으나, 사고전서 『樂書』에 의거하여 '無'로 바로잡았다.
4 『周易』 坎卦 10. 어려운 시기에는 격식보다는 성심을 가지고 실질적으로 위해야만 가까워질 수 있다는 뜻이다.

게 처리함을 비유하고, 물에 익숙함은 예에 익숙함을 비유하며, 물고기를 잘 잡음은 백성의 인심을 얻음을 비유한 것이다

'내려앉는다'는 것은 백로가 물가에 있다는 것이니, "물수리가 황하의 모래섬에 있네"[5]라는 것과 같은 뜻이다. '날아오른다'는 것은 돌아간다는 것이니, "날아올라 한가로이 돌아가네"[6]라는 것과 같은 뜻이다.

신하의 도리는 자신을 깨끗하게 해서 그 덕을 밝히고 예를 익혀서 그 몸가짐을 장중하게 하는 것이 처음에 할 일이고, 자신을 낮추어 임금을 따르고 북돋아 즐거운 세상을 만드는 것이 마지막에 할 일이다. 날아올라 돌아갈 바를 알고, 북돋되 예를 다하고, 악으로 화락(和樂)하게 하고 예로 절제하면, 임금과 신하 사이에 예악을 모두 체득하여 도를 잃지 않으니, 백성의 인심을 얻게 된다.

『예기』에 "노나라의 왕례(王禮)가 천하에 전해진 지 오래이다. 군신이 서로 시해한 적이 없고, 예악·형법·정치·풍속이 바뀐 적이 없다. 그리하여 천하 사람들이 노나라를 도가 있는 나라로 인정하여 노나라 예악을 본받았다"[7]라고 했다. 그러나 왕자(王者)의 법으로 판단해보면, 천하에 도가 있으면 예악이 천자로부터 나오고, 천하에 도가 없으면 예악이 제후로부터 나온다.[8] 노나라는 제후국인데, 어떻게 천자의 예를 써서 4대(四代)[9]의 복장·기물(器物)·관직을 모두 사용할 수 있었는가? 대개 주공(周公)은 왕과 같은 공훈이 있었으므로, 그를 제사지낼 때 왕의 예악을 쓰도록 했다. 따라서 이를 주공 사당에서 쓰는 것은 옳지만, 노나라의 다른 임금들 제사에까지 쓴 것은 참람한 것이다. 누가 '노나라는 왕례(王禮)를 써도 된다'라고 말했는가? 춘추 때에 노나라 임금 3명이 시해되었는데,[10] 누가 '군신이 서로 시해한 적이 없다'라고 말했는가?

---

5 『詩經』周南 / 關雎.
6 『詩經』小雅 / 小弁.
7 『禮記』明堂位 14-33.
8 천하에~나온다:『論語』季氏 16-2.
9 사대(四代) : 우(虞)·하(夏)·은(殷)·주(周).

사(士)에게 뇌문(誄文)[11]을 지어주는 것은 노나라 장공(莊公)에게서 시작되었고,[12] 부인이 북상투 차림으로 조문하는 것은 호태(狐駘)의 전투에서 시작되었으니,[13] 누가 '예악·형법·정치·풍속이 변하지 않았다'고 말했는가?

이로 보건대, 천하에 노나라보다 더 무도(無道)한 나라가 없다. 참으로 노나라 예악을 본받는다면 또한 참람함을 면치 못할 것이다. 정씨가 '속이는 것에 가깝다'고 평한 것은 참으로 정곡을 찌른 논의이다. 이 시(《有駜》)는 희공(僖公) 때에 임금과 신하 사이에 도(道)가 있음을 송축한 것이나, 엄밀히 말하면, 단지 앞서 예(例)를 든 경우보다 좀 나았을 뿐이다.

후세에 해오라기로 북을 장식하고, 이로 인해 해오라기를 '북의 정기(精氣)'라고 하는데, 아마 월왕(越王) 때의 허황된 이야기[14]에 현혹되어서

---

10 노나라 은공 11년에 우보(羽父)가 환공(桓公)을 죽이자고 요청하자, 은공은 "내가 임금이 된 것은 그가 어렸기 때문이다. 이제 그에게 자리를 물려주려고 한다"라고 하며 거절하였다. 이에 우보가 두려워하고 도리어 환공에게 은공을 모략하여 그를 시해할 것을 요청했다. 결국엔 우보가 도적을 시켜 은공을 시해하고 환공을 임금으로 세웠다. 장공 32년 8월에 장공이 노침(路寢)에서 훙(薨)했고, 그 아들 자반(子般)이 즉위했는데 그 해 10월에 공중(共仲)의 사주를 받은 어인(圉人) 낙(犖)에 의해 시해되었다. 전에 민공(閔公)의 스승 복기(卜齮)의 밭을 빼앗은 일이 있었는데 민공이 이를 막지 않았다. 민공 2년 8월에 공중(共仲)의 사주를 받은 복기가 민공을 해쳤다. 민공은 숙강(叔姜)의 아들이고, 숙강의 언니인 애강(哀姜)은 공중과 정을 통하고 있었으므로 애강이 공중을 임금으로 세우자 하여 이런 일이 발생한 것이다.(『春秋左氏傳』 隱公 11년(8); 莊公 32년(5); 閔公 2년(3))

11 뇌문(誄文): 죽은 이를 애도하는 글. 또는 죽은 이의 생전의 공덕을 찬양하는 글.

12 노나라 장공이 송나라 군사들과 승구(乘丘)에서 전투할 때 현분보(縣賁父)와 복국(卜國)이 말을 몰았다. 그런데 말이 놀라 수레가 쓰러지는 바람에 장공이 말에서 떨어졌다. 장공은 이들을 나무랐고, 이들은 자신들의 잘못을 만회하고자 열심히 전쟁터에서 싸워 죽었다. 나중에 마부가 말을 씻기는데 사타구니 깊숙한 곳에 화살이 꽂혀있는 것을 발견했다. 장공은 그들의 실수로 수레가 쓰러진 것이 아님을 알고, 그들을 위해 뇌문을 지어주었다.(『禮記』檀弓上 3-17)

13 흉시(凶時)에 머리쓰개를 쓰지 않고 묶는 머리 모양을 북상투라고 한다. 노나라 양공(襄公) 4년에 노나라가 증(鄫)나라를 구원하기 위해 주(邾)나라를 침공했다가 호태(狐駘)에서 패하였다. 북상투 차림으로는 조문하지 않는 것이 예인데, 이때 집집마다 상(喪)이 있었으므로 북상투 차림으로 조문하게 되었다.(『禮記集說大全』檀弓上 3-20의 陳澔 集說)

그런 말을 한 것일 것이다.

반수(泮水)

73-2. 思樂泮水, 薄[15]采其芹.
즐거운 반궁(泮宮)[16]의 물가에서 미나리를 캐네.[17]

天子之學曰辟廱,[18] 諸侯之學曰泮宮. 辟生於墻壁之壁, 所以限制內外, 而法如之, 禮之所由出也. 廱生於廱渠之廱, 飛鳴相濟, 而和如之, 樂之所由生也. 天子之敎, 辟廱以本之, 未有不先禮樂. 則諸侯之敎, 泮宮以本之, 雖不全乎禮樂, 亦半於天子而已. 故辟廱之制, 猶天子宮架也, 泮宮之制, 猶諸侯軒架也. 蓋水有泮, 適各得半焉, 所謂泮宮, 亦半水而已. 水所以比禮而芹藻茆, 禮之物也, 思樂泮水者, 悅其樂也, 薄采芹藻茆者, 悅其有禮也.

文武隆禮樂之敎於西廱, 而自西自東自南自北, 無思不服者, 近者悅之, 遠者懷之, 大學之道也. 僖公降禮樂之敎於泮水, 不過屈此羣醜, 淮

---

14   월나라 회계성문(會稽城門)에 있는 뇌문고(雷門鼓) 속으로 학이 들어간 후, 북을 두
      드리면 멀리 낙양까지 들렸다고 한다. 이후 손은(孫恩)이란 자가 그 북을 쪼개자 흰
      학이 높이 날아올라 구름 속으로 들어갔고, 그 이후로 북소리가 멀리까지 들리지 않
      게 되었다고 한다.〈『太平御覽』(宋 李昉等 撰) 권916〉
15   대본에는 '言'으로 되어 있으나, 『詩經』과 사고전서 『樂書』에 의거하여 '薄'으로 바로
      잡았다.
16   반궁(泮宮) : 제후의 학교. 동서의 문 이남은 물로 에워싸고 이북은 담을 쌓아 반만
      물로 에워쌌다 하여 반궁이라 한다. 이에 비해 천자의 학교인 벽옹은 사면을 물로
      에워쌌다.
17   『詩經』 魯頌 / 泮水.
18   대본에는 '廱'으로 되어 있으나, 문맥상 '廱'으로 바로잡았다.

夷攸服而已, 以道有遠近, 德有小大故也.

鄭之學校廢於子衿, 而其詩曰: "縱我不往, 子寧不來?" 以刺其禮廢: "子寧不嗣音?" 以刺其樂壞, 禮樂之敎, 不可一日廢於學校也如此. 明堂位曰: "頖宮周學也." 禮器曰: "魯人將有事於上帝, 必先有事於頖宮." 則頖宮周人之制, 魯之大學也. 魯之大學在郊, 故將有事上帝, 則於此有事焉. 然則序與瞽宗, 蓋設於頖宮左右, 而米廩其公宮南之小學歟!

천자가 세운 학교를 벽옹(辟廱)이라 하고, 제후가 세운 학교를 반궁(泮宮)이라 한다. 벽(辟)은 안과 밖을 구분 짓는 '장벽(墻壁)'의 벽(壁)에서 파생되었다. 법은 이와 같아야 하니, 바로 예가 말미암아 나오는 근원이다. 옹(廱)은 날아다니며 우는 소리가 다정한 옹거(廱渠 : 할미새)의 옹(廱)에서 파생되었다. 조화는 이와 같아야 하니, 바로 악이 말미암아 생기는 근원이다.

천자의 교육은 벽옹에 근본을 두었으니, 예악을 우선으로 삼지 않은 적이 없었다. 제후의 교육은 반궁에 근본을 두었으니, 예악을 온전한 규모로 하지는 못하고 천자에 비해 절반으로 할 따름이었다. 그러므로 벽옹의 제도는 천자의 궁가(宮架)와 같고, 반궁의 제도는 제후의 헌가(軒架)와 같다. 물로 에워싸는 곳을 반만 만들어 벽옹에 비해 물을 반만 채울 수 있으니, 이른바 반궁이란 물이 반만 에워싸고 있다는 뜻이다. 물은 예에 비유되고, 미나리·마름·순나물은 예를 행하는 물건이니, '즐거운 반궁의 물가'라는 것은 악(樂)을 즐거워하는 것이고, '미나리·마름·순나물을 뜯는다'는 것은 예가 있음을 즐거워하는 것이다.

문왕과 무왕이 예악의 교화를 서옹(西廱)에서 융성하게 했는데, 동서남북의 사방에서 벽옹에 모여들어 마음으로 복종하지 않는 자가 없었으니,[19] 가까이 있는 사람은 기쁜 마음으로 복종하게 하고 먼 데 있는 사람은 덕을 사모하게 하는 것이 바로 대학의 도이다.[20] 따라서 희공(僖公)이

---

19   동서남북의~없었으니 :『詩經』大雅 / 文王有聲.
20   가까이~도이다 :『禮記』學記 18-2.

예악의 교화를 반궁에서 성대하게 한 것은 여러 무리들을 굴복시켜 회수(淮水) 강가의 이족(異族)까지도 마음으로 복종하게 한 것[21]에 지나지 않는다. 도(道)에는 멀고 가까운 것이 있고 덕에는 작고 큰 것이 있기 때문이다.

정나라의 학교가 폐지되었음은 《자금(子衿)》[22]에서 알 수 있는데, 그 시에 "내 비록 가지는 못하나 그대는 어이하여 오지 않는가요?"라고 하여 예가 폐지된 것을 풍자하고, "그대는 어찌 음(音)을 계승하지 않는가요?"라고 하여 악이 폐지된 것을 풍자했으니, 예악의 가르침을 학교에서 하루라도 폐지할 수 없음이 이와 같다. 「명당위」에 "반궁(頖宮)은 주나라의 학교이다"[23]라고 하고, 「예기(禮器)」에 "노나라 사람이 상제(上帝)에 제사지낼 때에는 반드시 먼저 반궁에서 제사지낸다"[24]라고 했으니, 그렇다면 반궁은 주나라의 제도이고, 또한 노나라의 대학이다. 노나라의 대학은 교(郊)에 있었으므로 상제에 제사지낼 때에는 여기에서 행했다. 그렇다면 서(序)와 고종(瞽宗)은 대개 반궁의 좌우에 있는 학교이고, 미름(米廩)[25]은 궁궐 남쪽에 있는 소학(小學)일 것이다.[26]

---

21 여러~것 : 『詩經』 魯頌 / 泮水.
22 《자금(子衿)》은 학교가 폐지됨을 풍자한 시이니, 세상이 혼란해지면 학교 교육이 제대로 행해지지 않는다.〈『詩經』 鄭風 / 子衿, 毛序〉
23 『禮記』 明堂位 14-20.
24 『禮記』 禮器 10-24.
25 "주나라 때 중앙에는 벽옹(辟雍), 남쪽에는 성균(成均), 북쪽에는 상상(上庠), 동쪽에는 동서(東序), 서쪽에는 고종(瞽宗)이 있어서 (五學) 제도가 있었다"라는 설도 있고〈『周禮訂義』(宋 王與之 撰) 권40), "미름(米廩)은 순임금 때의 학교, 서(序)는 하나라의 학교, 고종(瞽宗)은 은나라 학교. 반궁(頖宮)은 주나라의 학교이다"라는 설도 있다.〈『禮記』 明堂位 14-20〉
26 『禮記』 王制 5-26. 「天子命之教, 然後爲學. 小學在公宮南之左, 大學在郊. 天子曰辟廱, 諸侯曰頖宮.」

비궁(閟宮)

73-3. 萬舞洋洋.
《만무(萬舞)》를 양양(洋洋)히 추도다.[27]

明堂位曰 : "成王以周公爲有勳勞於天下, 封曲阜, 命魯公世世祀之
以天子之禮樂. 是以季夏六月以禘禮祀周公於大廟, 牲用白牡, 尊用犧
象山罍, 鬱尊用黃目, 灌用玉瓚大圭, 薦[28]用玉豆雕簋, 爵用玉琖仍雕,
加以璧散璧角, 俎用梡嶡. 升歌淸廟, 下管象, 朱干玉戚, 冕而舞大武,
皮弁素積, 裼而舞大夏. 昧東夷之樂也, 任南蠻之樂也, 納夷蠻之樂於
大廟, 言廣魯於天下也." 由是觀之, "白牡騂剛, 犧尊將將, 毛炰胾羹,
籩豆大房", 天子之禮也. "萬舞洋洋", 天子之樂也. 於禮言犧尊籩豆,
則罍黃目雕簋 梡嶡之類擧矣. 於樂言萬舞, 則升歌下管大夏蠻夷之樂
擧矣.

後世禮廢樂壞, 僭八佾於羣公之廟, 獻六羽於仲子之宮, 春秋譏之,
又況卒仲遂叔弓 不以禮乎? 宣八年辛巳, 有事于大廟, 仲遂卒于垂, 壬
午猶繹, 萬入去籥, 譏其以輕妨重也. 昭十五年癸酉, 有事于武宮, 籥
入, 叔弓卒, 去樂卒事, 譏其以小廢大也.

「명당위」에 "성왕(成王)은 주공(周公)이 천하에 큰 공훈이 있다 하여 곡
부(曲阜)에 봉하고, 노공(魯公)에게 명하여 대대로 천자의 예악으로 제사지
내도록 했다. 그러므로 6월에 체례(禘禮)로 태묘에서 주공에게 제사지내
는데, 생(牲)은 흰수소를 쓰고,[29] 술그릇은 희준(犧尊)・상준(象尊)・산준(山

27   『詩經』 魯頌 / 閟宮.
28   대본에는 없으나, 『禮記』에 의거하여 '用玉瓚大圭薦'을 보충하였다.
29   흰수쇠白牡는 은나라의 희생이다. 주공은 천자의 예를 쓰므로 감히 문왕・무왕과
      똑같게 할 수 없으므로 흰수소를 쓴다.

尊)·뇌준(罍尊)을 쓰며, 울창주의 술그릇은 황목(黄目)[30]을 쓰며, 울창주를 부을 때 옥찬(玉瓚)과 대규(大圭)를 쓰며, 제물은 옥두(玉豆)와 조산(雕簋)에 담으며, 술잔은 옥으로 장식하고 조각한 것을 쓰며, 또 벽산(璧散)이나 벽각(璧角)의 술잔을 더 쓰며, 고기를 담는 제기(祭器)는 관(梡)과 궐(嶡)[31]을 쓴다. 당상에 올라가 《청묘(清廟)》를 노래하고 당하(堂下)에서 관악기로 《상(象)》을 연주하며, 곤룡포와 면류관 차림으로 주간(朱干 : 붉은 방패)과 옥척(玉戚 : 옥으로 자루를 장식한 도끼)을 잡고 《대무(大武)》를 춤추며, 피변(皮弁)과 소적(素積) 차림에 석의(裼衣)를 드러내고 《대하(大夏)》를 추었다. 매(昧)는 동이(東夷)의 악이고, 임(任)은 남만(南蠻)의 악이다. 동이와 남만의 음악을 태묘에서 연주한 것은 노나라의 공업(功業)이 천하에 널리 미쳤음을 말한다"[32]라고 했다. 이로 보건대, "흰 수소와 붉은 수소가 있고, 희준(犧尊)이 엄정하며, 털 그슬려 구운 고기와 저민 고기, 고깃국이 변두(籩豆)와 대방(大房)[33]에 담겨 있도다"[34]라고 한 것은 천자의 예이고, "《만무》를 양양히 추도다"라고 한 것은 천자의 악이다.

《비궁(閟宮)》에 예(禮)와 관련하여 희준과 변두가 언급되었으니,[35] 뇌준·황목·조산·관·궐 등도 거론된 것과 마찬가지이고, 악(樂)과 관련하여 《만무》가 언급되었으니, 당상의 노래와 당하의 관악기 연주, 《대하(大夏)》 및 만이(蠻夷)의 음악도 거론된 것과 마찬가지이다.

후세에 예가 폐지되고 악이 붕괴되어 참람하게 팔일무(八佾舞)를 제후국 임금의 사당에서 추고, 육일무의 우무(羽舞)를 중자(仲子)의 사당에 올린 것을 『춘추』에서 비난했으니,[36] 중수(仲遂)[37]와 숙궁(叔弓)이 죽었을 때

---

30 황목(黄目) : 황목준(黄目尊)의 준말. 황동(黄銅)으로 만든 술그릇으로 눈 모양을 새겼기 때문에 황목이라 부른다.
31 관(梡)과 궐(嶡) : 〈그림 2-8, 9 참조〉.
32 『禮記』明堂位 14-4, 5.
33 대방(大房) : 옥으로 장식한 제기(祭器). 〈그림 2-10 참조〉
34 『詩經』魯頌 / 閟宮.
35 『詩經』魯頌 / 閟宮.「白牡騂剛, 犧尊將將, 毛炰胾羹, 籩豆大房.」
36 소공(昭公)이 노나라의 공실(公室)을 참람하였다는 이유로 계씨를 죽이려고 하자,

예에 어긋나게 조치한 것은 어떻겠는가? 노나라 선공(宣公) 8년 신사일에 태묘에서 제사지내는데 중수가 제나라의 수(垂)에서 죽었다. 그런데 이튿날인 임오일에 역제(繹祭)[38]를 강행하면서 《만무(萬舞)》를 추게 하고 《약무(籥舞)》만 제거했으니.[39] 『춘추』에서 가벼운 일 때문에 중요한 일을 방해한 것을 기롱했다. 소공 15년 계유일에 무궁(武宮)에서 제사지내기 위해 《약무》를 추고자 악공이 들어갔는데 숙궁(叔弓)이 죽었다. 이에 악을 철거하고 예를 마쳤으니, 『춘추』에서는 작은 일 때문에 그 보다 더 큰 일을 폐기한 것을 기롱했다.[40]

나(那)

73-4. 那祀成湯也. 微子至于戴公, 其間禮樂廢壞, 有正考甫者得商頌十二篇於周之太師, 以那爲首.

《나(那)》는 성탕(成湯)을 제사하는 시이다. 미자(微子)로부터 대공(戴公)에 이르는 동안[41] 예악이 폐지되었는데, 악정(樂正) 고보(考甫)라는 자가

자가구((子家駒)가 '소공 또한 대로(大路)를 타며, 주간(朱干)과 옥척(玉戚)을 가지고 《대하(大夏)》를 추며, 팔일(八佾)로 《대무(大武)》를 추어 천자의 예를 참람하였다'며 기롱하였다.〈『春秋公羊傳』昭公 25년(6)〉 은공(隱公) 5년에 은공의 서모(庶母)인 중자(仲子)의 사당을 세우고 육일무를 추었다. 제후국에서 육일무를 쓰는 것은 옳으나 서모의 사당에서 육일무를 춘 점을 비난한 것이다.〈『春秋左氏傳』 隱公 5년(7)〉

37 중수(仲遂)는 노나라 장공(莊公)의 아들 동문양중(東門襄仲)으로 노나라의 경(卿)이다.

38 역제(繹祭) : 정제(正祭) 이튿날에 지내는 제사로 시동을 대접하기 위한 것이다.

39 『春秋左氏傳』 宣公 8년(2).

40 『春秋左氏傳』 昭公 15년(1).

41 주(周) 무왕(武王)이 은을 멸하고 주왕의 아들 무경(武庚)에게 은나라 시조의 제사를 받들도록 하였는데, 무왕이 죽자 삼감(三監 : 무왕의 아우인 管叔·蔡叔·霍叔)과 함

상송(商頌) 12편을 주나라 태사(太師)에게서 얻자, 《나(那)》를 첫 번째로 삼았다.[42]

六經之道同歸, 而禮樂之用爲急. 古之王者, 治定必制禮以廣業, 功成 必作樂以崇德, 所以昭先烈, 遺來世爲一代制作之盛典也. 商之成湯, 革夏以爲商, 拯民於塗炭之中, 寘之治安之域, 則其治旣定而禮制, 其功旣成而樂作. 後世孫子, 追述當時制作之意, 形容於美盛德之頌, 因歌而祀之, 此那之所以作也.

自微子國於宋, 統承先王, 修其禮樂, 至于戴公, 凡數世矣. 其間先王禮樂或廢而不興, 或壞而不修, 而樂正雅頌所存, 蔑如也. 有孔氏之先考甫者, 得商頌十二篇於周之太師.[43] 至孔子時, 又亡七篇, 是商頌得正考甫而僅存, 至孔子而後不泯. 語曰 : "周因於商禮, 所損益可知也." 記[44]曰 : "商者五帝之遺聲也, 商人識之. 故謂之商, 明乎商之音者, 臨事而屢斷." 莊周謂 : "曾子曳屣而歌商頌, 聲滿天地, 若出金石." 由是觀之, 商禮之所以損益‧樂之所以聲音, 後世不可得而考也. 所可知者, 特其恭敬之實‧大濩之名而已. 其不言商之風雅者, 非無風雅也, 久而不傳故也. 商頌固不止十二篇, 正考甫得於周之太師, 止是而已, 其風雅不存, 又可知矣. 王通曰 : "詩三百始終於周, 而存商頌者, 亦所以爲周戒. 詩不云乎? '商鑒不遠. 在夏后之世', 然則周鑒, 豈不在於商乎?"

육경(六經)[45]의 도(道)는 추구하는 바가 같으니 모두 예악을 급선무로

께 반란을 일으켰으므로 주공(周公)에게 죽임을 당하였다. 그리하여 대신 미자(微子 : 紂王의 庶兄)를 송(宋)의 제후로 봉하고 제사를 받들도록 하였다. 대공(戴公)은 송의 11번째 임금이다.

42 『詩經』 商頌 / 那, 毛序.

43 대본에는 없으나, 문맥상 『詩經』 商頌 / 那, 毛序에 의거하여 '得商頌十二篇於周之太師'를 보충하였다.

44 대본에 '語'로 되어 있으나, 인용된 구절이 『禮記』에 나오므로 '記'로 바로잡았다.

45 육경(六經) : 시경(詩經)‧서경(書經)‧예기(禮記)‧악경(樂經)‧주역(周易)‧춘추(春秋).

삼는다. 옛날에 왕은 다스림이 안정되면 반드시 예를 제정하여 왕업을 넓히고, 공이 이루어지면 반드시 악을 지어 덕을 높였으니, 선대의 공렬을 밝혀서 후세에 남겨주어 한 시대 제작의 성대한 전형(典型)으로 삼고자 한 것이다. 탕왕이 하나라를 혁파하고 상나라를 세우고, 백성을 도탄 속에서 구제하여 안정시키자, 다스림이 안정되어 예를 제정하고 공이 이루어져 악을 지었다. 후세의 자손들이 당시 제작한 뜻을 추술(追述)하여 성덕(盛德)을 찬미하는 송(頌)에 형용하고, 이를 노래로 지어 제사지냈다. 이것이 《나》를 짓게 된 이유이다.

미자(微子)가 송나라에 봉해진 때로부터 선왕을 계승하여 예악을 정비했다. 그러나 대공(戴公)에 이르기까지 몇 대가 지나는 동안, 선왕의 예악이 무너져 흥성하지도 못하고 붕괴되어 정비되지도 않았으니, 악정(樂正)이 아(雅)·송(頌)을 보존한 것이 보잘 것 없었다. 공씨(孔氏)[46]의 선조인 고보(考甫)가 상송(商頌) 12편을 주나라 태사에게서 얻었는데, 공자 때에 이르러 7편을 잃었다. 상송이 악정 고보에 의해 가까스로 존속되다가, 공자에 이른 뒤 나머지 5편이 『시경』에 보존되어 더 이상 없어지지 않게 되었다.

『논어』에 "주나라는 상나라의 예에 의거하여 예를 제정했으니, 손익한 바를 알 수 있다"[47]라고 하고, 『예기』에 "상음(商音)은 오제(五帝)의 유성(遺聲 : 전해온 소리)이니, 상나라 사람들이 이 음을 기억하고 있으므로 상음이라고 일컫는다. 상음에 밝은 자는 일에 임해서 곧잘 결단한다"[48]라고 하였다. 장주(莊周)가 "증자가 뒤꿈치가 다 떨어진 낡은 신발을 신고 상송(商頌)을 노래하자, 소리가 천지에 가득하여 마치 금석(金石 : 鐘磬)에서 나온 음악과 같았다"[49]라고 하였다. 이로 보건대 손익한 상나라 예와 성

46　은나라 자손의 혈맥이다.
47　『論語』爲政 2-23.
48　『禮記』樂記 19-26.
49　『莊子』讓王 28-9.

음(聲音)으로 된 악을 후세에 상고할 수는 없고, 알 수 있는 것은 상나라 예악 속에 담긴 '공경'이라는 본질과 《대호(大濩)》라는 이름뿐이다.

상나라의 풍(風)과 아(雅)를 말하지 않은 이유는 상나라 때에 풍과 아가 없었기 때문이 아니라 오래되어 전하지 않기 때문이다. 상송이 실로 12 편만이 아닌데 악정 고보가 주나라 태사에게서 얻은 것이 이 정도 뿐이었으니, 풍과 아가 전승되지 않았음을 알 수 있다. 왕통(王通)[50]이 말하기를 "시 300편은 주나라 시로 시작하고 마쳤는데, 거기에 상송을 존속시킨 것은 상송을 통해 주나라의 경계(警戒)로 삼기 위해서이다. 『시경』에 이르지 않았는가? '상나라의 거울이 멀리 있지 않아 하후(夏后)의 세대에 있느니라'[51]라고 했으니, 그렇다면 주나라의 거울은 상나라에 있지 않겠는가?"라고 하였다.

---

50 왕통(王通) : 584~617. 자(字)는 중엄(仲淹)이다. 604년 태평십이책(太平十二策)을 상
    주(上奏)하여 수(隋) 문제(文帝)의 인정을 받았으나 등용되지 못하였다. 가르치는 일
    에 전념하여, 설수(薛收)·방교(房喬)·이정(李靖)·위징(魏徵) 등을 배출했다. 『中
    說』을 지었다.
51 『詩經』 大雅 / 蕩.

권74 시훈의(詩訓義)

상송(商頌) / 나(那)

나(那)

74-1. 猗與那與! 置我鞉鼓, 奏鼓簡簡, 衎我烈祖. 湯孫奏假, 綏我思成.

아름답고 성대하도다!

도(鞉)·고(鼓)를 설치하고 둥둥 북소리 크게 울리어, 우리 열조(烈祖:
탕왕)를 즐겁게 하도다!

탕왕의 자손이 연주하니 그 정성으로 조고(祖考)께서 이르시어, 생각
한 바가 이루어져 우리를 편케 하도다![1]

---

1   『詩經』商頌 / 那.

正北坎爲革, 則鼓爲冬至之日音, 而冒之以啓蟄之日, 其聲象雷, 其形象天, 其於樂象君. 故鼓柷鼓敔 鼓瑟鼓鐘 鼓簧鼓缶, 皆謂之鼓, 以五聲非鼓不和故也. 記曰 : "鼓無當於五聲, 五聲弗得不和." 此其意歟! 蓋其制始於伊耆氏之土鼓, 備於夏后氏之足鼓, 商人貫之以柱, 謂之楹鼓, 周官以大僕建路鼓于大寢門之外, 儀禮大射建鼓在阼階西南鼓, 則其所建楹. 楹[2]鼓爲一楹四稜焉, 貫鼓於其端, 猶四植之桓圭也. 莊子曰 : "負建鼓." 可負, 必以楹貫而置之矣, 所謂置我鞉鼓者如此. 鞉兆奏鼓者也, 言奏鼓簡簡, 則鞉從之矣.

禮記曰 : "禮反其所自生, 樂樂其所自成." 湯之孫子奏鞉鼓以衍烈祖假有廟, 非特昭先祖之功而已, 亦所以樂其所自成也. 烈祖庸詎釋我而不綏之邪? 在易之豫, 先王作樂殷薦之上帝, 以配祖考, 殷人郊丘之祭, 以祖考配上帝, 猶且以樂薦而先之, 況宗廟烝嘗之祭乎? 此那祀成湯, 所以先樂後禮之意也, 豈非記所謂殷人尙聲耶?

정북(正北)에 위치한 감괘(坎卦)는 팔음(八音)으로는 혁(革 : 가죽)에 해당하므로, 가죽을 메워 만든 북(鼗)은 동지(冬至)의 음(音)이 된다. 계칩(啓蟄)에 가죽을 메우나[3] 북 소리는 우레를 상징하고,[4] 북의 둥근 형체는 하늘을 상징한다. 따라서 북은 임금을 상징하는 악기가 된다. 그러므로 '축을 두드리고 어를 긁으며[鼓柷鼓敔] 금과 슬을 타며[鼓瑟鼓琴] 종을 치고 생황을 불고 부를 두드린다[鼓鐘鼓簧鼓缶]'라고 하여, 악기를 연주한다는 뜻으로 모두 '고(鼓)'라는 표현을 쓰고 있는데, 악기 소리는 북(鼓)이 아니면 조화되지 않기 때문이다. 『예기』에 "북은 궁(宮)·상(商)·각(角)·치(徵)·우(羽)의 오성(五聲)을 내지는 못하지만, 오성은 북이 아니면 조화를 이루지 못한다"[5]라고 한 것은 바로 이런 뜻이다.

---

2 대본에는 없으나, 『樂書』 7-3에 의거하여 '楹'을 보충하였다.
3 계칩(啓蟄)에~메우니 : 『周禮』 冬官 / 韗人 0.
4 겨울잠을 자던 동물이 계칩에 처음으로 천둥소리를 듣고 움직이는데, 북은 이를 형상화한 것이다.〈『周禮注疏』권40〉
5 『禮記』 學記 18-10.

그 제도는 이기씨(伊耆氏)의 토고(土鼓)에서 시작되었고, 하후씨(夏后氏)의 족고(足鼓)에서 갖추어졌는데, 상나라 사람은 북을 기둥에 꿰어서 영고(楹鼓)라고 하였다. 『주례』에 "태복(大僕)이 노고(路鼓)를 대침(大寢)[6]의 문 밖에 세운다"[7]라고 하고, 『의례』「대사(大射)」에 "건고(建鼓)를 동계의 서쪽에 남향하여 설치한다"[8]고 했으니, 세운다는 것은 기둥(楹)이 있다는 뜻이다. 영고(楹鼓)는 한 개의 기둥을 세우고 그 위에 네모난 틀을 만들고 기둥의 끝에 북을 꿰었으니, 네모난 환규(桓圭)[9]와 같다. 『장자』에 "건고(建鼓)를 짊어진다"[10]라고 했는데, 질 수 있다면 필시 북을 기둥에 꿰어 설치한 것이다. 이른바 '도(鞉)·고(鼓)를 설치하도다'라고 한 것이 바로 이것이다. 도(鞉)는 북 치는 것을 예시(豫示)하는 것이니, '둥둥 북소리 크게 울리도다'라고 읊었으면, 도(鞉) 또한 당연히 연주한 것이다.

『예기』에 "예란 말미암아 생겨난 바로 돌아가는 것이고, 악이란 말미암아 이루어진 바를 즐거워하는 것이다"[11]라고 했는데, '탕왕의 자손들이 도·고를 연주하여 열조(烈祖)를 즐겁게 해드리니, 조고(祖考)께서 사당에 이르렀다'는 것은 선조의 공(功)을 밝혔을 뿐 아니라 또한 말미암아 이루어진 바를 즐거워한 것이다.

그러니 열조(烈祖)가 어찌 우리를 버리어 힘들게 하겠는가? 『주역』의 예괘(豫卦)에 "선왕이 악을 지어서 상제(上帝)에게 성대하게 올려서 조고(祖考)를 배향한다"[12]라고 했으니, 은나라 사람들이 교제(郊祭)에서 조고(祖

---

6   대침(大寢) : 임금이 정사(政事)를 처리하는 정전(正殿).

7   『周禮』夏官 / 太僕 0.

8   『儀禮』大射 7-3.

9   환규(桓圭) : 다섯 등급의 작위(爵位) 중 공작이 지니던 홀.〈그림 3-12 참조〉왕은 진규(鎭圭)를 지니고, 공(公)은 환규(桓圭)를 지니고, 후(侯)는 신규(信圭)를 지니고, 백(伯)은 궁규(躬圭)를 지니고, 자(子)는 곡벽(穀璧)을 지니고, 남(男)은 포벽(蒲璧)을 지닌다.〈『周禮』春官 / 大宗伯 8〉

10   『莊子』天運 14-6.

11   『禮記』禮器 10-31.

12   『周易』豫卦 2.

考)를 상제에게 배향할 때도 악을 중요시했는데, 하물며 증(烝:겨울제사)·상(嘗:가을제사)과 같은 종묘 제사에서는 어떠했겠는가? 이것이 《나(那)》에서 성탕(成湯:탕왕)에게 제사지낼 때 악(樂)을 먼저 하고 예(禮)를 뒤에 한 뜻이니, 어찌 『예기』에 이른바 "은나라 사람들은 소리를 숭상했다"[13]라고 한 것이 아니겠는가?

74-2. 鞉鼓淵淵, 嘒嘒管聲.
도(鞉)·고(鼓)가 깊고 멀리 울리며, 관(管) 소리 맑게 퍼지도다.[14]

革音兆於北方, 則播而爲鞉鼓, 竹音運乎十二月, 則發而爲管聲. 周官大司樂, 雷鼓雷鼗以禮天神, 靈鼓靈鼗以禮地祇, 路鼓路鼗以禮人鬼, 則'鞉鼓淵淵', 非靁鼓靁鼗靈鼓靈鼗也, 路鼓路鼗而已. 以孤竹之管禮天神, 孫竹之管禮地祇, 陰竹之管禮人鬼, 則'嘒嘒管聲', 非孤竹之管也, 陰竹之管而已. 言鞉鼓繼之以淵淵, 言管聲先之以嘒嘒, 何也? 蓋鞉鼓必待奏之然後聞其聲, 管聲與鞉鼓合奏, 聞其嘒嘒之聲, 知爲管聲而已, 此細大不踰, 無相奪倫之意也.

혁음(革音)은 북방에서 시작되는데,[15] 악기로 만들어져 도(鞉)·고(鼓)가 되고, 죽음(竹音)은 12월에 운행하는데 소리로 발하여 관(管)의 소리가 된다. 주관(周官)의 대사악(大司樂)이 뇌고(雷鼓)·뇌도(雷鼗)로 천신(天神)에 예를 올리고, 영고(靈鼓)·영도(靈鼗)로 지기(地祇)에 예를 올리며, 노고(路鼓)·노도(路鼗)로 인귀(人鬼)에 예를 올렸으니,[16] '도(鞉)·고(鼓)가 깊고 멀리 울리도다'라고 한 것은 뇌고·뇌도나 영고·영도가 아니고 노고·노도이다.

---

13 『禮記』 郊特牲 11-27.
14 『詩經』 商頌 / 那.
15 『書經』 卷首 / 五聲八音圖.
16 주관(周官)의~올렸으니:『周禮』 春官 / 大司樂 2.

고죽(孤竹)의 관(管)으로 천신에 예를 올리고, 손죽(孫竹)의 관으로 지기에 예를 올리며, 음죽(陰竹)의 관으로 인귀에 올렸으니,[17] '관(管) 소리 맑게 퍼지도다'라고 한 것은 고죽의 관이 아니고 음죽의 관이다.

도·고에서는 '연연(淵淵 : 깊고 멀리 울리다)'을 뒤에 말했는데, 관에서는 '혜혜(嘒嘒 : 맑게 울리다)'를 먼저 말한 것은 무엇 때문인가? 도·고는 연주를 기다린 뒤에야 소리가 들리는데, 관 소리는 도·고와 합주하여 맑은 소리가 들린 뒤에야 관 소리임을 알게 되기 때문이다. 이는 가는 소리와 큰 소리가 침범하지 않아서 서로 차서를 뺏지 않는 뜻이다.

74-3. 旣和且平, 依我磬聲.
조화롭고 평온함은 옥경(玉磬) 소리에 의지한 것이네.[18]

先王作樂, 本之以五行, 文之以五聲, 參之以八卦, 播之以八音. 八卦之所君者乾也, 八音之所主者磬也, 故磬音出於乾而已. 蓋乾位西北而天屈之, 以爲無有曲折之形焉, 所以立辨也. 故方有西有北, 時有秋有冬, 物有金有玉, 分有貴有賤, 位有上有下, 而親疎長幼之理皆辨於此矣. 古人論磬, 嘗謂有貴賤焉, 有親疏焉, 有長幼焉. 三者行, 然後萬物成, 天下樂之. 故在廟朝聞之, 君臣莫不和敬, 閨門聞之, 父子莫不和親, 族黨聞之, 長幼莫不和順. 夫以一器之成, 而功化有至於此, 則磬之所尙, 豈在夫石哉? 凡尙聲, 爲衆聲所依而已. 商樂以磬爲主, 故言依我磬聲. 舜樂以簫爲主, 故言簫韶九成.

선왕이 악을 지을 때, 오행(五行)에 근본하고 오성(五聲)으로 문채내고, 팔괘(八卦)에 의거하여 팔음(八音)으로 연주하였다. 팔괘에서의 임금은 건(乾)이고, 팔음에서의 임금은 경(磬)이므로, 경음(磬音)은 건괘에서 나온다. 건괘가 서북쪽에 있어서 하늘이 기울어져 있으나, 굽거나 꺾어진 형상이

---

17   고죽(孤竹)의~올렸으니 :『周禮』春官 / 大司樂 2.
18   『詩經』商頌 / 那.

없으니 분별을 세우는 것이다. 그러므로 방위로는 서쪽과 북쪽에 걸쳐 있고, 계절로는 가을과 겨울에 걸쳐 있으며, 물질로는 금(金)과 옥(玉)에 걸쳐 있고, 분수로는 귀함과 천함에 걸쳐 있으며, 위치로는 위와 아래에 걸쳐 있으니, 친소(親疎)·장유(長幼)의 이치가 여기에서 모두 분변된다.

옛사람이 경(磬)에 대해 논평하기를 "귀천(貴賤)이 있고 친소(親疎)가 있고 장유(長幼)가 있으니, 이 세 가지가 잘 행해진 이후에야 만물이 이루어져 천하가 즐겁게 된다"[19]라고 했다. 그러므로 조정에서 들으면 군신 사이가 화경(和敬)하지 않음이 없고, 집안에서 들으면 부자 사이가 화친(和親)하지 않음이 없으며, 동족(同族) 간에 들으면 장유(長幼) 사이가 화순(和順)하지 않음이 없다.[20] 무릇 한 악기의 감화 효과가 이런 정도에까지 이르는데, 경을 숭상한 이유가 어찌 돌 자체에 있겠는가? 소리를 숭상한 것이다. 따라서 뭇악기 소리가 이에 의지했던 것이다. 상나라 악은 경을 위주로 했으므로 '옥경 소리에 의지한다'고 했고, 순임금 악은 소(簫)를 위주로 했으므로 《소소(簫韶)》를 9번 연주한다'[21]고 했다.

74-4. 庸鼓有斁, 萬舞有奕.
용(鏞)·고(鼓)가 성하게 울려 퍼지며 《만무(萬舞)》가 질서정연하도다.[22]

庸鼓鐘鼓之大者也, 萬舞舞之大者也. 商之作樂在蕩, 則奏鼓簡簡, 大矣而未備. 在湯孫, 則嘒嘒管聲, 備其細以成大. 記曰 : "商人尙聲, 臭味未成, 滌蕩其聲, 樂三闋, 然後出迎牲. 聲音之號, 所以詔告於天地之間." 豈不以樂之大然耶? 觀舜, 堂上之樂戞擊鳴球搏拊琴瑟以詠, 所以

19   『白虎通義』 제6편 禮樂.
20   조정에서~없다:『禮記』 樂記 19-25.
21   『書經』 虞書 / 益稷 2.
22   『詩經』 商頌 / 那.

貴人聲也, 堂下之樂則管鞉鼓合止柷敔笙鏞以間, 所以賤樂器也.

那祀成湯之樂, 堂上言依我磬聲, 則戛擊鳴球搏拊琴瑟之類擧矣. 堂下言鞉鼓管鏞, 則柷敔笙簫之類擧矣. 國語曰 : "聲應相保曰和, 細大不踰曰平." 商之作樂, 細大和·高下平·上下諧, 遠有以廣聲敎, 備有以成事業, 其於致太平也, 何有? 那祀成湯, 詳於樂而略於禮者, 以其祖有功而樂象功故也. 烈祖祀中宗, 言淸酤和羹之禮而不及樂者, 以其宗有德而禮成德故也. 閟宮言萬舞洋洋, 美其形容之衆大也. 此言萬舞有奕, 美其綴兆之衆大也. 由是觀之, 萬舞之舞在商爲大濩, 在周爲大武, 周官皆以大司樂掌之, 其爲衆大可知. 先儒謂以武王用萬人定天下言之, 不考商頌之過也.

용(庸)·고(鼓)는 큰종과 큰북이고,《만무(萬舞)》는 성대한 춤이다. 상(商)나라의 악(樂)은 탕왕 때는 북소리가 크게 울렸으니 성대하긴 하나 미비했고, 탕왕 자손 때는 관(管) 소리가 맑게 퍼졌으니 세밀한 것까지 갖추어 성대함을 이루었다. 『예기』에 "상나라 사람은 소리를 숭상하여 희생물을 죽이기 전에 음악을 연주해서 사방에 울리게 하여 3곡이 끝난 다음 주인이 묘문(廟門)을 나와 희생을 맞이한다. 먼저 음악을 울리는 것은 천지에 있는 신령을 불러들이기 위한 것이다"[23]라고 했으니, 성대한 악으로 하지 않았겠는가?

순임금 악을 살펴보건대, 당상악에서 알(戞)·격(擊)·명구(鳴球)·박부(搏拊)·금(琴)·슬(瑟)에 맞추어 노래한 것은 사람의 목소리를 귀하게 여긴 것이고, 당하악에서 관(管)·도(鞉)·고(鼓)를 연주하되 축(柷)과 어(敔)로 합하고 그치게 하며, 생(笙)·용(鏞)을 번갈아 연주한 것은 악기를 천하게 여긴 것이다.

《나(那)》는 성탕(成湯)에 제사지낸 악이다. 당상에서 '옥경(玉磬) 소리에 맞춘다'는 것을 말했으니, 알·격·명구·박부·금·슬 같은 악기도 거

23　『禮記』郊特牲 11-27.

론된 셈이다. 당하에서 '도·고·관·용'을 말했으니, 축·어·생·소(簫)와 같은 악기도 거론된 셈이다.

『국어』에 "소리가 응하여 서로 보전하는 것을 화(和)라 하고 큰 소리와 가는 소리가 서로 넘지 않는 것을 평(平)이라 한다"[24]라고 했는데, 상(商)나라에서 만든 악이 가는 소리와 큰 소리가 조화를 이루고, 높은 소리와 낮은 소리가 화평하며, 당상악과 당하악이 어울리어 멀리 성교(聲教)를 넓히고 사업을 이루었으니, 태평한 세상을 만드는 데 무슨 어려움이 있었겠는가?

《나》는 성탕에 제사지낸 시로서, 악은 성대하나 예는 소략하다. 조(祖)[25]에게 공(功)이 있어 악으로 그 공을 표현한 것이기 때문이다. 《열조(烈祖)》는 중종(中宗)에 제사지낸 시인데, 청고(淸酤 : 맑은 술)와 화갱(和羹 : 맛있는 고깃국)을 올리는 예는 말했으나 악은 언급하지 않았다. 이는 종(宗)에게 덕이 있어 예로 그 덕을 이룬 것이기 때문이다. 《비궁(閟宮)》에서 "《만무(萬舞)》를 양양(洋洋)히 추도다"[26]라고 한 것은 모습이 성대함을 찬미한 것이고, 여기에서 "《만무》가 질서정연하도다"라고 한 것은 춤추는 행렬이 성대함을 찬미한 것이다.

이로 보건대, 《만무》라는 춤이 상나라에서는 《대호(大濩)》가 되고 주(周)나라에서는 《대무(大武)》가 되었으며, 『주례』에서는 모두 대사악(大司樂)이 관장했으니, 성대한 것임을 알 수 있다. 따라서 선유(先儒)가 "《만무》는 무왕(武王)이 만인(萬人)을 써서 천하를 평정한 것을 뜻한다"라고 말한 것은 상송(商頌)을 살피지 못한 실수에서 빚어진 것이다.

---

24   『國語』周語下 3-6.
25   공이 많은 임금을 조(祖)라 하고 덕이 많은 임금을 종(宗)이라 한다.
26   『詩經』魯頌 / 閟宮.

부록

악기(樂器)

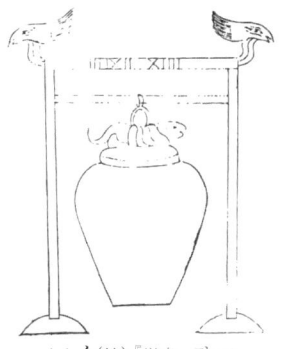

1-1 순(錞) 『樂書』 권111

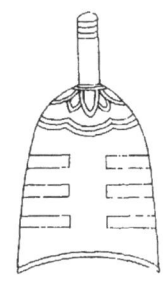

1-2 탁(鐲) 『樂書』 권111

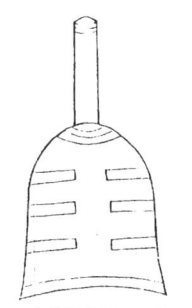

1-3 요(鐃) 『樂書』 권111

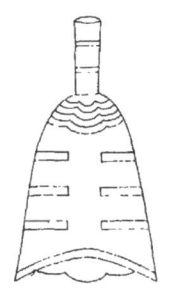

1-4 탁(鐸) 『樂書』 권111

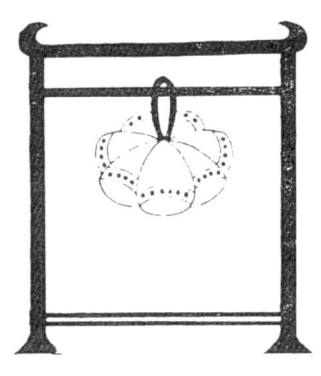

1-5 뇌고(雷鼓) 『樂書』 권116

1-6 뇌도(雷鼗) 『樂書』 권116

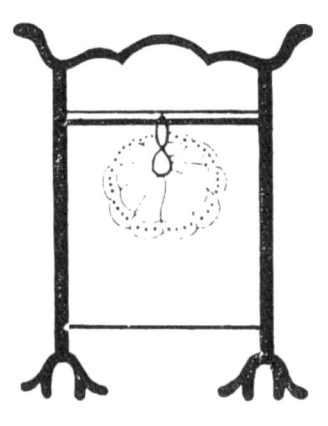

1-7 영고(靈鼓) 『樂書』 권116

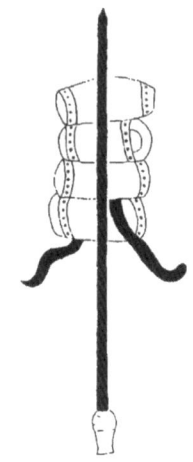

1-8 영도(靈鼗) 『樂書』 권116

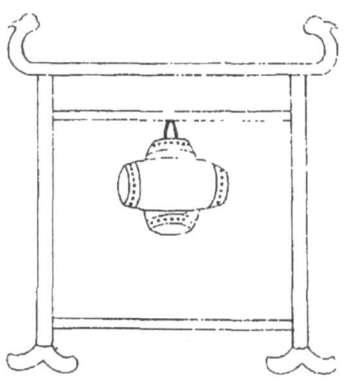

1-9 노고(路鼓) 『樂書』 권116

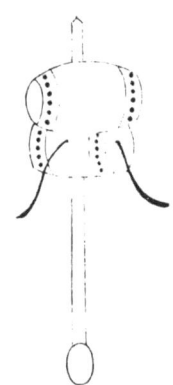

1-10 노도(路鼗) 『樂書』 권116

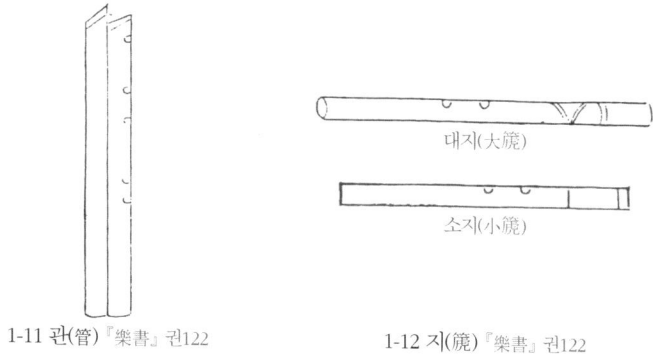

1-11 관(管) 『樂書』권122

대지(大箎)

소지(小箎)

1-12 지(箎) 『樂書』권122

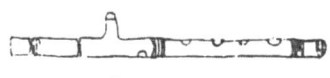

1-12 지(箎) 『樂學軌範』 권6

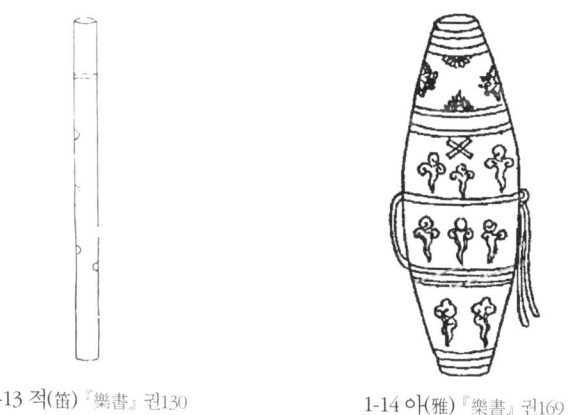

1-13 적(笛) 『樂書』권130

1-14 아(雅) 『樂書』권169

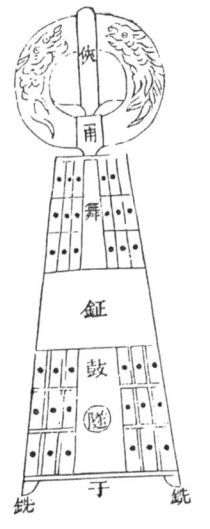

1-15 종체(鐘體) 『樂書』 권109

1-16 독(牘) 『樂書』 권169

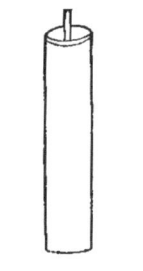

1-17 응(應) 『樂書』 권169

1-18 상(相) 『樂書』 권169

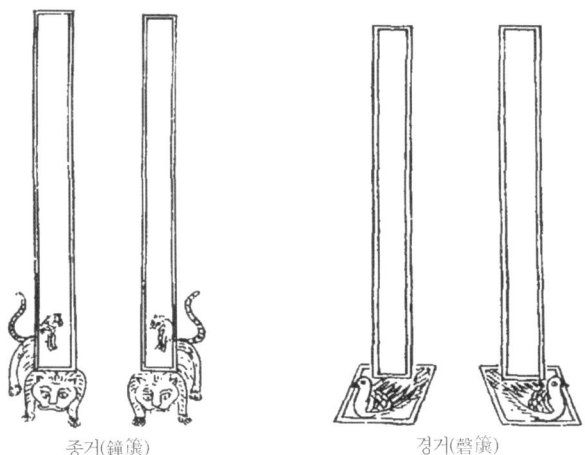

종거(鐘簴)   경거(磬簴)

1-19 거(簴) 『樂書』 권124

1-20 순(簨) 『樂書』 권124

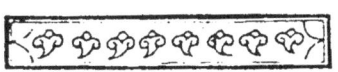

1-21 업(業) 『樂書』 권124

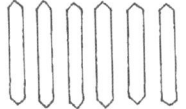

1-22 숭아(崇牙) 『樂書』 권124

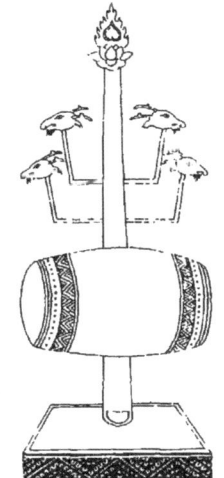

1-23 진고(晉鼓) 『樂書』 권117

1-24 제(提) 『樂書』 권117

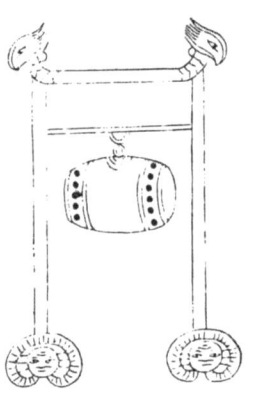

1-25 비(鼙) 『樂書』 권118

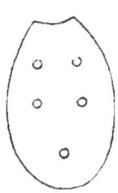

1-26 훈(塤) 『樂書』 권115

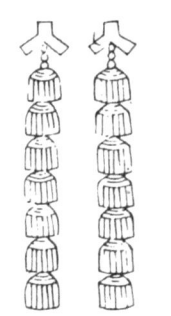

1-27 벽삽(壁翣) 『樂書』 권124

예기(禮器)

2-1 두(豆)『三禮圖集注』권13

2-2 변(籩)『三禮圖集注』권13

호이(虎彝)　　　　게이(鷄彝)

2-3 이(彝)『三禮圖集注』권14

2-4 작(爵)『三禮圖集注』권12

2-5 치(觶)『三禮圖集注』권12

2-6 희준(犧尊)

2-7 상준(象尊)『三禮圖集注』권14

2-8 관조(梡俎)『三禮圖集注』권13

2-9 궐조(嶡俎)『三禮圖集注』권13

2-10 방조(房俎)『三禮圖集注』권13

관면(冠冕)

3-1 피변(皮弁) 『三禮圖集注』권1

3-2 대구(大裘) 『三禮圖集注』권1

3-3 곤면(袞冕) 『三禮圖集注』권1

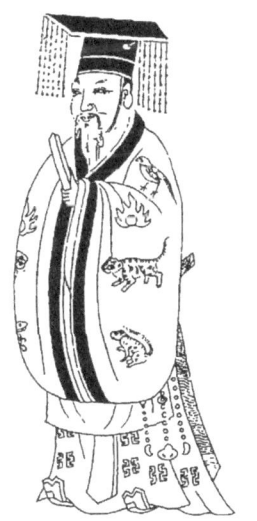

3-4 별면(鷩冕) 『三禮圖集注』권1

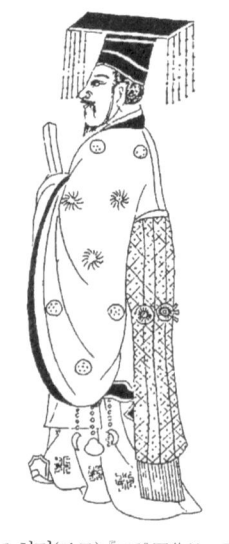

3-5 치면(希冕) 『三禮圖集注』 권1

3-6 현면(玄冕) 『三禮圖集注』 권1

3-7 휘의(褘衣) 『三禮圖集注』 권2

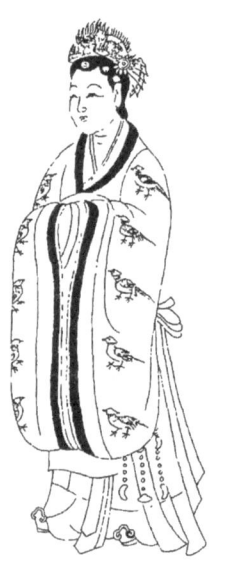

3-8 유적(揄狄) 『三禮圖集注』 권2

3-9 궐적(闕翟)『三禮圖集注』권2

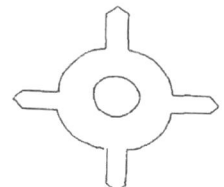

3-10 사규유저(四圭有邸)『三禮圖集注』권11

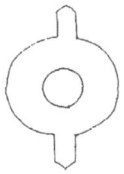

3-11 양규유서(兩圭有邸)『三禮圖集注』권11

3-12 환규(桓圭)『三禮圖集注』권10

사례(射禮)

4-1 살가리개[乏] 『三禮圖集注』 권8

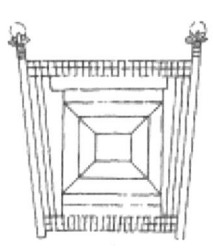

4-2 간후(矸侯) 『三禮圖集注』 권6

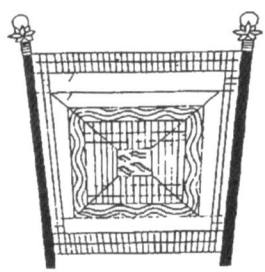

4-3 호후(虎侯) 『三禮圖集注』 권6

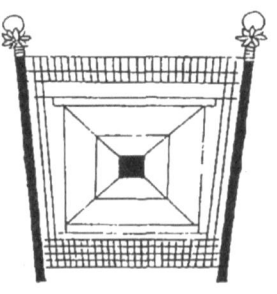

4-4 웅후(熊侯) 『三禮圖集注』 권6

4-5 표후(豹侯) 『三禮圖集注』 권6

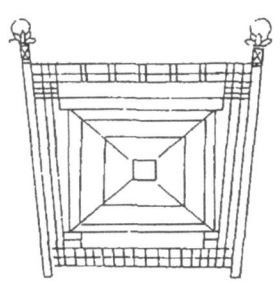

4-6 미후(麋侯) 『三禮圖集注』 권6

호표수(虎豹首)

4-7 수후(獸侯) 『三禮圖集注』 권7

록시수(鹿豕首)

4-7 수후(獸侯) 『三禮圖集注』 권7

미수(麋首)

4-7 수후(獸侯) 『三禮圖集注』 권7

웅수(熊首)

4-7 수후(獸侯) 『三禮圖集注』 권7

기타

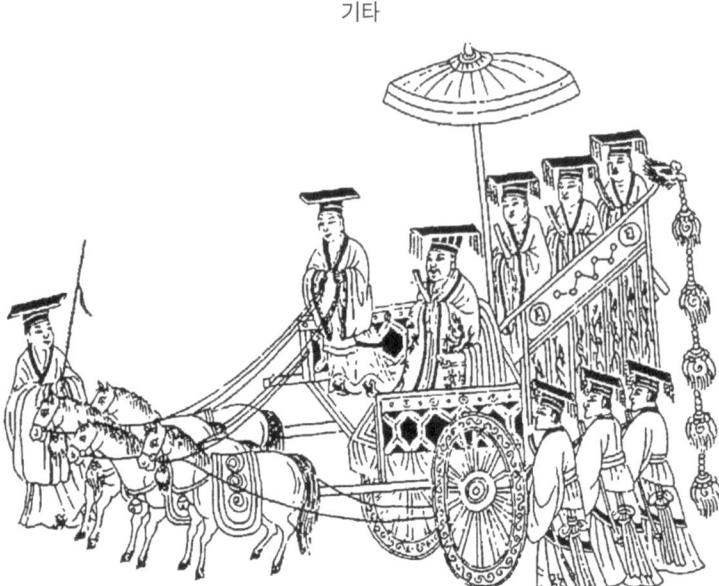

5-1 옥로(玉路) 『三禮圖集注』 권9